广州之书

梁凤莲

著

花城出版社

中国·广州

图书在版编目（CIP）数据

广州之书 / 梁凤莲著. -- 广州：花城出版社，
2024. 12.（2025. 9重印）-- ISBN 978-7-5749-0193-3

Ⅰ. I267

中国国家版本馆CIP数据核字第2024ZE6215号

广州之书
GUANGZHOU ZHI SHU

梁凤莲 / 著

出 版 人	张 懿
责任编辑	许泽红
责任校对	梁秋华
技术编辑	凌春梅
封面设计	集力書裝　彭 力
出版发行	花城出版社
经　　销	全国新华书店
印　　刷	广州小明数码印刷有限公司
开　　本	787 毫米×1092 毫米　16 开
印　　张	25.75　1 插页
字　　数	430,000 字
版　　次	2024 年 12 月第 1 版　2025 年 9 月第 2 次印刷
定　　价	88.00 元

版权所有·侵权必究。如发现印装质量问题，请与出版社联系。
购书热线：020-37604658　37602954

前　言
一座城市的千秋之约

　　此书的写作，是赴广州这座城市对一代又一代人邀约多年的千秋之约。

　　此书的写作，是对记忆与典籍回溯的远航之梦。

　　此书的写作，是一代人该承负的文化情怀对笔墨的守望相助，云山青苍，珠水长流，一直都在潮起潮落中涌动和复现。

　　这也是我对自己坚持多年，在对广州的了解、研究与书写之后，由衷地感应到的宿命。是的，广州之书，是我存在与书写自设的愿景。

　　千年羊城的千秋之约，一座城市的史诗，等待着我以自己的方式打开、领悟，去发现日常的意义、历史的意义、文化的意义，这就是值得我用一辈子托付的精神生活，以及深耕专业的方向，以此来建立支撑自我的坐标。然后把感受和思考、触动与情绪写下来，变成一个个像种子一样可以生长的文字，变成林海的一段树梢在风中曼妙起伏、变幻有致的表达。于我，这是一种绕不开的约定，也是人在生之有涯中不断寻找、不断守候的来路与归途,等更多的知遇,等更多的相逢,等更多关于广州之书的要义与灵感,像潮汛一般,如期而至,让一个个或长或短的书写,扎根广州,向海而生,海天相接,地老天荒。

一座城市的千秋之约,这是一首多么令人向往的恢宏博大的史诗啊!而我,不过是其中一个领悟着的表达者。

这句话说得多么掷地有声:没有典籍,就没有中国。同样,没有对广州历史文化来龙去脉的了解,没有关注广州人文的情怀,何来真诚的广州表达?何来有品质的广州书写?何来广州文化形象的树立与传颂?

如何在写作中开掘自己根植的土壤,长出自己的枝叶呢?

这不是对过往历史单纯的想象,而是出于一种自觉的历史意识,一种对于城市命运背后的个人处境与状态的反思。隔着过往存留下来的文本,如同隔着遥远的时空。当一切消逝之后,唯有此刻的书写能将某一个时段的过往保存,只有书写能拯救记忆。

广州人的存在变为书的存在,广州过往的存在变成书的存在,这是书写所选择的栖身之所。广州就这样在时间的长河中流淌,在有形的日子中存在于无形的书写中。

广州之书象征着这一切,这样的书写会长出根,会扎根乡土,会抽枝拔节,会壮实而婆娑,然后,对于广州的书写,就会生长成一棵树,一棵枝繁叶茂的大树。

一、为一片精神里的故土发声

此刻的书写,用持之以恒的专注去养育一种入心入骨的情怀。

所谓行之于途,用之于心,对一个研究者和书写者来说,不就是最简洁明了的"我手写我心"吗?把自己作为方法,其实就是让自我的情感与认知融入这个世界,融入广州的前世今生,让历史与时间的变迁变得有意义,变得真实可感,并且让经历与经验成为积累,并非空虚的徒劳,而是一种理性思维和体验能力,更是一种想象和感同身受的能力。

米兰·昆德拉去国多年,依然直白:"我随身携带了布拉格——她的味道、格调、语言、风景、文化。"

虽说时间烫平了经历中很多的皱褶，却依然留下了痕迹。

穿过层层阻隔投射到地面的阳光，投射到我们身上的阳光，仅仅是一束光，或者仅仅是一抹光，也可以沐浴其中，也可以产生不可思议的魔力。

也就是说，每一个普通人，必然有权利表达这种对故园的由衷之情。

此刻我想说的，其实早在20多年前扎根岭南的本土写作，我已经在开始言说了。我随身携带着广州赋予我的气息和风貌，包括心情、品格、气质、审美，甚至是待人接物的习惯、生存度日的做派。由此，广州人不仅是一个身份的符号，更是一种文化的印记，标识着一个人甚至更多的人，如何活成广州的气象，活出广州的风范。

夏洛蒂·勃朗特的经典代表作《简·爱》里有一句名言："我越是孤独，越是没有朋友，越是没有支持，我就得越尊重我自己。"如此转换成一种信念来看待带有温情与敬意的广州书写，看待如何面对广州历史文化的传承与传播。显然，共识是需要守望和坚持的。这番话给了我一个很好的提醒，不外是希望自己能成为一棵长在故园土壤里的小树，守静，向阳，让敏感的神经末梢能时时触碰到诗性的微风和流云，能有云淡风轻的欢喜。脚踩着故乡的土地，因为踏实，因为尚有大自然慷慨赠予一切生命存活的阳光和雨露，每一天都在隐秘地生长着。

这显然也是书写广州的一份必然之要义。

守望的精神指向，其实就是把握这座城市的精神根基，发掘和阐释其现代价值。

无限小的莫如个人的记忆和念想，无限大的则是逝者如川的时间、生命、自然，以及你我都在其中的命运。

生命的记忆和念想，赋予了时间以生命的烙印，在时间的河流里，这些烙印并不一定能发出更多的声响，不过，这些烙印总在完成着自我的繁衍、自身的历程。比如留在书写中的印痕、与生俱来的血脉基因、毋庸置疑的情感触动，它在每个人狭窄的生命之河流里，注定了走向，注释着或有可能通达宽阔的前方。

时间之外，意识之中，广州是我长途跋涉的书写中不断归返的起点，无疑也只能成为我笔墨的终点。

也许，我无法想象世界的尽头，可我能知晓广州这块土地的温热、情绪，还有气息。很多人无法知晓更多关于个人命运的密码,甚至无法知晓自身的际遇是孤独的还是热闹的,是顺利的还是波折的,而感应这一切的魔法,就是用文字去编织、去穿越,我们最终言说的,只是内心深处了解最深的东西。

我不断意识到在无数次的努力与波折的较劲中,个体的无力,甚至无助。想做些什么,想表达些什么,甚至想施与爱等,都无从出发,更难以抵达。博尔赫斯这么说也许是对的,他说:"我无法抵达拯救。拯救与我们无缘。但我尽了力,我发现拯救之于我就是写作这个行为,就是怀着无望的心情沉浸在写作之中。我还能做什么呢?"

是啊,我还能做什么呢?我知道我一直在坚持,一直不是很顺畅,但还是要写,为了这座城市,为了在流水落花的时日里打捞自己,我还是要继续思考、继续追问、继续感受和体验这座城市过往的喜怒哀乐,甚至打定主意,要继续抵抗无常的冷枪冷剑、无常的挤压和无形的暴力,把所得的开心、伤痛、茫然、困扰,用书写来突围、来摆脱、来呈现。做好渴望做好的事情,尽管很难,但毕竟是对自己的期待,毕竟是对自己的希望,至少为人一趟,是不能辜负自己的心愿的。我愿意相信,选择做一个什么样的人、做好什么样的事,就该有什么样的命运。如同我执迷地书写广州,也许不过是多了一种表述和记录,可毕竟这是一个个体生命对一座城市命运的关注和表达,总会遇到有缘人的。

我不断意识到,若要使传统更新于现代,只有清晰的理论梳理才能让丰富的历史材料开口说话,也只有依靠丰富的历史材料,理论的挖掘才能由窄而深走向宽而广,完美展现历史的丰饶和深邃。

人文书写如果放弃对现实问题的探索思考,那么其及文化对于世道人心的拯救与安顿,似乎就会成为一个不得要领的迂腐的笑话。

文学日趋琐碎化和所谓的趣味化,或者是现实的一种消费、一种发泄,而非对文学中的人性、人情、人本的挖掘与追问,那么人心怎么办?历史的生命复活怎么办?文学审美的激活传承怎么办?如果能将对政治、社会、文化的诸多疑惑内化为创作或治学的驱动力,那么必将大大提升写作的胸怀,或者学术的境界。

在现实中,我很少感受到文学的力量,于是,我开始寻找文学的力量,如同我们当初追求文学的用心与愿望,同时,又不断反躬自问,文学为什么一定要承担所谓的历史使命呢?

确实,在不同的生命过程中,艺术或者学术,对每个人来说意义是不同的。宗白华先生引用过周济(周止庵)在《宋四家词选》里的话,"空则灵气往来,实则精力弥满"。画画与写作,是最全面的艺术实践,是一种最大化的心灵充实,如孟子所言"充实之谓美",艺术是一种技术,也是灵魂之托。

在学术或者创作的末法时代,或者只有超越是非真假的二元对立法则,超越绝望和希望,超越个人的悲喜得失,学者与作者才能见到专业追求的本性,才能真正获得内心的宁静。"何必向他处寻觅?若我是声光,又何惧外在的黑寂?"

有趣的灵魂万里挑一,美好的生命来自心灵的洁净,从无用的伤感困扰情绪中抽离出来,为自己的选择干杯,一杯敬守望,一杯敬远方。我的写作就是不断去发现,发现写作之力,发现写作中的自己,做值得投入的事情,并且竭尽所能、全力以赴。生活大多是无奈的,唯一的幸运就在于,若不愿意轻易妥协或者放弃,还能努力去改变、去完善。

二、为每个时段对历史文化的领悟留痕

对历史与文化的见证,这样的书写算是另类的弦歌,是对岁月、经历、波折、得失与爱恨凝就的低吟浅唱。在流动的现实生活里,在变化的时空中,这样的书写是另一种回响,是不无沧桑的心灵撞击,除了记忆,还有梳理与反思。时间铸就经历,成全人生,化为文字,化蛹为蝶,一切无法忘怀,一切难以释怀。幸而,随身携带,随命运隐现,是精气神魂的归栖之所,这一切是广州之书的动能,也是广州之书的美学。

对于一个要反复去吁请、发声、分辨广州的价值与意义的书写者,写下就是最值得依赖与托付的幸存之托了,这是尚可领受诗意的不多的归栖之处。所有的记忆、材料、知识、智慧、灵感、想象、欣赏和热爱都寄存于这无法摆脱的思考与记录里。原来,我身居广州的乡愁竟是如此逼迫而来的,我的执念与守望是我书写的信念,也是我文字表达的宿命。

这样的宿命不期然就成了我的使命,用文字构建一个厚重大气和完整的广

州，为这座美好又独特的城市，在多元并存的簇拥中，在文化汇聚的消解中，竭力伸出自己并不强壮甚至是柔弱的双手，护卫着属于我的一份广州记忆，不让它的城市精神支离破碎，不让它的神韵面貌模糊不清，不让它的价值分量分崩离析。文心安处就是广州，也只有广州才能抚慰无由言说、无处表白的失落和惆怅。

如同活着一样，书写最好的态度，同样是不辜负，不辜负每一种经历，不辜负一点一滴的拥有，用心去欣赏、去热爱、去感恩、去三思。

这关乎精神性的书写不能缺少有意义、有价值的选择，独立的选择，承担后果的选择，有助于成为自己的选择。这对于每个人，尤其是女性，至关重要。

当年读中文系，我正是在摘抄中外美文，且把能借阅到的中外经典，把不同老师每个学期开出的书单，一本也不敢落下的阅读中，写作梦想悄无声息地一点点生长成形的。也在漫长的三四十年的经历磨炼中变得笃定和从容。中国的古典文学和现代文学，俄罗斯文学，以及欧美、南美、东亚文学，通过不同的输送方式，像雨露一般一滴一滴地渗透进我的大脑里、情怀里，所以我着迷于诗意的、纯粹的、唯美的、苍凉的、辽阔的、豁达的、宏大的书写与表达，这样的阅读与生长确实给我提供了不一样的时空，在穿越、腾挪和蹦跳中，我唯独崇拜，甚至是信奉，那些在书写与表达中所具有的哲学般深刻与诗性的审美。

而这一切，在我的专业心性成长的那个二十世纪八九十年代的时段里，开始变得不合时宜了。书写从贴近时尚、追逐潮流、自我抚摸，演变成了倾倒与宣泄、复制与寡淡。当然，这跟是否清醒与强悍无关，只是对正在生长的怀揣梦想的我而言，意味着几乎踉跄难立的冲击。要么放弃，要么随波逐流，要么刻意模仿。

我在艰难与茫然的抵制中寻索着，那些难以承受的压抑成了心头一块无从消退的阴影。在这些喧哗成势的热闹中，我唯有走回自己的角落，那里贮满了古今中外经典文学的所有美好、所有悲悯、所有的博大与深厚，那才是值得我仰视敬畏和永远追随的。

为什么要在垃圾一般的文字书写里虚耗生命？为什么要在搔首弄姿的忸怩作态里附庸热闹、祈求认可？与其埋堆入圈等待接纳，不如保持清醒、初心不变，读书去。

然而，生活与愿望在兑现进展中，总是有着接二连三无法摆脱的困难与重压，我不得不尽已所能地应对着、承受着，咬紧牙关消化着、忍耐着，我老强迫自己坚持一下，再坚持一下，压力与沉重总会过去的。直到知天命之年扑面而来，直到花甲之年转身相撞，我才终于逐渐明白过来，只要经历着、生存着，总会有接踵而至的难题与压力，需要面对、需要解决。幸而，年龄与阅历让我变得从容淡定多了，那就坦然以对吧，或许这就是活着的必要内容了。人生在世，何况是面对内心虔敬而待的书写，没有比忠诚于美好与忠诚于自己所信奉的更为重要了。

那些我喜欢的人文书籍经典教会了我，什么是书写真正的品格与质地，怎样才能在写作中感知与传达悲悯、关爱、透彻、深刻、诗性、情怀。好好写下去，写出对得起自己专业梦想与专业良知的文字，也不枉忍痛而立、孑孓而行，算是对坚忍着持守了那么多年，有个不负梦想的交代吧。在时间的河流里，守望会网住纯粹和诗性，苦痛会在收获的煎熬里成为智慧、成为宽慰身心的滋养。茫然时有书为渡，自救时有领悟为苇，世上所有的领悟，就是欣戚两忘，宠辱不惊，就是自己成全自己。

这年头，很多人和事都在比拼，都在争斗，都在论输赢，如同两条交错、冰冷的铁轨，不知把人生带往何方。而阅读或者书写不必在意更多，文学的字里行间会输送足够的温情、知遇、关爱和陪伴，让一切被冷落、被损伤、被践踏、被遗弃的人事、人心，同命相怜，惺惺相惜，这是艺术所赐予的不多的一口热茶、一圈光亮。生存或者活着，从来都不是一件容易的事情。多少人的经历似曾相识，多少人的内心与真正充盈着悲悯与关爱、包含着力量与正义的文字息息相通、感同身受，这就是文学的魅力，也是文学的力量所在。

亚历山大·索尔仁尼琴说过："文学，如果不能成为当代社会的呼吸，不能传达那个社会的痛苦与恐惧，不能对威胁着道德和社会的危险及时发出警告——这样的文学是不配成为文学的。"

很多东西都有被替代的风险，往事、记忆、爱恨、时间，甚至历史的真相，都有可能被替代、被置换，但是，有心力留住真情，有胆识用力自拔，那么，从前现在，就可以是一样的明月，一样的隔夜灯火。时光是一汛又一汛的潮起潮落，而记忆却是永恒的存留与安慰。此刻的书写，便是挽留。

热爱着这座城市，却不得不落寞地热爱着。幸而，这是一个最美好的记忆和书写。"只要你的历史不再支离破碎、兵荒马乱，你的人民才有尊严，你的国家才足够体面。一个不能静下心来思考的民族，是危险的。"就这样，在广州这片风景中发现我们自己，发现自己的广州，以及她身后那个在历史与文化中闪耀的"星河谱系"。

即使没有更多的关注与热情，去理会广州的文化，它自己也能成就自己，是因骨子与血脉里，广州自有一股精气神魂存在着，并在传承中接续着。"毕竟，在我们的一生当中，又有哪个时刻，生活不曾天翻地覆，一去不回头？"

"我是即将来到的日子。"书写广州，如同再一次努力地走向对方，摆脱很多的羁绊走向对方，在时间及零碎日常的冲撞中，竭尽全力地走向对方。于是，广州之书，就是一个接一个即将到来的可以期盼的日子。

这是一种纯粹的故园情结，认清广州后依然热爱广州。它并不完美，甚至不够优雅大气，不够气派堂皇，等等。重新面对并书写，是值得背负和兑现的沉重的承诺，因为它，就是即将来到的日子，以及一直延伸下去的广州。

三、为本土书写重获尊严而守望

好的散文，对我而言则是好的书写，一定是我内心喷涌而出的思绪和想法，是很多的触动而生成的感悟式的收获，是引领我摆脱窒息或者抑郁的那股力量，是能让我畅快呼吸及情感倾诉的一种托付，是一种没有路径可循的追问与寻索，可能还有更多。

无论是激越的还是缓慢的，无论是飞扬的还是沉着的，无论是偏执的还是达观的，无论是紧迫的还是放松的，其实都是不同时段下的情感真相，或者是思考的生命状态。而在写作时，我无须压抑，也无须躲闪，这该是书生意气的一种放达吧。显然，这是很耗心力也不讨好流行或者迎合时尚的阅读流向。

我时常想，既然是为自己的内心写作，用得着在意那么多吗？用得着假模假式、假戏真做吗？大可以大气沛然，风骨凛然。

一座城市能静候你的到来、降生，能称之为故土、家园，那是何等的缘分，尤其是能成为我的精神之源、书写的对象和寄存的所在，那实在是额外的赐予了。

广州于我，便有这样的恩惠与厚谊。

由是，关于书写广州时间与空间的故事，关于此在的秘密，以及引发的热情和探寻，都是理所当然的了。

如若写作的驱动力成了一种本能的爱，就能穿越时空，跨越得失。时光的流逝就像是生命的一种下坠，这是简单的失去吗？如果在这下坠的过程中，我拥有了曾经的体验和经历，还有记忆，那么此刻的失去，恰恰是我有资格获得的拥有。此刻，我不过是回到时间里去了，或者我正巧是回到记忆里去了。

时间有初始吗？如同记忆会有尽头吗？所以，书写广州，存在着永远的可能性。如同生命对每个人而言是个奇迹，那么书写对每个书写者而言也是一个奇迹。所以，可以这么期许自己：不向遗忘屈服，也不向荣辱屈服，即便虚荣如何光鲜，即便损毁如何隐蔽而阴鸷，即使闻达如何诱惑，即使名利如何鬼魅，诸如此类，又如何呢？到最后也不外是风烟浮云的流散消失。

《时间简史》这一大片的导论的旁白，是美国天体物理学家卡尔·萨根写下的：生于此处却不知此处，日光倾城，万物生长，又是为何？……浩渺宇宙，为何我们在此相遇？面对历史与文化的时间流，所谓"知史而后兴"。在史料中收获史识，在经历与体验中收获感悟。无论走进广州书写的过程有多难，无论把握这种真谛的努力有多不容易，总有些事情是可以做的，而且是能够做成的。所以，我已经不再有任何放弃逃离的念头了。

于是，我开始了漫长的积攒与守望，一年一年地将对于广州的领悟与写作，一点一点地推进着、持续着。

"在有限的时间，无限的星空中，望见自己。"这表明一个人永远不要绝望，要记得抬头看星空，也要低头看脚下。永恒是很长的时间，特别是对尽头而言。记忆与书写似乎都是没有边界的，尽管每个人的经历千差万别，而面对记忆的诚恳，总能让你返回美好之源，开启属于自己的一种安静，找到一种属于自己内心的归属。

我们都是不容易的，无论生活多么艰难，无论以什么方式，你总会有自己的机缘发光，我们每个人都是与众不同的。宇宙与人类也可能是没有边界的，只要你立愿，每个人都可以坚守自己的信念。坚持可能很累，但放弃可能是终生的隐痛，很多改变就在下一秒的忍耐里。由是，做人要有自己的节奏，每一个时段都要做到极致。

写作，准确地说，写广州，是不是我的一个梦，一个一直记不周全的梦，一个不可以复现在眼前的梦，一个不可能兑现所有希望的梦，能够做梦毕竟是一种生命恩赐，所以，不用醒来更好，我其实亦唯愿如此。

我的书写是孤独者的互认吗？是那些对广州文化认知有隔膜的人的互认，还是对远去的广州历史文化的互认？

在多元的并存中，在文化、身份、价值的板块裂缝中生存，一方面是本土化背后的移民文化，另一方面是文化基因的"异质性"。我的书写是与过往广州的想象性对话、倾听，是想象性的注视吗？我的"原生性认知"与符号化的理解是难以调和的吗？新老广州人对文化的了解与认知，不容易产生那被称为共识的同感效应吗？

这种注视与追问，对新广州人来说，也许是不太现实的关注；对本土人而言，则是一种无法摆脱的影子，是一种如影随形的故乡情结。

如是，我不断地在书写中修复表达中的广州，让那些未曾被凝视和关注过的事物影像聚拢更多的视线，让老广州重新叠加在新广州的画面上呈现。

尼采这么说过，悲剧在本质上是过度的狂热。所有好的艺术创作本质上都是悲剧的底色，创作者沉浸在这种氛围里，孤独、悲悯、伤感、触动，汹涌而来，体会着这种高蹈而无助的情感与领悟，向往着灵魂与精神的被引领。在文字与书本的皓首穷经里突围，期待着下一个作品、下一次书写，能让自己背负的心愿如释重负，能够为生命体验的释放与交付欢欣鼓舞。

其实，我们不去经历磨砺与痛苦，并不能真正拥有人生，缺失了一种体验，也许我们所索求的生命的意义也就无法施展。而所有疼痛的感觉，不仅考验着身体，而且考验着灵魂，是否还抱着希望，还在抵抗着压制与剿灭，还在奋力突围着。

所谓的情怀，就是人与城市的纽带，就是在衣食住行、性情取向、胸襟格调上所留下的文化烙印。

我的广州情怀，对个人来说，就是在心底里一直存放着、一直相伴着、一生依恋的那种状态和情结。而这样的情怀已经融进了生活里，成为日常的一部分，成为一种永远不会消失的温情与暖意、依傍和托付。这是一种持久、深厚和不会消失的力量，是永远存放着的关于这座城市的记忆，是时间与空间的交汇，是聚散离合的种种得失、种种情感。

生活与创作最有意味的地方，就在于它们可以促使你变得不同于当初的自己，尤其是书写广州，居停生存于广州，一切由此变得不再一样。这一切抵抗着琐碎庸碌的人与事，避免把饱满完整的内心磨成砂砾。

由此可以比对着两个不同的世界：一个是物质的、功利的、纷扰的世界；另一个是精神的、丰富的、充盈的，有着大海般的汹涌与星星般的光泽的世界。它不引领我去往任何一个鸟语花香的公园小径，它只是暗示我疗救的办法，我只愿意在其中，催生和保存美好的记忆，或者对艺术真相探寻的热情。

一个微小的个体，一个茫茫人海中浮沉的自我，如何去珍爱这颗被所有的母爱与期许所许愿而为的"神秘星星"呢？自信，是什么给你力量呢？是信念吗？是爱吗？是苦熬历练后获得的积累与经验吗？是对内心愿望的相信及愿望召唤的信任吗？也许都是，如同广州像亲人一般给我的感觉，它的文化是融入血脉的，它构成了我之所以成为我的滋养与源泉。所以，自信就是信奉值得付出的一切努力。

那么自信与自持呢？我所依仗的就是我所信奉的，我所依持的是我的心愿所抵达的。无关褒贬，无关欢欣与悲戚，都是该有的收获，都是如期而至的考验。

自得是坦然与淡定的守望吧。永怀一颗谦让之心，恭候付出后或好或坏的结果，礼让或迟或早的得失，默默地对着命运交付手里的暗示，坦然淡定，一切自我做证，自我喝彩。

记忆中，每到农历新年前后，整座城市似乎都充满了花，整座城市似乎也会接二连三地开始下雨。不管是20世纪70年代、80年代，还是90年代，甚至一直到现在，不管是花的品种多了少了，还是更热闹或冷清了，是雨下在年前还是节后。

过去的岁月清晰可见，每一年发生的大事，每一个跨过去的坎，每一次苦乐交集的泪水，似乎都能触感到，顺着眼眶溢出，顺着脸颊滑落。而身后的那片时日，也许不再是一张白纸，也许已经有了那么多年人生沉淀的底色，似乎已经不能轻易地改变了。再怎么样，也许只能独自地喜乐自感，愁绪萦怀，所谓的将来，大抵是可以预见的了。不太有可能出现什么惊喜，唯有这座城市，每天每季都在闪亮地扑面而来，让人全身心地奋力拥抱。

每天居停的城市，我曾经用心地凝视过它、用心地记录过它吗？还是我依然要义不容辞地坚持下去，满怀耐心地继续去温习它的一切？

在无数次去往他国的路上，在走过了二十多个国家、到达过六七十座城市的经历里，尤其是在往返加拿大读书访学时十数次的来去中，似乎更能精细地体验到广州的意义。广州之于我的感受，在距离中更能感应到它的真相。这座城市带给你尊严，就是因为你信赖它，你从味蕾到记忆都更依赖它。没有漂泊的经历，就难以真切地知道什么是归属感。这世上太多的人与事，不过都是生命旅途中的过客，注定都不太可能相伴终生，而归属是一种命定，一种别无选择的归途。

吃上和肠胃情投意合的饭菜，还有那碗靓汤，这些无法去掉的烙印，是身体基因识别的密码，还是情感上的忠诚？也许都有。无论我是坐在多伦多的唐人餐馆，还是在欧洲或者中东的哪个唐人餐厅，一顿很不容易维持下来的广府口味的饭菜，就会让我的身心即时得到温柔的抚慰。乡愁其实就是这么简单，在一蔬一饭里，在低头抬头的遥想追忆中。

如此说来，此刻的他乡也不过是一处故乡的缩影，区别仅是身处何方而已。

如此说来，在天为凤，在地为莲。是大象，我在，便为美；是墨，再淋漓，也止于点滴。你做苍穹，无意，无执，无不在，在，人心也在，都会成全给历史，一切自有分量。所以，最伟大、最正确、最天才的是时间，时间会让你确认故乡，刻印情怀，然后，不离不弃。

四、为更好地呈现去抵达记忆的原乡

不要急着向这个世界诉说什么，也不需要向这个世界解释什么，慢慢去"熬"属于自己的那颗心吧。熬出你的判断和标准，贯彻在行动中，不管这个时代飞扬的尘土多么呛人，哪怕全世界都用怀疑的目光看着你，你也能守住自己心里的真。

庄子在《逍遥游》中写道："且举世而誉之而不加劝，举世而非之而不加泪，定乎内外之分，辨乎荣辱之境，斯已矣。"认清自我与外物的倾巢出动，把标准立在心中，这或可能抵达内心通达圆润的逍遥之境。

那些熟悉的街道，好像日历一样，告诉我们过去的故事、今天的故事，告诉我们曾经与它们的关系，我们过去是谁，将来又会成为谁。

城市目睹着一切，也见证着我们每个人的过往，包括少年青春、中年彷徨、老年怅惘。我从没有机会去和那些老房子、老街巷说你好，或者道一声再见。我们的身份和经历，一直影响着我们的判断和立场。写广州是我回应广州给予我的一切的方式，似乎越来越成为唯一的方式，托付身心，情归故里。

几十年的广州变迁如水墨洇润，几十年的广州旧痕如物事斑驳，有一点光亮刺激就感慨万千、泪流满面。我们热爱的一切事物和人，都是我们的痛点吗？所谓愿望，或者心念，就是维持生命之火的柴火，静雨天安，帧帧起涟漪。广州仍然在自己文化的氛围中积累着自己的资本，积蓄着它的能量和雄心。潮水慢慢退去，风景渐渐清晰。

万物都很认真地活在地球的每个角落。而亲睹每一种生存状态，每一种变迁，身在其中的我们就不时地惊讶，怎么变成这个样子啦？然后是喜乐参半，我的记忆去哪儿存放？我过往的时间还能留得下来吗？又或者，我是不是在做梦？我的想法怎么完全无法曝光，或者没有环境可以显影？

出走与归来，世事变迁与城市沧桑，一如人生这场不动声色的运行，身之远与心之近，总是要么在此处，要么在归途。文字是一苇以航，渡我过前世，也渡我过今生。

如此一想，有那么点坦然，也有那么点孤独无助。独沽一味的选择与趣好，让我总是专注又胆怯地爱好专一，守候着用文字去重新修复一个时段的广州，零落或者模糊的广州，遗痕渐消或者家园情结中的广州，心里就会有一种无由分说的泪意。这样一种自动添加的负重让我感动，如同领略到某种激动通过身体四肢，往神经末梢放射开去的冲击，城市的沧桑也是一股热流。

我出生在这里，成长在这里，生活在这里，我的梦想与希望一直种植在这里，我的一切一切，如此这般，如此这般。广州，就是我的绝美之城、唯一之城。

尽管我走过很远的路，走上差点不再回头的他乡之路，最终还是选择停泊在这里，从每一个白天到黑夜，扎根在这里。

我已经在这座城市生活了半个世纪以上了。

我曾经用了很多年的时间，去感受这座城市，也用了很多年的时间，去明白这座城市。怀旧有什么不好呢，犹豫与不自信有什么不好呢？这也是一种敬畏吧，一如我对广州的书写。

又一年到来了，我继续书写着我的广州。我不知道将来会有多长，我也不知道记忆的铺展会有多久。

而未来真是不可思议，我们还可以继续期待美好的事情，以往的一切还有希望苏醒过来，活转过来。

我一直以来以这样的角度来看待这座城市，以及更外面的世界。这似乎成了我不变的仪式，而这种郑重的仪式，不过是把一切变得更有分量，也让人越发难忘。

是的，书写成了我的仪式，成了我向广州致敬的仪式。我不过是希望通过书写，可以寻找到与广州相遇的更美好的事物。

经历过无望的挫折，总算已走出了那段时日。未曾绝望过的人，并不意味着不坚强，但经历过绝望的人一定坚强。未绝望过的人生并非不完美的人生，绝望可能是情感、事业抑或无法面对的孤独等。强大的信念支持人，不是去征服什么，而是能承受什么。只有经历了，才能明白其中的道理，懂得人生的真谛。经历绝望，但不要被绝望吞噬。

史铁生说过："人的故乡，并不止于一块特定的土地，而是一种辽阔无比的心情，不受空间和时间的限制；这心情一经唤起，就是你已经回到了故乡。"

因距离而痛苦，也可能因距离更亲密。"所有人都会死，但并不是每一个人都活得有意义！"爱与自由，公平与正义，这些永恒的话题，一如关于广州的话题，一如无法被其他乐器替换的最契合此刻情绪的大提琴的诉说。大提琴的乐音真的能让人融化，我们会沉浸在那种复合的掺杂着凄美与优美的表达中不愿醒来，一如这座城市的印痕，只是那种忧伤是带着明显的英雄色彩的，那里有广阔的空间和视野。自始至终，我都充满信念，任何奇迹都有可能发生。不要忽视爱和信仰的力量，不要放弃做梦。

无论命运多么崎岖，生活多么糟糕，人心多么不可预测，一定要相信，波折虽是最逼仄的路径，也一定会有一扇门，通往平坦的道路。当然，将我们推向那条道路的，或许是爱、是帮助、是巧合，但无论这些外力多么有效，它们都比不过那最关键的一点,那就是我们自身的信念。无论如何,我们应该相信,命运再黑暗,也会留下一道缝隙,让光透进来。万物皆有裂痕,命运亦是如此。如果不怀揣着这样的信念,外力就算再强大,我们也去不到那片开阔之地。所以,无论遭遇何种苦痛,请时时刻刻保持信念,那是我们防止自己被摧毁的唯一屏障。

致力于提炼和创造是活着的推动力,无论创作还是生活。这个用心用情的过程,不仅让生活充实,更让精神宝贵,而其中的经历,最后就有可能变成一个动人的过程。

五、广州之书:一年将近夜,万里未归人

对广州文化的态度,缘起不同的视角,有的是情不知所起,一往而深;有的是万里归来,仍是少年;有的是一年将近夜,人在旅途中。

而我,则喜欢"你是寂静的,仿佛你消失了一样"这样的表述。喜欢广州是散淡自适的,每一个时段从你的季节走过,都有越来越深沉的故园的感觉,都想好好地抬头看这里四季常绿的树叶和阳光。"无事一念不生,有事一心不乱。"我总能看到夏天里灿然嫣然的白兰花,那些夜里暗香浮动的夜来香。

很多年、很多个学会惦念和牵挂的日子,都是为了用心去抚摸这个名字、写好这个名字——广州。不懂得念念不忘,何以懂得故园情深,何以懂得生命如寄、情怀何寄?

逝去的时间在记忆里奔跑,印在广州街巷里的脚步或浅或深,却一直朝向这个名为家园的地方,心有归宿的地方。

所有这一切,才是我的广州。

我们所谓的人生,终究是狭隘的。其实平淡的背后,是很纷乱的焦灼和匆忙,而所向往的淡定从容之境,远没有抵达。虽说已过中年,亦近晚年,而生命的历练,尤其是感应,还是如常承受着,没有减轻,从来都在负重。所指活得明白,不过是放松了攥紧的双手,不过是无奈地叹了口气,呆看着眼前的"大江流日夜/客心悲未央/徒念关山近/终知返路长",也不过是乱云飞渡、金蛇狂舞罢了。

从来艺术,尤其文学,何尝能够超然,所幸的坚持,不过是多了几分决

绝。不然，何处有归途？来路早就是荒径乱草，归途多半也没有同行人了。

倒真是喜欢"况味"二字，有种喝了一口热热的好茶，还含着余香，就微微浅笑着，缓缓地嘘了一口长气的释然。睿智，更是坚毅，中老年的况味，还是有残余的热情，去坦然和大度地抗争一下的。

温暖就在这种相互偎依里，所以再怎么疲累，也还是要持守，这更多的不是为了输赢，不是在乎得失，而是不能离开，也不忍放下，更不可无视。

这算是哲学般的信念，还是对烟火俗常的忽略，又或者是生存的另一种成全，我是不敢知晓的。如若悟透了，仍还得守候，这多少是有点残忍的命运吧。

写作与思考，于我，似乎算不得幸运，而是一种争取拯救的机会，争取一种呼唤的应答。大千世界，多的是噪声，多的是喧嚣，写下的文字能抗衡什么，不过是踉跄着退回原本的方位，让自己继续站立，继续以倔强的姿态挺立，在精神可以企及的高度，在灵魂可以渴望的高度，在想象可以纵横的高度。这些，可以自我掌控一下吧？是的，这至少是可以自主的。

热爱，从此让平淡或者乏味的日子，变得不再孤独。热爱，从来是迎向命运的冒险，是对不可测的决然、出发、挺进。

说到底，不过是匆忙地赶着时日，以为有理由的时候，就慌乱地或者紧张地触碰了一下各自的命运，而所触动的也许是同样流水落花的世界。活着的年头，原不过是小小的沧桑，自以为是的沧桑，兴许就是命运传过来的，又承接下去了。

奇迹和痛苦来自另一个地方，并非一切都像人们以为的那样。里尔克说的，人们没有把自己哭进痛苦中，也没有把自己笑进欢乐中。你所看见和感受到的，你所喜爱和理解的，全是你正穿越的风景。

亚里士多德却认为，幸福是把灵魂安放在最适当的位置。

至于诗人张枣却依旧潇洒：我要衔接过去一个人的梦/纷纷雨滴同享的一朵闲云/我的梦正梦见另一个梦呢。

加缪不无倔强，他认为重要的不是治愈，而是带着病痛活下去。

冯友兰却很通透，他觉得哲学是人类精神的反思，是对于认识的认识。

毕竟我们对这个世界所知甚少，每个人的认知都有先天和后天的局限性，于是，我们总是在抽象的世界或我们无法进入的世界里去寻找熟悉感，又或者在具象的世界里追求抽象，如把观点、看法、判断变成理论，甚而变成理念。

而艺术尤其是文学，就是抽象与具象之间的摆渡者，引领我们感知两岸，走向未知的将来。

当世界不断变迁，居住的故园广州成了移民迁徙的文化多元的城市，最好的选择，就是用故事来表达历史、表达文化、表达自我吧。

命运是天体战士神奇的东西，感觉更是一个神奇的东西。人的行为做派的选择，向来就是一个盔甲，不喜欢或者抵触的事情，情绪立马就有了反应，非常强烈地要把真实的自己拽回来，所有的理由都源于抗拒不同价值观及良知背后的选择，偶尔的妥协，只是所谓的理性让人屈从罢了。但很多喜欢甚至是终身热爱的事情，比如音乐、写作、阅读，能敞开心扉去倾诉的书写或者物事，比如一路行走一路迎面扑来的美好风景，那些从未到达的远方，等等，都在不可企及的前方，总有时间的消失和过日子的障碍无法触碰，走近的过程便耗尽了很多的人生和心神。

所以，人生一场，说不定有很多东西，永远是一场虚幻、一场梦想，也许永远都得不到。而同时亦有很多东西，被不可抵制地硬塞过来，既砸痛了身体，也砸伤了内心，却也只能含泪承受着，并不得不拼命地消化下去。这就是活着的不易和活着的无奈吧，包括很多身体的伤痛。

而最受伤害的，还是如何面对那些龌龊的事情、卑劣的人心、莫名其妙的伤害、防不胜防的旋涡，把美好打碎，把平静卷走，把云淡风轻洗劫一空，留一副千疮百孔的身心，慢慢地成了一个黑洞，这个黑洞吞噬着每个人有限的时间、有限的精力、有限的好心情。很多的时光过去了，我像有洁癖一样地远离着这些污秽，远离这些阴暗的吞汲，却还是无法阻止这种种黑洞邪恶的鬼魅，它们就像霉菌，无法消灭，只能小心翼翼地、远远地躲避着，不停地提醒自己，一定要站在阳光下，如同站在雪山草地湖泊前，让身心竭力朝向阳光下的蓝天绿地。只有这样，活一趟做一回人，才能侥幸地活得有点诗意和舒坦，保持清爽和明亮。

当人生有了一大段的积累时，我不知道这些经历，是不是苦尽甘来、美好降临的代价，以及历练。也许剩下的就是安放好自己余下的日子了。

一直没有归属感的雅贝斯说过，只有写作能给他带来慰藉，只有笔能成为迷途中探路的手杖，只有纸能化作沙漠里的绿洲，只有墨能流淌出希望的源泉。也正如哲学家阿多诺所言："对于一个不再有故乡的人，写作成为一个居住之地。"

　　每个人的时光都有那么一段可以是唯美的，有自以为可以独享的空间，有自以为可以冒险的念想，记得那时的执念，却不必记住曾经的落寞，这不也是一种智慧？倘若那正是我要到的地方，不管它是带咸味的海水，还是带苦味的人生，我一样面对，这才是生活，是生命，我需要的就是绝对的皈依，从皈依中见到神。

　　生活不是等待暴风雨过去，而是要学会在其中跳舞。

　　人总是带有希望的，哪怕是最无望的希望。因为在内心深处我们都知道，每个人的人生都是一个无望的希望，由于残酷的命运，我们不能实现梦想。但我们也知道，没有希望就没有人生，所以只要我们还剩一口气，就要继续追求我们的梦想。

　　那些生活的磨砺、考验，究竟是灌溉了自己，还是摧残了自己？而这些经历的记忆和书写却会永远留下来，如无色无香的无名小花，扎根于人类最绝望的灵魂的旷野中。

　　巴金曾说过："我们每个人都有更多的爱，更多的同情，更多的精力，更多的时间，比用来维持自己生存需要的多得多，我们必须为别人花费它们。"换一个更通俗的表达，就是世界上只有两件有价值的事：第一件就是自己要好好活着，尽己所能地活好，活得幸福；第二件就是要帮助别人活着，帮别人幸福。所以，有时候我们需要宽容是为了放过自己，同时也是为了唤醒别人，唤醒他们内心深处的某些东西。写作最大的可能性，就是通过表达，让一颗心触动另一颗心，让一个灵魂唤醒另一个灵魂。一如最残酷的伤害是对一个人自信心的伤害，而最大的帮助是给人以信任和赞美。

　　一个自己成长的地方，一座被称作故乡的城市，在漫长的时日里，以什么方式给你带来滋养与力量，有时是细数不清的，也是无法归纳与总结的。每每面对电脑，设想写下些什么文字的时候，我都会有一种不可思议的心情，仿佛我连阳台外的河流都不可类比，我只是在一条不知流向哪里的河流里，想象着远方的大海，如同在夜色的飞行里，透过舷窗，窥视着广漠无垠的夜空，连更多的光线都抵达不了的漆黑的宇宙。感觉到一个人要生存下去，要朝命运暗示的目标走下去，是多么不容易的事情。抵达是漫无边际的过程，谁也不知道结局如何。

　　没有一个人可以独自坚强、独自坚守，总是有什么人与事来与你做伴，跟你邀约，然后彼此支撑着。一个远方的朋友，几本不期而遇的好书，都能让自己变得更加坚定。时间像是一个个跌落地下的玻璃球子，在脚边四处滚动，我只能小心翼翼地挪动着脚步，像越过一件又一件接踵而来的事情，总是忙个不停。如是，能躺在树荫下的竹椅上，听着满树嗡成一片的蝉鸣，唇边只有丝丝清凉的风滑过，那是如同置身世外桃源的事情啊。

　　童年的记忆，故乡的印记，就是这么顽固地把人的情感导向一个不可归返的过去，并缠绕成一个不可拆解的情结，从此系在心头。

　　有的人试图长出翅膀，飞离这个地方，带着很多尘世的梦想，走得远远的，出国、出洋、移民、定居。而我，却有点茫然，也许我更试图生根，在这座熟悉的也是陌生的城市里，让我的思考长得枝叶盎然，让我的身体能在树荫下乘凉。此处用词"乘凉"，我不喜欢用普通话的纳凉，我只是把自己的神思加在所有的庇护之上。

　　一个人成熟的标志，就是愿意为了某个理由而恭谦地活下去，耐心地坚守下去，守着某个愿望，守着某种可能，有些什么变化或许会如期而至。一个人所拥有的可能都是侥幸，而一个人所能失去的也大体都是时间，无一幸免。

　　"无我"的至境，自然就会把自己推向"无执"的至境。"心平何劳持戒，行直何用修禅，恩则孝养父母，义则上下相怜。让则尊卑和睦，忍则众恶无喧。"而没有自我，就只能眼睁睁地看着美好被撕碎。心灵被哲思照亮，那都是稍纵即逝的契机。

　　如何把自己的心血融化在每一部作品里？重要的是内心怎么感受，怎么做，怎么去表达自己，怎样去与他人达成共识、建立认同。

　　生活中最难的或许不是外界的压力，而是自由地做自己。生活是每个人独特的艺术品，找到自己想要什么，沿着自己所热爱的方向去努力，坦然接受所追寻的东西带来的一切，才是值得期待的收获。我的生活，就是我的艺术。而每一个人，都有仰望星空的权利。人间有泪，也有诗，有时候，良知、正义、合理、合法的到来更为艰难，更为漫长，再熬一熬好吗？若是再撑一会儿，命运是不是可能就截然不同？万物皆有裂缝，那是光照进来的地方，是用来迎候从黑暗中生还的入口。切记，我们是为幸福而诞生的，不是为毁灭而降临的。低谷也许漫长无期，而内心强大却比什么都重要，不断承受，亦会锤炼得内心越发坚强。毕竟，生活从不曾取悦你，所以你要创造自己的生活。

最重要的是自己的选择。脸上的淡然全来自内心的底气。就像村上春树说的：肉体是每个人的神殿，不管里面供奉着的是什么，都应该好好保持它的强韧、美丽和清洁。很多时候，内心的丰盈能带来重要的力量，让良知打动良知，让善良传递善良。在你真诚表达的时候，你尚未看到的改变已经悄然发生。当你对那些素不相识之人的伤痕投去温暖的关注，不断蔓延的善意之光已经在一点点驱散不善之火。有不同的方式奉行自己的信念，无穷的远方，无数的人，都和我有关。

被边缘，或者被忽略、被漠视，从来都是施加在主体体验与感受身上的外在磨砺和考验，要么用心力，攒足有效的一拳击垮这种挑衅，要么是被迫反抗或者抵抗，和表浅的生存或者境遇抗争。面对不公与漠然，支撑点就是信念，以及信心。

喧哗躁动，世界是世俗的，但也应该是文化的、艺术的；是繁华的，但也应该是寂寞的、唯美的，或者是清冷的、浪漫的。人类过于迅猛或草率的生存，与那些缓慢的若有所思的生命，在根本上没有差别。有问题的是我们，我们何必过度着急和慌忙，如果人生体验的每一次转变，都能让我们在生活中走得更远，那我们就真正体验到了生活让我们体验的东西。

六、不拒众流，方为江海

比一生都讲同一个故事更执着的，是一辈子都在用同一种方式讲同一个故事。孜孜不倦地做同一道证明题：这些肉身的苦难不是目的，而是自我在验证信仰之坚定的重重考验。那就是为表达的信念而不断守望。

大度、忍耐、坚韧、包容，却又善解人意、自我牺牲。所以广州人把日子捧在手里，而烟火正是承载所有用心过日子的托盘，盛得下所有的杂七杂八。

广州人的淡定，就是退一步海阔天空。所以，这里与气候一般温和的性情，与四季一般常绿的种植，不会有萧瑟，更不会有冷风相逼，有的只是和风细雨，温热如夏。

所以，这里的氛围向来闲适从容，四季轮回，只是光影流转，而树常绿，花常开，一壶茶在早晨，在正午，在温馨的傍晚，在清朗的夜里，兜兜转转，风流云散，却也是宠辱不惊，方寸不乱。

这里地远天偏，恰可做逍遥游，做闲适状，做通达的恣意无为和赛龙夺锦的奋勇争先。

从来安稳，是要有底气的，而安谧，则是要有心情的，至于安乐，则是要用襟怀来做垫底的。更有那热血情怀，激昂大气，那是静水流深含威不露的，广州人性情的养育，从不在那些条条框框的法度里。正是因为我们凭直觉避开最差的东西，才有耐心和经验得到最好的东西。人自我感受到的痛苦，多半是对自己与外界无能为力的不甘。当我坚持着做自己不敢梦想成真的事，只是因为我还相信，有梦想的日子，比空虚的日子更有意思，也似乎让人更显得踏实。

我一直以为像熬一锅老火靓汤一样慢慢地煨好命运塞给我的各种配料，到了一定的火候，必会煲出一锅浓香扑鼻的好汤。然而，事实不一定是这样，等到该享用自己的劳动所得时，也许那时的心情已经变得舒缓自如，或者淡然得地老天荒吧，不会有更多的怡然自得，不会有更多的欢喜，而是水流无痕般地，低头抬头，云舒云卷，然后飘然而去，连背影都迅速地消失。似乎这样更好，日历换了一沓，天地也该换一茬了。每个人只是过客，也终将是某个时间节点上的过客。天总会慢慢地暗下去，而大地总是寂寥而又充盈的。

做应该做的事，做喜欢做的事，做有能力做好的事，云淡风轻，不黏不滞，在一个美好的环境里，有水声，有山气，如此有意思地、问心无愧地活着，难道不是被恩赐了吗？

何必对外在的东西抱有幻想呢？那样连期待都不必保留了，删除就是一种清爽。

说回广州，周虽旧邦，其命维新。不拒众流，方为江海。这正是广州的精气神魂指向。文化的其命维新，恰是开风气之先，领时代之新，走变革之路才能创新创造，再筑高峰。

20世纪以来，广州不仅成为近代革命的策源地，同时也是"艺术革命"的策源地，是传统艺术走向现代的中心，演绎着文化面对外来冲击大潮的应对策略，也应对着现代怎样接续传统文脉，而又继续向前发展，由此呈现出来的广州特色的革命性与创新性尤为突出。

此在的文化早在一百多年前，就拉开了中西合璧、融汇古今的序幕，有筋骨、有道德、有温度的民族复兴的群体此起彼伏，尤其在文化自信上，凛然观风云，激情写历史，从不等待，从不盲从，无论身处何地，都以坚守的步伐踏步向前，开拓境界，足履坎坷，去实现人生目标，向世人奉献了无数具有新创意、新语言、新内涵、新意趣的岭南的时代经典、广州的岁月风范。

观念当随时代，广州文化的充分自信，源于低调是真正谦卑的前提，而粤式文化的审美理想根植于价值观，同时也是这种价值观的外化者，审美自信是审美兼容最大的底气，也是艺术创新的最大本钱，开放的姿态、兼容的诚意、创新的自觉会油然而生。

文化自信同理，并非一开放就等于出让，一兼容就等于异化，一创新就等于丢本，"人要学会做自己，更要学会优雅地改变自己"。

融西技于中法，融百技于中法，这个中法就是所基于的中国式价值观、审美观，既是策略，也是方法等基本法度，这是岭南人的眼力、心法、尺度，是老祖宗，而所谓西技则是"窗外景"。立"老祖宗"于庙堂，开"窗外景"于户牖，便是广州人的智慧。

广州文化传承的核心：尊重、敬畏、传承、创新。有粤人风骨——刚柔兼济，收放有度，低调豪勇；也有粤式审美——风雅生存，烟火人生；更有粤派哲学——淡定自适，含威不露，潜行待发，一飞冲天。

所以，广州的城市精神，一方面，有阴柔斑斓的一面——烟雨春色，花开四季；有阳光刚烈的一面——红棉怒放，英雄花开。另一方面，有大俗的一面——食到水尽处，坐看云起时；也食到天人合一状，四季皆轮回。再一方面，有大雅的一面——花城的品牌，花市的节庆，爱花赏花的风俗，以花为媒，把俗例、雅兴、爱好、情趣融入日常，化作烟火，淋漓尽致。

以此来归纳广州的生存哲学，有四大品相。一是上善若水：随物赋形，能屈能伸。二是乐天知命：自在自适，能缓能促。三是生活智慧：用心经营——点心点心，点点心意，把日子捧在手里。四是价值取向，勇立潮头，锐意创新——坚韧柔软，坚守开敞，澄明通透，达观潇洒，得失随缘，意头讲究，心存感念，心诚则灵，把日子过得风生水起、趣致盎然。

广州的城市精神，用几个广州话词语来概括，那就是叹世界（多难都归结为一个化解）、淡定、从容、硬净、顶硬上。

毕竟广州的发展史，尤其是近一百多年的建城史，近几十年的新中国建设史，我们城市的推演与文化变迁，不是一个无法触及的史书上的记忆，而是一个集体性的体验的存在。所以，为广州的城市历史立传，为广州的文化精神立言，对于历史及记忆的真实性，对于这个现实世界的变迁和文化的发展，有着更明确的责任感和承诺。通过研究，再认识，通过理解，再热爱，去见证广州，致敬广州。

用写作、研究、传播、交流等种种方式，去见证、去践行承诺，去热爱广州、热爱广州的文化，用热爱去保护一些愿景中的东西，也努力用关注去见证那些真实的东西。如是，达成广州共识的六大要素：一是文化自觉，二是文化自信，三是文化自豪，四是文化传播，五是文化创新，六是文化共建。一座城市的历史与现实，就是一座巨大的博物馆，记忆与真实的交错，回顾与经历的重叠，我们就是这样去凝固与一座城市的情结，对一座城市的记忆。

传承广州最好的方式就是书写广州，并且在书写中建构起一个富于温情与暖意的广州，一个值得怀念和欣赏的广州，一个生猛和活力的广州，一个风情万种又烟火俗常的广州。

对广州这座城市的热爱，需要的是真诚的关注，温情与暖意，而非理性的凉薄，这里有城区的生活之美，有文化传承的滋养，有风俗的喜庆热闹，有美食的慰藉，有民风的良善朴真，淡定从容，这些日常生活看得见摸得着的细枝末节，是这座城市被视作故乡的理由，是每个人可以坦然活下去的理由，是每个人找到家园的归栖感的理由。

如果对我们生活过的城市、乡镇的历史充耳不闻，如果只是写一些消遣性的、消费性的、自怜自叹性的，甚至是轻佻的文字，如果文章也好、文字也好，仅是粉饰和附庸的阶段，那么这些东西也终将不具有见证历史、见证文化、见证灵魂的深刻。这也正是我们所要追问的，文学为何证？文学应该具有什么样的功用？

所谓情怀，就是一个人心底里一生依恋的感悟积累。血脉认同的广州情怀已经融入生活里，成为每个市民生活的一部分，云山珠水、节庆风俗、起居饮食等，都是永不消失的力量，是最本土的广州情结。

七、上善若水，乐天知命

我把通信工具切换到飞行模式，让来自外界的扰攘静音、消失，却让自己的领悟飞扬呼喊，这是一种神奇的释放和调整。

台风过后的阳光通透明媚，书房外的河水娴静而温婉，随风的快慢节奏，而绽放着一阵接一阵的笑纹，那笑纹如同时光的脸上微笑的花，如同我一阵接一阵紧缩的头痛与呼吸，而此刻的风已经清爽起来了。

节令刚过白露，广州依然是一派夏季的模样。然而前几年的记忆依然清晰——2018年的台风，从遥远的他乡一路盘旋着逼近，虽然顶着个酸甜爽冽的水果名字——山竹，可一发威，还是歇斯底里地使劲揪扯着广州的草木人心。一如此时终于倾轧过来的一件莫名负重的事件，起因是不可知的势力，终于集聚成泰山压顶的霸蛮凶悍，一点一点地消耗着我平和淡定的心境，蚕食着自以为还算傲然冷静的思绪。如此这般持续了一年，或者潜行了多年的肆虐，所留下的拖拖拉拉的一地散碎，假以时日收拢一起时，有可能就是独一无二的，供我日后点燃起来照亮来路归途的柴火吧。这年头还有什么柴火可供收拾以做燃料的，也算是费尽功夫去经历、去承受，撑住之后，唯一意外的收获吧。

台风时节的肆虐虽是张狂，虽是残忍，毕竟是短暂的狰狞。而风过止歇，雨过天晴，那种终于挣脱，以及终于摆脱之后的宁静舒展，也许真的是扛住了、承托住了风狂雨骤之后的赐予吧。

是因，才几天前的加拿大之行，我就惊喜无比地在大雨后的北美天空，目睹了那种活化在宋史宋瓷里的天青，稀罕而又无与伦比的雨后天青。

也许这就昭示着，美好的邂逅、美好的相遇，都是狂风暴雨之后的温慰，或者补偿，既那么奇特又那么完美的天青，似乎在永远护卫着某种坚守的信念，美好总会归来的，在翘望中，在期盼里，来之不易，也终将会如期而至。无论之前多么不堪，无论冲击如何猛烈，在美好的归期里，只需把那些龌龊坚决地，同时又是蔑视地推到一边，让它掉落在死角和盲区里，摒弃在不被撬动和摧毁的平和宁静外，只要不屑而又无比厌恶地推倒，甚至无须发力，只是充满信心地将其撇过，那些扰攘侵蚀，哪有留下遗痕的资格，甚至连垃圾都不如，或许垃圾还弥发恶臭。这种姿态既决绝又高贵，让人神清气爽、舒心释怀。

如同写作《百年城变》这本著作的经历，冷意与温暖，羁绊与援手，都是交替出现着，让人百感交集。活到这岁数，努力用功到这年头，唯一期望和要求自己的，不过是坚守。再坚持一下吧，为了问心无愧，为了偿还夙愿，原来就真的这么不易，原来就真的这么负累。就像在暗黑窒息的坑道里，憋着气地踽动着，挣扎了好长的一段距离，好长的一段时日，不知道尽头在哪儿，不知道何处能终结。在濒临气绝力竭的时候，终于有点风吹送而来，终于可以呼吸一下，光亮就在前方。是的，意志力的有无既可以让一切灰飞烟灭，也可以撑持着让心愿存留下去，这似乎是不以处境际遇的顺逆为转移的。

能守望着，守望着那一点心念的坚持，原来是多么美好的可遇不可求啊。

此时，无声的眼泪已经爬满了我的脸颊，我慢慢地伸出手，权当是抹了一把湿淋淋的清凉吧。有时猝不及防地被污泥浊水兜头泼来，之后，一场清空一切的大雨总会如期而至，让我还能感受到，并真切地看到眼前的清凉，一切是那么侥幸，是那么雨过天晴。是的，都会好起来的。

唯愿前路并不那么坎坷，并不那么消耗心神。温馨美好的日子是多么滋养身心，是那么值得永远铭记，甚至为了尊严不倒而不惜以生死作赌，时间做证，毕竟我们都是匆匆过客。生命力的柔韧和选择，或者说生命的坚强与寄望，有时候会产生匪夷所思的力量。

LL姐姐的精彩导引，如点亮隧道的烛光，明亮与暖意如醍醐灌顶。是的，冥冥中或有约定，既然难以摆脱在污泥浊水里生存，就要拼尽全力挣脱沉陷于沼泽里的命运。出淤泥而不染，用奋力生长的绿茎，擎举起一生的纯净、清爽和明媚。亭亭而立，超然而立，淡定从容而立，迎接天光月影。如周敦颐在《爱莲说》里所言："吾独爱莲之出淤泥而不染，濯清涟而不妖，中通外直，不蔓不枝，香远益清。"

又如我在《西关小姐》给女主人公所起的名字——若荷，按金庸大侠的用意，所谓若，即杜若，花期极短，只开一夜，美丽但转瞬即逝；所谓荷，正是周敦颐先生的名篇定位，或长或短的居停，也不碍清奇留人间。

这是多么心仪的一生啊。

至于那些暗沟里臭气翻滚的流动，不过是慌不择路的逃逸，与朗月清风的世界是另一种翻转。那里没有阳光，没有释怀的宽慰，没有大度的淡然，只有腐败，只有阴影。一面是如此阴冷残忍，一面又是如此浩荡乾坤，长风万里，江湖还在。

  我们的身体正在老去，而不愿枯竭的灵魂和精神，正在寻觅着一种新的滋养，再度生长，长成云淡风轻的样子，长成饱满而成熟的样子，这是一种充满了向往的推动力。

  活到甲子之交，人轻易就会陷入各种有形和无形的疼痛，生活与际遇总在无常地制造着疼痛的陷阱，磨砺和考验着人怎么掉下去，又怎么抽离出来的意志和耐力，这似乎成了任何年龄段永不停歇的修行。也许，对于执迷于思考与书写的人，尤其不能幸免。

  据说疼痛能让思考更深入和透彻，进入非常态的心境里，眼前的事物遭际，都因为无力与无助感，而让人窥见更多的真相，亦借此去洞察内中的奥秘或玄机。大概这就是一切得失的又一种代价吧。

  这一切既是每天面对的现实，也是日复一日被过滤的记忆，甚至是带着寓言性质的故事。每个人和一座城市的关系，在时间的容器里都会发生令人感叹的变化，这座城市既承担着历史与文化的演变，也承担着地缘特性所造就的差异，是每一代人悲欢离合的故乡之地。在引发共情这个集合点上，书写不仅是向内心敞开的，也是真实存在的。

  我看重语言的质感，不仅是品相，还在乎审美的张力，在优雅与精准的独出心裁中，见出机杼，见出天地。在语词的尽头对白，跟灵魂的心灵互为感应，跟虚空的存在，跟风与云、日与月对语，也许这种对话是奇谲的不入常态的，由此创造出来的是意境，是意象的氛围，是气场与境界，让心去领悟、开窍和感应。这些意境、意象、意群充满了激情和探索的动力，一骑绝尘、策马飞奔，让人的视线与想象力，箭镞一般地射向无垠的远方和陶醉中，似可解非可解。

  对于诗，对于用心的遣词造句，来之无迹可循，去之无痕可掸，这就是美好的言辞所缔造的神奇。这种神奇对一个向往美好的心灵而言，就是一个至高无上的王国，自己就是君临其上的主人，驱遣着自己所有的创造力和灵感的火花，去映现出一个人的语词王国里的绚丽和纷繁。这是不可思议的，这些言词是如何诞生的？是如何降临到书写的矩阵里的？千浔瀑布，奔腾而下，迅即把平庸和猥琐淹没。

  是的，我们要创造一些这样的时刻，欢笑的、释放的时刻，以此支撑我们走上一段时间，留下对广州更为美好的书写。

宋诗人苏舜钦有诗云："春阴垂野草青青，时有幽花一树明。"又迎来了新的一年，恰好是春和景明的牛年新春和风送爽、暖阳生辉的写照，有一种心生窃喜的感恩和宁静。经历过一年的全球疫情肆虐（意想不到的是这种灾害竟然延续了三年），大自然又把祥和美好的温慰带回到我们身边。真的是天地有情，苍生不老。

看河水在阳台前扑闪着阳光晃亮的眼睛欢快地流过，看长成几层楼高的树木在和风中颤动着叶片，在摇头晃脑地怡然自得，嘹亮的鸟雀声覆盖了所有的声响，放大着春节假期的安闲，平安是如此珍贵，祥和是如此重要，天清风朗是如此慷慨的馈赠，一切去而复来是如此幸运。就这么痴痴地出着神，忽觉得世道与人道何其不易啊！

我走进欢喜和明亮的阳光下，如同再次走进我的书写里。

每个人都应该善待自己的经历，因为那里有你全部的尊严，每个人都是自己这场人生的主人公。历史学家史景迁说过："每个个体都很重要，不管是皇帝还是一般的老百姓。整个史实就是生活本身。"

你不必认同黑暗，更不必害怕黑暗。因为你坚持着，就会看到明亮奔腾而来。

是的，无数的远方，无数的人，都和我们有关，就如同无数的记忆，无数的文字记载，都带给我们对广州的认知，带给我们书写广州的温热。赫尔岑在《往事与随想》里说过："生活的最终目标是生活本身。"

试着与愿望脱一下节，试着与完美挥一挥别，试着对执着松一松手，然后，有些东西就会消失，有些意想不到的惊喜就会出现。暂停状态与永恒的流动状态，都是不同的生活方式，我渴望重新懂得怎么学习，怎么开始，怎么暂停。

做自己，意义什么的就会出现，就会扑面而来。

是的，生命的河流早就过了汹涌湍急的中青年的峡谷，命运之手已经把我们这代人带到了相对开阔的耳顺之年，眼前的风景开始变得缓慢从容，也变得清澈坦荡。季节轮转，实在也不必唏嘘，一切不正是境由心造，风清气爽吗？人世间除了真善美，其余都是过眼云烟，此言诚恳实在啊。

活着，际遇如何，是无常的，而生命，或者生存的选择却又是极具弹性与柔韧的。选择做什么样的人，活出什么情态的人生，无非一念起一念落，只有回首，却难回头。敛尽尘俗，荷泽天光，生命终将各自精彩。一个人的路，是心境，一片扰攘的喧嚣是江湖。就让一切淡淡地走来，就让一切好好地远去。

压根没有回头路，我们回头所张望的来路，都是被时间与心境的视线筛选过的。

所谓的逆行，所谓的坚守，看似是豪勇之举，其实远不如就此踏上修行之路更为平静，更为坦然。世界的残酷和荒谬不会缩小，而人的灵魂索求也不会就此简化，唯有不断向前，绝不回头，无论如何，"在疼痛中扩大你的灵魂，直到它能容纳整个宇宙"。

这一直是广州的姿态——兼容和并蓄，迎接和承受。一座伟大的城市，并非一直去求助被命运青睐，而是回应了那个召唤，是时间对云山珠水的选择，是命运对一座城市的召唤。

就此，云山珠水与这座城都勇敢做出了自己的选择。选择自己的命运，在一次次的选择中，呈现出自身的品质与禀性。

所以，就有了广州"四地"说的地位与价值的权威定位。

所以，也有了山河为证的读懂广州这座老城的依托和共识。

又一个世纪的帷幕拉开了，是漫长冬天过后的春之声。

一个新里程的开启，从头编织着这座城市新的云锦。

是的，没有哪座城市的传说如此浪漫、传奇、吉祥、喜庆，也没有哪座城市的中轴不变，千年流转不变，与创新变革开放兼容的千秋之约不变。

龙年的新春在或远或近的鞭炮声中舞动起来，"绿如春水初生日，红似朝霞欲上时"。七彩的春天，绚烂的广州拉开了自己的新年帷幕，在姹紫嫣红中泛着或浓或淡的绿，匀净细腻，雅致宜人。广州在若鲜或暗的旋转间，兼具绚烂与含蓄之美，这种恩赐如此奇妙，造物之笔如此神奇。是的，每一个春天都是新鲜的，都是美好与值得守候的，一如对广州之书的情结，百折千回，终是不悔。

长达七年的书稿终于成形付梓，一段人生就此留下印迹，由衷感慨，难以罄尽。谨记。

2017—2023 年

目　录
CONTENTS

第一部分　血脉

我的年节我的城　/　2

南国红　/　8

镇海楼之夜　/　13

端午节的江河水　/　18

风云际会：岭南的赛龙舟与醒狮　/　24

水色阳光　/　29

城里城外的榕树与素馨　/　34

一路向东　/　38

陌上花开　/　42

花事正浓　/　49

两地缘　/　53

声声入耳，声声不息　/　62

第二部分　市井

茶市　/　70

花世界 / 81

市井（四题） / 86

春风拂槛 / 99

成珠楼岁月 / 103

那一扇七彩的满洲窗 / 106

归来留耕堂 / 110

红妆 / 118

织梦 / 129

乡关何处 / 138

向西一湾 / 143

且俗且雅，且行且驻 / 150

第三部分　遇见

星光 / 160

极致（三章） / 165

缘聚天一阁 / 184

浮生（三节） / 190

远去的绿影散在风中 / 204

到坝上去 / 211

消失的岁月　滚动的足球 / 221

那年，从2018到1978 / 225

倾听我如一个人听雨 / 236

风继续吹 / 242

天眼 / 246

敬你 / 250

第四部分　缘分

根脉与乡愁 / 258

南方的河　/　263

向月亮倾斜　/　271

咫尺之遥　/　278

风雨故人　/　282

封开回望　/　288

雄关漫道　/　292

曹溪的晚唱　/　296

两种时刻　/　305

信仰与救赎之路　/　310

那片巴尔干半岛的江湖　/　325

唯独我们知晓的远方——从西藏到落基山脉　/　334

万锦的唐人生活　/　351

去到世界的尽头　/　361

后记：写不完的广州之书　/　369

第一部分　血脉

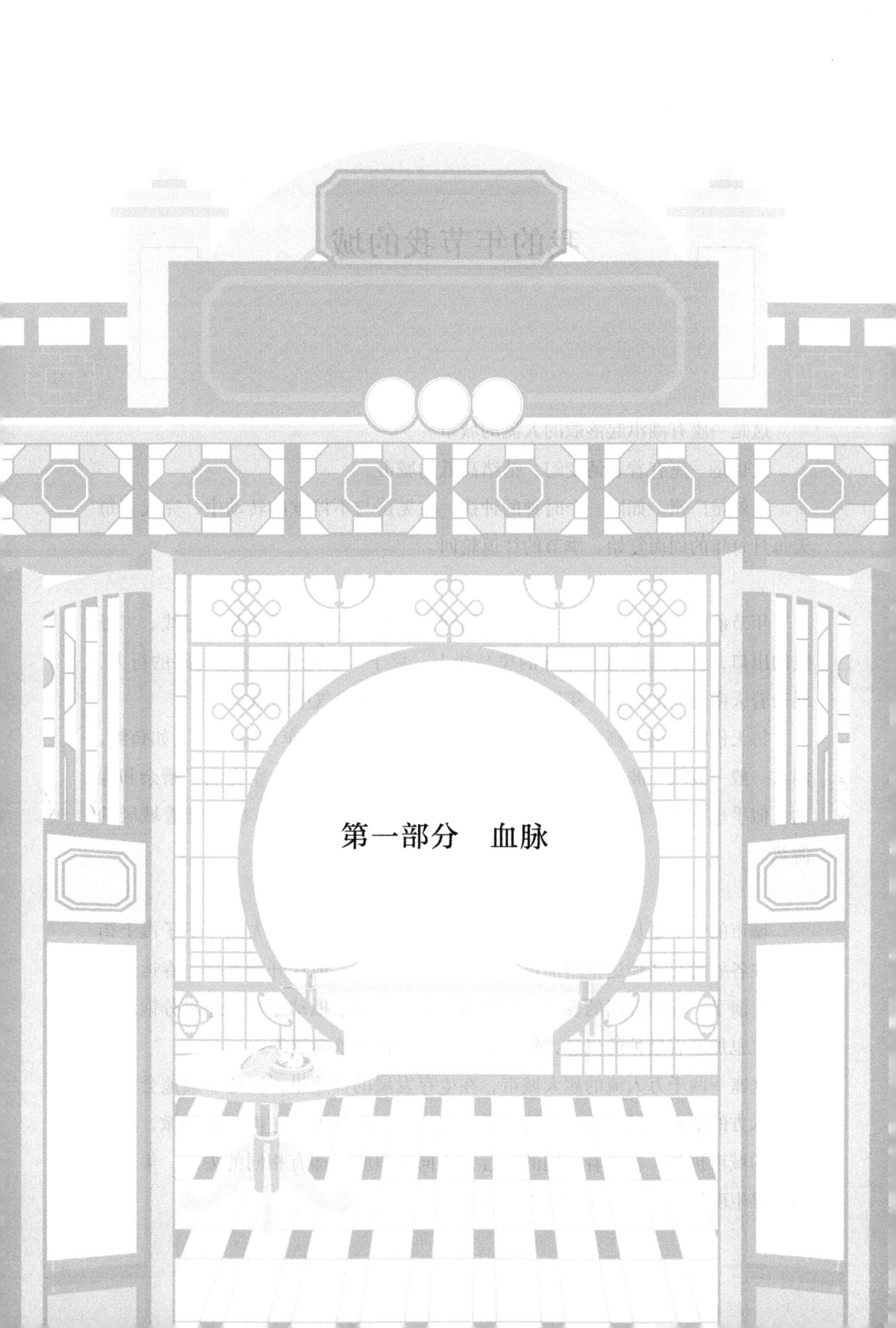

我的年节我的城

这是一座有潮汛起落般的人流的城市。

这也是一座有着表情变幻、情绪高低的城市。

这就是广州。如同一个时钟的钟摆,在晃荡与不停歇的转动中,完成着每天每月每年的周而复始、季节的往返轮回。

年节前的广州,呈潮涨一般的汹涌状。每天经过五号线或是二号线、三号线的出口,在通衢大道红绿灯的斑马线上,豆子一般地拥挤着过马路的行人,混杂着天南地北的口音,年轻面孔的表情,拉动着空气中的温差。

每天傍晚的出行高峰期,蹿升的速度点燃了广州,车水马龙、人如鱼鲫,潮水一般一波接一波涌动的人流,高速与拥挤,让城市的上空充满了嘈杂和躁动,似乎也充满了活力,每条马路像八爪鱼一般地向各个方向蔓延着城区的溽热。

城市的年节是从人流的潮退开始的。要赶赴四面八方的人潮一下子漫上街道,往各处的交通输送枢纽涌过去,路上开始塞车,地铁开始拥挤,春运急管繁弦上演了。标识分明的春运,把平淡的日子一下子揪动起来,连水分饱满的空气,也加塞着繁忙的气息,年关春节走来的脚步越响越急。

这座一两千万人流的超大城市,在生存发展的提速里,洼地一般地会聚着四面八方的来人,城市在不断地撑大,城区摊大饼状地向东南西北翻掀,四十年来的城市扩张,容纳着不同的乡音,不同的口味,却有相同的去向。集聚广州,谋生度日,广州是年节之外的停泊地。

时日匆匆，农历新年的老调适时响起，霎时，时间要往旧日流淌似的，有很多的人怔住一阵子后就得忙活起来，家也许在这儿，可故乡也许在那儿，乡愁的濡湿和沉重，跟广州的回南天一样，从身体的各个毛孔蒸发出来。谁都有谁的故乡！回家，春运，把自己作为春节赐予的一件礼物，把自己和家人作为年节的一个包裹，搬运回血脉的原乡去。回老家去跟乡愁团圆，回故乡去跟记忆握手，回到原来的地方去跟年节的仪式拥抱一下。

于是，春运的大潮在各式各样的路上，泄洪般地滚动着，朝着来时的方向，朝着或近或远的他乡。

很多的人回家了，广州一下子清减了，一下子就消瘦了起来。城市的表情不再是司空见惯的兴奋和冲动，喜怒哀乐的面相一下子消失了，空洞得不知如何是好。此时廓大的城区的寂寞浮现出来，如同穿着不大合身的衣衫，没有被更多的东西塞满，就在送旧辞岁的空阔中飘动着，着实有点陌生，有点不知所措。

幸而，时间的安慰应时而至，与此一同围拢过来的还有满城的花香。花城的名声和品牌，在年节的关口再度盛放。

留下来的人，留下来的热闹，连同大老远来广州做客的人，都跑到花市食肆去了，都冲到商厦和公园去了，在一个小一点的空间里继续挨挤着，挥霍着年节赐予的美好。

城市在年节的舒展与安闲中，露出了久违的放松。

所有的骑楼街都面相轻松地闲站在那里，没有密如米粒的行色匆匆的人在流泻，更多的是逛荡着的路人，是买菜做饭图三餐的街坊。

所有的马路露出略显冷清的表情，如同交通指示的符号分明地裸露在路面上，一扭头才能追踪到快速驶过的车影。谁不想回自己确认的故乡去过一年一度的大节呢，那些视此城的留驻为乡愁的城里人，都去哪儿呢？都在吃喝玩乐的好地方。

这是一座花的城市。美得兴致勃勃，美得眼花缭乱，冬天的荒芜是不会在这里停留的，大概是样貌神情都不对眼，瞥一下路过招摇一下，就销声匿迹回到寒冷的北方了。所以广州就自个儿热闹着一季复一季，总是绿着的各种树，总是像卖菜买菜一样销售的中西混搭的各式花花，这座城市的气质就这么处变不惊地盛放着，无论季节，还是往前滚动的发展。

此时的广州，开始显现出一座老城的样貌了。

有旧时的样貌，都在老城里，店铺关门歇工之后，居家过日的小街小巷就热闹起来了，暮晚归来的街坊大都大包小包地往家里扛年货，街巷狭窄，汽车大多不能走动，人来人往就频繁起来了。

也有新妆的时尚装扮。那些奢华轩昂的商厦开在城里的各个方位上，楼盘密集的地方都有这样大同小异的巨型配套，吃喝玩乐一条龙地聚拢在一起，里面人声鼎沸，商机无限，消费与享受互相勾肩搭背，搞不清主次，反正都在各自欢喜。

还有没来得及褪净的城乡的倦容。那些回老家的租客一散去，来不及应对的城中村就显出了落寞。继续开门的店铺一下子冷清起来，店老板看过来的眼神都藏不住迟缓。而就是这边缘地带偷空放几下烟花、几串鞭炮，还是赚回了偷着乐的一些得意。

此时，无论境况如何，城里的这里或那里，新区或老区，都无一例外地被年节的气息笼罩着。

接财神的正月初五，广州的城里却安静得雀鸟欢叫，风声溜溜。阳台外的河水仍是微笑依依，不过那些水流漾动的笑容，是欢快一些还是轻浅一些。

年节的节奏把喧闹的广州奔跑着送出了城里，把热闹带回到散落在天南地北的各人的老家或者故乡。一两千万人四散离开，潮退一般的急速，一座大城安闲的姿容终于浮出了水面，她神态淡定安闲地坐在年节的边上，看着日子倒映出来的脂粉不施的素颜，与春风一度轻轻地碰了碰面颊，终于是清爽回神了。

轮到我有点惊诧，又充满欢喜地打量着这座我的城市、我的故乡，我终于可以寻回一些旧时的模样，可以唤醒那些久违了的自在放松撒欢游玩动静的指认了。

从闹腾到安静，从滞重到轻灵，借着年节的推揉，广州终于可以把肩膀上负荷的担子，悄无声息地放在地上，心无挂碍地起舞一下自己的身姿，曼妙地旋旋身，或者让满城花开的笑容，染亮一下自己的表情，扑沾一下暖日的晴光，又扑沾一下春分已至的薄薄水汽，不管这假期是多长多短的时间，毕竟可以水润水灵回来一阵子吧。

趁着这样的安闲，我专门跑回老城区去寻访我的记忆，去跟我的老城道声年节的问候。仪式让我充盈的记忆，亲切而又清新起来。

那些左曲右弯的街巷啊，我小时候的胎记一般的印象，全部给转换了，只剩下一个钉在墙上的小牌子，小巷已经不存在了。周边的亲友也四散在异国他乡。

楼下偶遇的住户，记不得我的小学同学的名字了，这间民国时候的侨房，只是房管局代管的产业，她不过是个老租户。

转过一条小巷子辨认着，定居北美多年的姑姑家的老房子，竟然还在啊？之前觉得很长很长的街巷，三两步就走过了，记忆并没有跟上来，躲在那间夹杂在新房子中间的老屋的角落里感叹。将近四十年的时光，倒灌回来，我有点飘浮感。

我东张西望地穿行在这老城区的横街窄巷里，从五仙观出来，经过米市路，转入走木街，一路握着记忆的影子，梳篦街、竹篙巷、白薇巷、象牙街、绒线街、大德路，我找不到魁巷的入口在哪儿。

我穿过濠畔街往里走，在城里如同乡间旧时村落密集的房舍间左拐右转，指认着我少年的足迹。穿过大新路的巷口，我就突然和容颜大变的市三中撞了个满怀。顺着卖麻街一直延伸，我在房子的缝隙里看到石室高高的塔尖。

我在紫薇里边上那家有榕树浓荫的小吃店的小塑料凳上坐下来，我和M对坐在一张小桌子边，吃布拉肠和生滚粥，像年少时的光景，恍惚时光有一瞬的停滞。

气温回升到夏天的模样，风从头顶的榕树梢滑过，我还是出了一身大汗。人来人往，不远处就是石室的门口，形迹似是巴黎圣母院的面孔，可周围的人浪与氛围告诉我，这可是广州的圣心大教堂。

骑了辆小黄车，转到一德路，骑楼还在，店铺都关门了，太阳直直地晃在头顶，再往前，就是人民路的骑楼街，对过的太平桥十三行路有过的故事，都涌到了脑门里。安静的马路和热如夏日的太阳，尤其是那一汩一汩带着蒸汽冒上来的记忆，让我有点透不过气。

这是早春二月，北地还是朔风飞雪，而广州的年节，足以让人开足马力往夏天狂奔。记忆真的有这么热气腾腾吗？

再次张望我居家周边的环境，这片民国时期的教育强区，四所中学仍在，婆娑的大榕树仍站在路旁，我在这条河边住了那么些年，如今，新修的河边堤岸还没完工，年节把每天跑步锻炼的有毅力的运动者，都拐到热闹快活的地方去了。

黄昏后的夜色涂抹开去，在阳台下面的花坛上，突然就有了一阵人声，然后出其不意地，嗖嗖嗖的烟花就蹿上空中盛放着，就在眼前，近得似乎能触碰到烟花盛放时的光与热，那绚烂图案把人的喜悦都晃昏了。楼上有个小伙子在大声喝彩：能不能再放一轮啊？好像那玩耍的人回应似的，然后，又是一阵耀眼的烟花砰砰砰地盛放在眼前的天幕上。我赶紧用手机录下来，好给在冰天雪地的他乡读书的儿子分享。远在他方，广州的热闹也是触手可及的。

距元宵节一步之遥，空气湿滑滑的全是雨意，可冬季不愿意挥手远去，折返回来扯动了漫天的雨丝，让广州变得雨境迷蒙，落叶金黄，一转身就是久别重逢的纠缠而又清凉的诗意，雨水就是水洗无尘的使者，让春天的开始变得呢喃而又绵密，这就是广式的浪漫和诗性。

每年，似乎都值得郑重待春雨，我记住了元宵要来的时候，春天甫到的这一场雨，这一地因雨而变黄而纯净的落叶，这广州特有的春景，并且，把一整年的温润就这么留了下来。

从始，每场雨都带出了广州的心情，或凉或爽或闷或潺的不同情绪的季节，而给每个人留下了这座城市不同的记忆。

尤其美好的，又有点莫名的小小感伤的，就是我记住了春天落叶销金的一场雨，记住了这清凉温润有树叶香味的气息。广州在水汽丰盈中，开始踏出了又一年的脚步。

年节的记忆，就烙刻下了这些图景。

城市的繁闹是从潮涨滚动出来的。

年节后的广州，海啸路过，潮涨得一蹿一蹿的，没几天，人潮又把所有的空间填满了。

活力，热闹，机遇，烦嚣，一座超大城市的各式戏路，又开始了新一轮的全线上演。

弹簧一股，年节一过，日子的模样又回复了昨日的光景。变的是时光的节奏，不变的是城里人潮的前浪后浪的推涌。

城里不同时段的图景就这么一幅一幅地叠加着，这就是一个人的记忆，关于时间的，关于城市的，关于所历所闻的，甚至溜达过的那段街景不同的印象、不同的感觉。一座城市的演变，就这么记录进一个人的年轮里。

我有点恍惚，几个版本的广州，同样是我的城市，同样是我生活工作居停的地方，却有几副不同的面孔。也许，这年头人与物都不允许一个模样，变化与多样就成了主调，一座城的格局动静，如同一个人一样，让人不停地旋转着，一直跟着时间加速度地旋转，直到碰撞了年节的门槛，咣当就暂停下来，像是打开了一封咒语，潮汛急速退去，旧时的广州神态酷似表情现身。我在年节的摆动里追忆一下，然后又随着新的一年、新一轮的旋转，赶赴下一个春天。

有人说，如今的城是人工制造的，乡是自然的杰作；城是工笔画，乡是墙涂鸦；城有所指，乡无所寄。节日的城，要么淡漠，要么浓艳；节日的乡，要么热烙，要么素面。各人观感，各有道理。

广州的城市表情就是这么丰富，有时很包容，有时很放松，有时又忍耐，忍耐到让人觉出它的无着无调。也许因为这大度的随和，让人们可以轻易地走近它，轻易地感应到它的亲切与放松。或许正因为这样，这样的禀性与做派，其实就可以变得心气饱满，心性强大，一下子就能让这种不着形迹的强大爆发出来。

这是一座让来人、让居停在这里的人禁不住要拥抱一下的城市，这就是广州。

南国红

2021年，这是一个让人多么难忘的年份啊。

——中国共产党建党一百周年！

厚重的一百年，天地同辉的一百年，牵动着疫情下众志成城的广州，云山珠水，再度聚拢起南国品相的庄严和伟岸！

该用什么颜色来宣示一个民族漫长的探索？

该用什么标记来镌刻一个民族艰难的跋涉？

我抬头，是广州蓝一缕缕温柔放送的白云絮；我放眼，是闪亮登场的海心桥伴着广州塔婀娜曼妙、琴鸣绢舞的珠水流。

是的，我看到了挺拔昂扬的南天擎柱木棉树，它每年如期怒放的殷红的血色红棉花，不正是我们民族的精神符号，不正是我们岭南的情怀寄托吗？

南国有高大、笔直、豪迈的木棉树，它用一整树红彤彤的、尽情绽放的花朵，每逢春夏之交，就高高地擎举在枝头上，向长空大地，向风雨阴晴，奉上一座城市标识分明的表白，那是强烈的惦记、膜拜和喝彩。

那是这片土地的生长，别出心裁地为所有抛头颅洒鲜血的先烈、勇士敬奉的。

因为有了你们，这广州城里城外方圆七千四百多平方公里共十一个区的土地上，生长着的这些挺拔的大树，就成了英雄树，这激情喷薄的花朵就成了红棉花。南国红棉红，南国木棉矗，这是一座城市精气神貌的表情，这是一座城市激情暗涌的质感。

一群人能否改变未来？一座城市能否书写历史？今天，回望一百年的迢迢长途，我们的答案是肯定的。

我终于看到了这行文字，这行书刻在广州市银河革命公墓上惊天动地的文字——"你记得我，我就活着"。

是的，中国共产党用致敬一百周年的隆重大典记住你们！

是的，广州市用一百周年城市建制鲜活的城市史记住你们！

这里的一切必将比草木空气活得更长久。

因为，这里有一个永恒的声音在呼唤，在讲述，在追忆，在深情地缅怀，在动情地传递。

传奇在一代又一代人中间流转着。那时候，一群人在这片土地上立下了誓言。

就是你们。当你们面对着党旗举起拳头的同时，华夏大地历史上最伟大的事业就已经拉开了帷幕——谁将在大江南北苍茫的乡野燃起星星之火？谁将在嘈杂的车间唤醒沉睡的力量？谁将带领年轻人奔赴卫国杀敌的战场？谁在鹰犬潜伏的大街小巷派送传单鼓舞民心？……

这就是你们！这就是一群探路者留下的足迹。

在这片土地上，东方既白，来时路上，那些迷茫、无力、软弱、害怕，甚至是放弃、退缩，早已荡然无存。你们目光炯炯，神情坚定，斗志昂扬，哪怕前路荆棘丛生、沼泽密布，既然有了为民族大义慷慨赴死的决心，既然有了为家国图存救亡舍身成仁的壮志，还有什么可以畏惧、恐慌，还有什么需要彷徨和犹豫的，大刀向千年的枷锁、百年的铁链砍去吧！

——去探索民族复兴，去寻觅国家富强。

你们亲身经历着一个新天地的开辟，你们亲身见证着一个政党的横空出世。就是你们这些探路者，在中华大地上，同样地，在南粤大地上，留下了地标一样的足迹。

这片土地有你们在漫漫长路上刻印下的一个个里程碑。你们一直无所畏惧、一往无前。

筚路蓝缕，前仆后继。一个人倒下去，千万个人跟上来。

在广州的地图上，遍布着一个一个点，一个一个永远留下你们生命情怀温热的遗迹。这实在是一条艰辛曲折、以命相搏、斩钉截铁开辟出来的路啊。

——在越秀区中山五路的昌兴街，这是《新青年》南迁广州的旧址。一本杂志开启了百年的新时代，传播马克思主义思想，如同一股强劲的光束，照亮了晦暗的世道。

——在黄埔区的长洲岛，黄埔军校旧址，这是中国现代军事人才的摇篮，大革命如火如荼，共产党尝试与国民党合作抗击军阀。

——在海珠区滨江西路，第一次全国劳动大会旧址，正是在这里，翻开了中国工人运动的新篇章。越秀区越秀南路的中华全国总工会旧址，作为当年中国工人运动的指挥中心，发动工人运动，集聚起一股新生的、强悍的革命力量。

——在越秀区的中山四路，原为番禺学官的农民运动讲习所，这里恰是共产党人唤醒农民的星火燎原之地，从此一个沉睡了几千年的庞大群落——农民，苏醒过来了。

——在越秀区越秀南路的"团一大"纪念广场，那是中国青年运动的起跑点，青年是未来的希望，让热血青年走上共产主义道路，去追求应该属于他们的信仰。

——在越秀区恤孤院路上的中共三大会址纪念馆，这是革命历史的重要坐标，是中国共产党迄今为止唯一一次在广州召开的全国代表大会，是百年征程异常醒目的印记。

还有很多，多达三百多处遍布广州的红色遗址。

轰轰烈烈的大火，喷吐着红色火焰的大火，终于在沉疴积重的这片土地上燃烧起来了，让劳苦大众看到了新世界的模样，这火光映亮了一双又一双从来没有光泽的眼眸。

这确实是一场地动山摇的、血一般颜色的熏染啊。

红色文化的精神内涵，重新给了普通人一种崇高信仰的火种，在岭南大地，在广州城里城外，点燃起来。引导人民，为了一种主义、一种理想，去追求、去奉献。因为，这是一种开天辟地的信仰，这是一种向死而生的事业，就是你们，从一个个普通人，变成一个个为了理想和主义可以牺牲自我的英雄。这个事业的伟大就在于改变了数亿人民。

对于一个民族，这是一场伟大的革命；对于一个个的你们，这就是一生伟大的蜕变。

从此，整个中华大地，整个社会，每个村落，每座城镇，充满了希望。

从此，你们相信，有一种至高无上的信念，可以为此奉献一切，有了这种坚强的支撑，有了这种无敌的毅力，才迎来了新中国的诞生，才换来了新的人间。

如今，我们所有的后人，都在思念你们，追忆你们——我们的先烈，中华人民共和国的英烈，共产党的英雄！

珠江潮水，荡涤着1840年以来三座大山的阴暗悲惨，荡涤着贫穷和破败，中国共产党鲜红的旗帜高高飘扬，让红色层林尽染，山河转换。

当我们抚摸着这一处处里程碑上的字迹，恍惚能听到你们的呼喊，触碰到你们热血偾张的脉搏。是的，正是你们山呼海啸的义勇，正是你们血染的风采，标记着一种人类从来没有进行过的伟大的、开创新纪元的壮举。

如今，我们一路往回走去，一路缅怀追忆，一路眼含泪水。

用三元里抗英纪念馆、纪念碑，追悼那些"义愤同赴"的广州的先辈。

用黄花岗七十二烈士墓园的庄严肃穆来守护"碧血黄花，浩气长存"的英魂。

用辛亥革命纪念馆的庄稳敬礼来重新仰视中国的先烈用血肉之躯迎来的新世纪的曙光。

用中山纪念堂的轩昂奇伟，为那些为了民主共和的理想而革命的同人，在广州的城中央，留下一个千古咏叹的建筑巨制吧。

用广州起义纪念馆来重新回顾中国革命道路的起伏转折，是何等可歌可泣。

用广州起义烈士陵园既磅礴又精巧的造境，"红陵旭日"，长相思，常追忆，这些明确了中国革命发展方向的烈士。

用十九路军团淞沪抗日将士纪念馆，怀想这些"生当作人杰，死亦为鬼雄"的勇士，再去激活我们的豪情，唤醒我们的斗志。

…………

碧血凝珠，浩气永在。

一滴一滴殷红的血，凝固而映照着日月天光的血，一个一个鲜活的生命，迎向所有的刀光剑影，迎向所有的血雨腥风，护佑着新中国的黎明如期降临。

对他们来说，理想很简单，把自己贡献出去，连命都可以舍弃；理想也很朴素，需要我就上，枪林弹雨都不怕，热血沸腾就往前冲。没有算计，没有索取，更没有计较，家是自己的，国也是自己的，家国兴亡，匹夫有责！

还有很多很多的纪念场馆，还有很多很多的缅怀去处，我们的追思云山绵延，我们的怀想珠水漫漫。

是的，不是在这里，就是在那里，先烈路、陵园西路、六二三路、解放路、起义路……这座城市用市中心的地名，在每天和平生活的车水马龙里，一齐向所有的英烈行注目礼！

你们的忠骨豪情，化作了广州挺拔浩然的精神脊梁；你们的血性大义，成全着南国红棉花开的赤诚怒放。

在中华人民共和国伟大事业的征程上，你们前赴后继地走过来了，我们也一定会传承接力地走下去的。在一个一个里程碑的点上，我们总会跟你们相遇，总会听到你们的故事，你们依然能打动我们的感怀，你们的传奇依然留存人间，让我们心驰神往。

我们用中国共产党党旗的颜色，去标记这段历史——红色文化！

我们用广州红棉花开的璀璨，去寄托我们的缅怀——天长地久！

南国有乔木！

南国红棉红！

一百年来，那些为了民族复兴而倒在历史征途上的探路者永垂不朽！

镇海楼之夜

今晚是镇海楼之夜。邀约多时的仲夏夜色想必会如期而至吧？何况有从古籍里挥洒了几代的笔墨文字，款款而至，婀娜转身，在惊喜的注视中复活的美食——中秋月饼。

临近傍晚，风却刮了起来，一阵紧过一阵，而黄昏最后的一束强光，把变得雾霭一般的白昼嗖地碰了一下，就碎玻璃般地坠了一地，夜色随着越来越大的风四散狂奔。

才一瞬，风就缠着各式的树冠盘旋，摇动起一阵窸窸窣窣的声响，转眼，落叶顺着上山的坡道向我奔跑过来，一地的落叶比赛似的奔跑着，路灯的光线被风摇晃得若有若无，树影黢黢。只见几条人影抖动着从我身边飘过，便听见下山来接我的Y大声地喊着我的名字，风把声音卷走了，我提着长裙的裙裾逆着风跟着Y往山顶走，镇海楼在山顶上。

此时，只有风与树叶嘈杂的声响，像时骤时慢的喁喁私语，没有人听得清。此时，我有点迷糊和恍惚，似乎一下子就完成了千年的穿越。

当年何年？今夕何夕？

多久没邂逅镇海楼之夜了？多久没站在广州名胜之巅领略广州之夜了？

斗转星移，日月更替，其实，魅惑的过往一直在广州轮回，就等着多年之后有某个清朗之夜，让积淀千年的传说与记忆，又施施然地从典籍的墨色里走来，走进已变得风爽云曼的黛蓝色的天空里，让那一朵朵袅袅摇摆的祥云，惊喜地飘近了几朵，又开心得飘远了几朵。

夜色下的月华星辉，那无边的深邃与宽广，哪朝哪代，不都是属于镇海楼的吗？

哪个新老广州人不知晓镇海楼？山不在高，不到百米的越秀山，作为被视作广州之屏的白云山旋身放送的余韵，丘峦起伏中耸起的山顶上，一座赭红色的建筑，楼塔浑然一体的奇特之楼矗然而立，从此这 28 米高、31 米宽的有着多种称呼的五层楼，六百多年始终雄镇越秀山巅，无论时风势雨，无论沧海桑田，从此就镇起了广州老城的声望风水，镇住了大江东去珠水长流的不凡格局，被历朝历代的子民仰视着，膜拜着，如同"镇海楼"三个大字的巨匾，笔力苍劲，笔势雄奇，恍如命运加身，从此赐予了这座楼宇、这座山峦，还有山峦迹痕绿影下的城里营生，以风云激荡、万千气象。从此，聚拢有众多的名胜古迹，有众多的书院群落，有葳蕤林木，有奇花异卉，庇护着这座老城的史印文踪、诗书笔墨。

镇海楼有一副气冲云霄的楹联："万千劫危楼尚存，问谁摘斗摩霄，目空今古？五百年故侯安在，使我倚栏看剑，泪洒英雄！"遥想当年彭玉麟如何把栏杆拍遍，一腔豪情，望向珠水滔滔，情怀的火花四溅，才给这座名楼留下了一副千古风范的名联。

每默诵一回，都恍有一股雄直之风、坦荡之气盘旋天际脑海。怪不得民间传说，置身传统中轴线上的这座神奇之楼，如同龙脉之首，舞动起广州的运势飞越南北，盘旋东西。虽说这撰联人已经消逝在时间的河流里，可那股喷薄而出的豪迈与毅勇，赋予这五层楼及俯瞰而下的广州城，以何等的气概与精气神，千年击荡，无出其右啊。所以，这些血脉基因渗入这片土地里，这些神魂气魄融化进山水树木中，很多年过去了，才有如今的百年广州，一飞冲天，横空出世，可以泣血而歌、迎风笑傲：舍我其谁啊！镇海楼做证，山下从 0.05 平方公里扩展到 7434 平方公里的广州城可以做证。这座英雄城市的血性化作了山城田河海，这座大义复兴的城市的风骨孕育了多元文化的赫赫印记。

如此雄奇的楼宇，作为收纳广州历史文物的广州博物馆，那些承前启后、前仆后继的故事，那些光彩夺目、彪炳千秋的文物，才能让所有人的关注，如同走出大门仰望天际的感受，天高目远，风清气爽。镇海楼不同凡响，广州城自带光芒。

时间有两种走向：一种是大江东去浩浩荡荡，另一种是扑面而来无遮无拦。是的，每回走上越秀山，踏上越王台，古老的镇海楼就在那儿，气势恢宏、扑面相拥。

今夜似乎有点奇异，古人的食谱要再度激活今人的味蕾，食——竟然也是惊天动地的大动静？所谓人生的情结，百折千回，原来说简单竟然就这么简单。

我继续上山往镇海楼走去。才一会儿，一袭巨大的黑披风从西往东唰一下抖开，像是魔法师的神秘道具，今夜要把百年美食的纸上秘方复活、呈现、品尝，大自然的各彪人马似乎都垂涎欲滴、急不可耐地不请自来。

要把眼前消失的口福之乐变回来，要把纸上无色无味的记录书写变得色香味俱全。再多的乱云飞渡，再变幻的时风势雨，还是得衣食足而后知荣辱，还是得活下去，繁衍传递下去，才会有绵延不绝的赓续吧。如是，今晚的夜宴会惊天动地吗？

果然，风刮了大半个小时，雨霰开始舞动起来，不一会儿，骤雨顷刻降临。乘着风雨，今夜越秀山上的树木一齐摇摆，电闪雷鸣，淋得半干不湿的我连冲带跑地扑进屋檐下，目瞪口呆。

大雨下的光线，就像盲人的灵醒的其他触觉，在自身的命运和摸索之间前行着，闪电划破天际无法抵达的秘密，会把人引领向前，每一步都是坚不可摧的勇气和挣扎。

雨中有瓦解，有苦难，肯定也有晴天和新生。一切都会苏醒过来，一切都会焕发生机。

时间不等人，因为轮回的圆圈不是圆的，它只是以一种闭环的形式，在无尽的循环中昭示我们前行的脚步。

与时间为敌，不如用老天的智慧，把好好生活的秘诀告诉后人，祖先当年是如何度过每一天的，用身心恭奉的食物，去迎候好每个时节。

只要唤醒了内心的温度，迷失在现代文明中的所有密码都会解读出来。菜肴会成为盛宴里香气盈溢的名菜，月饼会成为余香叠加的口福，一杯啤酒，一杯浓茶，都可以敬天地敬众生，都可以慰藉身心。

也许我想多了。

事出有因，筹备了近一年的导读杨万翔老师的粤语广播剧——《镇海楼传奇》，不久前刚刚在广州图书馆完成录播。长篇小说里栩栩如生的故事人物，又在这幢旧貌新颜的经典建筑周边复活，也在我的臆想里蹿进蹿出，更在今夜生猛异常。

是的，所有发生在这座名楼的一切，所有故事人物的精气神魂，都会在镇海楼隐现出没。艺术的力量，尤其是想象力和创造力，向来是人类的力量最难企及的。

杨万翔老师的期许是，在小说里，"十分突出当地的风土人情和名胜掌故，并最大限度地使用能为全国读者接受的俚语方言"，"我奢望《镇海楼传奇》能够成为当代历史小说创作范围内的补天之作"，"写作乡土历史小说，粤语地区作者不但拥有文学语言方面的优势，而且拥有题材方面的优势"。

又是一个描述发生在六百多年前的故事。六百多年，时间的分量是够沉重的，可是，时间又是可以无声穿越的，影子一般地在眼前晃动。

我似乎就在影子的笼罩里，今夜属于镇海楼，今夜是镇海楼之夜。

只是心有戚戚，这位守护与重塑镇海楼文学形象，也着手构筑广州城形象的杨老师，已经走回他倾尽心血要回溯的时间长河里了，不再理会这四季不甚分明的城里城外的江湖纷扰。文字是用来记忆的，同样，"建筑是可以叙事的"，甚至建筑是可以铺陈和描述的。何况文学，何况扎根在广州土壤里的书写与表达。镇海楼的威势，给出了当年王者的说法，道出了几百年来民众的心愿。

这座方正的建筑，很多年后，一直让很多对老广州认知的迷失在此开窍。感觉是什么？太不可思议了？太气宇轩昂不同凡响？

似乎是，怎么认知镇海楼，就是怎么以几百年为起点，认知广州的历史、广州的生活方式、广州的方言俚语，也就是广州人同世界交流同人打交道的方式，一种世界观的建筑呈现。镇海楼的故事过去有六百多年了，新的故事早已经开篇。

似乎过去的一切都在沉睡。沉睡也许是一场漫长的沉积和梳理，醒来后，就有希望活力沛然，再次接续过去那种完美无缺的伸展了。

镇海楼又名望海楼，坐落在越秀山小蟠龙岗上。明朝洪武十三年（1380）永嘉侯朱亮祖扩建广州城，把城墙扩展到越秀山上，并在山顶建楼五层，俗称五层楼。民国十七年（1928），林云陔出任广州市市长时，再度重修了镇海楼。重修工程是按明代旧基垒筑的。

为了盖楼毁楼，就有了无数的人间故事，也有了无尽的地域乡愁。该发生的曾经都发生过了，要消失的竟然没有消失，比如眼前的这些古法月饼。在风停雨歇的这个夜晚，我的品尝，嚼不动几百年的分量；我的口感，却轻易地辨认出五仁、咸肉、火腿、果仁，诸如此类。时代在不断流动着，社会在不断变迁着，而我们肠胃里的乡愁与情结，竟然缠绕了一代又一代人、一个百年又一个百年的更替。

每次上越秀山的坡道都是鞠着腰，似乎朝谒这座名山，都要有致敬的身姿，而每次登上五层楼，脚步都是有点笨重的。一座城市两千多年的历史见证，被收纳进这座亦塔亦楼的建筑里，一座城市的风雨几许，交由这座建筑的砖砖瓦瓦去无言诉说，分量何来轻松啊。

夜色里，登楼望去，依然是广州城的制高点，不是几百年前的浪拍涛涌，而是房屋如岁月的皱纹，一路挤挨过去，兜兜转转，水色已后退到依稀可以张望的远方。

镇海楼之夜，有夜色下的灯火辉煌，有飞檐斗拱梦幻的璀璨，有古法复现的口福美味，层层叠叠着历史的覆盖，又似乎回味有甘地品嚼着眼前的滋味，不同的朝代，不同的世道，而味蕾的认同，却是顷刻之间的默契，大同小异，一伸手，就握住了遥远过往传递回来的熟悉与温热。

端午节的江河水

1

立夏的喧哗之后，小满的节令让万物鼓着劲儿噼里啪啦地生长。过不了多久，天上地下的流水又要来一场盛大的聚会了。

农历五月甫到，江河水的潮汛涨落，天地浑然，就与人，与节庆浓情有约。

绕城的珠江流速有点急了，急匆匆赶赴着一年一度的端午节。那暗涌急流，带着整一年喜忧变幻的表情，深浅有点难测，水量越来越大，一场急雨，江水就争先恐后地跃上堤岸来，几场大雨就让广州变成了水城。

河涌里看惯的晨昏暮落的涨停，水位亦悄然升高了，不再是优哉游哉波平如镜的清澄，而是饱涨着泥土的浑浊，满盈满溢的，空气似乎也能拧出水滴。

江河水似乎都奔着端午节来了。奔着那艘艘被人扒动的龙船，奔着那股水上飞溅的豪情，来一场一年一度的交手礼，来比试一下再度相逢的高低。

雨后火辣辣的太阳下，那从河涌的泥床里，被一伙健硕男儿掀泥飞浆抬上河岸的龙舟，清洗油漆一番，如同沙场驰骋扬鞭束马的健儿，被阳光赞赏得光华灿灿，引人遐想。想象着这昂首翘尾的小龙，有些什么样的故事，有些什么样的梦想，一定也有高起低落的命运吧，一定也有喜庆寂寥的反转吧？只要龙舟回到水里，重返竞渡，也许一切都不再一样了。

空气中流淌着耳熟能详的音符，惯性的步速似乎也有了轻快的节奏。

《赛龙夺锦》是一首著名的广东音乐，大合奏的演绎，民族乐器的阵势有着热闹铿锵的格调，得意扬扬，喜庆盈盈，欢天喜地得流光溢彩，情绪大开大合，如同气候的急雨阵风，将平时闲日不温不火的粤人性情，来了个高调昂扬的大放送。

而节庆的龙舟竞渡，则是全市男女老幼的嘉年华。

龙舟竞渡的大戏在珠江的城央河段铺排上演。此时的珠江就是一个大舞台，流势湍急的江河水形如舞动的绸带，汛期与风速调动着江河水的身姿，或是曼妙，或是腾挪。

一艘艘龙舟就是这涌动的绸带上滑动的光影，也是疾驰远去的精灵，似乎，更是从江河水中，从一个一个赛手的气息中，蒸腾而起的一股精气神，一如那阳光下不断盘旋上扬的气温。空气里蓄胀着水分，水分里充盈着热乎乎的期盼，密不透风的高温里包裹着那一触即发的激情。

人头攒动的两岸，无论是江边还是涌边，喝彩声、加油声恍如把一艘艘参赛龙舟烘托在水面上。温度灼烤着心情，都巴不得自己能蹿跳起来，化身水中蛟龙，与如期相会的江河水，来一番豪迈的比拼较量、过招拆招。

已经是桡仔桡女们一展身手的好时机了。如今的风俗万象更新，早已男女同例，各有各的精彩。

已经是市民睇风景凑热闹的节庆驾到。鞭炮一放，开锣的鼓点重重一响，状同电光石火，雷鸣炸天，广州的江河就是一幅人龙竞逐、翻江倒海的壮阔图。

赛龙夺锦的帷幕一拉开，江河就成了一处处旌旗猎猎的角斗场。龙舟一字排开，虽说都是珠江养育的血脉相连的兄弟同宗，而幡号战衣色彩不同，阵法不一，相似的则是膨突的肌腱上，那泥土的肤色上滚动着的水珠汗珠，那不同样貌上绽放着的阳光。随着开赛的鼓点一槌落下，整齐划一舞动的船桨，让龙舟恍若游龙，在波光粼粼的水面上蹿动而去，两岸观阵的喝彩声，如同江河上起落的浪涌，推搡着水流加速，摇动着空气中喜庆热闹的温度，声浪不停地辐射开去，端午节的江河水更加水花飞溅了。

人能感觉到热浪的晃动，心跳也随同着龙舟上的鼓点捶打着。

气氛确实令人有点昏眩。如同那天陪同两位来自圣弗朗西斯科的荣誉市民、80多岁的老华侨夫妇游船河，夜幕灯海中的珠江不同凡响，老先生身手敏捷地爬上快艇的平台，自得地对尾随其后的我说，一个甲子前他当过五年的海军，珠江夜景之美晃荡的灯影，让他恍如重返当年的青葱岁月，珠江的波欢浪涌让他疑似穿越记忆。

难怪，湍急的江河水总让人思忖，究竟这是在江里还是海里，难怪俗称珠江的水边就是海皮。也只有广东音乐《赛龙夺锦》，才会用气势，把那二胡奏出的一曲江河水，演绎出两根弦所拉不动的江流奔涌、龙腾虎跃的气势与声势。

这些淡定温和的广州赛手，霎时变身，搅动起一个节庆的江河水。

想来，也只有这些粤人，也只有这条水量充沛、河涌曼舞的大江大河，才会养育出这等的浪漫。接下来余兴的事情，更是来得刚柔相济，情深如水。招呼着同族宗亲，一齐划着龙舟，顺着水流的来龙去脉，去探亲访友，去呼朋唤友，然后用一种别出心裁，而又令人热血沸腾的方式，相互致意，相互问候，那就是再赛一回龙舟。

谁都在为节庆的降临开心，谁都在为江河上的竞渡嬉戏开怀，这是南粤的一种普天同庆，向养育自己的江河致敬，向赋予这种奋勇争先的风俗传统，展示一下不甘人后、竞相参与的心性。年年守望，代代传承。

已经是龙船饭大摆筵席的乐翻天了。湿漉漉的空气化作人人的身水身汗，夹杂着筵开百席的"九大簋"的菜香，缠绕着节日的时光，龙船饭正在布席开筵。赛罢归来的选手，睇热闹开心无极的观众，都相互招呼着一齐入席去。

热闹喜庆之后，喝彩尽兴之后，好时光总是挽留不住的。那些啸聚而来的逐浪高手，那些奋勇争先的豪放乡邻，都在光影幢幢的奔放中，归返各自的时日里。龙舟也得偃旗息鼓，遵从俗例的铺排，没入污黑的河床，再等年轮回转，腾跃出浴，笑傲江河了。

那泊在岸边的龙舟，在夜色的剪影里，如一钩水上浮动的弯月。时日催逼，过不了多久，江河里酣战过的小龙，竟然会收拾起满满的记忆，施施然沉入河床，休养生息，去储备又一年的梦想了。

暗夜里的珠江，涌浪翻滚，波涛起伏，蓄存着无尽的狂野与动力。

阳光下的珠江，波澜推叠，烁彩销金，平静舒展地簇拥着一座大城市的左岸右岸。

珠江的河涌支汊，从东往西沿途顾盼，淡定散漫，东濠涌或荔枝湾，车陂涌或猎德涌，石井河或是增埗河，潮汛起落，晨昏有变，施施然，一路向南，流向大海。

2

广州的气候，大多停留在季节的春天、夏天里。广州上演的节令，可能没有季节分明的界限，有的却是粤式的纯粹和散淡。

一座城市可以选择自己的温度和气候，可以放松地执着于春天与夏天的节奏，就是一种真实坦然的表达和随性率性的流露。一如广州季节本身的特点和魅力，永远来源于粤式的自由和个性。

广州的节令，就是符号，是广州的情感，也是广州式的本相。

春天与夏天有专属于广州的模样。

这方水土，把春天特有的妩媚和浪漫，春天的抒情、灿烂和盛放，把对百花的供奉，变成一种长盛不衰的风俗，从风情风俗里催生出一个独一无二的花市，让四面八方的欢度变成新年最隆重的一个节庆，一条从南到北处处有盛放的花市，人人都信奉行花街转大运为最大的祈福，那真是广州人别出心裁的浪漫。

广州的春天是与众不同的，秀丽的、勃发的、萌动的、盛放的惯例之外，一场春雨就催动树的落叶，那堆满树根路基的落叶，竟是春天承前启后的一道粤式的密码，没有萧瑟，没有伤悼，有的是推陈出新的转换轮回的兴奋，让美好的去来留给下一季的生长，所以广州的粤式审美，没有伤春悲秋的忧愁，有的是热闹的接替，熙熙攘攘地接踵而来，接踵而去，是与众不同的一种潇洒和浪漫，春天里落叶融金铺地，那是粤式独有的万种风情呢。

接着，一场春雨又催生所有的新芽，所有的树都在长叶子，所有的树都在开花，它们的生长急不可耐，没几天就是一树新绿，它们也在争先恐后地怒放，一如生命的怒放，一如红棉花开，让所有的树叶退场。就为了让硕大的红棉花尽情绽放，竞相争辉，互相喝彩，即便时有乍暖还寒的寒潮南下，依然扛住凝滞的湿冷，留驻枝头，留住春天。

而广州的夏天则是奔放热情的。大开大合，湿热汹涌而广袤，笼罩着一年之中的大半时光，长达八九个月的夏天，蓬勃、茂盛、挥洒、放肆、浓烈、豪勇的节奏，热辣辣热出旁若无人的随性，汗水湿热里蒸腾着人对自然最亲密的交手与博弈。

夏天的激越，在溽热中生发的豪情，从龙舟大赛，赛龙夺锦，到珠江竞渡，一身汗一身水地水里来水里去，都是属于广州人的承受力，也是一种日常情趣的鲜活。

秋天则是另一副神貌的广州，天高气爽，万物清朗。珠江有了清绿的涟漪，连阳台外那条不起眼的小河，也有了焕然一新的相貌，满心欢喜地簇拥着天气秋光，甚是怡神养目啊。

黄昏依然有爽朗的阳光，从西面拥揽岸边的整排树木，一碧深黛的绿投影于河中。河水沉静温厚，如深潭般浅笑嫣嫣，不动声色，不露喜怒，偶尔，只是微微地转一下眼波，心领神会般。而南下北风来临的上午，又恢复了青春活力状，河水微绿灰蓝的，在风起风落的摇晃下，轻快地原地旋着圈，像优雅无忧的华尔兹，一种向东滑着的舞步，看得人赏心悦目。秋意融进空气里、眼睛的呼吸里。

广州的气候没有选择四季分明的排序，却留驻了千百年来纵横交错的河涌，留驻了亲水的风俗和习惯。

年少时的记忆造就了我们，年少时的经历涂染了我们想象的底色。当我们注视着江面河面想入非非的时候，想象力就像一束七彩的气球，以不可思议的力量，拉动你往上飞升。

此时，你置身现场，目睹一切，恍如参与一切，过去美好的时光与眼前的实景交错成一个色香味俱全的气团，笼罩着你的身体与情绪。

本地人向来把江称作海，一条横贯市中心的珠江，从江的北岸，到江的南岸，我们称作过海；而江边嬉戏、悠闲的所在，我们唤作海皮。尽管珠江一路向南，历经南沙的几道门，才真正汇入南海，这几十上百公里，依然被广州人谈笑一挥间，把家门前的江边当作海边，家门前的水涨水退亲昵地看待为海皮——恍如触及大海的皮肤。海皮，多么美妙通透的想象力啊。

从此啊，总觉得，没有不好的流水，只有不被礼遇的流水；没有可怕的流水，只有不被了解的流水，一如人的情绪。而最美好的，就是安静下来，与风嬉戏，一如流水。

水色的广州，既有温柔舒展的一面，如一碗代代传递的老火靓汤，又如一杯老少咸宜的凉茶，四季轮转，活色生香。

水性的广州，亦有潮头勇立当仁不让的一面，拿得起放得下，该赛龙夺锦的时候就奋力拼搏，该闲适平淡的时候就由朝到晚得闲饮茶，一壶茶兜兜转转，生存的尘俗也就这么流水落花，如粤剧的唱腔，轻揉慢展，高亢入云；如曲艺的清唱，风起云聚，余音袅袅。

好一种世相人生，大俗大雅，大情大性，如音乐里的《江河水》，浩浩荡荡，奔流不复。

望着海一片，其实是面对着不同河段的珠江，宽阔无边，恍如大海。

风水润泽，风俗滋养，所以广州人钟爱《沧海一声笑》这首流行曲，道出了心声，亦宣泄了真性情：沧海一声笑/滔滔两岸潮/浮沉随浪只记今朝/苍天笑/纷纷世上潮/谁负谁胜出天知晓/江山笑/烟雨遥/涛浪淘尽红尘俗世几多娇/清风笑/竟惹寂寥/豪情还剩了一襟晚照/苍生笑/不再寂寥/豪情仍在痴痴笑笑。

此等冲霄豪气，万般柔情，荡气回肠，云浮流水，心静高山——那个气盖云天的世道就在眼前铺展开来。

又是一年的端午节，又是生猛热辣的江河水。

端午节的珠江，上百艘的龙舟，成千上万的人争看竞渡，争睹风流。

面对龙舟竞夺、奋勇争先的场景，面对涌浪滔滔的江河水，面对飞溅的豪情与勃发的冲劲，只须面对几分钟，就能感受到珠江上另一个豪迈的世界，广州人另一副奔放的性情。

风云际会：岭南的赛龙舟与醒狮

赛龙舟

地方文化最初的原点，总是从神话开始的。

在神话盛行的时候，当然是地老天荒的时代了。神话告知后人，人与自然如何相处、如何毗邻而居，自然与人如何天人合一、如何相拥相惜。

时光不语，也许一代又一代人的剧本，可以多加些想象，多加些飞扬与跌宕，戏份酣然的时候，或许正是开天辟地的时分了。

说不定从一道闪电划破天际开始，人类臆想中的神龙就在转瞬即逝的照亮中现身，随着咔嚓、轰隆，一下接一下的电闪雷鸣，人类所膜拜的主宰天地的图腾终于登场。

刺破长空的光不总是出现，神龙被喻为见首不见尾，此时，人类想象的翅膀就像一件无边无际的魔法师的披风，一旋转一抖动，奇迹就是这么出现的，神龙兼有凤之态，麒麟之神，以及诸如此类的普通人无缘一睹真面目的珍稀动物的一鳞一爪，都被一一收纳成神龙的神秘与不可企及。如此再塑造，便化身为万千之象，可圣可神，可仙可异，可膜拜可护佑，大概就是自然的显灵吧。

于是，历朝历代，神龙被赋予了不可小觑、不可轻慢的尊贵，也奠定了不可更替的威仪霸气。由是，人们就自觉地标示自己是龙的传人，是龙的子孙。

由是，这种被无限放大的礼拜祭祀，从此与我们的朝纲大略的定位分不开，也跟普通人的日常营生息息关联了。一年的光阴苦短，不多的四季节令，都给对神龙的致敬和效仿，留出了足够的时日，去举行一个个隆重的仪式。

轮转到岭南的珠三角，神龙的图腾从天际降落凡间，幻化成出没于江河支汊上的龙舟。从天上到水里，如常出没，无所不往，把普通人无处安放的心愿与祈盼，全部吸纳存储下来，再以神谕的名义释放播撒开去。

风俗的特点就是一方水土滋养的千万人皆认可，就是众宗族代代繁衍都接受。

从此，赛龙舟就这么被一代又一代人传承下来，谁能在这个盛大的仪式庆典里拔了头筹，谁就离龙的精气神魂的附体不远了，这种演变，几乎就带有了信奉的诚意与敬意。

人们在节令来临的时候，在河水江水涌动的流淌里，看一艘艘龙舟如何箭镞一般地争先恐后，力争上游，一个个桡手健硕的双臂整齐划一地搅动水流，汗珠在肌肉上打滚、在河水里跳弹，水花四溅，激情涌动，人声如潮，骄阳如涂，在滋润万物生长的河床水流中，一齐演绎着一场场力与美、搏击与合力、人与自然相融相抗的对峙。此时，这不光是乡愿里的"趁景"，不光是竞技，不光是人心归附的合力，还有热闹、喜庆、开心、亲和等美好的人间情愫的迸溅，此时，我相信是有神魂降临的。

所以，亲水近水的居停生息，都天生地喜爱赛龙舟，天然地喜欢凑此时的热闹，我们在其中，呐喊助威着，大呼小叫着，尽兴地释放着我们的开心和激情。我们在赛前赛后的龙船饭席上，推杯换盏、呼朋唤友、举杯祝福，这时段，谁都拥抱着真诚、乐观、欢喜和轻松，因为此时，我们相拥的是如此亲近的自然，是如此美妙的与自然游戏共舞的快乐啊。

江河交汇的岭南珠三角，一直都是奔流不息，通达大海的。

于是，这种风俗风情，我情愿认定是一种祈福与仪式，就这样被带进了城里的生活，甚至被带回了现代大都市中心的河涌里。虽说水流不再暗涌迭起，可赛龙舟的热闹与开心、团结与力量、豪情与奋勇，还是伺机喷溅，给规整划一的城市日常加一些野性，加一些自然乡土的气息，加一些因为祈盼神龙的赐予，而平添的那份守望。与龙舟在一起，就有十足的想象力，仿效追慕神龙的上天入海，腾挪天地，角逐江河。所谓英雄梦想，此情可待，也不外乎这样的英姿勃发、纵横四海吧。

与此同时，一种霸气、骁勇、独步天下的步伐正向我们走来。我一直搞不清是神龙在前，还是狮王在后，谁呼唤了谁，谁引领了谁，不约而同地出现在岭南的版图上，从此这片土地不再平凡。

南国醒狮

　　在无边无际的旷野里，落日的依依不舍，给大地洒上了一层金黄的温暖。一头狮子出现了，如期而至，在这一刻的钟点，就站在金黄的原野上，那棵硕大无比的凤凰树边，眺望着，狮子深情的回眸，与我的凝视对接。

　　我一直向往非洲。一直在臆想着有一天，能够站在布里克森笔下的这棵凤凰树下，与此时出现的狮子合影。把多年的心愿交还给苍茫，交还给辽阔和自由的呼吸。

　　来自丹麦的凯伦·布里克森在享誉全球的长篇小说《走出非洲》里写道："我无非是经过遥远旅程被派回来的信使，来告诉人们，世界还存在着希望。"

　　我从来没有在真正的旷野上见过狮子，甚至当那年我站在统称为坝上草原的一处绵延起伏的山峦的丘顶上，出神地看着秋天降临一望无际、姹紫嫣红的大地，空旷无人，辽阔无边，只有原野的静穆，只听见自己的呼吸，我多么盼望能出现一头狮子。

　　就像凯伦跟丹尼斯追逐过多头狮子所表述的，这是一种自然恩赐的荣耀，这是一种权力与骄傲的博弈，这场博弈需要时间跨度，需要对手的决心，需要直接面对耐心或者虚无。

　　狮子是王中之王，它在人力与自然力的统控之外，它在辽阔的旷野与人对峙，没有终局的成功，也没有致命的失败，却流传着威仪与勇气。每次翻开布里克森的《走出非洲》，都有一种由衷的放松，都能感应到那种气息，来自真心、热爱、正义、无畏与同情，以及与时间和谐共处的美妙。就像男女主人公酷爱在非洲大陆上的飞行，飞行在造访天堂的路上。

　　而我却在逢年过节的喜庆里，从小到大看惯了仿真的人造的狮子，在人丛中，在节庆的仪式庆典上，在技艺酣战的舞台或者广场上，在岸上水里的桩柱上，有竹制扎作的狮头，有技师舞动的狮魂。

　　醒狮——这是岭南人，珠三角人的图腾崇拜，进而是节庆的隆重礼仪，进而是人心信奉的托付，再进而，就是拳术功夫施展的精神之魂了。

　　这样的渊源，也是一种超凡脱俗的返祖归宗的追寻。岭南人的图腾在哪儿？崇拜的自然之主是谁？在漫长的生存里向什么顶礼膜拜？谁能赐予我们福佑庇护的恩典？谁是我们效仿敬礼的偶像？

这时候，狮子走进了岭南的大地，在缓慢的时间流动中，一步步从遥远的他乡，连同一次次大迁徙，走进了岭南人的仰视里，定格为神一般的灵兽。

它的降临的着色是斑斓而明亮的。

它的格调是喜庆又热闹的。

它的灵动与威仪是不可名状的。

威仪与霸气——那是偏于一隅的岭南人梦想的尊严。

豪勇与气势，那是面向荒蛮讨生计的珠三角人的心力和血性。

力贯长虹，勇猛争先，那是面向大海寻找生活的广东人的风骨。

一切的念想都被提炼着、固化着、艺术着，也在烟火日常中存活着，成为节庆的内容，一种万众开心、欢欣鼓舞的同欢共乐，一种共同参与的祷告与祝福。

醒狮终于安放起我们安居乐业、奋发图强的梦想与祈福，多么奇妙的一个朝圣祭拜的旅途，终于被我们的日常生活拥入怀里。

争斗的狮子剑拔弩张，谁与争锋毫不退让。这关乎的是尊严。

嬉戏的狮子乖巧灵动，这是握手言和的娱乐，关乎的是礼义。

狮王越过平原，踏过旷野，向河涌交错的珠三角走来，一步一步如同擂打的鼓点，声威齐发。狮王在很久以前，就成了人们敬畏自然的图腾、俯视苍生的神兽，成了庇护国泰民安，赐予欢乐祥和的保护神。

由是，但凡节庆，甚至延伸到开业庆典、喜事大事庆贺，狮王来了，既有奔跑的敏捷，搏击的毅勇，更有神龙般上天入地的魔力。狮王跳跃腾挪的地盘，不再是平原山头旷野，而是被尊崇追随的人们引进了生活里，木桩、爬杆、水池沟壑全是它们的用武之地。它们变成了豪勇又灵巧、萌态又威风的偶像，把常人不能摆弄的所有障碍，一一化作戏耍的过招，惊心动魄、出神入化的功力，活生生地把狮王的神性与人性一齐唤醒，也彻底激活了人对极限能耐的期盼。

这是不是一种感召呢？狮王所能，人何以不能？那些功力非凡的武林高手，那些刀山火海、化险为夷的惊人绝技，莫非是神灵附身？无出其右。仅就醒狮的高妙奇巧，就把平淡的生活舞弄出别开生面的生猛豪放，给普通的日子增添了多少难以言表的生趣啊，仅此人与狮神貌合体、狮与人同声同气，这种活法与玩法，才真叫开心过瘾啊。狮与人的神魂交汇，幻化出所向披靡的威力，能不热闹喜庆吗？能不威风自信吗？

假如命运不来敲门，那就造一道门。

假如自然充满征服的诱惑，肯定也会有拯救的安慰。

用想象来装点盛世，用激昂来衬托平常，而神话与传说就是让世间万物长一对天马行空飞翔的翅膀，一旦扇动起来，无穷无尽的想象就会汹涌而至。

这真是一片神奇的土地。这片岭南的珠三角，这片珠三角的广府区域，河涌纵横，水网密布，放射状地流归大海，一条水量充沛的珠江激情四溅却又深情款款地拥城而来，缠绕而过，有不高的白云山越秀山，以及散落在东西南北方向的山丘。一个又一个浪漫豪情的托付横空出世，从此，这里就成了龙舟与醒狮的故乡。

龙是天上神迹水中神灵，可上天可入地，逐游八仞，浪击沧海。狮子从平原逐鹿而至，入主为民间崇拜的图腾、精灵、偶像，狮王与游龙，一个乃平原之王，一个为天地霸主，独步长空，飞天遁海，多么奇幻的神示啊。

怎么表达人类尊崇的情感呢？此时，仪式就是最好的敬畏。节庆一到，喜庆的帷幕一拉开，霎时风云际会，风雨雷霆，此时的生猛，生是生气沛然的精气神，猛是奔放激越的魂附体。

狮王舞动起来，是阳光，是睥睨天下，是乐观毅勇。醒狮，威武霸气，勇猛无出其右。

龙舟疾驰而去，是离弦利箭，是翻江倒海，奇异诡秘，威力不可方物。

赛龙舟与醒狮，同样属于岭南和广府珠三角民俗文化的两大标识，如今的大湾区的柔韧传承的风俗，时日专门为它们留足了时间和关注，所到之处，民风膜拜，民俗追随。

好一出风云际会，物出岭南，魂系故土。

水色阳光

1

炎夏的阳光明晃晃的,有风来,折射的光影被风吹得像捉迷藏一样。帆形的遮阳棚下,是这座近百年的原教会学校的泳池,近旁库房一样的三角形屋顶的造型立面,不远处红砖墙大屋顶的旧建筑,把时光调配为从前。于是,日光流连竟然也慢了起来。

泳池的水面跳跃着阳光,水底涌动着光影,奇幻的菱形的光影,粉蓝色的世界,跟广州的蓝天一样的着色,不过被水淘洗得更为清爽,一派安宁。

M说过,我们都是从安静的水世界转来的,母亲的胎腹里,曾几何时是孕育的温床,包裹着新的生命。只要返回水里,你只要沉进去,就会感觉到重回源头,喧嚣尽退,尘俗不侵,一片宁静。教练所说的,就是放松,还原,再放松,想象自己在水里,如鱼得水,内心坦然,静得可以听见心的声音,还有一汩一汩的水声,像记忆的珠串往下掉落,或如一滴水撞击时间的水面,泛起一个接一个气泡般的波纹。

我试图在水面里摆平自己,什么也不想,就是放松。据说,这是万病之扰最好的疗治。

协和中学有来历的建筑,在泳池的另一边,被几棵大叶椰守候着,视线飘过水面,飘过护栏看过去,是有着百年岁月的校址。很多记忆的光影在水面漾动、晃荡。

这所名校,我曾经在留下来的古旧的文字里来过,在所知不多的青年时光造访过，距家这么近，却是第一次在泳池的水面遥望这所百年老校的屋顶出神，好像所有涌到脑海里的话都消失了，如同一尾鱼在水里什么都不会说。流水岁月，载沉载浮。

头顶上的天空是广州蓝，蓝得云絮也淡了色，池水也染了彩。

仰视的天空，是雨后的清爽，大面积的云朵让风的移动丰富而又热闹，碰碰撞撞的云朵几乎容不下一双追踪的眼睛，云彩憋着笑声地翻滚，泳池的上方却静寂无声，静得只有脚划动水流的声音。

心念在景物之上。

人可以安静如一池水，或者水中的一块闪烁不言的光斑。

在水里我睁大眼睛，阳光把水变成了有边有界的晶体，透着慈祥的引力。

阳光对美好的东西充满了诚恳，只需静穆无语地相对，不离不弃地陪伴。

在水里，在天空，在安静的放松与舒展中，拥挤与扰攘在后退，在消失，如同流水滔滔。此时，我的脑海里浮出"江河水"这个词，静水深流，滔滔而去。

江河水，是水，却与大江大河有关，也与一池一井有缘。江河水，很是包容气派的一个大词，有着别出一格的大度豁达的风范，把缘起与缘去，把来龙与去脉都做了交代，都做了洒脱风雅的表白。

看多了一脉江河水从眼前的阳台窗户外潮涨潮退，那是石井河，转过去是增埗河，珠江毛细血管中的一条，却也是诙谐有趣的一条，因石而有井，因井水而泛成河水，多么浪漫自豪的蜕变和转身啊，也是多么不负初衷的赶赴与奔流。反正有梦，终能梦圆，日复一日地奔流不息，以时间的柔韧与绵长，这细澜微波的江河水，滔滔不复汇大海。

2

越过楼房的森林，从楼隙穿透而来的阳光，把想象带回曾经未被遮挡的远方的那一抹山影，夕阳西下时，在远处楼房种植的空隙里，那抹山影便墨痕一般地映现出来，眼前云山珠水的自然馈赠，也是分享给这座城里的有缘人的。

还是那束如期而至的阳光，投射在广州寻常巷子常种的鸡蛋花树上，便会有不期而至的灿烂，把周边平淡无奇的环境映亮，恍如奇遇这座城市的一种风情、一种旖旎。这鸡蛋花朵真如鸡蛋的色泽，粉白渐变成嫩黄，远在冰清玉洁之上的可爱，那一份纯真的亲近让人无所适从，是种不用设防的赏心悦目，久违多久了？别具一番温软和烟火的暖意吧。由雅而俗，由俗入雅，一种花语竟道出了菩提之音呢。

阳光也会拐弯，总会在某个晴朗的下午，去了那些个背光的角落或者阴寒的地方，或者投射，或者反射，或者不知是哪里的器物折射而来，不期而至，经常盛放在我朝西北的窗户前，如同一场不事张扬的盛宴，把这处暗淡的楼区映亮出一种光彩，楼下的花圃，窗户里不同花色的窗帘，日常的营生霎时生猛起来。

而此刻投射在书本上的阳光，照亮的是奥兹的《爱与黑暗的故事》，文字的暖意，情怀的暖意，是真正穿透书页的阳光，里里外外的明亮，让神思都能飞扬起来。

一如诚品书店的老板说的，在生与死之间，该做点什么，该让什么留下来，对于读书人，最宝贵的，该是有温情与暖意的文字，偎贴着那些偶尔落寞或者无助的内心，告诉自己，这些火炭一般的文字真好，让凝固的心慢慢地暖和过来。

想起那年去台湾，就在诚品书店里逛，买了一套书，买了一顶帽子，从头到心的温暖，经久不散的回忆。

这样传递过来的美好，全缘于那种被尊称为情怀的东西，这个让人敬畏又稀罕的字眼——情怀，给急功近利无常的世道，吹送去一股股带着水蒸气的暖意。

书中的温暖，是一种水样的滋养。据说人体有百分之七十左右都是水分，身体的水分与精神的水分，才让人的挺立与存在有了质感。比如那些喜极而泣，那些委屈和失望，在泪水里表达了，洗涮了，一切都变得有可能不再一样。比如那些压力与负荷，在汗水里流失了，那些得失荣辱，惊诧欣喜，在突然汹涌而至的泪水里稀释蒸发了，然后，是淡然的微笑，是平静的心境，是熨帖的欢喜。

3

这该是寻常的遇见。在遥远的北美大陆，春霁夏至时盛放的月季，那花朵上的阳光异常明丽，那是老表从故乡南海带过去的种子，落地就生根开花了。

很多人家的花朵，沐浴着他乡的阳光，故园的相思从来不会断开，一如三餐俗常的烟火。文化的传承，故园的情结，再万水千山的阻隔，也会带着相思、带着习惯、带着肠胃的念想回家，回到祖辈的老家去，回到家常的老味道去。

种植，这回到泥土一样的思维里，有点粗粝，有点灰朴，有点简陋，却是在看得见摸得着的烙手和简单中，真实着，并且就握在手里，细碎的土粒在手掌里黏附着，夹杂着土地的温热，拍也拍不去，所以家乡的花事一样在他乡盛放。

而这多年之后的相遇，则是在芳村的一幢旧民居里。我邂逅了百年精彩的广彩瓷器，那平淡的民居恍如顷刻涌进了阳光，感觉竟有点眩晕。

广彩是广州名声在外跨洋越海的百年艺术品，这广彩的七彩竟寄生于白坯胎，看着艺人一笔一画地皴染描画上去，一次一次地淘洗过滤出来，我一时分辨不出这是手艺还是心情与情怀的渲染。

因广博而七彩，因七彩而巧夺天工，人的创造力和想象力，一座城市不可思议的艺术来自哪里？又通达哪里？这是广州的造化吗？

少年时的记忆，是大德路上的广彩小工场，就在走出巷子的旁边，如同在一个汽车间里，车间的中间是一个圆形的窑门，看过一次开炉，里面火光红艳，变幻莫测。车间里靠墙的是工作台，各种金属的漆料，铅一样浓稠，一只只碗、瓶、碟，一件件待加工的艺术品，无人知晓它的深浅。浓墨重彩，热闹的色泽，浓烈的交织，总像有光影在上面跳舞，浓烈得蓬勃而狂放，那种密集的张力随时喷薄而出，时而像日出时的纯静，时而像日头当空的猛烈，时而是暮色里的华贵与雍容。

看着广彩，眼前幻变出最后的阳光，总是能在雨后映亮家门前的那块天空，是黄昏时分的七彩、斑斓，却又气定神闲地沉醉在回忆里，霞光万道，通向过往的所有日子，连接曾经的时光。

我深深地吸了口气，只想喝彩，只想对着这阳光重返的天空，尤其是在黄昏时分，在谢幕来临之前，那些暖意盈盈的夕阳，所投放的隆重而又深情的微笑，说一声谢谢。

这暖阳，如同真诚的关心的目光，能抚慰被触动的泪意，还有脆弱的神经，还有无言的感慨。阳光融化了时间冰冷的沉默，能缝接起断裂了的视线，可能，还会如水流淌，漫过我们的神思。

我们在哭泣、亲吻或者祈祷时，闭上眼睛用心感受。阳光是有纹理的，如同水是有纹理的，它在风动力动的时候，晃动着自己婀娜的肌理。身体与手的触摸，变得柔软而平滑，没有粗粝，也没有生硬，水里的呼吸是湿漉漉的，清爽的气味，纯净的气息，水洗无尘。而阳光则是有神性的，簇拥着你，承托着你，没有引力，也没有吸力，你却可以舒坦放心地沐浴在阳光下，像一朵一朵的云滑过长空。

我的手臂似乎晃动着阳光留驻下来的温暖，如同多少年的丢失情感依然可以穿越时间的分隔，连续上欲断欲离的思念和牵挂。

也许日子总会有黑夜来临，可也有对清晨第一缕阳光的渴望来驱遣，有爱，有守候，有期盼，所以就有希望。

特别喜欢阳光下的水温，那真是造化的恩赐，此时的水不会热到灼伤皮肤，也不会冷到身心痉挛，与水相处，水面一片坦途。

水上善随心，水随物赋形，却又千军万马削铁如泥。水孕万物，又可颠覆无痕。水可载舟，亦可覆舟。此时，所有的繁富如期而至，水流动着永恒的不可挽留的岁月，还有我们或老或少时的骚动和梦想。

一如阳光普照。

城里城外的榕树与素馨

时间咔嚓一下,就把这个印记烙刻了下来。记忆也随之啪嗒一声,一切从未离去。

那时,这城里城外随处可见的大榕树,气定神闲地站在开阔的拐角处,或是坡地上,或是寻常的路边,尽可能地张开所有的枝杈,遮护着日晒雨淋,遮护着男女老少,我们长大,我们老去,榕树永远是一副温厚慈祥的样子,恬静、淡定,安稳乐观地迎送着日子,迎送着一茬又一茬的来人。我们是那么熟悉榕树,它就像我们的长者、亲邻,那些在宽大阴凉的树冠下绽放的快乐和游戏,那些放松和美好的场景,都在我们的身前身后印下了挥之不去的影子。

我像追踪一个亲朋老友似的搜寻着榕树带给我的记忆,竟然跟生命的时日一样长,跟日子的铺排一样绵密,那些飘拂的根须送来的微风,像葵扇摇动的清爽,拂过脸庞,拂过时间,俯仰怡然,万物宜然。

是的,榕树是这些街巷里看着我们长大的长者,是见证我们度过的时日的老友,还是我们记住从前的一个最醒目的标记,老广州,然后,大大的婆婆的榕树,月影天光,榕荫覆地,猛烈的阳光,被树叶筛成了光斑,不大的雨势,被树冠过滤成了雨霰。

小时候的广州城里,不多的街马路旁,多见榕树。这榕树往那日晒雨淋的道上一站,越长越气定神闲,浓密苍翠,须根轻扬,把周围的绿意和安闲笼罩在树冠之下,一方的阴凉就漫溢流淌了。

巷子拐角的开阔地,必有一棵慈祥的榕树,等着老人小孩去纳凉,去戏耍,家长里短,童声清脆,日子的冷暖温热,就铭刻在榕树的年轮里,所谓的故园印记,所谓的乡愁记忆,总是跟这榕树的身姿面影缠绕在一起,不知道是榕树选择了旧时的光阴，还是我们的年月选择了榕树的印记，想来都是彼此牵系的吧。

小时候一路上学，一路长大，一年一年走过的地方，途经的解放路、惠福路、人民路、连新路、起义路、中山路、文明路、文德路、万福路、东华东路、西堤、东堤、南关、大沙头……沿路榕树相拥，枝桠伸展呼应，一路地站下去，站成了成长里的胎记，每天迎送着我们，恍惚等着我们在树根上碰碰脚，在树身上拍拍手，拽拽那扑到跟前的气根，像拉女孩子的辫子一样，榕树每天风雨无阻地守候着我们，一定记得我们年少时的样貌和表情。

印象里的广州是榕荫翳绿的，一年四季，不是嫩绿青绿，就是换了黛绿浓绿，不是遮阳挡雨，就是疏风透爽。广州的气质品相，好像从来就是这个样子，家园的印象似乎与生俱来就是这个样子。

在榕荫的簇拥下，跳格子、跳绳子、抓沙包、抓石子，各式花样游戏，各种玩法闹法，恍惚就有了一种关注和守候了。喝茶聊天的，带孩抱娃的，都往这大榕树下凑个热闹，此时，长夏短冬的广州，太阳不那么毒辣，溽暑也不那么闷热了。老话所说的有棵大树好乘凉，说不定也包括了这日常中的种种照拂吧。

小时候常跟着父母和嬷嬷去乡下探访，那时候很多城里人都得到乡下去接受锻炼。那时所到的粤西的梧州、封开、肇庆，还有那珠三角的水乡，梯田、南庄、佛山、大沥，村头也多半站一棵冠盖如云的大榕树，祠堂边或田头的坡地处，榕树就成了迎客的象征，那条村或是那个镇到了，榕树下就有熟人或者亲戚迎上来，团聚都是从榕树头开始的。每棵榕树下，好像都是热闹的去处，老老少少，追逐打闹，那是一条村的小广场或是露天的会客厅，让匆忙缭乱的行旅停留，多了一份树下的轻松和清爽，也多了一份温情和暖意。

每当侧着头打量一棵长到三四层楼高的榕树，那些翠绿的叶片，密密麻麻地扑向眼睑，如若有风，则发出嘈嘈切切的声响，或哗啦啦地招呼着议论着，树声是如此绵密和起伏，如同一种天籁的和声，把所有的清凉、通透、爽快都撒落下来。榕树下的歇息果真是日常的最好的发呆，只有风抚过皮肤和头发，只有树声，只有天宽地阔，只有鸟雀回鸣，只有入定的走神。

如若有阳光，抬头越过欢喜生长的枝桠，远处的树冠上的天空，成了装饰榕树的一块画布，皱染上树木的浓绿、淡绿、粉绿、青绿，低头是一地细碎的叶影，树叶追逐着风，摇曳跳跃着，树影捉迷藏似的变幻着方向和形状，还有那迎风飘拂的气根，如同柳条，如同戏剧里花旦的水袖，婀娜多姿。小时候认定，榕树的枝杈树叶肯定是风与光的舞伴，可以让它们绽放出万千神采。

也许，历史的深处总是藏着很多让人唏嘘的东西。

又或者，时间的皱褶也总是刻下很多让人感叹的悲喜。

素馨竟然是顺着水路落户广州，从海上丝路一路南来上岸，最终成了广州人的花仙子的。看史料写这"一江素馨"，我恍然能闻到珠江上空的水汽飘荡着的馨香，隐隐约约忽隐忽现的香气，那形态端庄简约闲适的静美，只是羞赧地盛放着，只是恬淡地雅致着，我爱犹怜，把素馨花捧在手里的时候，就是广州人把日子捧在手里的姿势了。

这么素美静洁的姿容，竟也有无法拒绝的感染力，一城的人都在爱慕和迎候着她。

那片河南（指珠江以南的地区）地种满素馨的胜境，浓绿堆白，风中盈香，让人陷入遐想。我是由衷地感慨，我们的祖先，有多情长，专爱此花，又有多简约，不求美艳，只求温馨，淡白雅静，暗香潜逸，那时的人是多么雅兴沛然啊，种田种花又种诗的时辰，当得起风雅有信呢。

时有任锡纯《卖素馨花歌》曰："小南强处征歌舞，如花宫女藏花坞。红云宴罢艳情销，何堪玉骨埋香土。芳魂不逐降王旗，千载香留江水湄。一代兴亡随逝水，情恨留得素馨枝。花田无税花千亩，来往花童与花叟。采余积雪江筠篮，卖花人渡珠江口。"

还有这样的诗句："悔不庄头村里信，一生衣食素馨花。"也还有这样的记载，"素馨可为衣食"，卖花可以谋生度日，种花侍花可以养家糊口，这广州城留给后人的是什么样的传统风俗呢？这已经不仅关乎风雅了，这简直就是生活的须臾勿缺吧。多率性与随性才会有这样的选择，多"是但""求其"（粤语，两个词均表示随便、无所谓的意思）的心胸和嗜好才会有这样的传承。

又有康辉《素馨田》诗曰："风流古有谁忘，一带花田近海旁。南汉无家空抱恨，美人化土尚留芳。露珠点滴清于泪，江水濚洄曲似肠。踪迹不承陵谷变，羡卿到底有余香。"

史载那个豪横放纵的南汉王刘鋹，一生霸蛮残暴，人性的杂草丛生中，却也有一朵钟情的小花，在乌烟瘴气中倾慕那个名为素馨的宫娥，作为传说，也算是那个时段暗黑的补偿吧，好让这世间少一些恶名，多一些惋惜，对人性的感叹，或者是对命运的悲悯吧。

后人如此追慕素馨，赞其淡雅，誉其洁白，叹其清爽，在花店里，在路边摊上，或是在菜市场的一角，我试图去触碰它们的身影，而每每总有点恍惚，它们在哪儿呢？兴许如今的去处，配不起素馨的身世命运？也许它们的归所该是在山涧水流边，或是野地林间的清幽处，兀自绽放，淡然馨香，有没有知遇，有没有激赏，也全然不过是一节的花季，一生的灿烂而已。然后，又是一年一度又春风的轮回了，素馨是回来报恩的，报那善恶杂陈的尘世，报那笔墨上隆重的礼遇，以及那臆想中浪漫的追思，也不枉这人间的去来了。

如是，这算不算某种意味的救赎，或者是因果轮回呢？当那些妖孽和邪恶释放殆尽时，是否又会风起云涌，电闪雷鸣，滂沱大雨，涤荡乾坤，清爽和澄明如期重返？

恍惚，我的眼前出现了一朵朵的素馨花，水珠晶莹，娇嫩淡雅，一丛丛地遍地盛放，有丝丝缕缕纯净的花香弥漫开来，如同一种吉祥和宁静的梵音，似有若无地笼罩在此时此刻的天地人寰。

一代又一代人的传承，让这座两千多年的老城和年轻活跃的大城市，根植了这样的传统，有花的日子才是心舒的日子，有花的世界才是安稳的好世界，所以，花市、花城专属于广州，那是百代传递、千年流播的文化，更是祖宗赐予城与人的财富和禀性啊。

当我的目光所见，行止所及，见到的榕树或者素馨，面对着如此熟悉的面貌和亲近的气息，断没有想到它们的身世、遭际，也断没有料到它们的质地如此柔韧、身姿如此超绝、禀性如此岭南。也许是大自然派它们来充当广州这个地方的美好使者，让它们的面相与这座城市的面孔，让它们的气息与这座城市的氛围，互为映衬、浑然一体，让一代又一代人与它们厮守相处，相亲相惜，天长地久。

一路向东

一路向东。

东方日出的第一缕阳光，就照在版图廓大的广州郁郁葱葱的林带上，就照在广州东部森林覆盖率达到52%、景观林带长达395公里、绿道595公里、碧道114.5公里的增城上。那些环拥着城镇村落的古树新树，那些山丘河岸的草木繁花，一齐在阳光下晃动着银亮的光泽。

这是首批国内历史文化名城广州的光泽。

这更是以"翡翠绿洲"的美名享誉珠三角的增城的光泽。

这是广州的城市原色，也是增城的底色。

广州的城市发展一路东进，从老城区到新城区，从农业生态到绿意盎然的转型城区，一路高歌，一路猛进，从功能城市的建设到文化城市的创新，于是，就有了增城的旧貌新颜。

增城的绿意天下，不仅有第一缕阳光照拂的清爽，也是从以粮为纲到生态主导的容光焕发。

增城的绿色基调，是祖先留下的宝贵资源财富，如同人类的生存发展，从一开始就选择了绿色作为与自然毗邻而居的原色。

所谓的地老天荒，说的是过去曾是，还是未来将是？

那些遥远的过往，如同日出日落的光影掠过辽阔的地平线。苍苍莽莽，树木草棵，无穷无尽的绿色像浪潮一样，从五岭奔涌向南，越过南昆山，越过白云山，所向皆披靡，无处不臣服，最终，绿浪在一片肥沃的平原，放缓了势头，在珠江的支汊流脉边流淌，浸润漫漶开去，静静地等待城市的出现，等待着人类发展足迹的拓印。

什么是自然的规律?

地老天荒,造化也好,进化的偏爱也罢,一齐选择了绿色来宣示人类生存的取向,这是无法改变的善意和馈赠。从此,对绿色的守护,就成了与大自然相惜相爱、和谐富裕的信念。无论是时间长河中的天上一日,还是变迁更迭的世间万年,无论是战火的掳掠还是沧桑的历练,那不离不弃不被更替的容颜,就是让大地覆盖绿色,让所有的生存一齐沐浴阳光雨露,这便是自然的规律。

绿,是上天为城市预留的保护色。

广州这座城市,记忆的起点是公元前214年,到今天已经2236岁了。2236年来,山、城、田、海,城市的格局一直没有改变,依山靠海,背山面海,绿色的山、田与蓝色的海是主色调,中间点缀着万花筒一般的七彩之"城"。

山是绿色的起点,增城是山的起点,也是绿色的起点。绿色环抱着增江,环抱着增江画廊,环抱着白水寨,环抱着小楼人家,环抱着增城的每座村镇和每一条大路小径。

"六脉皆通海,青山半入城。"广州是一座山水之城,增城靠山临水,号称"一江一山两岭三湾",既有南昆山的雄奇,又有增江的清秀。大封门森林公园位于增城北部派潭,北回归线穿越其中,面积达13万亩,生长着樟、松、红枫、杨梅、红花荷、桫椤、红乌桕、毛竹等无数植物,仅是受国家三级保护以上的植物就多达上百种,林木终年繁盛,四季万顷碧绿,葱茏葳蕤,天长地久。

绿色是山的颜色,山是树木的王国,树木亦从此居留人间。

绿色不仅是生态,不仅是金山银山绿水青山的象征,也是增城转型发展的依托。

南方多乔木,增城的古树名木资源丰厚绕润,计有15个古树群,古树名木有2017株,共计24科36属48种。其中古乌榄773株,榕树558株,秋枫71株,木棉65株。全区古树约98.6%分布在乡村,1.4%分布在城区,在小楼,在石滩,在派潭,在正果,在仙村……在绿意深处的村村镇镇。

增城的绿色是诗意的。

一株硕大的榕树是乡愁的旗帜,它日夜飘扬着,召唤着远去的游子卸下所有的疲累、思念、煎熬、挣扎,只带着千年不变的难舍和两行将要滴落泥土的眼泪,梦回故乡。在增城的古树名木中,榕树数量是排行第二的榜眼,现存最老的榕树已经609岁了，位于石滩镇田心村，高达16米，平均冠幅24米，远眺壮观伟岸，近观乡愁扑面。

增城的绿色是浪漫的。

在增城，绿色有时是大自然的写意，在大封门的山上大片泼墨；有时是精细的工笔，将一抹淡淡的绿色描画在嫣红的甜蜜中间，增城挂绿，得名于这笔上天恩赐的绿色。曾经满城的挂绿被砍伐，唯有西园寺留下一株，树龄已有419年，属于二级古树。位列增城古树名木第三的探花当数荔枝树，有248株，而根植于城央挂绿广场的"西园挂绿"弥为珍贵，屈大均在《广东新语》所说："挂绿爽脆如梨，浆液不见，去壳怀之，三日不变。"

更有那被喻为半部广州史、树龄达1300年的一级古树，位于小楼镇仙藤园的盘龙古藤，枝繁叶茂，四季常青，覆盖面积近900平方米，是由青藤环绕着一棵古榕树繁衍而成，藤主茎最粗周长为2.3米，是目前东南亚白花鱼藤之冠。古木起伏之态如龙起舞，气势磅礴，6月开花时节，白昼如万蝶翩翩，夜间如星星点灯，9月结果之时则如粒粒笔力遒劲的墨点，道尽心中赞叹。

增城的绿色也是一种精神的寄寓。

在增城，绿色表达的气象，如同精气神魂的一种耳濡目染。在竹园村南的古码头，有一棵古红棉，挺拔矗立，笔直的几个人手拉手才能合围的树干径抵蓝天白云。红棉即木棉，又被广州人誉为英雄树，这株红棉已经350岁了，它目睹过这片土地的风风雨雨，更亲历着岭南人保家卫国的热血衷肠。每天每月每年，它用绿荫呵护着几百年来的子孙后代，它用树叶与树叶之间的喁喁私语，呢喃着往昔那些发生在这里的如阮海天等抗日英烈的故事。

绿色是增城的主色，在绿色之上，是多彩的增城和增城的多彩，洁白的是丝苗大米，黑色的是西山乌榄，紫色的是白水番薯，红色的是增城挂绿，所有的色彩，又何尝不是来自绿色的繁衍孕生和天地的祈福恩赐？

这些绿色的古董瑰宝，几百年来，静静地屹立在这里，见证着历史，见证着人文变迁，不仅保存了弥足珍贵的物种资源，也是广州的、增城的历史文化悠久的象征，还是人与自然千古传承、相伴相随的亘古承诺。

增城还有一种绿色，是文化传承的滋养，那就是思想之树的浓荫。增城是湛若水大师的故乡，他青年时师从江门白沙，使得增城成为岭南国学重镇，后与王阳明相与论学，名动京师，形成了王、湛两大"心学"学派。

嘉靖十九年（1540），75岁的湛若水结束了长达三十六年的官宦生涯，回到了故乡增城，"平生笃志而力勤，无处不授徒，无日不讲学，从游者遍天下"。大师的精神遗产除了《甘泉先生文集》《圣学格物通》《四书训测》等著作外，便是他桃李满天下的教育实践。相传他共建书院四十间，门下弟子近四千人。

屈大均在《广东新语》中归纳了甘泉先生毕生所建书院三十三所，在故乡增城的有明诚书院、莲花书院。2016年，考古工作者在增城区南香山的半山腰发掘出湛若水在家乡所建的莲花书院遗址。除了家乡，大师在五羊城内还建有天关、小禺、白云、上塘、蒲涧等书院。天关书院是湛若水在嘉靖二十三年（1544）79岁高龄兴建的，在大师的寓所湛家园，即越秀区湛家大街附近，今天的小北路北园酒家后门，比邻东濠涌的地方，后人还建起了甘泉亭纪念大师，一如绿色荫庇，精神养育，生生不息。

万物有灵，日出东方，一路向东，增城用绿树的簇拥讲述着那片土地古老的故事，用枝叶的招展迎来送往着新来后到的新老广州人。增城，此刻，正在用绿意盈盈的怀抱，迎候你我，去共建更加美好的家园。

陌上花开

壬寅年十二月的广州，太阳晃动着手里的一束一束光线，给城里街道上的建筑、车辆、行人一一投下了影子，这些影子在地面上俯伏着，一副沉思冥想状，一会儿像是浮游在水中的幻觉，一会儿又像是脑海里的记忆，随着光线的变化或长或短。

我惦记着这幅路人戴着口罩行色匆匆的图景，呆站在人行道上各种影子的旁边，小心翼翼地用手碰一下，再碰一下，像是有着顾虑般试探地打着招呼，又像是有点歉意的打扰。

眼前城央的这幢大楼正迎对阳光，钢丝般的光线在巨幅的玻璃幕墙上放射着刺眼的光簇。我转身背对着阳光，即刻，我的身影也被长长地投射在大楼门前的水磨石地面上，如同一个拉长的感叹号，我的双眼黑斑乱窜，有点担心这凛冽的光线，逼出了我汪在眼眶里的泪水，掉落在眼镜上，或者摔碎在身体的阴影里，一秒就被晴燥的空气汲干。

父母在，人生尚有来处；父母去，人生只剩归途。这话颇是苍凉，生你养你的父母不在了，真心实意疼你爱你的人远走了，余生的日子只有思念，还有乱麻一样理不顺剪不断的牵挂吗？老天安排的生死，把最亲的人支撑你身体的那根肋骨抽走了，靠什么持杖而行呢？回忆掉落的点点滴滴，都会让人苍白的脸颊沾满了沮丧，情难自禁，内心里有一个实实在在的空洞，不知从哪里寻索回真实的感受，往内中填补。那空洞成了吞噬轻松无虑的吸孔，分明的难过会让人神情涣散，一如被太阳曝晒得阵阵眩晕。在之前更远的时间点上，在之后更远的时间点上，隐匿着什么呢？回忆的拐杖能借助眼前的光线看清什么吗？爱因斯坦不是早就说过吗？人的目光所见甚少，人对世界的了解所知甚少。除了生死，其他的体验都不太真实吗？或者各种的可能性已经是眼下能拥有的最好的东西了。无论是活在时间里，还是活在记忆里。

老母亲还不显颓脱样子的时候，抚摸着手腕上的玉镯子，语气清晰地说：去哪儿都一直戴着好了，住医院也不要脱下手里的玉镯子。那种莹润的翡翠绿意，该是在瘆白的护理院的病房里，最养眼的一点舒缓吧，不然，何处有更多的暖意呢？何处去触碰奇特的遇见？何处去想象遥不可及的远方，那些天造地设的石头，历经岁月打磨，竟成为日常里温润晶莹的宝物？老母亲床边的那扇窗，有树叶在枝杈上沉默不语。

玉是国人心愿的象征之物，也是托付之物，玉无价，这宝物一旦与人的身体为伴，就生发出无数的吉祥，这算不算是人与土地最幽微且不可言说的默契和秘密呢？不是说万物出于土，亦归于土吗？人与玉的命运，是否也是生于尘土，最终也归返尘土？

随着岁数越大，母亲的双手越来越粗硬，骨节越来越突出，而一只有岚烟之气氤氲其中的玉镯，有通透绿意漾润内外的土地极品，总有言说不清的蕴意在人与物之间缠绕，在尘世的来去里一起穿越，一切自有默契与缘分。也难怪千百年来国人礼石为玉，有着千回百转的寓意和比附。世间信物，都是通灵的使者，都有一份额外的用心。

我臆想着她最后的状态。也许她最后的潜意识又穿越回百年前，慢慢地，像一个婴儿似的蜷缩起身体，又恢复到她在母腹里的那个姿势。万物源于初也归于初，母亲回归原点，历经了九十多个春秋，最后一个跨不过去的生日，竟是她离开的头七（民间的第一个七天祭祀日），想必她是安详的，也是释然的吧，亦因此有了怀念她的来与去的巧合。

谁能把几近一百年的经历细数厘清呢，时间的风烟扬起又落下，遮蔽了多少的视线？都说岁月如梭，快速推送织不出一个人或有的经纬，一辈子就这么过去了，可一旦回头眺望，原来，重重叠叠的山河变迁，也在一个人的身影后留下了无数的沟壑，一个人一辈子经历的事情，竟也是柳暗花明兜兜转转。进入高龄后的母亲安静和好奇得如同返老还童，总是微笑着，那么多的风风雨雨曾降临在她的头上，一切都成了遥远的过去吗？一切都挥手自兹去，恩怨两无踪？

这也许就是年龄带给人的化境，一种福缘相合的心态吧？

那个民国十六年（1927）的烙印成了我了解父母辈的一个隐喻。将近一百年前的相关信息，顺着这个数字的通道向我扑来，让我应接不暇。我甚至想象不出一个人的一生，何以承负这不断叠加的代际风云，仅仅是活着本身，也要旋转好几回的变身呢。

一个记牢自己是民国出生的旧女子，穿旗袍烫头发，也穿那个时段时兴变革的搭袢黑鞋白袜，生在一座开埠最早的城市，受着传统的私塾教育却向往着新生活的年轻女子，有着怎样的心气和念想呢？这不全是好奇，隔着一个世纪，我不由自主地做着比较。

不是说女性的处境是不同时段的社会文明投下的影子吗？

一个成长于风气开新的广州的民国女子，几十个春秋，几个时代的历练，老母亲对迎面而来的人生甘之如饴吗？还是先吞下去，再用时间慢慢研磨，要么成为粗茶淡饭，要么成为巧妇再难办也要成就的无米之炊，这是那代人毕生都在比拼的生存智慧。都说普通人的念想，就是怎么样都得拼命地活下去。

曾经在广州沦陷与解放之交的时段里，一个青葱女子凭着天性与慧根，帮助自己的父亲打理生意，安排日常生计，侧伺十指不沾阳春水的小妈，诸如此类。

曾经拒绝盲婚哑嫁，为什么要到香港去过不知福祸的少奶奶生活？母亲的视野，早在她之前的时世里，见识过自食其力的下南洋打工的红头巾的倔强，见识过不认命而自己打理自己衣食之道的自梳女，更见识过西关小姐那种自立自强、那种不依附不屈从的大情大性，这是尊严，也是选项，自己的人生似乎也是可以自我认可和选择的。

何况，年轻女子也有资格去呵护好自己的情趣，去想方设法让自己的天分不要沉落在泥河一样缓慢单调的日子里，让三餐一宿衣食住行，让这一年与那一月，有一份雕刻和描绘的用心，有一种美好的期盼。这需要世道的开悟与启蒙，更需要时日与世道的成全。

读书是一种潜伏着挠动着母亲身心的向往，幸亏那个时段有四大名著，母亲到老都在翻阅我特地送给她的那套连环画版的《红楼梦》，眼睛不好使了，图像就能勾连起记忆，而小说中的一切不都是日常的大同小异的投影吗？

听戏唱戏是少女时代隐藏的一段秘密，粤剧给了她最好的托付，从民国时段的小不点的着迷，一直哼唱到改革开放的20世纪80年代，通街通巷子都在用收音机放大声量播放的唱段，而如今电视台电台保留的曲艺频道与广播，让她晚年随身而带的收音机，或者打开的电视机，一直可以慰藉她从小到大的梦想，听戏和唱戏的心愿，原来也是可以钩沉人生的心愿与失落的。

至于刺绣与编织，剪裁和缝制，旧时女性贤良淑德的必杀技，原来同样是打捞新时段女人心性沉浮的一叶方舟，把自己渡到可以喘息一下的鸟语花香的对岸去，在女红统领的一方时空里，做一会儿雅致的梦，做一些雅致的事情，柴米油盐烟熏火燎的日子，除了活着的潦草，为什么就没有诗意呢？女红，自己编织和缝制的世界，就是那个时候的女子在家庭的小方块里，在社会逼仄的立锥之地里，拓展出来的承前启后的诗意，前有祖辈信守的技艺，后有一波接一波的时尚和滋养自己的心念。

我通过无所不能的老母亲的巧手巧智，多少知道一个女性如何在有限的时空里，在不同的时势更迭的时段里，使着巧劲，如何让自己活得有点活色生香，有点自得其乐，有点得意和通达。假如我不走读书从文这条茫无边界的天涯路，我不搞研究创作这种无尽藏的工作，我是否会活出不一样的从容透气，更为率性斐然呢？谁知道啊，命运早已写定。酷爱读书的母亲，没有像她的兄弟姐妹那样，顶着家族出身不好的帽子，走老式的读书从教的路子，在新的时段里翻转身份，她走进了烟火人生里，竭尽所能地过起了相夫课子的日子。我没有问过她，就那么心甘情愿吗？时势的大波大折都亲历过、见证过，想必唯一的解脱就是释然吧？还是悄悄地就把她另一种取向嫁接到我的人生里，暗示我不要放手，我无从知道，唯有听从命运的召唤。

"非尔所知"，简单的四个字，是生命给出的漠然与冷静，无论人与事，均是秩序与现世所得天然的终结。身前身后事，天知道啊。

如此看来，我又怎么可以轻率地仅凭联想或推测，就了解母亲那代人身临其境时所发生的一切，所思与所择，大都不过是随遇而安，或者是听从生活的安排。一个又一个时段的波诡云谲，一代人的起起伏伏，落到一个具体的普通人身上，不过就是粗陋、简单地过日子，思量的也是如何把日子打发掉，配不上什么让人惊奇的大动静，更没有所谓的宏大叙事，到头来都是渺不足道的日常营生。

然而，她们那代人，且用锁定一个世纪的长度去参与去经历过的世事，绝对是充满了小说况味的故事，多少起承转合也多半都给时间无声地吞没了。然后，剩下的就是幸存的角色，某个平淡的时段里活着的那个身份，其他要么隐匿着，要么灰飞烟灭，只有那断断续续的记忆，漫长且又拖曳，余音不绝，缝补着后人散碎而破裂的认知，用来丈量社会、家族、个人变迁的尺度。原来还是活着的生命，一个家族的离散，一代人的凋谢，都在无声地宣示着维系生存的凝聚力正在散轶，甚至是彻底消失。在时间的洪流中，一代人的经历，几代人的传承，该如何摆放其中的维系呢？我只能失语。

母亲已上路，永不再见了，她只能出现在我的记忆里，某种缺失与无力正在我的感应里弥漫开来，我不知道如何处置，只能通过跨越时空的血缘，去理解某些情感的共振，对一个世纪的文化、风俗，对一个人、一个家庭的走向与取舍，如何最终造成了不同的母亲与自我。其实，这种理解还是无力，不过是让心智变得更加复杂和敏锐，如同此时此刻那些止不住的感伤，那些涌出眼眶一滴滴圆鼓鼓的泪珠，一旦滴落，摔在地上，连形状与分量都无从辨识，谁又能分解那其中承载的情绪，以及疼痛欢喜，是什么样的一种质感。这番关于渺小与永恒的话说得多好："历史以死亡迭代，以记忆延续。轮回其中，是我们的宿命。"最终我们只能用活着的长度，去丈量所度过的人生，并竭力找到一代又一代人的关联来支撑自己，在我们作为过客的途中，我们怎样做了一回自我。原来，感叹也可以是这么悲天悯人的，总是让人因为无助而虚妄。

有人咏叹，随时间而来的是智慧；也有人感慨，经由枯萎才能进入真理。也许每一种说法背后都是一段经历，甚至是一代的人生，此时我还没有答案。就像我对母亲那代人的认知都是断续和碎片的，拼贴起来的只是我所认知的某种形象和状态。

去年，很多老人离开了，很多人失去了自己的父母，泪眼婆娑中，我感觉到代表那代人的门扇终于嘎吱着缓缓关上了，一个时段画上了句号，帷幕最终落下。

我们终将是要告别的。无论是热闹还是悲凉，无论是顺达还是曲折，回到我们该回去的地方，时间会把塞给我们的东西，再一样一样地拿走。是的，万物出于土也归于土，我们只能面对，却没有拒绝或者说不的权利，这就是命运吗？

肠胃的痛感竟然这么强烈，我弯下了身体，像个婴儿那样，蹲在人行道边上，这时，能强烈地感受到冬日里并不多见的阳光，倾泻到身上，暖融融的。这个车水马龙的尘世，原来一直有着皇天后土的温暖。

尽管这世上无私和慷慨地爱我们的亲人走了，疼爱我们的人又少了一个，我们成了在地球上流浪的孤儿，在人海与俗事的烟云里飘浮着，岁月流沙，春天到来的时候，蒲公英就开始上路。我心里的皱纹和伤痕舒展了又褶皱起来，广州回南天的水雾笼罩着视线，我的视线穿越不过去，我看不清。

思念的泪水模糊着双眼，也许是因为我们母女一场共同度过很长时段的情分，无论是否感应常在，我们都厮守过、开心过，也一齐见证过时世的变迁，普通人命运的变化。总之，我爱过这生命的奇缘，托赖母亲的牵手，把我带到了这个让人五味杂陈、起伏不定的世界。

因为有了母亲，那些不停奔跑劳碌的日子，她总在我的前面示范着，八十多岁还能踩动缝纫机修补、缝制衣服，她微笑不语的表情，就是支撑我的力量，就是我可以转身回到柴米油盐的日常里最值得信赖和无忧的进退。那些风雨不改一起吃的晚饭，还有老火汤弥漫在身体内外引发情绪动静的气味，除了放松和信赖，还有一种只有父母才会带来的东西，一种珍贵的渗透进时间空气里的东西，那就是温暖，熨帖的温暖，无尽的温暖。母亲慷慨无私地给了我，给了我的儿子，给了我的小家，给了我一辈子可以回头的牵系，却从不索回。

老母亲留给我去臆想的每一个故事，可能也是所谓的广州故乡的一部分，从此以后，又汇聚进乡土珠江的河涌支流里，成了我又一种惦记和牵挂的回忆。

不是说，重要的人重要的事，要用整副身心去念念不忘，这就是余生活着的状态，是因这些美好的人与事都已经铭刻在脑海里，是心房里的一个个重重的印记。

我们用了大半辈子，去学着接受人生的残缺和悲凉，去学着拥抱经历馈赠的幸运和好彩，然后，把得与失像天平一般平衡稳住，然后，好好地深呼吸，慢慢地心平气和起来，慢慢地再一次清醒过来。人生没有真正的绝望，如同眼前路边的树木，在秋冬天掉下了很多树叶，也许树的心很疼，可是整个冬天，树木都在平静中积蓄力量，春天一到，芳华依旧，绽放依然。只要生命还握在手心，人生就没有绝望。一时的成败得失对一生来说，不过是一场小感冒。心若累了，让它休息，灵魂的修复是人生永不干枯的希望。

此时，广州的春天如期而至，路上的花树云霞绽放，该来的又轮转回来了。此刻光线在空中招摇，白云在头顶飘过。

两代人的比对，两代人的时光，就这么沉落在我的思绪里，我有无尽的感慨，世道是变了，而人的心念究竟又改变了什么呢？丰富与贫瘠，无愧与遗憾，成全与掳掠，自由与束缚，坦然与焦虑，无限的可能性。我不知道是老母亲这辈人比我们这代人更出彩，因为经历厚实而淡定，还是我们比她们更得风气的红利，而侥幸地活在自以为是的期盼里。没有归途，我有来路？

我用力地揉搓了一下额头，还是喜欢站在太阳下面，让自己成为一个影子，这就是晨昏更迭给我们的定义，有点哲学，也是真相。每代人都有每代人的活法，坦然面对吧。

有人提醒我，陌上花开，可缓缓归矣。

微斯人，吾谁与归？

归去来兮，吾谁与归？

时间旋转起来，世界也旋转起来，对着渐远的过去和倾斜过来的将来，我站好了，听着心跳一直等着。

花事正浓

一朵花开的时候，一个季节就来了，一种又一种花事此起彼伏的时候，一年四季就这么悄然更迭着，如一本被物候的风翻掀吹拂的画轴。

这就是广州。

时间哪儿也没有去，一切的美好与触动都在花事里，在眼睛与花世界对视的时候，在心的某个角落里，在幻觉与花同时盛放的美好中。

一切正当时候，正逢季节。

年逢一年，岁接一岁，花事一场簇拥着一场，开了又收了，来了又走了，摩肩接踵，擦身而过，虽是匆忙，却有次第登场的热闹与喜悦，虽不无荼蘼的沧桑，却永恒纯净且美丽坦然，如一个接一个的梦，散落着又聚拢着，或成气息，或成片段，在晨昏暮至中午起乍落。怎样的妖娆，就有怎样的舒展，而怎样的离散，便留下怎样的余香，那香氛总是氤氲着关于这座城市的记忆。

由是，那一场场的花事，在时间和气候的审视与握手里，最终成为这座城市的标记，成了广州城平静与平淡生活的一种寄喻和托付，成了广州人的一种生活方式，成了广州这座城市魅力绽放的一种指认。

在四季没啥变化的时日里，如何义无反顾地活出春夏秋冬的绿意盎然？这就出现了一种极端的极致，花常开，绿常在，把盛放的寄寓融汇在生活里，让它的气韵在日子里出神入化，于是，就有了花开广州，终年常在。

从花事中去寻找这座城市的浪漫与温情，从季节、雨水、物候与阳光中去看见广州的靓影，这是物质时代信息频率的世道里，称得上唯美和浪漫的事件了。

就这样，怀着一颗温情而好奇的用心，越过很多言说不清的芜杂，越过一段接一段的记忆，回到源头，我把自己的记忆与胎记一般的烙印，定格在小时候的耳濡目染里。

为什么广州人都爱花呢？为什么逢年过节都要行花街逛花市呢？为什么花市是喜庆吉祥开心同乐的去处呢？为什么闲时平日都要与花为伴呢？为什么买花插花是一种仪式，更是一种心情，是一种习惯，是一种不言而喻的喜乐呢？

因平俗而梦想着美好吗？因为琐碎而想望着浪漫吗？因为单调而返回自然寻找雅趣吗？因三餐一宿的重复而挖掘出可以养殖的诗意吗？

想来，都不是无缘无故的，都是有迹可循的。

花也许是造物派来的使者？经由黑黢黢的泥土而盛开在视线里。花也许是让普通人庸碌生活能够飞升起来的翅膀？日子再劳作还能怎样呢，一朵花的花意盈盈就化解了所有的无聊。对于花，老少咸宜无一例外地喜爱，让广州人的日子从此不再一样了。隐隐中，时间所欠缺的什么东西，隐隐中，生活所遗漏的什么念头，以花为媒，似乎一点点就召唤回来，也修补回来了，甚至喜庆与愉悦从此结伴而来。

这来路与归途何尝不是一种信奉？

多么气定神闲知足而乐的动静和心态！把一束花从花农花贩的手里接过来，把它们带回家，在水池水龙头旁边一枝枝擎举着，打量着，小心翼翼地修剪着，插进清水满灌的瓶子里，或是造型雅致的花瓶，或是简陋普通的器皿，捧到家里心仪的位置上，摆放好，一份心思的寄存就落到实处了，一种心满意足的仪式就此安放完毕。

这就是花给予时日的安慰和宽解啊！

从此，所有的时光，都有一个不可匹敌的春天，都有一个面向时日盛放的春天，都有一份不可扰乱亦不会荒芜的心情。

每个人的内心里都有一条通道，或是通向大海、通向高山、通向草地，或是通向年年季季不相同的花事，一如广州。一如广州，长年累月就沐浴在百花齐放的恩赐里。

从两千多年前南越国人人"彩缕穿花"，到海上丝路兴起广州引入各种花卉，从古至今广州街坊便与花相伴相随。

广州人爱花、买花、养花、赏花，把花融入了自己的生活。春有杜鹃，夏有荷花，秋有洋紫荆，冬有簕杜鹃……生活中融入了花的情怀，已成为广州人的生活方式,把鲜花作为家庭摆设,把养花种草作为一种生活情趣,乃至最有广州味的年俗行花街、全城同欢乐的粤式嘉年华。

　　在每一个节令,在街头巷尾的拐角处,在超市或是小店铺的门面里,谁都会不期然与花迎面相遇,浪漫美好得让人忘记了赞誉,省略了感恩。大雅大俗,大俗大雅,当行当止,行云流水,把婉转的日子过足了诗意。

　　寻常所见的朱槿花,天天在路边脚下开到花枝招展,橙红的花色,在常绿里绝不娇艳,就是普通中的那么一份招摇,不需要倾国倾城,只在乎自得其乐。

　　茉莉则是轻盈娇俏得很,美总是不同类型的,虽是娉婷,却也不过是兀自婀娜着,暗香潜逸,像极了广州人的低调,有花自然香,芳香自赏从来就是一种自信自足呢。

　　而桃花,却甚是迷离,有点醉眼蒙眬的眩晕状,难得在陶醉中迷糊,难得在倾情上演的热闹里守得住娇羞。满目含春啊,却也不过静静地开放着。

　　最是奇特的要数素馨,据说是广州以花为媒为标识的头牌,可通俗的名字称惯了鸡蛋花,粉白粉黄娇嫩得天真无邪,却又大方得体得清爽利落,赏心悦目得人见人喜。靠近点再凑到鼻子边,才隐约有一缕暗香悄然滑过,那么大大的一骨朵,与丰腴的枝叶映衬着,书上有载的街头埠边叫卖,远不及对小时候种植在街巷的角落来得印象深刻,枝干虽不高大,甚至也许不算壮实,却总是长出枝枝杈杈,像是向着各个方向热情地伸出招呼的手,召唤着留在枝头的春天,一朵一朵缀满在枝叶间,与风雨嬉戏,飘落尘泥也不残损。

　　至于木棉花,该是造物的一种万丈豪情了,浓烈的血色,又灿烂到奔放。这样的豪迈,衬得起广州如影随形的英雄风骨吧。

　　说及年初的梅花,便牵动起对早就有名的萝岗香雪的怀想,那时一骑摩托留下的记忆,那时一伙人飞车去踏雪寻香,是青春激情不可回头的浪漫吧。

　　而满城浓绿、墨绿、黛绿里的点染与焕发,少不了紫荆的艳压群芳,紫荆不论是玫红色的还是淡粉色的,若有岚气散漫的雾雨天来衬托,那可是美得让人惊叹,美得让日常的街景、让不起眼的人来人往的马路或是或大或小的校园,都会霎时迷离恍惚起来,一个美妙的场景悄然来临了。

　　那凤凰木的花朵,小时候所住的巷子里,有一棵驻扎在一幢街坊称作留昌记的楼硕大的门前。那是一幢有礼堂有回廊的红砖木建筑,而这树却状如漫天红霞，把半个门口一边街角的天空都映亮了，那花蕊的小花苞，椭圆形状的，翻过来可以当哨子吹，能发出奇妙的声音，童年的游戏和美景，正是阳光明媚的夏日时光呢。

此时，看着八月的小叶紫薇越过一楼的围墙，蹿到二楼那么高了，一嘟噜一嘟噜的花争先恐后地簇拥着，一群小女孩娇俏的争先恐后状，似有童声如扬起的鸽哨散落，把天空震荡得一片华彩，可爱得目不暇接。

曾经那么着迷异木棉的水粉花色，仰看得脖子都痛了，与周边绿叶的相配，常让我想起红男绿女的绝色，就是那么施施然地夺目亮丽，鹤立鸡群娉娉婷婷。笔挺的树干，却只能让人仰视着，看似娇弱的花朵，却在目力所及处盛放，想来也是美得矜持不迁就的。兀自枝头春意闹，说的也许正是这样的孤芳自赏吧。

比起不起眼的簕杜鹃，从来那么坦坦然地从冬到春，从春到夏，它的存在就是怒放，像一场生命的邂逅，来一次人世，就尽情地盛放着。从阳台到墙头，从天桥围栏到路边的树畔，依偎着，就满心欢喜地红红艳艳的，一点点的欢喜，就可以开心整个季节，草根得很平俗，又豁达得无所挂碍。

这是广州花事的礼数，还是花事赐予广州的礼数？都是吧，彼此有缘，就是年复一年、季节相邀的约定了。

花开广州，盛放的正是捧在手里过好日子的心情。

两地缘

广州与香港，一座是依山傍水向海的历史悠久的城市，一座是岛屿四面临水八方朝海的都会。两个地方的距离，无论是情感上的还是往来方面，一时很远，隔着一百多年彼此交替起伏的变迁；一时又很近，水路陆路几个小时的通达。远远近近的幻化中，百年的光阴悄然散轶，情感的交汇感慨万千。

近时，广州的本地人，谁家不和香港有沾亲带故的关系，谁家没有亲友在香港居停生存过？近时，书信往返，回乡探访往来不绝，有亲有戚的，逢年过节大都往内地跑，回广州及珠三角探亲访友的，大包小包地满载而来；往香港去的，则大包小包地往广州的家里带货，满载而归。那时，广州是香港的故园，是亲情倾泻的家乡，而香港则是购物天堂，是过上好日子所能想象的参照版本。而远时，香港就是一个近在咫尺的漂浮岛屿，曾经断过书信，断了联络，两地之间不相往来，香港封闭了，广州困顿不解了。如今疫情防控期间，也只能挤着机缘的夹缝，勉强来去。

远时，香港很生疏，像一个无端没了音讯的亲朋旧友，让人怅惘。近时，香港是广州的前胸和肋骨，广州是香港的肩膀和后背，相互依傍，互通有无，如同一个人的两面，有时这面很光鲜，有时那面可依靠，至于日常的气息风俗，如同两地的空气水流的游走，有时港味浓些，有时粤味盎然。

此时，这诗句，比较吻合我的心理感受，"土壤般的觉得，天空般的轻飘"。

如今发达的交通工具，广州到香港的距离，不过是几个小时，而情感的距离，却是长长短短欲说还休。对于过往的怀想，对于未来的张望，都隐藏在一种欲断难了、千言万语的惦记中。

此时，阿嬷和父亲或许会在天国，向我的纠结困窘报以宽容的微笑。

他们早已在广州这块故土入土为安、竖牌为证了。当年，他们辗转两地，曾有的心思和想法我无法猜测，我只能想象，兜兜转转，我在回忆的迷宫中找不到出口。

想象着阿嬷与父亲在日伪时期流落到香港，抗战期间广州的大街小巷时而吼起日本兵的"巴嘎雅路"的咬牙切齿声，父亲边做噩梦边惊醒的情景，哪里有片刻喘息的地方呢？只能到香港躲避一下风头火势了。

想象着阿嬷的子侄都在港岛打拼，做厨师的幻想着有一天带着手艺漂洋过海挣大钱，行船的期待有机会往更好生活的他乡安家立业，做手作的低微地挣着两餐一宿，做地盘工的日晒雨淋揾食艰难。大时世战乱下的香港也是苟延残喘的。

我在想象着他们怎么做出的决定，或许是故土难离吧，或许是新希望的召唤吧，当解放大军开进广州城不久，当长堤上下九一带的骑楼店铺重新打开关闭多时的店门时，他们在20世纪50年代初回到了广州。那时香港与广州的来往都是念起念落的，阻隔并不太多。哪里的世道稳定，哪里有希望高悬在空中，人流就会往那里倒涌。

每家人、每代人的选择不同，命运从此生长在不同的土壤里。

阿嬷和父亲回广州定居了，阿嬷的子侄留在了香港，且在二十世纪七八十年代香港开始跃上发展的高峰时，借着港岛的移民浪潮，尤其那个养子一般的侄子，凭借那做得一手好菜的大厨的技艺，凭借那道名菜"佛跳墙"的绝活，漂洋过海移居他乡了。有意思的是，关于这道名菜的常识，迟到了二十年，在我青春期的时候，才通过照片，知道是由贵价的鲍参翅肚海陆空的出品烹制出来的。20世纪70年代，广州与香港，以及海外的世界，像是隔着一道符咒，我们的日子沉滞缓慢，他们的生活却是一日千里。亲友的所有书信，所有寄回广州的照片，华服笑颜，身后的独立屋或是装饰洋气的家居，似乎都在展示着他们终于找到了梦中的生活，终于过上了不一样的好日子。

意想不到的是，2000年前后，家成业就移居北美的父亲的堂兄弟，却想选择广州养老，理由是漂泊太久了，要回家乡，要叶落归根。我不知道他的根在哪儿，是那个连一撮土一片瓦都不属于他的珠三角的故里，还是让他名声在外、助他发达成功的香港？他情感浇注的那个内心，果真是梦里的故乡吗？人最终是物质的还是精神情感的信徒？我悄悄坐在房间里，听着客厅里这位亲戚却是陌生的老人家的诉说，一脸迷茫。最终这位堂伯因为孤身一人回到广州，连落脚的地方都是租住的，好几个子女散布在美国的不同地方，扛不过家人的召唤，他还是再度离去了，临终时也只能将一把骨灰留在了大洋那边。

而在20世纪50年代拉着阿嫲的衣襟从香港回到广州嫁人成家的姑姐，却让已经长大成家独立门户的一个小家又一个小家的子女，重蹈漂洋过海的命运，移居芝加哥。去年，她把自己对广州的思念连同骨灰也留在了那片异乡的土地上。前几年我专程飞北美探望她，姑姐感叹道，好几个子女连根拔起，都过来了，她是回不去广州了，尽管广州还留着属于她的房子，可是万水千山，那一天天累积起来的日子，何曾容易跨越啊。我呆坐在姑姐的旁边，强忍着眼眶里的泪水，一边转动着眼睛看着这一万多公里外的北美的独立屋，三层狭长的房子，那美好的梦想是否就这么一天天从大雪纷飞里堆满了雪的屋顶滑落？如今姑姐已经去跟自己的母亲兄弟相会了，没人给我回答，我也没有答案。

在这块别人的土地上，开修车行的表哥，在国内读完医科大学依旧在唐人餐馆打拼着的小老表，曾经在当年火红的国企当过办公室主任、当过副厂长的表姐夫表姐更没有回答我。所有人都似乎忘记要去回答这个问题了，揾食谋生，天涯何处无芳草，哪里不是生存，哪里不是过日子，没有对错，各安天命吧。

我对香港的朦胧认知，是从父亲视若宝贝的四套装古典名著开始的。那是表叔从香港的中华书局买来邮寄给父亲的。我还记得父亲在收到这大纸箱的邮件时，那几近虔诚的开封仪式，旁边站满一家人和几个熟络的邻居，谁都想知道从那个花花世界里寄回来的是什么稀罕宝贝。胶塑封面的《红楼梦》《三国演义》《西游记》《水浒传》一一摆在桌上，人人都看花了眼，那是竖排的繁体字版本，是不同于内地版本的从左往外翻页的。每次偷偷翻看父亲的这些书，我都心悸得哆哆嗦嗦的，那是因为里面的繁体字我只认识不到五分之一，对于正读小学的我，不知道读懂这四大名著还要连滚带爬磕碰多少个跟斗，还有多远的路程要赶。在那个书籍稀缺的年代，对喜欢参与私伙局吹拉弹唱、喜欢摄影读书的很文艺的父亲来说，这可是珍宝啊。每次父亲在晚上翻书时，见我目不转睛地盯着书本，他就大声地读起书来，此时，仿佛有小鸟或者蝴蝶之类的美丽的飞翔动物，降临到房间里，扇动着翅膀，一个全新的世界似乎悄然降临，那都是平日里的稀罕之遇啊。我仿佛听见自己的惊叹打着滚从身体里摔了出来，把我自己都吓呆了。

父亲的这位亲戚与他情若兄弟，娶了家乡的女子，每个年节，他都得在香港和家乡之间两地奔波，而广州则成了他的中转站，我们家就是他的家眷来往的必经地。而很多时候他住在海珠广场的华侨大厦，那可是香港同胞返乡的首选酒店。表叔是香港某航运公司的国际海员，很多国家的港口都去过，他的足迹是我长大后读万卷书走万里路的梦想。他寄回广州的书信里总夹有照片，最深印象的一张照片是在巴拿马运河的堤坝上拍的。我从没有见过如此威风的人类工程，见短识浅让我的想象力无法张开翅膀，直到现在，我的足迹还没有踏上当年表叔昂首站立、一副志得意满的表情拍下照片的码头。

我对香港的印象，源自读小学几年级的时候，就代笔替父亲和阿嬷往香港、往有亲戚的东南亚写信，他们说一句，我记录一句，遇到不认识的字，就用拼音代替，再由父亲填上，然后重新抄誊清晰。这个过程必定有什么在我的心性里留下了痕迹。

我不清楚父亲看着我，那欲言又止的表情所为何来，是那个非常时期不方便亲自动笔给这些敏感的地方写信，还是跟这些散落在香港的亲友有关？想来也跟隔三岔五收悉的通信内容有关。虽说他回到广州，幸运地进了大企业，成为那个时段最为骄傲的工人阶级的一员，然而，个中得失只有一找到机会就表露他的文艺范儿的父亲自己内心明白。

我的写作能力也不知道是否每周写这样的家书训练出来的，并且那些地址我背得滚瓜烂熟，无端冒出我曾经在那里出入居停过的错觉。

后来，因为第一份工作的关系，在脑海的认知里，我对香港变得熟悉而亲近，似乎我经常往返那里，那些街巷的秘密我都略有知晓。

意想不到的反转又来了。那是20世纪70年代初，上山下乡的浪潮正在全线席卷，在那个特殊的时期里，从广州及四乡逃港人员的小道消息，在横街窄巷到处乱窜。不少年轻人都在暗中谋划着。此时阿嬷往派出所一而再地递交返港申请，要带上她的一个小孙，再度回到香港去，只因她的回穗的亲友有人成功获批回港了,她要再次尝试一下,命运这道门是否还会为她的想法再度开合。

其时,来自香港的物资通过种种渠道,横冲直撞进广州的日常生活里。食的有花生油、腊味、海味,有夹心饼干、牛奶糖、巧克力等,包装纸让人眼花缭乱。我身边的同学都有把糖果纸洗好晾干夹在笔记本里的小趣好,我也不例外,而且心里偷着乐。大家互相翻看时,我收集的糖果纸很多是香港的版本,广州话称之为"来佬货",意为有来头的,不是普通之物。

用的就更多了,丝巾、缩骨雨伞(能折叠两折到三折)、大尖领花衬衫、喇叭裤、牛仔裤、尼龙衫、太空楼(其实就是国产后期的羽绒衣)等五花八门的。听回穗探亲的香港亲友说,过关时候最是忙乱,肩扛手提甚至有人用担挑起塞得满满的蛇皮袋,就是那种用塑料纤维织就的编织袋。那时候广州的物资供应紧张,什么东西都要凭配给的票据定量购买,那时候的街坊都顾不上被那个灯红酒绿的地方带回来的用品腐蚀了。那时候的香港印象,就像让人馋嘴的雪糕冰棍,还没来得及吃就开始融化了。香港就是这样,随着物资的色香味,一齐融化在广州的日常生活里,散发着甜腻腻的招惹一切的感觉,在广州的街巷日常里四处漫溢。

此外,推进我对香港的感应的,还离不开走万里路时认识的几个香港人。20世纪90年代初,研究生毕业后我坐着火车一路往云南去,在深夜的班车上,见到了阿C等两对情侣,还有满世界走,走到哪里躺倒就睡的独行侠阿L,我们成了保持联系的好友。最让我惊讶的是,阿L的旅行目的地一点也不确切,只知道在远方,在远方能开心舒坦地随时"摊头",即可以躺下来发呆的远方。他口中的热爱旅行,带着让人羡慕的永恒的意味,后来成为他的女朋友,继而一齐逛荡了很多年然后成为他太太的阿Y,就这么被他彻底迷住了。有趣的是他们家是开店铺卖祭祀供拜等一众用品的。信奉就像一个物件,就像阿L的想法,是一辆一直往前开的火车或者班车,搭上车了,一路风景,有惊有喜,总有下一站,也总会有最后一站。

我们时不时地相互写信问候,通信时他们的地址我熟悉得很。

后来大家都各自成家了,他们相约着不时回广州来逛逛、来找好东西吃,他们认为广州餐饮是香港出品的源头,没理由不各有各的精彩。

老家在番禺的阿C还在番禺的祈福新邨买了房子，那是最早的商品房，多少香港人回番禺置业，一坐飞翼船就到了，这是阿C的口头禅。

2000年后，因为单位要写南沙的书，我跑了几次南沙港口，同行的还有做霍氏集团高参的中大的何教授。他是个银白头发面相亲切的不太说话的老先生，其时我还被两次安排采访具有家乡情怀的霍英东先生。最近整理旧照片，看着和霍先生的合影，以及他签名送我的那本书，一时恍若隔世。

记得在20世纪80年代末考回暨大读研，跟着导师参加过那时红红火火有活力、有生气的世界华文文学研讨会，认识了来自新加坡的香港人ZY老师，他如恩师一般对我进行指导，我们亦师亦友，难得地保持了二十来年的联系。

他视文学事业为生命的心跳，经常往来香港广州，参加各种文化活动。我还专门去过离暨大不远，在20世纪90年代还没热闹兴旺起来的位于天河体育东路公交车总站旁的华侨酒店，探望回广州就住那儿的他。我的结婚舞会他还专门赶回广州致贺，送我一把缤纷的花雨伞，至今不能用了，我还保留着，用心念用这种交往的怀想去抵挡如今人情凉薄见利忘义的世道。

我很晚才真正走进香港。已经是2000年的元月了，我在北美游逛了二十多天，回香港时停留了几晚。兄长一般的师兄老K，其时从广州的大报社移居香港，执掌一家全球华人报纸，如鱼得水，却还本色不变，重情重义。

他亲自安排，陪着我上大屿山，坐缆车，去沙滩，食西餐，走在中环灯红酒绿的路边的山丘小公园，看维多利亚港梦幻一般的灯海，安排住在热闹的弥敦道的城市酒店，马路的两边开满了让人流口水的各式各样或中或西的小食店。

ZY先生则像老父亲般地陪同我，游走在香港的大街小巷里，从中环、紫荆广场，到九龙、新界，在起起伏伏的街道里，有开得飞快的双层巴士，有长长的跨街步行电梯，有欧式的开满了精致小店铺的铺大理石砖的老街，更多的是两边的高楼店铺一齐耸立，把天空夹成条状的中环、铜锣湾等处的新马路。还在人来人往的有名的美心酒楼饮了个快近中午的早茶，吃了那些忘不了的美味点心。逛沿街橱窗诱人的商铺，他随手送了我一条围巾，那围巾一样的记忆就缠绕着远去的日子，我一拉到那条神经，一切又回来了，还添了一种怅然若失的疼痛。因劳碌多变的命运，我留不住他的新行踪，最后一次见面是他带着高大威猛娶了个重庆姑娘的儿子，在广州我家附近的餐厅里。幸而 ZY 老师一直在我的怀想和追记中。

我还在阿 C 旅友的家里，等他们家菲佣晚上 9 点过后的晚餐，扛不住那时从加拿大飞香港二十多个小时的长途飞行，在他女儿的小床上眯了一觉。醒来时，他家很大的水族箱里的金鱼晃花了我的眼。后来香港的公职人员待遇变了，他也搬离了这个很是宽敞的房子，联系也随之松散了。

后来，也是十多年前跟着其时谋生的单位的团队去港澳做首次粤剧申遗文案的调研，时间从容，我离队去见旅友阿 C 一伙人，在他水务公司的楼下等他，在街角对面的黄昏 6 点吃下午茶。例牌的港式云吞面、炸鱼皮之类，因为晚饭多半是 9 点以后的事情。跟着他们去逛庙街、大笪地，去他作为摄影发烧友时常常光顾的器材店买了手提摄像机。每条街道都是鳞次栉比的店铺，一家紧挨着一家，让人眼花缭乱。诸如此类的记忆，让我的走神半天也回不过劲来，我仿佛在梦游里越漂越远，哪一边都无法企及。

轮到我自己申请到去加拿大读书的机会，其时还没有广州到多伦多的直航，中转站不是北京就是香港，我还是喜欢选择香港。我在罗湖过关，最多时拖着三个行李箱，赶着过关，我累得满头大汗。我老在想，香港为什么这么远呢？只有一次，是跟着如今不知所终的 L 小姐去了趟纯粹游玩的香港，那些宝贵的日子，那些隔着距离的奢华，我不知道我跟这个港岛实际上有多大的差异。

2000 年后我接受艺博院的委托，写岭南画派第二代传人赵少昂先生的传记，跟着艺博院行事利落的 J 书记去香港采访，去到故人的居住地，我一边惊诧于香港密如蛛网的街道，蜂巢一般的房舍，一边惊讶于那些顺岛屿山势而筑的街巷，清幽的环境，浪漫的气息顺着山石垂挂下来的藤蔓，那种清爽的绿意，径直就往行人的怀里泼洒过来。

后来就多次往返了，尤其是儿子参加 SAT（学术能力评估考试）考试，我都刻意地选择我熟悉的老酒店，住回湾仔，购物，食美食，像在广州一般无拘无束，买东西总是没有止境地要这要那，似乎什么都缺，什么都想搬回广州的家里。

轮到儿子去留学，每次去北美探望他，尽管比较费周折，我还是喜欢在香港转机，港龙航空商业性的程式化周到的服务，还有熟悉的赤鱲角香港国际机场，总让我浮想联翩，因我的很多记忆都堆积在那里，尤其是对香港的感应一点一点地筑成了一个小鸟巢，藏着我私下里对香港的印记。

  如今去多伦多有直飞的航班，而说好了找个时间好好走一走香港的愿望就一直搁浅着。

  一直刻印在时间记忆中的，就是超过半个世纪的关于香港流行音乐的情绪留痕。在20世纪70年代中期，懵懂年轻的我们不期然与之迎面相撞，在那贫瘠而沉闷的日子里，那几代人对书本的渴望，对知识的渴求，对情感释放的念想，竟然在不知所措中被流行音乐撞了个头晕眼花。特别是随着香港流行音乐登上成熟的巅峰，每一首经典流行歌曲，都在我们这几代年轻人各种各样情绪的出口等着，让我们无处宣泄、无由表达、无法倾诉的复杂又混乱的内心需索，有了一个久别重逢的遇见，有了代入感，有了私下的或者是明目张胆的喜好。在流行音乐所密布的种种牵引下，我们暂时忘却了得失的失衡、现实的沉重，或者是迷茫的不得要领，而飞升到一个情绪的半空里，从而得到一时半刻的托付。那时听香港流行歌，是年轻人或隐或显的一种选择，无论是会讲粤语的广州还是不会讲只能意会的广大的外省各地区，香港流行音乐风头无两，风靡一时。

  正如很是时尚地传承了中华传统文化的流行歌曲的厉害的词曲高人黄霑先生，用国产的五音宫商角徵羽所创作的经典曲目《沧海一声笑》所表达的文化情怀，多么率性、豁达、通透、包容而大气，人生一场，不过是沧海一声笑，滔滔两岸潮，所有的得失牵系，到最后也不外是浮沉浮浪，换取一襟晚照。而他最为潇洒和豪放的，是说出了一种难以企及的旷达之言，谁都不过是人生的过客，所以挥手作别这个万千尘世，竟也是千山我独行，不必相送。

  这些流行音乐所汇聚的某种影响，就在音符与字句间，慢慢地改换了我们年轻时的某些由内而外的情感样貌。

  不管时势如何变幻，香港依然是我们普通人心里的香港，是经典流行歌曲盛产的香港，是很多亲友居住过的香港，是我写过很多书信维系交往的香港，是美食购物留下深刻印象的偏爱的香港，亦是广州面向世界时曾经的门面，浓妆淡抹都那么可人的香港。

  想象着距离并不算远的香港，直通车几个小时就能通达的现实中的香港，一切可见的印象似乎已经内化为心里的感应，那座城市的声息便在臆想中出没，有那么多岁月的纠缠，又有那么几代人欲说还休的记忆，就像一个多年不见再次重逢的亲友，该怎么慢慢地去掉拘谨或戒心，一点一点地开敞彼此的诚意，然后，来一个心无挂碍、感念诚恳的相拥，或者相视着会心会意的一笑。

  我一直在等着，等着机缘，把整个香港慢慢地游走一遍，如同我不时地找机会，把如今广州的十一个区逛一遍那样，一路走一路浮想联翩，心潮起伏。

  我们不能决定别人选择什么，但是我们可以成为别人最好的选择。广州已经是这样了，香港也会是这样的，是的，我期待着，如同祖辈父辈的期盼一样。

  当种种个人记忆堆积在一起，经过漫长时间的发酵，便有了各种可能的味道，也形成了足够几代人回味的集体记忆，在这个庞大的记忆场域里，可能有谁的欢笑，有谁的不屑，有谁的怀想，有老一辈人更多的悲欢离合，肯定也有我百感交集的念想，在触动处，就有了那一圈圈散荡开来的泗红了眼眶的泪意。时间是回不去的，过去只能在记忆中抵达。

  当这些思绪不停地往脑海里涌动的时候，台风天又来了。

  我在广州整理着很多年的香港记忆，一下子呆滞无语，一下子，一抬脚，我又在那个有点陌生的似曾相识的地方，轻松愉快地乱逛荡，随兴地买东买西，难得地享用着购物的乐趣，而且一旦走累了，我必定知道在行人匆匆的马路的这边或那边，有一家心仪的或者名声在外的茶餐厅、小饭店、酒家之类的店铺，让我松一大口气，等缓过神来，放开胃口，又一次大饱口福呢。

声声入耳，声声不息

当一台经典流行的节目在大江南北爆红时，与年轻人不同，上了年纪的我们凝视的目光，竟然重叠上岁月交错纵横的留痕，那是将近一个甲子前陆续不断传递过来的回声，回声里荡漾的是那么吸引人又陌生的旋律，那是四十多年前流布于全国各地每个角落的时尚，她——就是粤语流行曲。

如果超过半个世纪的陪伴，或者接近一个甲子的相随，这种萦绕不散的关系，算得上是一个人大半辈子的缘分，就会有那么点天长地久的厮守的况味了。

有的称之为粤语流行音乐，有的说成是港乐，有的说是港台流行曲。就是她，就这样，在半个多世纪前的20世纪70年代，随着那个年代若隐若现的一种潮汛，一浪接一浪地拍打开来，涌动的半径越来越大，开始撞击着广州，风靡了广州，又随着广州刮起的南风，穿堂而过，一直北上、北上。

这样的一种音乐文化，竟然滋养了几代人的内心，滋养了当年几近荒芜的表达，从此被打开的这扇情感诉说的大门，让不同的人多了一种不一样的方式，去感应生活，去感知万千世界，去感应各种各样隐秘的情愫、状态、心境、心力。

这样的一种音乐文化，竟然勾起了我心底很多似曾相识的启蒙和记忆，广州与香港的这种关联，一种同声同气的认同与共鸣，这是同根同源的基因在不知不觉地起着作用吗？

接近音乐，得回溯到少年的经历。那时住在老屋，那被认定为工商业主的陈家大儿子，是大型企业广钢的钳工，心灵手巧，自制了一套音响，用家里存留下来的黑胶大碟，在民国时期建造的层高4米有余的房子里，轰放出前所未有的声响，其实是小时候闻所未闻的经典旋律。

那时的震撼，不仅仅是心脏，恍觉得那声响，穿越了身体、穿透了感觉、穿透了时间，手足无措不知在倾听什么，跟什么对话交流，甚至连老房子的空间都被洞穿了。那个释放出这些声响的男人，甚至可以说是偷空播放的，外表有着无聊的平淡，眼神却有着痴迷的得意，而这些排山倒海的、锁住心神的、不可思议的声音，原来是钢琴曲，是贝多芬、肖邦、李斯特、肖斯塔科维奇等的作品。可那时的我，仅仅见过钢琴的照片而已。

某一天，租住在老街小楼房的花名叫"路不平"，走路有点瘸的回广州度假的香港人，手提着一个小型的录音机，一路走一路把声音播撒到巷子的空气里，听大人说这是香港的歌星罗文、凤飞飞、许冠杰等的红歌，尤其是许冠杰的"我地呢班打工仔，一生一世为钱币做奴隶"，是这个娶了广州姑娘的，花着港币和代用券，每次回来都派送街坊牛奶糖、夹心饼干的地盘工头的标配。后来才知道，歌星这个新奇的头衔，他们的光环，就是这些当时在香港唱通天的流行歌曲。

20世纪70、80年代交替的时候，时势发生了很大的变迁，生活有了很大的变化。地处南边的广州，毗邻港澳，通过水路陆路种种途径进入广州及珠三角地区的物资开始剧增。录音机、小型唱碟机、随身听、电视等家用电器，通过香港的亲友，从早期深圳的罗湖、东莞的樟木头、珠海的拱北，从增城的新塘甚至是番禺市桥的易发广场，从荔湾的西场电器城，从海印桥的音响世界，开始流入千家万户。

此时正值香港的兴旺繁荣期，太平盛世，这颗东方之珠一跃成为国际都市，其文化也各出奇招，电影与音乐如潮涌动。此时的粤语流行音乐，就像一场倾盆大雨，随着20世纪70年代末家家户户的屋顶楼顶竖起接收香港电视香港电台的鱼骨天线，随着一场场的季候风，一下子就淋湿了广州及周边的地区，甚至一发不可收地进入了广东以外的通称为外省的歌厅舞厅，进入从封闭多时才打开的窗户，刚刚嗅到外面世界气息的年轻人的眼中、耳中，进入打开国门的更大的天地里。

一切方兴未艾，一切又那么如火如荼。那时广州自发的歌迷，开始三五成群地往天天晚上播放流行音乐的歌厅舞厅跑。跟着同学的邀约，我去过其时最有名的广州火车站旁边的华侨酒店，还有云集在那一带的红极一时的流花宾馆、红棉酒店、东方宾馆等,都有当时最有名的本地歌手和港台歌手驻唱,为了一张门票,不是找熟人加塞进去,就是托关系混进场子里,或者耗费一个月的早餐钱,就是为了看看广播里的歌星的真容,追逐舞厅里满场流淌的迷离与光影。

这是其时年轻人最紧跟潮流的行动,把每逢周末往歌舞厅跑固定为一个很要紧的社会活动。男女授受不亲的禁忌一打开,歌舞厅里那七彩旋转的灯光,充满倾诉的歌声和魅惑的音乐,里面的唱词乐音,那种或柔软或偏激的表达,可说是精准地击中了听众,去抚慰那无处宣泄的情感,一个全然不一样的梦幻般的世界出现在眼前。那时,连新路科学馆水磨石的大礼堂,最上档次的越秀宾馆榕院歌舞厅,广州火车站旁边的草暖公园歌舞厅,总是那么生意兴隆,甚至旧广州日报社旁边大德路的八楼舞厅,依旧人头攒动,那里整晚整晚都在轰炸粤语流行曲及一下子涌进国门的音乐。

当一个又一个十年过去,2000年来临,这股流行音乐的潮水不知不觉慢慢退潮了,歌迷的不适与无力开始被填充进来的西方古典音乐抚慰,那时做一个音乐发烧友好像是比较有文化和有情趣的事情,自此便有很多人趋之若鹜。

只是古典音乐毕竟比较高大上,聆听时需要全神贯注,需要把大量的心神抽离出来,附着上去,而不太像流行音乐那般,可以同频共振,去回应去倾诉去代入去共鸣。或许,除了偏好与入迷的真正的乐迷,一般人的爱好趋向或者情感趋同的基因,还不太能回应各种调性的西洋古典音乐,普通人的趣味和情感,多半都离不开水土的关系,也多半是接地气和通俗随性的。此时歌舞厅都七零八落不见踪影了,又一代人在新的时尚熏陶里已经培养出不一样的情趣。

从那时开始,我偷偷地怀念粤语流行曲,时不时地要在各种播放器里,重温几首鼎盛时期的流行歌。前奏一响起,那个熟悉的歌手一起音,三两分钟,过去的霎时降临,那些恍惚的感受和回忆,便在歌声中滑行。是的,那个时段的流行音乐安慰与抚平了很多年轻人无处投放的渴求和关注,亦由此得到了很多闲时的消遣和情愫的释放。流行音乐竟然与一两代人的生长,有着这么不可思议的奇妙关系。

流行音乐不断地被时势更迭的趣味越推越远,时间把我们的怀想也磨出了老茧。一个事件深深地触动了我,那是一种集体的怀旧、集体的表白啊。

借着天河体育中心硕大的球场和空间,广州的球迷秒变成香港流行音乐的歌迷，不需要导演，也不需要指挥，而是一呼万应。那是 2015 年，时值广州的足球再度生猛，在恒大足球队勇夺亚冠的沸腾时刻，在几万人的看台上，排山倒海般的全体大合唱此起彼伏地响起，就是那首励志和鼓舞人心的传唱之歌《海阔天空》："原谅我这一生不羁放纵爱自由，也会怕有一天会跌倒，Oh no, 背弃了理想，谁人都可以，哪会怕有一天只你共我。"潮水般的歌声，掀起了天河体育中心上空的风暴，这集体大合唱，诉说了广州球迷的心声，有的唱得热泪盈眶，有的唱得手舞足蹈，有的唱得又喊又叫，其时的情境，恰如暌违多年的狂欢，内中有当年的歌迷，更多的是新一代的青年人，他们无一例外，在歌声中找到了可以填补自己的力量，可以大吼着表白出来，"广州没赢够"就这么脱口而出，响彻天河体育中心的夜空。

每当这一幕呈现在我的脑海里，我都有一种无由的冲动，眼眶是慢慢地泗红开来的，恍惚间我们又回到并且置身粤语流行歌火热的那个时段，莫名就有了很多的感慨。我把这称为自发触动的、集体向流行音乐致敬的广州文化事件，这是情感的大众记忆，是流行音乐的大众效应。

随后，信息网络时代悄然降临，将各种日常的营生全线占据，一种新的生活方式，让怀旧变得陌生而不合时宜。各式各样的歌唱活动、选秀节目如雨后春笋般涌现。也是在这个时段，我惊奇地发现，大量的甚至是全部传唱过的粤语流行歌倾巢而出，全部移师网络上去，有不少年轻人还重新做了演绎。

其时正值广州亚运期间的高光时刻，文化的传播充满了喜庆洋洋的气息。无论是出差还是在赶路，我都把耳机塞在耳里，隔三岔五地重温了很多耳熟能详的、相遇老友般的粤语流行曲，质量的上乘和数量的众多再一次让我惊讶。

随着时间的沉淀，岁月不时回头，文化里的各种经典浴火重生，终于，粤语流行音乐被称为经典，不断地被一代又一代的年轻人青睐和追捧。

一场算得上是盛大的致敬不期而至，总能捕捉先机的湖南卫视，又一次唱响了这场爆发出来的集体回忆。

这可是过去了整整五十年，超过半个世纪的焦点音乐，也是精神音乐啊。我们的时光逐渐黯淡下去，而这一次粤语流行音乐的重新被唤醒，还是那么清晰可触，声声入耳，感情四溅，血肉分明。

这场几代同堂的集体传唱，再度让粤语不流行的湖南，让广东以外的外省的歌坛和听众，不约而同引起共鸣，回音袅袅，更让讲粤语的广东广州，港澳地区，新的大湾区，恍如梦醒时分，感情复杂，满含热泪，去追思从前，去怀念以往，每个人的曾经，每个人特有的过去，每种和经典流行歌曲结下的托付共鸣的情缘。

有时，我在一个高清播放的耳机里，或者是在一套特意购置的音响里，再次浮想联翩地倾听着、品味着这些已经被时间的砂轮研磨成经典的粤语流行曲的精品。所谓经典，是无一例外地有着真善美的品质，有着专业特性的极致，或者是有着独树一帜、独具一格的音乐个性，以及具有开创性的艺术奉献。只要我们触碰它们、凝视它们、倾听它们，所有丝丝入扣的情感共鸣就会弥漫开来，把此刻的感受和人生的追忆都一点点覆盖了，我们的过去与现在，便在歌声的流淌中，有了一场让内心肃然的隆重的仪式。

是的，我在听梅艳芳《似水流年》的沧桑："谁在命里主宰我，每天挣扎人海里面，心中感叹似水流年。"

我在听张国荣的《童年时》，童年时的纯真与美好，年少时的梦想与浪漫，竟然是这样的一幅画面，这真的是农耕时代的诗意图："童年时，我与你一双双走在阡陌上，你要我替你采花插襟上。"

我在听叶蒨文的《珍重》，如此千回百转，不忍不弃："他方天气渐凉，前途或有白雪飞。"几段旋律过后，几句唱词过后，顷刻就让人沉浸在这种欲断难断的情愫里，谁没有过这种依依不舍终究得舍的无奈和伤痛呢？

我在听张学友的《吻别》，柔肠寸断，绝望且又无望的留恋。我在听温兆伦的《随缘》，想起了那些季节性开的花，来了又走了，留下的只是一地的回忆。我在听陈慧娴的《千千阙歌》，少年不知愁时强作愁，等到时光无情梦断香销，纵使千般豁达，也只能面对明天了。我在听林子祥演绎的另一种《水仙情》，与他激情偾张的《男儿当自强》不同，浓浓的粤曲小调的韵味，让听惯听熟粤剧粤曲的耳朵，增添一种新鲜。

流行曲广采博收的杂交相融，催生出无限的可能性，如同罗大佑，被喻为时代歌者的他，总是能把个人情感收纳到大时代的背景中，由此横空出世。他的作品的几个序列，导向了流行音乐的另一种引领，输入了宏阔的叙事和家国情怀的抒发，让人为之动容。

幸亏，人生悲喜交集的一切，都有巨大的无边的艺术去表达，又有同样丰富多样的内心去收纳，托起过流行音乐高峰、群星璀璨的粤语流行歌曲，有无数的爱好者，用一生的回味去聆听、去分享。如今，又有那么多了解历史文化认知经典的年轻人再做传唱，再度分享。

　　我不由得感叹，我们这一代在相对贫瘠的精神时段长大，恰好遇见了粤语流行音乐，这是多么不可思议，也是多么好彩的缘分啊，它陪伴着我们走进青年，走入中年，走到老年，不同的时段给了我们不同的怀想和一时半刻的托付，恍如一个熟稔的老友一样，眼神碰撞，声息相通，拍拍肩膀，信赖与温慰中，得得失失，一笑风云过。粤语流行歌曲的功效，就这样悄无声息地进入了内心和精神交流的层面。如今，依然可以回首，可以钩沉，可以致敬。所以，粤语流行音乐，于我们这几代人，是声声在耳；于新一代的青年人，是声声不息啊。

第二部分　市井

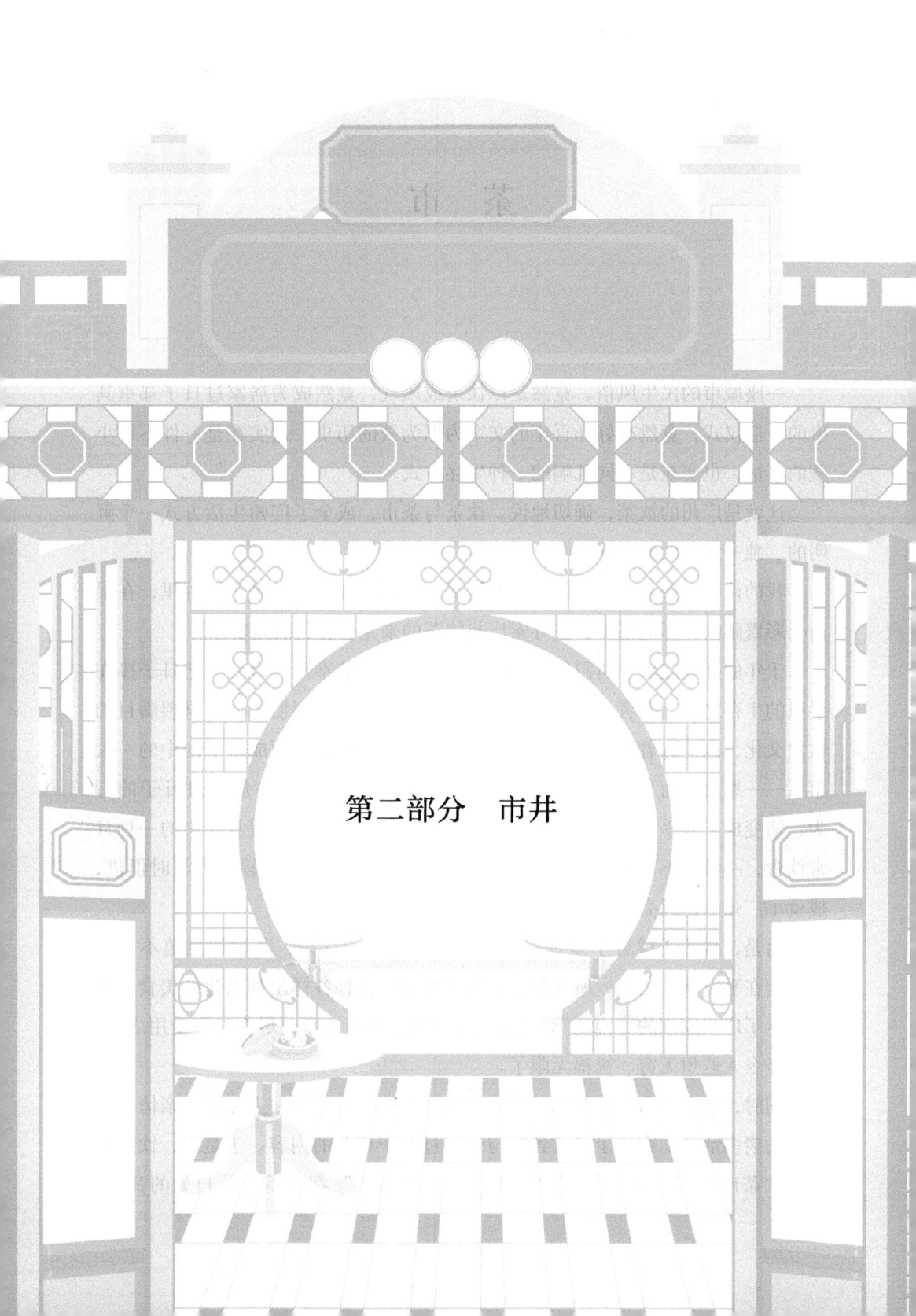

茶　市

一座城市的民生风俗，竟然是以饮茶成风气，竟然成为居家过日子郑重其事的一道仪式，竟然有好几百年的文字为据为载的历史，这实在是一件不可小觑的事情，也实在是不同凡响的一种生存方式。

这就是广州的饮茶，确切地说，饮茶与茶市，成全了广州生活方式一个鲜明的、独一无二的城市标签。

我的认知，便是在史载的不多的笔墨文字间，在褪色的城市照片里，在眼前七彩繁闹的光影流播中，去寻索广州饮茶的来龙去脉、旧闻新知。

千年的开埠之城，所浸养出来的商业头脑，与信奉天人合一，把日子捧在手里的生存之道，两者一相遇，不仅将延养身体的饮食习惯扩展为琳琅满目的饮食文化，内中有着魅力无穷、创新无限的生活享受，因而成就了国中的一大菜系——粤菜，而且把饮茶这种原本个体的、消闲休歇的、居家过日子的行为，演变成了几乎是社会各阶层人士都能投入其中，都可以置身其中的一种日常饮食，一种必不可少的重要的生活方式，甚至其影响力、辐射力与时俱进，成就了广州一道闪亮的风景。

由是，饮茶还糅合了多种机趣与要义。广州的饮茶，其旨趣意蕴不在于茶，而在乎以饮茶之名，所连带制作新变出来的各种各样出神入化的美食，于是诞生了广州原创的"点心"，光是这个命名，点点心意，尽在口腹受用之中，就已经令人遐想无穷、祝福无限了。

同时，还牵扯出与饮茶相关联的各种休闲的、商业的、人际的、亲情友情来往的诸多活动，容纳了各式各样与生存过日子相关的内容。于是乎，饮茶变成了"茶市"，无论是市场还是市道，这个"茶市"都有着收放自如的弹性，因而充满了生机与活力，充满人生美好何不叹茶的诱惑与吸引。一天12个小时，一年365天，广州的茶市永不打烊，茶市的众生舞台从不谢幕，从早茶到下午茶，从下午茶到夜茶，甚至茶市与饭市，一齐直落，没有时间的边界，亦没有停歇的约束。

我时常在端起茶香潜逸的茶杯，边嗅汲着那清逸渺渺的清爽馥郁之气，边品嚼着口中的这道好茶时，生发出诸多感慨。都说一座了不起的城市，不仅能向内向外输出价值观，而且能输送出生活方式，对时日有着绵长不绝的影响力。广州饮茶，不正是有着这种向全球释放的魔法吗？

史料的推送竟然远达明代清中，广州的饮茶文化沉淀成形成势，原也是历经了迢迢长路，衣食住行本也是传承有道、天经地义的，如若积累弘扬成一种文化、一种风俗，甚至成为一种风雅，那必定有着不一样的内涵实质，才会演化成一代代广州人的心头嗜好、全城共享的食趣口福嘉年华。

晋代大书法家王羲之的名帖《兰亭集序》中有一句"少长咸集"，用来比况广州茶市的大众化，许是异常贴切的。

1. 广州人的集体记忆

此刻，所有关于茶、饮茶、茶市的印象痕迹，切换在记忆臆想之间，切换在或远或近的时间与不同的空间上，似乎是孩童时最原初的经历与体验，又似乎是史实传递中最恒久的存在与延伸，那时候的认知与温暖，与这时候的习惯和嗜好混合在一起，似乎就是大半人生的烙印了。

这光与影，这印迹的浅与深，就是缓缓流淌的一壶壶茶，或是嫩青的，或是琥珀迷离的，或是厚实沉潜的墨红，或是色泽深浅有异的薄彩幻色，不同年份、不同季节、不同采摘制作方式、不同品种命名的各式各款的茶叶，冲泡斟酌出不同的茶，衍生出不同的养生之道，不同的叹茶风俗，此刻，冲浇渗泡在时光流转中的饮茶，就这么与广州的营生、广州的故园情结有了无法分离的关联，撬动了广州人居家过日、怡情养性所有的情愫，也铭刻着广州人特有的人生有常、岁月安好的憧憬。

我的记忆翻越着一圈圈的年月，那些上了岁数的饮茶好去处，那一家家格调殊异，而氛围趣味相近的酒楼、茶楼、饭店，是真实存在过的，而那些饮茶的感受与记忆，似乎又添加了很多的情绪与想象。我举起我的双手，懵懂未知时被阿嫲牢牢地握在掌心里，穿街过巷，越过马路，越过那时不大的广州城的东南西北，所出入过的似乎数不过来的饮茶的地方，手里余留的暖意，如同手捧一杯茶焐热的温暖。小时候的茶楼记忆，成了人与城关系的一种底色，而长大后的茶市品嚼，就是不能忘怀的大爱广州的一种家园情结了。

早茶拉开帷幕，那时昏黄的街灯还在青石板的街巷洒着湿薄的浅影，广州的清晨特有的水汽弥散的空气，茶楼多半有轩昂的木质门面，有清劲醒目的牌匾，有分隔而设的卡位，有齐肩高的靠背，有茶楼员工斟茶倒水的长嘴铜壶，有声声叫卖的点心烧卖，有隔邻街坊天天固定的一盅两件。

记忆数之不尽。

名楼名市，遍布城中，酸枝桌椅，木雕通花，名人字画，风雅招徕，园林布局，水靓茶香，成就了一批著名的老字号，比如成珠楼、莲香楼、惠如楼、陶陶居，以及后来的泮溪酒家、广州酒家、北园南园西园酒家等。

而市井茶居，则是搭寮盖棚的大排档形式，简陋开敞，却是客如轮转，有的是另一番滋味、另一种热闹。广州的大排档历来是来者不拒，传承有道的。

茶楼、酒家贴心到位的服务，饮茶的场所更加讲究配衬相宜，或是富丽堂皇，或是高雅奇趣，或是庭院水榭岭南园林风格，或是时尚西化的混搭点缀，加上之前盛行的曲艺表演，丝竹弦索，粤味氛围浓郁，配套的名茶美点，或大或小的人语声浪，真的是一个休闲、交往、情聚、叹世界、享用日子的好去处，饮茶的时段成了色彩斑斓的好时光。

饮早茶，多是上了年纪的老辈人的生活习惯，如同晨运一般，用茶水点心打通了肠胃精气神，一天的开始就顺理成章了。

饮下午茶，多半是亲友聚会的好选择，暑热的天气、多雨的气候，最好的去处就是茶楼，有倾有讲，有饮有食，身心都有一种安慰与温情。

至于饮夜茶，那就是最广州的消闲方式，以食为天的广州人，一天到晚都在围绕着讲饮讲食动脑费神，把漫漫长夜用来叹茶，就是老广州叹世界的生活方式了。

于是乎，饮茶，对广州人而言，是一个人、一家人、一整家族人、一群人的集体总动员。从身动上茶楼去，到口动的大饱口福，色香味全方位享受，到心动的有倾有讲，有商有量，情愫往返，真情沟通，礼尚往来，这饮茶无疑成了最得体、最舒适、最能皆大欢喜的人际交往了。如此一来，饮茶就成了大众市民同欢共乐的最受欢迎的生活方式、交往方式，甚至是生意之道、谋生之道。饮茶，就是广州人迎接晨昏交替的嘉年华。

2. 名人们的合力推送

如此一来，广州的饮茶，成了城市文化一道不可或缺的风景，不仅是风俗人情流播传输的集散地，亦为文人雅士提供了一个诗词歌赋酬酢怡情的好场所。20世纪初中叶，有不少文化知名人士来过广州，几乎都有过上茶楼叹聚的经历，许是因为此行特别，许是因为此等饮食文化鲜有雷同，印象殊深，于是就有了一批咏叹记录广州饮茶的作品，毛泽东的"饮茶粤海未能忘"的诗句，是众多诗文中传诵最广、最为脍炙人口的。

粤海饮茶未能忘，那是文化名人们的感慨，巴金试过广州的饮茶后，热情地表达着："我爱这个城市。的确这个城市是可爱，甚至在这个时候它还是十分可爱。"那可是发生在二十世纪二三十年代的故事了，那是一段乱世中的广州安稳。

而鲁迅先生亦在广州居停的两百来天里，出入广州的酒楼茶市几十次，陪同他的就是出身广州名街高第街的女子许广平。这里俗常烟火的口腹美味，几乎让一代名家"不想做名人了"，做个茶客食客原来有着如此多的乐趣。

至于像郭沫若和郁达夫等有诗文存照的文人墨客，更是把南园、北园、泮溪等名店名家品尝一通，城里城外吃喝好去处一网打尽。如此说来，"食在广州"与其说是一个地理概念，不如说是一个文化概念，传播在所有品尝过广州的早茶晚茶美点粤菜的南来北往者的舌尖上、认同里。这就是广州饮食文化的生猛，也是一座城市生机勃勃的见证。

3. 乡愁中的烙印，味蕾中的情结

广州的饮茶，粤式的点心，如同这座城市的另一个名号"花开广州，盛放世界"。转动世界的版图，沿着华人走向大海的足迹，哪里有华人粤语，哪里就有广州的饮茶与点心，无论是北美、欧洲，还是南美、东南亚，我走过的那些有乡音的国家，抵达过的那些有唐人街的城市，都有永远的虾饺烧卖，永远的艇仔粥与干炒牛河。

什么可以形象、具体、生动地描述源远流长？就是广州饮茶的那壶茶。广州饮食两千多年来越烧越旺的这炉火，渐泡渐淡的那壶茶，所谓广州式的风花雪月，其实就是这么实惠地道，与时日生计不离不弃，就是这样成全了食在广州的风生水起，广州饮茶的声名在外。

茶楼食肆都离不开那壶茶。从清末的茶楼群，到民初的四大酒家，从名流政要留下墨宝痕迹，到逸闻趣事，那些耳熟能详的金招牌名店家，一一数起如同家珍，成珠楼、陶陶居、莲香楼、北园、南园、大三元、大同、泮溪、菜根香、惠如楼等，都有着上好的茶品，有着与美食匹配的一壶靓茶，有着一壶好茶与花繁眼乱的菜式、琳琅满目的点心，有着让肠胃、口腔完美收缩，齿颊留香的心满意足，神清气爽。

回望少年时的经历，我突然惊讶地发现，上述我所列举过的茶楼食肆，当年，那个懵懂不更事的年少我，跟着我百岁归去的老嫲嫲，竟然都一一进出过，都在甘香浓淡中品味过那些名店名家的那壶茶。莫名中似有恍悟，原来在我那么小的时候，出入过那么多广州数得出名堂声誉的好茶楼，带给我的不仅是记忆，还有情感里的烙印。原来我竟然是个资深的老茶客，怪不得天天嗜好一杯茶，永远不离不弃，怪不得性情里，对茶生出无限的痴醉，那些弥散的美好的气息与幻影，又慢慢聚拢成形为一壶壶茶，成形为一处处繁闹安闲收放不一的茶市的印象。

4. 粤人的生存哲学：一壶茶道尽乾坤

广州饮茶，看似口腹之乐，看似风俗习性，而细究一下，大有深意，亦不乏生存的心态哲学，所谓真相，从来是大象无形、大音希声。

饮茶的真情、真趣、真味，恰在其中。人情的酬酢往返，生意的斟酌洽谈，有用心相伴，有好茶相佐，有美食调配，还有什么不能举重若轻、大智若愚？

这么想来，就不得不佩服这种风俗，广州人的先祖的智慧与实在了。

茶市的热闹、融洽、亲和、喜庆，哪一样不是迎合了好好活着，好好做人做事的人生要旨？

饮茶性情的五花八门、为人处世的浓淡自适，哪一样不是过日子度时历练出来、过滤出来的生存智慧？所谓哲学况味，亦不过如此。

一壶茶，穿越时光；一壶茶，可以饮尽得得失失。这就是广州日常营生的世相，亦是真实的市井风情了。

滚水冲泡，细斟慢饮，生猛与淡定，相映成趣。浅斟细酌间，酝酿交流，在表面的轻松散淡中，达成一笔笔生意交易，成全一款款亲情友情，甚至媒妁姻缘，这实在是非常惬意实惠的事情。

并且，这生机无限还有延伸的广大空间。比如广州的茶叶市场就开得红红火火，茶香留芳。如今的荔湾区，整个芳村地带就是一个辐射力无穷的茶叶生产交易驱动器，生意可以辐射到全世界有华人饮茶的地方。

饮茶的仪式和氛围，饮茶的心态与情性，辅助滋养着一单单生意、一宗宗买卖，没有剑拔弩张，没有锱铢必较，有的是共赢，有的是分享，有的是"你好我好才是大家好"的包容。饮茶中谈成的生意，无不是退一步海阔天空，进一寸皆大欢喜。如是，粤商的经商之道又自成一格、自领风骚了。

5. 粤人的生活情趣

所有的美好都在多姿多彩的茶与点心的相遇中。

最诚恳的待客之道，就是请饮茶，好一个情感口福大交流、大开敞。

最好的觅食消闲去处就是茶楼，老少咸宜，欢欣雀跃。

饮茶，或者茶市，自然免不了风雅之事。口福之乐自然要靠神思之畅来推送到一个高潮，才会宾主尽兴，皆大欢喜。所以，旧时广州的名店名楼，都有让人眼前一亮、神思一振的名联名句，都会留下让后人心领神会的名篇佳作。

叹世界，对广州人而言，其实就是叹茶。

饮茶给广州的饮食文化，进而说给广州的城市文化添上了两道难以复制的亮彩：一是广州的老字号文化，那些经历过时间和众人品鉴的老字号店家，无一不是这座城市俗常日子的好去处；二是广式的点心与小食。随着城区的扩展而延伸分布的各式各样高、中、低档次并举的茶楼茶市，从五星级酒店到大排档，点心小食品种不断推陈出新、融汇中西，品种多至数不清，几百种近千种，风味也多样化，广州的饮茶配套花样百出，达到了前所未有的兴旺繁荣，其影响与辐射力亦不可同日而语。比如星期美点，配以时令，或咸或甜，以煎、蒸、炸、烘等方法制作，有包、饺、角、条、卷、片、糕、饼、盒、筒、盏、挞、酥、脯等形式，命名也别出心裁，写之不尽，简直就是粤式审美的大比拼、粤人情趣的大展示。

所谓叹茶，叹的就是内中美好无边的口腹世界，叹的就是天人合一的生存智慧，活着的美好安稳，活着的潇洒悠闲，尽在粤式的饮食与点心的天地乾坤之中。

6. 粤人的智慧：做人做事，先饮茶吧

饮茶是一种仪式，从容不迫，天塌下来当被子盖，养育的是一种洒脱。

饮茶是一种交情，浓淡相适，君子之交，人生有缘，总会兜兜转转，相遇相逢。

饮茶更是一种心境，拿得起的是茶杯，放得下的是得失。

一路走来的广州饮茶，广州的茶市，就成了衍传文化的路径——生活方式。时常探问的是，为什么广州的饮茶这么名声在外，这么一呼万应呢？

千年的文化通过什么方式，让子子孙孙一代代地传递下来，寄寓在生活方式中？这就不能不说到与广州城市生活方式密切相关的、相哺相育的西关，那是广州风情、广州魅力的原乡。

老西关的生活方式用一个字来概括，就是广州话的"叹"；用两个字来概括，就是普通话的"享受"。西关美食之所以擦亮"食在广州"的金字招牌，无非三个大招：一是全民狂欢，二是追求极致之美，三是不断自我创新。

以食在荔湾为例，就有着非常丰富的文化体验。

在荔湾，市井里巷密如蛛网，烟火气更加浓郁，民风更为淳朴，风味更为醇厚，这是城市文化的起点——生活方式。生活本来就是文化的重要板块，文化与生活一样色彩鲜明，在荔湾，生活方式就是如此简单直接：一切从创造开始，一切在享受结束。

美食是一种饮食文化，也是一种商业文化，因此，它的文化形态非常丰富，除了贩夫走卒，更多的是固定铺面经营的酒楼。荔湾饮食文化的结构是金

字塔形，顶层必然是"名片"型酒楼，满足享乐型消费，数量少、价格高；中间层次是遍布大街小巷的餐厅、茶楼，满足亲朋好友聚会、商业洽谈应酬的中档特色消费；下层是数量众多、满足日常饮食刚需的粥粉面档、小吃店。

即便是"名片"型的餐饮商家，里面也是中高档次皆有。广州酒家是今天广州饮食业的"名片"，旧址原是文昌庙和洪圣庙，开拓马路时，两庙被拆。商人陈星海等人于1939年在此筹建西南酒家，聘名厨钟权为主厨。抗日战争爆发，酒家被毁，改名广州酒家重新开业。广州酒家的历史在荔湾的酒楼中并不算长，胜在名牌产品多。旧时以"西南文昌鸡"为号召，解放后，广州酒家的名厨吴銮、黄瑞和名点心师禤东凌等都有拿手名菜名点，后来创制的"茅台鸡""一掌定河山"广受好评，"食在广州第一家"的美誉就此名传中外。改革开放后，广州酒家还推出"满汉大全筵"、仿唐宋元明清"五朝宴"等高端的创新菜式。

要论资历，西关老字号餐饮的"名片"要数陶陶居和莲香楼。

1893年，陶陶居就开业了。陶陶居的底色是茶楼不是酒楼，看看后来它的股东构成就一目了然。1922年十甫路开拆马路，陶陶居购置了霜华书院的宅基，将其改建为楼高三层的茶楼。由南海张槎人谭氏兄弟谭简、谭桓（杰南）及陈伯绮联合招股承办。谭简是金华楼司理，谭桓是涎香楼司理，陈伯绮是调珍楼司理。陈伯绮是大儒朱九江的再传弟子，知书达礼，广交名士，因此江孔殷、翰林黄慈博等都是陶陶居的座上客。

陶陶居能成为广州饮食业的百年老店，仅仅靠人际关系是不能长久维持的，善于经营才是正道。当年谭氏兄弟把同一条街上富隆茶楼的糕点名手聘过来，因此陶陶居的饼销路渐渐扩大，直与莲香楼比肩。继而，陶陶居又做了新品饭食：香娘米饭、煎碎金饭、玉液粉、南朝金粉等。陶陶居在当时可以称得上是营销高手，每天派人担白云山九龙泉水到店内，烹茶煮茗，招摇过市，一时闻名遐迩。

饮食业活到今天的百年老店确实非常珍贵，至今仍在营运的茶楼还有莲香楼。光绪三十四年（1908），第十甫连登巷口有一家连香茶果店，经营婚嫁礼物食品，如煎堆、松糕、大发、红包等，因生意冷淡，意欲出顶铺位。这一消息被文昌路口西如茶楼的司理谭新义知道，遂与亲信谭晴波商议，由谭晴波出面承顶连香店，更名连香楼，留下原来店里的师傅陈维清主理莲蓉馅料点心糕饼。后翰林学士陈如岳品尝了连香楼的莲蓉食品，有感于其独特风味，建议改连为莲，并手书"莲香楼"三字，连香楼从此改名莲香楼。

可以说，将饮与食完美结合的东方饮食文化典范，非老广的"饮茶"莫属。茶源自中国，最具中国味道的饮料就是茶，广州的早茶文化传承至今，与源头处茶点精美、茶楼经营有方密切相关。说到莲香楼，顺便提一下它的幕后老板谭新义，前面说到的西如茶楼就开在荔湾区文昌路口。谭新义于光绪年间在惠爱街（今中山五路）开设惠如楼，生意兴旺，便向西关发展，在文昌路口租铺开了西如茶楼。西如有三层楼，雇请茶楼老手区汉波为正柜（后区汉波又转任莲香楼经理）。谭新义搬来办惠如楼的办法经营西如茶楼，地下经营饼食，楼上茶座。以干蒸烧卖、薄皮虾饺和伦教糕等为号召，制作的烧卖加入烘甫鱼（大地鱼），肉爽无筋，由于价廉物美，客似云来。

民以食为天，美食是一种平民文化，也是一场全民的狂欢。西关美食文化的平民性也体现在点心上，就点心而言，近百年前的点心品种并不输于今天。如果能穿越回旧时的西关，你可以享用十八甫北茶香室的娥姐粉果、下九甫正心楼的薄皮虾饺、西门口荣珍的即蒸烧卖、下九甫文贤酒家的鸡球大包、十八甫玉波楼的北片儿面、西来初地新远来的猪脑鱼云羹、十八甫北半瓯茶室的灌汤饺糯米鸡、龙津中德昌楼的咸煎饼、十甫路莲香楼的莲蓉饼、乐善戏院前何荣记的虾酱牛河等。这些美味佳肴看看食材就能发现，根本无须山珍海味，都是家庭主妇常常买的菜，不过，茶楼经过精心加工，吃的是家里没有的味道，消费的门槛却不高。

人人都是美食家，广州人自古以来不仅善吃而且善学、善做，用今天的话来说就是创新意识强，这种创新首先基于谦虚好学的态度，好的食品无论属于谁的发明创造，都为我所用。伊面是今天在荔湾经常可以吃到的美食，由清代乾隆年间进士伊秉绶创制。伊秉绶是福建汀州人，曾出任惠州太守，他的诗作与书法都很有名，在荔湾的酒楼也留有他的墨宝。他创造出汀州伊面，为使面条带有香脆风味，和面时加入鸡蛋，打成细条，落油锅炸香，用上汤焖好，吃时浓郁可口，饶有风味。

除了高官钻研食谱，普通百姓肯动脑筋也可以名垂青史。西关名小食中，历史比较久的有茶香室的"娥姐粉果"。一种说法是娥姐是西关马家的厨娘，马家是顺德水藤大户，其家高悬伊秉绶所题"劝耕课读之室"大匾，西关人习惯称马武仲为马老二,他家里的几房姨太都善烹调,马家待客最拿手的点心则是"蒸粉果",连胡汉民都写有《谢武仲馈粉角》一诗,粉角就是今天的粉果了。马家粉果用鲜虾、花生、芫荽等做馅料,鲜香无比。

还有一种说法是娥姐乃清末西关一家大户中专为主人制作点心的侍妾,她后来在西关德馨桥脚开设"茶香室",设计出一种点心,用蒸饭与米粉和匀作皮,瘦肉、冬菇、虾米、冬笋作馅,味道鲜美甚得食客好评。这一点心就用了她的名字命名——娥姐粉果,在今天仍流行于省港澳茶楼的餐桌之上。

与今天大部分是商人在主导美食的潮流风向不同,一百年前,美食是一件风雅的事情,由文人雅士引领潮流。

在过往的西关,文人雅士是餐厅的主角,酒家是风雅场所,没有一点功名还真不好意思说自己是美食家。自然,西关的文人雅士并不是穷酸文人,他们的口袋里除了诗书,也不缺钱。

西关的酒楼中最著名的要数文园酒家和谟觞酒家,广州四大园林酒家,西关占其二。文园酒家在西关文昌巷,大门口有一副对联:文风未必随流水,园地如今属酒家。借写作与吃喝说事,道尽人间的沧桑变化。园内建有亭台楼阁,中间挖有水池,池上建有凉亭,楼下大厅,楼上客房,名菜就是招牌江南百花鸡(虾丸火腿酿鸡)。

位于西关宝华正中约的谟觞酒家,说起原址就非常有来历。这里原为翰林钟锡璜及钟锡琪兄弟所住"钟家花园",钟家衰败之后,1920年改为酒家,门前对联比文园酒家的更加古雅:谟典并罗岂第汉书堪下酒,觞吟多暇原从粤岭补题襟。

文园和谟觞都是当年文人雅聚的地方,因此名家字画、文房珍玩特别多,谟觞酒家最为人称道的是天井正厅中的一块圆形云石,直径近1米,上有天然雪山图案,并有两广总督阮元题"平山积雪"四个隶书大字。挂联则有大书法家也是伊面发明者伊秉绶的木刻对联:书文变化日臻古,烟月空灵时有情。还有张问陶题养秀敷华、伍荃题杨柳楼台等。后因家国离乱,酒家遭到破坏,各种收藏散轶各地。1937年,谟觞酒家被上下九的绍昌绸缎铺老板谭深泉购下,改名银龙酒家。1970年改名粤海饭店,1971年与愉园酒家对调位置,1984年恢复酒家名号。20世纪90年代拆建,后重新开业,就是现在的清平饭店。

关于广州饮茶，关于茗茶美点，关于坊间逸事，一提笔，竟是如此荦荦大端，源源不断，写之不尽，说之不及。由此可见，饮茶美食，既关乎生存之道，更关乎将日子捧在手里过好过出情趣的态度，有讲究就会有学问，有学问才会出彩。如此一来，在从早到晚的茶市上，饮的是真味真诚，饮的亦是真情真趣。

看似平淡无奇的广州饮茶，关联着做人做事的取向与用心，不仅推动着这座城市的居停风俗，亦是广州城市文化静水流深的大众化呈现。不经意间，但凡被此地文化所熏陶，都离不开饮茶这种生活方式；但凡对此地文化有了认同，无论是新广州人还是老广州人，都被饮茶内中的真情真趣真味所吸引，成了一种家园的情结，无论出走多远，都是难舍难弃的乡愁。

从广州城市文化的原乡返回，凝视广州的饮茶，似乎亦可以见一斑而窥全豹了。所以，饮茶就是一种生活方式，延伸成一种各安其式、各得其所、浓淡自适、怡然自得的生活态度和生存哲学。

这，便是广州饮茶的真相，也是广州饮茶的魔力所在呢。

任谁的人生不都是冲泡斟酌，各自叹赏品咂自己的一壶茶、一杯茶，任世道风云变幻，天地乾坤都收纳在天天的品茶人生中了。

这就是广州，这就是广州独具世相的饮茶。

花世界

迎面，可能是寒凝砭骨的冬雪。

转身，可能就是温暖湿润的春天了。

春天的鲜花既祭奠给冬的落雪滴冰，也奉送给大地复苏的日子。所有的日子都来吧，让我们重新编织你们，重新领受缤纷烂漫。

所以，春天的到来从来都是相视为泪、挥手为雨，缠绵的雨意、欲断还休的雨线，编织着这个季节特有的情深几许。春雨贵如油啊！

南广州的春天来得更是洒脱，裸裎相对，让心有牵系的叶片都归去吧。一场豪雨，广州的树下铺满落叶，要么新芽在枝杈间蹿动，如榕树；要么花朵怒放擎举，不需要绿叶映衬，来一场倾情投入的璀璨，如红棉，多好！

今年的这个春天来得异常魅惑，荣枯撕裂，盛衰接续。花的世界承载着前所未有的凝重，既是对勇敢者、奉献者礼赞的喝彩，又何尝不是对消失者、沦落者悲悯的痛悼？

一场断续下了几个月的豪雨，把一年的立春推到了视线纷乱者的跟前。毕竟，春天如期而至，春天是所有人期盼的好季节、好时光呀。

春雨会冲刷污脏的陈年晦秽，春雨会涤荡被涂抹堵塞的吐纳生息，随雨而来的春风，会吹醒迷失的神魂，会让一切重获生机、肃然起敬。

是的，一元复始，万象更新。

是的，用万物复苏，换春回大地。

是的，一个真正的百花齐放扎根生长的春天，比什么泡沫拥挤幻影迷离还要意味深长。

广州的一年之计，就是从春的气息簇拥而至，从花的世界拉开帷幕的。

花花世界的繁复丰盛，艳丽夺目，让人欲罢不能，目不暇接。

这四季不甚分明的城市，这水网遍布蜿蜒城中乡际的城市，竟是绿树为旗，各款各式的鲜花，如登台演绎四季的衣风时尚，络绎不绝，各有各的姿彩，各有各的花语魅影，把偌大的广州，以及延伸开去的珠三角，打扮装点成无花不世界、无花不日常的花的市道、花的城市。

闲时里的摆设，断少不了花的点缀，居家案头，一捧花，一盆花状植物，是时日高光洒满的好心情，心有千结，总有一环留给花花草草来纠缠。所以，买花如同买菜，隔三岔五不停地轮转，四季序列，不过是你方唱罢我登场，春有梅兰，夏有荷，冬有橘桃，秋有菊，这罗列的不过是旧时例牌，如今的品种，各式时款，各种来路，中洋混搭，实在令人眼花缭乱。春季的紫荆、木棉、黄花风铃木，夏季的凤凰树、蓝花楹、佰叶紫薇，秋季的簕杜鹃、异木棉，冬季的香雪、红叶，花城广州的世界，真是姹紫嫣红，四季轮转。倒是那寻常之物，花农年年种月月卖，爱花之人则天天买，轮流摆。买的是一份情结，摆的是一种心情，如同那花开大道小街的各色簕杜鹃，是这座城市特有的表情：热闹、喜庆、沉稳、扎实。

年节时的隆重，自然就是千年延续、名声在外、已成品牌的花市，能够把一种情结或者品好，衍传成一种风俗和节庆，从省城蔓延到四乡，从国内流播到世界华语区，算得上是一种浪漫得无以复加的认同吧。这烟火日常里，最美好的交易，首选想必是这买花卖花的心情和眼福，以花为媒，霎时钱就成了身外之物，这份洒脱，恐怕在花市游逛和讨价还价里，最有灵犀互通的皆大欢喜。对务实的广州人来说，大概可以算得上是又一种生存哲学吧，在美好与嗜好面前，付出与获得，都是拿得起放得下的。

时风势雨，沧海桑田，而粤人的这种风俗，传承到柔韧默契，而又老少咸宜，各种时段都有不同的繁衍方式，而买卖摆插的礼俗，这么一种仪式，盛行到须臾勿缺、赏心悦目，与起居饮食一起前行，与柴米油盐并举，又该是怎样的一份心念与心性啊。

花的世界很小，以一朵、一枝、一簇、一捧、一树的形式，与我们的感官视线，与我们的日常生活，发生着或密或疏的关联。

花的世界又很大，与气候区域土壤，与雅俗同好的风俗基因，与种植的取向和心性，有着时间岁月文化经济的参与，也有着家国要事的调适，产生着无法条分缕析的阴错阳差。每一类品种的花树的代谢荣枯，每一种花事与我们的三餐一宿的共伴相生，似乎也是冥冥中命运的铺排，遇上了，便是此生的有缘有幸。说得清楚的是普通人的喜好，说不太清晰的则是这种风俗与心性，进入了晨昏起落里，成为我们的一种生活方式。

而生活方式，慢慢就成了容易识别、难以更改的地方物色，是专属于粤人的标识。

对花执念的风俗，其实，既不奢华富贵，也不喧哗炫耀，而是俗常得很，几近于一蔬一饭的需索而已，却又心机绵密，如同锦衣夜行的惊艳，都是在念念不忘必有回响的情理之中。花的世界与花的心结，朴拙谦恭的雅趣与嗜好，不过是托赖于时光之赠。

天时地利带给广州的春光，挡都挡不住地往外漫溢，给悲情晦暗的地方捎去爱意，去到每家每户里祝祷。

特别的年节里，我就多捧了几盆花回家，舍不得让它们在匆忙撤场的花市里无缘返家。那捧勿忘我和星星草，碎碎念般的爱意，羞怯地明黄嫣红紫绿着，这大自然的着色，让不起眼的花草，给美意以丰盈的添加，就赋予了祝福天长地久的魔力。

那搭配出彩的盆花，犹如异口同声的三种问候，一下子就拽住了我的脚步，多么诚恳的声声问候啊！中间摆放的是一个叠加得有点陌生的花名海棠梅，把海棠花的娇艳和梅枝的骨气糅合得刚柔得体。脑海里冒出的李清照的绿肥红瘦诗名，全给右侧的名为一帆风顺的大红大绿的叶片花片碰散了，而左侧的一小棵壮实青涩的金橘，生机勃发着。我看着那疲态略显的卖花姑娘，为什么开这么便宜的价格？大自然与人的侍弄，得多少天造地设的造化，才有这样的出品啊。流年如斯，多买几盆吧，回家我就贵养它。想来，就像如今不大为人所知的岭南盆景，也是大有经纬韬略的，一枝一节，一盆一景，缩龙成寸，收纳乾坤，天地就尽在盈握中了。气度的豪放与敛藏，又岂是一句雅玩所能涵括的，一如笔墨案桌上的清供，那是心系山川的曲尺衷肠。如今眼前的这个盆花，该是一种移花接木的效仿吧。

看着白得不染杂色的一瓶康乃馨香，转头瞧那蓬状怒放的黄金菊浓，还有欢天喜地开怀大笑的剑兰，茶几上的那盆蝴蝶兰，两边搭配衬托的木芙蓉，各种混色不可思议，如同印象派的高手，如同故宫展品里的着色，七彩的形容已经远远不够用了，那种细腻的分解和融汇，足以让人目瞪口呆。风从阳台外的河道上吹来，拼色的风车呼呼地旋转着，像是一阵阵鼓掌，这样的花花世界，这样的天时地利人和的馈赠与出品，谁不目迷沉醉，谁不心生爱恋与痴迷呢？

有花世界的年节，实在是大自然对这方土地人生的恩赐啊。

视觉与嗅觉，触感与心情，在与花对视的交替之间，恍有什么在彼此间流动，花无语，人心悦，一切尽在不言中。所谓的心照不宣，就是这样的兀自欢喜，满天满地的，这世界以花为媒，从不缺失快乐。

安稳的时世，有些变化在悄无声息中潜进了生活，所谓风雅之事，就是这么发生的，也是从此在柔韧中传承的。如是，乱象频生时，就权当以柔克刚，承托起生存中一些无法预测的重压了。插花养花，也算是一种小隐于市、借物移情的活法吧。

这是另一种活色生香的岁朝清供。中国的文化传统里，所谓岁月清供，指的是正月初陈设于案头的清雅物事，人们以鲜花、瑞草、奇石、文玩、美器供于案上，以求新年吉祥、春气盈室、美意延年，这是雅俗共赏、普天同庆的年节心境。

当各种花的气息弥漫在空气里，当花的忽聚忽散的味道潜逸在家里这个那个角落空间中，当嗅闻着花香，用目光抚摸着花朵丰富的色泽与妙不可言的造型时，当清水盈瓶供养着花枝花朵的生息吐纳，一切的一切，就发生着秘而不宣的变化。

而珠三角一带，而广州人，而讲粤语的广府人，他们把这种雅兴的漫天欢喜，轻轻地敛收起来，只是悄悄地与烟火的日常融合在一起，在所有不堪的奔波劳作后，在历经得失荣辱的波折后，在情绪喜怒哀乐的晃动后，不约而同地，向花朵投去求援般的释放，无语式的祷告来窃取尚可宽慰自己的一点点欢喜、一丝丝安慰来平衡一下时重时轻、时缓时快的日常所掀动的倾斜。

这些风俗习惯，是多么不可思议，又是多么爱意绵绵啊！

花花世界，是大自然，是土地，是雨露阳光，一齐孕育收纳的，是天地间最不可或缺的此起彼伏绽放的笑容，它抚慰着所有的生灵，更抚慰着人心。

广州当得起花城的称谓，那是多少代人的执念，多少次春风吹又生的衍承传递，才形成各色人等、不分贵贱的一种生活方式，一种生存的仪式与敬奉，一种过好日子活好人生的寄托。土地气候阳光雨露从不辜负花草，如同广州人从不辜负花世界，他们用平俗诚挚的方式，把花世界留驻在生活里，留驻在自己或晴或暗的内心里，照亮一切。

联想起广府人的又一个风俗，那就是逢庙烧香，见神就拜，把一己的敬畏，都交付给这值得信奉的各路神仙。心到礼到，情到义到，应验就到，一条简单和朴拙的信念就是，天地乾坤，满天神佛，各有各的理念，各有各的道行，各施各法，各安其式，各得其所，礼多人不怪，有容乃大，何不心存更多的敬意呢？普通人等乐于亦甘于敬奉各显神通的各路神仙。而一个细微周全的小节是，但凡从寺庙里带回什么信物，或回家自用或送人作礼，都把得体的礼数和用心放置在一个分量颇足的字上，那就是"请"，心生欢喜地表白，从这个神灵供奉之地，请回了什么。

如是，对于花花世界，人们更是有兀自的开怀与喜悦，更多的期盼与托付，请来春光！把花世界请入心里，请回家来。所谓的春色无边，花开好世界，笑语盈盈暗香去，好事自然来。

天地乾坤的大自然，为所有的存在准备了一个春天，堂榭居家的插花摆花爱花，则为每个人小小的生存时空也准备了一个春天。只要有一份爱花的好心情，这个自得其乐、布施爱与乐的春天，也就被时日留住，也就与你我时时相伴、从不离开了！

市井（四题）

1. 或近或远的老城区

　　转入老城区，路变得有点窄了，树低矮得有点密了，夏日刺目的阳光有点远了，树木低垂在有点老旧的街景，时光不知不觉间就慢了下来，像斜阳西下的徘徊凝住了脚步。

　　这一带街巷马路的伸展，大多半侧着身子蜿蜒着，走向不那么规整，往返也不那么笔直，仿佛担心惊扰记忆的"岁月神偷"，两边多是旧的房舍和断断续续沉落下去的骑楼。这么些年过去了，这些显出颓态的老房子，和长高了伸长上去的树的枝杈偎傍着，那些或新装或旧时的窗户，多半还能存着些褪了色的旧梦吧。骑楼下面的人行道，挤挤挨挨着一家接一家密密麻麻的小店铺，柴米油盐的需索、饮食起居中的零碎，在这里应有尽有，这里也是旧城人家谋生觅食的依傍。

　　区间的逼仄，使人和环境的距离一下子消失，进与退并不那么宽敞阔落，这里没有通衢大道，也没有庙堂广场，有的只是一路挤挨一路簇拥着脚步去来的民居。家与街巷的相隔，人与公共空间的关联，就在这抬脚转身之间，磕磕碰碰着，也随意放松着，如同街坊邻里的音容笑貌、动静做派。

　　我重新回到这片街区，缘于一种再次接续的医缘，似乎，也缘于这个电话勾起二十年前记忆的触动。一个曾经写作的作者，越过这二十年的空白地带突然走到我跟前，只是想跟我说，她记得我那时作为编辑给她写过的信、曾经跟她有过的联络和声援。

在这个多少有点人情凉薄、物质至上的时段，对着她的真心诚意我有点不知所措，她的声音在我耳边清晰地响着，作为同龄女性，同是为人妻母的角色，她要多用心才能把这些记忆留住，她更要多用力用情才能延续她写作的梦想与践诺。

时间竟然隔着二十年的大河，记忆的树叶就像在水里漂浮，如今我才有机会把它打捞起来，此刻在我手里的叶片，湿漉漉地密布着时间的水珠。这家老城区的医院外貌轮廓乍一看没有大变，内里却早换了乾坤。二十年前，我穿着病员服从那幢有历史有故事的旧住院大楼里逛荡出来，在荔枝湾涌里飘忽，那时的小涌成了下水道，加盖成了路面，成了流动的摊贩市场，闹哄哄的如同日子的饭锅刚刚揭开盖子，我则在青春的焦虑与病痛的追剿中无所适从。

二十年后，这家医院已经旧貌换新颜，在原有的空间里密植着更多的诊楼，而转身之向的老城区竟然就有了倦容。城市发展东进的大潮没有选择这里的河道，白鹅潭的水色淡了，西关不再焕发，跟驶进快车道飞速向前的广州相比，被一而再的机遇遗漏的老城区，慢慢就成了一张一年年模糊下去的老照片，神采被岁月一点一点地遮挡起来，似乎距离越来越远了。

这一切的变化突然一下子变得如此锥心，甚至连回望都成为奢侈，记忆的老去是每个人无法回避的问题，如同这座城市的老去亦是一个无法回避的问题。

然而，就在眼前，有什么仍然那么淡定从容地存留着，像那些上了年纪的树木、房舍，像那些多了褶皱和沧桑的街景，似曾相识的温情依旧在这个老去的容器里回旋着，挥之不去的旧时气息依旧在流淌着。

这就是老城区的节奏，马路的宽窄只是供行人走路溜达，或者单车及各式各样的半机动车的踏动，汽车只能在这些路两旁不知摆放了什么东西的车道上踽行。一家家的店铺都不是晨起暮落的，无论是吃的还是用的，比起普通的节奏慢了半圈。太阳快到中天了，早上才从中午开始，晚上是不夜天的，直到凌晨所有的树木都被半夜困得打起了哈欠。于是，一天的营生挤到一块，干什么都是提速的，做生意跑腿做人做事从来都不拖泥带水，利落让这座城市的姿态从来轻盈，生存过日子从不滞重。

这座城市是有点偏隅了，离中原是那么远，离大海却是那么近，就在一箭之遥的咫尺，或者车轮驱驰的半天之间。当年，这一带虽无法参与主流历史和理想主义相关的大变革,却是一座内里挤满现实生存欲望和行动爆发力的城市的一角,可能这种种欲望也在如今的城市化进程中,被快捷地兑现着,虽也关联着普通人的营生,却因其细小常常被宏大的事件所忽略、质疑甚至放弃,只能在日常中守着那份属于自身的日子,纯粹而又波澜不惊地活着,这种生存过日子的气度与格局的自我,不知道是否在有意无意间,抗衡着某种无法进入的尴尬与失落,所谓的宜居宜停恐怕也只能是甘苦自足吧。

就像螺蛳壳里做道场,比如谁知道老城区成千上万的店铺,和辐射全国的商贸往返生意往来,有着怎样千丝万缕的关系?谁又知道这数以百万计的大老板与小老板,跟整座城市的经济实力发展后劲,有着怎样若隐若现的关联?"粤商"一词的指向是含混的,而粤商所支撑起的商业架构却又让人觉得不可思议。

所以,老城区的氛围总是有着让人陌生而又舒坦的似曾相识,初来甫动也能驾轻就熟,润物无声地把四面八方来人的认同一点点地融化融汇在一起。

日常生活的丰美细腻便捷熨帖与否,在相当程度上决定了一个地域的某种生存场景的模式,也决定了生计如何应对对时间的解压与释放的方式。吃得便利,用得随意,活得自在,住得舒坦,有水则灵,有信有缘则奉,很多的香火,很多的信众,很热闹的街市,很多的走鬼摊档占道经营,日子是散漫的,日子同样是火花四溅的。

说什么平民,本来就是众生,官禄福爵的奉行在这座城市从来就没有生根落地;说什么低调,本来就没有调的,或者调子潜行,就出没在日常里,所有的摇曳高亢都转交托付给粤剧了。闲时平日,只是粤语啁啾婉转,用独特的发音运腔表达诉说,彰扬着粤语的风流殊异。据说,语言是人类的灵光一闪,是特定文化的灵魂与物质世界媒介的相遇,每种超越了方言局限的语言,都是心灵的古老森林、思想的分水岭、精神潜能的生态系统。这种定位很抽象,很气派。其实,老城区粤语围拢的气场,就是活色生香,就是特立独行,简明、喻指、相关、幽默、调侃、解嘲,甚至娇嗲生媚,怒发冲冠,都不过是指天戳地的嫁接或推卸,从不无遮无拦,大轰大烈,有的只是鬼马精灵到入骨入肉。

有不一样的营生,有不一样的表达,就肯定有不一样的做派。天崩于顶不动声色,地陷于前神色不改,淡定所以宠辱不惊,从容所以不疾不徐,说得好听就是有容乃大,说得潦草就是散漫无形。这又有什么关系呢?情愫的根茎长成了枝叶，就能遮挡住自身的日子，家园的情绪缠绕开来，便任什么时光流淌都解不开的，褪不去的烙印戳着老城的印记，所念所想盘旋着街巷的声色，而每个人从小到大养育出来的肠胃，总是不可理喻地忠诚着儿时的滋味咸淡。如此，远与近有关系吗？发展的中心与否有关系吗？归不归来有什么关系呢？相不相守说到底又有什么关系呢？谁能不钟爱所过着的日子、所活着的时段、所属于的这个地方这座城市呢？这就是家园感，这就是归属认同感。

人的一生中充满了各种各样的选择，充满了主动或被动的可能性，也充满了五花八门的逃离及背弃，一座城市的前世今生同样如此。

也许个人所折射的，是每个人所面临的人性的、情感的、社会的、时代的种种选择，就像选择题一样，一座城市的走向同样如此，甚至更加极端、更为惨烈，因为它的冷暖得失，更加无从把控，只能通过时间澄清，只能通过有感知的双眼与有感动的内心传递。

怎样听从文化故园内心的引领，怎样才能不被世俗功利的需索所击溃，这既是冲击人的问题，也是冲击城市的基本问题。很多东西其实就是一种冲动，老城区与新城区突然就拉开距离了，既然选择了，就要为选择负责。老城区无语，谁来为它的前世今生和走向负责呢？

"人生中最可能错过的机遇就是爱情"，而对于城市，最有可能丢失的或者被置换的就是它的容貌，假如它的与生俱来不被珍视，就有可能被遗弃被转换。

也难怪，城变或衰老或颓败前的那些时段无法不让人思潮起伏，所以城市旧貌消失前的那些日子总是让人不能平静、难以自持，因为消失了有可能就永远消失了。

面对着这一切，远的或者近的，"岁月把拥有变作失去，疲倦的双眼带着期望"，这首在几十年前非常励志的香港金曲，如今重被一个"80后"香港青年唱出。此刻我在老城区流连，只能满怀眷恋，又或者不甘，为这座城市，为她带来的故事与记忆，在心里祈愿：留下吧，留驻好吗？

盛夏的午后阳光，像一个深长的叹息，把身旁的树荫、把我此刻的脚步拉得越来越长。

2. 叹茶时分

诗人说，无论发生了什么，春风依然来临。

而对广州人来说，不管世态人情如何变化，不管有多少诚恳的表达，都不如一句"得闲饮茶"的邀约。

这饮茶内里的乾坤，大至人情世故，小至生存之道，都是可大可小，能屈能伸的。

这里说的是广州地道的市井况味，叹茶，那么弯弯曲曲绵延下去的一生，就被广州人斟酌成了欲断还续的叹茶时分。

想来，我也是个老茶客，有几十年饮茶史，也许是源于嗜茶的父亲的影响。小时候就端着杯白开水，父亲把他的浓茶往杯子里斟上些许，看着那些浓茶的汁液在白开水里长袖善舞，上下翻飞，不一会儿白开水就变成了赏心悦目的琥珀色。那清清澄澄的样子，含蓄有致地与我对视着，啜一口，有淡淡的茶味；嗅一下，有不一样的气息，把白开水洇润出别样的况味。认知渐增时，原来这所谓的况味竟然跟气候环境密不可分，恍惚就是大自然派往时日的一位使者，一片小小的茶叶，都能营造出不一样的一小段人生，从此我对茶就另眼相看了。这从小滋长的心思竟然慢慢就成了一种日常的习惯，平时闲日我基本不喝白开水，每天起床后的第一要事，就是煲开水泡茶，因赶时间，一泡茶成，就匆忙地倒进保温杯里，再续再泡，还一个饮茶的心念。

茶是用来叹的，水是用来喝的，用字之异，一个叹字，就道出了生存过日子的本地特色，捎带了或可想象的大千风情。叹茶，何等不负时日、不负光阴，又是何等不负口腹、不负放松淡定的从容。

如同眼前的这个场景，一杯茶有意无意地端着，细品慢嚼中，似乎在找寻若有若无的思绪，眼神散漫，有点神魂出窍，广州话表达的"发吽哣"，比普通话形容的"发呆"更有情趣，在空蒙无着的飘忽中，有一搭没一搭地寻觅神思的着陆点，或者听到了旁人的三言两语，或者悟到了一二警醒。这嘈杂热闹的茶市，或是家里安谧的所在，都有点飘飘然的置身事外，不知身在何处，其实就是捧着一杯茶出神。

一个叹字，九曲回环，茶有况味，苦涩甘甜，各式各款，回味有加。

一个叹字，人生变幻，权当戏如人生，人生如戏，尽可以做局外观，细品慢啖斟酌思量，白驹过隙，又是天凉好个秋。

一个叹字，心境尽泄，风情尽显，优哉游哉，走神与遐想，如放飞的风筝，忽远忽近，忽放忽收，都聚拢回眼前的那壶茶、那杯茶里，再匆忙的营生，再快的节奏，都经得起一冲一泡的过滤，更经得起神思缥缈的聚散，用心叹赏时日的馈赠，口腹的滋味，才是此生不悔吧。

对广州人来说，落足心机过好眼前的日子，把自己的时光捧在手里，这才是最细腻、最朴素的长情告白与知足常乐。

知足的日子其实很简单，既谦恭亦感恩，一盅两件，晚饭去加菜斩料，加碟叉烧或是白切鸡，一天的日子就滋味悠长了。

叹茶也好，加菜斩料也好，都被广州人归纳总结为叹世界。这个世界除了是用来挨的、用来拼搏的、用来谋生度日的，也是用来享受的、品味的、放松受用的，于是，一日三餐一下子就被提升到果腹之外的趣味，境界与心胸全然不同。

所以，黄昏的召集令，归家路上的急管繁弦，就是冲到烧腊店去。这说的依然是市井，是广州式的市井，广州人餐桌上色香味俱全的，长年不断四季常存的一道本地风景——斩料，加菜。

广州话的斩料，就是临近开饭时分，加菜，到烧腊店去。尽管时光变老，但这是从小到大，最为不变的小小的赏心乐事，小小的自得其乐。

烧腊店的色柜，如今的玻璃房，灯光下的烧腊食材，油光滑亮，让人两眼有神，食欲翻滚。我依然记得小时候，跟在父亲的身后眼碌碌地看着，怎样咽回口水，尤其是肚子咕咕叫的时候，每逢父亲叫我随行，多半是让我先饱眼福，回到家开餐，再饱口福。

烧鹅、烧鸭、白切鸡、酱油鸡、叉烧、烧排骨、各式卤水鸡翅、咕噜肉等，一式排开阵势，眼花缭乱，都是品种多到让人还没吃，就心花怒放的出品。

这些烧腊极品，用心烦琐机巧，有制作无所不用其极的细节，用材、腌制、火候、出品，简单说是一种粤式秘传的饮食仪式，入行的人心领神会，而旁观的人在大快朵颐之余，大概能体察出其中的滋味与深意吧。

广州的烧腊不仅名不虚传，简直就是粤菜一道造型亮丽、神韵出彩的风景。

此外，还有一样经得起祖传下来接力创新的，那就是点心。点心的效应早已超越点心本身的简单用途，不知不觉就成了广州美食的形象代言，款式众多，令人眼花缭乱，制作的用心用料与耐心考究，简直让人怀疑如此炫技又情归何处呢？

与叹茶相映生辉的，自然就是这闻名遐迩的广州点心，点点心意催生出五花八门数十上百的品种，这种隆重与出彩，亦只有与茶相伴时，才是最为精致和倍添神韵的。一道好茶，佐之种种酥饼烧卖虾饺之类，才有茶点的巧定终生，才有食不厌精的皆大欢喜。难怪广州人的日子过得安稳而又滋味悠长。

点心这个词，非常粤味，具有不同凡响的广州品相，不仅是食品中的翘楚，是广州早茶直落饭市消夜的诗意，更是一种地方特色淋漓尽兴的表达，集意头、情感、温度、巧手的技艺于一身，是寓意、审美和口腹之乐的唯美呈现，点心点心，点点心意，又岂是一种意会就可以全部传递的。

我感叹于广州人与点心的关系，更惊叹于广州的点心所具有的融合力与亲和力，它在万千世相中穿越，又在千百年不同的各式人等的惊喜与愉悦中完成了呵护身心的使命。喜爱中意之余，不得不惊诧点心的功德无量，于日常的需索，于烟火的繁闹，于肠胃的认同，于唯美的出品，于观感口腹的享受，怎么叹赏这点心方寸的小天地，都可以曲径通幽，找到各自的说法。

凝视点心，恍如凝视一个章节的广州饮食文化，一种穿越时空的大众理念；亦恍如凝视这个点心传承的族群的生存信念，一种谋生度日的摆渡，如何化平淡为奇特，化寻常为不同凡响，有高超的心性，又有俗世的归宿，各安其式，各得其所。广州生活方式的隆重与情趣，是时候拉开帷幕了。

就从博物馆"消失的点心"再现开启吧。

其实，点心就是爱，生活之爱，情愫之爱，家园之爱，烟火之爱，有了这股强大的不可阻挡的力量，什么世道变迁，什么流离失所，什么波折起伏，什么变异古怪，竟然都可以大步跨越，睥睨无视。距离与时间，能量与传递，记忆与乡愁，千丝万缕的联系，竟然都被点心维系网络起来了。

我惊讶于这座城市里的人对点心的感应与托付。

如同此刻我在镇海楼前品尝这些"消失的点心"的现场感受。其实相隔多少年份的点心一直没有离开，只是魂借东风，以另一种形式，或者是不一样的花样，陪伴着我们罢了。

情感的想象力与技艺的想象力，有时候就会组合成一对翅膀，把人心带飞，飞到天上，飞到家园的上空，让人的微渺与脆弱，有了充盈和自由的时空，跟心中的美好生活连接，跟家园的温馨浪漫连接，跟人与美食共舞的快乐连接。那是多么不可思议的图景啊！款款点心，情意浓浓，意犹未尽，这是多久被忽略的广州美食文化品相。

回到眼前，我们如何触碰这些景象？如何珍惜这种稀罕的生存真相？如何探寻和复现此等种种的美好？

说到底，这还是一种文化心态，怎样给"食在广州"描绘出更好的胜景，大雅大俗，热闹诗意；怎样给"食在广州"涂抹出更完整的彩虹，它就横跨在我们日常的头顶，可以仰视，可以穿越，也可以相拥。比起生命的长度，活着的不易，这吃一顿美好点心的衷肠，其慰藉来得如此快捷，又如此温馨与亲近。有时很大众，有时又很私密，这就是广州人所说的叹世界该有的模样吧。

还是来好好端详一下点心吧。说不定在口腹之需里，被附加上的稀缺的人本主义，能多存留一点广州味道与粤味品相的精神内核，这样的关联不再是一种想象，而是一种态度，是一种如何面对和如何传承的关系。

饮食文化就是向日常致敬，讲饮讲食的风俗，就是人与生活连接过去、现在与未来，相互需求的乡愁所系的纽带。

广州作为美食之都，它的美食导向，一直以来都如同茶的茶香四溢，或是花的暗香潜逸那样，导引着普通人走向知足朴素的人生，换句话说，就是叹世界的生活方式。

一日三餐，茶饭汤点，广州人在这小小的营生中，硬是做成了让自己的饮食文化美名远播的道场。

3. 饮食乾坤

广州的饮食可以用生猛餐饮来形容。

也许是家族里出过几个大厨，也许是从小的熏陶，我对饮食之道似乎很早就有点开窍。

长大的那个时段物资紧缺，而临近年节终于可以松绑一下闲日的节制。父亲精于烹调，热爱美食，我最喜欢的时刻，就是偎靠在厨房的门口，看父亲如同变魔术一般，把一灶台的食材变出一桌色香味俱全的粤菜大餐，活剖，生劏，白灼，生滚，煎、炒、炆、炸，让我眼花缭乱。吃确实是不能忘记的，亦是我永远怀念父亲的一个小弹簧，让我轻易就可以跳过时空的阻隔，回到昔日的那个餐桌前，那种美味的欢乐中。

如同味蕾标识着永远的故乡，留恋着足以抵抗时间冲刷的思念。

饮食态度也是一种人生态度——敬畏，郑重其事，把日子捧在手里，唯尊唯大，不分等级，不在乎位卑位尊的轻重，一视同仁，以人为本，不盲目竞争，更不提倡你死我活的倾轧取胜，而是协同发展，共享共赢。

同时，看似随意自在，实则顺势而为，不时不食，把握机遇，并非沉浸在自己所关注、所顾及、所触摸到的日子里，沉溺在自己的小世界里与世无争，而是不争一时长短，而是风物长宜放眼量，有什么食材就做成什么菜，有什么配料就下足什么功夫，大度为怀，豁达自适，奋发图强，由是，甚是简单的菜蔬鱼肉，就成全了粤菜的招牌。

所谓独树一帜，剑走偏锋，看似不温不火，从容不迫，实则内运功力，全线提速。

城市里的打拼生存，是需要口腹安慰的，生活是需要温情和善待的，包容是需要胸怀和豁达的，善待一切才能包容一切。开放是需要接纳的，只有接纳了，转化成自己的城市特色，才能多元，才可以充满创新与蜕变的活力。

所以，粤菜里，水里游的，地里长的，土里走动的，漫山遍野有生机的，都可以拿来为我所用，物尽其用，做出各式各等菜肴，做出四时美食，用心用力地侍奉着生存，用四季的出品，做出其他族群无出其右的菜式。

踏踏实实过日子的心性，就是所谓为人做派的低调与务实，没有高头大章的要义，不过是做人的方式和态度，低调是不张扬，踏实是体现在本分，首先善待自己，其次善待生活，在这过程中得到回报，得到满足，把这种状态踮高一点，提升一下，这就是城市精神在日常生活的体现，那就是愿意为好好活着担当一下。有过识见，见过世面，不炫耀有容乃大，却志在自我突显，悠悠自在，淡定随意，各安其式，各得其所。这就是广州的城市品格所呈现出来的人情味。

食在广州一说，有时候对广州是一种美誉，有时候就成了一种调侃，除了食，广州还有什么呢？

殊不知，细品食在广州，并非仅存于口腹之乐，而是大有深意。饮食是广州人的生存哲学，是日常里如同烧香拜神一样举重若轻的另类信仰。

想起去过梵蒂冈，去过耶路撒冷，信徒随时随地与上帝、与信奉的主对话，随时随地祈祷，这是他们躬奉的信仰。

而广州人食通天，从早吃到晚，不为果腹，只为顺从民风世俗，顺从天性召唤，顺从身体供给的惯性，随时随地的一壶茶、一席菜，就可以打发时日，就可以斟酌人生，就可以倾谈生意，就可以人情往返，这是烟火人生的信仰——以食为天，以食为业，以食为生，这就是普通人一辈子的一部分真相了。

越是国际化的，越是以文化彰扬为目标的城市，越需要彼此的善待、付出、担当，才能让生活更有品质，更有温情和暖意。

热爱城市是从热爱生活开始，在平淡与平和中独树一帜，是有着让人难以舍弃和认同的自己的城市。文明程度较高的城市，等级观念不甚分明，人人活得淡定从容，活得自信和乐于担当，平凡中闪耀出来的光泽，是更加生活化，更有精神支撑，更能活学活用的导向。

一句话，感恩，感恩活着，才有饮食文化的发达，感恩就会把日子捧在手里，让自己好好活着，也让他人好好活着，正如饮食，几近成了一种修行与义举。

文化上，识见上，胸怀上，视野上，行动力与目标设置上，有底气，就淡定，有后劲，就从容，所以广州就拥有了不一样的气象与风貌。

务实，又透着对生活不将就、不轻易舍弃的浪漫，把务实的状态径直融进浪漫里，这务实就显出了通透，显出了豁达大度，因而就呈现出别具一格的诗意与温情。

本分人生，善待日子，其实就是向生活致敬，向岁月致敬。

4. 粤味人生

广州有粤味，粤菜有菜味，看似随情任性的意领神会，却是不着一字，尽得风流，只要熟悉这座城，中意这座城，就都了然于心。

百年城变，时间在塑造着广州，命运在成全着广州。

广州是一座说得清的城市，有清晰漫长的历史发展脉络，有可圈可点的历史遗存，在中西文化的交流融合中，形成了独具一格的特色和魅力。

广州有着形式多元、形态丰富的城市文化，粤式审美，粤系哲学，粤派情趣，粤味诗意，形成了广州不一样的城市文化气质、品格与韵味。

广州既有传统的文化基因，又有生猛的创新动能，传统与现代的交相辉映，形成了跌宕起伏的文化交响，城市发展在不同时期留下了不一样的乐章。

粤式审美的雅俗共赏，从烟火日常和精神彰显的不同层面，都可以触碰到其中的温情暖意。比如从一壶茶里品嚼时间，从众多点心里叹赏美味，从四季的时花里感应节令，从年节的仪式里维系情感，从淡定的心态里持守天人合一，从低调的从容里笃行本分的胸襟，从勃发的豪情里去张扬蓄势以待的激越，从放松的交流里去回眸先祖跨洋越海的视界。林林总总，不一而足，在脑海里我们顷刻就会联想到茶市，花市，各种节庆，各种品牌，从十三行到广交会，从赛龙舟到醒狮，诸如此类。

就粤语的表达，也可以见出礼让豁达的格局，比如"是但"，没有什么是过不去的。说到"求其"也是"求奇"，持正守奇，哪有不创新、不发展、不图谋、不开拓的顾虑。世界本就在脚下，大海恰好就敞开在眼前，人生的来路不是地上来，就是水里去，洒脱豪迈着呢。这些粤语里的人情练达、世相风情，一箩筐一箩筐地装满了广州人的生存要义，这就是充盈在骨子里的粤味诗意，不是表面的花巧，也不是刻意的装饰，而是简单琐碎、流水落花的日常里的那朵荷花，在泥水里摇曳生姿，是那碗味道浓郁、香气潜逸的老火汤，是那一壶拿得起放得下、或浓或淡都可斟可酌的茶，是那份云淡风轻、不温不火的情性与温婉，是那种举重若轻、内敛低调、宠辱不惊的淡定与从容。这已经是实实在在的粤派情趣，于不经意中见用心，于寻常中显韬略，于不起眼中融入千帆过尽人间世相的胆量。

粤式审美由此催生了粤系哲学，既是生存之道，也是角度与境界不一样的生命领悟。由是，这里的文化气象、生存氛围，似曾相识，却又难以归类。

我不由得想起了一个人，想起了这个被誉为岭南第一官，同时也是第一个拥有全国影响的大诗人。

后人对他的赞美表彰的形容词，竟然都与风相关，让人敬而仰之的这些词语，诸如风度、风范、风纪、风情之类，总是让人勾连起广州特有的南方气候，不同季节的风，每一个都有着饱满的水分，沉甸甸的，密布着水意充盈的痕迹，并有着滋养万物的伟力。

因为接了任务要讲南粤先贤的第一贤相张九龄，自然要谈九龄风度，进而涉及很形而上的风范问题，以及那绕不过的雄关古渡——梅关。

如此一来，似乎不得不说及"风度"一词，以及连带起的诸多事项。

时间流布下来的那么多的书写与记载，每种表达似曾相识，而那个成为象征的地标，图文并茂得恍如身临其境。南岭，梅关，每一个里程碑，都与岭南文化，亦与广州文化息息相关，一脉相连。

我还是有点怅惘，我真实的脚步还没踏上过那条古道，而想象却无数次地抵达。

这是一个文化分界的标志，对岭南文化来说。

这是一个人生的分水岭，以一个先贤树立起来的标榜为例。

这是一种生存哲学的全新开启，对一种人文先锋的标榜而言。

这也可以概括为粤式审美、粤人精神的孕育和生发的新时段。

确实，岭南文化不是单一的本土文化，而是以岭南为洼地融汇生成的文化。有了这块土壤，有了这些不同凡响的基因，从此岭南的人生不再一样。

如同我此刻描述的张九龄，一个伟岸的美男子飘然降临，跨越时间和空间，从历史典籍中走到大湾区，吟诵"海上生明月，天涯共此时"。

我的思绪发散开来，岭南有美好的男人，就一定会有美好的女人，那不就是被誉为秀外慧中、中西兼容、既传统又现代的西关小姐。

从来，生活方式不一样，价值观自然也不一样，这就是岭南，也是广州向外输出的了不起的两大法宝：生活方式的独特与精神价值的取向。

臆想中，我飘然行走在梅关古道上，行走在岭南的大地里，行走在这个在重要的时代节点被一代领导人画了一个圈，从始就不再一样的福地家园。

南风拂拂，满目清明。美好的广州正逢其时，岭南正逢其时。

关内的古道看不到关外的风景，山岭横亘着，路挂在山脊上。也许，以为路尽时，它还在继续；也许，以为前面还要前行时，已经是险峰了。

梅关的空气里，想必弥漫着踌躇满志的雾岚，想必也是游荡着磅礴的云朵的。

我常常会勾连起自己喜欢的凯伦·布里克森的长篇小说《走出非洲》，一直着迷这种宽阔的情怀，笔下那种生命的奇遇。

这世间，有什么蛮烟瘴气，不过是不被热爱的环境；没有不好，只有是否热爱与融入；没有什么可怕与否，只有了解与握手礼遇之别，一如人的情绪，一如人与环境或者处境的关系。

　　风度超然，自然是放下了很多俗念，与风为伍，踱步星云，哪来黏滞和纠缠呢，一如张九龄。

　　有这么一种说法，"只要拼命努力，把自己逼到极限，终会得到'神灵的启示'"。广州人的性情里，真的是得道于这种启示吗？毕竟我们这片土地诞生过六祖慧能，有足够的精神心性去领会源于大自然的启迪，源于社会众生的启悟。

　　怎么在书写中找到一种时代的情绪，属于广州的，属于这座城市的，属于自己的，也许也是属于带到未来的记忆的情绪？如今，老广州重新归来了，回到笔下，回到转头回望的凝视里。心里有一种清爽的喜悦弥漫开来，如同骤然而至的属于广州特有的冬天的风，清清冷冷地渗透着很多的意领神会，很多的独自颔首微笑。

　　这样的淡然从容，游走于越来越多的城变中，始终是我的广州，我的故园。我偏爱老城的气息，那是不一样的温慰；我惊讶新城的时尚，那是不一样的活力四溅。

　　突然联想起一种新的着色——玫瑰金，时间把黄金的奢靡的张狂平复为安稳的富足，有着落寞之前无与伦比的淡静的风雅，这是一种舒缓宁静的分享与面对，如同一个真诚温暖的拥抱，它在多变中总是流淌着难忘的眷恋，这就是广州。如同新区的兴旺，一如早晨的旭日，如同老城的气息，更像是黄昏余晖，温柔而又恬淡。

　　这是长久以来一直不停地表达与书写的东西，关于这座城市与街巷的，关于市井里的柴米油盐酱醋茶的，关于消失了的街景和永远潜行在风情风俗里的人情与风物，尤其是关于我对这座城市的记忆，我所守护的故园的情结，我所承担的描述与发现的重负，我的欣悦与沮丧同时抵达的去处，都和广州有关，并且一直有着不可分离的关联。

　　广州的开放是有胸襟作为铺垫的，有风自来，有容乃磊。广州的包容是以谦让善待为怀的，以坦诚和善意接纳，不分等级，不无端排斥，虚怀若谷。广州的特点是无须归类的，自成一体。广州的节奏是静水流深，从容不迫中透出急管繁弦。

春风拂槛

阳光透过路边的树梢，把光影投射在一幢幢百年小洋楼的墙面，风和光影嬉戏着，晃动如岁月的秋千，从时间的那一头摇曳到这一头，一百多年的流转，旧貌依稀，人面依稀，尚有神韵气息，还恍如往昔。这就是西关几条老街的景观，氛围沉落，格调苍老，记忆穿梭。

恩宁路、逢源路、宝源路、宝华路、多宝路、华贵路、龙津路……吉祥如意的路名，沿着鳞次栉比的骑楼四面八方伸展，蜿蜒的骑楼街店铺林立，占尽了西关街景情趣的时光风采，占去了大部分老城收纳的人事沧桑。

一个多世纪前西关的这片热土，撬动了一座新兴城市生活风情的中西融汇，也开启了其时方兴未艾的市容市貌的华丽亮相。

一幢幢小洋楼，间杂在一条条老街中，留下的遗痕旧貌，有时那么远，远到触不着真实的气息音容；有时又那么近，近到就在眼前，抬头低头间，似曾相识，春风拂槛。

把记忆的启动键按下。

西关的街景大同小异，多半有类似的品相。

双向车道的马路边，在密布着骑楼格局的街景中，偶有一段，有细窄的人行道，如同一个谦恭温厚的人，在路旁侧身而立往里一让，简约灰白的围墙门面，几步之隔，规整的小小院落，几块甬道石，一棵秀气临风树，始觉这西关小洋楼，悦目骨致，盈握之间，移步之余，开始了风情寄寓的可品可赏。

用心总是随着用情移步换景，漫溢渗润开来的。

门廊的外饰，都是水磨石，旁边多有一个一米有余的大窗户，正是西式的那种大敞亮，呼应的却是中式木门的开合，有的是多了道原木横梁的趟栊，有的是齐人高的门扇，中西混搭得甚是得体，繁复却又利索，像是一个人鞠躬有请的手语。

进得厅堂来，主人的念想与趣味，便随着房子的深进与层隔的铺排，而一处一处地显现出来了。中式的庄稳正板，方圆规例——比如有天有地，有光有影，有天井有天台，以及西洋风吹过后留下的顾盼——比如色彩的热闹，细节布置的养心养眼，油画般的效应，连楼梯都有着盘旋向上的寓意，中与西的邂逅与投契，在西关小洋楼里，彼此融汇得熠熠生辉。

最触目的自然是窗户，进得门厅，打量的不一定是客厅的布置，让人旋身回眸的，倒是其时引领家居建筑时尚的满洲窗，这是清末民初特有的建筑用材标识，更是一种独有的文化交手后进入生活细节中的见证。窗玻璃颜色的七彩与浓厚，可说是前所未遇的，有光穿越，便越发斑斓起来。红色的深的灵动，蓝色的幽的迷离，黄色的幻的亮丽，而那绿色则是容光焕发，至于介乎三原色勾兑后那过渡的中间色，怎么形容都是一言难尽呢。

牵引人视线的要数楼梯，通往二楼三楼四楼及天台，如若有一个采光透气开合自如的天窗，更是让人在驻足间生发遐想。名贵木材的楼梯扶手，盘旋而上的楼级，多少婀娜就是这么款款有致地上上下下，或多或少的情趣都不在话下了。

房间的色彩，如同满洲窗，用色的浓稠纯正，把休憩之所成全为一幅大画的底色，家具与配饰，便成为画中的角色，每一种摆设，都在不经意中渲染着某种趣味的审美，其时的主人，或有着祖上置产置业的立愿，或也有着拿来为我所用的开放时尚的眼光，好一个古为今用洋为实用，把文化化在了日常的实惠里，也化在了对居所与时日的善待里。

天台开敞的中间，把亦中亦西的亭子摆放得体，不是农耕时段的庭园风情，而是专属于赏月赏风赏星星的配置，这移植的浪漫也算甚是有滋有味了。

眼中所见，隐约所听，如同中西的调性，中西融汇的主唱与和声，时深时浅地弥漫在西关小洋楼里。

此刻，且让时光倒带，且让那些往事与记忆复苏一下，且让那些心念与梦想唤醒，且让那些激活与蜕变重现在眼前。

是的，小洋楼从来都是过去与现时那些中西文化日常情趣的光影收纳、实物收纳，也是品鉴的收纳。

想象一下叹世界中的生活是一种怎样的感应，不仅是广州本地的生活，也不仅是西洋的生活，还是一种活化打磨后的又一轮城市模式的生活，这世界是面向大海的大世界。文化就是生活方式的总和，文化亦是饮饮食食中的乾坤。权且来体验一下眼前这幢小洋楼的标配。

尝试着把味蕾与乡愁的惦记组合在一起，也尝试着把白日梦与外面大世界的移动光影定格在一起。

出品，有菜式的中西兼容的做法，如虾、鲍鱼、扇贝、三文鱼等海鲜，亦有菜式的中西款摆盘，似曾相识，却又眼前一亮，赏心悦目的口福中，色香味与美感一起碰撞干杯。吃不仅仅是吃，一旦有文化来充盈，那就真值得俯下身来，留住时光呢。

如此的景致，与此时此刻的叹番下，不得不说到让老少心仪的点心。中式的糕点、烧卖、虾饺、肠粉，与舶来的各式蛋糕诸如华夫饼提拉米苏之类，五花八门，形与色俱是诱人。

所谓点心，所谓出品的讲究，所谓品相的格调，言语形容的轻纱背后，就是用心和用情，就是一种放大的善待、烟火的奢华。

吃是美味的口腹之乐，也是情感共鸣被唤醒的闹钟。

不同的菜式就是一款又一款不同的情绪，夹杂着微小的心情，放松的、好奇的、老饕的、渴望的、偏好的、迷恋的，诸如此类，有热闹的狂欢，也有中规中矩的冷静，最后都进入心满意足的微醺状。喝茶的杯子可以喝咖啡，五杯鹅的斩件香浓与黑椒牛排，真是各有所好，同台分享。

推开不同楼层不同区隔的门，就进入了一个隐遁于时光中的空间，也深陷在一个有茶的中式的清香和咖啡的浓香的包裹里，侧身而过气息穿越之间，就似乎迎面偶遇那慢慢地发酵着弥散在空气中的，一个又一个似曾相识的梦，梦在口感里，也在嗅觉与眼睛的抚摸上，从一楼悠悠地升腾起来，往天窗上有光的地方一路旋舞，直达天台，天台的亭阁被装饰成一座小花楼。打开的空间，可以在一楼仰视四楼天窗洒落的日光与月华，开敞的几米高的中空与缓缓盘旋向上的视线，楼上楼，天外天，感应到一种此地空余西关味，白云千载尽悠游，思绪的繁复原也是半梦半醒的。

在这种恍惚里，有月华流照，有如烟岁月，有时光飞逝，然后，一切都在日子的流淌中、在过日子的召唤中，归去来兮。

世界这么大，年华毕竟是去了又来来了又去。

这就是最好的在一起：中式的端庄与西式的雅致在一起，浓的色彩与淡的日子在一起，咸的回味与甜的不舍在一起，她的与他的感应碰撞在一起。

这不也是活得怡然自得的智慧，这不也是活得灵动生猛有声有色的过日子的哲学。

那就坐下来，发一会儿呆，或者让目光从下到上，从前到后循环一下吧，美颜与美味彼此融化着，一起进入了口腹、大脑及情绪，一起品味着，感受着，就会有一种恍惚的虚幻。当年的主人，是用什么样的趣味，让中与西的交互成为一种雅兴；如今的主人，又是用什么样的情结，去追寻和复活当年的执念与审美，唤醒一种居住休栖雅趣的重生，青出于蓝而胜于蓝，更加西关，更加多元，更加时尚，每一种复现与尝试，都有情调可栖，都有韵味可寻。

夜色的光影重重中，在门口的小甬道望向马路的街景，有拍拖的男女痴缠地走过，有打包回家的阿叔匆匆的身影，有送外卖的电瓶车嗖的一下跑远，网约车却缓缓地迟疑地挪近，确认着自己的客人。

小小围墙的花圃，散落着那扇大大的满洲窗玻璃的七彩，幻影浮游，妙不可言。

柔和的灯光折射的和合幻彩，恍如诗仙李白的名句，在我的脑门翩跹闪现："云想衣裳花想容，春风拂槛露华浓。若非群玉山头见，会向瑶台月下逢。"

好一个春风拂槛，如同此情此景。我一转身，与101的西关小洋楼迎面遇见，果然是春风不老，春意可渡。

门里门外，岁月恍惚，记忆轮回。一种别致的旧时生活，又似乎是时尚的眼前光景，时光也许不老，情趣与怀恋总是相偎相依，现如今的小洋楼一统，原也可以观天下、赏生活、叹世界，果然自得其趣，也自得其乐啊。

成珠楼岁月

一口吃下这个边缘不规则、棋子一般大小、标注为古法风味的南乳小凤饼，味蕾告知我，小时候的风味又回来了。咸甜甘糯，香浓酥脆，霎时在口腔里蹦跳起来，我竟然等不及坐下来，就站在那儿，一口一个嘎吱嘎吱地把一盒小凤饼全部吃完，才像憋着一股劲儿从水里潜游上来一般，长长地舒了一口气，我这是在哪儿？童稚的我还是老者的我？我左顾右盼着，神魂出窍，又瞬间反弹回来，好吃，真是好吃。

这是南华中路上的一家老字号，古老的店名招牌在如今的中西新店铺雨后春笋般的挤挨中并不惹眼，然而时间早就在这儿蛰伏多年，早到连从小到大吃着这俗称鸡仔饼的我并不知晓。这里原来就是旧址？年少的我拉着阿嫲或是父亲的衣裾，等着店员用油纸把称好的一堆鸡仔饼，包成四四方方的形态，上面还加盖一张意头吉祥的红纸，用纸绳一捆，一包用来探亲访友，一包带回家去就着父亲专门冲泡的红茶细品慢嚼，享用那滋味丰富的口腹之乐。那纸包一路渗着油迹，一路散发着若隐若现的饼香。

还是如今的我，在马路对面骑楼的新址边，张望着似曾相识的街景，寻觅着当年的滋味。镜像般的效应，让人恍惚，什么是身临其境，什么是拂不去的印记？

若不是这几年写作研究海珠区的历史文化，行走在这一带昔日的繁华风水地，说不定成珠楼及其镇店之宝小凤饼，还有旧时南华路同福路的烟火荣耀，还没在我重新唤醒的记忆中，还在半个多世纪过往的时日里排着队，等候着此时的召唤。

原来历史悠长，这河南地的南华中、南华西路，每一个不同的故事，背后流淌的岁月，似乎载不动很多变迁。真是广州话用来形容时光易老所说的那句——咸丰那年的事情了，说的是成珠楼，说的也是成珠楼的鸡仔饼。

原来河南这一带并排东西向的南华路、同福路，当年可是富庶有加，自十三行以来的几大家族，在此相中一河之隔的这块颇具卧龙漱珠气象的宝地，从此河南的营生就揭开了新的篇章。每一个繁华都离不开与财富的结缘，而每一个繁华的驿站，附庸风雅之余便是口腹之乐，饮食的风生水起便是水到渠成的事情。周边既有豪门望族的私家庭园，又近傍香火鼎盛的名刹海幢寺，作为广州最古老的茶楼之一的成珠楼置身其中，自然生意兴隆。

成珠楼的故事，与时势的背景变迁，交替演绎着彼此的兴衰变幻，怎么都算得上是老广州河南地的一段段缩影。

而广州人念念不忘的，则是恩惠于市民口腹的鸡仔饼。虽说城里的饼家酒楼都有自己的出品，但凡对美食有执念的好食之人，都会返寻味地找回鸡仔饼的源头。

有时候，故事赋予一种众人同好的城中美食，不会仅仅因为正宗与否，而是回味过程的津津乐道，还有什么更能让一种普通的饼食神魂附体的呢？

原来正名为成珠楼的小凤饼，是如此这般在不经意中成全了一世的美名。

我特别留意到这款美食口碑的来源，竟是源于"巧恰制作"，浑然天成的背后原来是一次又一次自得其乐的不经意。所谓巧恰，全赖于一般人对食物制作的用心与用意吧。且又有另一种说法，自然颇为风雅，跟文人墨客密切关联。

不管是巧恰所为，还是妙笔生花，总之，成珠楼的鸡仔饼好食，好正，是从小到大烙印在记忆中的趣味。

不单是一款消磨时日的美食，原来我的年少记忆跟河南地还有着这么多欲断未断的亲缘情缘。跟着长辈，专门从河北或是搭渡轮，或是过海珠桥，来到南华路买一包鸡仔饼作为手信，作为探亲访友的心意，在半个世纪前的匮乏年代，也算得上是情真意切。

就这样，我牵拉着大人的手或衣裾，不是阿嫲，不是母亲就是父亲的，从家里出发，必定经过旧交易会前的那尊解放军纪念雕像，必定会绕过一东一西向江而立的两个大草坪，大到可以容纳万人的纪念活动，大到小学时绕着跑一圈就是几公里的操练。

  我们逢年过节去探访的亲戚朋友，就这样成为我与小凤饼的色香味邂逅的味蕾相遇。很多几近淡忘的人与事，就在这回味有加的品嚼中，泛起又沉落，如同生存际遇的起起伏伏。

  好多年来在各种面包店糕点铺买到的鸡仔饼，总是让我有恍惚的错觉，似曾相识，又似乎怅然若失，不知道时间缺失了哪种成分。

  恍然之间，真是菜有菜味，饼有饼味。约个滴滴车兜兜转转又找回来的成珠小凤饼店铺，买几大盒，是偿还一种心愿吧。那些亲友四散在人海了，阿嫲及一齐同行海珠桥过河南的父亲母亲都走远了，我只能专门过桥来，寻着这个老字号招牌，不顾仪态地站在路边吃起来，吃出怀旧的泪意，也吃出亲情的伤感。活着原来就是这样，不是轰轰烈烈，而是细水长流，所谓乡愁，不是高头大章，而在味蕾的感应与心神的互通里。

  然后，我把几盒小凤饼带回家，把那一大段时日的记忆也重新打捞上来，统统带回家，这就是留住记忆的口腹人生啊。

那一扇七彩的满洲窗

比如那扇窗。

窗,有时很形而上,被形容为心灵的窗户,又被定义为看世界的眼睛。

甚至,前几十年的改革开放伊始,因着广州特殊的地理位置,那时,区域与人生的提升和改善,都被借用为是否有"南风窗"来形容,把外来文化与物质的碰撞和输入,比喻成好不容易打开的南风窗,用作形容经济与文化的一时弥补,对此大家达成了意领神会的共识,形神俱佳,动力无限。

窗,有时很形而下,跟烟火俗常有关,有时很风雅,跟审美情趣有关,可谓大俗大雅,开合之间,有无之间,竟然成就了一方水土日子的特色见证,跟一方民生的闲情雅致都有了关联。

如此一来,窗不仅能造心境,也能开风景,一扇窗户的功用与丰富,可谓是别致又多彩,实在是别开生面,让人刮目相看。

汉代刘熙在《释名》中解释道:"窗,聪也,于风窥见外为聪明也。"窗不仅有功能之妙,还跟人的才情审美品性相关联,果然就不同凡响了。

以窗为眼是一说,有法与度之理,所谓窗之友,窗之思,窗之态,都能引人入思,各思其妙遐想奇景。

因窗而有虚实又是一说,那就是一种哲思的导向了。虚者委婉缱绻,实者可动可静。虚实之间,相映成趣。

因窗而与清玩、与雅集密切关联,那就断离不了琴棋书画诗词酒,还有植物中的梅兰菊竹的配衬与谐和了。

因窗而有工艺结构之妙理与奇奥,所谓的"六幂"之美,尽在其中,在规则之中,有出方圆之态,有出巧夺天工之实,实在是蕴含了天地乾坤的千变万化。

　　因窗而与时光流转，与四季同频，与日月光影发生关联，那委实是光景各异，趣味横生，且又思接千载，心随万仞，无可，又无不可。

　　因窗而与每个人的风景交叠，那简直就是想落天外了，"明月装饰了你的窗子，你装饰了别人的梦"，一舍一居一窗，一动一静一念，原来也是天地造化，因人而变幻无穷呢。

　　那窗可以是很抽象的，很艺术化的象征，尤其在戏剧表演里，印象殊深。推窗的动作雅致而又浪漫，窥窗的心绪繁复而又纠缠。可以烘托人心，可以流露情绪。

　　而在建筑里，通常都说窗户是楼房里的眼睛。有窗户的建筑充满了各种想象的空间与交流的可能性。不管往哪个方向镶嵌的窗户，都是一种态度，也是一种表情。

　　而用窗户来形容空泛的人生，那就有着十分多元的比喻了，几近各式各样的表白。

　　这就不得不说及记忆里的广州，记忆里的满洲窗。

　　此时，我正身处春夏交替的内蒙古的满洲里，在大兴安岭和呼伦贝尔大草原春夏交替的凉风吹拂下，我的脑海全是跟这个名字相关的那扇窗。满洲里不是东北历史上的日伪时期的满洲国，而遥远广州老城里西关大屋的满洲窗，相隔数千里的几个地方，命名何以发生如此说来话长的关联？内蒙古的满洲里原属东北，窗名因地属嫁接带出的困扰，一如我在满洲里东游西逛却看不到一扇满洲窗的疑惑，让人好奇这个名字的穿越与挪用有着怎样的故事。

　　不能不感叹世事的无常，还有广州人的生存哲学。

　　在非常时期，把西方的冶炼技术，那种用来闪耀上帝灵光的七彩玻璃工艺，与那个在强行的冲撞中被打开国门的封建末期的朝代，名字叠加在一起，成了这种舶来品的名字，成了广州老城西关大屋的一个出彩的标志——满洲窗，这种兼容与融汇的智慧、化干戈为玉帛的襟怀，让人惊诧不已，也让人一窥广州人做事的远见洞识。

　　隔着山河迭变的时间回望，这背后的豁达乐观、自信毅勇真是令人五味杂陈、百感交集，随后又不禁自得释然。再血腥纷扰的历史风烟，又何以抗衡时间的磨炼与筛选、爱大国小家的诚恳与情趣。一笑风云过，在美与爱跟前，热情与希望总是与日月同行的。

最让人反复品嚼、叹为一绝的，还是广州人为我所用、中西并举的生活智慧。满洲窗的范例，似乎是那个破碎山河的时段，城市建筑美学的一声绝唱，让中西技艺混搭得天衣无缝，让西关大屋的大木门木趟栊与满洲窗，传统与时尚相映生辉，成为暮色苍茫的环境下，巧拙而又出彩的神来之笔，其时的工匠，其时的主人，其时的趣味，无视动荡岁月的战火纷飞，究竟有着多么有品位的心思和对美好生活向往的热情啊。

由此西关大屋与满洲窗，就成了老城西关的一道风景，成了那个时段让人遥想的生活方式的一种光影。

我着迷于满洲窗的色彩，七种颜色调配的饱和度，那种勾兑混合的浓烈与和谐，那种骨致高贵的品相，总让我思疑究竟是什么魔法，让彩色玻璃这种在遥远的另一块大陆的出品，竟然和广州本地的标志性民居西关大屋，契合得如此情意绵绵，良缘天赐一般。

我不由得好奇，每一次远游，进入这西方国家七彩玻璃专属的殿堂馆所，这在精美宏大的教堂里让人仰视的建筑配饰，而思绪闪回到属于自己城市的广州西关。那在老城区的街巷里如今还能偶尔惊鸿一瞥的满洲窗，即有另一种亲和如归的家园温馨，流水般漫过身心。

这两者的位移，其间究竟发生了什么？经历了什么？战争、杀戮、博弈、时间、命运等，这些七彩的收纳自然之光的玻璃，这些老城西关大屋的满洲窗，如何穿越岁月的风雨雷电、冷暖人心，才能落户广州，成为其时西关大屋一种时尚的建筑特色，成为广州城市面貌建筑肌理不可多得的样本，可说是兼容并蓄的识见与胸襟的活化石。

相隔着一百多年的时间，在内蒙古满洲里的闹市里，臆想着广州西关老城区那西关大屋的满洲窗，那七彩玻璃迷离曼妙的色泽，让眼前初夏的光线变得斑斓起来，身前身后的时光变得丰富而又驳杂。

历史的变迁，文化的演进，中外交流的徒手交锋，时代的动荡与迭变，汉满文化、中西文化，拉开了过百年的对峙、冲突、战火、对话、相适相应，然后就是握手期、对话期，才有了后来的文化交流里你中有我、我中有你，外来的强项变成了自身的特色，自身的魅力附体在外来的元素上，催生出一种新的审美形态，也是一种新的审美呈现。

经历岁月的风霜打磨，时间的沉淀演变，这满洲窗不知不觉就成了岭南建筑、老城西关明媚出彩、顾盼生辉的眼目。专属于西关大屋的满洲窗，也成了广州文化原乡西关风情最具标识度的符号和最长情的记忆。

这是一个特定的时代、一种小小的建筑样式，留给又一个时代、又一种审美趣味一个大大的思考。除了工艺，还佐证着族群文化、本土与外来文化相互之间的融汇蜕变和转换生成，不同的文明之间是如何对话的，艺术审美是如何共建的，如何超越种族、语言、地界、国别，而达成生动和谐的共识。

这广州的窗户竟然也是运命迢递，山长水远的。如此有名的满洲窗，就寄寓了历史、文化、开放交流，以及权力变迁，最后定格在命运赐予的审美与记忆里，成了广州老城西关大屋中西融汇得如此出彩的标配，给民国时段的这种建筑增添了别具一格的情趣，中式的大木门趟栊门边上，正是这种七彩炫目格调的满洲窗，让人讶异于当年西洋的风，竟然一直吹拂到传统建筑的窗台上。

隔着天南地北，隔着迢迢长路，不断推涌的时间流变，是如何让广州老城西关大屋的标配满洲窗，跟中国版图最东北的地方的故事发生关联？

实际是，满洲里如今属于内蒙古，满洲国是个伪政权，满族人入关开启了清王朝。这么重重叠叠的关系，一直把我想理清一二的视线拉长。搁置了很多年，我终于来到了满洲里。在大街小巷逛荡的时候，我以为会跟以此地命名的满洲窗迎面遇见。让我诧异的是，似乎满洲窗只专属于老广州的西关大屋，或者那种特别的色彩与形制，会在西式的教堂上邂逅。

这是历史成因，还是人为的结果？抑或是善于包容并蓄的广州人生存智慧的一种延伸？也许都有可能，我更关注的是背后那种为我所用的生活用心。历史的风烟散去，毕竟活着与过日子，对于以平民文化为主导的广州，向来是排在时间前列的大事件。

归来留耕堂

只要再给那幕老照片添上初夏天空的蓝，还有微爽的风，时间的魔法就会悄然生效。

一切似曾相识。一切远没有离去。一切悄然归来，就在此刻的凝视中。

番禺，沙湾，360度四季旋转的丽日蓝天，总是有着恬淡舒展的调性，仿佛一直在迎候着归返的脚步。

这座六百多年的建筑——留耕堂，宽厚敦实地矗立原地，等着我们的去来，等着那些乐音被踏响、那些故事再回涌，等着一场接一场认祖归宗的仪式，不仅是以宗亲族缘的名义，也是以广东音乐的名义。所有的乡愁，就是脚下的土地，以及萦绕在其中的声息吐纳，祖先的呼吸话语，数百年散落在土地河涌里的音符，触动的都是后来者的神经。

站在留耕堂气势轩昂的牌匾下面说话，身体有点摇晃，声音有点扩散，先灵有知，他们会听见的吧？听到我的禀报，我把六百多年广东音乐史的过往，把那些融进时间里的奇人奇事，变成了一粒粒的文字，如同一箩筐活蹦乱跳的河鲜，从岁月的长河里打捞上来，敬奉在先祖音魂不散的祠堂前。

双手合十，敛神礼拜。

头顶是原木的匾额，苍劲厚重的碑体字，多少沧桑往事，都在撇捺的研磨下慢慢消融渗润了，往事并不如烟，只如空气般流动，今夕何夕，我们都吞吐呼吸着同样的空气，不过是有时晴燥如火，有时甘润如饴。

祠堂里凹凸留痕的青石板，被多少代人的足迹反复抚摸过，每一点的蚀损，储积的都是记忆的留痕，也盈盈汪汪地晃动着日色天光。这青石板一如往昔，在不同岁数不同年份的来人归客的触碰下，如同此时，发出咔嗒咔嗒的脆响，让人的听觉灵醒起来，像是一个个工尺谱横竖构成的音符，一下接一下弹跳出声音来。

青石板大块大块地铺满地堂，如同一块块史志碑，无形的字，与有形的触碰，都是实实在在的怦然心动，此时，会恍觉那或远或近，或细碎或成段的音符，在祠堂的这里那里袅袅回荡，在来人曲里拐弯的脚步与神经里婀娜穿越。

我们的目光读不懂好多的故事，可我们的情绪却能感应到好多的故事。

流淌在时光里的音乐，变成了一段段远去日子的注释，一路跌宕起伏，一路生生不息。不知不觉间，变成了一种气息，一种萦绕在精气神魂里的韵律，有土地河涌呼吸吐纳的节奏，有草木虫鱼跳跃翻飞的动静，有人与自然心神共鸣的应对，有情感里百转千回的默契，所谓的天人合一，倾听造化的天籁，就在祖先翻飞传承的弹奏里。

偶然的机会，我有缘置身在广东音乐的旋流中，一整年接一整年地调动起所有的感悟与思考，去体验其中的沉浮、起落、旋涡、急涌，以及无以言表的舒展、淡雅的浪漫、恬静闲适的乐观。当然，最曼妙的，还是那清澄润泽、怡然自得、悦耳动听、惟妙惟肖的乐音，那可是春风沉醉、夏雨润荷的天机乍现噢。

多美好的祖训：阴德远从宗祖种，心田留给子孙耕。这是留耕堂里的头联，而三稔厅的萝山玉振、珠水金声，则形象地概括了这音乐的来踪去影。每每细品，我的脑海里就会自动生成一幅心神向往的田园牧歌图，大地充盈的不仅是鸟语花香，还有那从田畴树梢升腾而起的乐音，一段一段，一首一首，回荡在岁月的年轮里。

心田的子孙耕种，一代一代地接续，自然繁茂丰盛。

有《赛龙夺锦》的热烈欢欣，格调昂然，丰沛谐和的画面感，惟妙惟肖的模仿感，相映生辉。热闹就是生猛。

有《雨打芭蕉》的形神逼真，南风浓郁，大自然的生态憨态可掬。

有《步步高》的轻松乐观，节奏明快，中西曲式交融谐和，特色分明。

有《平湖秋月》的舒展浪漫，江南的韵味与岭南的特色互相生发，情景逼真，乐感灵动。

有《晚霞织锦》的勾织与皴染，落日熔金的场景是可以用弓弦拉织出来的。

有《彩云追月》的情怀铺陈与心绪诉说，道的不是伤怀，而是欣悦。臆想中的两情相悦，何尝不是人间仙乐呢？

有《饿马摇铃》的比拟和代入，活泼机巧，妙趣横生。

有《旱天雷》的节奏明快，生机盎然，活泼机趣，气势轩昂。

还有很多很多。音乐的魅力，也许就是用触动心神的力量让音符不朽，让情感与心念共鸣的成全，传奏下去。

日子像水一样不紧不慢地流着，偶尔，水的上面会流淌着音乐。

所有的声响都会有余音，总有人会用一生甚至是几代人的守候，去捕捉，然后，让那些来自天地尘俗的声响，变得动听深邃起来，变得每一粒音符都储存着笑意或泪光，那就是时光里的音乐了。

我在臆想着沙湾的何氏先祖，他们的五脏六腑所领悟到的天地万籁，是否就是这么被感动，被从时间的河流里捕捉出来的。

而后来的一代又一代人，不断地被接续地感化着，那是先祖反复用岁月去爱抚去润泽着的音乐，如同血脉基因里一次神性的寻亲，流淌的声音里充满着那么多的乡愁、记忆、美好、善良及力量，河流一般地涌动着，漫溢开去，一代又一代人被慢慢渗泡熏陶着，这是一种多么美妙的沉溺。这就是我们所定义的文脉传承的真相吧。

一切的回荡与簇拥是那么真实，又是那么诚恳。甚至那些狂傲的辉煌的东西，都不过是一代又一代人的一种姿态或者追求而已，烟火里的寻觅与梦想中的追寻，用音符做一次又一次的表白，向皇天后土，向万物生长，奉上一份情长或者思念的抒发，以音乐渡所有情思，音韵有情，代代回响。

那时的音乐活色生香，那时的番禺沙湾人，活得何等骨致浪漫，大情大性啊。他们从山丘坡岗、从树木叶片、从溪水泉流、从河涌田垄、从土地旷野、从太阳与月亮、从风声雨声雷电声里震动出来的声音，听出了天籁，听出了音符的韵律，那一切都是他们音乐灵感的涌泉和光源。

那时的音乐，是从心坎里、从星星闪烁的眼眸里、从炽热的双唇、从滚烫的热血里、从一滴一滴珍珠一般的泪珠中，过滤出来的。

我时常想，六百年的广东音乐史，几十代何氏宗亲及接力传棒的交替者，他们的心胸与格局，一定有与天地同频的宽广和辽阔，他们的音符，纯粹到像一个个天地的精灵，舞动在淋漓尽致、广袤无边的乡土世界里。

那时的音乐也好，谱写者的故事也好，都是让人百感交集、感同身受，一旦置身其中，是一种心声的共鸣，是一种抒怀的默契，是一种知遇的泪涌，是一种怡然自得的放达。

如同那时的西洋音乐，一首首的乐曲，漂洋过海到另一片大陆，在无数的寻觅与拿起又放下的张望中，终于遇见，都是震天撼地的，都是山林回应的，都是灵魂契合的，都是心性的托付与仰望，都是此曲只应天上有的恩赐。

总是音乐，这让人的情绪与音符对话的艺术，情感与表达的模式如此绵密和呼应，就像是一种回旋在大脑与精神时空里的声响。音乐是一种私人密码，也是一种集体记忆，还是一种秘而不宣的宣泄内心的捷径，也是掏心掏肺的倾诉和饮泣，一些不能表达的、朦胧的、意会而难以言传的感应，一下子被打开了闸门，瀑布一般地飞流直下，或者从困闭的囚禁里突围而出，飞奔到一个个值得信赖的亲人跟前，突然泪崩，突然失语。

换一种思维模式，那些严谨的理性的语言是这么界定的，如同瓦格纳的观点，音乐——作为一种世界的理念，可以用最直接的表现形式去把握事物的本质，它无关更高的审美，更超验的体察，却能让它即刻唤醒潜伏着的深层意识，且有穿越时空的力量。

我深以为然啊！

此刻，记忆把我带回了很多年前的场景。

同样是每年新春节令的前后，可是却相隔了十几二十个年头。

似乎是意念中的一种暗示，Tim 在 2000 年的立春开始了他的学琴经历。我暗许自己多时的开启，竟然也在这个时候。当我在儿子曾就读的广雅中学的明丽冬阳下，随着 S 老师，走在树木苍古、浓荫漫地的学校旧中轴线上，我不仅在与久远的历史对话，也在践行着一种仪式，属于我自己的，属于对历史文化一种纯粹的崇尚，如同走在广雅中学的石板古径上，所有的敬意油然而生。

面对着广雅中学的明湖，周围的气息沉落回国画的淡雅通灵里，空气里储蓄着旧时的记忆，时光慢下来，心情不再躁动。

看着 S 老师温情暖意的笑眼，我有点激动。我希望我冻结多年的求学缘能够重新激活，我窃喜我又有机会被促动成为一个大龄的琴童。

我为自己能时常念想着拥有这样一个身份，而感到一种欣慰和激动。是的，我还有学习的热情，我还有探索未知的热情，我还期许自己能掌握修补搁置多年想学而不得的学习。重要的是，音乐是一种纯粹的安慰和守候，不需要更多的条件，一旦握手，就一路相随。

这是一种多么美好的守望。

音乐不是炫耀才华的，而是用来改变生命的。改变生命的节律，改变情绪的节奏，甚至改变心情，让情绪的色块不断地变换，不是为琐碎的日常挤压而变形，而是因为艺术的触动，因为音乐而唤起的各种感应。

经历中的各种碰撞也许就是音乐里的一次次断奏，而接续则是最有力的表达，我理解为一种果断的暂停与撞击，越是弹跳越有生机。

终于有慢下来的时光，可以与音乐对话，那真是期盼已久的真诚而又虔诚的相逢。我从S老师的谈话里，反复听到的就是这样一个词：清空。清空内心杂念，用纯粹去和音乐交朋友，把节律交给内心，就有不一样的领悟。

在无念的状态中，把双手交给心愿，交给音符，多么简单的一种面对与交流。

热爱所做的事情，这是唯一可以做好的事情。

我突然明白广东音乐的创始人何氏家族的各代祖辈，所心念的一切，所倾其所有孜孜以求的一切。音乐是对天地神魂收纳的一种转化，一种神性的演绎，一种经由不同的伟大的心灵填写签发的通行证，进入一个奇妙的世界，直达一种身心共鸣和回应的秘境。

音乐的创造者和表演者都是伟大的使者，他们用智慧而不是别的东西去征服想做成的东西，想抵达的梦境。

瓦格纳说过，音乐作为一种"世界的理念"，可以"用最直接的表现形式去把握事物的本质"，它无关审美，却以这种艺术即刻能够唤醒潜伏着的深层意识，具有穿越时空的力量。

情感与思想模式如此密切，音乐不仅是一种集体记忆，把不能用言语表达得很朦胧很微妙的东西，一下子就释放出来，瞬间成为一种个人记忆的唤醒与表达，这是一种难以言喻的魔力。

我的倾听且听且驻，思绪且近且远。

因疫情暂停键重启的这一年，冬至，北方已大雪纷飞。我坐在钢琴前，想念那个曾在这琴键上十指翻飞的少年，刚踏进初中的学校礼堂里，穿着正装，用双手把音符变成了一场内心的《谷粒飞舞》，这也是他10岁那年考取业余十级的一首曲子。如今，则如同他所求学的所在地，大雪纷飞。

出生在立冬的Tim，在遥远的北美，会冻出想家的相思吗？

广州只有微凉的风晃荡着，只有暖冬的梨涡浅笑。

此时，分神的时刻，我分明还是听出了四十年前的乐音，这也是一场不期而遇的重逢。

那是流行音乐的声音，被时间浸润过的声音，被灵魂叩响过的声音。是的，我说的是盛行于二十世纪八九十年代的港台歌声。

那些被生存的悲苦忧戚励志毅勇拥抱过的歌词，那些被滴血的执迷与热爱渗泡过的演绎，那些被才华与感受淋湿了的领悟，让人感动的歌词，让人泪涌的呈现。

此刻，就在我的聆听里、想象中、感应里。他们中的谁谁谁并没有远去，一直都在，等着有缘人再度热烈相拥，然后，重新绽放在时光的深处。

儿子有他自己刻在生长年轮上的时光里的音乐。而我，也有我的时光里的音乐。

时光忽明忽暗地闪着，偶尔，明暗会被刹那的强光照亮，聚光灯下是音乐的溪流。

此时，那种叫灵魂的东西就会回来。

音乐让顺时光而来的天赋异禀的那些才俊，跟自己灵魂里的东西磕碰了一下，彼此握手相拥的欲言又止之后，如同神灵附体，被震动触碰了，恍如被勇气或者称为灵感的东西，点燃起火花，顷刻，元气复活，万象更替，所有内心神经的弹动，都成了流淌出来的乐音，而身心和鸣成了最大的容器。

此时，音乐是什么呢？音乐就是灵魂的歌声。

人被那些触碰的音乐感化了似的，流淌的乐音里充满着那么多美好、善良及呵护的温情，渺小的自己就这样被慢慢淹没了，那是躲避粗陋的日子，逃向一个可以藏匿起来的隐秘之境，来一阵子只可意会难以言传的美妙的沉溺。

诚恳，猖狂，不羁，不屈不挠，痛且爱着，迷失又清醒着，内心情感的万般情愁，全被逐一演绎和诉说着，隔着岁月聆听，都不过是一种挣扎或者释放，用全力以赴的迫不及待的倾诉来宣泄而已。

而此时，有根性的东西就显出了与众不同的气息与韵味，在大自然的水土滋养呵护下，灵性的物事总会有不同的品相，这就是在断断续续的时光流淌的远近中，重新回到我的书写里的广东音乐的调性，也是又一代年轻人与流行音乐同频共振的相知。

似乎契合这样一种场景：山一直在那儿，并没消失，河流一直在那儿流淌，乡镇与城也一直在那儿，却从远处慢慢地走近，天地开始更为宽阔，所有的生物随意舒展，种种起伏跌宕，看似率性随缘，而其中滋味，却是耐人寻味，意韵悠长。

仿佛时间用细密而有光泽的针线，魔幻地编织着一幅幅变幻的图景，在音符流淌的河流上，载沉载浮，如真如梦，那一幅幅图景，正是一种植根土地流水的音乐曾有的沧桑，亦是该有的斑斓。

每一个岁月绘就的故事，就成了山山水水田垄街巷带给广东音乐，也是属于流行音乐的，最斑斓的云锦。

田地、河涌、树木和山峦是一直在的，乡土情怀与人间情性也是缠绕其中的，"觑见是天赋，捉住是人工"，想来广东音乐能在珠三角的旷野，流行音乐能在如今命名的大湾区生根开花、流播传承数十载数百载，又在城里城外的大街小巷兜兜转转，音韵袅袅，确实是地杰人异，天赋异禀了。

所有的回眸，恍如梦境，而梦境不正是来自命运深处的信息吗？它所开启的是什么样的预言呢？

所谓的风水格局，大概是无法逃脱的宿命吧？而直面，大概就是音乐与土地与人的关系，变得越来越默契，越来越有心性魂灵的关联。

那是明时的春雨播撒过，那是清时的夏暑炙热过，那是明清交替的秋汛冲刷过，更有那民国的冬日暖阳熰煨过，还有改革开放的春风好雨滋养过，一切恰逢其时。

没有哪一座城市有自己原创的音乐，曾经被奉为国乐，没有哪一种音乐如同潮汐一般，被几代人不约而同地追随过、热爱过、认同过，而如今一直在传递着、回响着、演奏着，有时缠绵，有时激昂，有时恬淡，有时闲适自在，有时抒情浪漫，注脚就是这块土地绵密舒缓的生活，是广州不老的情怀，骨致到要用音乐去表达感应，实在到要用音乐去祈福或者鼓动人心，得戚自信之间，

116

这广东音乐、流行音乐，源源不绝，缓缓流淌，在大广州大湾区的营生里，在更多的他乡的时日中，去往大海，去向远方。

六百多年过去了，我们的日子又展开了新的背景。此时，我惊讶地发现，广东音乐，还有流行音乐，又回到了居停生息的生活里，充盈在日常的烟火中，在那个暂停了几年后再发威的龙舟节，喷涌出来的热闹，穿插着陪伴我们长大的音乐，在那些讲粤语或者不会讲粤语的年轻人的追捧中，流行音乐成了又一代人情感倾诉的良伴好友。而其中每每有让人似曾相识的音乐片段，让我追忆那一直从河流的源头流淌过来的岁月。

又是一个新春的降临。

滴滴车的风挡玻璃密密麻麻地挤满了雨粒。司机扭过头来，我们不约而同地说："下雨啦。"车厢里播放着我们都熟识的音乐，司机是来广州几十年的新广州人，入乡随俗地接纳了广州的生活，包括文化中属于岭南的音乐。

好一个年二十八洗邋遢，老天爷也来应景赠兴，用久违的雨水洗刷天地。

好雨知时节，我们所过的每一个年和所迎的每一个春都是新的，被雨水洗尘，被内心涤荡，容光焕发，重新站在岁月的起点上，迎接新的开始。

《雨打芭蕉》的旋律里，有小时候的记忆，着新鞋着新衫新裤走亲戚领利是的喜悦。一路播放的曲目，对应着不同的感应，有长大时的《赛龙夺锦》，有孩提时的《饿马摇铃》，有成长仪式的《步步高》，有内心的《彩云追月》，有不惧命运的《海阔天空》，有真诚滴泪的祝福，有千转百回的款款情歌，都是满满的期待，都是心领神会的感应。

在广州有一个特别的景观：一场春雨，一地落叶。而每一片春天的落叶，都是春天光临的一个音符、一声招呼。

幸而，时光不老，所过的每一年，所迎的每一春都是新的。春天有着美好向往的品质。

无论发生了什么，春天依然来临。

了不起的诗人费尔南多·佩索亚咏诵道："但春天甚至不是一件事物：她是一种说话的方式。甚至花和绿叶也不会回来。会有新的花，新的绿叶。"

是的，如同音乐。如同我们广州起源生长的，也伴随我们走过不同时空的广东音乐和流行音乐，会有新的出品，也会有不一样的传承。

红　妆

人类历史上的红色,或者说红色本原所指的血色,关乎的多半是朝代更迭的代价。

当时间流淌进岭南文化,对于广州,这"红"色的含义似乎更为丰富和多元。

与红色关联的不仅有在立国之城南越王公署挖掘的出土文物中,发现了木棉树的种子,也就是如今通称的红棉树;亦有在按照其时比较先进的建制,广州率先在20世纪20年代建市,前几任市长中的一位留美博士林云陔,曾发动市民评选广州市花,最后选定的市花恰是木棉树长出的红棉花。

最为显赫的是,红色代表着我们这个民族漫长探索的一个印记,代表着为了民族复兴而倒在征途上的一代又一代先行者的风骨,代表着中华人民共和国旗帜的颜色,更用此去标记那段历史为红色文化。

而对于几近占人口一半的女性所做比喻的红妆的红,封建时期侧重的多半是俯视式的赏玩,或者是别样的归类。随着岁月的流变,关于红色、红妆惯常的定义与概念,也在悄无声息地发生着变化。

相比于大湾区命名之前的老广州,以省城身份所辐射影响的周边广大的珠三角地区,专指女性的"红妆"内涵,早在朝代变迁时势变化中,含义日益宽泛了。

而我此时,更多的思绪却与眼前的季节有关。

因为春天来了。

姹紫嫣红中总有红色的亮眼,万山遍野的浅绿翠绿淡绿墨绿中总有红的身影。当我的浮想联翩再次跟这些与女性有关的红色、红妆、女红等名词对视的时候，我的双眼不无疑惑且惊喜，很多的问号在脑海蹿动。几百年就这么过去了，最触目的岭南的一百多年也过去了，这些命名带着不同的故事，再次走到我跟前的时候，在一个以女性为由的三八妇女节里，我不得不注视，不能不记录，不由得希望把时间喊停。同为女性，让我们一起向那些历经命运磨砺的前辈行注目礼来借此关注她们的身世遭遇，以及留给今天的女性去思考的侧重于精神层面的财富。

在几千年根深蒂固的封建条框里绽放的这一抹红，在石头般重压的环境氛围里开出的这朵红色的花，在无数的铁链和枷锁中逃逸幸存的这些女中人杰，她们在不同的时段接续站起来，一代接一代，站成一个个独立自强的人的姿态，站起一种种示范的毅勇和坚强，站成了一种开天辟地的文明的标记。这是怎样不屈不挠的血性与气节，又有着怎样的倔强和风范？

如同一道闪电，把暗黑的天幕哗哗一下子照亮，如同一场雷雨，把岁月添加的污浊来一次猛烈的冲刷，生而为人，虽是女流之辈，却也可以活出不同的风景。

岭南历来就是一个文化的大容器，不仅历史悠久，而且多元繁复。虽说聚焦到女性头上的光线从来暗淡，却也不缺许多各具风貌、各放异彩的女性形象。从"自梳女""红头巾"到"西关小姐"，从过往的几百年到近现代的百来年，岭南的女性形象在不同的发展阶段，呈现出不同的轨迹和特点，有着独树一帜的岭南女性文化发展史和精神品相。

1. "自梳女"："梳起"开篇的历史长卷

我时常对词性的转换很是叹服，来自粤语的"自梳"原是一个动词，转换合成为"自梳女"则是一个名词。这命名的由来实在也是故事传奇代际接续的，内中的辛酸悲苦，又或者自得其适，又或者冲破惯例的标榜，早已被时间冲刷得似乎有点云淡风轻了。

粤语的"梳起"是一种由形及神的形容。自梳不仅是女性自动梳起头发，完成了形式上的身份定位，立愿不再婚嫁，更是在漫长的封建礼教中，岭南的女性史无前例的对个人命运的颠覆，或者说革命。

类比于做学问时的梳理，也有同义。从此正本清源，把自个的人生重新理顺确认，所谓不婚不嫁的身份认定，就是自愿承担命运由此带来的种种际遇。想来也是非常决绝和不无壮烈的。

虽说文献史料对自梳女出现年份的确认并不翔实，然而，几百年的跨度也足够漫长。"自梳"之风主要流行于珠三角一带，当年的广州、番禺、南海、佛山、中山、肇庆一带都有自梳女，尤以经济环境较好、风气开明的区域为重。年华十八的岭南女子，立志"自梳"者，便由家中选定良辰吉日，置办新衣鞋袜，祭祀所用的供品香烛，来到这类人专门聚居的"姑婆屋"，有淋浴更衣等一系列仪式，并由年长的自梳女将其辫子梳成发髻，在观音像前许愿发誓，然后向其他自梳女行礼。

虽说自梳为自愿，却又被乡规风俗设置诸多严苛的戒律，诸如要守贞节，死后不能入葬娘家祖坟之类。身前身后也是被时势与强权置放了很多的障碍。

即使前路如此堪忧，这些首先敢于亦勇于鼓足勇气，挑战男权社会纲常礼教的奇女子，后来的故事真称得上火花四溅，映照了女性在那个时势少有光亮的生存背景。这代表女性的"红妆"，不仅是身份识别，也是一种流淌着生命华彩的血色。

在较为富庶的珠三角，有集体抗婚、抵制盲婚哑嫁的，有随着当地资本主义萌芽生长而出现在缫丝工厂，自食其力的女工，有下南洋做地盘工或是成为用人保姆的"妈姐"。各种社会的、家庭的、自身的原因，使得这个特殊的群体越来越大，跟随者日众，成为社会发展和文化流变中，一个独特的岭南现象。

以现今尚存的广东顺德均安镇的"冰玉堂"为例。这是一栋两层的砖房，门前匾额题有"冰玉堂"三个大字，是20世纪由南洋华侨捐资建成，提供给当年年老无依的自梳女做安养院使用。在珠三角的其他乡间，亦有不少自梳女群居的"姑婆屋"旧址，权且是那个时代这一族群存在过的物证。

回望遥远的明朝清朝这些事，面对以这些自梳女为主角流播的种种故事，我依然不能不深吸一口气，这些敢为人先的女子，是多么不容易，又是多么让人萌生敬意。

提起岭南的领风气之先，不能不说及岭南的地缘优势。考古文物确证，从立国之始的南越国开始，岭南就一直面朝大海对外开放，所谓化外之地，既源于与内地中原有着地理上的天然屏障，封建桎梏的一整套完整的条规，纲常礼教的种种捆绑，或许到了偏于一隅的岭南，已经有点强弩之末，有点鞭长莫及了。由是，才有了本土文化较为放松的自由生长，才有了诞生自梳女的土壤，这些奇女子，才可以有机会在当年的社会时势下，在当地的政治、经济、文化和社会尽可能提供的条件基础上，通过自身的努力与群体的抗争，赢得一丝机会，去选择一种其时可供选择的，亦算是较为有利于个人意愿及利益的生存方式，有悖于祖辈女性的命运，有悖于将自己的一生交付给他人安排的被动处境，提供了一种不无胆识勇气的参照。

如今看来，自梳女和独立于时势之外的变革与先进，都堪称首开先例的女性生存的里程碑，给后世带来的不仅是对命运的思考，亦是对社会发展、文明与进化的思考。

2. "红头巾"：灰暗天幕下的一抹血色红

前几年，一台特别创作的粤剧大戏《红头巾》，把这个久违了的故事和这个时段带着色彩标记的角色，重新从历史的尘封中，带回到大众的关注里，也带回到文化聚焦的现场里。

"红头巾"的红色，无疑是一种醒目的宣示，当那一抹亮色的红在苍茫的舞台上升起时，这个几乎被遗忘的岭南女子的时代标签，才再度回到艺术表达的视野，回到公众关注的视线。

这段曾经真实发生过的历史事实，放到今天的现代进程来考量，其价值与引领意义同样不可小觑，不仅是岭南女性自强不息的里程碑，也是文化输出的醒目的印记，更是近代岭南文化先进性与先锋性带来的具体佐证。

清末，一群来自广东三水（现属佛山市）的妇女下南洋从事建筑工地的粗活，史无前例地完成了摆脱来自社会和家庭的种种桎梏，走了一条自己打工养活自己，有的更以一己之力支持原生家庭的新路。作为第一批闯荡海外的岭南女性，头扎红头巾是她们当年做地盘工时的标志（其时还有一拨头扎蓝头巾的来自如今广州花都区的女性），"红头巾"正是早年新加坡对这些在当地从事建筑工作的妇女的称谓。

想象一下这些女性的这段生命历程，依然能感应到其中的艰辛与顽强。她们在男人主导的空间里，头扎着红头巾，曾经娇嫩的肩膀被沉重的担挑下的两筐泥土沙石，压出了血印和老茧。她们迈着沉重的脚步，在泥泞的工地里，留下一个个女人的有血有泪的脚印，她们曾经纤细的双手，在铁锹铲子的粗粝摩擦下，开始变形并且有力。她们要面对种种不怀好意的不公不义，还要扛得住种种邪恶丑陋嘴脸的挑衅与污辱，或者不远处灯红酒绿的种种诱惑。本来无路可走的这一段人生，生生被这群"红头巾"踏出了一条用她们的血汗与辛劳搅拌拓成的小路。

粤剧《红头巾》，终于让这段历史过往有了一个艺术的呈现，这群女性不仅通过自己的自尊自强、相互关爱、协同努力，在其时封建禁锢还相当严重的异国他乡站稳了脚跟，还通过自身咬紧牙关的辛劳付出、努力拼搏，蹚出了一条女性生存的活路，既不是依附纲常礼教的豢养，也不是被强权吞噬或者堕落，而是用自己的双手去劳作，去养活自己，去改变自己的命运，去过一种可以挺起腰杆子做一个独立的人的生活。同时，这一前所未有的举措，不仅为南洋的社会风气吹送了一股新鲜的空气，为女性该拥有什么样的人生与命运做了一种示范，且在实际效果中，也为当年的新加坡建设做出了被当地载入史册的贡献，因而"红头巾"一直以来受到当地社会各界的尊重，不仅为她们树碑立传，而且作为岭南文化最独特的一种文化输出，在当地长期受到关注。也是这群"红头巾"，用她们的毅勇与奉献为代价，为近代妇女的解放与进步，树起了前所未有的榜样的示范。

回到当年的现场，在漫长的封建帝制框架里，中国的女性连排序为第二性都谈不上，充其量只是一个性别的符号，一个鲜受关注与关爱的繁殖工具。在男权社会里，对女性的平等尊重，无疑是一种既不可望也遥不可及的生存神话，或者说是颠覆性的革命。

而岭南的女性，从自梳女开始起步，到"红头巾"，打破了这个男女平等不大可能的魔咒，在非此即彼无路可走的两难中，既不是充当工具或玩偶，也非听任命运摆布或堕落，而是给出了第三种挑战，并且在重重围困中成功突围，那就是自己养活自己，自己活出一条生路。

怎么评价一百多年前的这群独立自强的女性，为何在大众关注中处于多年的忽略与遗漏的尴尬？这可说是社会发展中智慧的偏差，也是大时代文化传承的一种缺失。

此时我感到文字的无力与脆弱。可以模拟一下那时的场景，是什么样的命运等待着这拨女人去面对、去承受?

中国女性的形象,除了三寸金莲的封建扭曲的版本,被遮蔽的还有灰暗天幕下这片血色的"红头巾"。凡此难以一一列举。幸而时代的江河总是浪奔浪涌,平静的流水下也有深涌。

从闭锁到突围,不仅是女性从生存到谋出路的一大进步,也是岭南文化的一大进步。

同时,这群"红头巾"下南洋的集体行为,结合当年的时代背景和生存现场,在文化发展史中本该引人注目备受关注的,可惜的是时势的功利和文化的虚无主义,把这座本该赫赫有名的岭南女性进步的里程碑给遮蔽了,结果就是杂草丛生,问津者屈指可数。而一部粤剧是否能打捞出更多岭南文化的先进性与先锋性的深意,能否给本土文化以该有的致敬,能否让岭南文化在中华文化的版图,占据应有的地位,对此我一直期待。

所幸,历史的延续总是在急管繁弦之后,越来越清晰,越来越精彩,这一抹代表着女性的红色,终于被几代人的诗意想象和集体建构,越来越真实地烙印在岭南文化的图谱里,那就是接续下来的广州城市文化孕生出的西关小姐。

3. "西关小姐":风雅的旗帜,文化的符号

"西关小姐"之所以历经几代人的集体想象与完善,成为广州城市文化一个亮丽的符号,成为城市文化发展进程中一面先锋的旗帜,不仅因其形象秀外慧中,更因其精神内核回应着传统的传承与潮流创新的呼唤,中西合璧,为我所用。美好的女性的存在既是社会稳步向前发展的重要组合,也是美好的家庭美好的家族繁衍生息的重要保障,社会的进步离不开女性撑起的一片天空。

而"西关小姐"可说是顺应大变革的时代来临,应运而生。

"西关小姐"作为岭南的广府文化,也是广州城市文化特有的文化符号,通常指的是生活在广州西关的富家女性,她们温婉、大方、善良、担当、时尚、潮流,代表也引领着近代广州最风雅和与时尚同步的生活,是广州城里一道亮丽的风景线。因为广州长期对外开放,风气开明,这些女子从小就可以接受中西文化的教育,接受女性独立自强的文化熏陶,所以,在历史的重要变革期,从这个族群里,女医生、女留学生、女运动员、女革命家等职业女性和社

会活动家纷纷脱颖而出，作为广州女性解放的先声与代表，使"西关小姐"成为广州文化创新的象征。

历史与时间的博弈，广州老城的文化，最终选择了"西关小姐"作为文化的符号，可谓意味深长，为岭南文化的递进又增添了引人注目的一笔。

按照时间的流淌、历史的演进来归纳一下，不妨得出几个观点：一是从作为人的个体的自我认定来看，"自梳女""红头巾""西关小姐"都是女性对自我价值的一种追求，对人格独立的一种身体力行；二是从人与社会关系的角度来看，就女性对社会的贡献而言，如果说"自梳女"奉献家庭，"红头巾"奉献社会，"西关小姐"则是融入社会，引领社会女性趋附的人生风向；三是就女性看社会发展，岭南文化因有长期的自由生长与对外开放的积累，尤其在岭南地区，特别是广州的这一百来年，处在一直开放、一直解放思想、一直新变的一个特殊阶段，出现了很多新生事物。这也间接证明了这几种拥有独特生存方式的女性只能出现在岭南，而非中原，就这个角度来探究岭南文化与广州城市文化的先进性和先锋性，都是大有深意的，也是时至今日没有得到充分的评价与传播的。

不妨追问一下，"西关小姐"为什么成为广州城市文化的符号？最主要的原因还是来自广州城市文化创新的内在驱动。其时，广州的经济、政治、文化都是掌握在男性，也就是她们的父兄手中，她们只是广州当时的一小部分人，而最后历史的命运选择了她们作为近代广州的文化符号，还是因为她们代表了时势发展的创新，变革的勇气、胆略和智慧。

所以，"西关小姐"成为那个时段横空出世的亮丽角色，本不曾如是而最终如此，这就是历经几代人对美好女性人心所向的集体共识，也是集体完善而大成的。

"西关小姐"作为风雅的旗帜，无论是文化记录还是口耳相传的民间故事，供后人回望遥想的空间还是富有弹性与活力的。

要想了解西关小姐，必须先了解传统的广州女性。广州传统女性和中国传统女性一样，属于"三无人员"——社会方面无地位，职业方面无事业，个人方面无权利。女性的解放从解放自己开始，西关小姐从追求个性开始，一步步前进，去追求职业的发展、社会的地位。

没有广州，没有荔湾，就没有西关小姐；没有传统，没有创新，也没有西关小姐。

回溯当年的场景，二十世纪二三十年代，一个崭新的城市文化环境在广州蓬勃兴起：工业企业大量涌现，商业和金融业代替农业成为城市的支柱产业。城市因经济腾飞而改变了模样，其中包括百货大楼、电影院、游乐场等现代消费方式的建立，报纸、杂志等印刷文化带来的潮流资讯，新式学堂传播科学知识，新的城市文化语境包括高雅的传统的古典文化、新式电影等构筑的大众文化、舶来品构筑的消费文化，以及从1918年开始广州市政建设突飞猛进带来的现代公共空间。西关小姐正是社会新风尚冲击旧家庭的产物。

大部分西关小姐来自西关大户人家，她们接受的不仅是旧私塾的传统教育，还有新学堂的新知识和新观念。中国新式女学的创办，发轫于教会女学，西方教会很早进入广州，较早在西关建立女学，以至"各省女学堂未兴，惟上海、广东有之"。广州本地人士兴办女学的风潮，始于戊戌维新前后，在西关开办时敏学堂的著名教育家邓家骧等人可谓是开路先锋，刘佩箴、杜清池则在西关逢源西街尾创办广东女子学堂，后改为坤维女子学堂，即坤维女子师范学校的前身。

通过学校、学习进入社会，是西关小姐从事社会工作的途径。与乡村和古代城市不同，近代城市提供的职业选择更加丰富，律师、医生、护士、教师、演员等全新的工作出现在广州，外来西方文化的影响及社会能见度的扩大，使得西关小姐不再只是呆坐在闺房，而是走出家门寻找职业上的寄托。现代感满满的大家闺秀比拼的不是谁家更有钱，而是谁工作得更充实。女性参加工作带来的另一个变化则是亲缘之外业缘出现，人与人之间的关系纽带变得更加丰富多彩。古代中国用文化价值、道德观念管理社会，女性的文化价值便是"三从四德"，近代西关女性通过自身的努力完全打破了"三从四德"的束缚，拉开了沉甸甸的大门，走出了家庭，走上了社会。

西关小姐最大的亮点在于其代表了一个地方女性的群像。通过追究西关小姐的来由，我们可以得出这样一个完整的链条：女学的兴盛是起点，女杰的出现是中点，女界的形成是终点，从教育到就业这一全新的链条，赋予了女性新的社会身份，才造就了西关新女性群体。

其实，西关小姐在当时也并不是赢得掌声一片，报章上常有讽刺、嘲笑的声音。走到今天的"西关小姐"，在内涵与外延两方面都与旧时的"西关小姐"大相径庭。2000年初期，荔湾区曾举办过两届"西关小姐"大赛，从参赛选手的情况来看，西关已经是一个更广大的地理概念，西关小姐是一个更开放的群体，有近三成的选手表示自己的广州话并不流畅，显然，她们来自大江南北，随改革开放的大潮南下广东广州。年青一代心目中的"西关小姐"是什么样子的呢？有选手这样回答："我心目中的西关小姐应该是恬静的大家闺秀，琴棋书画无所不通。"还有的选手认为，西关小姐应该有自己的个性，应该突破传统大家闺秀形象。时光荏苒，有些光彩并没有暗淡，有些坚守并没有改变，西关小姐的先锋意义和传统面貌并没有被人忘却，这是年青一代在城市遇到变革时做出的勇敢选择，她们敢于创造一股潮流，敢于走出自己的新路，这样的勇气和胆略，遗传自她们的父辈，也将传递给她们的后辈。

想象当年的西关小姐，走过五光十色店铺林立的西关老城的骑楼街；想象当年月历广告牌上的摩登女郎；想象当年的西关小姐挺身而出投入大革命时代，以义薄云天为大业；想象当年接受教育进入社会以就业，自立自强承诺自己的人生。这一系列变革性的蜕变，竟都跟岭南文化孕育出来的女性的引领性有关，跟开一代风气之先的这片土地有关。为此，我们就得再次好好去探寻追问我们的岭南文化、广州的城市文化，何以有这样的能量与分量。

早在清末民初，江浙女子颜雅清最先提出妇女能顶半边天，她用自己四十出头并不算太长的一生，做了最有广度与深度的示范——女留学生、女外交家、女政治家、女飞行员，各种不同的身份，是各种头衔的第一，打破了男女成长与发展的界域，可谓是首开先河。

回到当下的现实，在如今的岭南、广州、大湾区，这种女性独立自强的精神血脉已经悄然传承、生生不息。

这片土地的女性独立、自强，独当一面由来已久，其时作为"天下四聚"之一的大码头佛山，就出了不少女东家、女掌柜，如同现今大湾区内有数量众多的女老板、女总裁，男女平等似乎早有共识和付诸实际的行动。

这里的女性深明大义，勇于担当，敢作敢为，以"柔韧""持守"为节气品性，争强但不好胜，宽容但不妥协，识大体但不拘泥于世俗规例，顾大局且可以压缩个人的需求，凡此种种，难以一一罗列。这传递下来的禀性中，岭南的广州女性，如水流淌，静水深流，内敛却不剑拔弩张，担当却不独断专行，可以说是女中豪杰中的婉约派，不偏执、不矫情、不任性，随物赋形，能屈能伸。

所以，当树立广州城市形象的广州塔建成，在其成为广州地标的同时，也成全了一种广州文化精神的别样诠释，获得了大众给予的昵称"小蛮腰"：婀娜舒展，曼妙向上，柔中带刚，风情万种。

当一座一线城市把最美好的形象和定位赋予了女性的特征，赋予了不一样的彰显与最高的赞美，这座城市的和谐与吸引力也就不言而喻了。这个"小蛮腰"的"蛮"，是利索、彻底、硬净、妩媚的最好代言。

由此，什么是广州女性？就是"小蛮腰"一般的秀外慧中、自信挺立。

由此，什么是广州的文化形象？就是这样有着美好的女人因而有美好的男人，因而有了美好的生存氛围的社会组合。

所以，热爱一座城市，看其文化彰显什么；热爱一座城市的文化形象，看其向女性致以什么样的绅士风度。归根结底，这就是社会文明的标杆。

如是，广州的现代化新城市的内涵的重要构成呼之欲出。

如是，广州的红妆不仅是女性，不仅是美景，更是精气神貌不一样的一道风景线。

正如达成共识的这样一种观念认同：社会文明的标杆是女性的自由解放，女性的进步是社会发展的重要筹码，而美好的女性引领我们一起飞升。有美好的女性，才有美好的男性；有美好的家庭，才会有美好的社会氛围。在这个链条的接续中，女性充当着不可或缺的角色。

如此看来，我们的文化传承，尤其是文化阐释，似乎还需要有足够的诚意，去关注岭南大地女性群体的觉醒意识所带来的历史意义的改变，也似乎需要有足够的敬意，去呈现传统女性作为独立个体与独立人格的魅力。所以，在社会的发展变迁中，去看到这种认知的盲区，才能避免对本土文化价值与意义的偏颇或低估。这也是男女平权平等不再成为一个话题的深层次社会观念的改变。如是，关注与认同，首先是文化认知层面达成共识的一个必备前提。

我们期待生活在一个什么样的世界？有什么样的文化与传统？有什么样的男人与女人？有什么样的文明与生存方式？其实，人人都希望每个不同的时段有更好的方式和方略，去推动完善与影响改造这个世界，去为每一个时段的社会发展注入新的生命力，这也正是梦想成真的一个美好的未来标识。

正是在岭南的历史文化发展过程中，有了她们——自梳女、"红头巾"、西关小姐，她们用她们的人生经历，用她们的生命扩张，用她们的故事串织的一段段前赴后继的进步所留下的印记，让一个社会历史发展，让岭南文化的宽度和广度，确切地说，让这个区域的文明标杆，实实在在地提高了相当的幅度。

由此，在岭南的时空里，女性的存在不仅是一种性别，也不仅是一种权利，而是生存的示范，是活化行走的自强不息、独立自强的精神血脉，每一个后来者，每一个选择了在岭南地区居停生息的女性，无不因此而受到启迪，无不因此而得到来自精气神魂的滋养。

四季常绿的岭南，因这独树一帜的红妆，更加穿红着绿，生机盎然。

织　梦

1

　　艺术是这么教化和熏陶我们的，只要保持想象力，保持对历史文化的敬畏，我们就能回到现场，就能守住自由感，进而守住我们一直在传承的生活方式和生存精神。

　　此生彼长的变迁，与不同社会肌理的漂移，我们对可能性的触碰与对不可能性的靠近，就是我们一代又一代人不断更新的代际内容吗？

　　关于广州的很多记忆，一直向我飞奔而来。我时常觉得我的书写不够灵动飞扬。

　　记录是一座桥，横跨在岁月深渊的上空，我不知道这是否为我所经历和感受着的广州。

　　我的书写，像是记忆与岁月靠拢时穿越的一阵风，或者一股空气？在其他人的时空里又是如何呈现的呢？

　　临睡前，关灯后，站立窗前，看着楼下小区远处马路的路灯，看看对面楼道人家的灯光，看着灌满眼前所有空间的黑暗，是不是就在这一刻，觉得这座城市含蓄极了，温柔极了，甚至没什么景观可言的街景，顺着黑暗的边缘，一点点地溢出越来越多的温暖。哦，这就是广州，原来的广州，以及现在的广州。

　　每一座城市，都有属于这座城市的故事。有人把那故事酿成酒，细品这座城的味道；有人则把它作成歌，吟唱这座城的心事。

努力过存在过，从未放弃过。忙碌着奋斗着，痛并快乐着。梦里的光，藏着希望的模样。选择过，彷徨过，也曾流浪过，有爱的人，这一路都值得。感动着陪伴着，始终相信着，心中有光，就不会迷失方向。背上无悔的行囊，城市有光，为爱点亮。每一个梦想，都因爱而发光。

一个城市形体可以有千般万种，但最基本的精神在于：人与城的关系。人是城市里最大的光芒，我们在城市里发光，我们在城市里度过一生。因为有梦想，有心愿，有家，有值得守护的爱，所以有付出。

让人认同和守望的城市肯定有光，有希望，风从海上来，光从天空来，空气从旷野来，一切都会进入我们的生存空间，慢慢变成一种熟悉和依恋的味道，如同祖先在最后的片段里留给我们的千秋之约——人与城市的承诺，留下，并且铭记。

这种心情，如广州空气里特有的湿润的甜，饮食里清爽的甜，如广州特有的水汽氤氲，很广州的感受，像这里潮热不去的纠缠。

或者，这种情绪如同南方饮食里的盐，谁都可以撒一些，可没谁能准确地说出分量，潮湿的风从脸上吹过，从嘴角滑过，从日子掠过，熟稔到无须多说，一如花开时节，一如晨昏编织，一如三餐的粤菜口味，淡却鲜，有味却精致。

所以，这里的烟火有朴素而浪漫的审美。就在日常里，就在劳作里。让人情不知所起，一往而深。美落入凡俗，这是广州不一般的宿命。它消失在殿堂之上，它盘旋在日子的身前身后。这是不需要理解的自得其乐，这是远离了无趣的所有希望。

能撬动日子的，谁也不是，只能是自己的内心，内心的需索与念想，日子的实在与平稳。而在有节庆的庆典里，广州的仪式感则是对生活的郑重其事，它提醒我们生命中重要的人和时刻，并从中感受到对传统的热爱、对传承的希望，以及一代又一代生生不息的力量。

记得在安托万·德·圣·埃克苏佩里的名著里，小王子问狐狸："仪式是什么？"狐狸说："它就是使某一天与其他日子不同，使某一刻与其他时刻不同。"

生活沐浴在温暖与用心里，被劳作和诗意的手打扮与装饰着，烹制与享用着，乏味的日子原来也是可以五颜六色，多姿多彩的，内心的丰富就呈现在装点中，在口福之乐中。

这就是粤俗粤趣最世俗的爱及最闪亮的高光，把劳作的晦暗都可以映亮的高光，不耀眼却温馨宜人。

用心与用情会让岁月变得明亮，一花一瓶就可以感受到传递过来的美，还有光亮。

最好的美，莫过于懂得，莫过于很深的滋养，很谦恭的凝望，那一段距离，就是俗常里的营生。

不计作态，唯重体验，唯重活色生香，反哺日子，情深润物，那才是真有趣。向内发现了雅趣，向外归返了自然。

所以，广州嗜花成风俗，是用情；嗜蔬饭为手艺，则是用心。这样的日常，才是活出了光彩。把日子当成了要侍奉的礼节。这座城市的务实只是实干，并非没有情趣，它的情趣都融汇在生活里。

2

比如女性。

广州女子的特点，随和，从容，淡定，有主见，能宽容，不依赖，肯担当。用美和活力，充实生活，出得厅堂，入得厨房。用温柔和慷慨温暖日子，用承担与付出营造舒适、诚挚、和谐的氛围，因为有关爱一切的用心，所以才有一刻不闲的忙碌。

所以，诗人和音乐家赞美女性，是生命的源泉，是启蒙和慰藉，是我们面对出生、面对离开、面对不测时陪伴在身边的人，是睁开双眼时所看到的喜悦与呵护。

因为梦想，因为美好与远方，她们才要编织自己，编织日子。

所以，广绣的华彩，一针一针穿织的正是对生活的托付。所以，她们爱花、供花、养花，成为日常的风俗。所以她们大多通晓厨艺，都会几道散手，都能侍弄几味拿手好菜，都有蚀入味蕾与肠胃、烙刻在记忆深处的、胎记一般的家常味，都会煲汤，四时节令，不同出品，煲的不仅是心情，亦是对生活的热爱，对日子的礼遇。

广州女子的灵魂在哪儿，广州人的生活情趣通常就在那儿。

时间使这种专属女性的手艺，在漫长时日的积淀和磨砺下，越发淡雅和从容，而此中的心境，亦越发轻盈和美妙。在这种手艺气息氤氲而成的氛围里，日子的气味醇厚，而日子的开合更为真实。

这不单纯是手艺，或者常识，而是一种妇道人家的情怀，有单纯的美丽，也有素朴的静好。首先是女红，其次才是辅助于生活的手艺。想想，"女红"二字的别致与优雅，那是女性从内心到巧智聪慧焕发出来的光彩，殷红殷红的，温暖得透明，又闪耀得透亮，如同壁炉上的炉火，如同烛光下摇曳的情愫。

这里面有些什么传承？有些什么理念？这样的物喜，这样的沉静、饱满而又储满期待还有感恩的劳作，是对岁月的供奉，也是对生命的致礼。

在广州女子的日常行藏中，这样物喜的主客对象都在不断丰富和充实着，从吃喝的三餐，从煲汤到点心，从对花的侍弄，四时不断摆放与观赏，从女红的出神入化，或是绣在衣领上、袖子上、袋口上的种种繁复，到一个个盘扣扭结的婉转巧绝，到在素衣布裙上色泽的皴染，继而绘描，无不极尽心与物相互触动感应的奇态，与身体与心境与物候与物品，实现了虚实相生相辅的互动之美。

这是依靠内心的力量，也是先辈口耳相传，心灵相通的传递，静水流深，须臾便是不朽。平淡的生活也会有光，平淡的生活也会有美，也可以借此寻找荡气回肠，也可以有星云漫步，用仰望星空的姿态走过大街小巷，每一步何尝不诠释着对完美的用心，对诗意的呼唤，活得坦然，又活得真心诚意，日子何尝不就充满浪漫？

从女红到广绣，这无疑就是一种递进。如同刺绣把千疮百孔的生活，用丝线穿织起来，填补得华彩绮梦，锦绣满盈。如同梦永远在飞扬，在穿织之间，在绵密的针脚之间，一点一点，把梦想带到可以抵达的地方，可以托付的图景。

然后，面对眼前的一切，宣读内心的独白，或者如释重负，把沉重的或者不那么明亮的生活，全然放下，暂时后退，眼前只是满目锦绣，精妙雅致到不可言说，只与心事私语。

由是，这座有"小蛮腰"的城市浪漫得多么实在，多么暖心暖胃，又婀娜自得地滑翔在流水落花的日子之上，轻盈转身，展颜微笑。美得含蓄，骨致得沉潜。

这才是淡定从容的大气，这才是锦衣夜行的低调。

这就是广州。

3

比如城里的河涌，比如水里的荷叶田田。

"我想写出这风中清亮的味道、气息，清亮的阳光和水流，还有草茎和花朵上晃动着的自得其乐的安宁和清爽。"

说莲，似有铺天盖地的诗文，似有岁月时空不绝的雨声，似有梦残霜飞的零落，又似有秋凉寂寞的沧桑。

荷叶田田，用来衬托什么呢？高洁清雅尘扰不侵的莲花，还是画廊折角经年的文明，还是文人如影相随的青睐和吟诵，还是那数十种之多的称谓与别名所寄寓的满腹情愫？

的确没有哪一种花，哪一种植物，从灿烂到凋谢，从美艳到衰败，如同人世的出场到谢幕，充满了轮回，也远没有莲荷那样的清爽与况味，那样繁复无尽的审美与经典。

群芳斗艳，姿态极妍，自有一种独步星云的美，自有将酷暑放逐到清凉的魔力。而残荷听雨，却是极尽零落萧条的凄清，将枯败蜕幻成了风骨，终是凋零，也自带气象万千，将悲情的渲染展示到最后一刻，将生命化作燃点的火种中那最后一粒的火星炭末，如同摇曳天穿绕梁不散的腔，起起落落极致的夸张，却亦是极致的唯美，跌宕成音成调，成全了永远的孤芳自赏。

由此让人，让一代又一代文人墨客，让一朝又一朝或雅士或附庸者，击赏入怀的，莫不是荷叶田田所呈现的极致。世间万物虽多，可又有多少能让人读懂天地，读懂泥土与流水，读懂生与死、美与残的千般韵味？恐怕是难有出其右者了。

一朵莲，盛开时清雅醉人，凋谢时仪态万千，活得烂漫，走得精彩，一枝荷，或者荷叶田田，就当得起整个夏天，当得起由始到终的审美，当得起身世自叹感怀绵绵。唐时的李商隐写道："秋阴不散霜飞晚，留得枯荷听雨声。"真的是无一刻不让人用情痴绝。

还记得二十年前的夏天培训，清华大学的迎春阁，算是招待所式的住处，迎对的就是荷塘亭阁。早上我在那荷塘边跑步，有人在僻静处吊嗓子，有千姿百态的荷花，月余，也见识了从丰腴到残落的淡定，虽是刹那芳华，却是各有姿彩，充满诗意。

那年，一伙同事青春焕发，在清华大学学习一月后出游，向北出行，去西柏坡，第一次看到目所不及的荷园，目不暇接的荷花，第一次在荷塘边吃刚摘下来的莲蓬，清甜回甘，水光潋滟，荷花亭亭，多么美好而不可再来的相遇啊。

如此想来，再不认为自己的名字老土，而是庆幸这种草根泥土味，如同读研时同学留言簿上的赠语：凤者为鸟之首，莲者为花之冠，也是一种自砺吧。

一如爱花的广州人仿佛能听见花开。一种深切的天真，能听得见细小的如同心底发出的声音，能感应到声音滑过皮肤的感觉，能闻到或远或近的饭菜汤茶的香味，并自言自语，这是在煲西洋菜猪骨头汤，这是姜葱焖鸡，这是葱油捞面。似乎毫不认识的各种场合与环境，从嗅觉向听觉向人敞开了烟火俗常的私密。

最好的花开，是自己，最好的凋谢，也合该是自己吧。花落成泥，香消玉殒，朗朗世界，依然风过耳。

将一瓣一瓣的灿烂掰碎了，成了一点一点的尘土，这该是万物出于土亦归于土的最好成全吧，在泥泞中长成，最后的归途却是清爽而又利落，温情而又伤感。

这就是无憾了，好好地去生长，好好地去盛开，挺住所有虫蛇蝼蚁的噬咬，扛住风雷雨暴的践踏摧残，哪怕只开那么些天，毕竟也是属于自己的花期，那就不枉尘世一遭，无悔一生了。来与去并不如愿，世界不一定完美，没关系，生长过，盛放过，那就足够完满了。

那就是，听见花开。每朵花缓缓盛放的过程，如同一种微妙的声波在空气中徐徐推搡着，敬重地后退，视线里的一切都在礼让着，这神祇般的降临。

"雨声/在飞檐之外/在如香灰般/在钟声之外"，花开的声音，便有水滴洒落的感觉。

仅记住花开，就能听见花开，这是一种多么恍惚美妙的感觉，通感打开，花开的声音，在注视里绽放、放大、回响。光是想想，也是一脑门的愉悦。如同此刻，听见花开，也能看见生活的生猛，生命的欢喜。

听见花开，那是一种心情。紫荆花开是春天报喜的节奏，鸡蛋花开是夏天来临的信使，紫薇绽放是秋天的降临，而全年喜庆的簕杜鹃，是乐天知命的美好心情。

川端康成说："美在于发现，在于邂逅，在于机缘。"这就带出了很多惊艳和猎奇。我真有那么幸运吗？我真是被命运选中的幸福之人吗？川端康成还说："如果一朵花很美，那么有时我会不由自主地想到：要活下去！"

4

比如千年不变的市中心，市中心里的北京路，北京路那一串六家新华书店的高光时分。

炫目的城市，是世界的外衣。而隐秘的故乡，才是内心的珍藏，尤其是每个人心中的故乡与故乡相关的故事。

美好的故事原来就是这么简单。只是，时间已经过去四十多年，算得上是比较遥远的过去了，过去那些刻在成长的高度上的印记似乎有点模糊。

那时，从家里穿过中山路或者惠福路，一路匆匆忙忙地走来，抢走几步接上那看不到尽头的人龙，然后就是排长长的队，一步一挪，花一两个小时三四个小时不定，买一本没想好的书，或者买什么书不要紧，那时没有选择干扰，能买到一本书才是最要紧的。那时是20世纪80年代初的夏天，是人人都相信读书可以改写命运的夏天，是启蒙与开悟向所有人张开怀抱的热辣辣的季节。

原来，美好的经历是曾经存在过的，它在记忆的U盘里满满地存储着旧日的好时光，南北纵横的北京路，一溜"毛体"红底的新华书店牌匾，直到今天还是老模样，与记忆深处的印象重叠，那是精神面貌重塑的印记。

那些统一的招牌书店，是当年广州空前绝后的宏大手笔，开在闹市里，开在几百上千年不变的城市中轴线上，开在千年商都广州的中心地带。

那是广州人，不论年轻年长，都在那里留下过共同的文化记忆。去北京路新华书店，买书，买教材文具，买文房四宝，买录音带和唱碟，买跟成长跟精神生长相关的营养品，买跟文化相关的人生记忆。

变化通常是随着更迭而来的。一个时段连接着一个时段，一个朝代转换着另一个朝代。这些翻天覆地的摇晃，似乎撼动不了广州的气定神闲，它的中轴线一直在那儿，它的政治文化的根脉也一直在那儿，就在北京路，从南朝北，拥东揽西，十多个朝代，宋元明清千年下来，岿然不动，笑看风云。

更让人诧异而拍案称奇的是，除了城市格局俨然不变，这座城市的气象文脉也愣是不变，就端稳地聚拢在那儿，就在北京路一带，以不变应万变地守护着这座城市方域的精气神，堪称壮举。

这不仅是广州的千年古道，同样是广州的千年文道。

究竟是什么让广州历朝历代的各路奇人都达成共识，对此地有所认同，而给城市发展的翻来覆去网开一面，留下了一方珍贵的城市面貌，容颜轮廓依旧，肌理大同小异，轻易就能触碰到几个朝代的神经？

就像大小马站是一个个串起来的故事，书院群落更是一个接一个的故事，都是关于读书赶考，关于文化传承，关于读书如何改写人生的千古不变的经典。

而新华书店更是一个个鲜活的故事，我们这几代人亲历着，见证着，参与着，所有的欣喜交集无由言说，堆积着我们白驹过隙地流逝的岁月里。

回到四十多年前的改革开放肇始，那个新旧交替的标志性时段，北京路首先开启的是广州的文道。

多少人与事，整整几代人的启蒙，长达十多年的依赖与依托，北京路的书店输送给我们的精神食粮，不逊色于其他教育机构。

有工人，有老师，有大把的文艺青年，有很多有待浮出水面的诗人作家，有无数书本的倾慕者和爱好者。北京路的新华书店是他们的驿站，他们在这里储蓄着长途跋涉的能量与信心，只有读万卷书的用心，才有走万里路的耐力，人生之路迢迢长途，何曾容易啊。

那时摩挲书本的满足感，与如今触碰手机的急迫感，是不相上下的。时间就这么把一些标识性的东西置换了。

如果说北京路开启了千年的古道，那么同样可以说，北京路开启了广州的文道。历史的千年古道，文化的广州文道，现实的广州书的枢纽，就这么一条北京路，开启一个新的广州文化生态圈，有了这个三合一的内涵，广州的文化特色、本土特色、广州品质，已经无须赘言，它们用自身就可以进行讲述。

跨越千年的恒久性，古今穿越的共时性，时光不老的唯一性，不仅是老城广州的身份标识，也是新城广州的文化洼地；不仅是新广州人认同广州文化纽带的系结处，也是都市新变的融创示范。

如果还有更多，那就是我们这几代人，留在各自心里的小故事、小回忆，只要走在北京路上，温馨感与熟络感就会迎面涌来，过去与现在一起涌来。

乡关何处

那段岁月贵重。那段岁月长成一棵枝叶婆娑的大树，垂立在时间的河床边。

那段岁月枝叶婆娑，沉沉低垂着，投影在晨昏涨落的河水的微波里。

雨天的雾岚似有若无地浮游在树梢上、河道里，如一种温暖漫溢爱意蒸腾的注视，湿漉漉的，缠绕着白日里的时光，笼罩着一种安闲悠游的气息，河水随着潮汛或升或降着，汩汩地流淌着。

湿雾弥漫的河道，飘荡着一团团自在放松的水汽，很舒展，也很滋润。亭亭如盖的树叶，水滑油嫩的，知足自在地绿出各种色调，安闲得没有一丝的波动。所谓的岁月安稳，该是有这样的环境背景吧，适合做悠游畅想状。

河水还流淌进我的梦里，在它的岸边，是堆垒起来的土丘，长着毛茸茸的小草和杂花，这里虽然没有漫长的冬日，却也有突然冒出来的春意。望向河中央，是天上的云朵幻化出来的倒影。

一种如释重负的归家的感觉，流水一般地漫过情绪，这样的眺望，日复一日的宁静祥和，让人永远停留在时间的钟摆边，晃过来晃过去的，有一种微醺的感觉。

这座被称作故乡的城市，想来是有着更大的内在力量，它用不动声色的湿润的注视，让一切的焦虑躁动，复归平淡安详。

就像粤剧里的水袖，舞动的是万千心绪，可以是碧水长天，也可以是风云突变；可以是雨后春笋，也可以是琴声淋漓；可以是陌上花开，也可以是箫音如诉。

找到那把钥匙，把尘封的过去打开；再用同样的锁，把遗忘锁起来。

生命中有一些时刻，就像地标一样，立在逝去的年代之前，也明确地标示出一个新的方向。成长时期的环境与经历，总会在一个人的性情里留下烙印。

这西关一直在着，这个老广州的老城区，从祖辈的记忆里，从我们长大的细节中，一直存在着，一直如夏秋交替时分的清爽的风，一直吹拂过我们走过的时光，曾经生活并时常路过的街巷，最终回到重重叠叠、络绎不绝缠绕在一起的一个心结里，那就是关于广州的故土眷恋。

被誉为罗马尼亚罕见的哲学家诗人的布拉加在《村庄的心》里写得多好："孩子，把手放在我的膝上。／我想永恒诞生在村庄。这里每个思想都更加沉静，／心脏跳动得更加缓慢，／仿佛它不在你的胸膛，／而在深深的地底。／这里，拯救的渴望得到痊愈，／倘若你的双足流血，／你可以坐在田埂上。／瞧，夜幕降临。／村庄的心在我们身旁震颤，／就像割下的青草怯怯的气息，／就像茅屋檐下飘出的缕缕炊烟，／就像小羊羔在高高的坟墓上舞蹈嬉戏。"

这村庄就该是城里的故乡，就是我的广州。

就像家里阳台外面的这条石井河，转过去的增埗河，兜兜转转，也许会流进西关尚存的河涌里，也许从那儿再旋个腰身，流回玉带一般缠绕着城市的珠江，沿着更散漫的河道，前呼后拥着，往大海的方向流去。

我变得越来越喜欢盯着河水发呆。

早晨清风徐徐，一点点涨潮时的河风，泛着苏醒过来的睡意，光线还不太明亮，河边已经长大的树影，还有河边的楼栋，就斜斜地在河水里遮挡了一下阳光，河水被风吹得一河细碎，流速缓慢，像一些徘徊的情绪，纠缠着一些理不清的细碎。

到了正午，阳光当空，河水的快乐就出来了，坦坦然的表情，推推搡搡地挤在河心里，觉出了流水的拥挤，觉出了某种流连一下的顾盼，似乎并不急着要赶往哪里去。河水的明亮汪绿汪绿的，能感染心情，天光河色这么宜人，就会对广州的水土风情生出依依不舍。

而傍晚时分，满河如一幅抖动的绸缎，有泥色水汽的沉着，该是香云纱的质感吧，此时的河水就显出了心事，阳光从西面投影，明暗之间，竟然就有了日暮时分的苍茫，而天边的红霞却在不动声色地亮着。往东面看去，高楼林立的市中心成了一幅剪影，白云山与越秀山的林木都在天际线里葱茏着。原来广州城央也在视线的眺望中，此时正是黄昏里的落日熔金。

那么眼前这河水是从西关流出的吗？又终将流往珠三角纵横密布的水网里去吗？

念想会把人的追问再度牵回城里。

旧时的西关，与现在的西关，那么多的小桥流水，柔济桥、慈恩桥、彩虹桥、这个涌那个涌之类，堆积了那么多的记忆，挨挤着那么多的风情，还在每天每天以不同的相貌，延续着时下的日常。

街景却有点稀落了，昌华街、蓬莱街、恩宁路、十甫路、丛桂路、宝华路、华贵路，左转右转的旧时街道，繁华走远了，有的会被修葺，有的会被零落，有的会不停地被打扮着，要留住记忆。而时光的荒芜有时是不管不顾的，迟暮的脸强行绽放不了青春无忧的笑容。

谁留意过它们先前的矜贵所在？谁在乎它们曾经拥有的活力与价值？谁有耐心去认识它们该有文化的与历史分量的真相呢？

曾经沧海，除却巫山，西关倒真是不在乎了吧。也许它会偶尔心痛一下，还要被强行地涂脂抹粉，还要被无端地生硬改造，去讨好什么，去计较什么，去获得更多的喝彩。说到底，这不一定就是无奈，而是一种权宜之计吧。

人要活着，老城也要活下去吧。

江水流淌，载走的是时间，也是情感。只是，江边不再有咸水歌，不再有艇仔粥，或许还有哪个老伯老叔，箫笛横吹，聊记一些粤曲小调的散音余韵吧。那些城乡交汇处开阔的江面，虽说有点寂寥，也还是能存放些老广州的情愫吧？

所以，黄昏是个宽容的时段，西斜的夕阳，总能给西关留下更多的印痕，斑驳，缠绵，以及多情，所有的心酸与美好都在其中了。

那些坚硬的水泥混凝土森林，把河涌两岸的流水凝固了，可旧城的叹息或者呼吸，还是在河水的河道和不太宽阔的路面，以及到处站立的树隙里蜿蜒穿行的，幽幽地聚拢起一种仅属于老城的气息。

温情，在粥粉店，在破旧的老屋门前，在水果蔬菜的摊位边，在维修档口的柜台上，在废品杂物的堆放点，静默无声地流淌着，有点落寞，有点淡定，有点不知如何是好，终究是安稳的。

这气息会是底气，也会是经年不散的城味，无论街景转换成什么版本，或许总是终年不散的。这就是旧城的魔力，这就很好了噢。

与一座城市的相守与回望,如同日出与日落,树影长了又缩短了,街巷被晒得暖融融的又悄然冷清了,季节转过来又转回去,冬天的时候,北方在下雪,广州却在叶片纷飞,赶着跳一年最后的《欢乐颂》。春天的时候,外面的世界百花盛放,广州却不时地下雨,水意淋漓的,像被触动着不时地落泪,为什么呀?万物感恩,总是止歇不住的,真诚流露,这就是这座城市恒久的温度。

　　乡关何处?

　　蒙田说过,确切的人生是,保持一种适宜状态的与世无争的生活。

　　西关一直在,也一直自在,就是广州话里的自得其乐的意思。从容地生,淡定地活,放松地活,宠辱不惊地活着,这就是西关的精气神,这就是西关不可替代也不可复制的底气和心劲。

　　哪里会有西关的情调呢?哪里能有西关的风情呢?哪里还能寻觅这记忆深处的口福呢?那就来到这片地头,犹如深呼吸了一口祖先留下来的香薰,人可以做回故土的人,放松的人,有口福的人,有情调的人,不在乎评价的人,只在乎活得真实的人。

　　最广州最风情的荔枝湾,多么毗邻自然、有水则灵的生活观。最风雅最曼妙的粤剧曲艺的嗜好,多么怡情养神的抒发和代入啊。最家族、最家国的传承,达则兼济,皓首穷经,生生不息。

　　唯独这里,最西关,又是最广州,又是最世界。波折在慢慢消退,融汇的博大已经把过去的沟坎一点点抚平,各种风情,让更广大的世界在这里相遇。

　　从这里出发,一千多年前就已经起航的广州,就是从这里走向世界的。十三行,那是粤商精神纵横天下的源头;生活方式,那是广州人顶礼膜拜的身心托付。

　　大雅大俗,出世入世,通透达观,烧香礼佛,生意礼信,淡定地生,自在地活,再好的例子,莫过于上下九与华林寺,把广州人拿得起放得下的转身之道,活生生地注释得淋漓尽致。

　　谁喜欢不喜欢有关系吗?西关已经把心力攒足了,它曾这么从容地付出过,富足地存在过,情到深处,舍与取,荣耀与落寞,欣戚两忘,得失一视。

　　这就是西关的魂,还在这片老城区里酝酿得醇厚深藏。

这也是广州的神,淡定从容,自在不息。

不用去奢谈什么宏论要义,这就是广州老城区的品性,也是西关的质地,流水一样的格局,随物赋形不改初衷,流水一样的质地,奔流到海滔滔不息。

西关自在,且永远存在,这是老城的根之所在,这是老城的魂之所系。

不知怎么就想起了鸡蛋花,尽管它从遥远的历史从海上漂泊登岸广州时另有大名,可我们小时候还是习惯了它的俗称鸡蛋花。我在先前的院子里曾亲手栽下了一棵,硕大的叶片和淡雅的花朵,蓬勃的表情和活泼的身姿,已经和土地房舍融成一体了,和风里有它的淡香,暮色里有它的身影,神台的供奉上有它的静默,饮食里有它的侍奉,鸡蛋花爱的表白已经弥天漫地了,惊不惊艳出不出彩有什么关系呢?它始终在,永远在,跟我们的生活晨昏相守,跟我们的日子相伴相息。这是多么美好的相伴相随啊。

这也是西关,这也是西关不言而喻的美好。它是亲人,素朴到可以让你魂归故里,情入衷肠,却不善表白,只是深情注视。

乡关何处?城关何处?或在西关?总在西关。

于是,西关就成了一种最广州的情结,最广州的印记。

不管这印记是戳在记忆里,还是留在时间的暗影里,总之,它在情绪的关口,也在城西的关口,它始终是我书写里转不出去的西关。

向西一湾

讲起广州的记忆，总是惯性地提及西关。而我所说的这处城西之所，则是传说中曾经富庶繁华的区域的边缘，是曾经在百多年前被指认为老广州的文化强区的去处，也是工业强区的所在。

然而，记忆毕竟是脆弱的，尤其在时间面前，在文化多元的漩流冲刷下，变得面目模糊，或近或远的这么一块地方，真要走访，甚至无从正视其中的颓败与落寞。

"我身在历史何处？"这不仅是喜欢探寻广州城市真相的人所面临的，也是老去的更大范围的西关一带值得有心人自我辨认的回答。

历史命运的河道没有疏通起来的时候，历史图谱的过往没有运行起来的很长一段时间，西关与广州文化的关系，与自身身份的关系，还是欲断欲续的，还仅仅是停留在小资式的赞美与缅怀里，或者是臆想式的怀念与追忆里。

这种断续与背离的现状能唤醒一种强烈的渴望吗——不向遗忘屈服，不让记忆只停留在上一刻发生的事情上，随着穿越岁月的河流，寻找时间隧道的出口和光亮。

这样的诗句多好："我曾以为，留住光，就可以留住你。"权当这一切都是真的吧，留下该记住的，清除该忘记的。

史铁生有过一段很触动人内心的书写："对于故乡，我忽然有了新的理解：人的故乡，并不止于一块特定的土地，而是一种辽阔无比的心情，不受空间和时间的限制；这心情一经唤起，就是你已经回到了故乡。"

历史是一个试图让人清醒和理智的梦境，我的凝视和追问，只是试图唤醒它。

想来，我在西关向西的区域里居住也有好些年头了。如同一棵植物落入泥土，然后在阳光雨露里再度抽枝发芽，从此相守在一起。

蓦然惊觉，我所居住的这个城西的板块，三四十年前竟然是几条珠江支流一路向西流淌过的一片河涌田畴，竟然是一片连着一片的西洋菜地、各式菜畦，一个接一个的盛产莲藕慈姑马蹄的泥塘。

当十来平方公里的唯一的商厦悦汇城的七彩灯光，把这片曾经留驻近八十年的有名企业广州水泥厂搬迁拆除后，随着一个超大的商厦悄然矗立，这一片暗淡的夜空再度被照亮，一时恍如梦境。这一带几十年来处于荔湾、越秀、白云三区交会处的发展边缘的尴尬，似乎一夜之间就被置换上新潮的城市色彩，而不再是一个城乡接合部的光景了。好事成双，同德围围住了西湾路很多因为最早的地铁一号线拆迁搬进来的老广州人，如今随着地铁八号线的开通，与地铁五号线的接驳，终于有机会摆脱困境，可以活成一种城市人的状态了。

十来年前的旧闻再度若隐若现，原来的这个地块，也是广州的先祖入土为安的又一个归途。那些昔日四周散落的墓葬，甚至还有皇亲国戚的墓群，早在时间的来回冲刷中余痕寂寥，如今在旧水泥厂区的地块上建成的商厦悦汇城，成为广州城区里占地第二大的综合性商厦，好一个2.8万平方米的廓大面积，气派而又宽敞。原来也是苍天在上，老天护佑，对这一带曾经在农业化与工业化的进退来回摇晃中，来不及完成城市化蜕变的环境，来一种迟到的补偿吧。

所谓命运所至，十多年前我写长篇小说《东山大少》所参照的那个非主干道的西增路边的废弃小教堂，建筑框架还在那儿，那个外墙上的十字架标志还在那儿，旁边就是一百年有余的教会学校，后改作大专性质的师范学校，后来又成为重点高中的协和学校。校园里面还有数栋百年的有中式琉璃瓦大屋顶的老建筑，给校园平添岁月的古雅。

这个西边一隅的去处，竟然有那么多的故事。

先前的小区有一座大桥，替换了一个小小的民用埠头，这里的船只原也可以通达南海佛山的。原来埠头边，如今的大桥脚，就是广州城建筑史上也有一笔书写的对山园，原来的小山坡只剩一个土丘状的梯级，幸而那棵百年的老榕树还在，如荫如盖遮住了半个路面，后面就是当年的主人，孙中山时代的军需官黄宪章所建的私宅式庭院，有五栋仿中山纪念堂形制的小庭阁。幸亏偏于城西的一隅，非常时期没有遭受没顶之灾，得以保留，身份替换过印刷厂，还有市里杂技团的宿舍和练功房之类。所谓不测,大概就是这种无法预料的角色替换,假如建筑有灵,恐怕也得感叹时运的波折呢。

早上的河岸边,有人在连续不断地拉着二胡的乐曲,不是广州人原创的广东音乐,而是外省的韵调,新广州人越来越多地进入城市,文化的融合杂交也是势所必然的。

晚上,听见有人在阳台下面的凉亭吊声,典型的美声唱法,充满仪式感,我是他固定的听众之一吧。看来艺术总会渗透进平常的生活中,不然,过日子的情趣向哪儿寻觅呢。

琐碎生活中艺术的水涟漪,很美好,也很短暂,一会儿就没了踪影。更多的是跑步快走,成群结队的杂音,时间的铺排说悠闲也有锻炼的时段,说紧张也不过是职场的打卡,换个心态都可以各有各的精彩。

当年这西村一带作为教育的强区,也非徒有虚名,东南西北的几个中学,除了赫然有名的广雅中学、协和中学,东北面原来水泥厂边上的一个小斜坡上去,还有以华侨名字命名的嘉庚中学,西南面有美华中学,内中尚有一二民国时期的红砖绿瓦建筑。经过几十年的风雨变迁,这两所百年前学校的名字,不再是数字的排序,又重新得到唤醒与正名了。

说及西村一带为工业强区,这多半为大众所熟知,想当年二三十家或大或小的工厂扎堆在这几平方公里的地方,撑起了广州工业的一片天空,成千上万的产业工人辗转在这里谋生过日,时光倒退半个世纪,那架势也是颇为壮观的。如今这一带成了老广州人密集的住所,快速的城市化建设的光鲜并没给这里带来更多的亮丽,生活简单而沉缓,却也有简单的安稳和自适。那年的腊月,年节前在曾为广东饮料厂的创意园区买兰花买金橘,抬头一看眼前一个小路牌,竟是以民国前几任广州市市长之一林云陔的名字命名的云陔路。这个当年的海归留美博士的大名竟然在这偏僻的地方出现,沉落的往事猝不及防迎面相撞,把人碰了个趔趄,我愣在原地回不过神来。

时间的覆盖性冰冷而又无趣,假如没有那些有心人的诚恳与用心,记忆真会流水落花,无处托付。

我从老城区迁徙过来的种种经历一下子就涌上脑海,就像连根拔起抽离了原来生长的园圃,去到一个生僻的地方重新安放,内中的折腾与茫然,一言难尽。就像当年家族亲友的出国移民,大同小异的伤别离,无法回避的重新适应重新调整，走远或者消失，人如植物，存活与生长，都离不开风调雨顺呢。

如同每一段人生多多少少都要承受磨炼，兴许为的是让每个人的来过与一路走过不被辜负吧，兴许磨炼是每一个试图改变自己、改变命运的人的际遇吧？

而区域与地方也好像得承受同样命运的磨砺，有时被时势的聚光灯映亮，有时人去茶凉被时代的快车完全忽略，不可避免地衰老和荒芜下去，又有时候一个意料之外的触碰，新的生机又随之焕发。

这一路往西的石井河与往东拐了个弯又折回向西的增埗河，往西汇入佛山地界的广大田畴去了。

我的居停却命定般地在这里生根落地，也许心有点累了，也许会找借口不再漂移了。

然后，我每每经过这一带的去处，都职业本能地东张西望。美华中学门前马路一到春天就满地的落叶，满地的诗意。广雅中学在面对环市西路新开了一个校门，复建了一座新的莲韬馆，还记得之前有报道说下面的文物出土的历史，还有那留下过儿子足迹与汗水的校园。协和中学把正门开到了车水马龙的西湾路上，而不在稍为僻静的西增路守着百年的古旧了。我老在想怎么都得想办法进去找回先前的记忆吧，看看那几幢好不容易保存到如今的旧建筑，尽管校门的进出有保安守着。

心有窃喜的是，对山园与前面的协和中学的民国诗意建筑，那座废弃的教堂，被我写进了小说里。广东饮料厂的来历与工业创意园，一前一后的工人体育场馆，守着一溜大树，一溜民国时期的老建筑，有门楼、有独立的两层架构的红砖墙建筑彭城路。那个时代的一溜或连排或独栋的别墅，那时是在被称为西场的郊外，如今则是在交通主干道环市西路往里一偏的相对僻静的美华后街上，都被我一一书写记录过，似乎是不想辜负岁月打在这里的印记，也是我曾在这一带居住过的时光，总得留下一点记忆的痕迹。

权当是见证吧。就像悦汇城旁边的老铁路，见证着这座城市的扩大与兼容的胸怀和速度，横亘在路中的铁轨拆掉了，而偏离马路一旁的铁路线如常运转，广州又一个新的火车站白云站，就在铁轨延伸的几站路之外。变化是时势所然，变化也是生活所在。

一如这个赫赫有名的广州第一家水泥厂，原来的重工业，如今密集的旧城拆迁的居住区同德围，多少次两会的呼吁，建成的同德公园、南北高架桥，一片城区的安置与完善，同样在演绎着曲折前行的路径。

当年西村已是城西的尽头，一条沙石路通往厂区，蜿蜒通往石井郊外，旧梦依稀，一切都不可寻觅了。

西汉南越的祖宗有灵，该是目睹这一切的时光穿梭吧。最后赐这片区域以繁荣与安稳，以五光十色的丰富和享受，就是最终的也是最好的庇护吧。

这或许也是无解的一种轮回吗？历史也好，命运也好，让广州的先祖冥冥中庇护着这片曾经繁盛一时的区域，留下千金难觅的空间，留下亿元难达的理由。有了这么一个大商厦，像七彩的巨蛋一般的商厦让这片曾经给广州的城市史积累过留下过发展进步经验的区域，终于和城市化的标配有了关联，终于有了城市生活该有的色彩和内容。

每到晚上，当悦汇城的大型建筑不时地转换着灯光秀般的色彩，我都在想，都市的气息终于开始吹拂这片三区交会的边皮之地了，那条还在旁边伸展的铁路，会否再度把高铁更新改造的热闹，带回这商厦的周边呢？

在如今家里的阳台上，隔着两条水道，依然能看到悦汇城闪烁的霓虹灯，一个新烘焙蛋糕般新鲜美好诱人的造型的大商厦，迟来的城市生活的标配还是出现了，还是在这个地方绽放了。

向西一湾，总让我联想起西行的几次经历。似乎都与西面相关，都有点执命向西的况味。两次相隔二十年的西藏行，三次大西北的新疆行，三次往广州以北以西的内蒙古草原行，无尽的远途，无尽的风景，都在脚下，苍茫纵览，尘埃落定，奔波和收获，都沉淀为生存过往的印记了。

所以，我喜欢呆看着眼前的风景，沉落冥想。

河涌里，偶尔有小艇驶过，估计是水务的巡查吧。河涌的两岸，有杂树生花，最醒目的是那棵河边的木棉树，有人垂钓的老者，捕捞的汉子，有新修的水榭一般装有大屋顶的水闸，有穿越涵洞通往远方的水道。

我听着这河道生起的风声，颇为气势沛然地发出呜呜的轰响，也许是风在穿越楼房时发出的，也许是风在河道奔跑的嬉戏。

芒种后的台风季，这条温婉的河流亦啸起了情绪。风从东北面斜斜地卷过来，雨线又粗又密地猛刷过来，河水被撑赶得踮着脚往西流，腾起蒙蒙的水雾，树冠都被吹歪了，空气中饱涨着水汽。

有泪花落枕红绵冷的寂寞，有天涯芳草无归路的唏嘘，有几回魂梦与君同的惆怅,有马上单衣寒恻恻,"揾英雄泪"的日子,很多的联想无端地揪扯起来。

而阳台的雨篷下,则绽放着一粒粒晶莹的雨滴,它们生脆生脆地敲着人的听觉,顿觉这雨势带来的不期而至的热闹。

而天空墨彩聚散,乱云飞渡,空气则是丝丝缕缕的甜味,树叶上花坛里挂着无数的雨珠,只待天光收采。

河道的风声成了向西一湾的居所最有生趣的回响,比起车水马龙的喧嚣多了些可以托付的臆想。晨昏更迭,天天看河水涨退流动。河道里的风声更形神兼具。

每当气候变化、季节变化,河道的风声便弄出很大的动静,或是在呼叫什么,或是在挣脱什么,或是在奔跑着,于是,发出了各种不同音频的呜呜、呼呼的声响。

夏去冬来,冬天的脚步是趁风而至的吗?咚咚咚就冲进了绿树常荫的广州。

听着呼啸追逐着的一波接一波的风声,我总是有种莫名的激动。阳台外的河道比较平直,倒是适合龙舟竞渡,可惜河面不宽敞,岸边十年的树木长得几近成小林带,风顺着河道使劲地跑,冲线似的速度,越过以高矮记录着时间刻度的树木。

春天的动静也在河道看不见的另一头奔跑着吗?

冬天带走的一切,春天会带来吗?幸而广州四季并不分明,既没有完全的萧瑟,也没有停摆的季节,总是有着变化,风声便大声地告知着。

风声呼啸着一阵慢一阵紧,像是一个人要挣脱滞涩的什么负重,像是要摆脱什么束缚,哪怕是不分明的四季吧?

日子的流淌里总是要摆脱一些什么的,无论用什么方式。

什么可以施以援手呢?他人能吗?物质能吗?或者时间可以吧?那种摆脱是一种柔韧的坚持的力量,是从生命的每个毛孔里渗透出来的,可以带给人修复、疗伤或者滋养的。

是的,肯定有这些力量存在的,就像谁也不知道风声来自哪里,兀自就表白着存在,兀自就发出自己的声音,向世间万物表达着:我行故我在。

那就学学风声吧,爱自己,不需要他人救赎,"爱我吧,不要救我"。那是自己该对自己说出的话,拥抱岁月天地赐予自己的一切,所有的缺失都可以弥补，所有的委屈都可以安抚，自己决定自己的速度、音量的大小，消失还是归来，这是一种最温暖、最安慰的选择了。

风声里还可以幻想很多遥远的事情，春天会送来花的盛宴，或者，秋天的果实一直在抵达的路上。

风声多自由和潇洒啊，一直被渴望被理解的情结，也能这么跳脱出内心，弄出风声一般的动静吗？风声是风与河道相遇的宣泄吗？

早上与黄昏，是涨潮的时分，每天的河水都推搡出追逐打闹的涟漪，载着天光，快乐地向东流去。年节的初七，也就是风俗称作人人生日的这天，我看到一艘机帆船，驶进视线里，一直往西远去，河道上多久没见船的影子，十年前还算繁忙的水上船只，都去哪儿了呢？这河仅是一道穿城而过的景观，那种船上的营生是否又被打上句号了？

而河水在治污期间，却是清澄起来了，碧绿淡绿浓绿地变幻着深浅。也许船的故事转化成了一种记忆，真实地成了我与河之间的私语，这算是一个美好的默契。

河水载得动很多的获得与失去，涨潮时的丰腴，退潮时的落寞还有慌乱，每天跟阳台外的河流打招呼，我见过种种样貌。我更见识过河的宽厚和洒脱，只要有阳光、有风、有云，就能兀自弄影呼唤成趣。我更偏爱河在有雨时的真颜，那是别处难觅的情趣。像是一个知心有爱的倾听者，不停地接纳着雨点的叩问，爽眼悦目的光泽，无碍于暗淡的天色，或是有风骤起的干扰，却把雨天的河岸营造出一种丰润清爽的氛围。

我知道这河水会流进旧城里，也会流出旧城外，去到远处的出海口，去赶赴遥远的大海，让小河的一生成为温暖而有趣的旅程。

虽说旧时的西关，以及向西的大片区域，已经面貌大变了，不过是生活了很长一段时间，烙下了很多的印记，其实并没有多少参与的经历，更多的，也许是对其所代表的文化的认同，因为这种文化代表着广州魅力与内蕴的一面，所以就有了记忆的归属。

在消失与存在之间，有着不褪色的记忆，权当是由内心所成全的情结吧。

是的，只要你永远地喜欢着、惦记着、依恋着这一切，那么这样有趣的记忆就会历久弥新，永不衰老。

且俗且雅，且行且驻

1. 心性　淡定

　　季节的安稳让广州的四季轮换变得不紧不慢。

　　春夏秋冬的表情在相互礼让的侧身中，混同得一派朦胧，含糊得似乎没有边界，没有极致与清晰。夏阳秋晒，春雨冬扬，一天可以有几种不同的温度，一周可以经历从夏热的畅游中，跌落冬寒的冰冷里。

　　然而，造物坦然，一年四季，树如常绿着，花如常开着。城里的景观中，只见满目葱茏，一派荫翳，只有那不同节令招摇的花朵，提醒着四季轮转，已经不知不觉挪动了位置。可城里的绿树红花依然保持着恬静而耐心的微笑，如一种融入习惯里的礼仪，动静做派庄稳恒定、温馨潜行。

　　由气候而人，由地理生态及人，人是环境的产物，如此一来，对心性的成形暗示，就变得不会大轰大烈，而是不徐不疾了，活着的日子就从容得多，湿冷与酷热，繁盛与萧瑟，不过是大可忽略的转换而已，如同得与失、宠与辱，也不过是所谓的欢喜忧戚而已。而节令就这么波澜不惊地滑动着，外面的世界飞雪寒凝，而城里却秋暖清爽；外面的春天草木萌动，而城里却是落叶熔金。

　　广州的季节，就这么调配出自己的格调，生成了自成一格的景致，让人觉出时光的流变不那么触目，时间的消逝也不那么生硬，连季节的变更都是一派淡定从容，温情脉脉。

　　由日子而性情，就这么慢慢地，不显山露水地，一代人就长大了，一代人的半辈子，或者又一代人的大半辈子，就这么施施然过去了，广州的季节从来没有相煎何太急的那种催逼，而是陪着人一点一点地过，一点一点地度。如是，人的心性就宽容、谦让得洒脱，而不黏不滞了。以不变应万变，兜兜转转，从浓到淡，从淡到浓，广州人所嗜好的一壶茶，就是这种心性最好的诠释。

一壶从早到晚的广州茶，冲、浇、泡、品，甘涩留颊，回味有加，在平常的时日里，这种状态何尝不是谋生的经典？普通人的营生，向来都是如此这般平淡。

这是一种粤式的淡定，淡定成了粤人的心性，这心性里有着坦坦然过日子悟出来的禀性，是有着那么些哲学况味的。

2.心境　捧好

就这样，气候与心性千百年来熏陶了粤人的心境。一岭之南，天遥地偏，生而为人，既是父母的福赐，也是天地的恩赏。祖宗传承下来的心照不宣，山高皇帝远，先把日子过好、过下去吧，这该是为人一趟最为本分实在的嘱托呢。如此一来，这乍隐乍现的悟性，似乎就日积月累成雷打不动的生存智慧了。

把日子捧在手里的心情，就如同把一扎花双手隆重地握好，捧回家去的心境。

粤人好花，喜好买花插花，千年风俗，流转成一种惯势，一种怡养时日的嗜好。菜市场的档口里，店铺柜台的水桶中，或是人行道的单车电瓶车的后座上，或是麦当劳、肯德基的楼梯边，都有一个男女老少不分年龄性别的卖花人，也不论什么中西同好的节日，花竟然成了广州人的日常消费品。这样不经意的风雅让人心生窃喜，而这样的雅俗混搭越发让人赏心悦目，自己给自己买花插花，为自己开花的心情，为属于自己的城里生活买花。这花开的世界缤纷的美丽，何曾辜负过众生啊？只要你满心欢喜地把花捧回家。

要是游逛到老城区的大南路的一溜花店，或是芳村的花卉批发市场，满眼缤纷，连空气中都游弋着花朵的芳香。偌大的城市，花城之名实至名归，甚至城中村挤挨的窄巷子口，村落里的圩市里，都有卖花买花人。哪座城市有这般全民共赏共识的喜好呢？又有哪座城市的抒情，能把一年三百六十多天的时日都留给以花为媒、用花挥洒。

年节的气息,是随着花香舞动的身姿而渐渐变浓的。

至此,普市同庆的盛大的嘉年华如期而来,这是广州人把一年到头不动声色的浪漫,来了一次全民总动员的激情上演,逛花街行好运,买鲜花橘果回家摆放,这是迎新春的风俗,亦是过新年的惯例。热闹喜庆的欢喜,终于从一捧花、一盆金橘的迎接中喷溅出来了。

粤人的浪漫,不在乎造型与作态,只在意用心和诚意,从内心流淌出来的喜好,就成全了花开富贵百年风雅的礼俗,每逢年节,就奔跑而来,撞人一个满怀,给每个人、给所有人一个结结实实的拥抱,再塞上一捧花,让人把日子像对待花一样地捧回家,找个好的方位摆放好,天天用温情的目光问候抚摸,清水清养,天天供奉着过好日子的心境。

粤式的浪漫是什么呢?花花世界,恍若菩提。晨昏流转,花在菜栏,在路边,被一双双质朴欢喜的眼睛摆放在零碎日常的角角落落里。

谁家里没有几个花瓶之类的容器噢。无论器皿如何,供奉之心满满地溢到了瓶口,然后就静悄悄地开着,无心有意地满足着,这日子从来不缺美好。

这是一种粤式的情趣,进而成了一种粤味的审美。

3. 世界 叹好

这种把日子捧在手里的用心,这种对过日子的敬重,乍一看不得要领的情趣嗜好,就这样带出了独出机杼的粤味,就落点在最须臾毋缺的衣食住行里,携手在流水落花的时日上。

天人合一的心态成全了饮食的顺天应节、物竞天择的禀赋。万物出于土,亦转交人的肠胃、轮回而归于土,这似乎不仅是烟火俗常中的取向,也透出了生存的智慧。

日常里的浪漫机趣,就是因为有着养眼养心的色彩,有暖人肠胃的抚慰与味道,更有着家的气息,以及抒发出来的所谓乡愁的温热。烟火就在跟前,臆想中转换出来的浪漫不也在跟前,可以对着一日三餐抒情,更可以对着一蔬一饭,把一生的聪明巧智尽性挥霍,换来滋味悠长的好时光,这是最实在的自珍自惜,自在过日,本分做人。

物产丰盈，出品奇巧，便给这自在提供了可供腾挪的空间。天上飞的、水里游的、地里长的，但凡万物生长，都可出为凡物，进为佳肴。万物皆有用，万物皆可养护生命，没有把日子捧在手里的用心，何来这份不可一世代代相传的聪明通透呢？

自在，就是万物自存，我心自惜，各有来路，也就各有归途。如此一来，天时地利的出品，什么不能吃啊？什么不能做盘中之餐口腹之福啊？这似乎就是活着的大智慧呢。大智慧进可主宰庙堂之策，退不就主导着家居之乐吗？

这样为人处世的本分节度，这样的取向得体，是自带老广性情的，是自成粤式做派的。它不在风风火火里，不在叱咤风云中，对于普通营生，多半也不在风花雪月里，或者烟雨迷蒙中，却实实在在地寄生在俗常日子里，沉着得无调，温暖到贴心。

粤式情趣，或者拔高一点的所谓审美，因实在进而浪漫起来的要义是什么？就是一个叹字。叹生活，是从叹茶、叹世界开始，不急不躁地消磨着时光，摩挲着日子，热热闹闹地谋生，优哉游哉地叹茶、叹美食。辛苦度日，自在放松。

叹一壶好茶。一壶好茶能把艰难的不易的人生掸松，把节奏放缓。一辈子或长或短，一辈子的日子你追我赶，何不浓淡甘涩，借得浮生一杯闲。斟酌品咂中，生意也好、生计也罢，何来谈不拢搞不掂的。茶浓茶淡，终归是各得其所各自归去罢了。

叹一大摞让人眼花缭乱、肠胃惊喜的点心。点点用心，成全了广州数百款让人口舌有福欲罢不能的点心。有什么样的心性，有什么样的心情，有什么样的聪明巧智，才能烹制出这么多让人自足自赏的美食啊。把日子捧在手里的情趣果然无敌。所以，心思缠绕，百结柔肠的点心，那真的是点点心思，把过日子的隆重与郑重，来了个诗意的、精美的呈现。

叹一碗老火靓汤。把各式各款的食材药材，不分彼此地全部融汇在一起，明火慢火后，火候适中，靓汤浑然天成。连食物都可以相遇相融，何况人间烦恼杂事，这谋生饮食的聪明，已是十足的与境界、胸怀之类的智慧相关联了。

肠胃的品味把所有人带回从前，带回祖先的灶火锅台边。生猛，时鲜，四季出品，为的是有啖好食，民以食为天，向来是过日子的王道。

再来叹一款款花样百出的菜式。粤菜数百年来自成体系，推陈出新，粤人的讲究就在这里，粤人的善待人生、敬畏日子的虔诚亦全在这里。朴素而又实在，不辞长作岭南人，不枉做回广州人。有啖好食的人生，对普通人生而言，夫复何求呢？求神拜佛，求的还不是顺顺利利的心境，热茶热汤的庇护。

善待生命的第一壮举，这壮举不是地老天荒，却是众生平等。活着，就要好好地活着，活好每一天，让天地的所生所长，为活着所用，一个人的时日，也是一场天地造化的道场。这是敬畏天地的诚意，在衣食住行里彰显出来的诠释。

粤派的饮食人生，与其说是一种过日子的天赋，似乎也可以说是一种豪迈乐观、雷雨生风的所向披靡。这是广州人由饮食而领悟，而衍生的生存哲学，把日子捧在手里，用一生的智慧，用天地万物生长供奉的出品，好好地做一回人，好好地活一辈子。

粤人不仅在叹生活，而且更要叹世界，来人间一趟多不易啊。我们的祖先哪个方位没胆量去出发、去远航啊。有粤菜的地方就有粤语的乡音，有粤人的地方就有饮茶和点心，这两个进入英语词汇的拼读，让人在异乡的感慨乡愁潮涌。

曾记得，在佛罗里达误机十多小时后，一家开了二十年的老店的一碗云吞面等着我。

还记得，从芝加哥到多伦多数小时开车的午夜狂奔后，老表的一碗腐竹粥，一碟干炒牛河等着我，乡思尽解，奔波的心情恢复了弹性。

4. 风生　水起

广州城貌腰佩玉带，珠江绕城而过，而河涌支流要么环岛相拥，要么一路缠绕。

于是，那先辈流传的俗例，便成了居停过日子的要义。

风水风水，水易生风，风易润水。物候相适，人杰地灵。

天时地利的亚热带物候，选择了广州人的临水而居。河汊纵横，河网交积，湖涌在城里撒欢，有水则灵的城市何处不宜居停生息。

这风水，不仅是一方水土的堪舆，亦是唯物的理性选择，是与自然气候达成相知相遇的默契，是彼此伸手相握时的会心会意。

临水而居成了祖传的宜居宜停的秘籍，亦流传成时尚风情。风调水顺，日子丰盈，这民间的意头与讲究，竟演绎为一种虔诚与信赖，有意无意地，有条件的都在自家的地盘里，做一点摆设，或是一种供奉，盆景流水，傍水生风，寄寓风生水起。粤人的信奉，实在到用来求神祈福，庇护保佑。诸如此类的条规教义，抵不过眼见为实的起效。

粤式的浪漫显然还是离不开这些实惠，临水风情，讲意头礼数的节庆，比如三月赏梅，五月踏青，八月拜月，九月登高，十月赏菊，诸如此类，年年岁岁不同，月月礼俗轮回，虽没有明显的气候分别，却有着应时应景的抒情。

南风一直和这座城市结缘。春天的南风饱满，冬季的南风亦是润泽深情。所以广州人的礼仪如同季节的馈赠，讲究的是手信，用礼轻情义重的表达，手信二字，就是足够的诚意了。

这诚意蔓延到信奉里，就是逢庙必进，遇神必拜，不拘门户，但求心诚则灵。于是乎，偌大的广州城，福地甚多，寺庙教堂甚多，拜神祈愿，香火鼎盛，礼拜声声，都是为了还心愿，传心意，直白得明了，亦坦白得无挂无碍。有缘就随缘，有礼就还礼吧。

顺应的还是天人合一的定律，有因有果，风生必水起，水起必风生。大自然不负苍生，众生亦须不负一己之心。

5. 醒定　生猛

年节的脚步让街巷收敛繁杂，褪掉拥挤，回复从容自在，素颜自赏。

回家的行程紧锣密鼓，谁都有谁该归去的故乡。广州的年节空间属于老广州人，终于可以放松下来，舒展一下劳作的腰身了。

有骑楼的街道变成了一副安闲的神态，货如轮转人来人往的街道清爽了，广州的容颜现出了平时闲日难得一见的优哉游哉。老街如一个风情不减的闺阁淑女，娴静含蓄；新城则是一副飞扬潇洒的时尚女郎的做派，炫目灵动得挪不开镜头的聚焦。

而菜市场、茶楼食市，则成了另一个喧闹的去处。吃吃喝喝是最诚意、最温暖、最平等、最直接的表达了，都聚一起吧，从早到晚，从一壶茶到最后一道甜品糖水，就在酒楼食市里直落吧。说什么衣食足人欢乐，从来时日就是这么简单，简单到无遮无拦，从祖辈手里击鼓传花般，落入这代人的手中，还是那种旧时的传统，还是那种不变的开心。

风俗的节庆来了，或是年轻人的西式喜庆同台竞演，不外乎把一种心情，过出不同的花样。

如是，粤式的浪漫还能是什么？采青，爬龙舟，龙腾虎跃，耍一下南粤男儿的威风，露一手不甘人后、顶硬上、藏敛释放的生猛势头，伺机而动，奋勇争先。正所谓粤语俚俗所称：执输行头，争饮头啖汤。该担当就担当，该立潮头就当仁不让。向来低调礼让的广州人，一旦醒定，关键时刻总是满目生辉，赢得满堂喝彩。

春节正月里最醒目的就是采青，采青里最夺目的就是醒狮。居家的门楼，或是店铺店家的门前，锣鼓喧天的时候，龙凤狮子跃动起来，热热闹闹，人头攒动。即使没有树桩横头凳之类，而以人为梯，以鼓点为力，上蹿下跳，粤人的灵动功夫，粤派的拳脚风采，咚咚锵咚咚锵，年节的喜庆挡得掉所有的晦暗。那狮头，是临风玉树的竹子弯而不折扎就的，那气势是独步平原的王者之风，刹那工夫，就跃上杆头，把那葱绿生财的好意头轻取入怀。年节是所有人的庆典，开心是所有人的双赢。这就是广州过大年的气氛。

若论生猛，除了吃进肚子里的河鲜海鲜的鲜活，首选就是龙舟竞渡了。多么喜庆热闹的风俗啊，潮汛一到，端阳节来，就江河会师，龙舟过招吧。

叹完世界的粤人活力十足，豪情万丈把这赛龙舟变成了体育竞技与全民娱乐，敢在江河上上下下的，都是猛龙过江不甘人后者。及至后来，这成为一种精神熏染血脉传承，亦未尝是空穴来风吧。

赛龙夺锦，江上竞渡，河涌扒船，风俗之余，日子不知不觉就有了一种敢拼敢闯的色彩。生活给时间涂抹什么，时间就会给日子输送什么，人生从来都是相互滋养的。

何况是过大年，那就更热闹得火花四溅了。客家式的、潮汕式的、广府式的，还有粤西红土地式的，把个南粤大地，鼓动得活色生香，喜庆洋洋。英歌舞，火龙舞，城隍巡游，飘色，花灯，眼花缭乱，目迷五色，还有祠堂饭，太公分猪肉，大排筵席的年例，日子就是这么红红火火，各处乡村各处礼奉。

156

6. 或雅或俗，亦雅亦俗

轻盈转身，洒脱回旋，雅俗之间，无非镜子的内外，日子终究是各自的日子，然后时光才是不一样的时光。

粤式审美就是一只变幻无穷、趣意无限的巧手，再俚俗粗陋的营生，也能侍弄出超常的趣致。水流有声，水洿有痕，岁月就是一个宽阔的舞台，演得起粤人粤派的浪漫。

粤式的浪漫似乎还有更多吧？那就是广东音乐，粤曲小调，轻扬的曲调，惠风和畅的音韵，豁达开阳的情感，还有什么比这个更能岁月有情，代代传承，时间不老，总是乡音乡情，萦绕相守。

于是，私伙局就大行其道了，平淡的日子要过把戏瘾，要附会一下悲欢离合、爱恨情仇，就粉墨登一下场吧。而后生就把那曲调借出门去，串配成老少咸宜的粤语流行曲，从港澳涌过来，又从老广的地头灌回去，来来去去的热闹，都少不了一副广府腔、一番粤味情。

广东音乐响起来了，一曲相认，就这么百年十年过去了，高胡二胡，唢呐锣钹，步步高，喜洋洋，有浓烈的，如《娱乐升平》《赛龙夺锦》，亦有清淡的，如《倒垂帘》《下渔舟》；有抒情的，如《平湖秋月》《醉翁捞月》，亦有诗情画意的，如《柳浪闻莺》《雨打芭蕉》……光是曲名，就让人相遇恨晚、沉醉于这南风粤韵了。

抬头，建筑的诗意永恒地定格着，从纪念堂的地标，到市政府的大楼，从珠江新城耸立的森林，到双塔的直插云霄。

低头，卖花的就在拐角处候着，卖茶壶玉器的则在自斟自饮着。

远观，是歌剧院的弧线，"小蛮腰"婀娜的曲线，南广州的品位，总是柔情似水，随物赋形，可能无限，畅想无限。

凝视，是岭南画派的虚中留白，笔墨写意，倾情花树，豪情山水，是三雕一彩一绣的精巧与奇技，不可思议中的巧夺天工。

眺望，是南海的波涛汹涌，是扬帆出发的气势如虹，是远处他方的乡音声声。

一切从来是这么来之不易，在时间的沉浮浪涌中起伏着、挣脱着。一切原来又是这么自在，所谓自在，就是自得自适，一座城市的审美与神韵竟是从容自在，与自我在一起，与世道人心的精气神在一起。

那做派的淡定，有的是运筹帷幄的从容。那识饮识食的机巧灵动，有的是生存的大智慧与大见识。

那润物无声雨打窗棂的情趣，一壶茶，一瓶花，抵得上堂前燕、官邸家。市井营生，来得如此收放自如，诗意浪漫，来得如此轻巧自得，满心欢喜。这才是繁华阅过，世面见过的宠辱不惊。

那内敛潜藏的豪勇争先，敢立潮头，又岂是"生猛"二字能够一言道尽，这生猛不仅是餐桌上的极品口感，更是做事担当的长风万里。

或俗或雅，且俗且雅，且行且驻，从千百年走进今天，从历史走进日常，活力四溅，风光无限，滋养着一代又一代广州人，熏陶着四面八方的新老广州人。那壶茶是齿颊留甘的，那款款点心是心头的暗香潜逸，那高高扬起的狮头，是平原山野的风声掠过，是青葱挺拔的竹节宁弯不折，活力长存，那一捧捧擎举着带回家的花，是你我平时闲日的年节，是你我年节里最郑重其事的用心点缀。

年又一年，日又复日，而广州情怀不变，记忆留痕，且行且驻，把平民百姓的营生，把你我的日子，过得水润珠圆，四季常青，花开百日，岁岁盈香。

这就是粤式的浮生，粤味的尘世，粤人的趣味了，又都是粤派审美的一招一式。

第三部分　遇见

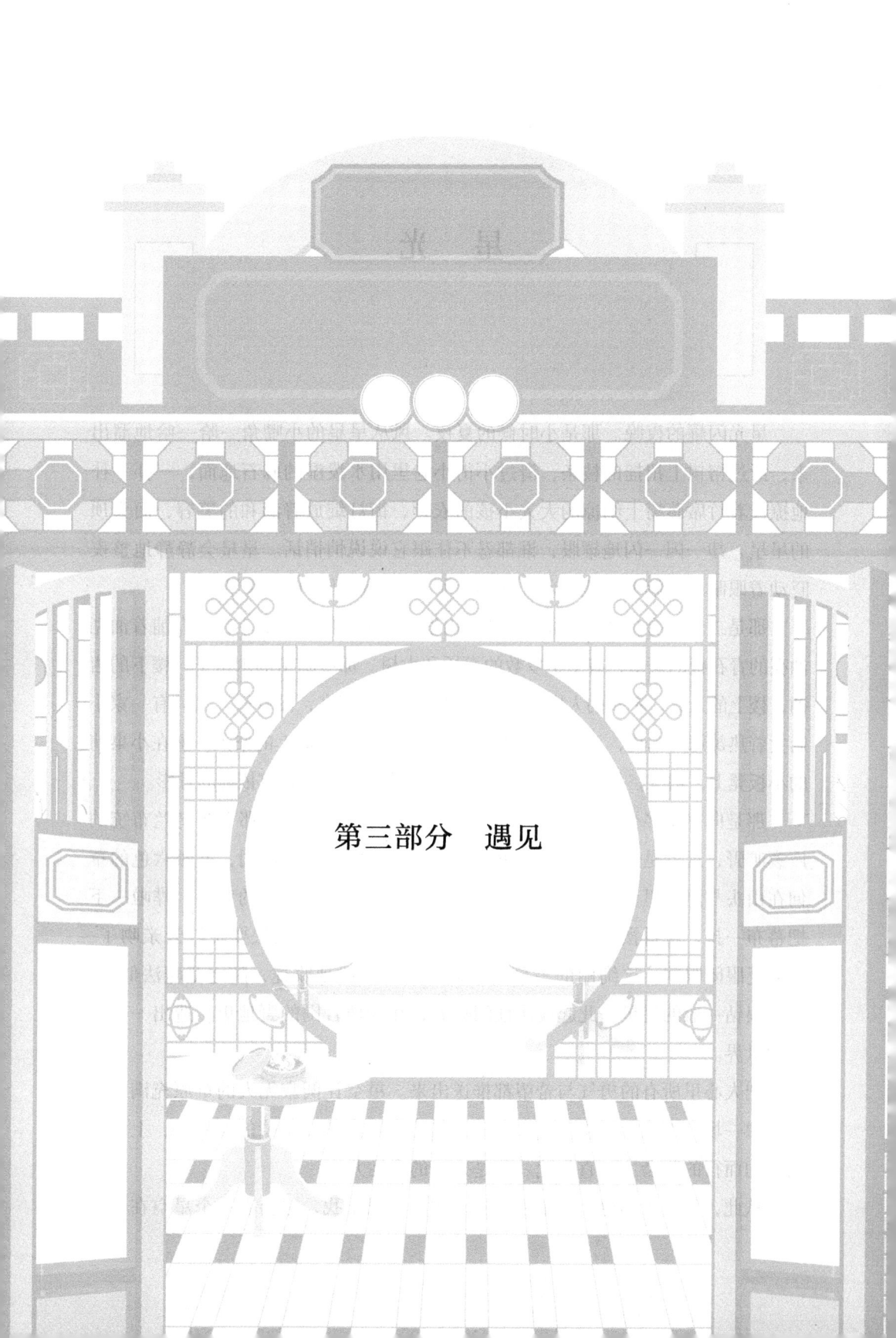

星　光

　　星光闪耀的夜晚。那是小时候的夏夜。风从星星的小嘴角一哈一哈地溜出来，滑过榕树上招摇的枝条，滑过小街小巷里用水泼湿的麻石地面，一扑一扑地撩拨着竹席藤椅上纳凉的大人小孩的衣衫，街灯绽放着温和的笑容，而头顶的星星，却一闪一闪地耀眼，谁都忍不住跟它说说悄悄话。星星会静静地整夜眨动着眼睛，善解人意地听着。此刻，所有的喜悦都来自那些星光。

　　那是二十年前在贵州扶贫时到达的山里，那个叫作石阡的小镇，有铺着油亮油亮的青石板的老街，有上了岁数的石桥和大树。那些临街的木房子，楼下的店铺，楼上的人家，不多的人家的房屋亮着灯，没有游客，没有行人，只有一家小店卖着热辣辣的米粉，只有满天的星光和蒸腾着热气的灶上的柴火。坐在小桌前的小板凳上，抬头，只有星星是时间忠诚的老友，路面上，有依稀的月影。

　　那是向往了多少年的坝上，那个通称为围场的大草原，那个叫乌兰布统的广袤旷野，远处是起伏的山峦，近处是任性的起伏扭捏的山冈，五颜六色的草甸在山头与洼谷里变幻着容貌。秋天的雨下成了小雪，雪后的黄昏，哗啦一下把幕布一抖，就抖搂出漫天的红霞，次第层深，仰起的头快要跟红云亲吻了。可在眨眼闭眼间，这绚丽的一幕不知被谁折扇一般地收拢，随之变魔法似的，撒下银钻一般的星星，此起彼伏地闪烁着，在天地合围的野地里，造出一个童话的世界。

　　把人心里所有的勇气与希望都推送出来。星空让阒寂无人的草原充满了生气，像一场盛大晚会即将上演，在不多的几个嘉宾几双眼睛的注视下，上演一场如约而行的晚会。一直如此。我是这晚的幸运儿。

　　从此，我是否知道，在某处，有一颗星星属于我，也会有一个星空在远方等着我?

那是十五年前的荷兰,第一次的欧洲游历,知道文森特·凡·高,来前在书柜里翻出他那泛黄的传记。然而,荷兰的雨,荷兰的风车和木屐,遮挡了他的色彩,除了郁金香的浓艳,不知道他燃烧的颜料,一遍一遍地涂抹着他的激情,他的才华,他的爱,他没人知晓也无人愿意理会的爱,对天空、花朵、人,特别是星空。

《罗纳河上的星夜》,连流水都能溅跳出光影。我无端地想着家门前的那条珠江,那个被本地人称呼为"海皮"的江畔,长大的日子在江边玩耍,原来是在触碰着来自远方的大海的皮肤,多么浪漫温情的比喻啊。

《星空》,却让注视的双眼涌动着泪花,为什么是蓝色的呢?最后归去的路都弥漫着宝石蓝吗?浓得化不开的情绪和透彻得改变不了的初心吗?

"没有某一种疯狂,看不见美。"这就是凡·高的《星空》,变幻的、美妙的、不可测的征象,在繁星的夜幕上,在明暗之中,在闪烁与沉陷之中,在燃烧与寂灭之中,好像有什么倾注而下,把所有的晦涩炸裂开去,滔滔的一生就这么被冲刷着。

"你将永远爱下去,她也永远秀丽!"总有一天,无论多久,与千万年的一束星光相遇,会有人听到倾注其中的灵魂的声音。

是的,凡·高的星空,或者此时的星空,让黑夜有了一点点持续不断闪烁的亮光,脆弱无力的自己就多出了一个自己。而安静下来,就配得上这满天的星辰了。

活在自己的仰望及相遇的星空里,就没有卑微,也没有委屈,甚至连自信都能一点点地长起来,向着光亮越长越壮实。

星空是孤独者温暖的臂膀,也是无助者宽厚的拥抱。然后,就会听见自己内心的声音。是的,热爱这个世界时,才真正地活在这个世界上。这就是意义。

那么是荷兰故国留在脑海里的记忆,还是大溪地的星空,凡·高用他瓷器一般的眼眸,所捕捉到,所臆想到,所描绘到的星空,瓦蓝色的,宝蓝色的,梦幻的,呓语般的。

那时候文森特的际遇远还没那么发烫,那时候他还没被如此隆重和反复地传颂。甚至那时候,我只知道他寂寂无闻的生前凄苦,苦得只能烧灼自己的内心来焐热饥寒交迫,苦得只能割掉自己的耳朵,永远待在自己的世界里。

然而，也是历经了多少轮回后，我才能感应到他有那么超凡脱俗的星夜，那么绝望的星夜，一如殉情的爱，一如最后焚烧自己的火种。

爱忍无可忍。而热爱就真的是忍无可忍，舍生忘死，前赴后继。

仰望星空的时候，毕生难忘的时光便霎时开启，最珍贵的不是自己，也不是谁，而是这刻的时光本身。

这是你内心需要唤醒、需要宣泄、需要滋养的生机。

这是无须奢求什么人施舍给予的安慰和爱抚。是的，就这么简单，就这么骄傲，仰起头，仰望星空，眼前的光景从此不一样，心情慢慢地变得不一样，明天的日子从此或许不再一样。我默默重复着缪塞说过的："决不，你说，这时围绕我们/回落着舒伯特的乐曲如怨如诉/决不，你说，这时你由不得自身，忧郁的蓝光从大眼睛闪出/你的碧眼严厉，你的心灵纯净/看着你的眼睛，我留恋你的心灵/只见这颗心盛开时便已合闭。"

谁带走了那个叫文森特的生命，谁又给那个大名鼎鼎的凡·高带来斑斓的色彩、梦幻一般的图景和他原本就那么美好的生命——才华、激情、胸怀、想象力、技法，一切原本属于他自己的，可以真纯到底的，可以永恒的创造力。

然而，这血红的玫瑰和银白的荆棘，究竟哪儿是鲜血染成的，哪儿是冷若冰霜的人世凝固的，没有人知道啊。

身世凄凉，说的就是这样的怀才不遇，说的就是这么脆弱而且不堪一击，在冷硬的现实面前，谁给这才华、这与众不同、这痴绝的投入以关注、以喝彩、以机缘，甚至是起码的礼遇和同情呢？

那是宝蓝色的星空，凝固叠加着铅样的油彩，一颗颗梦幻的泪珠，被现实的巨掌按平了，捺在油布上，捺在遥望的眼眸里。宝蓝的星空，有着多少的高贵，与可望不可即的遥远？"关山难越，谁悲失路之人；萍水相逢，尽是他乡之客。"

没有！幸而，还有夜晚，还有无垠的夜空，星光就是这么一闪一闪地，诉说着属于自己的故事，已经没有悲苦，没有怨怼。瓷器一般的眸子，投射的是变幻的色彩、丘陵的投影、树丛、鸢尾花、星空、风和冬季的寒意，然而有星光在闪，有捕捉的满足。

那么多年过后的，假如不是这首歌，不是这个有一个甲子历练的香港女歌手，一个真正热爱音乐的歌手，假如不是堆积在一年里突然就被扑倒的压力，我可能还不会那么明白，那么泪涌，那么感同身受：那些烈焰般绽放的花朵后面，是思索着破闸而出的苦闷，是渴望自由而被迫放弃的一切，甚至是一片面包，一块如雪般的画布。

绝望的星夜原来承受着那么多的故事。

只有时间，宽宏大量、不动声色地把一切藏起来了。我从医院里跑到现如今的坝上的星空下，就是为了醒悟，就是为了明白，然后放下吗？

在那之前，我一直以为，星空是这样浪漫，也是这样恬静，一如英国。好几年前的英国，月光下的乡村，有银钻一般的星星，那是华彩的锦缎，揭幕后，就是琥珀般的晨曦，一切都美妙得不可言传。

此时，我用那么多年的领悟，那么些琐琐碎碎的经历，才懂得，这个文森特的故事，要诉说、要思索、要苦闷和要承受的，甚至是要用生命去抵抗、去偿还的故事。

时间都去哪里啦？过去了那么些年，命运竟然如此重复着、轮回着，在这个那个人的躯壳上应验着，甚至复生着。

真正感到失落的事物，比如爱，比如正义，比如时间，永远都不够。"冬天从这里夺去的，春天会还给你。"海涅说过的话，当真吗？春天是一场盛大的嘉年华，而感到激动又害羞的雨，总会及时赶来，再把封闭在绳结里的风解开吗？

是的，这就是节令，这就是四季的轮回，雪下完之后，是晚霞满天，接着登场的，是星空闪烁。装满无边无际的梦想，这是一个灌满了美妙的时节。天色黑下来，而一切被收藏在白天里的秘密才刚刚开始揭幕，以便在不可思议中把你带去远方。

这是你跟诗情画意约定好的时间，星空越远，你的梦境越盛大。或者那个灵魂和精神的空间里满是斑斓油彩的文森特·凡·高，已经感觉到自己的生命无所不在，就像遥远的边界，就像在星空。

灵魂的孤岛，总是需要一颗星星；仰视的双眼，总是需要一片星空。星光，在黛墨无边的夜晚，总是会闪耀的。

它或许不照亮什么，只是绽放着自己，一闪一闪的光亮，在诉说着什么。也许，没有人听见，也或许，没有人想知道它的故事。然而，星光还是会出现在夜晚，只要有天幕，只要有无边的旷野，只要有鸟吟或者蛙鸣。

每个人都对应着天上的一颗星吗？每个人是一颗星吗？抬头向苍穹的时

候,会看见自己吗?会听见自己的心声,在诉说着属于自己的故事吗?

哪怕没有人愿意听见,哪怕没有人愿意懂得。然而,星光,还是在无垠的夜空里闪烁,一直在闪烁。

带着伤口和黑洞来到世上,拿什么来填补?头顶的星空,以及内心的拥有。谁孤独就让他永远孤独,没有星空的时候学会承担,才能与爱和喜乐比肩同行。

"千山我独行,不必相送","湖海洗耳恭听我胸襟,河山飘我影踪,云彩挥去却不去,赢得一身清风","往日意,今日痴,他朝两忘烟水里",这一切的一切表达、陈述,都是多好的情怀啊,那情怀里,有的是星光灿烂。

当你把脖子仰起来,让视线超越烟火与柴米的一点点高度,然后,你就会看到星星,此时,整个星空都属于你,你的视线必将拥有整个星空。

此时,必定有从远方传来的问候。

从此以后再也不是你。永远都只是生活继续。时间永远都在提醒你向前走,别站得太久。每个人与他的命运,其实也是一种释然。时间的琥珀,以及,那波澜不惊,淡漠到几近专横的流逝声,在愿望或者星空下回头,谁都注定要在凡俗日子里沉浮。

星空为谁保存着某种珍贵的执念,遥不可及的星空依然被珍藏在心里,成为照亮自己脚下的一圈光影,在抬头的瞬间与永恒间架起了一座对望的鹊桥,让你在无法挣脱的时空变幻中重新安慰自己,重新获取力量。

获得和给予爱是时间中不可缺少的养分,爱是一种承载着不同颜色和责任的力量,最初的爱,与最后的仪式。拉斯克·许勒有着多好的诗句:"然后黑夜带着你的梦/在星辰静静的燃烧中到来。"

星夜沉下去了,不知不觉地挨过去了,然后继续飞渡悲痛和孤独。时间让人受伤,也让人治愈,并终于让人响应内心的召唤,活出了自己。那个在星夜里灵魂奔跑的人,那个将星夜当成盔甲去扛过生命的艰难之路的人,是你,也是我。

生活从此可以不被绑架,我的肩头,落满了星星。因为,此刻的广州,也开始有了星空,头顶上也开始能看见星星了。

星空既安慰了过去,也安慰了未来。每一颗星星同情夜晚,如同每一盏灯同情归人。

极致（三章）

之一　柳叶刀与绣春刀

"古人尝谓'山水比德'，《笔法记》虽讲的是画理，却也是为人之道：'气者，心随笔运，取象不惑；韵者，隐迹立形，备仪不俗。'"

气韵流动的物事，肯定自带光泽。一如世间万万千千美好的山川湖泊。

所以，我们的感知之外，我们所遇见的一切之外，肯定还有另外一个更广大的世界，它一直在与我们对视着，就像一个伟大而永恒的谜。

也许真相就在于，一旦物事有了神，说的是精气神魂的神，那一切也就不再是原来的样子了，一切的僭越与替换都在不知不觉中发生，如同鬼使神差的不可测一般。

正面的物事如此，那么反面呢？

面对着这两把刀的命名，我的感知经历了一场似曾相识的颠覆，如同过山车一样的感应，所有的认知恰似钟摆效应，从一个极端晃荡到了另一个极端。

柳叶与绣春，都是跟生机盎然的春天有关的，似乎思维的定式，也把人的想象摆渡到那温婉柔美的对岸。由是，当眼神跟这两个美好的字词对视时，脑海里就会臆想出一幅又一幅春光烂漫的图景，湿润的风爱抚着柳条，万千婀娜，舞动起唧唧私语，带露含羞的摇摆，荡起了秋千，明媚轻快的春意，一同在风中撒欢奔跑，一路的足音，撒落了一地的欢愉，把一年的希望都编绣进土地里，把生命和希望也渗润进泥土与水流的期盼里。

然而，画风一转，命名为柳叶刀与绣春刀的，光是名字，那呼之欲出扑面而来的双重迷离，始于一种温润舒展的亲近感，有怡然的光泽和轻盈，继而，则是另一种悲悯和寂灭的凛冬感，一种隐约的血腥和寒光，让人悚然一惊。

所有的转换来自哪里？

所有的破解来自哪里？

是奇谲而魅惑的命运？是严酷而波折的探寻？是圣洁的修持还是恣意的放纵？是屈曲与挺立之间的两难？还是仅仅归结为一种执念？一种由来已久的不可逆的框限？

也许都是。也许，天知道啊。

然而，此时的感觉是真实的，心里充溢着战栗又汹涌的起伏，让人的思绪涌动起来，往联想的各个出口飞奔而去。带动起一路风烟，时间空间快速地闪过，如果此时真有灵魂，那必定是一道闪电，或是一阵滚雷，天地原来是可以不一样的。

我试图把这些有形的器物之象，这些端立了几百年上千年的物件之象，这些见证过天地沧桑的幻变之象，这些脑海里浮游着的幻化变形之象，用双手捧举着，在眼前摆放好，凝视思考着，让它们的气场与流动的光影，与我神魂交汇。是的，就用不知道能否达意会心的文字，把它们具体地呈现出来，如呈现一道又一道波浪形的七彩斑斓的思绪。

人的意念是万物奔涌的尺度。

何况，它们是真实存在的，它们与生俱来的有形与无形的东西，并非虚幻之物。

何况，它们自带气场，神韵生动，可以让人追踪的目光，腾挪万里，想落天外。

这些神秘的，无法破解密码的存在，也许，是天造地设的吧。是的，感应就来自天人合一，天地轮回，正邪更替，万物复始，生生不息。

当春天的好梦还躺在泥土里，朦胧未醒，梦境里的精灵早已破茧为蝶了，它们随风翩跹，用曼妙的盘旋与欢快的翻飞，跟一切拥抱，击掌为阳光明媚，握手为雨霰纷披，连荒芜的、失血的、零落的、凋谢的、倾颓的，都被摇撼惊醒，为之吸引，为之着迷，那仅存的生命力在慢慢地复苏着，一点点地伸出娇弱的手臂，向这春天的播撒者招手致意。泥颗或者水滴像是突然被触碰了一下，这触碰恍惚通往土地的深处，又腾跃而起，直达天际的不可企及。据说尘埃钟情于风，而水珠迷恋于天幕，它们总是想方设法飞升，随风而舞，聚散成云，不期然就成为空中飘拂着水袖、变幻着身姿的雨云。

温暖明媚的气息笼罩在季节的这里或那里，如同绣娘的绣花针，把春意一针一线地绣出可触可感的形状和风姿。空气中似乎弹动着音符，据说这音符是能连接不可知的世界，与人内心的某条丝线关联着，在穿针引线的牵引中，若有若无，似无实有，回荡不已，绵延不绝。

我突然一个激灵，啪啦掉落下来的这个命名——绣春刀，这嗜血的刀刃也会为之失魂落魄蜕壳重生吗？正是在春天，这冰寒的刀刃也会附着些暖意，会染上一抹亮色吗？此时的光不再是削铁如泥时的寒光了吧，该是穿越了幽深的被重重包裹的权谋，而被唤醒的那抹光泽，正应是春天的祈福投下的那种祥和之光，融化着曾有的戾气和不测。

几百年就这么过去了。所谓明朝那些事儿也被翻来覆去地书写着。

远眺绣春刀，孕生在遥远年份的阴寒里，是明朝东厂遗留下来的佩刀，血雨腥风，被封存在一个美好的比喻中。所有的解读，如同一场血色苍茫的拉锯与分裂，一面是刀下的春天与柔韧的生长，春天是绣出来的，不是长出来的，一面是嗜血的快意恩仇，酷冷背后的不动声色，惨绝之余的不留痕迹，仅是用刀锋去了断一种墨黑的情绪和争夺的杀机，让鲜血也变得瘀结失色，让生命无足轻重，让践踏变得肆虐和无情。

一股寒气从"绣春"二字滑落，让人打了一个寒噤，这是撕裂的博弈，还是心有疼痛的平衡？这种极端的阴阳转换，会把人变成双面的混杂怪异吗？

不久前有这么一部电影，有简约的台词，有春意弥漫余韵葱茏的画面，聚焦的是刺客身上佩带的绣春刀，全部的铺排，都在诠释复仇与道义的纠结，最后的了悟让人心有戚戚：剑道未必无情，而不能担圣人之忧，不过是满心仇恨且自以为绝对正确的上位者，目中无人，以杀伐而利己，私用执念而已。

此等执念，在膨胀的欲望揪扯下，已是邪念。

复仇还是寻仇？绣春刀在嗜血的狭路相逢里，一个空中飞跃，先劈开空气，再劈开肉体，刀刃不染血，只染那股逼人的寒气，寒凛到连空气都凝固了，结冰了，覆盖下来，一切死寂般地冻结住，生命的活气不再流动。

作为一种权势的象征，那裹挟而出的傲慢与偏见，似人非人地已经长出一对翅膀，飞越爬不上的山渡不了的海，念起刀举，念坠刀落，颐指气使就能把那些容不得的存在削掉。

历史的褶皱里总是藏着很多让人唏嘘的东西。

谁在喃喃诉说？是春天的精灵吗？

同样是作为一件利器的柳叶刀，为何有如此温润的名字？是人性善与恶的比拼，还是拯救与赎罪？也许已经洗净冤孽，用草棵树叶的浓稠绿汁，把春色一点点皴蚀上去，永不生锈，除病祛灾，普度生灵，成了医者父母心延伸的巧手。当我再次听到这个名字的时候，恰巧是芳菲的四月了，广州特有的春天的七彩，像舞动的刀剑旋转起来的光影，发出嗖嗖的声响，风一般地迎面扑来。

春天来了，美好的诗句"二月春风似剪刀"，众人耳熟能详，不由得就惦记起那把柳叶刀。初始最深的印象，来自一部名为《好医生》的美剧，一个患有自闭症的天才医生，真正安抚内心躁动不宁，或是思疑不定的神秘器物，竟然是一把外科手术的柳叶刀。

长若手掌，带弧状的刀形，却是能轻易划开人体皮肤的工具。

它的神秘源自它的命名，让我疑惑不解。撇开其撕拉一下就能开膛破肚的用途，撇开这让人有点心跳胆寒的关联，转身面对的却是触目的诗情画意。

诡异就在这无端的两极里。

柳叶刀在手术室静谧无声的节奏催促下，停留在身体只有几秒，划开皮肉的声音被放大，如同天崩地裂的感觉，神秘的内幕被强行打开，那被放大的声音只是因疼痛发出的骚动。

柳叶刀是外科医生手里的神器，是替天行道悬壶济世的魔咒。

而柳叶在春天的场景里，是文人墨客眼里笔下极致的意象，是无数诗词歌赋吟诵的赏心悦目的美景。

同是以刀为名，而命运与经历竟是大相径庭。

绣春刀的故事如何封存？

柳叶刀的故事如何开启？

虽说都是血腥的，前者是一个大恶之计，置于死地；后者是一个大善之举，拯于危崖，都是命悬一线，一念下地狱，一念上天堂。

这真的是很缠绵、很凄美的命名，都是以生机勃勃的春天作赌，有向死而生的气息，如同时令的水雾岚烟，弥天漫地，无论是正是邪，都得下跪，以膝盖的那点敬畏，做生与死的对决和领悟。

都是一把刀，要么是把邪恶捅破，要么则是把赘毒割除。

春天的生态从来生猛，长势汹涌，绿意的背面，冷光中有的是濡湿，有的是淡漠，如果没有明媚的光亮抚摸过，要么是重生，要么是零落，像日出的明亮和日落的冰冷，中间分隔的，是那或大或小的刀形。

活着的年代，凡是刀具，都与生死有关，而对于善恶，其实就是奔跑于河道两岸的流水，要么解困于饥渴，要么肆虐于泛滥。血腥是一回事，拯救则又是另一回事。血与火，要么流淌，要么明灭，如同时间之河的两岸，要跨越的又岂止生死呢。

刀可以是利器，亦可以是饰物；可以是嗜血的快刃，也可以是一种标榜救死扶伤之美的工具，在刀刃之下，是大地和万物借此寂灭，或者借此生长的能量。

三月的雾春，生物葳蕤，如油的春雨润养着植物的根根茎茎、枝枝叶叶，空气里是纠缠着的痴恋，丝丝缕缕，雾一般地聚拢而来漫溢开去，如同一首和声潜逸的吟诵，在季节的边缘徘徊着、触碰着，流淌出无端的不舍和伤感。

噌的一声，刀刃出鞘的金属性，划破了水滴密布的泪意，原来天地间还收纳着这么多的不忍和爱恨。我看见黯淡的天幕下有寒光一闪，刀锋钻头一样疾驰而来。此时，我知道向天地的祷告是有力量的，我合拢眼睑，只等着那把千年的宝刀，在头顶挥舞出好几圈弧光，像闪电的威猛，咣当一声脆响，把那把锁在一个女子、一个母亲脖子上的锁链砍断，让她重获自由，往大地的深处走去吧。冤孽是要砍断的，绣春刀的最后行径，是以血祭血，以大义灭绝邪恶吧。

嗖嗖声再度响起，收刀入鞘，光影隐现中，大地的回响雾一般地荡漾开来，春天原来是要一点一点地绣出来的，用爱心用美意，用敬畏用虔诚，还有绵密的呵护和无声的守候，才会有土地深处舒展开来的生命力，万物萌动，春意盎然。

绣春，古人的念想也踏上了归途。春天的雾岚婀娜起舞，天地有大美才无言啊。

有一个有意思的修行问答，透明的剑是什么剑？是隐形剑？是无形剑？是青锋剑？还是看不见？

此时，我想起了绣春刀和柳叶刀，绣春的春意在哪儿呢？柳叶刀的弱柳扶风的妩媚在哪儿呢？也许无处不在，也许无影无踪，也许既是暗藏锋芒，也是含威不露吧。

我试图解读的，不过是追问一下，究竟是灾难或者是狂喜的突然而至，在表面没有故事的风平浪静里，去探寻那些极端的悲苦与重生？烟云一般散聚的困扰与纠结，都不过是一时一地蓬起的烟尘，时间一加速，就永难回头了，再回头也难觅踪影了。

"倘若是芒刺，就让它与血相爱/倘若是罂粟，就让它在唇上微笑/诗人的存在哲学就是不想死。"浪漫而温婉的诗人洛夫如是说。

之二　天青

雨过天青。

一双神奇的眼睛就苏醒了，那是一对想象的眼睛，它的翅膀扇动起来的时候，颜色的密码如同云走龙蛇一般，烟岚散去，真容开启。

它的历史，如同排闼而来的长空，竟然那么绵长，又那么精妙，果然是道由白云尽，春与青溪长。

等风雨经过，等风雨过后，等着它出现。

万物灵动。

大雨初霁，阳光破云消霭，虽近黄昏，依然霞光万道。天象变化奇幻。

远方的地平线消失了吗？那年，北美的天空辽阔得无边无界，目所不及，视线的远方总是天地浑然的，人几近是个旋转飘移的黑点，一如在车水马龙的高速公路边。

几年前，当我从那个靠近尼亚加拉瀑布的大商场的热闹中脱身出来，抬脚要跨上停车场的车道时，偶然，一仰头，仿佛一道闪电贯通全身，哗的一声，我僵住了。视线被牢牢地吸附在前方的天空上，双目惊呆！

天青粲然绽现。

雨过天青，稀罕的天青，可遇不可求的天青，天时地利光影默契推送的天青，独步长空的天青。

在光线通透的那一片天幕中，蓝色里溢流出的一脉混合了柔软的靛蓝与纯净的绵白，不知不觉地渗润融汇着、变幻着，在白与蓝之间，在灰与白之间，难以言说的色泽，清爽，明媚，恬淡，简静，高雅，大方，君临天地，原来这说不清的颜色——天青，是如此仪态万千，顾盼生辉，却又不可名状。

雨后的天幕，成了一张硕大无垠的宣纸，率性的着痕，如同豪情万丈的泼墨，淡蓝与灰白飞扬开去，西北方向的云絮拥住了光线，上方是烟岚一般的团状浓云，下方被光线映亮的是晶莹透亮的溪状去脉，镶边的正是珍贵的天青啊！

不知道用怎样精准的描述才能还原眼前的雨过天青，恬淡的着色，纯粹的色泽，介乎白蓝和脆青之间，有着洁净和无邪的品相，在各种深蓝浅蓝墨灰素灰白莹淡银之间，悄悄地守在光灿灿的云团旁边，不动声色的却是电光石火般的撷人眼目。这颜色是怎么被宋朝的潮人锁定的？又是怎样被宋代的文艺范皇帝钦点的？

大自然的神奇是一个谜，人间的相遇相知更是一个谜。多少风流雨打风吹去，能有因缘际会存留下来，那是何等的天命与奇缘。突然想起孔孟之道的知天命顺天意之说，仰望天际，我不能不噤语。

征服是无由分说的。而美的征服就真的是应了大诗人元稹的一句感叹："曾经沧海难为水，除却巫山不是云。"

天青，无论是景观的可遇不可求，还是后来现身于宋瓷的附体里，除了有目视成缘的机遇，还得有相惜相守的那份痴迷吧。

难怪日后会有这么一句非同寻常的睿智的沉淀——青出于蓝而胜于蓝。试想，这蓝天浩渺已是不可超越不可比邻的了，而由此催生的天青，却是悄无声息地胜出，同样也是不可名状不同凡响的了。珍贵之处和希望之处恰就在这里，超越都是暗藏机锋的，山外有山，天外有天，天道与天意实在是不可觇破呢。

是的，就在我的正前方，光线闪耀，雨后的阳光，簇拥着雨后款款现身的天青，是的，这无与伦比的天青，正是接续宋朝那个有艺术品位的皇帝钦定、鉴别、锁定、冶炼出来的——天青，是唯有风雨过后才会出现的天青，是青出于蓝而析出的天青,是奇特而难以置换的天青。

我惊喜得合不拢嘴巴,想跟什么人分享一下我的激动,异国他乡,我只能无限压抑地、长长地又哗了好几声。

它是在时间深处,在天地交会后的一种无声的神态,是从远方飘来的一个遥远的问候。

在光线灰白的周边,一边游移着较为厚重的墨云,一边则是光线挥洒时皴擦出来的遗痕,在白、灰、蓝之间移动着舞步,旋转着身姿,变幻着表情,恰好的色彩,稍纵即逝,惊得人要在高速路上停车,把它拍下来,才是眼福与幸遇。

那时,一路往东,是401的高速。天象的变化比一百公里每小时的车速还快,龙蛇走笔与泼墨写意轮番上演,北美广袤无垠的天空,在这个巨大的大卖场的空阔前,就让我的视线被捎带着箭镞一般地往远方呼啸而去好了。

因为天青这个跨朝历代而被定名、被倾慕、被相知的传奇,关于对色泽的、关于对艺术的种种神往,成全了我这一刻的遇见。

那些迷幻的色彩与命名穿越时空,与我此刻目视为缘。那些美妙无穷的陈述与演绎,就在眼前,有了一个真实的现身与定格,这是多么可遇不可求啊。

在黑白里温柔地爱彩色,在彩色里朝圣黑白,这似乎是一种随和包容的状态。而我却述说不清我的惊诧无比及赏心悦目,这无与伦比的着色,这疏朗清爽、洒脱高贵的着色,这风雨过后彩虹过后恬淡谢幕的天青,飘逸洒脱,稍纵即逝,甚难追随。

时间的力量无可匹敌。是的,时间是宇宙送给我们的宝贵礼物,它使我们变得更聪明,更美好,更成熟,更完善。

不着痕迹的泼彩,在这如活水般流动的灰白青蓝的渐变中,增添了时间的沉淀和分量,由轻盈而丰实起来。

这浪漫绮丽的通透,把天幕完全照亮。

周边的天色每分钟都在快闪着种种表情,浓淡干湿,厚薄软硬,无法描摹比况的种种色彩,在虚与实之间,在通透与充盈之间,都以默契的交流,呼应着各种变色,如同性灵在其中呼唤应答,切换着种种相知相识的表情。

而唯有它,君临独步,谁与争锋?

天青,有着玲珑温润的透明感,有着不可思议的融合感,又有着无法混同的独异感，随着白与灰与蓝的融汇，随着黄昏的光线不同明暗的成全，而呈现为一种不可思议的神奇的着色。

"雨过天青云破处，这般颜色做将来。"这是宋朝在历史上烙下的印记，无论是宋代的诗词、瓷器、文人花鸟还是写意山水，天青的标识，难以清晰言说的玄妙审美与况味，都在其中了，寓意与奥妙无边无际。

天青，只可仰望，方可一见。且变幻快如流星，嗖的一下就划过长空，那种极致，瞬间后归返平淡。那一抹可望难即的天青，就成了自始以后的历代艺术史上的心事，念念不忘，却甚难呼唤，更甚难企及。

那应该也是大自然的托梦吧。据传，雅好甚多的宋徽宗梦中的斑斓里，曾映现过雨后的长空，一缕阳光透过云层，棉絮一般的云朵有的嬉戏，有的静观，在碧蓝碧蓝的天幕下，阳光的照拂有的明丽凝眸，有的匆匆一瞥。此时，在云朵与蓝天假依的地方，阳光转身，光线乍破处，如烟如雾如雨霰的奇妙的色彩，蓝中有恬淡的绿，有素清的白，有雅淡的粉，不着太多姿色，却尽得超凡脱俗之致，空灵飘逸，不明媚不张扬，却俊逸飞升，温润如仙，来无踪，去无影，长空万里的真颜展露，也是这么含蓄与敛藏。

大自然展示的完美，让人追逐的目光永远仰望。

天青色——清淡含蓄，一股清流？一瞬清爽？一脉生气？一种非凡？一份可遇不可求的奇缘恩赐——或许就是这样的：做自己愿望中的唯一，即使做不成，也不要成为次品和废品，即使是狂风暴雨后，唯一的一次出彩，即使在万劫不复中，也是唯一的一次绽放，一次成功。而这终将被目遇者、被有缘见证者，永远铭记，甚至复制，而传承下去，用生命与时间承载着，传递给下一代郑重其事伸出来牢牢捧着的双手。这就是不绝如缕的回响。

就这样，这种神奇的色彩被那个富于艺术天赋，神思总是浮游在艺术的色泽线条里的皇帝看到了，凝视住了，吸引住了，也最终被他的想象与感应收获了。

就定格在被命名为天青的颜色里，就定格在这种被称为宋瓷的器皿上。这实在是需要一种独特的禀赋才能洞察出来的色彩呢。

我一直在猜想，皇帝身边的一干人等，必须接力赛似的传递着这种开窍与领悟，这种守候与捕捉，在无数次的风狂雨骤后，在无数次的雨后初晴中，引颈等待着长空的点化，他们终于看到了，狂喜地接获到了——什么是天青？天青意味着什么色彩？

然后，就是火与泥的较量、釉与火的比拼，如同天与地、雷电与雨云的角逐，就锁定在这天地恩赐一般的瓷器里，宋朝的极品瓷器——天青。

天青，它源于灰与白，而超越其上，更沧桑而古朴，更淡静而超然。

天青，它青出于蓝而胜于蓝，同源而不同宗，凝练而强烈，施施然翩翩而至，倏忽而归。

如同超越于白的烟岚、蓝的气脉的流动，而器宇不凡、独步星云。如同人们所经常比况的，深潭可印月，因潭深而存储，青出于蓝而胜于蓝，因这青出类拔萃，不同凡响。难怪师学相长，总是用青出于蓝而胜于蓝来形容，这也许就是超越的必由之路，无由分说，却无法阻挡。多么意味深长啊！

我也一直在猜想，有怎样的禀赋，才可以由器物而及人事，由人事而及修为、而及领悟，返本开新，如此稀罕，又是如此卓绝，奇在可神会、可目及，却难以描摹的表述中，妙在让人恍惚，让人慨叹，让人目瞪口呆，只能在仰慕中，久久地凝视着，直到气象万千，无踪可寻。

此道非常道，只能信赖顿悟与领悟吧？

这似乎不再局限于是否一款进入视觉的颜色，而是一种哲学，一种有自己独特的表达方式的存在。

天青的价值，出于蓝而胜于蓝的定律——无人能替代，无所能比拟，独一无二。

说及天青的如梦似幻飘忽迷离的行踪，终于被宋朝的皇家留驻成艺术品的永恒色泽，不得不说及另一个明清的极品着色——郎红，那是另一种沉潜端稳当仁不让的气质，所谓的鲜艳凝厚、清澈透亮，怕是难得在风雨过后的万里长空偶遇这种品相，诸如靛青、粉蓝、果橙之类的色泽，虽是大自然的神示，不也是唯美的人为创造，亦步亦趋，境由心造，由此而诞生的杰作，不得不折服古人对天人合一领悟的启迪，这何尝仅仅是色彩的变幻？其中学问无边。一如文物收藏，一如一段旷世情缘，千丝万缕，隔空对话，爱意盈盈，绵绵不绝。

难怪皇帝大人一往情深于天青，才造就与成全出这样一个有着无与伦比着色的艺术珍品。这种纯净、宽厚、温润的成色，背后隐藏着风雨雷暴，背后有天蓝的奉献与成全，背后是无数次的酝酿与天地默契的融合。

何以成为国色，何以此等稀罕，何以不可多得？风雨过后，青出于蓝，无不是天地万物以胸怀、以宽厚、以善待，才得以有这样的贵重与馈赠。

难怪青出于蓝，是天道，也是人道，而青出于蓝又胜于蓝，是义理伦常，更是规律所向。天地万物的造化，雨过天青的所赐，才有青出于蓝而胜于蓝的超脱与神授。

这样的比况当然落俗，而回到人自身，谁能认清前浪后浪，青出于蓝又胜于蓝，从缪蓝草里提炼出来，似蓝非蓝，这是缘于浪漫所得，还是无所更易的天地万物自在自得的规律？如此深明大义，才会有足够的坦荡与胸怀噢。

让人慨然长叹的是，古人对颜色的称呼，为何神示般的风雅和孤绝？！

葱绿、胭脂、天青、粉红、月白、铜绿、藤黄、紫棠、冷青……古人用"红、黄、青、白、黑"这五种颜色，总结了一套属于中国人完整的世界观，天地成了万物的比况，且都在五种颜色的变幻轮回里。

大雨倾盆之后，只要阳光有足够的诚意，只要阳光有足够的强劲，一定能带来满天云霞，而在那奔跑的瑰丽的序幕打开之前，就会有稀罕的天青色挥洒溢流，像是为这盛大的演出豪饮干杯，泼洒而去。

于是，纵是一瞬，也是天青。如同我此刻的仰视，眼睛久久地被粘贴在万里长空上。

雨水谢蓝，天光蔚翠，凝眸处，天青乍现。

这种清爽绝伦、不可方物的色彩，陪伴着神游，陪伴着畅想，如烟岚腾挪，若暖雾缠绕。上天便是以这样的方式来验证美好之珍稀，美好之可遇不可求，我恰好有缘，在此见识，便是一种赐予和获得了。

可是我能收藏这天青绽放的天空吗？

毕竟我还是能收藏这美好的记忆呢。

大自然从来如此奇特、如此魅惑，我们身在其中，却无从参透。

任何一种景观、一种神秘的开启，都给我们灵魂震撼的启示，让我们开悟，什么是"万物有灵且美，岁月短暂却光辉"。

妙景奇遇，是风雨里提炼出来的，从风雨雷暴里历经波折后，才能析出清气、炼成风骨。东方既白，雨过天青，这都是生机啊！

如同长空万里，给出足够的空间，让所有的绚烂与明亮，都在促成历经风雨之后的天青的隆重登场，此刻的辽阔长空，就是为了见证天青的奇特与珍奇。

红尘滚滚，有这样的度量？有这样的推陈出新的襟怀吗？难怪目之所见，多是俗不可耐的赝品，难以跳脱的沉浊。

我在北美的公路边，用身心亲临这场天地为幕的盛放，似有所感，更有所悟。一路向东，看着长空万里，目送天青如归鸿回眸，露出温暖明丽的微醺的笑容，转身谢幕，轻拍着黑夜的肩膀，转换上场。

我总在雨后的广州，引颈仰望，盼长空天幕，再示我天青的真容。

天地轮回，唯心唯大，唯敬唯让，都是不可多得的礼遇啊。

之三　天地祭

一年的二十四个节令里，唯有清明，最让人神思整肃，慎终追远。

此时的天地，也来应和，山色葱茏，水润丰沛。

雾岚和水汽都缠绕在树梢上、草丛里，低矮的藤蔓连轮廓都模糊起来，伸手一拨拉，空气里的水分似乎能在眼前划出丝丝缕缕的线条。

清明节到了。

踏青时节到了。

祭祀的仪式就这么湿漉漉地拉开了帷幕，慢悠悠地，跟浓重的露水从植物的叶片，一点点地滑落到根部，滑落到泥土里，一样的四处顾盼和曼妙有致，耐心得如同等一次守候经年的约会，一场无数次重复又无数次归返的千秋之约。

清明时分，一切都原该是这么郑重其事。

那时的祭祀多是在山丘上。广州城里的桂花岗，曾经是我太公的墓地。

那时家家户户都挺多亲戚朋友的，父亲的一众叔伯兄弟旧友亲朋，从不大的广州城里的老城区出发，或是骑着单车，单车把手后的横梁及车尾上，都载着一大两小三人，或是走半个钟几十分钟的路，或是乘坐线路不多的公交车，有的带上那时并不稀罕的锄头镰刀，有红油漆和毛笔，还有祭祀专用的冥纸蜡烛之类，供品必有包子发糕水果甘蕉，各人会聚在大北立交的路边，一大伙人前后相跟着，往不远处那座小小的飞鹅岭出发了。

山坡植被密实，芳草萋萋，沿着被人踩踏出来的小路，一路蛇行上到山丘顶，清风送爽，树木招摇，天幕高远，一缕一缕棉花糖般的云絮温情地看着我们。小路上的泥土晒不干爽，草丛的枝叶互相拍打着，有点像众人的心情，有点潮潮的湿气，可是山丘上的云淡天青，沉重不起来呢。这清明的扫墓，也是春和景明的踏青，把青葱繁茂的春天也拓印在心情里，苍天大地，何曾辜负过尘世的离去与守望。在这特定的时节里，让人的追思与希望同在，让怀想而潮湿的眼睛，也映照出明媚的春光。

清理墓地、整饬墓碑、拜祭仪式，有一整套的流程。一直在忙活的大人脱掉外套只穿单衣了，我只负责拿着那包鞭炮，等着众人轮流上前对着墓地的祖先鞠躬行礼祷告祈福时，父亲就会用火柴点着那包盘成一大圈的鞭炮，扔在清理出来的泥地上，一阵的噼里啪啦震响，硝烟和回音在山丘上升起，我没有捂住耳朵，放大的声响在五官里蹿动着，如同内心里所受到的触动。先人在此刻必定跟我们的神思相拥，鞭炮声告知他们，我们来了，在这里祭敬天地，想念他们，以及与此相关联的那些血脉与家族的记忆。

这是最难忘的野地里祭祀的印象。我一下子觉得自己长大了，仿佛每个人在此时此刻都可以心游万仞，思接千载。

似乎此刻的天与地也在目睹着眼前的祭祀，天空为幕，大地为台，似乎每个人的追思，也包括我的虔敬，无比宽阔，随着鞭炮的声响和袅袅的硝烟，不停地盘旋上升。

多么隆重和敬畏的过程啊。后来20世纪80年代这一带建电视台，祖先的墓地要迁坟，被请进了新盖的芳村的黄大仙寺庙的先人祠堂里，清明扫墓的趣味和真意不复从前，在广州城里踏青的感受从此仅存留在记忆里。

幸而先生家里的祖先墓地一直都在田野的旷地里，一直在山丘树木玉米的簇拥中。

那墓地，是远在徽州大地的绩溪。远处，岚烟雾嶂，山峦起伏；近处，田畴植物，四处散落。墓地所在的地势，是缓缓升起于坡地的山丘平台，视线开阔，生机盎然的绿意把田野的声音气息味道，随着风一股股地推搡过来，好像是借着清明的踏青时节，让我们敞开怀抱，深情地跟大自然拥抱一下，畅快地呼吸一下。有多久，我们没有坐在旷野的草坡上发呆，或者怀想啊。

儿子才几岁的时候，就领他回来扫墓了。

不同于城里山丘上的拜祭，我们认得这故里的每条田垄，每座山头，每一

177

个沟坎，甚至从大路上拐进来经过的那座废弃的小型乡镇水泥厂，绕过那些一脸心思的破败的房子，就来到野地的田垄上了。

城镇霎时消失在视线之外，眼前是地貌起伏的大片大片的原野，不大规整的一畦一畦的田垄，种植着或高或低的植物，有玉米，有花生，有菜蔬，间或杂树生花，各自在高高低低的沟垄边，恣意繁茂，眼前的绿意滋养着周边的风景，风扬起了甜丝丝的青草味，风也送来了小鸟的鸣唱，野地的氛围越发安静祥和。

清明时分是容易走神的季节，要么思亲，要么念祖。走神的时候，总能闻到草棵的味道，泥土的味道，整个人被潮湿的空气簇拥着，心里被滋润得泛起了水珠，老想哭几声，长大了，变老了，还有什么东西会以这样的方式来这么抚慰自己的内心呢？

悄悄地来，悄悄地离开，只有清明时分，来看自己的祖先，来祭祀自己的先祖。这个时候，才会觉得，我们跟很多有血缘关系的人关联着，也跟属于所有人、所有生物的天与地关联着，我们一点都不孤独，我们有来踪去影，有来路，也会有归途。

一个清明，就足以让我们思接天地，念想千古，岁月悠悠，先人在那一头，我们在这一头。我会抢着用燃着的香枝，去点燃那盘爆竹，对着山地树木无声地用丹田之气用力地喊一声，随着爆竹声响，天地都有回应呢。那声音荡过来荡过去，一直在耳畔盘旋。

慎终追远，那份沉甸甸的实诚感，会在心里盘压一整年，整个人都不会轻飘飘的。等来年，再把它放下，再存上新的敬畏，敬畏天地，一切都会通达起来，也踏实起来。

又是清明，又有机会向祖先、向过往，郑重地鞠上一躬。

据说清明前后的十天半月，是一年的凡俗里最清朗的日子，用春天的诚意，用植物的生机，用水流的洗涤，让人暂时地还原出、涤荡出少有的清爽，就是为了有资格向列祖列宗鞠一个躬，寄托一些思念，或者做一些此生不忘的承诺和祈求庇护的祷告。

然后，回到尘嚣里，还能挺挺腰杆子，让气韵流淌的神思，把自己的身心再笼罩久一点，再久一点，等着来年的神明，再度召唤，归去来兮！

能留置一块墓地，也算是祖上的一个福荫。离去的一代又一代先辈，还有骨灰归返的仪式。

安山——这是徽州人的说法。安宁归去，叶落归根，回归自然。

人法天，天法地，地法道，道法自然。

这大自然储存着生命，也收纳着所有尘世生命的归宿。在野地，在山丘田地疯长的各种植物和奔跑出没的各种生物，生命的源起是这里，生命的归途也是这里，万物出于土也归于土。那些隐没的魂灵，不露一点声色，仿佛是一场又一场的风扬起又落下的尘埃。

坟前石碑下的牌匾前，还残留着一些去年上香的余痕，周边的各式草棵，一直沿着泥土蔓延，生长力强悍，一年又一年的修剪，一年又一年的到访，植物对坟地的情义，不知道是不是一种依依不舍的痴缠。

山头野地都是寂寥的，只有风声阵阵，只有云飘来了又飘走，只有偶尔鸟雀的鸣叫划破了空漠的零落，放大着风声和静寂。

这一幕幕在前来拜祭的人心里搅动着，有时怅然，有时坦然。

这是自然与生命归宿的相约，还是生命与生命的默契，生长生存的时候不断地延伸，寂灭和归宁的时候则是一点点的随顺与收拢，既没过分悲戚，也没过度伤悼，一边是素素净净的归去，一边是郁郁葱葱的生长，仿佛在传递着一个特殊之境，一个生存世道之外的自然，真空妙有，一切都不过是时间的留痕，留下的与消失的，皆是永恒。永恒的自然在着，永恒的时间也在着，这就是人类与自然共同编织的大地之书吧。

只有自然层层叠叠的养育，只有生命与生长不断接续，此在才有不同的因缘，也就有不同的神魂了。

所以，这句俗称多好——安山，我们源于自然，最后也要归宁于大自然啊。

山祭，也是野祭，生命的来龙去脉在此绾起了一个同心结，让人心安。爆竹噼噼啪啪地响起来的时候，对面的山头就有了回响。看着香烛的烟火袅袅地升起，看着鞭炮的烟雾合抱成团地飘移，心里油然而起一种苍茫开阔的感觉，强烈到如同教徒皈依时的开悟，是的，我们都是大自然的过客，我们都是生命的接棒者，跑完了一程，又交还给下一个回合了。

如此心念，让人此刻有飘飘然的磅礴之气，有气宇轩昂的顶天立地感，万千气象不尽在眼前吗？

恍记起今天是老母亲去世一周年的日子，脑海里不由自主地想起偶然看到的，那个有点风尘味却又有着倔强姿彩的女歌手，翻唱出别样况味的《越过山丘》："逆着背影婆娑的人流／向着那座荒芜的山丘／挥挥衣袖""爱是一个人的等候／等到房顶开出了花／这里就是天下"，无论是以何种方式相遇还是错过，都是献给岁月的序曲。是的，如今，我也来到了60岁停下的渡口，等着被一条小船接走，也许去往另一个港口，那里也许有一个我能上岸的码头，然后就开启下半生的漫游。

一串一串的感触，咕噜咕噜地冒了出来，或是一两句歌词，或是一两个语词：

浪漫烟波里，有谁能怀念从前？那个从前，一串串，永远缠。

似水流年？有谁共鸣？尘埃里种花？

如同安山的仪式，尘埃里真能种花吧？一开始就觉得这个表述过于空泛，可说是过度疯魔。试想想，一种美好的花朵的种植，需要干净的空气和水源，更要有不被污染的土地，所谓风调雨顺，才能种活开出赏心悦目的花来，不是一朵，而是繁花似锦，一望无际，满目春光，天地为之相亲相爱，携手微笑，日光澄明，月朗风清。想想都是一幅心神向往的极乐图。

如是，在尘埃里要种花，甚至要开花，只是一种不甘不依的抗争而已，命运如何，结果如何，可能都是很难预料的。

而所谓梦想或者愿望，就是愿意相信奇迹，如同我相信奇迹总会在漫天尘土的时候，出其不意地降临，给再也无法撑持的一切脆弱和不堪，扶一把，让其度过生死一劫，在尘埃里开出一朵花来。

有时，执念是一种不机巧的愚钝。可有时，愚钝也是一种力量。当你对外界的了解，从个人的角度去打开，哪怕只是一个有局限的视角，也能一点点挑战自我地打开真相，也能把所见所遇之事一点点坦然面对，一点点接受这不可置换的现实，然后，慢慢地调整好平衡的力量。所谓淡定，也许就是一种消化过程的策略，也是一种暂时的解脱。

其时的愚钝里，有着起码的坚持，有着起码的耐心，不为时势所动，不为周遭的变迁所胁从，一切听从内心的开悟，慢慢地潜进对世界的认知。也许这样的状态很被动，很平庸，但至少，比起投机取巧的功利乖觉，有的是对活着的诚意，有的是比得势爆红更踏实的自我改变。当一个人的内心要求自己改变时，变通为不再随波逐流，而是顺势而为。

这都是在因果之间的历练。

如同今年广州的苦夏，把炎热的蒸腾和笼罩做着极限的放纵，我在炙热的状态下生着容易出汗虚脱晕眩心悸的病，煎熬中，节令在悄悄地移动着，抚慰着人心。处暑来了。

"离离暑云散，袅袅凉风起。"《月令七十二候集解》说："处，去也，暑气至此而止矣。"秋天来了，夏天就此别过。当看到这段文字时，我心头一震，霎时的联想被揪扯起来，我的病痛的无助与处境的窒息。是的，也将就此别过，也将去矣！多么斩钉截铁的一挥而去！毕竟秋天的天高气爽来了，无人能敌的云淡风轻来了，澄明清凉也来了，一切的魑魅魍魉都得惊惶逃遁，无处藏匿，天地从此换了一个篇章，日子也将就此翻过一页。

是的，那些不被打破的地方，终将让人更加坚强。

也许我一直待在文字里，是为了等待着自己的觉醒，等待着变得更加敏捷深刻起来，在脑海里捕捉时常稍纵即逝的各种胡思乱想。我总觉得有股什么力量，像是新家窗外的那两条能在阳台遥看的新旧中轴线，或者是不远处被一幢拔地而起的独栋楼房挡隔了一下的、那条也算上了岁数的还在使用的火车置换轨道。那个隐约能听闻的呼着粗气的火车头，带着一溜的绿皮车厢，甚至有时是牵引着运载人客的动车，火车头有时就是独自地在前面看不见的拐弯处，掉了个头，气势不减地又冲了回来，夜色下有时辨认不出来，只是能直觉地感应到那股力量，或者是冲过去只为了掉头，然后转身又冲回来的那股劲头。我时常无端地发呆，人也是一列或长或短的火车吗？经历就是那一节节相连的车厢，内心就是那股驱动力吗？然后我们一路走在自己的命运里，有什么样的风景会迎面相遇呢？还有或多或少的人扑面而来？这些未知的东西，不正是活着的意思吗？对自己真实的探讨，与跟外部世界的探讨，无论人，还是走过的地方、看过的风景，都是一种检索，也是一种领悟吧。

而此时，我老想着怎么去记住先生老家的祖先墓地的名字，那座山丘有名字吗？那片田野也该有个名字吧？因为它们一直在，跟一大家族人生命的离开与存在共存着，跟一大片田地的四季更替春种秋收共荣共枯着。

在城里忙碌着的时候，曾有过一次为一座山丘或者小径命名的机会，一时间我竟惶然到生怕触碰到大自然的某条为我所不知道的神经。

我还记得那个叫海子的诗人曾写下过这样的诗句："我将告诉每一个人/给每一条河每一座山取一个温暖的名字/陌生人，我也为你祝福……"

在这万水千山的世界里，谁也没法告诉自己，我将与什么在一起，可是，我们终将能做的，就是为相遇与相伴的际遇祝福。

这个巧合的经历过去好几年了，可往昔却仍历历在目。

因为一个偶然的机缘，于是，有了一次意料之外的感应。那天是台风天，天气预报的台风信号高高地挂着，我们还是如约前往，前往一座无名的山，前往感应一座小山丘无名的小路，一段一段走上去的感觉，还有随之而生的心情。

轻松从来是没有更多的理由的，舒爽的山风，清新的带着绿色植物味道的空气，溢出视线的高高的树木，直指蓝天，渺无人迹的小路，顺着山势蜿蜒，路基东一撮西一撮爬着绿得闪着荧光的苔藓，没有完工的亭阁栈道流水溪涧，像是呼唤着什么，又像是充盈着无声的期待。这偶尔出现的脚步几乎碰响了它们所有的神经，不是这里发出一声被放大的声响，就是那里突然冒出一串回音。

山野的丰富不亚于田畴，一笔一笔天色的描画要皴擦半天，那天果然是天时地利人和的一天。尽管台风已经登陆，可到山脚下，雨收住了，只有风在山顶鼓着腮帮，闹着玩似的，给我们弄出一阵阵的林涛声，为可遇不可求的造访和相遇鼓着或大或小的掌声。

果然是无目的快乐，静静地听风声在林隙间捉迷藏，静静地看着闪着水珠光泽的草地，静静地走在山路上，小心路上滑步的苔藓或者落叶。

一呼一吸干干净净的，内心的自在满足饱饱满满的。放晴的天空偶尔又露出促急的神态，担心乌云又把雨意拽了回来。

接二连三地滴着绿意的名字涌到脑海里：芊峯舍，不正在与萝峰山对望着，在蓝天白云的簇拥下暗送秋波吗？

香径，绿意盎然的小路是自带香气的，那些映着天光的水池亭台，当得起诚聚潭与聆涛亭的美意吧？至于如此环境，也是有缘而至的醉乡或者鸣心谷？一条舒心畅意草棵野花簇拥的小径，不就是天地人和的和顺小路吗？不远处的车水马龙的大路，可有点配衬不当这样清爽名字背后的另一重寓意呢。

大自然静穆无语，内心熨帖的感应扑通扑通地敲打着，一些词就闪着火花，映亮了双眼，这真是灵感乍现啊。

如同回忆着山祭与野祭的灵光乍现，如同每年清明节的行礼与踏青，此在的我们跟无数的先人，与他们曾在的时空，一齐映亮在眼前。

好一个情深意长，地老天荒。

缘聚天一阁

二十四年的流逝岁月留痕。

一次、两次、三次的到来、造访、浮想联翩，二十四年就这么过去了。整整两个年轮的光阴流转，可一切似曾相识，依旧是气温薄寒，天色肃然，灰朗的调性，依然吻合着这座建于1566年，距今四百五十多年的藏书阁的时光沧桑、史诗岁月。

凝重的氛围，与回望，也许是最般配的格调。

光线晦暗，黄昏悄然拉开夜晚的大幕，也许这等氛围更适合凝神注视吧，定睛凝视黑暗中的什么东西，总会捕捉到让人领悟与思考的部分。

重要的是，不要停止领悟与思考。

暗淡的天色低垂至屋檐上，起风了，寒意加剧，沉思默想有点飘忽，何以灵魂出窍？去追寻来路归途，我们何以至此？我们为何至此？追问也是一次次的幡然与清醒。

所有崇敬、仰视的心态或者仪式，都应该是这般肃穆吧，一如一点点下滑的清寒，想必也是一种感应。世事纷纭，原本就是环环相扣、彼此呼应的。

想来，万事万物有始有终，有源有流，不然，我何以三番两次到此寻访；不然，生命中至关重要的人何以与此地情缘接续？

因果轮回的原与源，让我的思绪跳腾起来，归来与守望，都是为了重溯初始的地方。

这就是天一阁的前世与今生，这也是天一阁的命运啊！在不可能中寻找可能，让无望的事情做出了希望，并做成了千古传承。

那么遥远的当年，为了实现一种心愿，却不承想竟然成为一种不惜倾家荡产、万险不辞的理想，让整个家族的人前赴后继、排除万难，就是为了兑现当年那种让文明延续的这些典籍，能够一代交与一代、代代相传的痴梦，这真的是近乎虽九死而不悔的壮举。

天一阁的保存、守护，进而被用心地拓展护卫成文物遗产，这是向勇士一般的创始人范钦最好的礼拜和致敬了。

在江浙一带，诗书鼎盛，物阜民丰，庭院的传承不在少数，大多也成了见证旧时生活、富贵人家的存照。这些名人贵胄，不过是顺时应势地维护着他们存在过的所谓生活的品质、情趣、雅赏之类的嗜好，不费周章就能光泽后人、绵延传世。

而天一阁不一样啊，范钦大人的伟大与不朽，是他在财富、安逸、荣耀与梦想之间所做的选择、所进行的托付。一代人的锦衣玉食，钟鸣鼎盛，那是一种自我的享用，而毕尽几代人，甚至是一个家族必须承担的誓言承诺与责任，那真的是不同凡响的自觉与选择啊！大富大贵而行善的人不多，大富大贵而担责而肩负使命的人，用财富滋养文化、用财富为文明保驾护航的人，那就真的是不同凡响的伟人、高人。

作为中国第一、亚洲第一，以及与意大利文艺复兴时期保存下来的两座藏书楼相比，也是居于世界第三的天一阁，从16世纪初期一直延伸至今，几个世纪过去了，其中经历了多少天灾人祸，实在是难以一一书馨。幸而，有范大人生前的痴迷相助，有他身后的魂灵相佑，有他后人的勠力相守，天一阁无恙，这算是中华文明史传承的一个奇迹了！

有书家说及范大人的人生经历与官场遭际的种种，所做的形容，以及评价，就这么一个词"心理筋骨"，让我感叹不已。选择做一个正直的有良知有抱负的文人，甚至文官，在那样的时势里，甚至在任何时势，都是谈何容易啊。范大人遭受的种种波折，自然给他的"心理筋骨"塑造出另一种不同凡俗的形象，也为他能成为一个中国明代的优秀文人的典范，成为一个不可替代的成功藏书家，所具有的惊人的意志和毅力，有着相互塑造的密切关联。这种观点确实有洞见力。人从来都是被命运所塑造的，正是因为有了范钦的痴迷与不折不挠，才成全了天一阁，也成全了遗传到今天藏书阁这样一个不可复制的财富。

接下来，意愿与意志如何变成一种不可动摇的家族遗训，那实在是无比悲壮也是蹇转跌宕的超级马拉松。时间的流淌如此多变，命运的诡异如此无常，一个人的来路归途尚难规划，何况是命同纸薄的书、藏书、藏书阁？我几乎没有勇气去想象这么一场漫长的接力赛，背后的役苦和折腾，是怎样的不堪重负，是怎样的无从诉说，掂一掂都觉得沉重，碰一碰都觉得烫手。这真是个可歌可泣的奇迹啊！

无论是渡过一重一重的难关，抑或是在苦难面前一代人接一代人跌倒了又硬撑着爬起来，站立着，成为天一阁唯一的信托，成为天一阁这座几乎已经被赋予灵性的藏书楼的靠山，所有一切的好转及摆脱，都是靠家族不可更易的承诺的力量与坚持带来的结果。

藏书如何与水火等灾祸为邻？如何以钱财为佑？这是相生相克的智慧，也是相互掣肘、相互成全的拉锯。

岁月不都是无情的，沉缓流动的时间也该肃然动容吧。又一个朝代到来了，《四库全书》的编辑，对天一阁进呈数百书种的采录，终于让天一阁大放异彩，也终于让范大人及他的家族后人的相守相传，种种纠结纷争悲悼艰辛，有了一次告慰世道的亮相，终于有了一个交代。一切的付出与承受，一切的折腾与不堪，原来也是值得的呀！

《道德经》谓之："天得一以清，地得一以宁。"
《易经》说的是："天一生水，地六成之。"
儒家的天人合一论，恰是人与自然和谐相处、不分彼此、浑然忘我的正论。

有一个明朗清爽的人生，有一个坦荡开阔的心境，有一种悲天悯人的温婉，有一种修心养性的侍奉，有一种清虚入怀、不屑得失、无问西东的情怀，如此，还有什么不淡泊宁静、不洒脱畅达呢？这于我，是多么难得的相遇和领悟。一而再再而三地到来，命运的安排还有着更多的情缘。

二十四年前，一个正在孕育的生命，随着母亲的脚步巡行于此，那些烙在脑海里精神版图上的印记，那些娘胎里感应的领悟，是否真有传递？

二十四年后的归返，旧物依旧，与此时的眼神视线对接，燃点的火花，会映亮来路征途吧？

诗人张枣说过一句诗意的话，每天随便去一个地方，去偷一个惊叹号。

而二十四年后带着儿子重返天一阁，实在是一个酝酿了两个年轮的心愿，这个心愿的呵护，比看着他一米八多的生长还要郑重其事，所有的祈福都在不言而喻里。

天一阁旧址前面，修建了很多新的胡同，原貌的印迹已经不存在了，走过胡同，就是走过无数历史的轮回，尽管眼前的一切不外是有点简陋的仿造。

天一阁的原址其实不大，那么漫长的时日，无论是老树的绿得发黑的树叶，还是砖石甬道庭阁，都被时间层层叠叠皴黑成一种色调了。我们跨过的门槛，我们流连过的庭院，庭院里那池绿黑得黏稠的池水，我们进出过的楼阁房舍，我们在陈列柜边凝视过的图片册页，无一不在诉说着时间和意志从对峙到和解、从守护到回报的故事，一个长长的关于因果轮回的美好故事。书籍、藏书、藏书阁，真的是文明智慧从成全到滋养，初衷千秋不易，明心岁月可鉴的美好故事啊！

我尝试用时下流行的动漫模式，复活史册书籍所留下的印记。

痴迷不绝，执命向志的范钦立愿已起，驷马难追，一代又一代后人前赴后继，挺起的身躯，双手捧护着守护的钥匙，躲闪着年复一年的天灾人祸，要么是族辈房户间的纷争，要么是唾沫横飞如刀如剑，要么是兵荒马乱的破局，要么是有所不测的险象环生……数之不尽的几百年，竟然就这么折腾着煎熬着过去了。多少心血，多少族训家规，紧紧地铆住天一阁的地基楼宇，在时日的河床上沉稳摆渡，甚至有为此情痴作赌的女儿，赌上了自己的婚姻，赌上了生命的欢愉，只是梦想着能眺望一下，甚至登上楼阁，看一眼藏书，即便这都会乱了规矩逾了界限，也甘愿成为那夹在藏书里的芸草，以此做最后的相守。书香为魄，魂断相思，这是何等的念想与大爱啊！

越到后来，这挺立着传承的身躯越发艰难，面目模糊，破衣烂衫的，流年不利，早已是千疮百孔了。除了那些明枪暗箭，更有那防不胜防的鼠窃狗偷，苟且合谋，把最后的护卫也掏空了。幸而，总有有志有识之士挺身而出，如民国商务印书馆的张元济先生等，力挽颓局，做了一些抢救。然而，最终还是逃不脱命运的战火。

人类的文明被小心翼翼地记录下来，托付给书册。书册的命运何其脆薄，恭敬地交与人手，人的力量有时足以改朝换代，有时奋不顾身，也换不回书册免遭灰飞烟来的厄运。

在以色列，有一个安息日，日常的一切都停摆了，唯一要做的事情，就是静心祷告；唯一被特许的事，就是读书。

在巴厘岛，每年的新年叫寂息节，所有的人都得静坐家中，清食冥想，让新年的开始，与自己的内心律动、与自己的灵魂反思在一起，与神一般的动静言行在一起。

于晦暗不明的沉静中，方得见尘世里众神归位，黑白分明。万般皆下品，唯记载人类真知灼见的书例外，只要与人的视线碰撞，就能擦出火花，燃点出一圈光明。那圈光明里，有为道之用的价值观，有为术之效的人文智慧。

世间众生，皆百年之身，三万多天，同有云烟过眼，唯道与术映亮的双眼，能透彻知晓雾霭云翳之后的那番境界，或许正是开悟的众生翘首以盼的高远而妩媚的云霞吧。

凝视着这二十四年的风风雨雨、所历所悟，似乎，这注定是一生中最难忘最不寻常的几个关口。否极泰来，过去的终将过去，未来的始终要来。说不定，未来的路上，洒下了星星的光亮。一切都值得从头开始，一切都值得冉试一次。换个江湖，青山不改，绿水长流，遍历山河，依然当值。人生中，如若宽阔，世界就没有窄处。

真寂寞之境，再着一点便俗。元代的大师倪云林先生便是如此度过一生。繁华落尽之后，空余一身寂寞，可书还在，书香还在潜逸，书脉风流尚可追随。真正的参悟，一定是在一招一式、朝夕推演中得来的，纤微要妙，道行浅深，如人饮水，冷暖自知。

毕竟是雨过天晴，石破天惊，毕竟如何对待这座古老的藏书阁、这座古老的庭院，就成了如何对待文物传承、如何表达文化良知的见证。多么有分量的时代标杆啊。

我几乎认不得我是否走过这条幽静优雅的马路，高大的梧桐树在头顶弯成穹形，突起的风逗得树叶们喁喁私语，马路的一边是临着河涌修筑的麻石护栏，这边就是方圆开敞的天一阁了。前面的水榭园林假山胡同，全是新修如旧，全是以天一阁的相关名字命名，有茶廊，有画坊，有古董店，全是风雅得有板有眼的名字，新建筑护卫着后面的老庭院，旧时的庭院焕发着沉潜苍古的气息，一新一旧衔接得天衣无缝。

我们在河道边梧桐树的枝杈弯成穹隆的安谧的路上走着，突然了悟，什么是书香四溢，那就是已经渗润进岁月时间里的一种精气神魂吧。

苦尽甘来，从来都是唯一的信守和祷告。苍天在上，苍天有眼。

在那间天一缘聚阁里小店里，我含着糯香的宁波特产黑芝麻汤圆，就觉出了不一样的香浓绵糯呢，一口气吃了五大个。眯着眼看外面的亭台楼阁，范大人在天之灵，该是面容舒展一些吧。临走前，我回到他的已泛青铜色的塑像前，再一次拱手为礼！

转身，看着前面大步行走的生猛青年，该知道，我把先人凝聚精气神魂正气的祝福郑重予以你，把这座珍稀的藏书阁的命名也郑重予以你，只是祈愿，无论我们这一辈，还是你们那一辈，以书为神，执书为礼，重寻昔日荣耀，重续执着的负命。

一切原本都是轮回开合的，无此无终，生生不息。

寒薄的冷风中，我在大门正中题有"天一阁"三字的巨石前环顾左右，一时无语。那时的人啊，是多么简单决绝呀，图什么呢？无非一腔热血满怀厚望。仅此，就可以耗去一辈子，甚至几代人的一辈子，仅凭此，就可以作为一生唯一生存下去的理由了。

我们的变异，也许如同眼前的光景，把那些静态的沉潜的记录，变成晃来晃去的身影，躁动把所有的视线全部堵塞了。

只要和此地结缘的那个生命扎根在书籍的土壤，只要书籍里有着足以滋养生命生长的养分，一切都会不断地拔节而起，一切都会生机勃发，无惧风雨！

愿这个有着这美好名字的翩翩青年，腹有诗书，坦荡超然！

愿他那一辈青春勃发的梦想，能够星云万里，纵横捭阖，一力担承！

浮生（三节）

一、万物有灵

直到时间从我们的头顶飘过，从我们的视线消失，我依然疑惑，有些观念的正与伪的标准，是来自经验，还是被灌输的认同？是因日常中，我们经常面对着诸如此类很正能量的表述，比如——

勇气是我们生命当中，最有力度的一种元素。如果生存失去了勇气，就没有爱与承受的能力，日子失去了勇气，就没有了日复一日挑战下去的毅力。即便没有所谓的胜利可言，坚持着活下去，就是最大的赢家。

这些表述很声势浩大，很先声夺人。其实，一般人的日常远没有这些规整地道的框限，不过是随遇而安、得过且过的零碎。那么什么是一个人该有的勇气？爱对于平凡日子是无孔不入还是千疮百孔？惯性的日子无非琐碎中的混沌，大多不在意念的掌控之下。

故此才有了庄子一说："知时无止，察乎盈虚，故得而不喜，失而不忧，知分之无常也。"

无常与寻常，也仅是一字之异。唯有知道有常与无常，活着才通透放松一些，善待与珍惜日常的用心才会多在意一些。

祖上传下来的说法，人活的环境，被通称为尘世，人离开的去处，被形容为归于尘土。

人是环境的产物，时至今日，对于这番话，有了些阅历，上了点年纪，我似乎该有些特别的想法，才对得起时间的推搡吧。

这是一个有点特别的场景：

春令时节的日光，明亮而又清爽，我能看见日光下舞动的烟尘，像纤微的精灵，随着每掀动的一本书、每拂拭的一本书，而婀娜翻飞着，我试图伸出手，恍能看见烟尘就停降在掌心里，在虚空中与我对视。

是的，我在整理着十来年的书刊纸稿。

此刻，烟尘，哦不，更应该说是长短若毫米的光丝在飞扬起来，有时候雨霰一般地潮乎乎地黏附在双手双臂的皮肤上。

有时候如细碎的木糠，比木屑还要细碎的，就撒落在衣襟和裤子上。

有时候如一个蹦跶累了的孩子躺倒在地板上，一点一点皴染上深灰的暗淡的色泽，睡着似的不再动弹，也不再离开。仿佛它是时光和记忆派来的小精灵，寄居在能够留痕的所在，参与着在场的见证，悄无声息，却又无处不在。

如烟尘的往事，如烟尘的经历，果真从无中来，到无中去，终究要匍匐大地，归去来兮？直觉式的生命感知，直觉式的一切存在，万物有灵，万物同在，只不过沉寂与喧闹此起彼伏着，毕竟往哪个方向走，最终大地与空气都是彼此的归宿。

烟尘也藏着经历与记忆，此时的阳光，恰巧是一种唤醒，它们时时刻刻只有一个请求，跟你在一起，留下与迁徙，都只有一个归所，那就是从哪里来到哪里去，永远追随着你的身影。

时间里总是深藏着一些东西，在命定的某个时辰里，被触碰着，也被整理着。

每一本书，每一堆记事的材料，每一张纸片，还有每一本笔记本或通信录，每一件或大或小的玩意儿，都是烟尘往返的故乡和他乡，一会儿来这里，一会儿去那儿，在进驻时间的同时，也进驻着每一个空间。它那么小，小到几乎肉眼都看不见，它又那么大，把大半世的光阴都占满了。所谓尘世，这世道竟然跟它息息相关。

一大段的时日，一大堆的经历，人的内心与文字的碰撞，在阅读中，在书写中，竟然不知不觉一点点地积攒下来，一大摞的样报样刊，一沓沓的材料资料，还有越叠越高的书堆。

一个人以阅读和书写为执命的人生，就这么无遮无拦地堆垒在眼前，袒露在日光下，被无数的烟尘簇拥着、充塞着，也被时间追剿着、拍打着。这既是实景,也是比喻。

我的观感沉重得无所适从,一个月又一个月的时间被拖陷其中。

也许是时候了,我得对它们进行一个大规模的整理和迁移,该放下的就得放弃,让它们回到尘土去,该保存的就小心翼翼地留下来,让它们的精气神魂存蓄起来。

意想不到的是这样的一次清理,那些几十年的光阴岁月,竟然就依附在一沓沓的纸片中,看似挤挤挨挨的杂乱,其实人生过往竟然就如此简单,不过是细细碎碎的一些文字记录,无论是得失还是悲喜,无论是宠辱还是好坏,追寻与了悟的轨迹,竟然就这么一目了然。一个读书人几十年职场的过往,原来就是这么寡淡,也是这么清爽。

整理与清理,如同确认自身;留下与放手,不过是又一种寻找与世界更为简洁明了的相处方式。所谓活得简单,与活得轻松,原来就是一体两面的事情,也是前因后果的事情。

把一大批的书,每一本都摩挲过的书,交到外人的手里,这是一种割舍吗?内心竟然有那么多的不忍,似乎要将自己内在的某些东西切掉一样,也许这些书里的感应,已经留在了我脑海的吸纳里,而与其悄悄说着再见,心里依然有隐约的怅惘。任何形式的告别,不是沉重,就是失落。所谓再见,很难说不是再也不见吧。

我们也许一直都学着告别,学着放下,学着接受,学着妥协,以及形形色色的无可奈何、面对现实。有时候不知道自己的主观能动性在哪儿,自我主宰的所谓人生,究竟有多大的分量和可能?

一种在无声的泅渡里度过的职业生涯,我不确认曾经听到赞美的声音,表扬也许是有的,也许已被我无尽的沉默的劳作汲入了、消耗了,不然何来的动力支撑到眼下?

雅贝斯的《问题之书》,让人的困扰与解脱,通过把某类人的存在变为书的存在。我对广州的书写,能应和这种心愿吗?对此,我不得要领,然而,却又难以言弃。

试想想,时空之下,有什么比书写一座和自己有关联的城市更有意思的呢?时间过去了,每个人往自己的人生深处走去,回头一看,走过的足迹和痕迹,留在这座城市的角角落落里,还有什么比这更让人心安和以此为证的经历？作为一个生命的过客，在特定的时间段里，我们与一座收纳了一片地域的、有着漫长历史文化发展历程的城市，有着千丝万缕的关联，对其的冷暖与盛衰一直在感应着、承受着；同样，城市也在收纳着居停于此的各色人等的喜怒哀乐，也包括自己人生曾有的付出与收获、曾有的失败与落魄，这是多大的缘分与牵系啊。人与城的关系，类似血缘的关系，如同我们一直在不停地折腾，不停地想弄清楚，你来自哪里？要往哪里去？

有很多城里的气息，有很多市井的况味，有很多奇妙的隐喻和感念，在生活的风俗中，在市场街巷的不同方位与不同角落里，城与人奇特的连接就在时间的注视下发生了，而且还不断成为一种精神性的连接，那就是基于文化的认同，而这种认同依旧会在时空的隧道里，不断地发出回声，这种回响确证着自己还活着，而且还在准备着活下去。

我们每个人来这世上一趟，因着某种因缘际会的感召，我们生长、生存着，喜怒哀乐，悲欢离合，或就成了日光下的尘土，一会儿纷纷飞飞如絮，一会儿沉沉寂寂如泥，一会儿高扬至空中，一会儿堕落至地上，或缥缈如烟，或零落如痕。日光下，每种情状都显露着真相，这日光大概就是生命之光吧。

如同那时，那是让人唏嘘的仅能回忆的那时了：我与母亲对坐着，她确实变老了，记忆也有着烟尘的古旧，倘若有人询问，她总是脱口而出，她是出生在民国十六年（1927）的农历某年某月，听者愕然，这是哪个朝代的说法呢？该怎么换算回如今的认可里呢？

我看着老母亲，我与她的角色仿佛对换了，如今，她成了我的孩子。我看着她的眼神是专注的，充满了温柔和暖意，说话的速度慢了下来，一个字一个句子，短短地说着，重复着，直到她露出自鸣得意的笑容。这笑容里有着分明的开心和偷着乐的满足，她用表情告知我，分明是知道了我的用意。我才确保她的思绪没有飘飞，她的注意力就在与我的对视中。

她的记忆老是停留在某个点上，她的想法像一个自由放飞的精灵一样，无数的记忆，让她目不暇接，一个民国出生的老人的记忆行囊，确实是有多重便有多沉啊，何况她是一个心清眼明的人，什么事不留下重重叠叠的投影呢？

那么多的记忆迎面而来，跟岁数砸中我们的脑门一样，留下了一条条起伏波折的皱纹，我们得用多少的心智和豁达，才能翻沟越壑般地爬起来，才能在回头的时候，思量着如何放下，如何抚平那些波折与沟壑一般的皱纹，一如怎样解脱曾经的沉陷，走向前面的开阔地带。

除了看着电视新闻的时候，老母亲会迅速地回到现实中来，指点着这个领导人是谁，那个新闻人物又是谁，比我还知晓时事政治。我很庆幸，每天有收音机里播放的粤曲，有各种各样的电视新闻，让她的注意力集中在眼前，而不是飘飞到我抓也抓不住的过往，那些烟尘一般在生命的时光中翻飞的过往。

几十年前，她是我的母亲，她把我带到这个世界上，尽她所能给了我所有的一切，包括我所向往的性情的恬淡、勤奋、执着，包括动静的灵慧、文艺范儿的细胞，她没来由地喜欢读书，八九十岁的人了，一拿起报纸就放不下，从头到尾看完了，才累得如释重负。

也许我们就是父母的影子，总能从自己的身上照见他们的过往。

我从小体弱多病，每次她都能好好地把我的无助接住，把我的病痛抚平。如同几十年前读研时，我一个人腰里系着她亲手缝制的布袋，里面塞满了几百块钱，那时我不无天真地兑现着"读万卷书，行万里路"的梦想，要去走世界，要去走遍祖国的山河。那时交通不便，治安不稳，母亲担心我万一有个什么闪失，一个女孩子最后的庇护，必须是手里得有几个钱，所以母亲缝制的腰带也是我的钱袋子。

我一个人在清晨走出宿夜未醒的广州火车站，坐头班公交车回到家，一大胶盆的脏衣服泡在水里，她的心才踏实了，我多时悬在嗓子眼的心也放回家里了，终于可以倒头昏睡过去。

可这回老母亲从床上摔下来，我来不及接住她，多脆弱的骨头，如同我此刻脆弱的眼泪，一碰就掉地下碎成粉末。我不知道她是不是累了，要把纠缠了一辈子的记忆扔掉。如同阿嫲当年那样，乐呵呵地扔掉一切，全部不要了，该放哪儿就放哪儿，放松地睡了过去，不再醒来，招呼也不打就不理我了。

眼下，看着医生拿来的这图片里两指般粗长的钉子，我心里打了个哆嗦，就是这个冰冷的东西，要连接老母亲骨折的骨头，要用她年迈的体温和体能，去融汇这个异物。就像她用漫长的时日，去融汇了日子的风风雨雨、波波折折，把一家人渡到今天的港湾，把我和我的孩子渡到今天的岸上。无数回的考验，才换来这一段段叠加的人生吧，这回的沟坎，她也会用自己的臂力，去渡自己攀爬过去吗？毕竟，我们还有很多的时光要对坐倾谈，要交作业似的交换我们的情商和智商，要在两代人的欲言无语和心意中留下足够的记忆，留下我们可以分头带走的安心和满足，还有很多的交流等着我们呢。

可是，我的直觉让我害怕，让我担心，这得要多大的能耐才能跨越这种顿挫啊。时间会放过什么人吗？这种担忧持续了大半年，还是被生生折断了。

时间藏着多少秘密，又收纳着多少唏嘘。每个人都有他的伤痛，也有他的欢愉，无论哪一种的经历多长多短，生命的过往就是这么接驳下去的。所以，无论我们承受什么样的伤痛，都不要忘记曾经的喜悦，不然，我们的咬牙承受就变得无足轻重，也没有博弈的代价了。毕竟，痛苦与难受并不是活着的要义，而是帮助我们更加珍惜快乐的存在和价值，没有伤痛垫底，也许我们并不确切知道幸福何等重要，其降临本身就是活着的恩赐。

是的，我们必须抵制伤痛，不能没有喜悦和快乐，哪怕冒险，也要顽强地寻找和握住幸福，哪怕是一个温暖的眼神，一脸相视而笑的开心，一种弥漫在空气中的放松和愉悦，一种身心的痴迷和陶醉，这一切，是何其珍贵啊！我们终其一生不都希望活在这样的氛围和环境里吗？就像此时，我与老母亲对坐着，我一个短句一个短句清晰地跟她说着话，她短短的银白的头发，男孩子一般地摇动着，她用开心又满足的眼神看着我，这就是血缘的密码，也是两代人之间情愫的传送。

隔着一次比较大的波动的停摆，谁都变得束手无策，无所适从。我困在书房里，困在家里的方寸之地，我遥对着母亲所住的医院的方向，龙舟水的季节又来了，倾盆的大雨，似在融化着所有的坚硬，填充着有形无形的沟壑。

一切都不过是过渡，一切既是摆渡自己，也是摆渡时日。时间的流逝让昨天恍如梦魇。此时，我已经站在新家视线开阔的阳台上，从西北朝向东南，目光从白云山的山脉一路抚摸着飞腾跃出的越秀山的山峦，两山的前方，是高楼林立的珠江新城的城中心。越秀山上的电视台，与恰好被突兀竖起的一栋单体新楼挡住的珠江边上的新电视塔"小蛮腰"，相视、相望着。新与旧本来就是一种接力和传递，也是一种跨越与抵达。视线的后面，是老城荔湾的寄放先灵牌位的黄大仙寺庙，我似能感受到母亲的目光一直在那里的上空注视着我。

所以，我在能看见白云山和越秀山山影峦痕的新柜子上，摆放了两个彩色的广州塔。是的，站在小家里，也是能看见大千世界万丈红尘时光流逝的新旧交替的。一大段的人生已经在脚下了。

二、陪伴

周围的声响沉落下去，温馨像空气里扇动着翅膀的天使，围绕着我们团团打转，我与老母亲相对坐着，彼此的视线转过来碰了一下，转过去又碰了一下，也不用说什么，彼此的表情已经是满心的欢喜了。老母亲皱纹不算驳杂的脸上变得明亮和富有神采，窗外的一溜植物，随着风发出细细碎碎的声音，像是从嘴角跑漏出来的笑声，似有若无的。

原来，血缘中最重要的关爱，甚至是绵延一生的影响，就是这么有声无息，有实无形的。

那时候，母亲自言自语的哼唱，是粤曲的什么小调或选段吧，便能让夜色温柔，让夏日的天空有星星闪烁，你对着家里家外的人与物眼睛盈满笑意，便能让周围的光影明亮起来，你开心地笑笑或不开心地沉着脸，日子从此就多了很多的牵扯和一天天明明灭灭的烟火。

此时，突如其来的变化，把医院的探视隔成了屏幕的两端，老母亲在手机的那一头，我在手机的这一头。可人与人、人与魂灵都需要相互的陪伴，而非交由机器的接驳。

我不安地冒着汗，像是溺水一般地挣扎着。我只能站在病房外电梯间窄小的走道里举着手机，有人进进出出，我听不见老母亲说了什么，她用表情告知我她认出了我，这一次的摔跤，一下子就加速了她的衰老，让她一下子丢失了不久前的利索安闲和淡定自若。她用孩子般无力又无助的眼神茫然地盯着屏幕，我看着屏幕上她的样貌，眼泪嗖地就淌满一脸。子欲孝，却这般咫尺相隔，我只能用手摸摸屏幕，像去触碰一下老母亲的面颊身体一样。

突然脑海里就涌出了前两天看过的诗句："小舟从此逝，江海寄余生。"苏东坡的豁达和潇洒，更是把我无端的消沉勒出了血痕，她老人家若不在了，我此生的长情往哪儿寄放呢？"长恨此身非我有，何时忘却营营。"面对母亲的困顿，我自问，我一天到晚驱赶自己忙这忙那的，所为何来，所为何去呢？

又是无语。终其一生，又有谁可以陪伴我们度过一生？半辈子？或者数年？还是短暂地遇见说不定就是再见，稍纵即逝，不复回返。

我在想，最长久的陪伴，是父母，还是孩子？当年我们长大了，就要在依依不舍中走出家门，去筑自己的巢和窝，去走自己的人生路。如同孩子，长大了就要到异国他乡求学，一别经年。待到我们回去看望父母，轮到他们翻来覆去地把叮嘱的话说了一遍又一遍。再然后，父亲就先走了，母亲也慢慢地垂垂老矣，而且在最后一程还要承受无法面对的疼痛的折腾。

人生就是如此充满了悖论，时间把珍贵的东西交到我们手里，再博弈着拉扯着要把这些美好的东西从我们的手里抢去。我们只能用失神和空洞的双眼，目睹这些永远失去的东西消失在视线里，然后再打起精神去过我们的余生。

我在想，是那些有缘的亲朋吗？那个并不遥远的非常困难的时期，城里人得上山下乡，而来自乡下的一下子多起来的亲友，带着乡下的五谷杂粮和不多见的鸡鸭鱼肉，与城里的面饼饼干糖果蜂窝煤球，在逢年过节时段拉开了探亲访友的帷幕。诸如此类的食物用品，是双方用来表达情感问候最好的托付了。那时的亲情浓得化不开，彼此的牵挂和安慰，如同一封半月就要寄达的书信，字里行间也好，捎带的食品也好，多绵糯多暖心啊，那可真是吃在嘴里记在心上的美好啊。

我在想，那时，那些不同时段的同学朋友，那些一起长大的街坊，一起上学放学的伙伴，一起去饭堂打饭一起去图书馆的学友，如今都去哪里了呢？好像从生活的显影版里消失了？当年一起过生日聚会，一起陪同相亲，一起当拍拖对象的参谋，先后或是出国或是结婚生子，这一切都只剩下记忆了。真有点"只是一水隔天涯，不知相逢在何时"了，有点不同版本的劳燕分飞状，走着走着，各自的营生，各自的际遇，就再也不见了踪影。

人与人之间的感情，是一支火把，还是一支蜡烛，没有新的能源的补充，一切也就会熄灭了火光，而烟消云散了。

我在想，当年那些真的是志同道合的老友，在迎来送往的日子中，还剩下多少呢？这毕竟是一个多元驳杂的时段，什么样的取向与观念，只能是一言难尽，谁在跑道的尽头，谁知道又是什么样有悔无悔的人生，不是被职场上的疾风骤雨打得枝残叶碎，就是在不同的人生岔路口交臂而过？情感有拳拳真意吗？信任和信赖扛得住天长地久的承负重压吗？

由是，有谁在闲时平日送上一声问候，有谁在心有灵犀互感应通的关口传上一句惦记，那就真的是缘分所至，咸淡有福了。

我不由得去想，能较长时段的陪伴，除了血缘，除了相知相识的真诚，除了互敬互重的礼遇善待，还有什么呢？血缘让我们有割舍不去的印记，而其余的真情与诚意，大概是走多远的路都能找回的缘分吧。这缘分里，有着多少让人稀罕、感叹、珍惜、铭记、默契与认同的不尽之意啊。

时间带走了很多东西，毕竟还是会留下很多带不走的记忆，我们都在想尽办法去摆脱一种接一种的孤独，然后，一个时段又一个时段的经历覆盖上去，我们每个人脸上的皱纹不知不觉就会堆积起来，隔着距离，乍一看，那是岁月留给我们无法拒绝的沧桑吧。所谓皱纹如笑纹，所谓笑到最后，都是在累积了很多的跌宕起伏后，留下的痕迹，一丝一缕地刻在每个人的心底上，也是面相上。

想到这里，我不由得对着屏幕那头的老母亲，也对着不可知的命运，反复地说："好好睡觉。记住，睡着了，就不会感应到时日的疼痛和煎熬了，说不定还能做一个好梦呢。"

说不定，在梦里，老母亲就上路了，去找等了十来年的父亲吧。将近一个世纪的岁月簇拥着她快速飞奔着，像一片羽毛，迎着光，朝着太阳升起的方向，朝着地平线的方向，那是来路，也是归途啊。

竟然冲动地想为自己的情绪写点什么，寄寓点什么，也许一切就可以沉静下来，所有的焦躁和无措就会暂时得到抚慰，内心会有一道久违的彩虹，一下两下地跨过无法企及的此岸和彼岸，忙乱和惶然就这么悄无声息地平复下去。就像职场夏日的雷暴雨之后，总会迎来明亮的蓝天和一团团的白云，长空万里，我们的心原本就该是安宁和舒展的。

我越来越相信万物有灵。

母亲走后，似乎大地失去了更温暖的远方。

我所生活的周边环境时常让我恍惚，恍惚中总有母亲的身影，夜里似梦非梦中，总让我失调的睡眠充满了触摸的念想：一个人的影像，日子中无数的庸常。此时的触碰，如同书房外视线中那条小河的流淌，也许会把人内心里常有的忧郁、恐慌、害怕和失落带走，世事如流，人生如流，日子扑面而来，也在大步远去。

万物有灵，大千世界的交流与感应，也许是在我们平常人的视线之外，或者是在我们的忽略与粗疏中，不知不觉让人与物彼此注视和凝望的关联消失了，或者断裂了。同样也会在我们的惦记与凝视中，越来越紧密，越来越不可分离。

有好几年,每次回到这栋房子的前庭后院里打扫卫生的时候,我似乎都能看见或者听到,那些肆意生长的花草树木忙不迭地跟我打着招呼,在我触碰修剪它们的时候,扭动着身段做表情,无声地表达着连空气都能感应到的情绪。前院后院的微风中,充满着绿色植物青葱浓郁的气味,还有花朵似有若无的甜腻气息。

多久我才回到这个自己亲力亲为张罗着装修布置的新家,却从来没有留宿过一晚的房子里,跟植物们待上一天一夜。一个月、两个月,甚至更长的一段时间,偌大的家里只有它们的声音,没有自以为是主人的我的声息,我在城里的忙碌中遗忘了什么?

万物有灵,花草树木如是,人与自然如是,人与人的关系亦如是。

老人都害怕去养老院,那多半是只有照料,没有情感流动交互的寄居。接到家里来落户的花草树木同样需要陪伴,不然就会一团杂乱。

渴望陪伴,成了人与物、人与人,甚至是人与自己的一份焦虑。

有时,我感到对自己的身体力不从心,这里那里都有疼痛和不适的时候,我的神思就会不由自主地反弹起来,对着自己自言自语:为什么要这么为难自己呢?为什么要连轴转地工作呢?疲惫超负荷的手腕与滑脱突出的腰椎,磨损的颈椎,堵塞的颈动脉,积液的膝盖,无助的紊乱的肠胃,诸如此类的身体器官或部位,就会委屈地对着我苦着脸,要么发闷气,要么罢工。

它们无声却威严地讨伐着我的透支,我的不呵护和不陪伴。它们一起来给我上课,用它们特有的方式教训我,它们不开心了,受伤了,或是受了委屈,我就得为此吃尽苦头。病痛或焦虑也许让我们更加了解自身,醒觉自己的情绪,感悟自己的得失,领会世间万物,哪怕是一具个体的肉身,也有生长或者消退的时段,在生命之流中,怎么泅渡,怎么漂流,怎么调整状态,在潮起潮落中,在顺流逆流中,把自己的归省送达上岸。

健康与否,乐观开朗与否,是心与行修成的一种正果,身体正常了,各部位运转顺畅了,我的灵魂也就得到了相应的庇护和照拂。

如同那个为了梦想的兑现,选择在山头上的家,所有的家具和草木,都在用各种表情和暗示,让我感应着它们的情绪,需要陪伴,也需要身边的喁喁私语。

我恍觉这就是生命之流，一如我与广州的关系。

我与这座城市的相互陪伴，让我更深入地了解的同时，也产生了更深的眷恋与皈依的信赖。也许在这里出生，无论何时，精神先于肉体，已经选择与这座城市一起终老了。

这权当是一次身临其境的城与人的双向启迪。

我就这样守着广州城的营生，生命的陪伴，精气神魂的陪伴，也就是如此日复一日。

这样的陪伴算得上是长情与真情的告白，大俗且是大雅，大彻才能大悟。从此释怀，由此放开，一切都在等待季节轮换，再度万物萌动，春暖花开。

三、与光同尘

时隔数月，再次看到这个出自不同人制作的视频，我一时茫然，脑海里蹦出几十年前的一个同事的名字——微尘。她的父母给她起这样的名字，年轻时听来觉得不可思议，年老时就觉出了少有的智慧和先知先悟。

"如何是道？""平常心是道。"所谓万象各异，真如一体。

这个让人陷入沉思默想的视频内容，是关于旅行者一号的事件，引中的关于人如微尘的真相，关于人的生命存在的孤独，关于无际无涯的宇宙的故事，关于全知全能的造化的视角，所看到的人类居住生息的地球，竟然跟身在其中的我们如何大不一样。

事情的缘由是，在几十年前的1977年与1978年秋天，在这个等了一百七十多年才等来的窗口期，科学家发现并把握了一个伟大的机遇，人类的探测器，获得飞往宇宙的轨道。

于是，三十四年前，也就是在2013年往前推算，这个被命名为旅行者一号的探测器，飞到了太阳系的边缘，然后进入银河系，一直往浩瀚无垠的宇宙星辰飞去，在寒冷的、寂寞的、人类所无法知晓一切的星际空间里飞行，成为经由人类发出的、飞得离地球最远的探测器。在1990年那个时间点，旅行者一号在飞行距离地球60亿公里的地方，回头再看了地球一眼，NASA拍下的一幅照片，引发了著名的物理学家卡尔·萨根在1994年发表的一段名言。而在2023年12月发布的这则消息，算是旅行者一号留给人类的遗言吧，这个设计寿命本该在1982年结束的飞行器,却为人类超期服役了四十多年,如今已经飞到离地球241亿公里的地方了。

卡尔说道:"我们成功地拍摄了这张照片,当你看到它,会看到一个小点,那就是这里,那就是家园,那就是我们。你所爱的每个人,认识的每个人,听说过的每个人,都在它上面活过了一生。我们这物种历史上的所有欢乐和痛苦,千万种言之凿凿的宗教、意识形态和经济思想,所有的狩猎者和采集者,所有的英雄和懦夫,所有文明的创造者和毁灭者,所有的皇帝和农夫,所有热恋中的年轻人,所有的父母、满怀希望的孩子,所有发明者和探索者,所有道德导师,所有腐败的政客,所有超级明星,所有最高领袖,所有圣徒和罪人——都发生在这颗悬浮在太阳光中的尘埃上。"

原来,我们所赖以存活的地球,在无垠的宇宙星辰中,就是一个不起眼的苍白的圆点,一粒悬浮在阳光下不足道的微尘,然而,这里集合了自有人类以来所生发的一切。

这是人类第一次以造化的视角来回望自己的家园,所得出的一个惊世骇俗的认知。曾经喧闹、嘈杂、纷扰的地球,只不过是冰冷、浩瀚、广袤的宇宙中,一颗毫不起眼的尘埃,在孤独地、静寂地飘浮着。

果然,天文学实在是令人谦卑的同时又是缔造哲思的学问。

在未来的不可预测里,旅行者一号也许会一直在星际漫游航行,往宇宙的深处飞去,而地球不一定能接收到它传递回来的信息了。

然而,这并不是结束,它还有一个使命更加艰巨,它要向宇宙送出一份小小的礼物,一张小小的唱片,上面记录着人类的文明和地球的及太阳系的信息,或许地球终有一天无法生存下去,或许会突然消失在宇宙的尘埃里,就好像从未存在过一样。而旅行者一号或许将在宇宙中漂泊数亿年,向无边无际的宇宙宣告——人类曾经来过,也曾有过璀璨耀眼的文明,更在悠长无垠的宇宙岁月中,努力留下了存在过的痕迹。或许这就是旅行者一号的命运,用漫长而孤独的一生,为人类证明。

地球如斯,而我们每个人,不都有一个内宇宙,我们不正是宇宙认识自己的一种方式,从一端到另一端也是需要时间的,人如微尘,人也是万物之灵,这灵性能穿越时空,通达星际之旅的神秘之境。宋词有云:"东风夜放花千树,更吹落,星如雨。"一切的好,都是给予生命的,一旦失掉生命,一切将与人无关。活着，有数不尽的难，而活着，亦有数不尽的好。

对着这诗句，我有前所未有的触动，有泪意在眼眶里摇曳："我们回家吧，带着长命百岁/带着炊烟、小罐、棉布和蔷薇/带着篱笆、窗户、远山和秋日/带着终于爱上的平庸/它那样恬静，它那样温暖，像一只厚实的手/筋骨沧桑好配得上夜色苍凉/内心温存好配得上长命的目光/祝福你长命百岁/祝福你把平庸重新爱上。"人间至福，原来只一个"长命百岁"的结局，那不是艺术的需要，而是作为生活中的人的情感愿望生存需求。

是的，活过半生，心愿越来越素朴简单了。仅是希望，在这个也许是繁华一地也许是支离破碎的旅途里，能看到日出的明亮，能欣赏日落的安闲，能看到男女纯良，能遇见爱人携老。有光能穿透云层和冰面，有微尘在阳光中轻舞飞扬，有生命在风中奔跑，有热血在寒冬里沸腾。就是这样，爱着具体的人与事，不要爱抽象的物与欲；要爱生活，不要爱生活所谓的意义，所有苦难与欢欣都是人生的土壤，如同星际漫游的孤独和神秘。

活着是艰难的，但人是需要爱着和被爱着的，人最大的自由之一，是决定如何对事物做出反应与选择，这也许就是我们孜孜以求的生存最大的勇气了。不管何时觉得自己不够好，人生渺无希望，但必须学会这个疗法，那就是，你是被爱着的、你是重要的，你给这个世上带来了独一无二的东西，所以为了活着，为了自己，再坚持一下。活着不要吝啬向周围寻求帮助，因为求助并不代表放弃，而是拒绝放弃，让活着成为照亮微尘之上的光亮。

粤语里有一句俗话：人生好化（虚无）。意思是什么样的人生，在大千世界里都是渺不足道、不关宏旨的。粤语里还有另一句相反的俗话：做人好唔化（虚无）。意思是为人一世，坚执该守望的，不轻易认命，且又随遇而安，反正都是草木一秋人生一世，何不死撑到底！

旅行者一号的事件让我们沉吟，什么是永恒的人生，什么是永恒的哲学命题？

圣-埃克苏佩里在《小王子》里借狐狸告知了小王子一个秘密："看东西只有用心才能看得清楚，而重要的东西，用眼睛是看不见的。"也许，无论哪种生灵，一如人的轮转、尘土的起落，庆幸的是，只要以仰视的姿态，头顶的天空依然是银河璀璨，星辰万里。

那些照在尘埃上的光亮，就是我们每天迎候的太阳和月亮，它慷慨地赐予万物，也赐予每一个人，让尘埃飘浮有光亮的相伴，也有温情的相拥，这应该算是最幸运的现世了。

与光同尘，大概率也是命运早已写定。

面对这样的一激灵，我突然有如释重负的简单和轻松。简单地活着原来真的很简单。

远去的绿影散在风中

我竟然种过好几种树,有紫荆、紫薇、鸡蛋花,还有夜来香、竹子、簕杜鹃、发财树等植物。

从树苗运到家门口开始,便跟着植树师傅,在他们的身前身后团团打着转,楼上楼下搬这搬那地帮着忙,原来绿植是一件事无巨细的复杂事体力活,跟耕种没太大的差别,跟汗水体能耐力辛劳直接捆绑。从松土挖坑,下种施肥,培土淋水,一连串的工序,看着暮色一点点泛起,大半天的时间不知不觉就过去了。

那时,是一年中广州最清凉的季节,年底的冬天只有薄薄的寒凉,做起体力活,反而有了舒服的暖意,如同树苗刚蹭身上脸上的感觉,又似一个小不点的生物来到了新家里,成了家居环境的新成员。

把前院后院的杂物收拾妥当后,人累得几乎直不起腰时,转身看各种植物各就各位,在黄昏的清寒里得意扬扬与我对视的样子,我不由得欢快地长嘘了一口气,忍不住伸出手,摸摸各种绿植小小的叶片和盈盈可握的树干,像是对着一个久闻其名的新朋友打着招呼,像是做一个期待已久的互许。是的,这些家里新来的成员,就要在这片离市区的旧家几十公里的小区的山头泥土上,陪伴着这所好不容易装饰得焕然一新的新房舍,开始它们新的生长了。

万物果然有灵,植物的生长与人的生长一样,都是迎着风随着季节一起奔跑的。泥土的力量如同哺育的温床,在视力不及的地方输送着各种各样的营养,空气和雨露成了呵护的簇拥,阳光和月色成了关注的目光,一天一天地护佑着这些花草树木的抽枝长叶。

四季的轮回间,每个不同季节的花开花谢,叶长叶落,植物们的容貌身材都有着不一样的变化，几近家有小孩的初长成形。

每次从市区抽时间回来打扫别墅的卫生，就似乎是跟植物们的一次相逢。我看着它们，触碰着它们，整饬着它们，不由得惊叹，这多像是照顾一群有灵性的生物的生长啊。

不经意间，才一两年的工夫，树干已从棍子状长到大碗那么粗壮，树身蹿到了两层楼高，园艺工人剪了又长，几种树不停地攒着劲儿往四面八方伸展着枝杈。几年的相伴，我的眼睛似乎也被染成了绿色，我眼睛的视网膜也在阳光下被皴点上了几个黑斑。

而如今，这一切，似在眼前，又遥不可及。就像我偶尔闯进了一个迷离的梦境，不知不觉又被一种强大的外力给挤回了缝隙里，挤回了原来的生活状态中。

远去的绿影散在风中，消失的岁月也散在风中。

梦想或者说是愿望，对大多数人来说，也许是一种无法企及的遗憾，也许是一种把握不牢的阴错阳差。有时候发生在短暂时段中的经历，不过是一个假象，或者是一个幻觉，终究经不起时间的锤打，而空留一些恍惚的记忆。这记忆有点疼痛的安慰，又有点无着的欢喜，就如同曾经拥有的年轻，拥有以为可以与时间来日方长的对峙，然而，终究是敌不过命运的拨弄。光阴可恤，时不待人啊。

年年岁岁花相似，岁岁年年人不同。我不想当年，我只想此刻，此刻跟当年那些散在风中的植物，那些风中留下的四季劳作。

万物有灵，在我此刻想念树们的时候，这些树啊花啊竹子啊，都已交给了新的有缘的主人了。我不知道我与它们的熟络，一起相伴的日子，是否变成了仅属于我的个人记忆。如果此时有鸟飞过，会把过往划出的留痕，一条一条再次呈现在我的眼前吗？就像过往的那些光阴，就像那些与树们交接共对的时光。

原来，人与自然的毗邻而居，是这么一个爱与付出的过程。这不光是一种价值，竟也是目的本身。

原来，人与树木的相厮相守，是这么一个护卫照料和陪伴的过程。

每一次的浇水、施肥，每一回的修剪杀虫，培养着耐心和爱心，等着植物似乎没有变化的生长，等着植物抽枝、长叶、开花、拔节，植物就这么在悄无声息的每一天中，给环境和生态创造着属于自己的意义，输送着属于自己的美学，千姿百态，春夏秋冬，用它们的外貌表情，跟时间对话着，跟走近的主人私语着。

我不知道能听懂多少，可是几年的相处下来，我似乎知道植物的情绪、心性，还有它们无声的呼唤。那就是陪伴，人与植物的陪伴，竟然跟人与人的陪伴大同小异，我惊诧于它们生命力的丰厚，尤其是在远离城市躁闹的山野里，它们的恣意生长，竟然就是大自然的一种表白。它们柔韧的生命力，其实就是一种努力活着，活出生猛的最好示范。

在和这些偶尔挑选回家的植物打交道的日子里，我的情绪有时恢宏，一副地老天荒的感觉；有时又很感性，像小孩子吵架式的交手，细微到在手上臂上留下一缕缕的印痕和累得几乎虚脱的混沌。

我终于知道植物的生命汁水淋漓，充满了季节的仪式感，我却不太清晰人生的真相究竟是怎样一个状态，就此还是有了一段为物所累的经历。

植物比人生还要漫长，它们该是这个星球最初选择的王者，充斥着世界的各个角落，哪怕是在荒芜的沙漠，也留下传奇一般的绿洲，它们偶遇、洞察、追踪着人类生存的轨迹，用它们永不枯竭的生命力。

还有什么比植物的生命力更柔韧、更强悍，也更有耐心和承受力，岁枯岁荣，都抵不住它们始终都要拿回来的葱茏葳蕤。

所以人大多心存梦想地要逃往植物的世界，所谓的回归自然，这是对让人无所适从的城市化日子的反叛，还是一种不得要领的寄存，就像一袋行李，把自己暂时寄放在一个生长与消失都有那么点恣意纵横的世界里。

这跟人的世界的规约、压抑、束缚与蔑视有关，还是对另一个世界不一样的物种充满好奇的热情，种种即兴的联想，种种关于往昔的回响，甚至是有着遥远的距离难以触及的非洲大陆上所有的绿色生物，似乎都有着这个星球不同板块的土地的某种神性的存在。

无边无际的大自然，具体到与人的感官触碰过的，就是具体的一种又一种成千上万的列阵而过的植物，不仅是绿色的，更是缤纷多彩的，古老与新生的衔接，与人生冲突和妥协后的延续。我似乎明白，万物有灵，植物也是一类生物，跟土地与时间的关联度，比人还要绵长和深情。人那短促的一生，最后的领悟，是要跟大自然毗邻而居，确切地说，是要跟植物携手为邻。植物有着天然的生物钟，人也终究会在睡梦中醒来，再次感应晨曦中湿润的土地，还有树叶与花瓣上晶莹的露珠，它们就像一只只睁大的眼睛，跟初升的太阳打着招呼，然后一副心满意足的样子，享受着阳光从一面升到头顶，然后再移到另一面。这种全天候的追随后，植物的内在就发生着人的眼睛探测不到的变化，一切在不可思议地改变着，植物或是越长越高、越长越繁茂，或是开花凋谢甚至静默不语，只剩下光秃秃的枝干，内在发生了什么呢？只有植物自己知道，可是它们的外表已经泄露了真相。

天地万物，在感应的时候，原来一切都是现在进行的状态。

当曾经坚实的东西散落在风中时，幸亏还有文字，有文字粘连起的一串一串的记忆，时间与空间都在这种牵系里，不能持久永存的东西，却以植物式的命运，以藤蔓的姿态，在我们生命的年轮里扩张着我们的怀念。这是否就是心灵之链，维系着我们曾有的经历和安慰，就像一股清泉，渗漫进干涩单调的日常里，给我们一些并不实在的望梅止渴，让漫不经心对付着时间的我们，也泅润出几痕温情和暖意。兴许我们就会再多一些耐心，去继续折叠我们日复一日的日子。

人与自然，人与万物，冥冥中总存在着种种关联，在时间与感情上编织着各自的缘分，这是否也是天地万物间的友情岁月，如同我所追踪过的这首粤语流行歌，竟然在情愫的表白上与我的感触有天然的契合："消失的光阴散在风里/仿佛想不起再面对/流浪日子/你在伴随/有缘再聚/天真的声音已在减退/彼此为着目标相距/凝望夜空/往日是谁/领会心中疲累/来忘掉错对/来怀念过去/曾共渡患难日子总有乐趣/不相信会绝望/不感觉到踌躇/在美梦里竞争/每日拼命进取/奔波的风雨里/不羁的醒与醉/所有故事像已发生/漂泊岁月里/风吹过已静下/将心意再还谁/让眼泪已带走夜憔悴。"

歌声与旋律中，记忆像风中吹落的叶片，一片接一片地在脑海里旋转飘飞。

台风季发生的两件事，当我置身其中，目睹面对时，我不能不做由此及彼的反省与领悟。那是2018年夏季，台风山竹的风势，在市区内已是横行无忌，在山丘间又怎会收敛静息？风从隔邻房子的朝北空隙处扑来，一溜房子顺着山势而立，另一面背靠着的则是水泥封牢的山壁。而这棵在风口中的树，有白色的碗盏一般大小的花，有圆润的树叶，一干两枝，旁生的枝杈擎举着宽大的树冠，风不停歇地撕扯着，硬生生把硕大的旁枝掰下来，整个树枝倾倒在路上，幸而没有倒伏在家门口的棚顶上。而树的主干尚留一截，以及手臂长的树枝，还<u>直立在原来的位置</u>，只露出被撕断的伤口。让人惊讶于这树的不屈力量，损手断枝也没有被连根拔起，宁愿把有碍挺住站立的肢体断裂，也不能倒下。

看完这一幕，转到后园的平台上，仰头看着那棵婆娑舒展、枝叶旁逸的紫荆树，在肥厚的树叶顶下，我惊讶地看到悬吊着一个手臂般长的水瓜。顺着难以辨认的枝叶，一路地搜寻过去，看到那条柔韧巨长的藤蔓，来自邻家的瓜棚。这藤蔓飞越过围墙，顺着紫荆树的树冠，一路爬升，越过两三米高的树顶，在另一个族类的撑持下，结成了一个硕大的水瓜，掩映在紫荆的枝叶丛里，俨然一家人似的安乐祥和。水瓜仿佛知道哪里最欢迎它，哪里让它备受呵护和簇拥，哪里最有喝彩与赞美，它就流连在哪儿。我得跳起来，用整个身体的重量，才能把紫荆的枝条使劲地拽下来，让几乎半棵树都倾斜着，才够得着那高高在上的水瓜。谁让你高升在天，谁让你零落尘泥？原来，这就是际遇，这也是命运吧。

万物有灵，此刻当我想念它们的时候，这些树、竹子是否感知，它们已经被移交给有缘的新的主人了，我在梦里悄悄地跟它们道别，我在此刻的文字里诉说一个城里人跟一群植物的故事。

天地有知，它们当年跟着花工随车运载来到这个山冈的时候，我在还没装大门的门口迎接它们，它们对此地一无所知，我对如何面对它们不知所措。

有一回两回的记忆留痕是感慨万千的。

在用尽了好几个小时的体能耐力，忍受着膝盖、手腕等骨骼的毛病，不停歇地劳作后，当太阳从中空的玻璃窗边滑落，当前庭后院和天台被打扫冲洗清爽后，尤其是后院里的竹子、米仔兰，鸡蛋花树、紫荆树和紫薇树，被修剪整理得容光焕发之后，彼时，我呆坐在那个把餐桌当作书桌的大大的书房中，背后一整排靠墙而立高达三米多的书柜，还等着我用充盈的好书好册将它装满。

露台前洒落着夕照的余光，有鸟儿在两棵对称而立的树枝上飞来飞去说着情话，有秋天的风抚过疲惫的脸颊，有什么清晰的唤醒推搡着思绪，在这么祥和舒展的环境里，在这个用长达几个小时的清扫换来的洁净中，我该是会才思泉涌，还是无奈地看着劳作把思考置换得了无痕迹？我还能在大自然的树木的呼吸中，在绿意盎然的陪伴下，有更充沛的才情，让更多的心绪变成文字流淌出来吗？

然而，没有答案。一切的美好只是想当然。当夜色笼罩的时候，我就得离开这里，回到城里的繁闹中去。此刻呆坐在树们的簇拥下，也许只是一个梦。

我磨蹭着离去的时间，在面对前院门廊的鞋柜前坐下，院子面对着一座山丘的山顶，防护墙上和周边的山地长满了各式各样的树木草棵，山头上竖着个网络基站，门前的绿化带已经跟山边的树木混为一体了。

大门朝东，无论秋夏，吹过来的傍晚的风都是清爽通透的，带着山野的风声树气。我发着呆。这离白云机场才一个高速出口的去处，这市区北面的花都区的山峦，或远或近一直这么连绵起伏着。我知道越过这座山丘，在不远处的丘陵上，其中有一个名为蛤蟆湾的或又叫蟾蜍湾的山顶水库，清澈碧绿，往上盘旋上升的车道，一直通达从化。而山峦的南面，正是白云机场，回想起每回从外地飞回广州，飞机下降时都能从舷窗上指认出蛤蟆湾的身影。

在这栋有那么点远离尘嚣的房子里，我却只能偶尔地坐在门廊前，看着前院绕墙而种的两排竹子枝叶婆娑的身影，看着门前山壁的杂草树棵，涌起一些酸涩的诗意。我不知道我们这一代人，终其一生，到底能拥有些什么，所有的努力与付出，到头来会相守相伴些什么，是指缝间滑过的风？还是眼底留下的丝丝缕缕的依恋？或者仅仅是恍惚的记忆？

我不能不发呆，看那些竹子被我们像理发式地剪成了一个个流行的头顶蓬松的发型，竹子蹿过院子的围墙了，墙根露着修剪的竹茬。暮色中的竹叶有着唐诗宋词里的美感画意，这是对于我们拼尽全力像园艺工那样劳作后的回馈吗？还是目遇时短暂的抚慰？这一刻竟然如此昂贵，来之不易。

当我依依不舍地站起来，在降临的夜色中将别墅的四层楼用力地看了几眼后，我有点精疲力竭地锁上了铁门。竹影在夜色的车道灯光下，与风，与山头的植物喁喁私语着，也许议论着我们的匆匆再别，谁是竹们树们的主人呢？我竟然无语。

我叹了一口气，我用积攒下来的时间和体能，只够格偶尔地过来护理一下树们竹们，只够格让脑海里印下它们的倩影，或是雨后青翠欲滴的表情，或是风中摇曳的身影。然而，这些美好只能收纳在记忆中，不在日常的相伴里。我能留下的，只是那么些散落在风中吹动的绿影吗？

原来，这一切的经历，不过是我们倾力而为的付出后收获的臆想，有时很近，真实得就在触碰中；有时很远，远到疑真疑幻。

这也是人与自然、人与植物之间的距离的真相吗？

真相对任何人与事而言，都是比较复杂、欲说还休的事情，不是说，世界不公平、不可知、不公正、不受控制之类？那么当一个人竭尽全力地去做一件事，并且为了做得好一点而为此流汗流泪，那究竟会做到什么程度？出现什么境况呢？

那个新房主家懂事善良的小男孩，在我们走到前院抬头打量最后一眼的时候，突然走过来抱住我，悄悄问："阿姨你们不住这儿了，要到哪里去啊？"我躲避着突然而至的泪意，一时无语，我缓缓地拍了拍他的脑袋，扶着他的肩膀望着他的眼睛说："你就在这有好多植物陪伴你的房子里好好学习好好长大吧，我们要回到城里去了，我们得住回城里。"说时，话里好像有很多自己才懂的滋味。

梦总会悄悄地舒张起所有的枝杈，像植物的藤蔓一般，顺着泥土的牵引，伸延着，缠绕着，构筑起一个绿意的世界，在一个属于个人的土地和空间里，在那些被称为独立屋或别墅的房前房后，邂逅一下与自然毗邻而居的生活。

而梦也会有消退的时候，城市的车水马龙在蚕食着时间、空间与人的生命，人被放逐在那里，梦散轶在快速流动的节奏中，这就是锐利且又得面对的现实。

幸亏，我还能偶尔有梦。在梦中，我回到种树养树剪枝扫叶的日子，那爬满额头的汗水，那些阳光与微风中的时光，恍惚是山与植物偶然塞到我怀里的礼物。我在失去的日子里，依然以捧着的姿态，感念那一段与青葱植物倾情相处的岁月，那几年宝贵而又透支的陪伴，是多么疲累操劳却又通透满足的时光啊。

到坝上去

1. 对视

又一年的秋风,点染着坝上的醉绿沉红。

隔着时间,隔着无法穿越的距离,多少次,幻觉让体验抵达。据说,这就是向往,也同样就是感应了。是的,我去过坝上吗?多少年前的事了,多少次的经历,不过全是臆想汹涌的神游。

搁置了这么久?十年?二十年?为什么还要更多?时间坚硬得粗粝而又茫然。

多么渴望的抵达啊。无数的图片与文字的阅读,无数次翻涌又沉落的念想。

期盼多久,才能到达,才能到坝上去?好像一直都在这么追问着,抵抗着时间对愿望的挤对。目标与方向似乎已经萦绕成一种向往,似乎已不仅仅是一个具体的目的地了。

二十五年就这么过去了。忙乱的时光蹉跎旁落,无声无息。而此刻,就权当是最美好的秋天,因为,我在坝上。不管身体如何脆弱,不管时间永远不复从前,不管或左或右多少羁绊,反正,2016年的此刻我在坝上。

我终于来到坝上了。这个统称为坝上的大草原,这片从河北一直往内蒙古伸延的区域,这块被无数人的闪光灯掳掠过,被众多的描述和海量的图片围剿过的他乡。这广袤的草原上,眼前空无一人,只有被车轮硬生生碾压出成土塄子的车辙,依旧地老天荒,依然是人迹罕至的远方。荒原往无边无际的地平线滚动着，荒原借助非人力所能匹配的脚力尽兴地往四面八方狂奔着，天与地成了荒原撒欢的舞台，人，或者硬闯进来的车，渺如尘粒。也许本来就是这样，可有可无，无关痛痒。

当年清王朝的马蹄从莽莽的荒野里，摧枯拉朽地过关进京，想来是把这沉寂经年的大片土地一下子撕破了一个大口子，如今不过是从北京机场弹射出去的一条高速。在车轮几近无声的飞驰里，我却恍惚听到当年那些撕裂的噪声。

那么一切跟二十五年前还相近吗？青春的向往还有迹可寻吗？

似曾相识，在想象中。也许旧梦不再，此刻是真实的到达了。

年少好梦，以梦为马，还是以马的脚步为梦，向远方出发，多少活力热血的激情从来都这么挥洒着，远方不可轻易企及，可远方始终存放着梦想。当马的脚步具有了神性，人在有限的空间里辗转奔走，在营营扰扰的生存里耗劲。很多时候，眼睛代替着人的脚步，马不停蹄地翻山越岭、踏溪越涧。只是希望，不要在纷扰的日子面前停下来，跟随时间一道，永远向梦想出发。

一代又一代人的热情，或者冲动，转身之间，不知不觉地被网络状的交通，被越来越容易到达的便捷，拾掇着，抹平着，消耗着，也许有的已经无影无踪了。

当我置身坝上，一口气地往纵深走，周围并没有几个人影，我有点愕然，有点惊惶。好不容易从人海里浮水而渡，拔出头来缓一口气的时候，就这样掉落在坝上的洪荒里？我不知道问谁，我这是在哪儿？我该怎么办呢？

在草原的360度旋转中观看天地，或者联想天地的边界？我不知道我该以为自己是谁，风一直在吹着的土塄上的草籽？山峦上滚动的一会儿成沙粒，一会儿成团块的土坷？还是变幻的天色里的一痕着色？真实的感觉还是虚无的体验？

我不能不浮想得多一点。多少年前的那时，去远方，走遍能走的地方，比如走遍中国，看看自己国家的不同地貌不同格调的大好河山。比如走得更远，境外的山川河流涌动着不一样的情调。那时的大自然，才刚刚在到访者的眼前拉开帷幕，皇天后土都是洪荒的模样。

一年一年堆叠的行走，谁知道岁月也在老，自然也在不可遏制地变化。

我不是摄影发烧友，我只是神往那一望无际的旷野、天空、海域，一直神往远方。

眼前，那起伏的山丘、树林、草甸，那画笔用泼洒般的方式抛掷出来的七彩的远方，以及边界线，甚至没有边界，呈现的只是视力所及的色与界，草原树木的色泽，以及山壑沟谷的板块，无边无际，目力之外，依旧山峦绵延，天地置换，河流抢道，杂树生花，用再丰富的想象和技巧也难以调配出来的天空与大地的色彩，白昼的变幻，尤其是奇谲莫测的黄昏的渲染，以及日出时分妆容盛大的现身，一切的一切让人目瞪口呆。

有不可知的力量主宰着，似乎无处不在，而人不过如尘粒掉落到大自然的场景里，眼前的感觉，就是置身其中的感受？真实不过是眼前的虚幻？

守望多久，才能到坝上，才能来一次这样的旷漠野地，这没有被设计过的自然，才能让在场感有一种冲击与舒展，才能放下什么吗？顿悟一点与忘却一点，淡然一些或者坦然一些，才能如何如何什么什么……一股脑儿的观感，一齐涌上来，我有点接不住地头昏目眩，仍旧茫然。

为什么，要走那么远的路途，才能发现大自然的一点真相，一如发现自己的一点想法，才能悄悄地对着无垠的蓝天和无边的白云，嘘出最感叹的一口长气，一如自己跟自己说上几句放松的话。谁知道为什么吗？我的无奈只能满眼贮泪。

个人对自己的有些想法，就会变得谦谨吗？尝试着不去怀疑生活方向与目标的对错，就不会绝望吗？回到大自然，仅仅用目光就可以融汇进去，而也许谁都不知道，怎么才能轻易地转身，把原来的自己塞回皮囊里，然后，悄然离开。

坝上的风景，在任何一个时辰，从不孤单成景，而是联袂成片，铺天盖地，永不止歇，从眼前漫过，在眼后翻滚，好一个混沌开合，初止轮回。

这就是地老天荒的感觉，这就是天人合一的感觉？或者，这也是从哪里来回到哪里去的感觉？

好的人生是一个过程，而不是一个状态；它是一个方向，而不是终点。大自然此刻用壮观的景象做着最好的图解。

2. 色与界

对一匹马，不能说"我见过草原"。

在草原，我想变成天边那朵白云，用尽整日晴天，只从左边，移到右边。在草原，所有的异想天开都不算是胡思乱想。走着走着，日出日落间，一切的奇异有可能就变成眼前之景了。

色与界，本来是一种限定，然而，在这里，却成了天地混沌的证明。

是否凡有瞳孔者，皆有均等的灵魂？

词语也许不能，为眼前的景致，为这些山川草木提供更精准的描述，没有天地赋予的神来之笔，我只能为我的感应笨拙地表达。

秋色的描绘远不是姹紫嫣红那么简单，色彩的调配超越了常态的技巧，大自然的魔手有秘不示人的偏方，赤橙黄绿青蓝紫的七彩，在坝上变得根本说不清了，混色与混搭是想落天外的，突然噤声，这样的美是让所有的灵感都会词穷枯萎，除了惊叹，还有敬畏。

对草原的描绘，是意外？是惊喜？是目瞪口呆？还是被震撼魇住了？再搜索枯肠，我也只能噤声，对于眼前的美景与铺天盖地的色泽变幻，除了热爱，除了敬畏，我再也想不出更好的方式。

而人在自然中的心念，倒是感到了深深的谦卑，以及膜拜。幸而你我都是天地的子民，我们只需来朝觐大自然的尊容，只需来偏爱它赐予的感悟，只需静静地在它的怀抱里，感应一下它的温婉与豪迈，只需把一个七零八落的人拼接回一个回归天地的自然的人，那就足够了。

往天边走去，就只见山川草木，终于没有人影了。视界重新变成自然的世界。

人如掉落进洪荒里，欢呼的喊叫追不上风的跑速，一切只能在天地颔首的无语与凝视里融化。我来了，我来过了。可是，我只能消失在这里。最终，也只能让记忆把我收领回去。

是的，这就是地老天荒的时间，这也是过往，或者就是记忆：内蒙古赤峰，乌兰布统草原，红山军马场，围场，塞罕坝。就是这里了。Y是北京人，三十年前在长江三峡握手之后，一年一年地跟我描述了多少遍。乌兰布统，汉语的意思是红山。这里就是有名的红山军马场。镇上还有个规整的红山军区招待所，我一路寻访着Y当年多次去来的所在。

与大自然的接触，是来唤醒心中蕴藏的直觉与领悟吗？对大自然的强烈感受，是所有艺术观念的必备基础吗？那些年我每年都渴望着能够到达，尽管迟到了，心愿在轰然落地的时候，我有如释重负感。是的，也许是时候放下，也是时候平静与超脱了。

3. 天人合一

　　天暗下来了，草原消失在黑夜里。而我的胸膜嗅觉里全是草野的气息。

　　所以，晚安，这世上的另一个我。尤其在你无助的时候，请记得，这里有很多个你。

　　大自然的色彩，是没有现成的语言可以描述穷尽的，也没有人为的调配，能出得了这样变幻莫测的光彩。

　　大自然的境界、视界，那些已经做出的选择无论是深思熟虑还是有意无意，都像在命途中的棋子，棋落局定，一切因果机缘就此尘埃落定，覆水难收。

　　能在草原寻找神秘轮回吗？我的心是旷野的倒影吗？在大地的眼睛里找到了自己的天空。感受取决于处境，愿望的孜孜以求，是留给自己最珍贵的纪念物，如同山川留给地形，如同爱恋留给心灵的，是这些念想对自己造成的改变。

　　无论如何，忍住你的孤独，如同忍住命运对你额外的磨砺。据说，这是一种教养，其实更像是一种修为。

　　无论如何，你不能在满天星星钻石一般地缀满你头顶的天空里呼喊，这是荒野悄悄塞给你的礼物。何其富有的礼物啊！天地从来不会怠慢它的儿女，只要你有足够的耐心，等待着，守候着，黄昏的红霞之后，就是星星的挂毯从天而降。

　　就像毛姆所说的："我的血液里却有一种强烈的愿望，渴望一种更狂放不羁的旅途。我的心渴望一种更加惊险的生活。"

　　就像这首诗所涂抹的："螃蟹在剥我的壳，笔记本在写我/漫天的我落在枫叶上，雪花上/而你，在想我。"

　　所有存在的瞬间都是柔软而美好的，只需用心去感应，天地就是最老最老的存在，这些古老的幸存者在所有大陆上都历经千年。它们生存在世界上一些最极端的环境中，忍受着冰期、地质变迁和人类在这行星上的迁徙。在它们面前，人不得不敬畏而立。

地球上一些最为奇特的长寿生物正是以荒漠为家。事实越来越清楚地表明，极端环境可以创造适应性独特的生物。当我路过山谷、溪涧、草原、林带的时候，可能根本意识不到自己竟然和拥有如此漫长生命的生物离得这么近。

真正的孤独——也就是一个生物体和同类的其他所有生物体都分开——这是件多么稀罕的事情啊。一个人孤身一人位处茫茫荒野，那几个小时用内心感受起来是这么漫长，更不用说几千年了。

世界上最古老的持续存活的生命是什么？

想象一下树木，在以自我保护之名进行如此漫长的旅程之时，所需的代代传递的坚韧和合作吧。植物在迁徙时体现的意志，要比你想象的坚定得多。

看着这些千秋万岁的生命，我想起《庄子·逍遥游》中的句子："朝菌不知晦朔，蟪蛄不知春秋。"站在它们面前，人类生命的长度也不过如同朝菌。如果这些古老的动植物能够打量我们，它们也会为我们难过，就像我们感叹只有几天生命的腹毛虫。

我一直相信一句话："用你全部的资源，做你力所能及的事。"如同去坝上，去一趟地老天荒的草原。

我也一直相信这种诗意的表达："爱情比忘却厚/比加快薄/比潮湿的波浪少/比失败多/它最痴癫最疯狂/但比起所有/比海洋更深的海洋/它更为长久/爱情总比胜利少见/却比活着多些/不大于无法开始/不少于谅解/它最明朗最清醒/而比起所有/比天空更高的天空/它更为不朽。"

永垂不朽的其实是天地，是大自然。人与事，不过渺如尘埃。

虽说如此，而为人一趟何其不易啊。所以王尔德的说法才会被不断重复：

"每件赏心悦目的东西背后，总有一段悲哀的隐情，连最不起眼的小花要开放，世界也得经历阵痛。

"爱滋养你的才能，恨却毒害它，使其完全枯萎。

"爱的快乐，就像思想的快乐一样，在于感觉到它的存在。爱的目的就是爱，不多也不少。

"美好的肉体是为了享乐，美好的灵魂是为了痛苦。

"为了自己，我必须饶恕你。一个人，不能永远在胸中养着一条毒蛇，不能夜夜起身，在灵魂的园子里栽种荆棘。

"活着！把你宝贵的内在生命活出来，什么都别错过。

"只有肤浅的人，才会以貌取人。

"生活在阴沟里，依然有仰望星空的权利。"

幸运的是，我没有错过草原，没有错过在天地浑然一体的自然慢慢开悟。

4. 从无边的山林野地里说起

沉郁的大提琴声划开了时间包裹的浓稠记忆，还有挥之不去的时间，苍茫的情绪从音符的流淌中弥漫开来，大地与天空黄扑扑的着色中，是黑黢黢的马匹扬起的身姿，是飞扬到空中的黑汁一般的泥块，是怪兽一样的塔吊机和挖掘机的巨臂，是剪影一般从土色中漫延过来的高楼。

又是草原。这是另一个远在北美的草原。

我就这样走进了那片广袤而辽阔的土地，北美的蒙大拿州，北美的黄石公园，北美那些辽阔土地的原住民史、新北美人的家族史，城市发展与乡村拉锯的进程史，有的是血雨腥风，有的是家国情仇，有的是剪不断理还乱的亲情爱情人情和爱恨交加的种种情愫。

家，与家族，就是一种使命和承担，人与土地的关联，人与家族的关联，人与爱恨的关联，是那么简单朴素，又是那么千回百转。

那片土地的风景是多么震撼啊，那是天地留给人类最后的绝唱了吧。

无边的林木，顺着山势高低起伏地生长着，无垠的草地像一气呵成的毯子铺在大地上，山峦随意地在抬头可见却遥不可及的远方挥舞着手，描出一际曼妙的山色。天就这么蓝着，白云就这么闲散地卧伏在这里那里，目光追踪不上月色天光的变化，大自然宏大的史诗，谁能复述一二呢？

就像那个留着最后一口气，也要说完的富豪的那句话，我有权利把城市搬到这里，我有权利把家安在这里吗？

这句话被掩埋在这块土地里，没有人能够给出答案。

《黄石公园》的电视连续剧紧紧地抓住了我此刻视听所有的感应。

我只能捂着扑通扑通的心跳，问自己，我能追踪前去看一眼吗？我什么时候能出发去蒙大拿州？我要用所有的热情走进这片壮美的土地里，跟它鞠个躬问个好，把天地无与伦比的绝色，留在心里，供后半生的日子好好回忆。

这是天地大美刻在我心里的愿望，我在祈盼着，也在守望着。

美好的风景是留下美好记忆的命令。

克罗地亚的杜布罗夫尼克的大提琴，是红极一时的演奏家豪瑟作秀式的赤着脚在水里的演奏。

那是2019春天，我到来，我没有听到他在疫情防控期间安抚世人的琴声，而是在城墙上疾走的脚步声，以及拍打着城墙根的海浪声。我在杜布罗夫尼克的古城墙上一路疾走的时候，远没想到在疫情的封闭时间，记忆会被重新唤醒。城墙下面滚动着没有地平线的大海，浓得化不开的蓝色刺痛了我的眼睛，当年的海战，是否这么随着潮汛猝不及防就发生了，一切霎时天昏地暗。

也是大提琴，也是无边的悲情与舒缓的曲调，连海浪的拍打都放慢了速度，让人生出无由的苍凉与悲悯。

这是世态对人情绪的干扰。真正的草原与山岭是让人宁静的，就像混浊的流水被过滤成清澄无瑕的样子。

那是2024年初夏，几年时间的禁闭，人与自然的呼唤，让我又来到了大兴安岭的西北边，追踪着无边无际的呼伦贝尔大草原又一年萌动泛起的绿意。

置身在山林和旷野里，就如同身处充盈着宁静与爱的氛围里，宁静与爱把人引渡到这里，让人忘记繁扰。所谓的重返自然，就是在来得及的时候，超越轮回，回归宁静与爱中。所以人为什么在做一趟人之后，是时候了，就要重返万物出于土亦归于土的老路。所谓无由改写的命运，那是缘起缘尽后最好的归途。

"你是一盏明灯，永远不要让任何人或任何力量，减弱、暗淡你的光芒。"山野用气势磅礴的存在这么说着，不管有没有人在场，不管有没人回应。

我愿意为领悟这一切而感动。自然生态中的那些沟壑、那些起伏、那些曲折、那些明暗、那些荣枯，所有的这一切，叠印着尘世的灰土，尘世是另一个版本的演绎。而唯有面对旷野，你才可以拥有这样一种胸怀：宽容、粗犷、豁达、不死不屈、不折不挠、宠辱不惊、兀自绽放，然后，你才会有所了然、有所顿悟，人生一世，草木一生，人消失了，旷野依然存在着，地老天荒，谁是天地真正的主人，你我不过是一颗短暂出现又湮灭了的微尘。

只有面对旷野，才会明白古希腊哲学家伊壁鸠鲁的那句名言，什么是幸福："幸福就是身体的无痛苦和灵魂的无纷扰。"从无意义中寻找意义，从意义中超越得失，一切本无所谓有，无所谓无，一切都是万物虚空，也是万物轮回。

曾经的也是新鲜的回忆永远定格在2016年9月，第一次来到内蒙古的东面，赤峰的克什克腾旗、红山军马场、乌兰布统的坝上、科尔沁旗的水泡子。无边无际的荒原如同凛冽的北风，呼啸一下子就把人席卷而去，容不得我从容漫步细做打量。

山与水的调色板，山与河时紧时缓的追逐中，草原森林与荒漠沙碛在这里角力，山与河在这里争锋，大风与冰川在这里畅论想象力与构造力的输赢。草原、沙漠、湖泊、高原、平原、山地、林地在这里相拥相杀。

赤峰虽处于大兴安岭的东面末端，但大兴安岭的最高峰黄岗梁，却位于赤峰克什克腾旗境内。得益于温带向寒温带的过渡气候，以及内蒙古、华北、东北植物区系统的交会共存，黄岗梁山高林密，森林与草甸相偎，形成了典型的生物多样性的壮美景观。黄岗梁还是亚洲最大的国家狩猎场，獐、狍、狐狸等野生动物出没林间，撬动着草原平淡还是热闹的节奏。

北部的西拉木伦河与南部的老哈河，形成了赤峰的主要水脉，绵延东流。赤峰的沧桑与生机，在河流上一览无遗。我站在土塬上放眼远眺，视线竟然连接不起一个广角。

赤峰的乌兰布统草原，婀娜多姿，而又气势雄浑，既有丘陵起伏的弧线的曼妙，又有重峦叠嶂的金戈铁马。赤峰，从远古以来就是大自然的练兵场。从草原到沙漠，从平原到高山，从丘陵到湖泊，从冰碛到温泉，大自然的神奇，在这里铺排列阵。

时间又流逝了七八年，天地兀自无声。此刻还恍如身临其境的，则是在大兴安岭西北面与呼伦贝尔草原交接处的乌兰浩特，草原有的放牧着牛马羊群，有的只放牧辽阔和地老天荒。在被蒙古族人马上马下的绝技惊呆的时候，扭头去看，摇动着身姿的山峦，散落着的牛羊，与俯下身来的蓝天偎依着，构成一幅绝世的风景图，我干脆躺下来，让大脑慢慢烙刻这一美景，带回城里，好在不时的闪回中窃取一丝抚慰。

大草原就是一幅抖落天地的图画。其独特与意象，如同中国画中黑与白、水与墨，代表着中国文化独特的审美与情趣。

水赋予墨以灵性，墨驾驭着水色，行走在天空一样的宣纸上，幻化出如阴阳般明暗无穷的变化，成为诠释中国哲学的最佳手段。也只有守法自然，在自然中孕育而来的中国文化，才能诞生出这样极富内涵的表现方式，一如眼前极富特色的草原。

那就用欣赏中国画的心境去领悟草原吧，体会其气韵、神妙、高古、苍润、沉雄、冲和、淡远、朴拙、超脱、奇僻、纵横、淋漓、荒寒、清旷、性灵、圆浑、幽邃、明净、挺拔、简洁、精谨、俊爽、空灵、韶秀，无奇不有，无法穷尽。

这个世界总有地方，让人的心可以连接上广袤的天地，人的归宿不仅在出生成长的故乡，远方亦有灵魂深处梦寐以求的东西。远方或是回家，都是不长不短的生存过往，归返与轮回的征程。

也许，有时候远方唤起的渴望，并非引向陌生之地，而是一种回家的召唤。

消失的岁月　滚动的足球

　　秋雨来了，涌动在空气中的团团迷雾，冷热交错，笼罩在视线可触的地方，灰蒙蒙的，我看不见阳台以外几米的地方，那些没有动静的楼房、那些没有车辆的马路、不远处的铁轨、那条从后面的白云山峦跃飞出来的越秀山脉的绿带、那远方的连成一线的从中信广场到东塔西塔挥洒而出的手势。雾霾困住了所有的目力和思考，疫情锁住了城里鲜活的生机。

　　无端的伤感让我忧心忡忡，我只能闭上眼睛，在无边的臆想的时空里奔跑，去摆脱压抑和沮丧，去重新想象着身上洒满的阳光和微风拂面的爱意。是的，那就是那些被时光筛选过的记忆，美好得如同天高云淡的真正的广州的秋天，杂树生花，空气祥和，心里溢流着感动和开心。

　　记忆就在我长时间的闭目遐想时，再度降临。此时，是一个滚动生风的足球，一个现在时的足球杯赛里全世界的目光都在追逐和揪心的足球，它在绿茵场上熠熠生辉，它让眼前的灰蒙被点燃起一团亮光，我的记忆跟着这个活色生香的足球奔跑，跑回那并不遥远的青少年，跑回并不陌生的那个三四十年前的广州，一切恍在眼前。

　　红尘滚滚，往事如风。

　　所有的时间都在飞跑，我们在变化中丢失着生命，丢失着记忆。我们只在日子的泥河里行尸走肉，在污染的空气中晃动着我们的呼吸，还有什么和所谓的尊严、体面相关的想法，一切都在暗哑无声中不见踪影。

　　我也想奔跑，在奔跑中逃离，此时，只有那些温热的记忆和我在一起，收藏在我紧紧环抱起来的双臂里。

　　"唯我一人逃脱，报信于你。"这是足球吗？

"互为旅伴，途经软弱、孤独和恐惧。"这也是你，足球吗？

"以虚拟之景，守望缺席的记忆。"这真的是你，足球？

在转身寻觅的恍惚中，我能看到那团曾经被足球燃烧过的烟霞还在，那时年少的我们还不懂得狂欢和奔跑。

我们只是磕磕碰碰地跟着横街窄巷左邻右舍的大哥哥小姐姐们，连走带跑一路急行到越秀山下的八步梯口，一起憋着一口气爬上山，在那个仿佛从来都在那里的越秀山体育场，看一场广州足球队的足球。我们能叫得出那几个满场飞奔的球员的名字，那都是广州仔的骄傲，他们奔跑着把广州人的希望带动得迎风招展。

童稚的目光里，越秀山足球场可真是太大了。恍记起读书时节学校里开运动会，平时看起来人数拥挤众多的学生，坐在硕大的看台上只占了一小块，跑一圈四百米下来，人累得气都喘不顺，还没体验过迎风飞奔的豪情自信呢。

几十年前的广州，那大小孩子两三代人的玩具，只有一个并非严格规范的足球，只能姑且称之为皮球，只要有一片空旷的荒地，只要有点沙土，哪怕有些水坑和泥浆，孩子们都可以在这里撒野狂奔。男孩子都是场上追逐的勇士，女孩子自然就是在一旁东奔西跑呐喊助威的啦啦队。其时逼仄的广州，上哪儿去找一片空地，去找一个可以让人欣赏到凌空踢球时，那一刻的自由和腾飞的地方？

用广州话说到足球场现场"睇波"的经历竟然可以切换到那么小的时候，读小学中学的、下乡回城探亲的、在工厂轮三班的，大小孩子一齐浩浩荡荡地出发了。因为越秀山体育场时常有球赛，那个顺着山势砌筑上去的足球场也是田径场，它就在不大的广州城爬上家里的天台房顶就能看到的越秀山的山脚边。

那时我们不知道足球意味着什么，只知道那是一种有魔力的运动，甚至不仅是运动，而且是一种能产生如同大人高兴聚会喝酒时酒醉感觉的传染，追随者奋不顾身地投入，围观者身不由己地欢呼，里面有极限，有冒险，有拼搏，有团队，有道义，有热血与激情，还有很多豁出去的争拗和不服输，不许他人讲理的蛮横和舍我其谁的顶硬上。各种奇怪的东西搅拌在一起，让参与者和旁观者都为之屏住呼吸，兴致勃勃地团团转，不仅是凑热闹，还有助威或者趁机发泄一下，把平时闲日积攒下来的情结统统释放一下。反正不管怎样，唯一的冲动就是因为激动而开心，开心得昏头昏脑不分对错地陶醉，像对过年过节放爆竹那样着迷。

所有人的目光都追逐着那个不停变换主人的足球，所有的情绪都给揪扯着，好像在对赌一场内心角力的输赢。

而且，围绕着这个滚动的东西，人与人竟然是可以暂时没有隔膜的，就像热心与勇气成了接力棒，可以从陌生人的手里传递过来。执念也跟空气中飘忽不定的风一样，一起喊叫，声浪忽上忽下、忽高忽低地起伏，空气中充满了碰撞的火花，只要足球滚动起来，一切变得跟平常日子不太一样，人也变得跟闲时里寡淡无趣的状态很不一样，生猛、盏鬼、幽默、冲动、牛精、喜怒无常，诸如此类，人性的多种面相在足球面前，不经意就给抖搂出来了。

只要面对足球，一个人就不会独行，就不会抑郁，就不会孤单，就会感到随时随地的兴奋或者短暂的绝望，然后，又像再点着一根香烟一样，看球的元气再度复活，重燃斗志，有看法的大哥哥们都在对着足球和一眼看不到边的脑袋，指手画脚，指点江山似的评判胜负预测结局。这架势，把我们这些小孩子看得一愣一愣的，也看得无端开心、兴奋。

这真是一种老少咸宜的热闹的门道啊。看足球和喜欢足球的人，在年少的我的眼里，都是了不起的有识见、有能耐、有热情、有追求的代名词，这不仅是一种爱好，这是一种了不起的身心投入，是一种不可多得的热爱。试问那个贫乏的时段，连书籍和食品都稀缺的时段，还有更多什么值得人去喜欢、去热爱的呢。

所以，小时候我是个追风的假球迷，也是个追风的喜欢打乒乓球的小球员。这大大小小滚动的球上，带动着一些说不清道不明的梦和遐想。

所以，这句话又勾起了我的触动："给敏感者一次失声痛哭的机会。"在特殊时段的疫情防控期间打开的这个回忆，意味着什么呢？关于生机？关于活力？关于生存的机遇？浮想联翩，我的眼泪再也不需要强忍着，它决堤而出，如同一次彻底的清洗。是的，撕裂与秩序在持续加速，日子在负荷中发出掩压不住的呼叫和哀鸣，分不清这是秋天的雨水还是心里的泪水，谁又能用什么容器接住它们？那些一滴一滴滚动的玻璃一样的东西。可惜啊，那不是足球。

一声开场的哨子，惊起了多少昏朦的神思。多好，滚动着足球的世界杯又回来了，带着四年的悲戚欣喜，重新回到戴着口罩的我们的视线里，把我们迷乱的眼神一脚踢飞。你好，足球！

上一次的世界杯成了记忆中的创可贴。四年一度的世界杯又开哨了，看着电视里卡塔尔球场上的人山人海，那双被新冠病毒感染后折腾到沮丧又乏味的眼睛，开始有了激活的光斑在跳跃。都说承受折腾的磨砺，是为了打开一个鞠躬的姿态，去感念健康平和的美好。那此起彼伏的声浪与人气，仿佛扑面而来，那首熟悉的世界杯之歌又在耳边响起，我们一起相约，让世界滚动起来。而这个滚动的足球，就是在每个热爱生活的人的脚下传递的开心、快乐、拼搏、勇敢，还有家国大义、自我救赎、互助团结，还有更多。

冬日的阳光又回来了，那个被人豪气地一脚劲射弹向空中的足球，正在阳光里划过弧线，我们用视线去追逐着那个滚动的光影。眼前是一片时间的风雨雷暴后开阔宁静的旷野，每个人的身影晃过，天上浮云散漫，年少时的单纯和梦想又漫上了我们开始变得浑浊的双眼，那个足球的光环还停留在空中，迎着太阳奔跑。

我似乎能听到无数的和声从天地的角角落落聚拢混合在一起，把我们不再年轻的身心拥抱着，让我们再度热泪盈眶。

白日里的梦想原来也是可以滚烫和真实的，此时，就在我们张开的双臂紧紧相护着的身体里，随着心跳一齐颤动。

"相信一切为时未晚，还会有另一个夏天。"

人性中这一孩子般的期盼总是存在着，等待着，也无来由地独自快乐着，虽然只是那么一刻钟，一切又恍如隔世，一切又沉闷如常。而此时的这种呼喊，却在人心的秘密深处回响，让我的笑容冲破脸上的僵硬，重新绽放。那就好好珍惜生命中的每一次开怀而笑，忘情地手舞足蹈。

幸而，我在记忆中把这些滚动的东西看成了一个球，一个很多人心目中仰视的而非俯瞰的足球，它带动我在过往的时光里飞奔，飞奔也是一种暂时的逃离。

那个少年时的足球在时光的闪回中滚动着，如同消失的岁月，在臆想的目光中，有时，它是被一个劲射飞到空中的太阳，照亮了有趣而不那么有趣的过往；有时，它又成了一不小心掉落在水中的一个不断浮动的月亮，带着那么多晃动不止的记忆和情绪，溅起的水花，就是追忆中欲说还休的怅惘。

幸而，又一个四年的欧洲杯足球赛，随着夏天的脚步如期而至，我们的激情与热血再度升温、沸腾，在目遇的永恒里，一切充满了活力，一切都在快速奔跑，朝着梦想飞去。

那年，从 2018 到 1978

1

那年，那些年，载得动的也许是记忆，载不动的也许是岁月。

如同突如其来的降温，从北而南呼啸奔跑的冷风，不停地吹拂着温暖的广州冬季，呜呜呜地揪扯着阳台外面的树木，河床里的流水起了波纹，风使着劲碰撞着门窗，要挤进时间定格的空间里，挤进书房里与我对峙。

那些年的记忆，就藏在曾经的经历里，就携带着记忆的体温，在人的目光定格的那一刻，重新复活。

所有的那些年，我们把青春、热情、愿望、希冀，还有努力与耐心，坚持与守候，连同自己许诺的修为，都一齐抵押给了日复一日的岁月。有时，把时光抛掷给了无奈、困惑、失望、伤心和放弃；有时，也把时光挥洒在出发与归来、彷徨与焦躁的不得要领里。四处生长的生活，向我们扑面而来，又倏忽远去，我们看着霞光染红了上坡的草地，又看着暮色涂抹了下山的弯路。

这年，是 2018 年，是戊戌变法的百年，也是改革开放的四十周年。似乎亦是我从一个自以为年轻的我蜕变成中年人的门槛，身体的历练与精神的承受前所未遇，这是意想不到的把磨砺变成领悟的一年，也是摆脱多年的羁绊放弃执念的一年。原来人的生命过往藏着那么多的秘密，放下了，就有了继续奔跑的动能。

威廉·埃内斯特·亨利的名篇《不可征服》，是诗人在病榻上的泣血之作，他从小体弱多病，患有肺结核症，一只脚被截掉，为了保住另一只脚，他一生都在与病魔抗争，不向命运屈服。"透过覆盖我的夜色/我看见层层无底的黑暗/感谢上帝赐予我/不可征服的灵魂/就算被地狱紧紧拽住/我不会畏惧，也不惊叫/遭受命运的重重打击/我满头鲜血，却头颅昂起/在愤怒和悲伤的尘世外/耸立的不只是恐怖的影子/还有，面对未来的威胁/你会发现，我无所畏惧/无论命运之门多么狭窄/也无论承受怎样的惩罚/我，是我命运的主宰/我，是我灵魂的统帅。"

古今中外的名人都有大同小异的智慧，殊途同归的修炼。

陶渊明说过："人亦有言：日月于征。安得促席，说彼平生。"

辛弃疾也有这样的词句："日月于征，安得促席从容。翩翩何处飞鸟，息庭树，好语和同。当年事，同几人，亲友似翁。"

时光面前，哪个人不是喜忧参半，哪个人不试图欣戚两忘。新的一年就在身旁，一不留神，就给时间拽着往前奔跑了。

每个时间段的自我都在蜕变着，角色也在转换着，从心存读万卷书之志走天下之念，到为人妻为人母。从四十年前茫然的寻觅，到三十年前的文艺青年转身，从读中文系的研究生博士生，再到不同岗位的谋生席位。脚下的路很多，不知道哪一条可以通往心仪的远方。

只能用心念的孤岛去连接这个世界。20世纪80年代的文学中心化的环境氛围，培育了一两代自愿背负信念的文艺青年，即使在现实与内心的割裂中，也不会轻易放下内心的向往，去接受现实的妥协。那时的气候，似乎接近文学、拥抱文学，甚至追求文学，就有希望，就会被救赎，似乎文学能将被现实覆盖的世界的一部分照亮。

有的人被文学的火焰灼伤了，刻下了痕迹，在文字里，或者在记忆中。

有的人被文学的火焰引燃后，残余的一摊灰烬，缕缕青烟，都随风而逝了。

而总会有什么留下来的，比如火星，比如燃烧后凝成的木炭，就像种子一样，把旧时的火苗带到将来，或者成为火把，或者成为重新点燃照亮自己的火种，用火的温度，再次让内心激活，形塑新的自我，形塑一个想成为的自己。这是一种因果、因缘，也是一种轮回。

2018年成了一个承前启后的转折点。

二十四年前的那年，是1994年。命运改变了工作，生活揭开了另一幅图景。我进入专业写作和研究领域，确认了精气神魂的支撑点。我走进了婚姻，撑开了一个小家的伞。而孩子的到来改变了我的人生，更转换了我的心性。专业追求与家庭承诺都是无由分说的爱，爱本来就是一种责任，一种个体的小小的使命，是用来奉献，不是拿来索取的。

十二年前的那年，是2006年。一个遥远国度的城市，竟然跟我的人生发生了关联。去加拿大求学，圆一个青春期的旧梦，用他乡的视角来打量故乡的意义，幡然开解也许就是这么开启的。

遥想当年，四十年前的那年，是1978年。我猝不及防地离开家里的哺养，自己上路，自己摸索，自己寻找活下去、活出自我的方式和方法。连滚带爬的不易，从内到外诠释着什么叫磨砺，什么叫成长，什么叫选择，什么叫青春不悔。

一个转身，2018年同样成为那个当年。中年也会摔跤，中年也要补课。从此我执念前行，活到老学到老。

如同我从没想过要放弃希望，哪怕这希望远在朦胧的前方，我触手不及，我依然怀着激动的心情，悄悄地追踪前去。

所以我不理会绝望，如同不屑于任何的肮脏与苟且。

2018年的职场阴冷，还是让我寒凝砭骨。卑劣与狠毒竟然可以以冠冕堂皇之名，寄生在光天化日之下。我难过地转过了身，黑暗笼罩着前行的路，阴鸷让某些人的双眼没有光亮只有偏见，只有如针尖的芒刺，刺穿着柔韧而不屈的持守与善良。

我继续我的奔跑，既是逃避，也是追光。乌云的背后，一定有太阳。

我试着走进钢琴的世界，走进五线谱的忘忧的弹跳里，让活力在音乐的导引下不断锤炼。无论是绝望还是希望，都会在美的召唤下不断前行。

我试着走进心仪已久的英文原著阅读，让经典唤醒心智，唤醒新的理解，重新面向大师们所描述书写过的世界，有多少千疮百孔，就有多少鸟语花香，何况悲悯与睿智永远在化解着灾难与不测。

我试着学会苦思冥想，学会闭关自守，学会冷眼旁观。而之前我是何等热血啊。

我试着回到笔墨的临摹与书写里，在端静的心思里，将气神凝注于手中之笔的移动中，去感应成字的动静，去感受传统书写里笔墨的机趣与专注，可以心无旁骛，可以心静神宁，可以脑无杂念，清爽无尘。

我不知道后来的文字，从遥远的他方向我的笔下起程时，都要经历多少几何倍数的路途。当我用手用神去握住一粒粒汉字时，我不知道能否穿越这样的涅槃再生，能否感同身受。我只知道真诚和自省是书写时最用心的敬畏，也是最好的担责。

就是为了当初的那种心愿吗？就是为了当初竭尽全力要走进的愿望吗？不要辜负，不能辜负，不想辜负。一诺千金，驷马难追，就以时间和生命作抵押吧。

"长清短清""云心水心"，说的都是清爽，都是通透，能伸出有力的手握住这种比况，一切都在激浊扬清。

人终究要面对一堵堵墙或是一个个坎，这是没有尽头也没有边界的阻隔，这究竟是什么？就是人生的拐点，墙的那边，沟坎的对岸，就是一程接一程的超越。

之前的一切，无论爱，无论热情，无论梦想或者愿望，都在日复一日的琐碎中被损耗，被消磨。幸而没有陨灭。生命说到底是孤独的，没有人能陪伴苦痛，那是自己伤口的自愈过程。而日子总归是平淡的，无非三餐两宿，无非衣食住行。如何抵抗损耗？那就尝试去抓住内心的热望，不要让火苗熄灭，不要让外在的喧哗与骚动遮盖内心的声音。

落在一个人身上的雪，别人无法看到，更无法感受到那种冰寒如刺，那种冷入骨髓的疼痛。如同每一年春天必然伴随的雷暴，在把美好的开启带给我们的同时，也不会放过我们。也许时间在某个时段亏欠了的东西，会以另一种方式补偿，而且这种补偿是别出心裁，会无比丰厚。那就保持耐心和韧性，穿越重重障碍和阻挠，坚持从来都是治愈放弃的良药。

经此世变，义无再辱，精神的故乡不会再有毁灭的可能。

这个看似漫长的岁月递进，种种起伏，其实，可以想象成一个风雨过后的彩虹，乌云还在不远处涌动，在水汽弥漫的时分，从此岸到彼岸，依然潇洒漂亮地跨越过去，撑起一道凯旋的拱门，让豪情与活力一跃而过，彩虹映亮的天地，绚丽无边。

2

  坚守者的历练，可能都会陷入同样的处境——当你被一次次地明示，你的能力与实力不足够讨喜，你的付出可有可无，你的努力根本不重要，你不只是被忽略，而是直接被漠视，而且这还是偏见下的常态。于是，你只能不断地挣扎着，突破着，超越着，不让自己为这些蛮横的阻挠所绊倒，为了这种承诺，你赌上了自己所有的竭尽全力，以及最后的勇气与勇敢。

  而逆境是通往真理的道路。当你经受了很多的磨砺后，想必也能了解更多的痛苦。乐观的人总是永不放弃的。没有办法让时钟为我敲响已经过去了的钟点，我只能往前走去，敲响属于自己的钟声，是激励，也是警醒。

  回忆是一条没有尽头的路。

  生命中真正重要的不是你遭遇了什么，而是你记住了哪些事，又是如何铭记的。由是，另一种取向的书写，新的以历史文化为背景的研究与创作，便是我铭记的最好方式，越到后来，越成为我的唯一方式。

  正是因为记忆是一种美好的筛选，如此我们才能承受已经过去了的重负，并且将其变成送给自己的礼物加以收藏。

  都说时间如白驹过隙，一晃一闪就消失了；又说时间太瘦，想握牢它的指缝太疏，终于是滑落了；还说时间如流水，即使水过留痕，也还是留不住影踪的。

  既然如此，在奔跑的时段里，那就别把时间留给遗憾，更别把时间让给鄙弃的恶俗的人与事，如同日拱一卒，时间的一痕一隙，还是可以用心地给它绣烙上该有的花纹的，那就是我们对时间的交代，也是致敬。

  这是心念还是意志？用不着刻意地唤醒它们，它们一直藏在你的血液里。

  为在意的人与事付出，不管有没有实质性的报偿，都不会是没有价值的。是因早已在彼此的生命中留下无形的印记。

  所谓情缘就是彼此在意，彼此塑造，是人与环境之间深深的关联，人与方向目标缘起的所在。最终所谓的命运，还是自己一步步走出来的。

  《我》这首流行歌曲的歌词，竟然从一个快速陨落的香港歌星的歌声里走进了我的情绪里：不用躲闪，为我喜欢的生活而活/不用粉墨，就站在光明的角落/我就是我，是颜色不一样的烟火/天空海阔，要做最坚强的泡沫。

等待，不仅是季节轮回中重要的过程，亦是生命中一个重要的篇章。凭着智慧与耐力，与时间来一场博弈，与未来做一个交换。

无悔背后，都是苦难。命运面前，莫论公道，因为痛苦和磨难，注定会是人生的一部分。《基督山伯爵》的结尾有一句深刻而平静的话："人类的全部智慧，就包含在这五个字里面：等待和希望！"

在一般人不过一万多天、最大概率七八十岁的生命里，其实不过是一直在追逐着所谓最爱的东西、最值当的东西，其实也是在用另一种方式，跟这些生命攸关的东西做着相遇相拥，然后就是渐行渐远的告别，相遇接着分离的旅程，没有什么可以永远留驻，除了我们自己选择的记忆与美好的愿望。所有的匍匐，都是高高跃起前的忍耐，所有的散轶和丢失都是为了不离不弃的坚持与相守，所有的支离破碎都是为了来之不易的圆满。

有时被伤害，有时被相助，人总是在不经意间，与他人的人生紧密相连。有时，脆弱到外人的一句话就能让你泪流满面；有时，也发现自己咬着牙走了很长的路。我的脆弱和坚强都超乎自己的想象。

是否一切都会过去？"一切都会过去/像风溺于风，水死于水/而爱，从你的前胸穿过/你的后背/像薄冰沉到春天消失后的海里。"

别的东西，消失了就消失了，但是以爱为名的所有的执迷不悟，是在沉溺之后，在溺水身亡之前，给人心甘情愿、只身赴死的暖流。

其实，并不相信会有任何尘世的知遇，对我而言，书写和梦才是更为可靠的自然交流方式，一如一个人的内心与神魂对话。

所有艺术都与飞扬有关——可控的灵动与不可控的相遇。

最重要的事情就是你拥有了勇气，去追求你想追求的，或者再无来者，或者再无知音。然而，你便是自己唯一的光。如果这世界上真有奇迹，那只是努力的另一个名字。生命中最难的阶段，不是没有人懂你，而是你不懂你自己。

迷茫是自我认知的开始。乐趣一直支撑着我。最可怕的是老无所依——精神上没有依靠。凯鲁亚克说过："愿我们永远年轻，永远热泪盈眶。"

每个人都很孤独，在我们的一生中，遇到爱、遇到公平与波折都不稀罕，稀罕的是遇到了相知相惜。一般的情形是，一如木棉树的叶子与木棉花朵永不相见的际遇，叶子葱茏时花朵还在酝酿，花朵盛放时叶子隐退。细思细品，如此挺拔豪迈生命怒放的植物之王,这广州的市树与市花,无形中多了些风骨英雄的凄婉和凛冽。

"我就是我,是颜色不一样的烟火。"这是真的吗?

没有该与不该,只是有些东西一定会留下来,一如将身体的某部分留下来,不是化作尘土交回大地,就是化作一缕烟云飘散空中,所以人要表白、要诉说,如同命定的书写。数十年生死两茫茫,念念不忘,必有回响,倘若春天很好,若尚在场,即使等不来花开,也会等到雨下。不需要为无穷的选择而害怕,而惊惶,只要认准了,一生的托付与抵押都悉数交与了执念,如歌声所吟唱:"风也清,晚空中我问句星,夜阑静,问有谁共鸣。"偏执是因为无可替代,制造一个专注的注意力集中的自己,继续一往情深,继续情有独钟,但愿今生再无渴望,但愿来世再无疼痛。

有一个愿望如影随形,有一个可以托付的心念,已经不再强求是某件具体的事,某种具体的经历,假如一直活在臆想里,走不进现实,也就完成不了自己该完成的,必须历练的流程。

由自己来决定去相信什么,去选择什么,意识到什么是真实的,什么是必要的,这种自觉就隐藏在我们身边平淡无奇的生活中,一遍遍地用意识去提醒自己、去激活自己。时间的背影越深越远,越久越清晰。

恒星已经闪烁了很久,但它们的光芒还没有照到我们。这就是说还有希望。"锦瑟无端五十弦,一弦一柱思华年。"我们不能永远年轻,永远热血,但至少可以通过喜欢的记忆,跟内心靠得更近一些。任何想象中无法抵达的未来,都有内心深处难以抗拒的柔软。

命运需要的不是征服,而是挖掘,人生不光有对生命的开拓,也有对记忆的探求。执念中有爱,这爱也是一种信仰,之所以是一种信仰,是因为没有一种信仰不包括诚挚、深情、持久的关注与奉献。唯有爱,是我们可以在自己平凡的人生中寻找、发现和成就的伟大与神奇。爱,也许就是一种信仰。

细究一下,所谓运气,不过是在一个用心做事的人面前,命运给予的最好安排。而承受者的悲喜成泣,有惊喜,有偿还,有多年委屈的宣泄,还有雨过天晴的痛快。喜爱之物与事,会暴露人的趣味、智商、隐秘的价值观。如同所选择的对象,如同镜像,要么照出你是怎样的需要,要么折射你缺失了什么。

苦难是好运的前奏。苦难是展示美德的机会吗?因为苦难可以作为对人的性格和力量的一种考验与证明。

　　如果生命根本就是有意义的，那么苦难也肯定是有意义的。苦难是生命不可分割的一部分。没有苦难和死亡，人的生命不可能完整。人对于苦难是有意义的信心，基于它对于人的精神自由不可破坏的信念。这种自由使人在任何一种情况下选择自己的态度，选择自己的方式，决定是否成为当时情绪和沮丧的玩物，还是宁愿与自由及尊严捆绑在一起，不在乎是否会成为一个典型的被囚禁者。从实际上看，即使在充满苦难的生活中，美德、尊严和人性也可以发出光芒。

　　如今，当我回过头去看那段时日，看到的是自己的碎片。无数骚扰在同时作响，我抖擞精神地行走于辽阔的闹市。如果我想要拯救自己的人生，也许我会被迫走到离毁灭它只有一步之遥的境地。诉说悲剧的最佳方式，是幽默。换句话说，任何的苦难，我们不妨都用平淡的口吻说出："人生嘛，不过如此。"

　　在意想不到的时辰，突然就会遭遇到温暖，或者温情，甚至能感受到某种爱潮水一般地淹没身心。如同那年，经历过几万公里的辗转飞行，从租驾的车上走下来，停在美国芝加哥预订的酒店大堂前，一抬头就看到了表姐的身影。如同穿着病员服，昏昏沉沉地从一个诊室飘进另一个诊室，一探头，主治医生那双温暖的眼睛已经溢满关爱和笑意地看定你，顿时觉得能支撑自己站稳了别歪倒的力量顷刻消失了，只有汹涌的泪意和无助的脆弱。

　　没经历过尖锐痛苦的人，不会有深厚博大的同情心。真正的光明绝不是永没有黑暗的时间，只是永不被黑暗所吞噬，辛酸的眼泪是培养人心灵的酒浆。

3

　　我总是惊讶地发现，我不假思索地上路，因为出发的感觉太好了。世界突然充满了可能性。生活本身是令人痛苦的，我们必须忍受各种灾难，唯一的渴望就是能够记住那些失落了的幸福和快乐。我们还有更长的路要走，不过没关系，道路就是生活。

　　相信美好，就会遇见美好。人生最美的，是那回眸一笑的洒脱。做自己想做的梦吧，生命只有一次，机会只有一回。幸福属于那些会哭泣的人，那些受过伤害的人，那些探索的人，以及那些尝试过的人，只有他们才懂得给自己生活有影响的贵人的重要。爱以微笑开始，在亲吻中成长，以泪水终结。光明灿烂的明天建立在忘却的过去之上，只有让以往的失败和伤心随风而去，你才能过得更好。

既然打定主意要热爱生活，就要像拥抱巅峰一样地去拥抱低谷。不要被生活那看起来理所当然的节奏拖住。成功只有一种，就是用自己喜欢的方式度过一生。拥有的都是侥幸，失去的都是人生。把时间浪费在美好的事物上，然后遇见更好的自己。就像忙碌是治疗一切精神疾病的良药，青春之心永驻也是，这样才有机会在最终的时候实现最初的梦想。

包容、分享、怜惜，恒久绵长，不离不弃，才是爱，完成比完美重要。

你不能把这个世界，让给你所鄙视的人，哪来那么幸运的事，活着，就是上天的恩赐。没有审视过的生活是不值得过的。比寻找温暖更重要的，是让自己成为一盏灯火，在这个薄情的世界深情地活着，伤口是光进入你内心的地方。

如果你学会善用生活给我们的那些失望和忧虑，你将自由。没有思考，更多的体验也毫无价值，要赢，就要赢得彻底，那不是得失的问题，而是给自己的心愿留下一个交代。最不可思议的是，我们会为没做过的事而后悔。

唯有在人群中，或有人群为其背景，超越才能诞生，理想才能不死。

这就是人生终极之爱，对信念、对承诺、对追求、对美好之爱，所以是博爱的象征，是大同的火种，是于不理想的现实中一次理想的实现，是"通天塔"的一次局部成功。这样的爱正如艺术，是"黑夜的孩子"，是"清晨的严寒"，是"深渊的阶梯"，是"黑暗之子，等待太阳"。

这样的爱是理想，是要使不好或不够好的事物好起来，便有"超人"的色彩。

剧作家贝克特写过这样的话："你必须前进。我无法前进。但最终我会前进。"我意识到，我可能终其一生，会在这三句话里无限循环。但也正是因着这谦卑与挑战，我愿意，全神贯注地待在这个循环中。

但我会提醒自己，在虚无面前，要有足够的谦卑，不是没了你不行，而是有了行动你才完美。只有内心纯净的人，才可以专注于自己的诺言，爱你生命中值得去爱的事物，并为此偿付所该偿付的代价，因为只有时间才能衡量这种爱的价值。

信仰到底有没有对错，信仰的冲突该如何解决？

有一种坚持叫自我坚持，有一种较劲叫和自己较劲。这大概提供了另外一种温和的方式：信仰是一个人对自我的要求，而不是别人。所以，真正的信仰并不会冲突，因为信仰是用来要求自己的，而不是用来统一世界的。

信仰的力量并非来自信仰本身，而是来自始终如一的坚守。证明坚守的方式也并不是要求别人都和自己一样，而是无论发生什么，自己始终都是一样的心性。信仰并不是一个高高在上的词，它存在于我们每个人的内心世界，给了我们向这个世界说"不"的勇气。这些我们内心坚持的东西，都是信仰的内容。

是的，"当整个世界分崩离析，我只想一点一点把它拼凑回来"。

正如乔布斯所说："你的时间有限，所以不要为别人而活。不要被教条所限，不要活在别人的观念里。不要让别人的意见左右自己内心的声音。最重要的是，勇敢地去追随自己的心灵和直觉，只有自己的心灵和直觉才知道你自己的真实想法，其他的一切都是次要。"

你的一切都是星辰。你的杯子半满，阳光倒满了另一半。念念不忘，是最温柔的坚强。

力所能及地做些什么，或者坚持己见不做些什么。有一种东西不能遵循从众原则，那就是人的良心。我想让自己见识一下什么是真正的勇敢，勇敢就是当你还未开始就已知道自己会输，可你依然要去做，而且无论如何都要把它坚持到底。你很少能赢，但有时也会。

皮耶罗·费鲁奇说得很诗意："我相信，爱的终极本质就是我们都在寻找的圣杯。"完整感、温暖和幸福，以及完全满足后的平静。爱其实就是追求，是无休无止的，原来它是用生命的不同时段做如此连接，就像一次接一次的磨砺。

当爱面临考验，用什么去证明爱的完整？当疾病来临，什么在侵蚀我们的日常？当磨难远去，有什么温情的信念存留？当爱遭遇试炼，该用什么拯救爱？

在无穷无尽的纠缠面前，任何的想法都可以被理解。在爱的能力被剥夺前的一分钟，也许就会清晰地知道内心的愿望，也许，爱的能力是拯救自己的答案，无论去爱什么。

残忍的煎熬和漫无边际的时间，会耗尽一个人的温情和耐心，这也许能照见人性每一个幽冥的角落，但爱还能存在吗？躲开那些黑暗和苦难，就有机会看见光明。没有爱会生病，意念影响健康。发自内心的微笑，是对过往最好的祭奠。美好的事情，也许件件都藏着委屈。

若我是一艘船，我便不靠岸，一直一直航行，听夜里的海浪唱歌，听白日的海鸟吟诗。没有一种爱能替代孤独的意义。爱可以抚慰孤独，但不能消除孤独。一个人只能与自己达到最完美的和解，孤独可以塑造一个人的内心价值。要么孤独，要么庸俗。

人生不过是一场自己说服自己、自己看见自己、自己给自己幸福的过往。这种狂妄试图唤醒心中的一种渴望，我要留下该记住的，清除该忘记的。不向遗忘屈服，不让记忆只停留在上一刻发生的事情上，而是穿越岁月的山川，寻找时间隧道的出口和光亮。

绝望与困苦中依然微笑，率性而行，继之而悟，随遇而安。生活不是用来妥协的，也不是用来将就的，凡是不能杀死你的，最终都会让你更加坚强。

情绪就是心魔，当你决定不再在乎的时候，生活就好起来了。自信与自得都是熬出来的，因为普通人不能承受的委屈你得承受、你得面对、你得消化，并坦然前行。

这就是一个人超越年龄局限的生长，这就是一个人终其一生的成熟与练达。

倾听我如一个人听雨

1. 下雨天

下雨了。在广州,这是一场带有清新的水汽、绵软、温度的倾听与对话。放松到听得见万物舒展的声音,热闹到电闪雷鸣如同一部交响乐的序曲或者复调。

一切都水洗无尘了,所有的雨滴都是天上奔跑下来的精灵,对屋檐、对窗玻璃、对树木花草、对赶路的人,对一切空间的物事来打一声湿漉漉的招呼。不期而至,或者预约良久,雨天用这么绵长的方式,不时地回来探视我们的日子。

所以,我喜欢下雨,喜欢和雨邂逅的心情,喜欢想象种种雨景,尤其是一场雨后的满地铺叶、一街落红,花瓣飞扬,雨滴顽皮,让人惊喜,这是广州自带的一份浪漫。

下雨天,是另一个我的冥想,另一个我的第二次呼吸。

让人想起很多时光:往日的时光,那刻的时光,难忘的时光,那些美好的时光和不那么舒展的时光。

纳博科夫说过:"人生有三样东西是无法挽留的,时间、生命和爱"。

恰巧我所中意的下雨,集齐了这三个要素:时间、生命和爱。

窗户外扮演着昼与夜演绎的阳光雨或过云雨,屋里流淌着晒过太阳或太多水汽氤氲的雨气息,似乎变得都和我有关。

喜欢薄凉的空气,喜欢从天而降飞扑而来的雨丝,拍打着面颊,还没有什么样的激情如此让人享受、让人触动。喜欢听雨的声音落在树叶上的沙沙的絮语，落在河涌水函上通透分明的问候，喜欢看雨在水面上抒情，把心思抚弄出一阵阵的涟漪，或者如同拨弄琵琶，在反复的来回弹奏中，思绪汩汩地涌动着。

一场雨把人的心思洗涤得干干净净，把眼前的世界冲刷得清清爽爽，一切复归简洁明亮。

多好的雨天、雨境、雨的氛围，那是永远的充满善解人意的下雨天的用心。

当视线被干涸禁锢太久，回头看，细雨霏霏，滋润旋转而来，用圆圆的雨点来化解龟裂，拥抱燥烈，让欠缺的生机瞬间重生、复活，很多很多，如同经历中的顿挫与无助，在回头的时候，满是惊喜，终于盼来，泪水与雨水一齐在脸上融化开来。

"春日迟迟，卉木萋萋。仓庚喈喈，采蘩祁祁。"

有过这么一段经历。在前院竹旁听雨，在后院树下听雨。有一前一后的院子，神魂似乎才算有着落。梁思成先生说过的，有了一个自己的院子，精神才算真正有了着落。

阿根廷作家胡里奥·科塔萨尔笔下，雨不再是情感和记忆的背景，雨滴本身就是一个饱满的生命体，饱满到炸裂。

倾盆大雨，然后雨过天晴；大恸大怒，然后云淡风轻。释放，然后，怡然。电闪雷鸣，然后，树含情草含笑。雨的心情的痉挛，也就换来清爽的清洗。那些凄风苦雨的背后，就是咬紧牙关的灵魂，或者是接着绽放的笑容。

而烟雨三月，如酥，如雾，如岚，也如注，如龙，如蛇，多姿多态，亦多动多静的。

雨是大地和天空因缘际会的感动吗？水汽氤氲，烟岚蒸腾，缠绕着、追逐着，是相爱相杀，还是相遇相知？是决绝的赶赴，还是泪崩的诉说？是痛彻心扉的放下，还是欲断还休的目送？选择生还是死，谁比谁更有勇气？

而此刻，一切都交织在一起了，天与地可以重合，雨滴与雨滴终于可以找回彼此，放逐自己，埋葬过去。有那一刻彼此真诚过，朝着一个方向疯狂奔跑的感觉，真好。

只有在下雨的狂放里，天与地，雨与雨，雨与人，彼此之间的宇宙，彼此之间的隔绝，才算是暂时地融合在了一起，都在雨意雨境的包围里。就算世界荒芜，总有雨水会是天地的信徒，会是重生的天使。

幸亏下雨了，水洗无尘，雨过天晴，不然，一切多后悔啊。而后悔在我们所经历的种种人生中，是一种什么样的情绪呢？年华是那么有限，而后悔却显得如此漫长。当下或者未来都是可以期许的，唯有面对过去，面对曾经发生的事、爱过的人，我们孤苦无助、无能为力。

而雨清洗了尘泥，下雨后带来的清爽和明快，如同单纯和善良，这是最为重要的东西，耳得之而为声，目遇之而成色，听雨而赏雨，因而结缘。

这个春夜，有雨敲窗。喜欢听窗外雨声潺潺，欢愉的心安，如同静坐溪涧，空气中弥漫的雨的气息，混合着天空与大地草木的味道，洁净得被雨过滤得如丝如缕，纤尘不染。

雨从哪里来？是我无法到达的远方，却恰也成了要眺望的地方，我喜欢看着雨后带来的光，如同雨走后留下的念想。

也许我不知在谁的思念里，或是我宁愿就居停在有雨在下的倾听或者诉说里。

雨不停地下着，把城里马路的灯光下成了一片闪烁的星星。

2. 如一个人听雨

如一个人听雨，这是诗人帕斯说过的最宁静的时辰。

雨，走过院子，走过社区，走过林野，走过公园和街道。

雨，走过水洼，走过河涌和湖泊。

雨走过的地方，溅起了朵朵水花，它们在大大小小的角落，发现了跟雨捉迷藏的各种生物。或大或小的孩子，尤其是小不点的孩子，都返回了温馨的房屋里，在干爽的空间透过窗户看雨景。

小雨淅淅沥沥下。大雨哗啦哗啦下，这样的下雨天，还有风，刮风下雨，场景就有点严厉了，天与地不再借着雨来抒情。

也许会有胡思乱想的孩子，对着乌云里的雨水说："辛苦你了，在黑暗里撑了那么久。"也许会有孩子，在画画的时候自说自话，一如季节在春天就开始唯心，随心生长，恣意舒展。如果人与物、人与人不彼此善待，春天的存在还有什么意义。

无论雨来自哪里，无论雨是谁的化身，从天而至，都有权利找回家园，找到寄托，找回归宿吧。那就用只有你专属的温暖和润泽，和世界拥抱好了，它才会一步步地向你靠近，美好的未来才会一点点地属于你。

没有谁的命运是注定的。天地会安静下来，留出所有的倾听，让真正的雨重新回来。

雨越下越大，声音就真的越来越大了，不再被别的声音淹没了。这声音有谁听得懂的语言，这语言就是思想，这思想让雨成为自己，也让倾听的我有了自己的想法和心境。安静下来了，真正的自己就重新回来了。

雨为自己所做的决定骄傲。人也得为自己所做的选择骄傲。

没有谁的命运是注定的，改变靠的是挖掘自己的可能性。无论你是谁，生活在何处，都有权利获得一个美好的憧憬，只有你用自己的明亮和世界握手，脚下的路才会一步步向你靠近。是爱，可也是美。一旦与那些深邃又美好的事物对视，你就不会再有困扰和犹豫了。

这就是诗人笔下的听雨，共情于我想的最好的表达：

"假如我如一个人听雨/不专注，不分心/轻盈的脚步，细薄的微雨/那成为空气的水，那成为时间的空气/白日还正在离开/而夜晚必须到来/雾霭定形/在角落转折处/时间定形/在这次停顿中的弯曲处。

"倾听我如一个人听雨/无须倾听，就听见我所言的事情/眼睛朝内部睁开，五官/全部警醒而熟睡/天在下雨，轻盈的脚步，章节的喃喃低语，/空气和水，没有分量的话语/我们曾是现在是的事物/日子和年风，这一时刻/没有分量的时间和沉甸甸的悲伤。

"倾听我如一个人听雨/湿淋淋的沥青在闪耀，蒸雾升起又走开/夜晚展开又看我/你就是你及你那蒸雾之躯/你及你那夜之脸，你及你的头发，从容不迫的闪电/你穿过街道而进入我的额头/水的脚步掠过我的眼睛。

"倾听我如一个人听雨/沥青在闪光，你穿过街道/这是雾霭在夜里流浪/这是夜晚熟睡在你的床上/这是你的气息中波浪的汹涌/你那水的手指弄湿我的额头/你那火的手指焚烧我的眼睛/你那空气的手指开启时间的眼睑/一眼景象和复苏的泉水。

"倾听我如一个人听雨/年岁逝过，时刻回归/你听见你那在隔壁屋里的脚步吗/不在这里，也不在那里：你在另一种/成为现在的时间中听见它们/倾听时间的脚步/那没有分量、不在何处的处所之制造者/倾听雨水在露台上奔流/现在夜晚在树丛中更是夜晚/闪电已依偎在树叶中间/一个不安的花园漂流/进入/你的影子覆盖这一纸页。"

这样的听雨，人与雨，用灵魂的触及，用内心的感应，用想象的翅膀。一场雨从远方带来彼此的亲缘，让此刻充满诗意，承载过他人的际遇，也正在与此时的自己相遇。

3. 雨下在所有的季节

听雨喜雨。雨下在所有的季节。

春天的雨，充满思绪，断断续续地纠缠着，让一切长出一种茸茸的绿毛，让发呆成为一种不真实的发霉，迟早要给阳光清理干净。

夏天的雨有点畅快，一朵云飘来，倾泻下一盆水一样，又猴急地往前冲了。天空蓝得自在，过云雨淘气得没人理睬。夏天的雨来得急走得快，原来在广州可以等风来，也可以等雨停，看天空的颜色变换着表情。

秋天的雨，拉开了冬天的帷幕。广州没有秋高气爽的调性，被炎热训练惯的身体感应与情绪感觉，不太相信这种节奏，老天就用一场秋雨下了冬天串门的通报。

而到了冬天，下雨的日子，无端的伤感就来了。湿冷，冷到骨髓里，冰寒冰寒的，总是有猝不及防的疼痛，身体的与精神的疼痛。得硬生生地撑着、熬着，像历练逆境时的黑暗。

这不是矫情，这是土地与气候的感应，是天地传递的信息，物候与时空，何尝不是一个生命体，一个敏感细致到吹弹可破的生命体，而且还能企及人的魂灵所不可企及的幽深与廓大。天气作用到情绪的取向，淡定的是，谁都知道这里的冬天没有耐性，待不了多久，城里的各种角落的地气，一齐往外涌动着，不知不觉又把气温拉升了。

曾经属于我们的青春，被雨淋湿过，被阳光蒸发了。看雨的经历，就藏在回忆的细节里。听雨的价值，是可以偷得浮生半日闲，可以放空一下，等雨停像极了等运气的转机。无雨的日子想象雨的样子，这是慢慢变老之后的惯性。

从小到大，与广州的雨对视，与广州的雨天结伴，不下雨的城市会是一座有趣的城市吗？没有雨水渗泡的日子，我们会有什么样的性情呢？

听雨，或者喜欢雨，爱雨，这就是广州的情绪，也是广州不太忧伤的浪漫。

听雨，如倾听自己，也是广州实在的情结。一年一年，就成了一种地域特性。

世界上所有的喜欢，都是在不断的面对中持续下来的耐心，所以，喜欢雨及下雨，自然就成了习性中的差异。毕竟，在"生"的世界里，我们十分孤独，起点只有自己，终点也只有自己。"要面对，用一颗心的重量跟人生的出口进行一场漫长的对峙，剩下的就是学会告别，活在记忆里太累了。"唯在面对下雨，我们可以不断地告别，也不断地开始，因为一场雨一年到头随时会来，再大的雨下在日子里，也会被时间汲干的。

雨水中，或者雨水舍不得离去而成的露水中，总有着草木的香味。这大概是为什么我如此挚爱雨，挚爱因雨而唤醒复活的草木泥土的芳香，还有气息。果真是雨滴之美，碎珠之美。

在雨滴与气候，在雨滴与空气的气息之间，得到一种和内在情感共同创建的偏爱，一种独一无二的记忆。这种与内心接触的方式，就如同一双温暖的手，握着，感应着对方传递的所有信息，感应着自我的回应，参与着个人的情绪储藏。

雨季包含着一种富于诗意的领悟，温暖而又润泽，无论春季还是夏季，无论秋季还是冬季，广州的生活开始于和雨相处的日子。

雨天里藏着密码。就像一个人从来没有长大，或者从来没有停止生长，在雨季里，随万物一起抽枝发芽，花开花落。任何过程，都是生长的要求。

雨下在人流如鲫的马路上，而有人却如月光铸成，亦如雨般幽柔而清冷，雨声滴答，如琴音滑落，这清冷之音却是广州季节中最好的美学。风雨有归期，幽柔亦有归宿，这便是雨带来的草色的盈盈着色。

没有别的声音，没有喧闹，只有雨声，只有所有绿叶吮吸雨时怡然恬美陶醉的滋养，只有清奇如骨的清爽，天地自在，雨水自在，草木自在，万事万物，喧哗繁闹落尽，只余透明纯粹的简静，声色气息只余雨意雨声。

等一场好雨化作滋润，美好就从季节的轮回里复活了。

风继续吹

"悠悠海风轻轻吹,冷却了野火堆……过去多少快乐记忆,何妨与你一起去追,要将忧郁苦痛洗去,柔情蜜意我愿记取……你已在我心,不要再问记着谁……"

这首被翻唱的经典粤语流行曲,从 KSD 音箱流淌出来的时候,我的眼睛滑行到报纸上"我与南方日报"这个标题。一时间,地火运行似的有了一个喷突而涌的出口。是的,我与南方日报,将近三十三年的情缘,几近人生岁月大半过往的见证,如师如友的温慰,种种经历感触,如同快闪的活动播放,把我带进时间的河流里,以报为航,我从此岸往来时的对岸回溯。

20 世纪 80 年代,广州的南风窗开敞为南大门,改革开放的时代机遇,同时带来了港台文化的径直抵达。几十年后的今天,我似乎从在天国深情传唱的"哥哥"的歌声里,领悟出前所未有的百感交集。

时间也许不会赐予你更多的收获,却能带给你相知相遇的情缘。也许所谓个人经历不过平淡如水,却也能从潮汛的起伏中指认出时世的浪涌。

如同我此刻尝试着伸手一握,竟然也能握出旧时岁月的轻重,似乎从此也不必再放手了。

我从书柜底下的公文袋里,翻出三十三年前初冬的那张样报,那是《南方日报》给予当年文艺青年的我将近半个版的鼓励,那是 1986 年我发表在副刊《海风》上的第一篇散文。陈旧的报纸脆薄易碎,而此时的温热新鲜而温婉。

20 世纪 80 年代的广州才刚刚在敞开大门的热闹中应对着,一切都在匆忙地出发,曾经沉寂下来的所有行当一齐上路。

20世纪90年代的广州迎来了第一波移民潮，旧火车站的人来人往宣示着到南方去的所有渴望。同时，身边的同学亲友，也乘着这开敞的机缘，把出国热卷到大洋彼岸去了。

　　而南北贯通的广州大道才刚刚开通了连接环市路和东风路的那一段，20世纪90年代初，我研究生毕业的第一份工作，就是骑着先是单车，后是摩托，从旧城区跨越整条东风路，到新落成的南方日报报业大楼上班。这段距离，几近是当年广州城区跨度的距离了。谁也想象不出报社周围的农田村落，已经成了今天广州的现代化核心区，成了广州大都市面貌的一个地标。广州发展的速度，轻轻就把局促的想象力碰碎了，这就是亲眼所见的沧海桑田般的变迁啊。

　　在翻山越岭才能回去的遥远的昨天，我终于有机会站在今天的路旁，向那些我敬重的师长朋友，说出我一直无法再次表达的感谢。没有感恩，我不知道人心的温暖以何挽扶一个人的远行，一个人默默的守候，在路灯依稀的夜晚，在烟岚迷蒙的前行。此时的《南方日报》于我，便化身为抬头时的那三两点星空。

　　如师如学长的老L，几近手把手地敦促着你的用劲，你的努力。前行多么不易，方向的目标多么缥缈。一点一点地打磨自己，一点一点地积累功力。咫尺之遥的广州新中轴线，不是也挪动了几百上千年，才把广州带到新的跑道上。

　　我书桌的抽屉里，还一直保留着L大姐十多年前写来的信，娟秀灵动规整的笔迹，流布着她内心的诗意。每次发表了文章，她在给我寄样报的时候，总是会在原稿纸上写下几行鼓励的知照的话。我总是对着这短短几行字的信纸发呆。前行的路那么远，可你知道旁边有人会随时地递你手杖，助你一臂之力。职场不时刮起的冷风冷雨，你侧头一看，总能看到她作为一个资力厚实的前辈，眼眸里宽厚的笑意。是的，有什么关系呢，继续赶路吧。

　　直到她退休了，直到知讯年代似乎难以重拾彼此的联系，而每当车过环市东路，那是过去南方日报的宿舍，我都不由得盯着那片楼房默念一下，惦记一下，她的家大概就在那里。有美好内心的热心肠之人，时间想必会还她一份踏实的安稳。偶然地，来自茂名的Z在电话里托我寻她，我在心里回应,这种恩师一般的良友,遇见了就是福分,见与不见,何尝不会在心里好好收藏。

有时候,幸运的话,你所相逢的信任,是不需要担保的。它会如期而至。当年分配工作实习,与小L一起在报社大楼的同一间办公室里,她小女孩似的谦恭,走路无声的安静,她的声音如暗香婀娜,不急不躁。等到三十年过去了,我终于领悟,这样的心性,是返璞归真后的淡然。电话里,她总是说:"你的稿子要放海风版的头条。"那个以珠江为背景、以广州的海心沙为舞台的亚运开幕式,把广州的文化推送到世界范围的注视之下,她把一座城市的爱恋与传奇的稿子发了几乎一个整版,她在后面用力地推动着我站起来,把对广州的喝彩放送出去。我回头寻找她的目光,她总是还一个波澜不惊的微笑。

这是一种让人泪涌的鼓励。鼓励你不要懈怠,不要轻易满足,不要遇挫放弃。

有多少的遮顶压制,就会有多少的冲劲突围坚守。因为无声的声援就在电话边,就在《南方日报》每次头条的勉励里。

那个洒脱的被昵称为L大爷的他,二十多年前的专栏预约,20世纪90年代用的还是手抄的稿件,一写就是两年多的专栏,续集成《风荷人语》,也算是南广州的一种感悟与记录。他在报社旁边的餐厅预订了一桌火锅,为你鼓劲。十多年后,他亲自操刀,为你的新书推荐,把你的职业从作家定名为学者,为一套两本写了十年的书,而给你的新的蜕变的身份加油。

如同谁还会无缘无故地喊你姐姐。看惯了不待见的冷眼,冷不丁被小G这么称呼,忍不住从餐桌上站起来,拥了拥她一直在微笑的诚意。你知道那种微笑里有知遇的力量。

海风是饱满的、温热的,潮起潮落而来,汛来汛走而散,它汇聚着八面风情,它带来年岁的更迭。而海风总会如期而至,你只需迎上前去,信任地眯起眼,让风一直吹,吹给你清爽的舒展,吹给你信心和放松。

广州这故乡之城,离大海并不远,俗称的海皮就有珠江边,海风轻轻吹,你就是吹着这珠江的风长大的、长老的。广州也在这样的海风中嬗变着,一天比一天美好起来。

是的，故乡的情缘不了，我与《南方日报》海风版的情缘仍未了，多么美好而不可多得的相遇相守啊。

　　"让风继续吹，不愿远离，心里极渴望，希望留下伴着你……"那首经典老歌总在我的心里响起，感慨万千，情意绵绵。

　　是的，风继续吹吧。

天　眼

　　从空中俯瞰，地貌像高台上的棋盘，一座座错落起伏的山丘，如同一个个棋子，博弈在天地的对视与时间的滑行间，悄无声息，奥秘无尽，谁能挪动其中的格局呢？

　　这就是云贵高原上，贵州名为都匀市平塘镇的地方。

　　时间倒退二十二年，山深树密，人迹罕至，孤零零的几户人家，不经意地被撒落在这个山窝那个山窝里，忽聚忽散地延续着所谓的人烟。

　　想来，所有的土路和树林都曾经默默地细数着这偶然出现，却从此无数次响起的脚步吧？从阴寒到溽热交替的冬春，从繁盛到清爽的夏秋，花草树木一年又一年翩跹起舞的喜怒哀乐，演绎了多少遍，这脚步硬是把泥泞不堪的小路，踏成了硬实的土路。车轮开始滚动起来，东绕西拐的山路上响起的喇叭声，似乎向着周围的山峦树木兴高采烈地打着一声声的招呼。

　　是的，他们来了！他们不再离去！这些勘探天文地理的人，他们要在这里仰望星空。

　　心的执念如同山野的雷雨闪电，浇透了这群人的人生。尤其是他，所有的念想，成了身体的水分，一会儿让他的梦想充盈，一会儿让他的牵挂干渴。他姓南，南方的南，南仁东这个名字，和这个名字关联的一大串名字，他们的故事，从此在这里缠绕生长和这里的一切密不可分了。

　　天与地，为他，和他的团队，为这二十二年的跋涉前行，肃然致敬，和他们一起，酝酿着一个个无边的惊喜，让南先生一行的脚步，终于铭刻在这个名叫大锅函的地方。

　　三百六十度的天幕嗖的一下在我的头顶拉开，相对于脚踏的土地，抬头仰望的那个遥远世界，以光的速度逼近眼前。我在那被誉为天眼的外圈平台上一路疾走，扑面相拥的风闪身而过，继续往前方奔跑，碎钻一般撒落银河的星星，熠熠闪烁，视线伫立的片刻，如射电穿越，排闼而来。仰望，以尽可能的高度仰望，那是另一个璀璨的远方，长空如练，河汉渺渺。

仰望星空，召唤我们踏过平庸——这是那个已经化作一粒星星的老人留下的话，诗一般的呢喃，在平塘涌动着草棵甘露气息的夜色里，滚动着一波波地被放大着，充盈着此刻所有的空间和时间。

是的，我们多么想望，能以纯静虔诚的心境，仰望星空啊。

风清劲而有点寒意，风声中堆积起越来越多的感叹。此刻会发生什么呢？总有一天，不，其实就在今天，我遇见了一个像彩虹般绚烂的人，确切地说，是构筑彩虹的一群人，那彩虹就横跨在这个名叫大锅凼的数座山头上。

在二十二年前，一个执念着要在灰蒙里开始仰望星空的人，似乎是没有拿不起放不下的什么，能阻挡他矢志不渝地活着。

当他付出，当他义不容辞地担当一切的时候，他就把自己真正地供奉出去了，投入沉醉不醒、孤注一掷的愿望里，放弃掉任何可以转身的轻松自由，以及转身或有的虚名浮利。

从1994年到2006年的选址、预研，从300多个洼地里，遴选出这独一无二的地貌原址，从2006年到2016年的漫长的10年工期，2011天日复一日的建设，两三年来一直持续到2019年不停歇的调试，建成眼前的这个国家天文台FAST工程——500米口径球面射电望远镜，达到了单体射电望远镜的灵敏度极限。

此刻，那个给这片土地留下大爱的领头人，我们想念他。

大国重器，中国天眼，国家天文台FAST工程的500米口径射电望远镜，与这个响亮的名字——南仁东，永远黏合在一起。

此后，人类的视线终于可以站在中国的土地上，在这个偏远的山坳里，向宇宙延伸，日月星辰尽在可揽中、可视中、可触碰中。从追赶到领先，相比于绿岸GBT，相比于阿雷西博VIA，未来的10~20年，这只中国的天眼，可以保持国际一流的水平。

一连串的数字，摇动着视听，508米的内径圈梁，约6670根钢索构筑的主索网，约4300块边长约11米的背架及面板，整体约30个足球场之大，6座百米高的支撑塔，6套索驱动，1个重约30吨的馈源舱……不可思议的梦想变成了现实！

生命全部的价值与意义，就是这平凡微小的肉体的创造和奉献，像一棵树，枝叶繁茂，像雨露阳光的滋养，生生不息，前赴后继。

从凝视着图片，到此刻的身临其境，多么震撼的天造地设人为啊。天地与我们同在，万物与我们合一，群山合唱，簇拥着这个硕大的球面，这只不可思议的巨眼，这是人的梦想与现代科技、与环境一起契合制造的奇迹，美得不可方物，美得气吞山河！

对未来的探索精神，让太空的神秘与绚丽，召唤我们踏过平庸，进入无垠广袤的宇宙。

是的，就在此刻，所有的人，在为同一种精神而欣喜，因同一种人格的坚守而鼓舞，也在为同一种逝去而悲伤，被同一种情操所感染，更在为有同一种养料所滋润、同一种温暖所安抚，而心怀虔敬，额手称庆。

想象着自己与未来，与过去，想象着星空的引领与人格魅力的引领，想象着自然与人的天人合一、科技与奋斗的天人合一、梦想与超越的天人合一。

在夜深无人的星云小镇里漫步，与涌现的思绪和山岚树气相拥。是的，天之眼，人之悟，山风徐徐，树木微语，不说再见。

我尝试着摆弄酒店房间里配置的天文望远镜，对着星空，我能看到什么？我能看懂什么？我又能看透什么呢？

伟大、震撼、了不起等，平时久违了的触动，或者说感动，竟然以这样的方式，以这样温暖而令人动容落泪的方式，扑面而来。

如同凝视来时的路，此刻凝望不可穿越的天穹，或者不可预测是否出现的星星，夜气的寒雾，如同蒸腾而起的领悟，从周围弥漫过来，围拢过来，踏过平庸——这句诗意的畅达之言，穿越时空，响在耳际，我们能吗？我们愿意吗？

仰望星空，引领我们踏过平庸。此刻，我们做到了，引颈向上，天空与大地与我们在一起。可怎么仰望，还有多长的路啊！愿余生，我们随喜自在，愿抬头仰望星空之刻，有南先生般的光亮在天际闪烁。我重臆想着白天绕行在球面上的通道，感觉似太虚漫步，无数星辰迎面而来，闪身而过。

"志之所趋，无远弗届；志之所向，无坚不入。"

"是中国，建造了空间，紧系了空间；是光，建筑了时间，共享时间。驾驭重力，与光对话，是建筑的核心。"

心的家园、人的故乡，并不止于一块特定的土地，而是一种辽阔无比的心情，不受空间和时间的限制。有精气神魂的存在，便自成氛围。

大锅凼下面的星云小镇，已是"东风夜放花千树，更吹落，星如雨"，亦真亦幻，这就是最好的时辰了，仰望星空吧，让唇边默祷的心语，能羽化而飞升。

"让美丽的夜空带我们踏过平庸。"这是南仁东先生最后的思考。检视足迹会发现生命因踏实走过而丰美。

这种带有光泽的字眼似曾相识。康德墓碑上的文字也闪烁着这样的星光："有两种东西，我们愈是时常反复地思索，它们就愈是给人的心灵灌注了时时翻新，有加无已的赞叹和敬畏——头顶的星空和心中的道德法则。"

生命全部的价值与意义，就是这平凡卑微的肉体的创造和奉献，像一棵树，枝叶繁茂让路人乘凉，这便值当。

对未来的探索精神，让太空的神秘与绚丽，召唤我们踏过平庸，进入无垠广袤的宇宙。

在寒冷来临之前，我来到这里，我在这个水平位居世界前列的射电望远镜前的检索圈道上疾走，我仰望了星空，像那些值得永远致敬的人那样，我把一个惊叹号带回了广州。

在腊月广州多有月亮升起的夜晚，月色之下，我臆想着那曾经快步走过的天眼，曾经曲折盘旋的山路，一路簇拥着的树梢和云朵，夜凉如水，月夜无垠。

大锅凼的那只天眼已经张开。

是的，星辰光年，才是它如炬目光抵达的所在，一切的穿越，才是它的征程。

敬 你

每一个细节，都会留在历史上。

无论是山峰还是低谷，都不是全部的图貌，而只是其中的一个章节。

有时候，要用文字来改变一个开始破碎的世界，改变一个并不完善的世界。

只有被忽视的人生，也许没有被忽视的记录。

历史的建构是献给无名者的记忆，当一种雾霾开始弥漫开来，淹没着人们的存在感，成为伤害和异化人们呼吸的一种方式的时候，我们还会接受这样的气候吗？

问题是，我们能驱散它们，如同，我们能改变潮水的方向吗？所有的一己之力，所有的微薄的力量集合在一起。是的，也许是可以改变潮水的方向的。

艺术是一种信仰，是能直面现实的真伪及生死的芜杂，更是能带来俗世伤痛的温暖和希望。黑塞说得好："人必须找到它，内在我之源泉。"

敬你，北宋的张载，隔朝隔代你说过的话依然掷地有声，依然闪光铿亮："为天地立心，为生民立命，为往圣继绝学，为万世开太平。"横渠四句，甘泉长流。

敬你，大胡子国度的亚历山大·索尔仁尼琴，只因你说过："文学，如果不能成为当代社会的呼吸，不能传达那个社会的痛苦与恐惧，不能对威胁着道德和社会的危险及时发出警告，这样的文学是不配成为文学的。"更因为你还说过："一句真话能比整个分量还重。"你倔强的眼锋与你硬挺的胡子一起无声地呈现着绝不妥协的面相。

敬你，俄罗斯"白银时代"的王者们，一大串的名字晃动着银质高贵的光泽，在时光隧道里一直闪耀，曼德尔施塔姆、马雅可夫斯基、茨维塔耶娃、阿赫玛托娃……

敬你，并不那么声名在外的威廉·埃内斯特·亨利，12岁患有骨结核，25岁一条腿截去膝盖以下部位，26岁躺在病床上写下这首诗，用剩下的一条腿活到53岁。这首诗的名字，是拉丁文不可征服的意思。"透过覆盖我的夜色/我看见层层无底的黑暗/感谢上帝赐予我/不可征服的灵魂/就算被地狱紧紧拽住/我不会畏惧，也不惊叫/遭受命运的重重打击/我满头鲜血，却头颅昂起/在愤怒和悲伤的尘世外/耸立的不只是恐怖的影子/还有，面对未来的威胁/你会发现，我无所畏惧/无论命运之门多么狭窄/也无论承受怎样的惩罚/我，是我命运的主宰/我，是我灵魂的统帅。"

敬你，马丁·路德·金！"历史将记取的社会转变的最大悲剧不是坏人的喧嚣，而是好人的沉默。""我们看到真相却一言不发之时，便是我们走向死亡之日。"一次两次，我站在华盛顿纪念碑前开阔的中轴线上，让目光顺着水池草坪方尖碑一路狂奔，恍惚听见了，那些呼应的声浪排山倒海，余音不绝，仿佛身在其中，尽情释放的呼喊融进声浪里，那声浪一直往四面八方推涌。

敬你，甘地老先生！"有七件事能毁灭我们，没有良知的欢愉，没有品格的博学，没有原则的做事，没有奉献的宗教，没有付出的获得，没有道德的经商，没有人性的研究科学。"几年前，我在你的纪念馆里，对视着你形销骨立却目光炯炯的巨幅照片，有点颤抖，你的眼神仿佛在转动，随着你踽踽独行赤脚烙印的脚步，那被你踩踏留痕的路径，就在你视线所及的前方。

敬你，黑色人种中黑得发亮的曼德拉，把牢底坐穿27年，也心怀悲悯，胸有天下。"当我走出囚室迈向通往自由的监狱大门时，我已经清楚，自己若不能把痛苦与怨恨留在身后，那么其实我仍在狱中。"1993年的诺贝尔和平奖，是向具有这种宽恕与普度众生的信念致礼的。

敬你，东欧这个多灾多难的国度真正的诗人亚当·扎加耶夫斯基！"赞美这遭损毁的世界吧/和一只画眉鸟遗落的灰色羽毛/以及重重迷失、消散又返回的/柔和之光。"我曾经在多次战争中被全部摧毁又复建的华沙老城徘徊，我曾经站在小小的首府门前那堆叠起来的鲜花前感伤，那年的一场飞机失事几乎灭掉了这个波兰小国的国家领导人，这灾难沉重的苦涩为何一直弥漫在波兰的上空？我曾经进出过那个非人性非理性的集中营，两次往返波兰，重复的反思中，我似乎明白了什么叫罪恶，什么叫救赎，什么叫忏悔，什么叫宽恕，更重要的是，什么叫信仰。心中有信的人，是绝不与魔鬼共舞的，正义与良知会把邪恶狠狠地摔碎在深渊里！

敬你，在奥斯卡的小金人上扑翅的杰昆·菲尼克斯，演技去留无痕，他没有落泪的即席感言却绕梁三日，振聋发聩："面对共同的痛苦，捍卫不同的事业……讨论各种不同的平等，作为观念的斗争，反省以自我为中心的掠夺、对大自然的践踏……把爱与同情作为目标吧，彼此扶持，相互成长，相互引导，这才是人性最宝贵的。带着爱去施以援手，和平就会紧随其后。"这是一个天才演员的呼吁，这更是如雷贯耳的呐喊啊！

敬你，新晋的诺贝尔奖得主彼得·汉德克，他无法停止他的《自我控诉》，他的表白值得记取，我们不能"在沉默就是耻辱的时候沉默"，我们也不能对"死去的人出言不逊"。

敬你，老陀思妥耶夫斯基，您的《罪与罚》《卡拉马佐夫兄弟》，是少年无书可读的我，躺在阁楼里不太明亮的光线中，半懂不懂啃完的精神食粮，我一直牢记这番教诲，"唯一担心的是，我们的写作是否对得起我们所承受的苦难"。

敬你，加缪，你的《鼠疫》已经是一把沉重的锤子了，你还在敲打我们，"对未来的真正慷慨，是把一切献给现在"。

敬你，鲁迅老爷子！"真的猛士，敢于直面惨淡的人生，敢于正视淋漓的鲜血。""不在沉默中爆发，就在沉默中死亡。"你的目光是何等锐利也是何等柔软，"无穷的远方，无数的人们，都和我有关"。

敬你，北岛！"高尚是高尚者的墓志铭，卑鄙是卑鄙者的通行证。"今年下雪的春天，我依然能感受到你当年在地球的各个方位逛荡时，那些诗篇的气势和豪迈："我径直走向你/带领所有他乡之路/当火焰试穿大雪/日落封存帝国/大地之书翻到此刻。"

敬你，吉利德！我的视线曾经碰撞过以色列和约旦河的这座基列山脉，我曾在加利利湖品尝过烤得金黄的彼得鱼，一个信仰中复活轮转的生命，托付纪念成慰藉喂饱我们的美味佳肴。我曾在死海的咸水里，体验过那种托举的无形之力，那些海水的浮力，有被祈祷感化过吧。《圣经》里，"吉利的乳香"是用来减缓疼痛的，既是身体的疼痛，也是心灵的疼痛。那些因痛而来的痛楚，那些因罪而来的创伤，一点一点治愈吧。

敬你，"吉利草"。苍天在上，日月有眼，我们的广西古骆越地区竟然也生长着这种名字相近的专治瘴疠的神秘药草，最早记载于晋朝嵇含所著的《南方草木状》："因此济人，不知其数，遂以吉利为名。"而吉利也是我们广州人逢节必祈、逢人遇事必奉的吉祥祝福，恭喜贺喜，红运当头，大吉大利！

敬你，这个无名的青葱歌手，她的沙哑的声音，什么时候沉积起那么多的伤感？她还那么年轻，就知道致敬了。《敬你》："差不多同一个年纪离开家/离开家几里就可以叫天涯/……我敬你满身伤痕还如此认真/山水迢迢还奋不顾身/我敬你万千心碎还深藏一吻/乌云滚滚还走马上任/我敬你泪流成河还如此诚恳/生死茫茫还心怀分寸/我敬你人去楼空还有刀有盾/落叶纷纷还独自上阵。"

各种战天斗地的万丈豪情，各种舍我其谁的奋不顾身，各种深明大义的赴汤蹈火，各种危难面前的真情相守……数之不尽的各种泪涌泪流的感动与触动，还有悸动。这首歌原不是写给那个被称作吹哨的大男孩，此刻，也不光是写给那些逆行者，去拯救地球，去拯救同胞的。只是为了敬你，那些来路归途中的凡人或者英雄，他们在超越一切的人性面前，切换着自己的角色，是普遍之辈，也是真的勇士，苍天在上，拱手作揖，祭酒祈愿，只为敬你！

敬你，我们南广州的靠山！不是陶渊明笔下千年的意象百年的诗境，而是广州人的信托，广州脊梁的象征，广州的健康和仁医仁术的大义扛得起靠得住的南山！

敬你，十六省的对口驰援。"岂曰无衣？与子同袍。王于兴师，修我戈矛。与子同仇。……岂曰无衣？与子同裳。王于兴师，修我甲兵。与子偕行。"伸出手，奉上爱，因为爱着共同的爱，因为苦着共同的苦，彼此都是一大家子的人呀，彼此都是中华儿女兄弟姐妹。

敬你，"青山一道同云雨，明月何曾是两乡"的隔邻。好一个"山川异域，风月同天"，这患难与共的诗文，曾刻在扬州大明寺鉴真纪念堂前的石碑上，如今重新拓印在日本的捐赠援疫物资的包装标签里。当年鉴真法师东渡传戒，这也是很多的缘由之一吧。这毕竟是人之为人的心愿，"同气连枝，共盼春来"。

敬你，木心的这首诗《杰克逊高地》，文化老人一辈子都那么儒雅绅士，也许在一个粗粝的加速的时段里，温良恭俭让并不能让人获得相应的尊重和自由，空气中太多的尘土，笔挺的衣装轻易就被弄脏。然而，胸怀多重要啊，宽恕多么豁达自适啊，就他这一首诗，也足以让红尘滚滚之后，天高地阔，风景无限。"天色舒齐地暗下来，那是慢慢地，很慢，绿叶聚间的白屋，夕阳射亮了玻璃，草坪都湿透，还在洒；蓝紫鸢尾花一味梦幻，都相约暗下，暗下；清晰，和蔼，委婉。不知道原谅什么，诚觉世事尽可原谅。"

而此刻的致敬，不过是一场立春开启的如期而遇的毛毛雨，不易分辨的一段一寸，而汇聚集成的雨滴，是滋润草木的甘露，也是触动心灵、余震不绝的一种印记！此刻，凡是没有泪水的双眼，能算得上是正视吗？凡是没有良知的思考，能算得上是面对吗？这一切，都是被皇天后土历练过的承受！

也许，幸福和平安一直血肉相连，一直情同手足，一直是彼此的信仰。岁月不饶人，谁又何曾饶过岁月！

敬你，那些不能一一记录下来，却一直铭记在心的众多的你，那些独自一人照顾着历代星辰的人，走了那么远的路，在自己的影子上，在经过的地方，还是没有放弃，还在不停地追赶。敬你，那些哀痛与疾病都不能夺走你的意志、依然拥有顽强地重新站立着做人的力量、做好事的力量的你。是的，这力量是一种向死而生的生命力；是的，这力量是一种能传达、能传递的治愈力量，无限神奇，温暖人心。

"莲实有心应不死，人生易老梦偏痴。千春犹待发华滋。"莲心穿越了千年，仍然会花开满塘，时间流逝，这就是希望！

第四部分　缘分

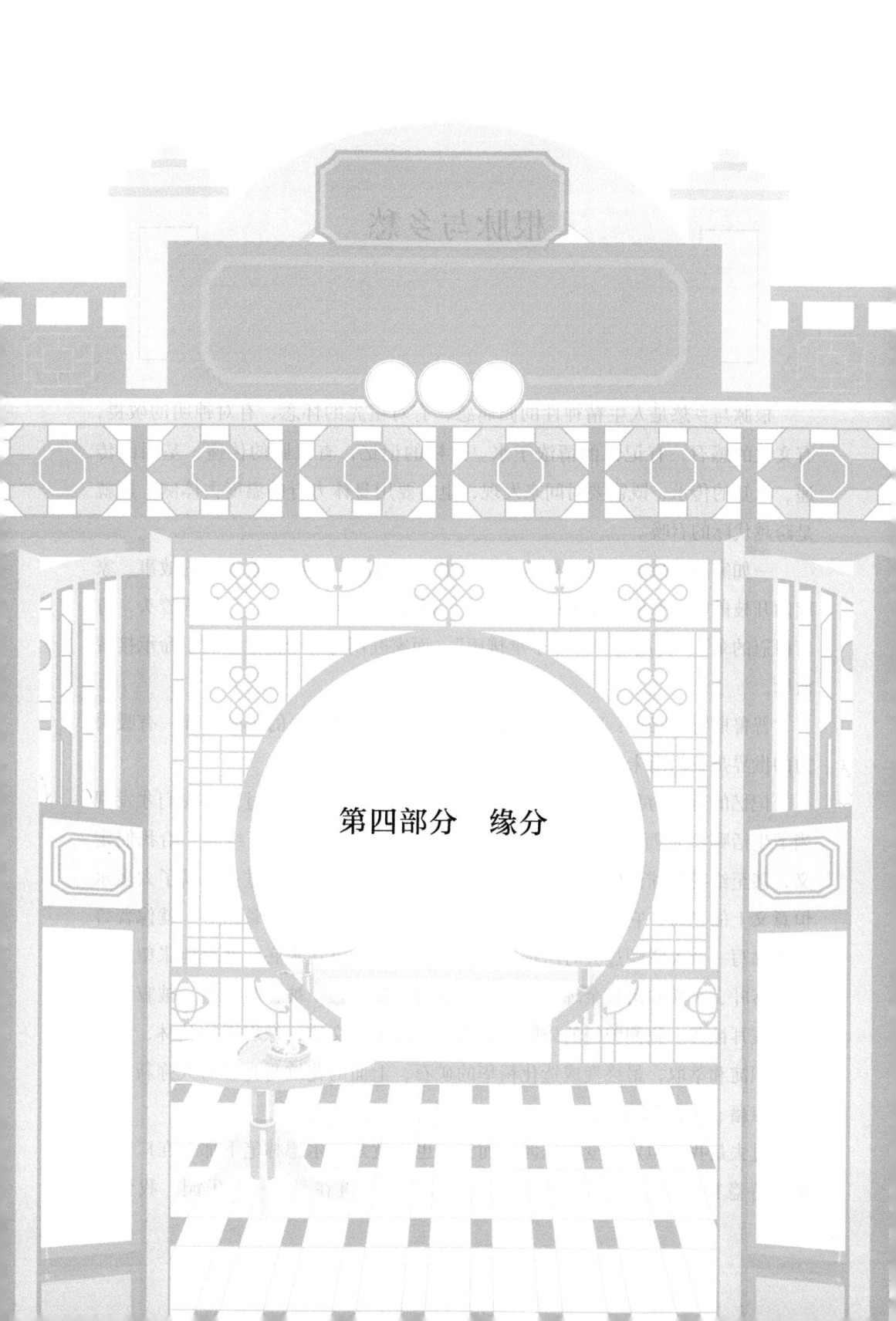

根脉与乡愁

根脉与乡愁是人生精神性的归属感，有对祖先的怀念，有对神明的敬畏，有文化的感召，有记忆的情浓于水。这样的记忆，有血脉的传递、基因的传递、认知的传承，既需要时间来发现，也需要用身体力行的温度去体测，这就是跨越代际的召唤。

一如家族。故乡的泥土总是储存着很多的时间，也储存着很多的故事。家族的开枝散叶就像树木在雨中的走动，"好多树在雨中穿行，它们低着头，打着树冠的伞""树用每一片叶子承接雨"，而家庭用每一个活生生的生命承接着血脉。

普鲁斯特感叹道："唯一真实的乐园是我们已经失去的乐园，唯一有吸引力的世界是我们尚未踏入的世界。"

记忆的通感为我们打开过往色彩斑斓的世界，通过追忆过去，我们才发现当下生活哪些东西对我们来说至关重要。过去给我们基础、经验，给我们定义，甚至给我们铺设好了既定的未来。对我们每个人来说，过去盈满了太多永恒意义上的光斑，它们不会褪色，而只会愈加明亮，让人刻骨铭心。就像普鲁斯特描写一个人回顾过去时所描述的那样，一个人沉在水底，静静地张望水面上的落叶、水瓶和落日余晖沿额头缓缓滑过，被照耀，被昏暗囊括，被寂静缠绕得震耳欲聋。我们曾经的乐园在过去，它们重叠交错，像坍塌的丛林，历经岁月积淀和萃取，最终变成造化精华的矿石，上面的花纹与光影历久弥新，给我们慰藉、完整和热情。

过去是我们恒定不变的乐园，而我们也许就是荷尔德林笔下那个在广阔大地上诗意栖居的人类的总和，一直在告别，一直在寻觅——乐园，我们的乐园。

当不能拥有的时候，他唯一能做的便是不要忘记。

尽管我们知道再无任何希望，我们仍然期待。等待稍稍有一点动静，稍稍有一点声响。这个比喻多妙：就让料峭春风为一早就等在门口的彩蝶吹开耶路撒冷的第一朵玫瑰。

当岁月流逝，所有的东西都消失殆尽的时候，唯愿有空中飘荡的气味还恋恋不散，让往事历历在目。

每逢写作长篇小说，都会掀动我对家族的根脉与乡愁的关注。

家族，以及家，其实就是一种使命吗？从《羊城烟雨》四部曲，到《赛龙夺锦》，真的是"一切的归来都在先祖的翘望中，一切的离去都在先灵的护佑下"吗？

书是反时间的，它可以战胜时间，可以在时间中逆向行驶。用形式来承载思想的重量，需要更加私人化的勇气。有没有可以借助的锐利而坚忍的光线，直刺时代的幽暗，有没有在无赖的世界说理的机缘，有没有在犬儒的国度立人，所立之人就是小说的人物形象。有没有借些机会学会既珍惜自己拥有的意见，又重视保持心灵的开放——在历史的时代书写和文化背景的述说中，表达真实的自我、真实的记忆？

竟然没有确切的答案。

活在家族的气息中，活在一种关系的藤蔓的关联里，这种与历史与传承的归属感不变，很多东西就历久弥新。

家族史讲述的是一种人对命运的思考，今天的人还是相信命运，人从来没有赢过命运，但是人要永远表现出在命运面前抗争的姿态。

希腊神话中，潘多拉的盒子一旦打开，会释放出人世间的所有邪恶和痛苦，但最后剩下的，是一样东西——HOPE，希望。

一匹马是否记得，风吹草低是多么久远的事了。一尾鱼的河流，是否已由故土变成了他乡。事物的消逝总带着短暂的鸣响，宛如惊蛰，宛如雷霆。多少春风遍植故道，多少桑梓远逝山川，当遗失的巷陌被称为家园，我是酌饮乡愁的草木，只将梦境憩寄于休息斜日晚钟，只将千里月光，为故人相备。

这就是我所钟爱执迷的文学地理学视野中的一种乡愁的书写和记录。

在写《大运行》这部几经起落几度反复才得以铺陈的小说时，二十多年前的经历恍如就在昨天，时间的冲刷让记忆越发清晰，我经常怀疑时间不过是一种河水一般的流淌，对于记忆似乎是构不成什么损伤的。

我又想起了事实上已经不存在的先生老家那间家族的大屋，那坐落于徽州绩溪的老房子。在我重新用想象激活那间老房子的相关故事时，所谓家，就是关于家族，就是关于家庭的传衍与荣耀，它源自一种血缘的维系，也源自一种对时光深处的历史的想象，它是烙印，有合适的机缘，它带来的痕迹就会重新显现。

每次回先生的老家，我所面对的就不是想象，而是真实。一个家族的轮廓，几房人几代人的经历，与时势应和着，带给人的沉重，只能是留在故乡。而我们只是折下来的一个枝杈，在新的他乡重新种植，城市化也好，大的迁徙变动也好，命运使然也好，很少人能重回故乡了，故乡已经随身携带在身上，或者，在现实的追溯及想象中。

二十多年前，结婚回婆家，回故乡见识了老房子。二十年前，带着儿子，先是飞机，接着坐着夜行的火车，总是火车到达。十多年前，曾经以为会远走天涯连根拔起，这回坐的是小车。而每次都会去朝拜家墓。

如今，我在小说里想象着其中的一个家庭的故事，虚构抑或是事实，已经不重要了。反复回想的事情早就有了情怀的烙印。

我在计划着明年的返乡，我是坐高铁还是自己开车？明天总是存在着很多的未知。

每个人的内心深处都有一个情感坐标，纵向的以什么为穿织，横向的以什么为维系，然而，我们每个人都在这个布局里，留下一个个纵横交汇的点，而绘制出只属于自己的情感曲线，也是生命曲线。

于是，对个人而言，世间所有的过往，此刻都在这里了，而所经历的所谓人生，似乎也在这里了。而远方是旅途，还是回家的路才是走不完的旅途，笔墨能存留的旖旎和委顿，也许是这条情感曲线所承载不起的，在写与不写之外，还有多少欲说难休的事。在这样的恍惚间，几十年就过去了，也许，故乡已蜕变成远方，而他乡或许已成了故乡。肢解还是拼凑，无常还是命定，这就是生命曲线起伏的逻辑了。

我羡慕于这样的活法——落拓不羁的活法：不富不贵，自由自在，自我流放在自己的祖国，浪子一样地穿州过府，无求于时代，无愧于人生。此道不孤。在一个没有宗教资源的世俗国度，坚守在那个世俗精神难以支撑的高度，这是足够损耗生命的。

阳光越是强烈的地方，阴影就越是深邃。家族越大，时间越长，温情越多，纠葛也越复杂。我喜欢谷川俊太郎《活着》中的诗意：所谓活着，是鸟儿展翅，是海涛汹涌，是蜗牛爬行，是人在相爱，是你的手温，是生命。

花开花落，就像黑暗与光明的交替上演，化作春泥又一春，死亡与新生，结束与开始，所有朦胧的界限只是印证着事物轮回中对永生不息的渴望。光明似乎带有一种原始的新生和活力，是能量之源，而黑暗往往成为崎岖危险或魔性十足的羁绊。

艺术的避难所，是你我能共享的唯一的永恒。每种艺术形式在爱的照耀与遮蔽下好像都是从光影中衍生而来的。"他教会我辨认子夜的黑暗和午后变幻不定的光线，也教会我驾驭狂奔不已的词语，学会倾听自己隐秘的心跳。"

光影交融，如同生死轮回，如同爱，如同消逝，如同所有我们无法掌控但是无限迷人的力量。跟随这些力量，大地上生灵生生不息，天空上恒星与行星笃定而有序。多好的万事万物永生不息！

有些光阴是这样的，从来没有触碰，而当在某个莲花沉落的黄昏，打捞并展读它，你知道，你的心将获得轮回，某些东西将会被召唤而至，而你灵魂的样貌，将从此不同，这就是家族命运的感召。再次呈现出命运的柔韧、家族生命的张力。那些关于成长的故事、延续传承的故事，都在此时站立在记忆和长廊里，与我们一一对视。一如，为了保留赞美世界的能力，智者从不解释生命的陡峭和孤独。

家族就像人与树木的关系。树木是大地写在天幕上的诗。我们将树木伐下来做纸，记录下我们的空虚。

每一条街道上都有树分开我们的天空，一如我们的亲缘关系在城里的各个区域居住。

每一座房屋上都有树喷吐着阳光特有的花斑，一如我们的家在生息吐纳。

每一个人像树一样具备那种熟络而澄澈、冷静而克制的力量，像树一样，排列、扎根、喷吐盛开，笼罩万事万物，无为而无不为。

树木需要深深地根入大地，人类也是树木，他一样也需要深深地根入存在，否则他会活得非常不明智。如果有一天你能够看见树木的本质、树木的神性，如果你能知道树木只是神圣的显化时，你就已经看到真理了。奥修在《智慧之书》里做了这样的抒发。

陈献章在《赠彭惠安别言》写下：自得者不累于外物，不累于耳目，不累于造次颠沛，鸢飞鱼跃。

明代陈函辉在《徐霞客墓志铭》写下：丈夫当朝碧海而暮苍梧，岂以一隅自限耶？

言之不尽，心念长存。

南方的河

这是龙年的夏季，大江南北雨水充沛，所有的江河仿佛化身巨龙，都从沉睡中苏醒，水位暴涨，躁动着，咆哮着，奔腾入海。

6月，我们去往珠江上游的一条大河——北盘江，早上从贵州省安顺市关岭布依族苗族自治县的酒店出发，微雨中，街道两边赶集的摊位蜿蜒数百米，卖服装鞋袜、锅碗瓢盆和各种餐食的应有尽有，陪同我们的当地干部说，虽然关岭已经很城镇化了，老百姓依旧保持着赶集的习惯。

河流在城外的峡谷中，峡谷现在开发为旅游景区，北盘江在当地这一段被称为花江，旅游景区就叫作花江大峡谷。既然是峡谷，便是群山环抱，想要见它，先要翻山。大巴在狭窄的山路上盘旋而上，左边是农民在山坡上开垦出来的农田，一小块一小块，像是一小片一小片龙鳞，种着玉米和土豆，贴在苍龙的身上；右边是陡峭的山崖，深不可测，云雾缭绕山头。

关岭旧属永宁州，是广西、贵州向西去往云南的必经之路。在这条商路上，北盘江劈开大山，两岸峰峦夹峙高耸、壁立千仞，甚是险峻。崇祯十一年（1638），51岁的徐霞客从广西穿越贵州前往云南，他看见盘江"自北南注"翻腾奔涌而来，"其流浊如黄河而甚急"，"东西两崖，相距十五丈，而高三十丈，水奔腾于下，其深又不可测"。近六百年后，我们和他看到的一模一样。

逢山开路、遇水搭桥，"川无舟梁，是废先王之教也"。中国人对于桥，有着自己的态度和坚持。花江上，曾经有过两座铁索桥。

明崇祯四年（1631），贵州布政使朱家民主持在北盘江修桥，以数十条大铁链连接两岸崖壁，上铺两重木板，形成宽八尺多的桥面。徐霞客说："望之缥缈，然践之则屹然不动，日过牛马百群，皆负重而趋者。"这是盘江铁索桥。

今天我们要去的铁索桥依然横亘于北盘江之上，叫作花江铁索桥，不是徐霞客当年过的盘江铁索桥，而是始建于清光绪二十四年（1898）。据石廷栋光绪二十六年（1900）庚子仲夏撰写的"建修花江铁索桥记"记载，时任安义镇总兵蒋宗汉于光绪二十四年五月，"首捐廉（银）五百两"修建。现在铁桥是最近几年新修的，董箐水电站蓄水后，清代的铁桥处于蓄水线下，于是移至今天的位置修建了新的铁索桥。

旧时茶马驼队通往花江铁索桥的路，是隐藏在山林之中的古驿道，从关岭下七百多个台阶抵达江边，我们没有走这条老路，而是在上游登船，一路游览而来。

珠江，有着国画一般的峻峭秀美，乘坐游船穿行花江大峡谷，举目环顾画廊一般的两岸，马上就明白国画中的斧劈皴和点染，脑海中马上闪现的是李白的"两岸青山相对出，孤帆一片日边来"，是崔季卿的"八月长江万里晴，千帆一道带风轻"。中国的地貌没有峡湾却多峡谷，珠江流域就多峡谷，大江大河劈开岩石，在崇山峻岭之间霸气奔流。我们到时刚刚雨后，山上的溪水顺着山坡跑下来，成为一条条瀑布，白练一般挂在天地之间。

船在北盘江向下游漂流，转过一个山坳，迎面扑来三座桥，最高处的桥是正在修建的花江峡谷大桥，它是贵州"基建狂魔"的杰作，高高在上，像是天堑之间的一抹横峰；中间是新修的花江铁索桥；最下面则是当代水泥桥的桥墩，桥已经被大水冲溃。三座桥在花江峡谷同一地点出现，一座代表未来，一座代表过去，一座代表现在。代表过去的铁索桥却是现实的存在，而本来应该代表现在的水泥桥已经沉落江底，我在过去与现在之间迷茫了。

好在未来是确定的，珠江并不是中国最长的河流，水量却仅次于长江。不过，如果比较桥梁，珠江的"世界之最"数量一定超过长江，在全球的江河中名列前茅。珠江的桥梁之最来源于两个省的杰作：一个是上游的贵州，一个是下游的广东。贵州创造了高山峡谷的桥梁之最，广东创造了跨海大桥的世界之最。

从北盘江到伶仃洋，珠江一路创造奇迹。

明清两朝，从贵州走出大山的路途有两条。一条向北，去往京城，投身科举参加会试，从贵州去往今天北京的道路在古代是遥远的，但不能说就没有人走通过。晚清名臣丁宝桢是贵州平远人，平远离安顺不远，也藏在大山深处。

他33岁高中进士,官至山东巡抚、四川总督,是家乡平远的骄傲。做过两广总督、为广州留下广雅书院的张之洞是贵州兴义人,探花出身,清水江、黄泥河、多依河在兴义的三江口并流成为南盘江,南盘江也是珠江的支流之一。

另外一条路向南,去往广州,经商致富。安顺的干部告诉我们,在古代,商船从北盘江顺流而下一路向东,可以直达广州。徐霞客对安顺的描述是"黔之腹,滇之喉,粤蜀之唇齿",当时的安顺承担着贵州货物中转集散的重任,也是西南重要贸易城市之一,人口众多,经济发达。古代商贩去往广州的路同样艰辛,此一去,关山迢迢、征途漫漫、福祸难料。

珠江全长将近2400公里,源头位于云南曲靖市沾益区炎方乡,从一个扇面形出口的溶洞流出,这个洞类似贵州安顺的龙宫,今天被命名为珠源洞。1638年,徐霞客从贵州进入云南,目的就是"穷盘江源尾",探寻南盘江、北盘江源头。徐霞客在《盘江考》中记载道:"南北两盘江,余于粤西已睹其下流,其发源俱在云南东境。"这里的粤西并非广东西部的湛江、茂名,而是指广西。春天的时候,珠源洞风景区的马缨花竞相开放,花海淹没山头,洞、湖、桥、瀑布与蓝天、白云、花海、森林,组合成绚丽多彩的人间仙境,不知道当年的徐霞客是否有缘得以看见。

一条大江或者大河,就像一个人的一生,上游是初始年幼,懵懂无知,涓涓细流,想至江海;中游是少壮,壮志在我胸,管那山高水又深,嘿哟嘿嘿嘿哟嘿,也不能阻挡我奔前程;到了晚年,一生沧桑阅尽,星垂平野阔,月涌大江流,再没有了逐浪滔天,却海阔天空、包容万物、静水流深。

北盘江便是珠江的少壮。

广州南沙,在珠江的入海处,海天一色,水天一色,造化甚至模糊了边界,珠江入海便不再是珠江。我站在北盘江陡峭的岸边,望着清澈的江水匆匆急急地过了一山又一山,转了一弯又一弯,我不知道此时的珠江会不会想到在2000公里之后,它将彻底忘掉自己,波澜不惊,从容淡定,谦卑地、缓缓地汇入大海。

要想成就自己就要兼容他人,也只有成就别人才能成就自己。

在珠江入海之前,除了我们前面提到的在三江口处三江汇成南盘江,北盘江与南盘江在黔西南双江口相遇,成为红水河;红水河出贵州入广西,接纳柳江,改名黔江;黔江在广西桂平与奔流千里而来的郁江合而为浔江;浔江在梧州与桂江相逢，又成为西江；西江与北江在三水擦肩而过，至此，两千多公里的奔赴完成，珠江源的一滴水珠，随万千波浪，只待入海。

西江是珠江最绵长的故事，在故事中，珠江不是从一开始就繁华、现代和国际化的。

四十多年前，我从广州坐船沿西江逆流而上，代表父母前去封开探望我家亲戚，那时的西江，是一条客运繁忙的河流，傍晚，在大沙头登船，夜宿西江航船，然后第二天到达肇庆。

其时，亲戚在西江岸边的村庄下放，我在寒冷的冬季踩着湿滑、泥泞的田埂，迎着北风，跟着前来接我的小姨，走向清冷沉寂村庄的时候，丝毫没有体会到暖暖人村、依依墟烟的诗意，一步一滑、独立无助的我只想放下从省城带来的牵挂了一路的糖、面粉和油，赶快回到广州的家。

长大之后，再读那些夜宿江河的诗词，大都有"壮年听雨客舟中，江阔云低，断雁叫西风"的羁旅怨愁。在古代，船家很多时候不会夜航，孟浩然的五绝《宿建德江》，"移舟泊烟渚，日暮客愁新。野旷天低树，江清月近人"，是停船；到了明代，汤显祖写七绝《江宿》，"寂历秋江渔火稀，起看残月映林微。波光水鸟惊犹宿，露冷流萤湿不飞"，也是停船。如果古人在马达的轰鸣中，乘舟过长江、黄河，该会有怎样的诗句出现？

唐诗宋词中出现过很多次"西江"，不过，这里的"西江"大部分指的是长江的中下游那一段，像李白的《苏台览古》："只今惟有西江月，曾照吴王宫里人。"元稹的《岳阳楼》："岳阳楼上日衔窗，……满楫湖水入西江。"很明显，与岳阳楼、吴王宫相关的"西江"不是珠江水系的"西江"。

不过，唐诗中也有例外，唐代诗人张九龄是曲江也就是今天广东韶关人，他的《西江夜行》被认为描写的就是梧州至三水一段的西江：

  遥夜人何在，澄潭月里行。
  悠悠天宇旷，切切故乡情。
  外物寂无扰，中流澹自清。
  念归林叶换，愁坐露华生。
  犹有汀洲鹤，宵分乍一鸣。

人的一生如蜉蝣寄于悠悠天宇，哪里才是我心归处？张九龄在夜行西江的时候，想必与年少的我一样，有着不安与惶恐，不同的是，成年的他将"切切故乡情"作为自己的人生之锚。而童龀之年的我，听着舱底的流水声，只能一夜无眠，蜷缩着身体等到天晓。

与长江、黄河发源于冰山不同，珠江是一条南方的河，没有一滴雪山冰川的融水，全部支流发源于南方。西江发源于云南；东江发源于江西省赣州市寻乌县三标乡桠髻钵山；2021年4月，经水利部珠江水利委员会正式批复，认定江西省赣州市信丰县小茅山山凹出水点为北江源头。

佛山三水思贤滘，西江、北江在此相汇，珠江最大的水量来自西江，北江则是珠江第二大水系。三水顾名思义是三江汇合之地，一般人认为"三水"分别指的是西江、北江、绥江，绥江并非主流，在四会马房就流入北江，实际是北江的一条支流。

关于西江、北江汇流，早在1870年，德国地理学家李希霍芬来到三水，停留了两天，他认为两江汇流是错误的看法，因为这两条河是独立的，只是它们的河床在三水非常贴近而已。在三水昆都山前，西江向南流向江门，北江向东流向广州，李希霍芬认为西江一直到入海口都是一条独立的河流。

北江更是一条带有广东文化特色的河，北江干流流经广东省南雄、始兴至韶关，再折向南流经英德、清远至佛山三水思贤滘。珠江流域的北江，古代也称"溱水"。《水经注》中有两条"溱水"。一条在北方，《水经注》说"溱水出浮石岭北青衣山，亦谓之青衣水也。东南径朗陵县故城西"。这里的"溱水"与《诗经·郑风》中"溱与洧，方涣涣兮"的那个"溱水"是同一条河流。

《水经·溱水注》说"溱水出（浈阳）峡，左则浈水注之。水出南海龙川县，西径浈阳县南，右注溱水"。这里的"溱水"就是今天韶关的浈江，也就是北江，清远至今还有浈阳峡。

开元年间，应张九龄要求，唐玄宗委任张九龄负责督修大庾岭路，《自始兴溪夜上赴岭》就写于那个时候，"始兴溪"指的是浈江，始兴即今天韶关市始兴县，"岭"即大庾岭。全诗如下：

尝蓄名山意，兹为世网牵。
征途屡及此，初服已非然。

> 日落青岩际，溪行绿筱边。
> 去舟乘月后，归鸟息人前。
> 数曲迷幽嶂，连圻触暗泉。
> 深林风绪结，遥夜客情悬。
> 非梗胡为泛，无膏亦自煎。
> 不知于役者，相乐在何年。

前年冬天，我们去往韶关南华寺，许下一个心愿。丹霞之下、曹溪水边，正是慧能大师1500年前远离喧嚣，最终觅得"何处惹尘埃"的好去处。

当年的张九龄哀叹"为世网牵"而不能兑现"名山意"，今天的南华寺已经没有了"日落青岩，溪行绿筱"的清幽，人头攒动、游客如鲫，这世间太多的心愿需要兑现，自己的无力之外，便有求于各路神仙、各种神灵，任谁也不能免俗。

山与水总在一起，南下的贬谪之路山长水远，岭南曾是流放之地，对那些背井离乡踏上贬谪之路的官员、文人来说，翻越大庾岭，渡过北江，驻足东江、西江之畔，或许是个人的不幸，但是对文化而言，韩愈、苏轼的到来是岭南的大幸。

东江便是因为苏轼被贬而进入典籍的。北宋绍圣元年（1094），苏轼因"讥讪先朝"贬居惠州，在惠州，他作《惠州李氏潜珍阁铭》，文中这样写东江："……予南征其万里，友鱼鰕与蛭蚓。逝将去而反顾，托江流以投文。悼此江之独西，叹妙意之不陈。……"

宋代，李氏山园有阁曰潜珍阁。乾隆《归善县志》称："李氏山园，在郡城南龙塘，宋琼州安抚使李思纯之别墅，高下数十亩，草木华实，无所不有。临江有阁曰潜珍。"苏东坡与潜珍阁主交谊甚笃，除了《惠州李氏潜珍阁铭》，该阁还曾保存有东坡手抄《金刚经》。

东江被称为"逆水"，它不向东流，而是一路向西。

明正德十年（1515）秋，江南四大才子之一的祝枝山赴广东兴宁县任县令，他与时任广东河源县知县的福建人郑敬道是好友。祝枝山将家眷安排在广州，每次从广州回兴宁，祝枝山都是走水路逆流而上，从广州出发，走东江，经东莞、博罗，先到河源找郑敬道，短暂小聚后，再由东江经龙川至长乐（今五华），然后返回兴宁。

有一年春夏之交，祝枝山坐船经过河源，寻郑敬道不遇，夕阳西下，雷雨来袭，东江之上，客舟之中，他写下"河源西郭夕阳过，不见美人将奈何。雷压船头蓬底坐，一时风雨乱风波"的诗句。

每一条河流都是从远处我们永远也无法到达的源头流来，每一条河流也都是从远古我们永远也无法回溯的历史深处流来，相伴我们的河流，就这样在时间和空间的维度中，沉淀着时空的记忆、故事和传奇。我们只是在此时此地，在城市的一方，与此刻的河流相遇。

这个浩大广袤的世界，只有一个地方是我们走遍千万山水也要归来的家园，我们无法理解造化的密码，为什么江河总要奔腾入海？而我们总要远走他方？

"海对羊城阔，江出八门宽。"

终于，千百里的山环水绕、万古奔流就要到了入海的一刻。

所有过往，皆为序曲。广州是珠江交响乐的高潮，而广州并不独占珠江三角洲的风流。珠江的八个出海口中，只有蕉门、洪奇门独属于广州，其他六门或与东莞分享，或属于中山、江门和珠海。清代晚期，珠江还是"六门出海"，东边有虎门、蕉门、横门，称东三门；西边有磨刀门、虎跳门和崖门，称西三门。

一直以来，珠三角先民都有围垦造田的习惯，在珠江入海口滩涂上排水而成的田被称为"沙田"。清末民初，明伦堂在横门与蕉门间围垦出万顷沙，20世纪初，蕉门西侧被人为辟出一条水道，就是今天的洪奇沥水道，洪奇沥无山无岛无惊无险，本不应称为"门"，后为了八门统一，洪奇沥改称洪奇门。

珠江八门中，最年轻的当数鸡啼门。鸡啼门水道自珠海斗门区尖峰山鬼仔角起，到金湾区红旗镇小木乃村入海，全长24.5公里，因河口形似雄鸡啼鸣而得名。鸡啼门并非珠江传统入海口门，而是在20世纪50年代末，因白藤堵海防咸工程导致江水改道而成。

在中国历史上，从来没有哪一条大江大河的入海口像珠江这样洒满鲜血、唱绝悲歌。虎门自不必说，大清帝国的金锁铜关在这里被英国人的坚船利炮打得粉碎。让崖门载入史册的，还要追溯到将近一千年前，1276年，元军攻陷南宋都城临安（今杭州），文天祥、陆秀夫、张世杰等南宋遗臣带着小皇帝，从水路南撤广东，辗转至珠江口崖山建大本营。元军围攻崖山前，将在海丰五坡岭被俘的文天祥押往崖山前线，船经过珠江口伶仃洋（零丁洋）时，文天祥写下了名垂千古的《过零丁洋》：

> 辛苦遭逢起一经，干戈寥落四周星。
> 山河破碎风飘絮，身世浮沉雨打萍。
> 惶恐滩头说惶恐，零丁洋里叹零丁。
> 人生自古谁无死？留取丹心照汗青。

年轻时读此诗，往往被最后一联打动。中年之后，读完首联已经潸然泪下，山河破碎、身世浮沉，前朝旧事早已经在岁月长河中折戟沉沙。文天祥说："天地有正气，杂然赋流形。下则为河岳，上则为日星。"河岳是天地正气的外化，珠江便是天地正气的外化，流入珠江的忠义故事，何止文天祥一人。今天的伶仃洋，港珠澳大桥长虹卧波，一桥飞架东西，天堑变通途。

珠江的故事，是东江的故事，是西江的故事，是北江的故事；是我们的故事，是你们的故事，是他们的故事；是过去的故事，是现在的故事，是未来的故事；是少年的故事，是中年的故事，是老去的故事。

千里珠江流到今天、流到这里，褪去了初出大山的鲁莽，大江两岸，不再是对峙的高山，而是高楼大厦。当我站在广州塔上，回想北盘江时，繁华的灯火洒落一江，珠江满是流光溢彩，珠江满是传奇神话，珠江是造化的恩赐，是人间的天堂。

山河有幸，我们有幸，在新时代与珠江相遇相伴，在广州与珠江相遇相伴。

向月亮倾斜

1. 遇见自己

"生命中曾经拥有的所有灿烂,终究都需要用寂寞来偿还。"这是马尔克斯在《百年孤独》里的感叹。然后,他在《活着为了讲述》接着直言:"生活不是我们活过的日子,而是我们记住的日子,我们为了能在记忆中重现的日子。"

米兰·昆德拉表达得更宽容,他说:"就算走到绝境,失去耐心,也要永远保有幽默感,热爱生活,这是我们人生最大的财富。"人类与强权的斗争,就是记忆与遗忘的斗争。

萨特的这句话,仿佛是为我打气:"人们不是因为选择说出某些事情,而是因为选择用某种方式说出这些事情才成为作家的。"

何为生存写作研究的真相?我一直充满疑惑。

写作研究的驱动力是爱与美吧?对天地万物的大爱与直抵人心的审美。

那么我们有天长地久的爱与美吗?我们有大美与壮阔吗?毕竟壮美是走向崇高的一座桥,广州有没有无边无际的大海,有没有无限延伸起伏的荒漠,有没有天地相连的山巅,风吹草低野兽出没的大平原?那么,我们会有永恒、壮阔、磅礴与崇高之美吗?

是的,也许广州没有这些容易勾连起来的伟大澎湃的地理与景象,更多的是蜿蜒连绵的骑楼街,河汊纵横的水网,葱茏茂盛的树木。然而,广州有平地腾跃、攀高向上的醒狮图腾,有挺拔上举蓬勃绽放的红棉树,有豪气勃发、奋勇争先的龙舟精神,此种趣味嗜好,让广州的气象能收能放、能屈能伸,虽不在乎永恒不朽，却也有生命怒放的瞬间与刹那，这既让人执着隐忍，又让人宁弯不屈，更让人得失坦然、云淡风轻。这就是广州的精神图谱，也是本地人的生存之道、存在之本。

波澜不惊的生命气象里，有的是大智慧、大胸襟，起落有起，圆缺皆运，都是天人合一的诠释，恰也是广州人的神貌。有开有合，低头时重视的是一蔬一饭，抬头时着眼的是大江大海，眼前，有的是最好的馈赠；远方，有的是最好的憧憬。大小相适，厚薄得体，这就是含蓄与后劲，低调与活力。

在这种物候气象里遇见自己，以及遇见更多的曾经，随着历史文化的时间之河散漫开去，随着阅历增长迎风而舞，再次遇见，竟然成为可能。原来的血脉基因也在这里，原来过去的沉淀与厚实，也在这里。

于是，就这样，我在对故乡城市的历史人文的了解中遇见了自己的文字，如同前几年在番禺那家有名的公司买音响，骤然遇见同年同月同日出生的另一个人、另一种人生。造化何奇不有，命运何奇诡秘，时间一转身一流变，又是一个不同的版本。

一如在音响试听室里，重温两度造访过的波兰，两度朝谒过的肖邦归宿的教堂和纪念公园。音乐中遇见的肖邦，闪回的是从教堂里礼葬的他的心脏记忆，到他的音符。那闪着寒光的波兰——肖邦是诉说的；那闪着暖光的波兰——肖邦是意气飞扬的；那闪着萧瑟晦暗的冷光的波兰——肖邦是痛苦无依的。何其多的棱面，何其多的光影反射效应。

人的一生，注定遇见一些似曾相识的缘分，或者不同的际遇，起起伏伏的，过往的经历与得失又浮泛上来，而此时，生命的小舟已经流淌到下游的河床了。

在偶然的平静或者意外里，再次遇见自己，中间隔了那么多的时间和情绪，也耗掉了那么多的人生，是时间的魔力，还是心愿的虔诚，我都很想知道。哪怕给我只言片语的暗示，好让我明白此中的奥秘，或者是命运的秘密。除了自己的意愿，或许身后是一个热闹的永远没有答案的世界，每个人按照自己的运气和勇气活着，并朝向自己选择的方向。

遇见自己，确认这就是念想中的自己，才算是完满吧，这就是所谓命运的成全了。

遇见初衷，遇见耐心，遇见美好，遇见善待，遇见理解，凡此种种，无一不是实在的好运气。在庞杂的人事中，某种幸运突然就触碰了一下自己，那种他乡遇故知般的温暖，瞬间让人觉得人间可期、生命温软。

如同我在疫情防控期间，每个时段都想见儿子，想他从他乡回到家来，拍拍他宽实的肩膀，听听他憨实的笑声，有他回家的日子，就是最好的时光。

终于迎来了春天，花树齐放的广州的春天，让我遇见了心情焕发的自己。对时间，我要道一声祝福；对经历，我要道一声感谢；对得失，我要道一声没关系；对悲喜，我要道一声珍惜。因为这一切，都在一点点地雕刻着我，打磨着我，让我成为自己。因为还在路上，所以，跟所有有缘的人与事道一声珍重：路上见！

再大的世界，外面没有别人，只有你自己；再小的天地，所有的外在事物都是你内在投射出来的结果。对自己的认识越深，对人生的了解就越清晰。

无论我们处在哪个年龄段，都不应太受外界生态的困扰和影响，不要在迷惑中丢失自我，不要停止自我的生长，因为我们的内在潜藏着无穷大的心力和行动力。

不要在挫折或失落中颓废，才能获得新生。对自己的梦想和愿望抱着持续的热情，初衷不变，执迷而行，才能完成以后一个个漫长而独行的日子。

成为一个如何把自己的思考变成现实的自己，那就凝视自我，在身心归位中遇见最好的自己。我待自己的命运如何，是我的修行，命运如何走向，也许是一种得失的因果。不和别人比较，不跟自己计较。

年轻的时候，我曾经形容自己是一株阴生植物，只要一小瓶水，就能一直绿着，无论四季，亦无论冷暖，它不会花开灿烂，也不招展蜂蝶起舞的热闹，只是守着一份宁静，守着静寂中的那份梦想。这植物的绿，绿得很从容，也很沉着，收敛着所有的反射，不无决绝地以自己本来的姿态示人，得与失，简单到不外是清水滋养、清水洗尘，不过是空灵无境、我自悠然。属于自己的救赎，投入的代价就是，冷暖自知，欣戚两忘。

一辈子的日子，无非在希望和等待中度过。选对了方向，用时间做杠杆，用宽容做支点，就可以撬动所谓的人生，澄明的目光会带来清澈的日月流转。路途漫漫，星星发亮，其实天地何等宽广。

我早就在思量，离开职场后的十年，应是做自己的最好的十年。然后，接下来的十年，多半是修为自在、领悟自得的十年。倘还有余生，那就该是好好回忆，好好留神的十年了。从自己衰老的世界里，看外面的生机，心有所思，行不一定随行，然而，别人的风景大致也能了解，心中安然，所有与己无关的世事，也能安好待之，也能坦然处之。

如果继续做一个学者，独立的思想与持守的思考是最让自己心安的信心，这种信赖里有着所有坚持的力量和坚守的美德，这是再度养育一个可以激动自己一辈子的灵魂，这是可以把自己的思维带往能发光发热的辽阔的星辰大海的远方。

如果是继续做一个作家，想象的世界无边无界，体验的情感让人心生敬畏，多少高尚和卑琐都在岁月翅膀扇动的流云下面，追光的时候有的是向往的动力，唾弃的坚决有的是无惧的勇气，迎着阳光与清风，心会发光，会把所有的明亮收纳在自己的眼睛里，一直一直地往前走。选择一个美好的值得托付的时辰，那应该是有春风春雨的时节，那应该是广州春意初绽、花红树绿的时光。

如果继续做一个称职的母亲和家族主妇，絮絮叨叨的话语会穿织着每一个时辰，而厨房里食物的香气，会把记忆与味蕾一起激活，那里面有着很情长很柔韧的生命力，那是人的情感中最敏感的穴位，让人的技艺与悟性一起醒来。那是锅碗炉灶上的书接上一回，上一回也许是老母亲、也许是祖母的言传身教，那是有根有魂的无限的皈依，也是持续的新变，每一道菜每一款汤，都有家里人爱心传递的灵魂附体。

如同父亲的言传身教，臻于熟练的厨艺是过日子中值得自得和骄傲的，而父辈神魂归来的接力传递是感动而温暖的，时光流转，一代人又一代人的接续，全部的理由和承诺就在这里，过日子自得其乐的荣耀与光彩也在这里。也许我们很难有机会闪亮地活着，而我们踏实地一天天走下去，不也是最好的安慰吗？

2. 一语成谶

生活不会辜负谁吗？这个答案什么时候会来呢？是老之将至，还是梦醒时分？

人生似乎不存在解脱这件事。所谓解脱，已经是人生不再存在的状态了。

我在想象中重新回到某个场景中，回到文字中，就像一尾鱼回到水里，一点光回到阳光下。我的书房安静得只有书页翻掀和文字呼吸的气息。

就像是一种力对另一种力的支撑。个体的力量是微弱的，而文字的力量是几千年庞大的方阵传承下来的，可以让人偎靠上去，充电一般地获取重新支撑自己的力量，然后才有力气打开自己的身心空间。

当听到那个至今宝刀未老，实力和唱功更臻完善的香港歌手，说出的这番话，一时百感交集，是否内中的喻示亦是一语成谶呢？

她说："我出道四十二年了，我不知道这四十二年是否足够让听众认识我这个歌手？"作为一位实力干将，她如此谦恭，那么，时间可以做证吗？

如是，我自忖自问，自发表文章至今，进入写作的时间也快四十年了，这样的长度，还有一年年累积下来的成果，真的能让读者足够认识我及我的作品，或者至少知道我的书名，特别是对广州持续的表达和研究吗？

对此，我竟然没有多大的信心，也没有明确的答案。

当书写变得不再有更严谨的门槛，当发表成为一个更关乎取向的问题，如果我们依然秉持文学是一种创作，是一种具有真善美诉求的追问和探寻，那么我们面临的挑战更为严峻。在多元社会里，什么样貌的书写更具有价值或者意义？

正如所罗门所言："在死亡的那一边，也许有荣耀、安宁、恐怖或虚无，但只要还不真的知道那边到底有什么，我们最好还是不要孤注一掷，而要在我们栖居的这个世界最大限度地过好生活。"

不要在春天放弃——并且，不只是在春天。

一个人去往哪里，注定会发生什么事，不是命运的玄机给出了暗示，就是路上的轨迹发生了变化。一切也许都在不知不觉中发酵着，酝变着一个不同的念想与行动，朝着不知道什么时候到来的希望之地翘望，或者出发吧。

"每个人心中都会有一团火，而路过的人只看到烟。"这是凡·高说的，只要有团火，烟会重新被点燃，路人就会看到那个燃烧的希望了。即便是烟，在扬起飘飞的时候，也会有流动的共鸣。

而走也无涯，知也无涯。路上可以忘记时间中自己的孤独，或者无由生发无由诉说的寂寞，路上的每一天，都带着新鲜降临，都让你集中精力去应对去穿越，不知道将要到达一个什么新的地方，不知道将会有些什么样的遭遇，是否会有让你怦然心动的物事出现，让你在惊叹中全然地忘记自己，忘记那时那刻，时间静止了，生活后退了，你只与眼前的一切在一起，向往着此时的领悟，能与心性谐和，能与灵性相通，能感到此生无悔，此行恰逢其时。这是多么可遇不可求的福分啊。有价值有意义的经历，才是每个人生命中难能可贵的收获。没有谁的日子就注定有分量，很多时候活着不过是潦草度日，不过是打发时光，而唯有这样的超越日常，才让我们的日子可以沉淀出记忆，打捞出美好。

"你要爱你的寂寞。"里尔克的这句话，可能是每个写作者的命运。似乎还可以补充一句，你还要爱你的孤独，这更是每个思想者必然的历程，也是行走者不可回避的经历。

人生就像火车一样，出站了，就要去穿越崇山峻岭，穿越无人之地，才能到达远方。其实心里明白，流逝的时间，退后的风景，是再也回不去，是再也不可能重返的了，无论是惦记的人，还是忘不了的事，往事不可重遇，终究渐行渐远。所以，有很多堆积如山的感慨，有很多欲止难抑的泪意，很多的怅惘，很沉的难受，都打进行囊里了。

超过千万人簇拥的一座城市里的孤独，是何其无奈，只有回到天地之间的呼吸，才可以缓一口气吧。为了一个承诺就出发，世界真的那么大，为什么不在路上呢？

去见识大自然展示自己独在的方式，见识大自然在雨打风吹四季更迭中无言的蜕变与勇气，见识那种气定神闲的超脱。天与地也是一种存在，也是一个示范的版本。

一直臆想着要去的地方，其实就是内心真实向往的地方。谁都可以找借口没有时间，让心愿变成失之交臂的遗憾。人海中的遗憾与痛失已经让人窒息，何不到远方去畅快呼吸？也许美好与美好的回忆，就在这样的念念不忘里。

去兑现让自己快乐与难忘的事情，让自己暂时逃离被不断复制的日子，为梦想服役。大自然就在远方，或者就在此刻的眼前，就像一位老人，走远，是一张祝福的剪影；走近，则是一帧慈祥的笑容。去哪儿，在一个人或可拥有的什么时段，都在大自然无边的簇拥和注视里。

每个人不过是时代浪潮中的一朵小小浪花，无论如何卑微，都要善待世界；无论如何身陷黑暗，都要讴歌光明；无论如何孤独，都要听到自己心跳的回声。无论如何怀才不遇，都要相信自己有远方；无论爱与不爱，你都会找到爱的理由。

这个活跃了半个世纪的老歌手，当他用苍凉与悲悯的声音自弹自唱自己作曲的这首歌，每个或许拥有几万个日子的幸运之人，能不身心共鸣吗？

那就是《一生所爱》：从前，现在，过去了再不来，红红落叶，长埋尘土内，开始终结总是没变改，天边的你漂泊，在白云外。苦海，翻起爱恨，在世间，难逃避命运，相亲，竟不可接近，或我应该相信是缘分。情人别后，永远再不来，无言独坐，放眼尘世外，鲜花虽会凋谢，但会再开。一生所爱隐约，在白云外。

世间所有的相遇，都是久别重逢。人生并不如你想象的那样长，留给你我之间的时间其实不多。岁月就像一个筛子，人越往后走，留给我们的"真爱"就越少。认识自己既是整个生命大海，又是波浪当中的一颗小水滴。

成熟本来就是一个不断推动的过程。我们来到这人世间，磕磕碰碰受了伤，烫了伤疤，长出了茧，心尖上厚厚一层。

谁不是一边不想活又一边努力地活着，因为我们心底有一个想笑又想哭的人生。

咫尺之遥

说的是南海。

不是指镶嵌在中国南部版图那片绵延推涌的蔚蓝海域,那是一种开阔无边的想象,那是中国南部漫长海岸线的一种豪情挥洒。少年时读关于西沙群岛的那两本名为正气篇与奇志篇的作品,刻下的印象就是,南海是中国南部涌动的激情,是奔流不复回的豪迈,是上天飘落的没有边界的绸缎,蹇转起伏,千姿百态,一直梦想有一天能够走进去,用手触摸一下,用呼吸和情绪感应一下。

而另一个南海则是毗邻广州的一个地名,现属佛山市的南海区。这地名承载着成百上千年的沧桑,跟广州又有着千丝万缕的关联。

明清时期的广州城,就分属两个县:一个是番禺县,一个是南海县。那是从广州城延伸到珠三角西部一片区域的一个广大的指向。

这个称谓一直到今天,使两个地方相濡以沫,地势衔接如同手足。地名依托映衬,南海与广州同样无人不晓。

先前广州城外便是广大的南海地区,毗连着广州城西那赫赫有名的西关,因缘际会的商城旺地,无不和南海的物阜人丰水乳交融。那些曾在纸上华彩熠熠的生活的情趣风俗,那些曾经光宗耀祖的居停的去处,建筑园林美食书画,还有酬酢往返的交际,附庸风雅的诗文,诸如海山仙馆、环翠园、小画舫斋,甚至史载更早前的宫廷后苑流花苑,无不借势南海的纵横水网,基围池塘,或是荷叶碧连天,或是两岸荔枝红;又或是芭蕉叶大,鱼跃鸭肥,乡野风致与庭院趣味,成全了广州西关与南海居停度日的品位,时至今日,这样的岭南格调与粤式审美,依然让人遐想连连,风月无边。

由此很多时候厘不清何为城里人,何为乡下人。

从小时候到年少初长每天往返的解放路，按史料所录，以进出的学宫街为界，往西北而去就是南海县的地头，对面的四牌楼地界，往东南面而去则是番禺县的地头。曾经都在广州城由里往外延伸，现如今的南海番禺，还是本土文化沃野泱泱的所在，迹痕遗存，风俗盎然。

谁都是被出生地的文化滋养哺育而长的，谁又能失忆脱胎于年少时的烙印与记忆？

说及区域所示的南海，确实不同凡响，如同民间所言的，要人有人要物有物。

大人物联袂而出，有名震朝野的学者官宦，更有护植一方的乡绅名士，从康有为到朱次琦，从康广仁到何启，从戴鸿慈到何香凝，不一而足，每写及他们的名字，似乎都有一种舍南海其谁的自豪感。

物阜民丰自然就乡梓情浓。珠三角的物产，河涌里捞的，土地里产的，几乎成就了粤菜谱系物源的大半壁江山。即使是萧条时期，一日三餐依然相对安稳。

而到了改革开放时期，民间潜行的生存智慧、发展能耐，也就地势火龙，一飞冲天了。南海一度为市，寻觅粤菜的好去处是南番顺，发达的地方亦是南番顺，其成绩可以叫板内地的一个市，甚至一个省。

不知多少次往返南海，儿时最熟络的就是南海，非常时期家族里的人下放返乡务农的地方，于我却是童趣里最难忘的出行圣地。南庄的江畔，有笨重的渡船与乡俚的烟斗，梯田的基围，围下有丰沛的水草鱼虾，围上有瓜果菜蔬，石湾的埠头，有摆买的碗碟缸瓦，最扑鼻闻香的就是两个大名鼎鼎的米酒，犹记得那极品一般的醇香沉醉。还有乡间里的寺堂，村野里的菜地田垄，留下了无法忘掉的记忆，如同一张张定格的黑白照片，不时地在脑海里，在笔墨的追寻中流连。

几十年的营生，从一个个角色的转换，一年年日子的流转，就消耗到耳顺之年的恍惚了。

数年前因撰写佛山文化品牌三卷，数度往返，深长挺进的乐从大道，常常让我滞留到插翅也走不进高速公路。那密集铺列的店铺，让人气聚拢车队长龙，那家具一条路的气派，比南方的气候还要火爆。

几年前因开广府文化学术年会，重回南庄，物似是人已非，会议所在地的这祠堂，不知是不是我曾经夜宿过的亲戚的临时居所。

命运的偶然与必然，常常让人感慨万千，就为了这感慨，人生就是这么被翻转，再也回不去了。

又是几年后，到名为卢浮宫的地方购物，直叹我这广州城里人才是大乡俚人城，眼前的奢华气派堂皇格局，让我目瞪口呆，蛇阵数里、十数里的家私大道，谁见识过这种阵势？

及至2024年5月蝉鸣的季节，一大早打的士去南海当评委。苦等近一小时，等同伴从不远处的连通广州的地铁口拱上来会合。

眼前大城市标配的街景全然陌生，我如同一个偶然的闯入者，这里就是小时候魂牵梦绕的父辈的故乡？

在心绪难平中翻看着一部部作品，一本似曾相识名字的画册从一摞待评定的书本中跳入眼睑。这个Z，就是他吗？久违了二十多年，当年儿子尚在胎腹中，一行人游西樵山，跟着憨厚热情的他行走在乡间村镇里。他还在画，画得绵密用心，技法精进，依然是大隐于市小隐于乡里。内心寄存的所好，性情信仰的所在，与红不红火热不热闹有什么关系，倒是比我们怡然自得得很。记忆推搡了我一下，油生敬意，没有被浑浊侵蚀，没有泥沙俱下，守住了自己的所信所好，就是一份来之不易的道行了。

记忆再次捶击了我一下。

猛然想起多年前偶然受邀而至的一次领奖，就在九江，这个让广州人南海人自豪了多少年的品牌，我在路边的麦当劳食着快餐，等着时间，周边都是城市化的年轻人，还有谁知道九江双蒸酒、石湾米酒给广州人的年夜饭、节庆餐宴，以及各式喜庆带来多少快乐，给主妇的厨房烹饪带来多少奇技神效？这一切没有成为过去吧？

记忆继续捶打着我。

猛然又想起那年到西樵山下的执信中学分校，跟着电台一起做阅读节目，那些孩子蝉鸣一般的声音，在运动场的棚顶下起伏，那些播音员美妙专业的朗诵，让人的想象插上翅膀。

我手捧画册，对着那个曾经熟悉的名字，忘不掉的一段段往事便浮现上来。多么难得的民间高手，一定会有人致敬这种朝圣者般的灵魂，无论生与死，飞升或者赶路，这种修行者用行动写下的歌吟，这些言行的诗章，一定会有人肃然起敬，无须告知，只因同道，只因同行。

我们的一切，莫不是由经历与记忆组成。感觉对了，时间也就对了。

见与不见，又有什么关系呢，我们都在时间的簇拥之中，我们都在命运的铺排之下，关键是，我们都在选择着，在回忆中，虽然没有走近，却从来不曾走远，无论是人，是事，是路径，还是所追寻的梦想。

哪条路，哪道水，没有关联？哪阵风，哪片云，没有响应？我们见过的人、经历过的事，我们走过的山川、居停的城市，都化作了我们的生命。我们就站在岁月的山头，随着时间奔跑的脚步，用视线去追踪眼前一望无边的风景。世事留给我们的痕迹，如同山水带给地形的改变，如此而已。

心有千千结，心有灵犀一点通，这点灵通或许能万水千山，或许能千回百转，超越时间。收获了许多美好记忆，也就不枉尘世一遭，人海一遇了吧。

风雨故人

二十多年过去了，总会有一些打动我们、触动我们内心的美好东西，在时间的筛选下，留在了记忆深处。

二十多年过去了，时间重新雕塑了我们的身心，我们总会不由自主地盼望有某个机缘，去寻找那些曾经打动过我们的东西，是否还留在原地，是否从来不会变形，也从来不曾消失？

于是，张罗着出发的时候，台风暹芭的预告没有惊扰我们的计划，我们如期上路，到江门的台山、中山去，到珠三角去，去再会留在记忆深处的印记。

路上，台风的前哨已经和车速赛跑了，一阵风，泼洒下一阵雨，一会儿阳光又从云层闪了出来，把雨水清洗过的树木照得闪闪发光，幻觉有一晃而过的彩虹。树摇风啸，如同我们内心里曾起的波澜，不见车影的高速公路明晃晃地射向远方，那看不见尽头的远方。

1. 流云泼墨

台风前夕，天空已是万马奔腾、驰骋无疆了。

一幅无边无际的中国式宣纸铺摊开来，在时骤时缓风力的助动下，乌云的墨色与一团团的云块，相互追逐着、交错着、融汇着，此时的空中盛景与我不期而遇，震撼中我的视线被紧紧地牵引着。

此时的长空，就是一幅广袤无垠的中国水墨图。

大自然把风暴酝酿时的情绪，无论狂放还是豪迈，无论柔情还是痴心，如一缸缸浓墨，如一管管饱蘸墨汁的毛笔，或是狂野地泼洒开去，或是重重地左撇右捺，浓重处便是黑实的乌云，那浓密的墨色才一会儿便迅速地四散奔跑，如同中国水墨画的皴染，配合着奇妙的宣纸的纹路和灵性的感应，而不断地漫延着、洇润着、渗透着，浓淡烟灰，好一个乱云飞渡，各种形状走势不一、黑白深浅不一的云块，组合着不同的图案，神出鬼没、出人意表的创意，让人目不暇接。

此时看天，奥秘无限，也是趣味无限。

怪不得古人信奉天人合一、道法自然，通过观天象，察四时变化，进而占卜看卦定策略，以天为大，天空有无数的风雨雷电的故事，有万物感应的故事，有神龙见首不见尾的故事。

据说，那不可方物妙不可言的颜色天青，就是那个宋朝风雅的皇帝，时常在引颈向天时，就是在雨后放晴的长空万里图里，看流云婀娜，看日光妩媚，幻化出无穷无尽的色泽，以及心向往之的神清气爽。如同神示的刹那，在那雨过天霁的一刻，酷爱丹青的皇帝，看到了那抹着色，就是那缕妙不可言的天青，渐变着，游动着，在周边云块色变的起伏中，让人惊鸿一瞥，印象殊深，挥之不去。

如此想去，说不定中国画的历朝历代大师，也会从天色的幻化中，悟出水与墨的无穷奥秘，天乾地坤，艺术面前，大自然就是一本无量版的教科书，出人意表，又引人入胜。

我们在路上，果然与真刀真枪的台风迎面撞上了。高速路少见车影，入住的酒店没见更多客人。阳台下的游泳池畔，几个本地的分不清年龄差异的阿叔阿姨，穿着工装一般的红T恤，用绳子系了一个简陋的雨篷，声音高低参差错落着，笑声时起时歇，聊得很是热闹，莫非以此等淡定，等台风来？

我就这样仰着头，看了大半个时辰天空的乱云飞渡万马奔腾，禁不住冒出个不着调的疑问，莫非中国的水墨之道，与眼前这空中的阴晴变幻、黑白互融的天色有关？反正我一直盯着天空发呆，看呆了这长空万里的墨分五色。

2. 风雨故人

台风真的来了。

台风用左右开弓的风速和时缓时骤的雨点，箭镞一般地横扫过来，把热闹的街道清理得水静河飞，把路上几个艰难地撑着雨伞的行人推搡得步履跟跄。

我执意要出门，要在这台风天的黄昏，寻访那些年所留下的印象，要把这段二十年前走过的孙文西路及周边的街道再探访一遍。

走过住处不远的岐江桥时，我的一些情绪汹涌而来，像是迎面扑来的台风雨，无法躲避。

岐江桥也有一定的岁数了，这座午夜时分开合的铁桥，旧貌依然，以它老派的风度，依然是中山市的地标。

台风胡乱地在空中打着滚，揪扯着能让它发泄一阵子的空中的树木、棚架，路边的一个围栏轰的一下就被掀翻了。雨骤紧骤松，盛夏的暑热一下子被刮走得无影无踪，天色还没暗下来，路上几乎看不到行人了。

我顶着风趔趔趄趄地走着，心情湿漉漉的，不知道是不是泪意，也不知道是否有点难过。

时间带走了很多往事，而记忆却神出鬼没地拉扯着我们的记忆。"我熟悉的时代在消逝"，这样的感慨，这样烙印一般的感受，总是跟生命中的一些亲人有关，也跟成长中的际遇感应有关。

我在雨伞下撑出来的一点点没有雨水侵扰的空间里，竟然胡思乱想。脑海里突然浮现出父亲离世那个片段，我才转身离开医院，他就自顾自走了，不跟人告别。十几年前，竟然觉得承受不起他带给我的温暖和照顾一下子消失了，从此，没有谁能让一饭一蔬留下更多关爱呵护的味道。每至生病，每逢遭遇又一种病痛的折腾，其实多半是由处境揪扯起来的毛病，我总是心里一绞一绞地难受，眼泪鼻涕使劲也汲拉不回去地想着，如果父亲还在，我何至于如此波折如此不堪啊。

阿嬷的印象，总是那个干练利索的样子，总是自说自笑，人到高龄了，还是要自己照顾自己，自己给自己做饭，自己给自己洗衣服。一个世纪老人，什么没经历过啊。"比起走兵火（打仗）逃难，比起没饭吃，如今的日子好多了。"她总是这么说，所以，日常的磕碰难易，对她来说，都不是什么事，能活着就好好地活着，所以她从来都是自理自律着。好像有悟觉似的，提前就要求把自己送到临终关怀医院，在简陋的地方，坦然地不吭一声不舒服，临走的那天夜晚，也是安静地睡过去了，不给人添更多的麻烦。每年的清明节去黄大仙的牌位前看他们，我都会失了魂一般一脚高一脚低地走得很不利索，泪意把眼镜糊出一团雾来，止都止不住，像是要把过往的日子润湿一点，不要让记忆灰飞烟灭。我知道他们肯定在天上护佑着我、鼓励着我。来自他们的爱意，就是那些过去日子的温热啊。

过了桥，就是那条有名的中山路，确切地应该称为孙文西路、孙文东路了。二十年前的去来似乎就在眼前。

其时，我在一个写字谋生的单位里，不咸不淡地对付着，不知道哪个方向的风会带来雨，不知道哪种节奏会走得更为轻松一些、自信一些。一片茫然中，相跟着去了翠亨村，入夜时分路过这里，灯火闪烁中，也是一条很有新鲜感的步行街，整饬一新的骑楼一路延伸下去，恍如广州西湖路的灯光夜市。那时分真是人头攒动，正在崛起的珠三角四小龙之一的中山，以令人炫目的光影，吸引着"东西南北中，发财到广东"的四面八方的来人。

我们只是对着琳琅满目的商店张望着，脚步零乱地逛着，那时，还不知道这附近几条马路街道的深意。我清楚地记得，我就在步行街入口的铜雕前留了个影。

如今，唯有在这个人迹渺渺的台风天，我才能一个人站在马路中间细细地打量着这条新了又旧了的老街。留意着一栋骑楼与另一栋骑楼衔接往外哗啦啦渗漏出来的水线，我躲躲闪闪地走着，心中有隐隐的摇晃。还有好几家店铺亮着灯开着招徕客人的喇叭，步行街的老去，随着这里那里骑楼的漏水，而显出了难掩的疲惫。

顺着步行街一路走去，岁月的沧桑以另一种深意裸露在雨天里。二十年前，我错过的是跟广州建城相关的一大段历史，历史中的一个伟人，他的屐履踪痕，以纪念的方式，如今就收纳在这条叫作孙文西路的一个接一个的景点上，内中的故事虽说我并不陌生，此时，却在雨越下越大的处境中，强行让我身临其境重新感受了一番。

我知道我必须补足这一课，台风天并没能让我躲避离开。

西山，一个石碑立在路旁，前面的梯级通往树木簇拥的小山丘。这是孙中山先生夫妇停留过的地方，自然留下了故事。

中山纪念堂公园，整个格调沿用广州大元帅府的色彩，印象疑似有点重叠，牌坊前有一个一个大雨下成的水塘，让人的停留匆忙而又肃然。那个黄白颜色为主调的牌坊，与广州遥相眺望着。

再往前走，马路的对面就是一长溜的中山市博物馆的馆址，都是同样的色彩布局，让我雨中的凝望有点错位。

这条路算得上是世纪之路了，用几百米的长度，把近代史一些相关的人与事，用景点的刻意用心标注下来。从物质流淌的步行街漫溢到这段路的气息，分明就转换了格调，不期然就凝重起来。马路两边晦暗残旧的骑楼和小巷子，兴许来不及粉饰装潢吧，而这段路所标举囊括的内涵，当得起近代史举轻若重的史实了。一而再地用一代伟人的名字命名的各个去处，仿佛这个人的神魂都跟这片土地交融在一起了。孙中山先生不仅在近代史中盖上一个又一个标志性的印记，他在自己的故乡，原来也是精神流播，留痕触目皆是。

雨中，这条用伟人命名的孙文西路，这条旧迹赫然的骑楼街真是够长的了，长到用了一个多世纪来延续，长到长进了历史的深处。长到二十年后，我才有缘一步步走过这条长街，一遍遍地打量街景。

一百多年前的香山，在没有变成中山之前的这个县城，竟有这样的规模和富庶。就是在这里，那么多漂洋过海卖猪仔谋生的华人苦力，或者是留洋的华侨，把自己的血汗钱，把自己倾力挣回来的一桶金两桶金，都捎回了故乡，去发展改变自己的家园，更是深明大义地去助力一场翻天覆地的革命，去推翻一个盘桓千年的帝制，用梦想和行动开辟一个新的天地。这是何等的家国情怀啊！我看着对面马路那个虽是破旧也不失华美的花瓣状的楼梯，轻盈地飘落在马路上，想必是那个年代一个最灿烂的笑颜。

爱国爱乡，那时的人生之艰难，活着也是艰难，却不是精致和物化的利己主义，而是纯正到舍金取仁、舍生取义。他们那代人苦过煎熬过，也低贱过，无家可归过，然而，当一面旗帜高高树起，当一种梦想深入人心，就是他们，挺身而出，拼尽身家性命，就是为了身后的一代又一代人，从此可以生活在一个晴朗美好的时空里。

此时，风雨加大，我即将从孙文西路转去民生路。我的运动鞋湿了，长裤的下半截湿乎乎地贴住小腿，冰凉冰凉的，可是我却满头大汗，天气还是又湿又闷。在骑楼躲雨，我正站在一个十字路口的拐角，这边通博爱路、中山路，那边连着民权路、民族路、民生路，我的身后是孙文西路、孙文中路，那个了不起的伟人，把那个年代了不起的信念，一起拓印在这周边街巷的命名里，让其中的气息天长日久地笼罩下去。此时，雨势时大时小，天色很快就暗下来了，路上没什么行人，我还是走吧。每走一步，雨伞上爆豆一般的声响，仿佛是大街小巷都一齐在台风天中发出的叹息。一路延伸下去的骑楼街，破败的地方有飞溅的雨柱，墙面淌着哗哗的漏水，看着看着就是一副难过的表情。眼前的街景，是否，在名叫暹芭的台风登陆的这片区域，在摇撼着这里的土地河流及一切时，也在摇撼着我们的神思，恰巧我来到这里，重温旧事，再睹旧物，再思故人。

  时间确实无情，把再牢固的建筑楼舍都侵蚀得千疮百孔。可时间也是网开一面的，让那些惊天动地的丰功伟绩铭刻在这片土地上，伟人音魂不散，信义亘古流传，而此时天地动容，人与物事的交流循环无处不在，生生不息。

  是的，这是那个特定的时代烙印，也是拓刻在城市面貌和水土神魂上的一个深深印记。后来人会不断地前来朝觐，后来人会不断地缅怀，一切的传承都在润物无声中，时间做证。"敢为天下先"，寄语后来人。

封开回望

年复一年的岁月烟尘覆盖上去,过往似乎是有点模糊和恍惚了。那么多年了,我依然向着这个被历史的河流缠绕过的地方泅渡,职业生涯的关注交汇,文化研究的迢迢之途,可岸总在前方。

那么多年了,这个地名依然让我浮想联翩,疑似离得很近,又好像隔得很远,年少时的熟络,以及成年后的生疏。

那就是封开,确切地说,就是坐落于广东省肇庆市封开县的江口镇,镇上那个原为封川镇的封川古城,"南临大江,北倚崇山"。

封开,这个被不断地勘察和审定为岭南文化发祥地的地方,这个被西江的流水冲刷着、被日渐斑驳的砂岩擎托着、被迤逦而去的山峦簇拥着的古城,向谁诉说?"初开粤地宜广布恩信"的由来?"统领岭南九郡的岭南首府广信县"的前尘后印?"广府文化"形成之始的文缘化迹?兼且,因着西江的水路通达,封开还是岭南地区与中原地区最早的交通枢纽?

这些历史上的来龙去脉,专业追问的前因后果,似乎都抵不过童年时第一次出远门到此探亲问访所留下的印象,孤零零一人被亲戚水路托运过来的记忆。

岁月的钉子已经拔起,可锈迹始终留在原来的位置上,在褪色的背景上异常触目。古城墙的门楼,门楼上高耸的犄角,老街上的格局,居停数日的祠堂还是官邸的光景,十足一张张黑白的老照片,再泛黄,记忆还是拓印上去了。

那时我才多大?小学二三年级的岁数,那个年代,文化的重门都是道道深锁,那时年幼,找不到开启的钥匙。

若干年后,几十年的光阴背后,在那些消失在时间流淌的信函中,在文化研究的探问中，我竟然与这个曾经有过不寻常的童年记忆的地方迎头相撞，甚至不太清楚，我的懵懂不知什么时候悄然后退，我的惊讶与惊诧一如当头棒喝。

20世纪70年代，珠江岸边的麻石栏杆冷清地看着潮涨潮退的江水，大沙头码头的红星客轮，迎候着提筐挑担的四乡人。母亲把我托付给行船的表舅父，去遥远水路的那一头、西江那个名叫江口的县城，代表家里探访"文革"时期下放的阿姨婆婆一家子。躺在隔邻就是隆隆作响的机房旁的船员舱里，巨大的噪声让我的担心与不安不足挂齿。

八九岁的我的第一次远途，竟然代表着家人的牵挂，竟然是朝着故土的文化源头出发。

那时的西江水泛黄清澄，涌动着两岸山影田畴的草腥泥土味，虽是夏天，却也清凉。托运我来的红星轮在几十级江岸的台阶下面，往省城去的农人正在上船。我孤零零地站在高高的埠头上，脚边只有一个装着些城里食物的纸箱，我不知道铺路的条麻石和不远的城楼怎么会出现在这个他乡，轩昂的城楼衬托着黛墨的山势，隐约的村落，低洼处有田畴耕地。我不知道这个奇异去处是什么地方，我只是攥紧了斜挂身上的母亲缝制的帆布书包，有点泪意地等着教书下课迟了久久不出现的阿姨，把我带回她的家里。

这个临时的家该是什么人的府第，或是何处的衙门？婆婆阿姨一家的房子，算是大宅里的偏房吗？我记得那门前侧面的青砖墙，墙头是长了青苔的绿瓦，墙外有高大的树木招摇，眼前的天井，一色的条麻石，有青砖砌就的花坛和花座，不过在雨后的阳光里，被搁置晾晒着各种过日子的零碎用品。

所有的故事，都被眼前胡乱对付的营生遮挡着，下放的阿姨只是临时寄居在这里，探亲的我也是偶尔地进入这个气派不凡的去处，一切无从而知，一切又似曾相识。

在远处的广州，刚刚放假的我的学校，也是被安置在一个与此大同小异的错落有致的大屋。据说是一个宗族的祠堂，有着麻石铺置的甬道，有着青砖砌就的花坛，有着合围粗的廊柱和飞檐瓦脊，同样笼罩着一股年深日久卓尔不群的气势，那是在广州的解放南路的白薇街，现如今在扩路时早已消失的去处。

它们的身世是一样的吗？它们一定是有来历的。我甚至觉得，放学了用铁丝去串织树叶当柴火的表妹,也一定知道房子外面的林园里,这些大片的树叶是很有岁数的了,她的聪颖亦注定她在第一轮的出国潮里就漂洋过海到远方寻梦去。那时候我不知道西江通往哪里,那时候的童年不知道什么是命运。

恍惚与臆想,模糊与追忆,交织成一种不太真切的往事,让我在翻阅史书记载时,总是摆脱不去一种迷茫。

不经意间,散碎的经历会给人偶然地打开一道门,或是开启某种领悟,让人触碰到历史的或者人生的真相,这样的开启也许是某一个路过的地方,也许是某个居停的去处,又或是一个出现了又消失的有缘人。时间有时候是漠然的、无情的,不是把那些有价值的东西忽略,就是把它藏埋起来。如若你的回望不够专注,不够敬重,你无法穿越日子的烟尘,得到发现的惊喜,而有时候时间又是有情有义的主宰,总会让美好的东西,让有价值的东西,以一种柔韧的方式,以一种意味深长的守候,把它交到你的手里,或者托付给岁月,让你在某个特定的时候,幡然醒悟,把它从旮旯里翻扒出来,从此牢牢地捧在手里。

一如此时的我,对着图片上那座风尘难掩的门楼,对着那个幽深的城墙门洞,对着臆想中的那个官邸花园,或是祠堂的偏房。是的,很小的时候懵懂无知的时候,尚不知文化为何物的时候,我就来过,在其中穿梭居停过,这岭南文化的发祥地,这亲情曾经被发配流散而去的那时的远方。

一定有什么冥冥中穿越而来,拉起我的手一起上路,去一道寻访岭南文化的来踪去影、屐履迹痕,路有时候断断续续没入荒野,有时候人声鼎沸通达畅顺。这是一种情结的牵系,还是一种命定的吸引,谁也不知道。

一如这首诗所诉说的衷肠,所表达的心事:"我越过地平线去找你/越过天边的云海去找你/越过岁月与往事去找你/越过光年和虫洞去找你/越过时间之外的海域去找你。"

一如此刻,往事的翻掀带动起连串的追问,有什么一定守候很久了,有什么一定静候着来人,把真相带走,把沉寂的故事重新讲述。

我还能再回去一趟吗?物是人非并不确切,大多只是旧迹依稀。我该选什么时候回去造访,还是寻找什么吗?

此刻总有谁在路上走,有缘有故地在某处走,走向故地,走向故土的源头。有时候,远方唤醒的记忆,并非引向陌生之地,而是一种回家般的召唤,一种认知的渴望。普鲁斯特不是说吗,有多少人的意识苏醒过来,便有多少个世界。

如今,文化这道门早已开启,岁月并不弄人,封开这座县城,以封川镇的称谓,此刻重新向我打开。我的回望前尘旧事,不绝如缕,等着我用文字一一编织。

雄关漫道

那个悠远的想象，跟随着那只千年的蝴蝶，再度兴奋地扇动着翅膀，把苍古的风一次次地旋动起来，让追忆在时间的轴线里滑着陶醉的舞步。

那一段段的文字，如同一束光，把那个轩昂的身影，一点点地映亮，此刻，跃然纸上。

这被誉为"岭南诗祖，千古名贤"的第一人，不仅是开山辟路，还把自己历练成中国诗史上第一位广东籍的大师，留下"曲江诗品乃醇"的美誉，且首创"清淡之派"，结合"雄直"诗风，成了岭南诗派的开山祖。

当年，唐玄宗的一句"风度得如九龄否"，成为一个标杆，从对人的言谈、举止、才干的评价，延伸到对人的操守、人格魅力与精神气象的判断，不仅开山辟路开出了那时的"京广线"，也开创出一代文官的风范。

风度、风范、风骨，当这几个词在我脑海里翻着跟斗碰撞时，种种奇特的意象幻化出来了，——从眼前闪现：虬突伸延的树根，高耸入云的树干，林中流淌的清风，空中飘逸而去的鸟雀，跨越头顶的彩虹，波光粼粼的流水，叶片晶莹透亮的雨露……久违了的联想，似是故人来。

似乎，我们跟数百上千年的人生，跟那种如歌如泣的灵魂并不存在隔膜。

大庾岭似乎也是姓张的，梅关古道留下他的气息。

风度者，君子也；风骨者，仁人也；风范者，榜样也。他给岭南留下的基因血脉，一直在典籍的字里字外涌动着。

所以，南粤的岭南男人，精神里有刚直不阿的血脉，胸怀里有破茧突围的基因，情性里有淡泊自适的豁达，命运前有天人合一、俯仰天年的达观和洒脱。

还有什么呢？

是的，还有着粤式审美的意趣，粤地生存的智慧，粤派图强发展的韬略。这就是粤味。所谓的粤味，言有尽而意无穷，不知道我此刻文字的描述，能在多大的空间里回旋，还是仅仅在内心里撞击。

回到聚焦处的雄关漫道，所思所想翩然降落。

那是一处在反复的遥想中熟悉的地方，那是一个在岭南的书写中不断被提起、放下再提起的要塞，那是一个充满着历史的遗痕与书写的名胜。是的，那已经是一个旅游胜地了，历史的戳记深深地烙印在那里，那就是梅岭雄关。

每一次，我都是在文字的凌虚蹈空中抵达，这么一个如雷贯耳的去处，我都是在文字的节律与内心的倾听中，体验着别人的情感与历史的记忆。

这样的倾听，在那么久远的时空中回响，这种虚拟的身临其境，在一次次的想象中漫步，似乎也算是最美好的重返了。

而典籍上的文字，似乎更能照亮更多光影到达不了的角落，更能映亮更多不容易延伸的目光，在冬天后面的春天里，不断生长，不断孕育，不断为后人知晓，让人确信一切都在那里，一切灵魂的光泽从未消逝。如同这样美好的诗句："我的灵魂会把记忆交给悬崖峭壁/以化石的方式留传后世。"

如同我对被誉为"岭南风骨"的张九龄的仰视与领悟。

一切原都跟岭南有关。

版图上的五岭，连绵起伏，崛起成排闼延展的屏障。岭外，是不可知的皇天后土，龙恩浩荡；而岭内，则是地势舒展，向着大海的前方开始奔跑，山势朝着河汊纵横的珠三角，气势纵横地倾泻而下，漫延成良田平畴了。

对自然生态多姿多彩呈现的岭南想象，如同对那个昂藏七尺的、在远方庙堂活力舒展的美男子的想象。这片土地的人杰地灵，原来也有过如此荣耀的恩宠，官至极品的岭南第一人。

一切于我，时至今日，仍然止于想象。

那条古驿道，透过光影的还原，早已经被岁月磨蚀得渗出苍凉了，残留的诗意，已经被络绎不绝的游人踩踏得疲惫尽显了。

它不像想象中的寒意湿冷、落叶萧瑟，欲言又止，无从诉说。

而只有这一代名相，却依然在诗文里朗照日月、风采不减当年：海上生明月，天涯共此时。多么豪迈气派，时间空间都不过是此刻的绕指柔，不过是脉脉含情中的一些通透、一份豁达。张九龄的诗句，总有那么些温情漫漶开去、泅润而来，人生一世，恨不相逢相遇相知相识啊。

不过也无憾了，一个人的荣耀，就可以穿越一整段岭南的时光，穿越这片土地云聚云散的烟岚。

何况，这束光常常可以聚焦起来，映亮我们的双眼。

瑞典诗人托马斯·特朗斯特罗默在《记忆看见我》一诗中深情写下："我必须到记忆点缀的绿色中去/记忆用它们的眼睛尾随着我。"

这是一个在岭南特有的花树——木棉的擎举上所构造的罗盘，可以帮助我们这些仰视者找到这片土地风气神貌的指向，或者一个人格高度的气场，如同此刻所有时间上的光泽，都投射在这个岭南第一相——张九龄的身上，岁月不减，佳话流传。

前不久，一次仿佛是灵犀互通的机缘，让我在图书馆的"广府新语"系列讲座里，做一堂关于张九龄的专题讲座。顷刻，消息的到来如同一滴露水降临，题目嗖的一下在脑海泅润，"九龄风度犹在，岭南风范长存"，我惊喜于那一刻的开窍与领悟。

我在岭南升起的明月映照下，在那些典籍字句中穿越、徘徊、游走、漫步，或感慨或低叹，一会儿长风万里，一会儿骞转跌宕。

为人，他的"九龄风度"广受赞誉。为官，他开拓梅关古道，敢于直谏。为文，他是盛唐文学的一面旗帜。一千三百多年过去了，回眸历史，张九龄打动我们的，正是他作为岭南人为我们留下风骨的形塑，为中国诗坛写下的恢宏气象与不朽篇章。

风度，九龄风度，气节不改；风采，昂藏七尺，轩昂挺立；风貌，千古传诵，有口皆碑；风尚，引领历代翘楚，高山仰止；风格，自成一派，铁骨铮铮；还有，丰神俊朗，一代风范，倜傥风流。这就是岭南风骨。

我们总是把认同或者追忆，托付给更能慰藉我们的想象。

只是，痛苦没有解答，轮回无法修补。而有种信徒的看法则是，"生"就意味着回到轮回，如同我此刻的遥想，状同一种记忆的轮回，也算是一种追随之道吧。无须去抵触恒常的习气，无须忘却如幻的臆想，我们不过是在饮一杯忘川水的眺望中，向这位南粤先贤行一个深长的注目礼，他毕竟不同于凡俗之人，他的形迹如同北斗，闪耀在岭南文化史的上空。

风起的时候笑看落花，雨洒的时候举杯向月。

一年的秋风渐近渐紧，状如蝴蝶的翅膀扇起的气浪，一朵朵的叶片从树梢上闻风合唱，舞动着优雅的身姿，赴约来了，赴一年一度的归去来兮之约。那些一年一年叠加上去的叶片，也张开双手回应着，或是用随意的舞步以示欢迎。大地从不拒绝所有的回归。

我依旧没来得及去到这条岁月斑驳的雄关古道，依旧只能臆想着驿道的石板石块上湿滑的水露，上面所倒映的暗夜和晨光，以及来人的脚印，臆想着那些盛装登场、悄然隐去的梅花，相携相挽着，不负季候的召唤，团圆、聚光、归返，然后是恍如隔世的淡然，慢慢在时间的抚拍下酣睡过去。安然多好，舒展多有开阔的气度啊，古道边上的树林，徘徊着这样的气息，五岭的上空流动着皑皑的祥云，让我的思绪久久不愿散去。

曹溪的晚唱

1. 顿悟

多年后,粤北的韶关渐行渐近,即将重温的那些往事,即将再度解读的那个不凡的佛祖,依然有如雷贯耳的声势,依然有怦然心动的感触。

好一个曹溪的晚唱。

所谓晚唱,其实就是不绝如缕的回响,那回声一般前呼后拥的声浪,就在或市井或山野里不断碰撞回荡着。这个充满了故事与传奇的非凡之人发出的声音,竟然能在时间的长河里回荡一千多年,所谓生生不息,便是念念不忘。

说的就是此在的曹溪,说的就是世人知晓传颂追随了千年的六祖慧能。

有多久没来过这里了?二三十年的光景眨眼就无影无踪了。而眼前人与事,却在身前身后,转头回头之间,似曾相遇,似曾相识。

也曾多次翻阅《六祖坛经》,每每在悟道的字句间走神。一个普通的乡野樵夫,带着他尚未显山露水的卓越与睿智,去穿越,去穿透世间的凡尘俗事,万千世道,万千众生,都不外乎念起念落,从此他便不再平凡。

有的人一生,似乎注定要像彗星陨落前夕,释放出夺目千古的光芒。六祖慧能便是夜空中的一颗星星。

六祖翻山越岭的寻觅,原不过是从一个佛门净地,再去赴一个清幽之所,顿悟之乡。

第一次,在五祖门下。"本来无一物,何处惹尘埃。"好一个超然物外,尘泥不沾,无挂无碍,何等洒脱与通透,何等独步星云,且又闲庭信步。

第二次，是在光孝寺。不是风动，也不是幡动，而是心动，简明扼要，直抵真相，如同平地一声响雷，震惊了所有庸碌的心智，心系万物，情怀超脱，这是苦等着开悟修行之人所念兹在兹的。

万物有灵，有灵的万物皆与心呼应，心若有感，万物悲喜冷暖自知；心若不动，万物皆空，如是，天地与我同在，万物与我合一。

此等畅达豪迈通透的高瞻远瞩，外物不累，情趣乐天，做内心的主人，而非外物的奴仆，心的空间越开敞，感应的灵敏度越超凡，人在万物中获得的自由度就越容易把握，就更为淡定从容。

第三次，则是在眼前的南华寺。多么诗意且又让人想落天外的名字——曹溪，曹溪的晚唱。一切在这里回响的梵鼓佛音，都无疑是融入星空的晚唱。

在儿子的书架上，有他从小翻阅到大的台湾蔡志忠的古典漫画系列，其中一本就是《六祖坛经》，简约的话语配图，清爽的笔画勾勒，无尽的禅意释放，让人仿佛水洗无尘，有一时半刻的顿悟与了然。

一千多年来积累的遥想，如今的朝谒，一步一步走在寺庙庭院的小径上，兜兜转转如同一个又一个的轮回，这是这位空前绝后的岭南先人第三次在尘世的居停处，也是他的佛学理念养育储蓄的所在。无由言说的巨大气场与氛围，让偌大的南华寺，庄稳肃穆，绿意森森，连空气恍惚都有着无比的厚重与喻指。

岭南有三个举足轻重的寺庙，都与六祖慧能有着息息相关的渊源。国恩寺，在离广州一百公里开外的新兴，我不久前刚造访过。

而光孝寺，则在广州老城区烟火俗常的闹市中，十天半个月总会有机会路过，汽车在老城区狭窄的马路上走走停停，我会有几分钟与寺庙的门庭目遇凝视。

此时所在的南华寺，在二三十年的相隔后，再度应愿而来，感触良多。

这三大寺庙，是六祖慧能的三个里程碑，国恩寺是起点，光孝寺是顶点，南华寺是终点，也同样因为六祖，这三大佛门就此成为自带分量的宝刹。

作为一代禅宗佛圣的一生，六祖的每个时段，都把信众追随的目光，一个点一个点、一个宝刹一个宝刹地引领而去。岭南虽偏于一隅，却无碍大师的生成。

三十多年后再度重访拜祭，脚步恍惚，找不到那个林道边上的来路，也撞不上先前的清幽了。那是20世纪80年代和90年代交替的春节，几个同学坐在除夕空无一人的绿皮火车上，去湖南的衡山看雪，到韶关的南华寺参拜六祖，把那个遥远的传奇故事，兑现回眼前的所见所闻里。

　　如今的山地成了开阔的广场，从曹溪的门楼，从衣钵铜雕的高台往前看，视线开阔，林木葳蕤，正值初夏水汽蒸腾的雷雨季，别有品相，空蒙泅润，此时人似乎都被包裹在别样的笼罩里。

　　我的脑海里不停地转动着这些身临其境的宝刹：清幽的国恩寺，闹市中心庭院宽敞的光孝寺，轩昂威仪的南华寺。还有最近偶尔走近的海幢寺，那些能诗能画的僧人，常让我联想生命滋养的空阔无边的问题。

　　其时，我正在一场困扰中纠缠。我不知道怎么在表白中倾诉自己此起彼伏的各种想法，倾诉对时间的疑惑，对努力改变生活的无力和无助，现实总是跟我的愿望隔着一座无法泅渡的大河，岁月催人，我的力气与状态越来越下降，各种情绪际遇疼痛消耗着我，我不知道命运是否让我上岸，然后再给我一些时日，聊作一下闲庭信步。一切有那么多的不确定，同时又有那么多的煎熬。岁数的增加没有消减我的紧迫，反而徒添了无端的焦虑。

　　此刻转身，一一面对这些名刹古庙，如同是风沙迷离的尘世中的一处处海市蜃楼，一处处清凉的秘境，我走多远多久的挣扎之途，才能走近一些，聆听一下佛法梵音，好卸下无端的负累，好听听鸟雀鸣唱的清音。那个闹市里眉清目朗的佛门住持僧人自我述说着：我既然心愿是要走这条路的，何不早早就选择了走这条路，内心清净，天地开阔。

　　其实世界简单至极，在大地和天空之下，在空气和流水之中，所有的生命都在活着，白天来了有阳光，黑夜来了有星星，星星都在黑暗之中，却总是闪闪发亮熠熠生辉。只要做好自己的事，别的，时间和历史会把它打发走的。

　　天地不仁，白云苍狗，开天辟地以来，都是这么轮回着。

　　所谓晚唱，是否意味着重生？

2. 重生

　　电影《肖申克的救赎》里有一句经典台词："有一种鸟是永远也关不住的，

因为它的每片羽翼上都沾满了自由的光辉。"

如同人生，就是一场自己与自己的较量。

而书写的意义就是：当有天你真的疼痛了，有没有心力承受和自我修复？

不在昏暗中逃避，所有的信任感来自自己，我相信我的愿望，我也信任我的奔跑。尽管我无助得无所适从，尽管我孤独得只能躲在角落里休养生息。这种性格的种子，在漫长而又芜杂的琐碎喧闹里发酵生长着，没有人确切地知道将来，也没有人确切地知道你需要经历多少次脱胎换骨。

要么原谅命运的坎坷，要么使着劲拿回自己人生的主动权，重做选择，而不是被动地被抛弃。出乎意料是必然遭遇的人生功课，没有任何的经历排演好供自己重复，这是生长的代价，是落荒而逃，还是再坚持一下，看看自己还有多少承受力，能不能继续承受命运给你设置的考验。

荣格说过："一切更美好的东西，都是以更大的代价换来的。"所有的成熟，都必须拿挫折来交换，外在会越来越云淡风轻，内心却会越来越柔韧强大，不动声色。岁月交替与世事变迁，在内心沉淀的能量，不是去刻意地改造什么，而是淡定地接纳自己，包括缺陷与脆弱。

是什么事物，让你在偶尔忧伤的时候，仍然想要爱这个世界，仍然有赞美世界的欲望？你只需聆听自己内心深处的声音，那个总是会告诉你真相的声音。你需要一个安静的时刻，沉默的时刻，不需要跟自己较劲的时刻。你需要等到海水退去，等到喧嚣退去，等到你内心的欲望退去，等沙滩裸露出来，等你真正看到自己想要什么。

长时间投入去做没有多大结果的事情，是不可想象的。而深情就有这样的盲目性，即使知道什么都获得不了，也想要继续下去的盲目性。写作和人生都没有捷径，都不靠聪明而是靠深情。深情本身就是希望，永远是生命的一种希望。

写下就是永恒。

一段人生经历过去了，或已留下些许星光，成为接引下一段路的启明星。世事不管怎么荒凉，有过经历有过爱就不怕孤单。

拥挤的生活一文不值。孤独下来就可以清醒一点，一次次的孤独，就会一点点地好起来，慢慢地，不知不觉地，很多不好的状态，比如身体的，比如精神的，比如情绪的，就会痊愈。谁没有经历过黑暗？重要的是，你还有没有勇气重新站起来。安静的状态或许就是最好的状态，最珍贵的沧桑感也许就不会消失，也不会散轶。有时候身体的苦修，又像是心灵的远行，你试着微笑着重新回到人群，你对自己说："嘿！别泄气，这是新的一天。"

阿萨穆拉克的墓志铭写着：我从来没有长大，可是我从来没有停止过成长。

任何经历，都是成长的要求。这比起以前的痛楚，算什么呢？什么都不算数，这才是从情绪到身体的死去活来。当你不断失去时，你会如何活着？你失去的东西，会以别样的方式和你相遇吗？那就心存善良，并外化为强大的柔韧："愿你出走半生，归来仍是少年。"

有时候痛苦之所以让人难以承受，不仅在于痛苦的激烈程度，也在于无望感。抑郁症最可怕的是它带来的恐怖和孤独。孤零零地活在跟自己作对的身体里，孤零零地面对心灵纠结，困兽犹斗无法摆脱。没关系，总有一个生灵会毫无保留地爱着你，那就是你自己，并承受由此带来的痛苦。当你不再对抗抑郁时，奇迹就悄悄地发生了：抑郁感像阳光下的雪一样慢慢地消融。

"所谓世间，不就是你吗？"所谓世间，又是什么呢？是人的复数吗？难以承受的磨难，与唤醒潜能的机会，永远是一对双胞胎，自己内心深处的力量只有在挫折与磨难中才能被一层层激活、一次次苏醒，每一次从过去的风雨中收获的力量，都是日后通往未来幸福的阶梯。在身陷逆境和遭遇磨难时，你对自己说的第一句话就是："一切都是最好的安排。"伤痛本身就是疗愈，伤痛本身就是康复的开启。

每个人的人生都有两条路：一条用心走，叫作梦想；一条用脚走，叫作现实。心走得太慢，现实会苍白；脚走得太慢，梦不会高飞。人生的精彩，总是心走得很欢快跃动，而与脚步能节奏合拍。即便在日后黑暗的日子里，想起还有那么多的过往，那么丰盈的经历，原也不是流水落花一无所获。即便茫茫人海中就一个人，站在喧闹的日子上，不能再说点什么，心里还是可以细语如流的。

我还是相信，星星会说话，石头会开花，穿过夏天的木栅栏和冬天的风雪之后，你终会抵达。挣扎与压抑着的东西都燃烧着生命的激情——恣意汪洋或含蓄隐晦的深情。而气韵是灵魂，只有热血与思想的锋芒才能激活。

加缪在《西西弗斯的神话》中说过："没有一种命运是对人的惩罚。"人得在对生活的绝望里品尝出无尽的眷恋，这就是活着，以及精神上的重生。加缪还说："重要的不是治好病，而是带着病痛活着。""没有生存的痛苦，就不会热爱生活。"一如人生，没有痛不欲生的经历，就无从留下痕迹，更无从留下记忆，时间会把时间剿灭干净。

"人当生如蚁而美如神。"因为，我们无法决定自己的死，却可以决定自己生时的状态。生而为人最大的骄傲，并不来源于一个人拥有什么，而是取决于一个人去做什么。比如勇敢地去爱，大胆地朝着梦想出发，努力去走近愿望，试着握握不测意外或者难熬痛苦的制造者的手，跟它言和，甚至妥协为欢。在绝望中的不懈里，也注入快乐。

拯救自己的生命，一如拯救自己的灵魂。这才是真正意义的重生。"每一个不曾起舞的日子，都是对生命的辜负。"如同读书、写作，也是勇敢面对这个世界的方式，思考是，重生也是。有阴影的地方，必定有光。人的尺度与其说出自人的身体，不如说更多的是出自人的灵魂。

落在一个人一生中的雪，我们不能全部看见，外人更不可能全部看见。每个人都在自己的生命中孤独地过冬。谁会知道自己如何用一体之热把积雪融化，而又会有谁来与你一起铲雪？如同，谁能预知梦？而梦总是会突然醒的，就像一个气球碰到一点火星，啪，就炸碎了，一地残片，以及空虚，还有惊魂，还在疲惫。没有真实建立起来的东西，只有臆想和幻觉，那始终是一场飘忽无定的雾霾，无法形成真切的感觉，无法形成精神与真相的支撑。

所谓活着并不是单纯的呼吸、心脏跳动，也不是脑电波，而是在这个世界上留下痕迹。要能看见自己一路走来的脚印，并确认那些都是自己留下的印记，这才叫活着。

人活到最后，有趣比有用更有意义。美是回来做自己，知道生命应该用什么方式去活着，这才是大智慧。想活得美，就要懂得制造仪式感。仪式感对于生活的意义在于：它能唤醒我们对内心的尊重，因而去尊重生活。何为美？美就是找回人与人之间的感觉。生命的意义不在于忙着生死，而在于对生活的渴望与热情。如果你连自己的身体都照顾不好，那就别提远方，否则你只会身心疲惫。每个人，按照自己想要的样子，不断完善自己，那就是美。没有了健康与自信，你将是一朵萎谢的花。

世界是丑陋的，人自身也好不到哪里去。需要改变世界，也需要改变自身。人的处境对个人行为的影响远远超出我们的想象。如果一个人不知道他要驶向哪个码头，那么任何风都不会是顺风。激情就像火中的凤凰，当老的被焚化时，新的立刻在它的灰烬中产生。

不是每一次努力都有收获，但是，第一次收获都必须努力。这是一个不公平不可逆转的命题。所谓人生，不过是一回接一回的突袭和一次又一次的中箭。谁的生长不是经受生活的烟熏火燎与污泥浊水，最后变得尘垢满面，面目斑驳呢。重要的不是治愈，而是带着病痛活下去。一切特立独行的人格都意味着伟大。真正的救赎，并不是厮杀后的胜利，而是能在苦难之中找到生的力量和心的安宁。没有对生活绝望，就不会爱生活。在光亮中，世界始终是我们最初和最后的爱。

一个人知道自己为什么而活，就可以忍受任何一种生活。有些笑容背后是咬紧牙关的灵魂。

3. 蜕变

走出侧门，就是老城区里这座有百年史的柔济桥了。

它被光阴簇拥着，它被广州旧城区的气息笼罩着，它连通的这座教会医院，旧痕渺渺，尚有一两幢老建筑吧，如今是一座越来越多小生命出生的三甲医院。

桥下，荔枝湾的涌水轻盈地晃荡着，天光日影，仲夏的暑热已是云淡风轻了。

探头栏杆边，保洁的小船从眼前滑过，那划过空中的捞网，悬浮在视线中的水滴，恍似病床上输液瓶上的凝珠，静默中，堆积越来越多的茫然。而眼前，却是老城西关的小桥流水、绿径闲趣。

转身之向，便是无助与生机的普度，那桥就在边上。我定了定神，适应着这活泼的阳光，一切竟然有久违的错觉，一时竟有泪意。

生病，或者健康暂时睡着了，算不算是一种活着的错误，算不算是一次重新面对自己过往的反省：我们呵护过身体吗？我们呵护过灵魂吗？倾听过它的焦躁、无助，它的忍耐或者坚持吗？它只能通过自我伤害，而引起我们的注意，多么无奈而又克制的自重。可身体发肤是天地所赐，是父母所给予，我们重视过吗？

如果我们在人生中体验的每一次变异都让我们在生活中知晓得更多，那么，我们就真正地体验到了蜕变想让我们体验的东西。

我们能触摸的东西没有"永远"，健康没有，名利同样没有，一切都有定时，一切皆有尽时。也许，把手握紧想抓牢一点什么，可是，里面什么也没有。如若把手松开，或许你拥有得更多。对身体的关爱，才不会让灵性成为永久的孤魂。

幸而，一个尝试错误的人生，可能比无所事事的人生要来得有点自得来得有些意义。只是，自我控制才是最强者的本能。躯体总是以惹人无奈的方式告终，除思想以外，没有什么优美和有意思的东西留下来，因为思想就是生命。你的身体疼痛过吗？你会因身体的被伤害而无助而绝望过吗？

重生就是活转过来的轮回，走到尽头的绝路，无路可去了，还有点力气，那就往回走吧。路上忽然就出现了阳光。轮回多好啊，把几乎断裂的消失的东西又硬生生拽了回来。阳光多好啊，开心多好啊。

模糊的记忆中，我想起来了，曾经有过这样的时光，单车在沥青路面刹停，笼罩在春日的暖阳里，穿过叶片的阳光晃花了眼睛，那时的春天明亮通透，一路洒满单车的铃声。

那时从斜坡上放开把手，任由单车撒着欢飞冲下来，开心快乐之后的疼痛，是玻璃之城的破碎，还是天使之城的痛失？都是，又都不是。从此我不知道还有没有快乐的恩赐。

这是一种领悟吗？人的归宿就是健康与力量，一个人终究可以信赖的，不过是你自己，能够为你扬眉吐气的也是你自己，人要什么归宿呢？人要找回自己，自己就是最好的归宿。

很多的为什么，从身体一直蔓延到内心。诗人米沃什说过，爱意味着学会注视你自己。你关爱过自己吗，还是被世相扰乱了视线？

"也许人生就是由一段段等待拼成，只有秉持一颗平常心，忍耐着不让等待耗尽自己的心力。愿你像明天就会来那样期待，像永远不会来那样生活，世界上只有一种英雄主义，那就是看清生活的真相后依然热爱生活。"

即便你向空谷喊话，也要等一会儿，才会听见那绵长的回音。有时候，你要拿出耐心等等，不必急着要生活给予你所有的答案。这也许就是宿命："我寻求那得不到的东西，我得到我所没有寻求的东西。我想当一个人的时候，我就失去了我自己。在你什么也不想要的时候，一切如期而来。"

不是有条件才可以微笑，而是微笑之后才可以有条件，去追逐美好的自己，这样，才能活出明媚的人生。不知道是否天注定，没什么好遗憾、好骄傲的，只想诚恳地去活着。不过，一切无常之中，诚恳地去活着，能让你感到有信念、有意义地活着，大约就是你唯一的守常了。每个人都有自己的天注定，别听不见它的召唤。英国诗人莫伯格在《蝴蝶》里写道："所有云朵开出来的梦想，都值得风的不远千里；所有时间酝酿出来的希望，都值得未来在远方等待。"

确实，我不过是一书生，我不负是一书生。

两种时刻

随着这部关联着二战、关联着一个了不起的人物的电影，欧洲数次去来的种种经历，再次回到了眼前，浮现在眼前的思索里。

不远处，治污改造推平了的沿河栈道、护栏，变成了一处宽约10米的河岸，视野很是开阔，河水晨昏涨落着，汩汩滔滔，一刻不停地带走了时间，带走了岁月。而唯有记忆，带不走历史的印记，带不走所有值得致敬的注视。

在和平的日子里，什么才是非常时期？婚丧嫁娶，工作的拐点，还是内心的遮蔽与开敞？也许都是。而在战时，勇气、担当、坚持、慷慨仗义、视死如归等，当这些不无宏大的关乎着人生要义的问题考问着每一个人，无论是平民还是当政者，那么这个时刻，更该算得上是一个非常时刻了。了不起的丘吉尔给出了最好的示范，这部翻译得精准到位的电影《至暗时刻》给出了最好的答案。

英国人所向披靡的家国情怀，丘吉尔保持不屈不辱的愤怒，那种愤怒的狂傲与背水一战的坦荡，还有乔治六世那优雅背后无法遏止的怒火中烧，共同把一个兵临城下的至暗时刻，变成了历史上的非凡时刻，骄傲地检阅着后人所有的致敬。

是的，正是因为有了他们，才有了历史的接续，文化尊严的捍卫，家国完整的保护，正是在这种前赴后继的坚持中，刻下了不同时段中不同的历史印记。

柏林墙从建起到拆除，从1961年到1989年有近40年的分隔中。柏林墙后来还保留着一段作为纪念，我曾来到民主德国的柏林墙边的。拆除后的十多年来，这一带已经成为参观凭吊的一处风景，路上不同口音的行人熙熙攘攘，墙上遍布着花样百出的涂鸦，墙根边有吹拉弹唱的街头表演，似乎很难把眼前的光景叠印在二战一幕幕惨烈的记录上。和平的日子，已经让伤痛结成了痂，不用锐器是不会轻易流血的。

眼前的和平，几十年过去了，战争已在记忆的那一头，然而，依然跟战争有关，就像丘吉尔所大声疾呼的，和平不是谈判得来的，而是抗争。只有不放弃的坚守，和平才最终属于所有人。

我从柏林墙中间的一个缺口看过去，不过是一片寻常的荒地，民主德国与联邦德国，正在被竭力地抹平着很多的差异。然而回到那个时刻，那个二战的时刻，一墙之隔，却是完全不同的世界，那时被瓦分和剖开的是德国人的乡愁和家园。一种强权可以横冲直撞，可以肆无忌惮，可以被容忍、被交易、被收买，甚至被狐假虎威助纣为虐视为识时务时，灾难必然降临。

而此刻，却有一道闪电划破喑哑的欧洲，海峡对岸的丘吉尔在呼吁着，在怒吼着——坚守，决不放弃，决不——这个词的表达，在英文里不是一个名词或者动词，却是那么真实有力。为历史的尊严坚守，为民族的存亡坚守。是的，没有完美的成功，也注定没有绝望的失败，唯一存在的，就是坚持前行。这是丘吉尔说的，如醍醐灌顶，此时，我在思考与判断的至暗时刻，被一语唤醒。

离第一次踏上联邦德国，已经过去了十多年。那时我在出产名车的慕尼黑和斯图加特奔走，前者有名的宝马和后者的奔驰，还是国人竞奢攀富的标配，是有钱人的专属，虽说两座城市的出租车，都是用自产的宝马和奔驰。我在慕尼黑的广场，与四个笑容嫣然的女学生合影，我在步行街的名店与静谧的街角的教堂出入，香浓润滑的雪糕是那么可口，德国咸猎手与小麦啤酒的口味是那么让人垂涎。那是5月，冰雪后的阳光明丽又温暖，整洁的环境与悠闲的人们，是那么幸福又美满，我再怎么使劲，也不能让想象倒带回到战争的时刻，也嗅不出什么血腥的味道。

德国的汽车博物馆的奢华展示，让我目不暇接，瞠目结舌，一百多年前的德国制造，已经是那么登峰造极，那时国人家庭有车，还算是奢侈品，还不那么普及。我带回来一辆红色的奔驰车模型，那能打开升降的车门，让那时还小的儿子心花怒放。他捧着模型车让我拍照，照片上欢天喜地的样子此时又浮现在我的眼前。后来搬家时模型车送给了一位爱车的朋友，如今似乎有点怅然若失。

第二次在勃兰登堡广场上闲逛，距离上次去联邦德国的时间，又过去了好几年，如今相隔着忙乱的好几年回望，那一趟行走却是与二战的寻访有关。

从书本上认知的东柏林，与先前一墙之隔的西柏林，尽管都重回德国这个称谓的怀抱里，而眼前街景依然有着分明的不同。西边的建筑，从大理石饰面到规整的款式，尽显着老欧洲的气派，联邦德国的霸气和骄傲展示无遗。而东面的街道的模样，一走神就有点似曾相识的国内模样。建筑如同人的一副面孔，总是能显示出不同的城市治理与格调。走在东面的路上，走神时并不直觉自己已经身处欧洲这个老牌的大国。一切都得靠时间来抹平来重新储存。

一路上马不停蹄地到达德累斯顿，那在二战后重新复建的广场，歌剧院、博物馆、教堂、政府大楼环形布阵，还是一副轩昂的气派。而当年的河对岸所发生的那场鏖战，则是二战形势的一个分水岭。那年，我臆想代入着电影《拯救大兵瑞恩》的场景，神思恍惚地去到了波茨坦，面对着空无一人的、被废弃在郊野的谈判大楼，数幢建筑成了阵风与鸟雀穿梭的游乐场，当年的剑拔弩张成了一种似有若无的魅影。我走迷了路，找不到回停车场的路在哪儿。一场世界大战就这么被时间轰下了舞台，曲终人散，可只要你此刻凝视，就会感到一种生剐般的锥心的疼痛。

这种感觉一直伴随着我到了波兰的奥斯威辛集中营，以及数年后造访耶路撒冷时参观的以色列二战博物馆。

其时，从东柏林乘坐火车前往华沙，坐的是白天的慢班车，从西往东的方向走，而后来，从彼得堡再次去往那个悲情城市华沙，乘坐的则是夜间的火车，从东面往西走，感受全然不同。二战摧毁了那时的列宁格勒，复建的还是几近完美无缺的欧洲气派，冬宫一带的街景，仿佛从来就在岁月里休养生息，那场惨烈的激战似乎只发生在历史间游荡的记载里。那是冬天，寒意浸入的坚硬与欧洲格调的凛然，映衬着华沙的萧瑟，即使有钢琴天才肖邦的心脏归葬在政府大楼对过的教堂里，那种激情与狂放也只能在公园的肖邦塑像上，以及飘落在世界音乐上空的钢琴旋律里重温。我一直惊讶于俄国人是用什么样的欧洲情结，如此逼真地复活一座自己的城市，一如往昔的列宁格勒，看上去年深日久，毫发无损。我的思疑一直放不下，那是不被打垮的尊严，还是对城市容貌挚爱的一种坚守，确切地说，是对一座城市的历史文化的守望。我深信，这两者的因素肯定都有，一切的存在都不会无缘无故。

而从柏林到华沙乘坐的火车，是在夏日来临的5月，车窗外闪回的乡野，没有多少欧洲的味道，倒有更多亚洲的气息。老式的火车包厢里，对面坐的是一对来自福建、退休后要游遍世界的教师夫妇。他们硕大的行李箱里，装的是专程来柏林买的不锈钢精锅，几百马克的费用等同于两三千元的人民币，可算是非常奢侈的消费了。他们不停地说此行就是为了买德国造，人家生产的东西可以用到终老，完全等值。因为他们坚信德国制造，还撺掇我下一站一定要带上一个，趁还来得及，哪怕是带一把菜刀回去，德国人的钢铁是什么样的用料啊。

在他们感慨的时候，我却愣住了。我当时的反应不亚于此刻想起丘吉尔的说法，想起那部电影的画面，可当这把刀卡在脖子上时，没有尊严与主动权的对垒时，你还能相信什么呢？是技术，还是人性？是良知，还是信念？我不知道如何厘分这种差异，这种不是天堂就是地狱的差异，这种只有对错的不同，一旦面对，人还有更多的选择吗？和平还会降临吗？

我从抽屉里翻出当年所买的削刀、零碎细件的厨房用品，翻看着，突然被此刻的想法吓了一跳，一个如此优秀的民族，却有着这么骇人听闻的过往。直至我第二次前往波兰，去到奥斯威辛集中营的所在地走了一圈，在数年后面对着以色列的二战纪念馆，犹太人所遭遇的种种被剿灭，欧洲大地所遭受的涂炭，你依然无法相信，这也是德国所为。

此刻，我无法回避的追问是，比起对其技艺的坚信，对其文化丰厚的关注，那么人的良知、人性与担责，很多意识形态的底线，很多历史的真相，也值得深信不疑吗？还是欲望的膨胀，欲念的肆虐，所有的一切都会被击溃，都会被冲杀到一败涂地？

还是回到这部了不起的电影来吧。一如回到那年去侵华日军南京大屠杀遇难同胞纪念馆参观后的念头，一如不得不说到的那个美好的华裔作家张纯如，用灵魂与文字所留下的警示，唤醒要坚持的，坚守要坚守的，那都是为历史、为家国、为了向文化致敬。比起那些蛇鼠一窝的蝇营狗苟，比起那些追蝇逐臭的宵小之徒，我第一次感到蔑视的力量，也第一次领略到鄙视的痛快。

那是一种永不放弃的抗争，那是一种永不放弃的坚守。像丘吉尔大声吼出的，对那些叛变者、使坏者、跟风者、坠落者所吼出的那个名垂青史的词——

NEVER，决不！

　　没有什么是可以超然物外的，无论对世事的态度如何，无论身处何种方位，无论在哪儿，无论被何种文化所浸润，无论被什么样的才情学识所调配，对美好、对和平、对勇气、对尊严、对责任、对美好的向往与握持，无不相同。无论是个人还是家国，底线无不相同。

　　每次旅行都能激活我的想象与灵感，我像是从日常那条滞重的流水作业线上逃离出来，配置切换上另一副神经和体魄，平时不太健康的身体，似乎也能承受起足够的颠簸与折腾。我像重新接续了另一种呼吸、另一种情结，灵感与活力如同潜藏的精灵，带着我放飞身心，没有电脑，没有烦扰的人与事。我经常拿着一沓宾馆里的小纸片，把沿途身心触碰到的满溢而出的感受，用几个词，用几个句子，满怀冲动地记下来，那就是我一路奔走闪回的触动，更是我记忆的见证。

　　如同此时，我重回那年 8 月的英国之旅，行走在白金汉宫与唐宁街的街道上，跟随着不知道为什么游行欢呼的人流，丘吉尔的声音就这么穿越而来："一个投降妥协的民族从此就这么垮了下去，再没有脊梁挺直，而一个决不后退的国家，一个即使战败也要视死如归的国家，很快就会重新崛起，因为它有不灭的灵魂，有昂扬的信念。"是的，对于国家大业如此，对于微弱的个体，何尝不是如此。

　　被命运打击的所在，只会变得越发坚强，我相信。

信仰与救赎之路

1. 另一种力量

耶路撒冷的英文发音，唇舌间似乎充满了苍凉旷古的声响。用广州话读，沉缓、凝重；用普通话念，顿挫、廓远。耶路撒冷在希伯来语里意为遗产与和平，是复合双义的。

显然，它不仅是文明与文化的遗产，亦是和平的象征。果然是意味深长啊。

这不是一座以风景秀丽而著称的城市，顺着一片起伏的灰褐山峦，嶙峋的岩石与沙质的地貌，恍惚把人带往洪荒岁月，与另一侧加利利海一带的温润和绿意，形成了鲜明的对比。然而，这座城市的每一寸土地，都如此神奇，锡安山和圣殿山上密集的古老建筑，那圆顶橄榄山上的金碧辉煌的教堂塔尖，都在闪烁着圣灵、圣迹与圣事的魅力，以及魔力。

据说地理上，以色列所处的位置是世界疆域的中心，在版图的中点里，连接着欧洲、非洲和亚洲。而在宗教方面，则更是神乎其神，是犹太教、基督教和伊斯兰教的教徒趋之若鹜的去处。全世界的信徒，以一生能做一次的抵达为荣耀，以能够亲身朝拜此地的教堂为一生信奉的大恩赐。据说，全世界有三分之一的人向往这里。

是什么样的力量，或者说是什么样的因果，在撬动着这所有的一切？我的到达，如同是翻掀书本追踪索源的一场探问。

无论是从飞机上俯瞰地貌，还是透过汽车上一路卷起的风尘眺望，我确实是惊呆了。这是被造物遗弃或忽略的地方吗？还是直接摒弃俗世烟火，而用形而上的信奉直接拥揽入怀的去处？黄土，沙尘，沙碛石的丘陵，方方正正的小房子，散落在公路的两侧，疑似时光倒流，回到二十世纪六七十年代的西北。

没有葱郁的植被及树木，没有丰沛的河流，那被称作受洗圣河的约旦河，也就是在沟垄里隐现着的一脉细流。荒芜与灰褐的地貌，据说是离天堂最近的地方，各自找到了与自己灵魂交接的真主，或是先知，或是被称作耶稣的上帝的抚慰和庇护，全世界三分之一的信徒的精神接收，来自这片山丘里所诞生的信仰所辐射着、支配着的光芒与福泽。是的，这里是犹太教、基督教和伊斯兰教的故乡、源头、圣地与圣城，它承载的重量已经让这片不长草木的沙漠腹地，充满了尘世无法摆脱的沉重。沉重到全世界的关注，都有可能因它的任何动静而失去平衡，而发生倾斜。要么尘土飞扬，要么圣灵穿梭往返。人活在其中，一头连接着信奉的空间，宽阔无边，主宰支配着灵与肉；一头连接着需要滴灌才能催生的绿意，才能支撑起生存过日的零碎需索。

那么，以我一个普通人的理解，信仰是一种什么力量呢？是可以超越凡俗的，是可以独步星辰的，是更持久、更深沉、更基本的依持吗？

还是，信仰就是一种原乡的胎记，它给族群里的人们烙上一个精神的印记；或者，信仰是摆脱寻常生活束缚的一把云梯，可以把人普度到平生中无法抵达也是渴望触及的他方？这些不过是文学性的表达，跟别的判断与认定也许没有更多的关系。

然而，一切源此而生。

无论三大宗教，无论彼此不被兼容的教义教理，无论来路与归途，都互不容纳，却又挤挨在这片狭小的空间里，由此，让现世的生活成了密不透风的一座城。这座城里充斥着数之不尽的圣灵、圣迹，几乎无一不被新旧经典记载过、描述过。走在耶路撒冷的城区里，尤其是被称作耶稣受难时的那条苦路，每一条街巷，每一处拐角，以及遍布城区的大大小小的教堂，各式各样不同教派的教堂，让一个不是信徒的游人，状如一种无处归附的飘浮物。我迷糊得头重脚轻，随着每一种解说的身临其境，却有点不知自己身在何处。

似乎信仰与精神求索的满溢，已经取代了更多眼前真实的面对，而成为存在的一种理由。

时间在耶路撒冷是静止的，也是凝固的，它被详尽史书上的描述，以及不曾怎么变化过的存在，指认着一切的真相、一切的可能或者已经发生了的过往。老城的格局与千年前的模样大同小异，老城上发生的故事与经典记载的似曾相识，不同的仅仅是，老了的岁月，换了的人间，还有其中的凡人，一代走远了，一代又走来了。

还有，此处的一切争斗与战火也源此而生。那些刀光剑影不说也罢，仇恨、纷争、成见、死结等，从来都是与欲望、与索求、与抢夺、与欺凌、与生灵涂炭联系在一起的，越在时间中缠绕，就越成一团乱麻。

比如落在一个民族、一个家国头顶上的大雪，似乎是可以寒风砭骨的。如同落在一个人一生中的雪，就置身广州这南方城市而言，只能说是披覆下来的阴寒，是凝固在骨头里的疼痛，是并不为外人所知的一种颤抖。当一个人人生中的至暗时刻，或者民族中的漫漫长夜，很少会在光天白日里袒露，也许从此就会成为永远封存的秘密。时间也许会把寒冷凝固在冬天里，而人们只关注春风拂面的时刻，只关注百花盛开的所谓好季节、好时运。

幸而此时，有着暂时的安稳。很多人却不愿探访以色列，大概是担心这里的战火，害怕身陷纷争时无处躲避，所谓的安全、危险之类，都是和平年代敏感的字眼，我倒是想亲眼看看，亲身体验一下，这些不同信仰的民族，这些信徒，他们如何存在。

熬过漫漫长夜，是幸存者的必由之路，也是所有灵魂焦虑者所向往的救赎。

所以我在非常时期还是如期来到，还是渴望亲身经历，修行是怎样"嚼着玻璃凝视深渊"？被赦免是如何循着信念的光亮，走过黑暗的隧道，走到开阔地带？

我两次去到波兰，就是为了寻一个机会到奥斯威辛走一趟。二战时期犹太人的噩梦之地，应该击醒历史的虚无感。如同南京的大屠杀遇难同胞纪念馆，进出之间，就更加真切地知道，中国的崛起与国人的尊严，都是用时间、生命、抗争及强大换取的，家国如是，个人如是。

丘吉尔的名言就是这么直白："既然必须穿过地狱，那就走下去。"

身临其境，我尝试用代入感去体验眼前的一切。如同滴灌能带来沙漠的绿洲，在延伸的灰褐里有着不为人知的草地，如同不远处的加利利湖，与湖岸的绿意生机。

你有勇气与信仰吗？你能挺住最后的，或者最难的煎熬吗？你是选择熬不下去，还是选择熬出头的那一刻？选择至暗时刻过去的黎明，那么鹿死谁手，就真的要较较劲了！既然命运不饶我，幸而我还能还手！

你让我罢休，或者毁灭，我偏不！我不能辜负命运对我的救赎，时光赋予我的使命，文化交给我的力量。一个国家的存亡，与一个人的遭际起伏，估计也是大同小异的。个人史不过是社会史的缩影，或者是一种证词。

一生都屏着一口气，数代人都握紧了拳头，决不放弃，决不妥协，那就是对命运的抗争！这就是犹太人的风骨吗？他们以少胜多，他们聪明绝顶，他们把捍卫自己的文化、守护自己民族的文明视同命脉，他们由此变得不一样，一个人数不多的民族，却有勇气与自信对抗挤压过来的铁幕？我不知道这是不是真相，或者有更多别的阐解与说法。

也许不该用"风骨"这个词，这显得太隆重和有所偏侧了，那就用心气吧，比较片面一些，也比较决绝一些，永远不服输，要挨，要等，要抗争。不抗争的话就会滑坠，无底的深渊其实一直狞笑着看着你，看着你怎样行差踏错，怎样手足无措，怎样自动放弃主动投降。

我所试图使用的代入法，能读懂犹太人这百年的行径与潜台词吗？也许仅仅是我理解时的臆想，真相难以为普通人所知。反正是，以色列存在着，犹太人总是以其民族的独特不让外人小觑。其中就有着众多的奥秘了。

如果就一面而言，这个民族单纯从精神上，确实值得敬畏，屡挫屡败，屡败屡战，直到在鲜血淋漓中挺立长啸，绝不低头！用一种踏实、坚韧、勇敢、持守的姿态，面向所有的对手，迎接所有的挑战。

对他们来说，黑暗不是瘟疫，不是没顶之灾，而是动力，是冲锋的前奏。

光明只有照临黑暗之上，光明只有驱逐黑暗，才是真正的明亮，才是真正的力量。因为你还在抵抗，还在坚守，还在守候，这才是真正的生死之决。

在遥远的广州，在没有到达这片土地之前，我无数次地想象着。

及至此刻，我转身在旧城里，沿着苦路走上一圈，似乎连呼吸都急促起来，空气里全是宗教的气息，一个非信徒能理解与领悟多少呢？

我终于明白一点，人是自己神的缔造者，人是自己历史的撰写者，人更是人生的开创与终结者。信仰是那么伟大地盘踞在头顶上，而人又是那么神奇地支配与追随着这一切。

也许，就是因为这样，不同的人，所有的人，各式各样的人生，才因此而踏实，才因此有被救赎的可能，才因此有摆脱一切羁绊而网开一面的机会，赢回自己该有的人生。

托付给亲情是温暖的，托付给爱是幸福的，那么把肉身托付给一种信奉，该是感恩而膜拜的吧。

那个来自青海的小伙子小韩，要在这个离真主最近的地方，修行他的学问，背他的《古兰经》，执意立愿成为一个偏远的乡下放牧者家族里的一个了不起的信者，一个未来诞生的阿訇。他兼职做着导游，满怀热情地向到达者演说着，他把他的普通日子，托付给对自己民族信仰的激情和热爱。他说他完成这一趟工作后，就要收拾起心情，专心致志背他第一阶段要背的《古兰经》了，从音韵、音准、腔调、频率，都要准确无误，更不用说经文的烂熟于心了。

我和他对坐在长长的餐桌上，他吃得很少，只两块馕饼，没有在自助餐台上拿任何的荤素。我看了看我的碟子，因为肠胃头痛诸多原因，我又吐又泻又晕的，可路上需要体能，最基本的碳水化合物得补充，所以我得要求自己硬塞点什么进肚里。小韩却说，不能多吃肉，不想变得大腹便便，一个思考者、一个智者，应该有一副清爽利落、玉树临风的身板，懂得节制，才能懂得掌控。

我看了几眼这个眼前还在约旦上着大学的二十出头的年轻人，虽说早婚了，可毕竟还是一个大男孩，跟我儿子差不了几岁，而信仰，似乎让他比同龄人早熟，外观也似乎更为沉稳，因为他知道自己的方向在哪儿，目标是什么。难怪他的介绍与表达，都流淌着思考的智慧，让人对他的自信满是祝福，在不同氛围下长大的人是多么不一样啊。小韩讲起了他青海的奶奶，如何拼力要去麦加朝圣，如何带着一大袋的土豆当作路上的补给，为了饮食上的规矩，如何苦苦修行。他讲起了他的爷爷，一个老信徒老牧人对他的影响，对他的期待，更要紧的是，他对自己的期许。

我默默地听着，想象着他用了将近半年的等待，把一群小羊羔每天放养着，每天往山地的草坡走去，每天看着通往远方的路发呆，焦虑、煎熬、耐心却又无助，才把签证等来的经历，很有触动，一个能在年轻时就把信仰树为人生坐标的男孩，他肯定能走到他所向往的朝圣之路上去。

是否唯有远方，人才能彻底地成为自己，能自由地保全精气神，而又可以无所顾忌地保持激情？所以不远万里，小韩来到这里求学，忍受着种种不适，坚持要把学问修行做得好一点，再好一点。

灰扑扑的环境让他黝黑的面庞异常生动。

我突然明白这个三教同存的地方，为什么吸引着那么多的人关注。

2. 另一种道路

走过他们的信仰之路，是旅行，也是一种体验，在短暂的去来中身临其境。

旅行的另一种意味，就是进行文化经历的跨越。在他乡，在别人文化的语境里，在不同的氛围下，去感应不同文化的独特。

如同在坝上的旷野里曾经有过的经历：当远处的篝火生起来时，天色就成了一幅巨大的待风干的画，要么雾岚弥散，要么朗日风爽，都不再是无法企及的事情。

眼前，当那些嗡嗡嗡嗡的声浪，像一直往外推涌的波浪，一直往不可知的远方和云天开阔处漫延开去的时候，梦与祈祷就在那伸手可触的地方吧。

信徒用吟诵去刻画时间的概念，愿美好的、心仪的"明天"降落在充满希望的他乡，而信徒则一直在路上。

"明天"是个多么美好的时刻，似乎如雨后的空气如晴天的星辰，似乎充盈着独立的幻想，又似乎稍纵即逝。

这是我在不同教派的教堂里，悄悄地偎靠在某个角落时，而触发的一些感慨。

这些在祷告的场所进出时，动静表情大同小异的信徒，他们内心里都有一个舵，都托付给信奉的舵手了，岁月则是祈祷时在手中划动的桨。在餐厅，在商场，在停车场的某处，他们会随时拿出一张毯子，下跪，做他们每天修行允诺的功课。或是停住脚步，转身，向他们的神灵，低头合十，行默默的祷告。

都说内心的天地是很大的，和哪个固定的经纬度并没有直接的关系，但肯定是阳光明媚，和风习习，连灵魂里的细胞都可以复苏，随着皮肤一起呼吸、舒展。

幸而期盼从不欺瞒，总是跟你如影随形，一直伴着你往前走、往前走，走向远方，每天的领受不一样，就是这么连贯起渺小而不失尊严的一段段生命历程。

他们祷告，他们诵读，只是为了让那些滑过舌尖的经文，连同心灵一起抵达想要靠近的远方。

我想起法国那个叫阿伯·沙蒙的诗人有句诗："当你悲观的时候，请看一眼玫瑰。"

那么是否，当你无助的时候，或者当你的精神没有港湾可归栖的时候，就需要信奉点什么，或者要抓住施以援手的什么？

沉重而细碎的时间，被分成了几段。也许，在他们的眼里，"未来并不在远方，就在当下，就在此时此刻"。

命运对你再残酷，也不要在能反抗的年纪里选择妥协。

人的地位要受到尊重，要恢复人的尊严，信念是影响很大的东西，信念一定限制你的所想所为，这种存在让我们得以观照自身。从此，在一个看似狭窄的地块里，过着一种开阔的，拨开云雾见阳光的日子，让繁重的劳作、寡淡的日子、无趣的环境，变得可以忍受下去，可以淡然处之，可以漠视忘怀。念想与向往，已足以把人的神思带往远方。

所以，这个民族，就是这样在灾难与悲伤频发的命运里，在并不宽松的空间里，拥抱最宽阔的世界，向往最强势的生活。

我自作主张地阐解着所谓的领悟，他们如果要保持自身的独立性，自由的纯粹性，就必定要不迎合，必定要承受多种压迫的艰苦的代价。

坚持的，沉默的，持续的，对几个时代产生着深度影响的，是他们的文化，是他们民族自强的信念，更是他们的信仰。

在信仰与救赎面前，什么多元化的空间，多样性的便利，都变得可有可无。原来人是可以这样自足而奉献地度过一生，坚持而无悔地度过一代人又一代人的一生，前赴后继。

我们似乎是来自不同环境氛围的人，似乎没什么可能归列于信仰的队伍里，有的只是信奉，可这并不意味着我们就是一个无神论者。作为一个俗世之人的信奉，可以把它称作"道义""良知"之类，也可以称为理念或者底线、伦理或者戒律，可以借此相信什么、抵御什么、禁忌什么，以及坚守什么。就是依靠这些，去悲悯或者领悟这个世界，去守护或者宽恕这个世界，这个自己正在度过的人生的场域。

所以，这个特别的去处，远方的魅力，信仰的魅力，不仅是传奇，更是历史，还有文化，它提供了一个版本，怎样绝地而生、向死而生，怎样振兴、如何复兴，怎样让有限的生命更有意义，不仅是家国的，也是个体的，是每个人的灵与肉，对生命的交付，对人生的交代。这种文化的了不起就在这里，其决绝与极致也在这里，进一步，星光熠熠；退一步，也许就寒光凛凛。

一如耶路撒冷的地标，那圣殿山上金光闪闪的寺庙的圆顶，无论天晴还是下雨，闪耀的光泽，都是君临天下的。

确实，不管如何，泰戈尔说得好，天空没有留下翅膀的痕迹，但鸟已经飞过。如果只能活一次的生命可以如此壮阔，一生亦是永恒。这是信徒抵达此地的心迹写照。

我在耶路撒冷的体会，无疑在注解着这种收获。

人的尊严怎样才不会显得那么微不足道？城市在创造着历史，历史冷漠吗？做什么样的民族，与做什么样的人同理，不仅是一个个体人的文化的整体表现，也是社会性的呈现，个人的选择改变的不仅是个体的人生，更是社会的命运。知道是谁决定个人的命运，做什么样的人决定社会的命运。因此，一个民族的取向，就意味着一段历史的轨迹了。

在那些高山仰止的传奇里，所有的到访者都不过是个背影，而且分辨不清谁是谁，你还是我，如同我们的感悟。但是，来过两字，也许足矣！

这就是不同意味的另一种出发，向传奇的他乡出发，向悲情的领地出发。

一路观感，如同又一场追问：

——身体的被践踏与灵魂的被虐待，是同样的伤痛，甚至是同等的酷烈。

——那么，兼容也许不只是被驱逐的原因，也是被驱逐带来的后果。

——人是为明天活着的吗？

——一个文明的灭绝是比一个人的死亡更不自觉的。

对于传说中，一个拥枪而眠、持枪而立的国度，光这么表述，已经是足够刺激的了。

过边境的场地非常简陋，不过是有个关卡，而约旦这边的景观，与以色列的动静还是分明有别的。幸而，持枪的是容貌悦目的帅哥，以及美女，像拍电影的切换镜头。

在伯利恒，在提比利亚，士兵的身影并不多见。只有在巴勒斯坦的围城里，街巷式的马路塞车了，走路似乎更快。在拐向教堂的那个路口，我提出跟持枪的大兵合影时，他高兴得不去指挥塞住了的交通，让这一切等一等吧，合影再说。我惊讶得只能微笑。我的神经松弛下来。

他们的应变能力比我们强多了。

无数次的灾难，无数次的深渊，都把在这里生活的人们激活得独一无二，越发强悍。

信仰及信仰的力量是什么？

有时是强大的，有时是充满了斗志的，有时是可以拯救灵魂的，有时是可以重组一个民族的精神支柱的。

在这里，在历史的字里行间，会充分感应到那种柔韧的力量，持信的力量，可以抗衡任何的掳掠与侵蚀。

"愿你在打击里，记起你的珍贵，抵抗恶意；愿你在迷茫里，坚信你的珍贵，爱你所爱，行你所行，听从你心，无问西东。"这段诗行，竟然如此贴合此处的感受。果真是无处不在的点化。城里城外的景观，就是为活着做出证明，为复活找出理由。哪怕没有任何胜利可言，坚持，就意味着一切，里尔克是这么说的。可当汽车驶入城区，经过一条条街道，这座城市竟然是这么规整和美好，无法联想到创伤或者战争的痕迹。

不远处的加利利湖，湖光山色之魅，水草丰润之美。岁末年关的清晨，下着小雨，鹅卵石遍布湖边的海滩，经书记载，这里是耶稣复活的地方。天空灰沉，浓云低垂，耶稣那沮丧的弟子彼德，终于被感召了。

而那条被圣贤祈福过的鱼，则成了我们此行难得一尝的美食。烤熟的金黄色的彼德鱼摆放在餐碟上，足有一尺长，抹上食盐，鲜甜细嫩，几天来靠几块馕饼充饥的肠胃，真切地感受到什么是感官的被恩赐与被祝福。怪不得信徒在餐前都要行祷告的仪式，虽说身体发肤为父母所赐，而没有天地滋养，我们凡夫俗子，何以成形，何以为人，何以延续生命？我对着美好的鱼呆坐了一会儿，感到了从没有过的满足。

信仰是这么简单，又是这么神圣，它不仅是一种精神的追随，还涵盖着生活日常的方方面面。身临其中，我还是感到不可思议，这确实很震撼，因为它超出了我们的生长史惯常的秩序，他们失去与获得的一切，都不是常态。他们的卑微是因不见容，他们的强大是活出自己的价值与分量。

历史无从言说，而尊严是要自证的，是要以命相抵的，是要拿出数倍于常人的力量，告诉轻蔑者：你从来没有消失，你不需要认同，你就在着，并且顶天立地，对人类，对这个世道的进程史，做出这个民族独一无二的证明。

难怪耶路撒冷连空气都弥漫着宗教的气息。

3. 前路漫漫还是殊途同归

想象的巨蜂在这片褐色的土地上起舞，我试图跟上它的速度——这是信仰的风暴？往昔还是现在？在这片人类共处的苍穹下，这里发生的一切，是魔法还是奇迹？是常态还是孤例？是神祇的显灵还是信仰的召唤？

我神思的云游经常接续不到日程的行走。

这片神奇的土地是够波折的了，还是它足够超凡，成为人类催生的一个不可转换的样品，跟生活水乳交融的信仰，跟典籍进出无界的日常，有时分不清，这是历史的延续，还是传奇在继续上演。走在老城那石板路的街巷，看着两旁挤挤挨挨的店铺所出售的日常所需，那面包是被祝祷过的吗？那器皿是被施洗过的吗？这种感觉像是在电影镜头里进出，又像是在时光的穿梭机里流连。

似乎有着某种暗示，年降雨量只有二十天左右的这片中东地区，在旧年新年交替的这个时段里，竟然下起了雨，还一下就下足了两天。

风一个劲地吹动着每月每季积攒下来的干燥，雨时而细碎缠绵，时而气势凛然地下着，那情境恍如十多小时飞行的出发地广州，或者热带台风光临的海边，温差大变，境观大变。

滴灌浇注的绿意，开始在城区的街道上温润起来，有不多的树木，也有不多的草块，有穿着时尚的成年人，也有传统规整装束的犹太人，礼帽黑氅还有络腮胡子，据说这是不能更易的装扮。更多的是寒风冷雨中穿着校服的学生，上班，上学，去到哪个国家哪座城市的早晨街景，不过都是大同小异的营生。

到达戈兰高地的盘山公路，冷热气流的交替，浓雾啸聚，又如一场盛大的狂奔，扑面而来，霎时风雨交加，人与车被雨雾交缠着，走在山路上，奔跑的雨雾与人碰撞着呼啸远去。那些战壕、废弃的枪炮和纸板人像，都在告诉来人，这里有过惨烈的战争，尽管此刻什么也看不见，看不见高地下开阔的谷地，如何生死博弈，如何血流成河，也看不见鸟雀在已经披上绿衣的坡地上喞啾起舞，山谷的另一边，是另一种信仰的烟火人家。

我的脑海里浮现出这段话："如果爱是一场修行，我就是那个遁入空门的僧，你的怀抱就是神秘安静的庙宇，你的心跳就是我咏诵的佛经。"这种描述跟我此时的状况有关联吗？我的求解与追问有一点答案吗？

浓雾冷雨让我把羽绒衣和外罩的风衣掩得紧紧的，缩着肩膀低着头急行，想赶到远处那间来时路过的咖啡屋里，想驱走骤然而至的冰寒。此刻，我领悟不到更多。

脚步跌跌撞撞的，一路上断断续续地想着这首诗："耳朵听见你说亲爱的/说时间因为流逝而变得芬芳/说花儿都疯了它们一直一直开/开到忘记了枯萎/说衰老的马匹说失踪的记忆/从来不曾放过任何人/说暗夜里的一盏灯也会幻想自己/是一只自由的萤火虫/说秩序与刀/说我就是梦见了你/说那些在夜里仍然生长着的青草/隔着很多年你还能闻到它们/神秘的清香/说温柔的魔法/说长河落日金戈铁马/说一滴泪/从你眺望我的眼/跌落到我的梦境/为什么需要/整整一个世纪/那么漫长。"

说这些有什么用呢？宗教与信仰能阻止杀戮，能换取和平吗？为什么会有党同伐异之争，为什么会有水火不容之斗？道不同不相谋也就罢了，可也要见个你死我活吗？那博大慈悲普照和普度灾劫苦难的神在哪儿？幸而，耶稣受难死去三天，就复活了，人类有的是时间等待。

确实，时间真的非常漫长，比整整一个世纪还要漫长，所以，我的到达与领悟似乎只能不着边际，略得皮毛。

贫瘠与荒芜催生的渴求，信仰就是这么如期而至的。是荒漠的甘泉，救赎那渴水的众生，告诉他们，在虚幻的前方，还有海市蜃楼，还有因为阳光折射而带来的憧憬。

于是，这片沙漠里，信仰的索求与开掘就此起彼伏着。

这片神奇的土地，也是悲情的土地，人只能卑微地与自造或臆想的先知、神，或者上帝相处着，逼仄地退缩在信仰的边缘，仰视他们，借仰视之光来抵御风沙侵蚀，抵御各种困顿与绝望、抵御战争或者争斗，抵御死亡及丧失。

此生的一线之望，既然不能通过改变世界来企及，那就去追随和寻找自己的圣灵吧。

忘我，如同忘尘；无我，如同无尘，尘世的一切不过是一种假托，假托一种圣灵与圣谕之手来安排、来承受、来修行及搭救。

这条曲折穿梭于旧城的闻名于世的苦路，耶稣受难的苦路，竟然有十四站之多，遍布街巷的这里那里，这座悲情的城市，真是处处哀歌。那么多的圣迹与故事，无非告诉到访者，现世不过是一个躯壳，所有的历练早已发生过了，检阅此处的种种故事，就是验证生命的脆弱与信仰的强悍，每个人不过是某种版本的轮回。《旧约》《新约》的故事，《圣经》里的故事不仅是故事，而且是永恒的经典，逾越不了，逃避不了，也忽略不了。

真的有点冷，在这座城市勾留的天气，寒意越重。橄榄山上的风与雨，赤褐色的建筑，灰蒙蒙的天色，能悲郁得滴出眼泪。

我像旁边那个身影俏丽的小女孩那样，端站在名震世界的哭墙前，视线越不过这10米多的大花岗岩石砌就的哭墙，它的上端就是赫赫有名的万国神殿，还有那座金碧辉煌的庙宇，还有周边的教堂，把三大教派拥揽入内，身前身后看到听到的是不同的布道，不同的经文。我确实有点累了，我只看着身边这个长得非常娇俏可爱的小女孩，看她正在全心一致地诵读着手中翻开的书本上的经文，后面有一排的书柜，放着各式各样的经书，谁都可以拿出来，翻开其中的一页来表达此时的感受。

我把头靠在墙上，我也有点想哭。突然觉得，走那么远的路，一路上上吐下泻的身体不适，就是为了来到这处名胜，可以肆无忌惮地哭上一回吗？为很多的触动，为很多积攒下来的感受？可能也不必为什么，怜悯自己吗？还是怜悯生而为人的不易与悲苦？

我不知道。我不是个信徒，唯有信奉生命赐予的一切。

果然身边就传来了压抑的哭声。

一个犹太人女士，把一张祷告的小纸片塞在了墙隙边，她侧着头，任由很大的滴滴眼泪，滴在地上、衣襟上。我不忍再看，我已经抑制不住泪水在眼眶打转。此情此景，谁能不感怀身世，感叹时光飞逝啊。

巨大的大理石缝隙，有一两缕青草，它们像是感应的使者，在这堵高达10米的石墙上，让那些偎依过它们的身体，那些偎依过它们的灵魂，在这个灰扑硬刮的世界，还能看到真实的绿意，还有希望。竟然有一两只冒雨而来的鸽子，停靠在石墙上。是和平鸽吗？应该是吧。

我也把一张写下祈祷语的小纸片，折叠成牙签状，轻轻地按进哭墙的石缝边。一份祝福就这样托付给这片奇特的地方了。

就像壮硕的脸上总带着微笑的导游小赵，就是因为好奇而被这里的文化吸引来，从东北南下到广东的东莞求学，又远赴这里去积攒他的人生经验。他亲切地喊我"小姨"，在中英文与犹太文的交替中，抚摸着三教合一的这个地方的前世今生。他一年没回家了，他漂泊到这里，可还是会回到自己文化的根系所在的地方。他理解地拍拍我的肩膀。是的，文化的力量就是这么绵长而又持久，强大而又无孔不入，谁都不得不被触动、感染。

气温陡然下降，寒冷的雨霰流星一般地划过脸颊，我紧了紧衣帽，可来祈祷与参观的人依旧络绎不绝。

跟着人流，进出圣殿教堂，万国教堂，走过圣灵圣迹受难的、复活的、出生的、升天的所有指认出来的地方，一切恍在身旁，一切早已过去了千百年。什么是真实？什么是虚幻？记忆与历史，历史与现实，都融合在一起，我们是谁？是此刻抵达的过客，一个领悟者，一个途经者，然后，我们返回我们该回去的地方，一切也许从此就不一样了。

不由得好奇，这个地方的所谓动荡、争斗是为了表明自己更接近神或者真理？还是争斗只是一种生命力的裸露，在结束前的抛掷与较劲？没有谁给我答案。也罢。

这些年足迹所及处，都是中东一带，沙漠中的生命与存在，也是有绿洲的。信仰大行其道，日子是不重要的，时间只是信奉过程的一个刻度，这样就该是争斗最好的平衡杠杆吧。

一年的雨似乎都集中在这几天下。

可离去时的阳光灿烂与蓝天白云，真让人忘记了此地悲情的身世。在一个居民区里吃到那么多天最可口的烤饼和意粉，还有酸辣酱。有好几天，一杯开水，两块撕咬不动的烙饼，就打发了我的饥肠辘辘。

外面的咖啡店与情侣，外面那种安稳的人生，阳光正好，日子在诗意和安稳地流淌着，有些欧洲的风韵了。我的心情变得好起来，竟然不想离开这个总被外人误以为战乱纷飞的地方。

我在餐后温暖的阳光下,坐在街边的椅子上晒太阳,发呆。

是啊,人生最大的无奈,是不能选择自己的时代。不辜负这个时代,就是看到那个时代的苦难,直面那个时代的苦难,并且有所承担。信息里国人都在纷纷地转发因电影而诱发出来的清华精神史:"爱你所爱,行你所行,听从你心,无问西东。"

可人大多不是被环境或者外力所击倒的,而是被自己内心的坍塌所压垮的。那么就承受这种历练吧,一次次沉入谷底,一遍遍饱尝疼痛,一回又一回地抵抗着无助与痛苦的折腾,然后,再慢慢地站起来,重新站起来,不会认输,亦不会放弃。

傍晚时分,当车重新驶回耶路撒冷的新城区,大雨过后的天际,跑马般地狂奔着夕阳的玫瑰红彩霞,盛放着一朵朵的火烧云,大自然把最美的风景展示在眼前,给了我们告别这座丰富的城市前最好的视觉抚慰。

伏在车窗上,看晚霞慢慢地变成了墨彩,天空成了一幅大写意的泼墨,气势磅礴的手笔,终于远在他乡,跟中式的故乡情感接上轨了,这才是我们一下子就被吸引的东西,情感的密码轻易就能打开,这就是文化的力量。

果真是雨过天晴,大雨及跳水般的降温后,离开耶路撒冷的早上,阳光普照,天空盈蓝欲滴,一缕缕的白云,以曼妙的舞姿装点着蓝得晃眼的天幕。这晴朗的天气,给参观二战纪念馆的黯淡心情,涂上了一点亮色,一如纪念馆所设计的富于现代感的创意,在压抑单调的直角斜线的展区转出,是来自天幕的日光天色,屋顶留着天窗采纳天光。

去过二战大屠杀的几个纪念馆,中国的南京,波兰的奥斯威辛,还有以色列的犹太人纪念馆,境遇竟是如此不同。

以色列已经将记忆变成一种血性了,要讨伐什么?要让过往偿还什么?

这成了个不再逃难的民族,是屡战屡胜的民族,那么谁该承受他们的豪勇呢?谁都是无辜的后辈人,谁都是历史与记忆的过来人。谁有责任与义务背负更多时间的包袱,那么沉重,又那么不可摆脱。

走出纪念馆,门外阳光朗照,新城的布局开阔明丽,以色列果真是个有生气有活力的国家。穿过很气派的过街天桥到对面的大商场逛,专门去喝了一杯地道的咖啡。这些开得全世界到处都是的购物消费中心,大同小异,而远在千里之外的天河城太古汇，比起这里还要时尚奢华。慢慢地啜着咖啡，慢慢地打发着时间，我有点走神，产生幻觉，这些天走过的地方，这些天被三大宗教的所见所闻所思所想一路追剿的经历，跟眼前的一切有关联吗？跟时尚的消费有关系吗？

这个地方，还是有着河流与绿意，还是有着非常温润美好的风景的。

加利利湖，耶稣显灵的海滩，船上的白鸽，开船的以色列人的友好，专门播放的中文歌，梦中的橄榄树，或是此橄榄而非彼橄榄，橄榄山上的留痕，是刻录的经文，我们歌中所唱的橄榄，却是梦境的托付。文化把趣味与感受分出了不一样的差异。

但至少，耶路撒冷的去来撞击过内心，在思考的深洞里留下过印记，关于宗教的认知，犹如一块石头砸进水里，有否亲临，那领受是完全不一样的，身在其中的感受，会感应到那荡漾开来的涟漪，经久不散。

有没有信仰的人生，截然不同。

有没有宗教皈依的人生，会导引不同的走向。

灵与肉，都在路上，让所有的人，去到该去的地方。各安其式，各得其所。土地与天空，用所有的宽容和宽恕，接纳着苍生。我们有幸身在其中，活在其中。

命运对所有人说："你无法抵御风暴。"而有信仰的人则会低声回应："我就是风暴。"

耶路撒冷之行，让我收获多多，我不再需要知道，这是梦想还是答案。这里有血色魅影的传说与实录，也有值得坚定注视的景观。

新旧年交替的此时，我来过，我到达，权当是个人精神史上的实地体验，也是一种现场的激活吧。在飞机上长途飞行的昏厥与吸氧，在一路上的呕吐与不适中，身体的煎熬代替着精神的磨砺，这也算是一种修行的仪式吧。

在橄榄山上，迎着骤然而起的冷风冷雨，我夹紧着双臂御寒，是的，身体的与精神的锤炼，都是多么不容易的承受啊。假如没有意志，没有信念，人还能一路地走下去吗？自我取暖，一直走上归途。

此行，是多么不一样的灵魂之旅。触目的风景与人文碰撞，比之明媚秀丽的山川湖泊，更让人难以忘怀。因为这一切，我在乎，我领受。

那片巴尔干半岛的江湖

1. 天高地阔

无边的山峦和无尽的白云，在眼前舒展、移动、变幻，车与人成了一粒追风的尘土，沿着公路碾开的方向，往无边无际的远方卷动而去，不停歇的呼呼扑来的风，发出巨大的也是唯一的声响，是天地迎面而来的招呼。我的呼吸与思绪随风起舞。

所有的遇见都会沉淀在生命里，沉淀在思考的底色里，因为天地在这里，高山湖泊在这里，我来过了，一而再地来过，所经历的一切，填充着我的贫瘠和空洞。

那些真正体验过的人，是这么示范的，用生命去行走，用生命去感悟，他们留下的感悟，是可以把光凝聚给文字的。而这些有光的文字，可以照亮自己，也可以温暖有缘相遇的人。

远方行走，向来是又一次伏地而生的旅程。

白天与黑夜的转换，天空与山峦的转换，此刻都在大地上漫游。长长的旅途，只有天地悬挂在前方，内心却存放不下什么，哪里有如归感，兴许哪里便有生命的生长。

精神力量足以消弭地理空间上的陌生感，使人在任何地方都能找到似曾相识的存在感。所谓的"如归"，就是身体和心灵都悠游自在，毫不疏离。

有了追索和思悟，世界上的每一个地方或更多抵达的地方，都能成为熟悉的和可以安居的所在，那么托付也就无处不在，处处可家了。这里所指的更多是精神层面的相知与相适。

静心，或就有一净土，放下了，或就是另一种得到，少言或心里就有了一片海。这就是大爱，没有别的愿望，就是为了尽可能地成全自己。浮生，往来做客，亦往来如寄。

"读万卷书，行万里路。"另一种说法，就是无数的远方，无数的人，都和我们的关注与体验有关吧。

这一切都需要动能，需要勇气与毅力。生活是严峻的，自然是严峻的，然而，两者都可以生成勇气和快乐，作为抵抗硬度的一种平衡。此刻有谁在世上的某处走，无缘无故地在世上走，就能走向自己精神的生长和心灵的开阔。你永远无法理解，为了对远方发生兴趣，保持热情，我们做了多大的努力。纪德的话我深有同感，深以为然，他说道："你真能只需要自身汁液的滋养，只需要月亮和召唤，就能挺立地生长。"

"有多少人的意识苏醒过来，便有多少个世界。"普鲁斯特换了一种说法。

有时候，远方唤起的渴望，并非引向陌生之地，而是一种回家的召唤。本雅明的表白是另一种领悟。

热爱阅读与行走，重新体会丰富与复杂，人生毕竟不是游戏，阅读不是谁的消遣，行走也不是流浪的出走。差异在于爱与生长。爱与生长之于常人，不光是肌肤相亲，不光是一蔬一饭，这是一种不死的欲望，是疲惫生活的英雄梦想。

"什么是爱？其实很简单。凡是提高、充实、丰富我们生活的东西就是爱。通向一切高度和深度的东西就是爱。爱就像运输工具那样毫无问题。成问题的只是驾驭、乘客和公路。"卡夫卡如是说。

我们这代人的爱也很简单，"读万卷书，行万里路"成了我们从小就在心里镌刻的诺言，从小就树立的向往和梦想。大半辈子的求学生涯加职场人生，都在努力去企及这样一种爱的兑现。去遇见更大的世界，去了解更丰富的人生，拥抱世界，也静候世界以各种方式向我涌来。一个人对世界的爱和向往，是精神状态里一些最本质的基因，只要有生长的空间，就不会丢失。然后，就是一次次的出发，一次次的看见。这些偶遇塑造了我，让我知觉自己的见短识浅，随时可能滑入的褊狭，也印证着，那种躁动不安的焦灼，恰是不断前行、不断修正自我的动力之源。

渴望的旅行和思考，就是在不同的他乡和场景中，找到万事万物与自己的某种关联。一个人的人生，大多是被不同时段的社会环境和个人处境所塑造，而不同的经历则带来不同的领悟与生长。旅行可以对更多的生存模式，更多的自然生态产生认识，产生身临其中的观感，这是不可多得的独特体验。所以，旅行不是生活的点缀，而是人生的一种寄托，是对更广大的世界产生认知的开始，去更远的他乡看看，让旅行更新一个更丰富的内在世界。

2. 巴尔干半岛

第一个进入的国家是希腊。于我是第二次走进希腊，第一次地中海的雅典和圣托尼尼岛，历史与人文的快速补课，我们对世界所知不多，真正自由的灵魂是注定用心读取前人的精神成果、用脚丈量更广大的土地山川。

面朝大海的希腊的塞萨洛尼基，不算是一座有名的城市，然而，这座并不喧嚣热闹的城市有历史，有历史上熠熠发光的哲思者。

希腊文明的象征在哪儿？就是一处处残缺的城墙吗？或是神殿的断垣破壁吗？都是，也不全是。前者是一种肯定性的象征，这是存在过的物证；后者则是喻指超越时代的无边无际的，对全人类的精神性的影响，甚至是导向。

因为骨骼的问题，十多个小时的飞行后，我的双腿不停地抽筋。甫一下接驳的旅游车，就下起了欲断难休的小雨。我瘸着腿一跛一拐地走了半天，就是想去看看这块校碑——亚里士多德大学，这是象征还是荣耀？

古希腊文明的光芒时至今日，依然耀眼。从求学阶段就开始解读，几十年过去，所得也仅是皮毛，如同我注视着被雨水浇湿的、校门口那尊不大的亚里士多德塑像，轮廓并不清晰。

这片东欧次大陆的巴尔干山脉，所环绕的巴尔干半岛，曾经很近，后来则远，中间隔着一大段模糊的盲区。各种因素的作用，让这片区域从我们的眼前消失。

第二个进入的国家是保加利亚。

此行要去的是世界非遗里拉修道院，也是该国最大的修道院。正值冬去春来的3月，是梨花开放的季节，路边的风景除了偶有点缀，视线所及却是山野荒寒，似乎冬天还不肯轻易离去，山野里寒气逼人。山峦起伏中的里拉修道院,在大山中的修道院,比其轩昂气派体量恢宏更让人触目的是孤寂,只闪过一两个黑衣僧人的背影。那荒寒如同修道院中间的大院子里,从堆垒起来的雪堆中渗透出来的寒气。

在这样的场景里,修炼什么呢?想必也是尘世零落,没什么让人可以偎依的温暖。那么信仰会是救命的挪亚方舟吗?我相信每一种追逐自有其感召力。

整个大巴尔干半岛曾是五十年前的一个弹药库,战争不断,我这次串游的九个国家,给人的印象都像是来追忆过往的战火。

山顶上的大特尔诺沃城堡,则是历史上的一场争夺战的见证,虽有坚固的堡垒,还是逃不过坚强不屈之后的妥协。似乎战争的游戏规则,都是从抵抗到屈从,从勇敢到无奈,其实也是平凡人生的过程与结局的一种写照。

让我印象更为黯淡的是,前往首都索非亚的途中,几个年龄不等的女小偷,趁我在洗手间洗手的一瞬间,偷走了我的大钱包。看来这个流年不利的国家,不保护游客的钱包。我只好振作精神,走进该城的亚历山大涅夫斯基教堂,听一个牧首和三个信徒的晚祷及合唱,仪式,分明的声部唱颂。然后在广场上发呆时,看着下班走过的牧首,晚霞中的身影,宗教在庇护心灵吗?我失窃的心情似乎没多少缓解,我舔了舔干裂的嘴唇,连买雪糕的钱都没有了。

幸亏,接下来进入的第三个国家,给了我一些缓解。

那是因为在马其顿,那里有侍奉信念与建立信念的永恒象征——特蕾莎,世界闻名的修女天使,她的出生地和纪念屋都在此地。

我爬上那处上百级、角度几乎陡立的梯级,去看她修行的所在。转身小心翼翼地挪动双脚走下楼梯,去绕着她的纪念屋走一圈,一天前被盗的不快慢慢退去,特蕾莎的故事让人触动。心怀天下的圣人般的奇人也是凡俗肉身,却有着上帝亲吻过的精神世界,奉献与付出也是不同民族所赞颂的美德。

这片土地的国家都有特别的时代烙印,成败都出自四种成因:历史、宗教、民族、战争。马其顿的文化图层更特别,有古罗马的东西时期,有奥斯曼时期,有红色十月的铁托时期,还有如今各国各自为政的独立时期。它们有让人崇拜的历史,却没有创造新的历史。

街景有的地方气派,有的地方落寞。马其顿的气势,就是在城中的大兴土木上,想必要重建昔日的阵势,广场上的雕塑都是高大轩昂的。我抬头看广场中央恍是建在云端里的王者亚历山大那硕大的雕像,东张西望旁边几百年不老的石桥，不禁疑惑起来，谁也不知道的未来其实已来。

另一座马其顿的城市奥赫里德，被称为巴尔干的耶路撒冷，整个湖区再度让我的感知恍惚起来。空蒙迷幻的湖光山色，天地呵护的圣约翰教堂，据说这是一个修行圣地。我在暖洋洋的阳光下发着呆，天地祥和，阳光正好，湖水闪烁着金子一般的光斑，确实不虚此行。修行，其实修的是天人合一吧。

第四个进入的国家是小时候非常熟悉，近半个世纪再度陌生的阿尔巴尼亚。

此行的目的就是看一看这个童年挂在嘴边与传播中的国家，莫名的缘分，也是莫名的失落。散漫的时光，如同散漫的斯库台湖的风景，河道杂树生花，景色消瘦枯黄，河面开阔，一切安宁静谧，恍如世界从来和平，战争的硝烟早被遗忘吹落。

坐在河边喝一杯意大利的咖啡，再加一杯冰泉一般的果酒，感觉从来没有这么放松。时光慢下来，河水缓缓流淌，却不沉淀历史。这片土地与年少时的我们、我们的国家，有那么多千丝万缕的关系，如今都在岁月的流逝中云淡风轻。这个曾经是年少的记忆中最友好的国家，那记忆中的少年也长成中老年了，隔着大段的岁月，阿尔巴尼亚带给我们这代人的印象，如今都成了不无隔膜的传奇。岁月神偷，有什么黏滞不动的呢？

幸亏有机会过来游逛一下，身临其境感受一下，这些当年社会主义体制的国家和阵营的消失。历史的重新选择，其实都是家国命运，也许跟作为旁观者的我们的认知不一定有更多的关联。一如傍晚去到的城市中心，那个球形的硕大的斯坎德培广场，有图书馆、剧场、政府大楼，生活在如常地流淌着。

第五个进入的国家是黑山。

在密集的邻国中横亘的黑山，算是一个袖珍国，仅有的印象便是科托尔老城，石头房子与坚固的城墙，当年的城堡与如今游艇遍布的港湾，战争离这儿是远还是近？谁也说不清，反正作为峡湾地区，这里是欧洲人度假的天堂，先把日子过好了再说，没有比这更有生存的理由了。

所以，在老城铺满鹅卵石的迷宫一般的小路中闲逛着，气息沉落下来，不知今夕何夕。安稳的日子大同小异，除了战争的飓风会将这一切吹刮得无影无踪。

第六个进入的国家是亚德里亚海的明珠克罗地亚。

克罗地亚的杜布罗夫尼克，美得气派、繁华、不老而又精巧，宜古宜今，精美的总是永恒的，一如太阳照在苍古的城墙、城堡上，大理石的路面一如往昔的光泽，城墙下面是亚德里亚海轻柔的海浪在拍打着，对面正是海域里伸出的靴子意大利，所以此处还是属于内海。在我们抓紧时间沿着城墙走一圈的时候，时光仿佛静止。古时候的人有没有想过把这座美丽的石头城留给现在？

走在大理石铺就的街巷上，像是走在从前的场景里，人生在流逝着，而历史却静止不动，停在原地等着我们。

一如这座多少个世纪的遗传、克罗地亚的海边城市斯普利特，里面的古罗马皇城，据说是铁托时期的南斯拉夫联盟发现的，14—16世纪的原木梁柱、石柱的块件，中世纪的基督、拜占庭风格的建筑，布满了这座城市。

城墙外就是海水，椰树的林荫道游人如鲫，海边的咖啡长廊，海风与椰树与游艇与老城与名店街，风情疑似隔海相望的威尼斯？坐在咖啡廊下吃着标配的雪糕，看着海边的游艇和街上的游人，历史的风烟全化作挤挨着，沿着城墙、沿着海边排列开去的商铺。也许岁月静好，就是最好的时间表情。

后来，我们从塞尔维亚又转回了克罗地亚。

克罗地亚的首都萨格勒布算是世界上独一无二的地方，政府机构所在地的进出得坐缆车，或者沿着车道盘旋，上去的上城，是惯有的政治中心的气息。跳舞唱歌的下城广场，则是市民的生活空间，咖啡文化、慢生活，总在提醒来人，这虽是东欧国家，可也是欧洲的文化。

我走出那座有名的哥特式圣马可教堂，走到对面广场的文艺气息很浓的小店铺里，邂逅了两条美丽的小丝巾，物价的便宜让我惊讶。只可惜这是一条出现了又消失的丝巾，回到广州就被阳光的风吹得无影无踪了。

普利特维策的国家十六湖国家公园，被我们称作克式九寨沟。冰寒的水景湖景，梨花开放的季节，安宁静谧的天地无语的大自然，行走的愉悦，两只狗的主人的宠物之爱，坐着游船在梦幻的湖上走一圈，感受别有洞天。与自然毗邻而居的人生，果真是最美好的人生，大自然自有治愈人的魔力，所以我们要不断地重返，为了续缘，也为了重生或者再生。

第七个进入的国家是波黑，也是小时候留下印象的几部电影永远重叠的城市，那就是波黑的首都萨拉热窝。

必去的地方是穆族（波黑）与塞族（塞尔维亚）的战争中，那座见证岁月的莫斯塔尔的拉丁老石桥，两边的房子弹孔密布，而有卖艺者做桥上跳水的表演，据说桥面离水面有十多米距离，这桥也是引发第一次世界大战的萨拉热窝事件发生地。紧接着去弓着腰参观战争中用来运输物资的"希望隧道"，让人的感受大起大落，战争远去了吗？战争所为何来所为何去呢？一般人只是局外人，却又是首当其冲的承受者，一如那句名言："你凝望深渊，深渊也在回望你。"

战争的飓风，文化的潮汐，使得萨拉热窝的巴西查尔西亚老城，呈现出多元和驳杂的格调，一条老街，上街是阿拉伯风格，下街是奥匈帝国的风格，貌似互有对冲，却又和平相处。三次战争，这里依旧繁华。时间永远要向生活倾斜。

第八个进入的国家是塞尔维亚。

正值周末，首都贝尔格莱德颇为热闹，街上游逛休闲的人很多。让我惊讶的是那座气派的崭新的地下圣华沙教堂。这座下沉式的教堂，据说是世界上迄今为止最大的东正教教堂，其奢华别具一格。让人困扰的是，这些相邻的国家，各有各的信奉，各有各的执念。所谓文化化人，不同的取向，自然有不同的氛围。政治、宗教、战争，诸如此类的问题，在这些国家里，竟然跟生活都掺和在一起了。

这座城市如同流经此处的萨瓦河与多瑙河畔的交汇，文化也呈现东西文化的交汇，更是此行见过的最古老又人多的城市。共和广场的步行街那众多的游人不逊国内，落日黄昏的胜利柱是所有人都要去看看的标志。谁是最后的赢家？生活能说了算吗？

第九个进入的国家，也是此行最后的看见，那就是斯洛文尼亚。

首都卢布尔雅那的精巧让人惊讶，名店街与巧克力店铺，宝格丽专卖店的召唤，与瑞士品牌的格调，光是进出的规矩，一个隐秘，一个张扬，都在一条老街的方圆之地。

不远处的布莱德湖的清幽，湖心岛的教堂让人神往，在天地的安宁之所修行，想必真是此生的造化吧。

天气又变，下起了小雨。带着这种静谧美好湿润的感觉，便是雨云一般聚散归去的我们。不太遥远的巴尔干半岛，为了领悟与指认的去来，时间与地点的魔棒，指向我们，我们就出发，然后归去。

3. 波希米亚花瓶

同是东欧，让我联想起的却是不太一样格调的捷克，更为艺术的波希米亚花瓶及布拉格的记忆。对波希米亚的身世及此类风格的饰物，我有一种特别的好奇。是因其古老，还是因其时尚？

原来，有所领悟，以及有所发现的领略，都是一种邂逅，蓦然相碰，电光石火的烛照中，幡然而醒，惊喜莫名，如同神示的刹那。

如同去远方是为了什么，就是期盼着来自视目心灵这种全然彻底的触碰啊！

原以为布拉格已在时间之河里匆匆地流淌而过了。十多年前不得要领的到达，不知所谓的观看，并没在脑海里烙下什么更深刻的印记，还不如波希米亚这个名字，在文学艺术的阅读与翻看里，所留下的划痕。

对2008年夏天的到来，我似乎是有点手足无措的，对于大教堂，对于西欧艺术在这个东欧地带的翻版复刻，并没有过多的心得，倒是记住那个长着可爱的雀斑的小孕妇本地导游，她那逗人的普通话，仍然有迹可辨，或者是博古架上的那个四棱面的波希米亚风情的烛台，春夏秋冬的四幅美人图的画风，偶尔碰撞的眼光，都在提醒我，我在那座魅惑的城市游走过，我在众多的文字图片里认知过。

是的，卡夫卡式的阴郁、清冷、落寞，还有诡异，都在街巷的角角落落里弥漫着。

而另一面，则是穆夏拓印上去的，他跟布拉格的关联度，可能比帕慕克与伊斯坦布尔的重叠性还要来得强烈，来得猝不及防，他的华丽、迷幻、奢靡、梦想、欲望、斑斓等，所有能涌动出来的这一类的文字都可以堆叠上去，一直从东欧蔓延过来，又往周边流泻开去。怎么这样子的感觉我似曾相识？

也是在那一年的年初，大雪封住中原及岭南很多道路的雪灾的2008年，我去过日本，我在几座城市奔走过，却仅写下轻飘简略的文字，如同布拉格，我伸出手，却不知道如何握住这座陌生却又似乎熟悉的城市。

一座城与一个人的关系，一种艺术气韵、艺术格调与一座城市的气息、氛围的关系，永远是前世今生命定的一个谜，一种诱惑和吸引。

我不太了解穆夏这个画家，可又好像太熟悉他的画风，似乎与我曾经抵达行走过的地方有着一种气质上的渊源。因为与 G 的这篇文章的碰撞，我从那年在东欧数个国家一路狂奔，被夏日暴晒的疲惫里突然苏醒，重新让穆夏的线条、色彩，还有画风、品质，涂抹在回望布拉格的认知里。就是他，把梦幻中的波希米亚复活后，留在了布拉格，转身，又把这种闪耀的碎片，撒在了我们的近邻日本土地上，让日本的中国建筑与穆夏的绮丽放纵，有了一种奇异的叠合，既是亚式的，又是欧式的。如同大陆漂移，让艺术的世风无国界地流窜着。

这是认同、共鸣，也是爱的一种吗？爱只有通过记忆才能起作用，才能跟你产生连接。记忆是爱与你之间的桥梁。在已知的城市里，去表现那些隐藏的力量和秘密。

记忆与身份的关系，在某种程度上，记忆可以说是让你成为你的东西。每个人都是被经验造就的，身份的认同感建立在记忆之上。除了个人，对社会来说也是如此。如果整个社会能够共享关于过去的、丰富多彩的记忆，这个社会的未来才可能是充满生机的，充满创造力的。因此，对个人和社会来说，记忆都是建立认同感的前提。

所以，我向往行走，向往他乡，如此的经历，会把乏味的人生变得生趣盎然，也会把单调的日子往远方越拉越长。

唯独我们知晓的远方

——从西藏到落基山脉

1. 永恒与时间的谜语

从一个半球到另一个半球,从一个十年跨越到另一个二十年,两个方位的极地,两种不同的地貌,却牵动着同一种敬畏,对自然的敬畏,对自然的神往。

我在十年前那个夏秋,在地球相隔万里的两个板块,分别又做了另一种寻访。

二十年前我自行进出西藏,二十年后我再次造访。

十年前我伴随几个老人做北美之旅的落基山脉行,十年后我带着儿子再做一次旧地重访,同样的落基山脉进出,却是不一样的收获。

不再相同的时间,也不再有相近的心境。一切物是人非,一切恍如隔世。

回不去的时间,也回不去的感受。

幸而,我们依然相拥着不一样的感应,依然在不可轻易企及的自然跟前充满了满足与欣慰感。幸亏我来过,幸亏我来了。始终没有遗憾,始终有着惊喜的领悟与发现。那个战地记者李·米勒说过:"我从未浪费过生命,哪怕一分钟。如果可以再活一次,我希望自己更加自由,无论思想、身体,还是感受。"

人在最短的时间里把最长的距离抛在身后,却以最短的距离把万事万物置于眼前,比如关于信仰与一种生活方式,一片地域的风土人情与自然的关系,一种赶赴与一种救赎,一种向往与一种陶醉,这就是最大的收获,于我的梦想而言，该是此生无憾事。

乔布斯总是在鼓动人们，去做你想做的事情，留下一个你认为重要且永久的痕迹，那么生命就没有虚度。

每个人在生活中都会不时听到召唤，远方总会有一个神秘的所在，鼓动起你内心的共鸣，吸引着你，等待着你，让你听到内心的声音，听到那种绵延不绝的召唤。然而很多时候，我们却缺少一个任性的冲动，缺少一个强烈的按捺不住的立即上路的理由。

在梦想展开的旅程，原来，无穷的远方，无数的人都是与己相关的。我们所向往的大自然的心态，就是廓然大公，物来顺应。

所以，我时时听见体内有一只从不停止的时钟，发出嘀嗒嘀嗒的声响，催促着人交出自己的承诺。

如若我再不来，落基山脉或者青藏高原，还会一年接一年地继续下雪，却不会留下我欢喜的笑容和放飞的灵魂。安娜·申切斯卡的诗句恰恰表达了我的念想："仅仅是生活的瞬间/却希望它成为生活的结论/仅仅是在离去/却期待它懂得世界的本质/爱的夜晚如此有野心。"

2015年广州的仲夏时节，落基山脉却已经是深秋了，只等一场雨，就将所有绿色的树叶变成彩色的斑斓。8月的温哥华已是雨寒交织。

8月的落基山脉，万木在寒冬的门口滞留着，沉默不语。

在灰蒙蒙中上路，将近十年前的10月中旬，那场铺天盖地的冬雪来临前的明亮，与最后的热烈的挽歌，却被一种凝滞的灰蒙蒙笼罩着。据说远处的边界，西雅图发生了森林大火，浓烟蔓延开来，把明净的天空、把树木的深黛都遮盖了起来。

我神不守舍地看着已经高我近一个头的儿子，眼神全是遗憾，我们好不容易凑在一起的同游，为什么的弥补留下伏笔呢？

线路几近是我将近十年前走过的行程，竟然也是时过境迁了。冰原的雪线在往后退，退到高坡之后。滑雪场是夏天的景致，覆盖着草皮，缆车晃荡着上上下下地运转。

而餐厅人满为患，几近是中国旅客的爆满，不复十年前冬眠前的宁静，那时只一台车，只有飞鸟与荒野无人的寂静。

国家公园也建成了全球一体化的步行街。峡谷里的瀑布还在，而小艇却多了起来，都翻盖着，无声地告别旅游旺季，天毕竟寒了，我已经是一身的冬装羽绒。

天空栈道是新修的，拍007大片的好去处吧，而群山回唱，似乎只有气派，而无关风景。奇特的是，世界上果真会有另一个与自己同时辰出生的他，我在番禺买音响的时候，调试安装的经理恰恰如此，让我惊愕不已。而儿子竟然在旅途上，与车上隔邻的同去落基山脉的小男孩同月同日同属相生，却差了一个年轮。世界之大，确实是无奇不有啊。

我在落基山脉做第二次深呼吸。想起很多时光，往日的时光，那刻的时光，难忘的时光，美好的时光。

回到温哥华，满脑子还是大山大岭的叠印，而在那个闻名遐迩的宝翠花园，恍有森林的声音。那真是一次让人回味的游逛。

天没有亮，六点多仍是大雨滂沱，来接我们的导游是个信徒，说话中掺杂着无数感恩的词语。果不其然，下车时雨就停了，在凉亭里逍遥地享受着让我馋迷的大号雪糕，有异于十年前的放松与舒展，也许是儿子的美好，也许是岁月露出静好的模样，让我收拾年过半百的心情，走近它，而不是不停地加速、上路、出发。

导游说这里的树木能奏乐，因为花园是由一个采石场改造而成的，地势起伏不一，密集的树木与繁茂的花朵，有风吹来，果然有交响乐的效果，也有缤纷摇曳的悦目。

只有充满爱意的听觉，才会如此灵醒，也才会有这样的福气。导游是个信徒，是一个老华侨，所以她的解说充盈着宗教的虔敬与诗意，平常的东西一经她演绎，加上身体语言的表达，立时就充满了吉祥的意味。

从维多利亚岛返程的渡轮上，大雨倾盆，而雨歇的刹那，彩虹出现，雨霰簇拥。这是否也是好运的恩赐。

我在理清时间与记忆的问题。唯有意识到自己在加快衰老时，才发现时间的存在。尽管如此，时间与时间之中的记忆并不完全等同。记忆有如地表之下暗藏的骚动岩浆，一旦释放，力度与热度必定令时间的地表迸裂，而眼前的宁静也就此终结。

所有的远方，唯独我们知晓的远方，都如一个灿烂的春季，沉在夜里，宁静而无声。我们只去感受时序的轮替，不去感受人间认定的年轮，也许就可以去领受那些意想不到的奇迹。"真正重要的东西，就算推动自己珍贵的生命，也要用双手保护到底。"这就是大自然让我们带回家的启迪？

很喜欢奥地利女作家耶利内克在《魂断阿尔卑斯山》里的一段话："我们一直用我们睁开的双眼眺望，只寻找自己。生长，并成为森林。"

为此，我收集了很多美好忧伤的诗句，不仅为了疗愈内心，也为了让思考多点诗意——

下雨的原野多么孤独／如果脚没受伤，我要走得更远。

走进盲人的世界／思念这个世界／假如我思念你。

如果看见衣袖垂落／原来还活着！还活着！

夜深了，道路像蚕一样醒来／为了我们，在很远的地方醒来。……别着急，慢慢走吧／我们什么事都不要随便后悔／生命没那么崇高／当然生命也不卑贱。

人生在世，岁月也不是庞然大物／对谁来说都最渺小。

我走进来路不明的广阔的白桦盆地／仿佛有人推着后背让我快走，我转身／没有人，只有白桦林面对着看惯雪花的远山／若无其事地赤裸着身体／让世界坦坦荡荡，原来只有冬天的树木不会堕落／悲伤不会撒谎，谁能不为生活落泪／自古以来，我们的女人就是眼泪，自我安慰的眼泪／白桦林自由自在，却与前来寻访的我融为一体／不是每个人都能前来，却又似曾来过／白桦林很美／仿佛和每个无法到来的人同在。

我由无数的他者构成／不要哭。

灵魂选择自己的伴侣／然后，把门紧闭。

泛舟在伊甸园——啊，海！／但愿我能，今夜，泊在——／你的水域。

如果记住就是忘却／如果忘却就是记住／如果我不曾见过太阳／我本可以容忍黑暗／如果我不曾见过太阳／然而阳光已使我的荒凉／成为更新的荒凉。

你可以拥有我的黑色外套，太阳／但是请为我留下生存的力量。

生命中曾经拥有的所有灿烂／终究需要用寂寞来偿还。

消失的光阴散在风里／想不起再面对。

不相信会绝望/不感觉到踌躇/在美梦里竞争/每日拼命进取。

唉，这些美好的诗句，与我的感应有知遇之缘的诗句，让人眼泪盈眶，心存温柔。只有真正的文学能赋予自身无限的张力，能让触碰的双手向无边无际延伸。是的，与其凋零，不如从容燃烧。照看着自己孱弱的、磕磕碰碰的肉身或灵魂，仿佛风中的蜡烛一样随时会被风吹熄了似的。在不被侵扰的空间里，幻想宁静。万物有灵，争取有缘相认。起点之前，终点之后，让灵与肉一齐归来。

那些唯有我们知晓的远方，永远年轻，永远守候，只有时间流淌，或者我们的心始终不老。

2. 重返与在场

不忘初心，方得始终。

20世纪90年代的出发，关于西藏，是我第一次灵魂的放飞，也是第一次行走高原。

二十年后的穿越与回归，停留与出发，旧貌新颜，似曾相识。愿万里归来，内心膨胀的情怀，仍属少年。像一条湍急的河流，不断前行，不断流淌，永远记住出发的目标，用真挚的坦诚回击阴暗。

我是那消磨了光阴与归途的人吗？除了霜发，雨水，钟表里的往事，再无其他可以积攒吗？然而，我一手捧的是风景，一手捧的是感悟，一年又一年，这不就是路上的恩赐吗？

那一刻，突然很想，我仍然走在充满好奇的路上。眼界，为自己打开广阔的视野。愿灵魂是天空蓝色的衣裳，愿心境是白色的云朵。勇敢地选择，生命的给予，尽管知道旅程与结局，我依然拥抱它，并且享受它的每一个瞬间，不反抗那命定的未来。

无法预知未来，只知道把握眼前，也是多么幸运的一件事。但凡杀不死你的，最终都会使你更强大，试着活得生猛一点。

当你的目光锁定远方的那一刻，你就知道它们会给你的生命带来深远的影响。任何事情的发生都是有原因的，没有事情是偶然出现或运气使然。疾病、伤痛、爱情、与成功失之交臂，以及彻彻底底的糊涂犯错，这些都是你对精神极限的考验。你所遇到的影响你生命的人，你所经历的成功与失败，都有助于塑造和成就你的人生。

这就是生命的故事。

成年人的心房里，需要一些童年遗留的幻想来对抗日复一日的无聊和反复。不知道多少人心里还住着英雄和侠义，也不知道多少人希望可以在长大以后看见刀光剑影的江湖。生活成就了数不清的苦乐悲喜，从往昔、今生和来世慢慢走来，我们的生活如此繁杂纷纭，哪里还需要伪装、需要雕饰。

夏洛蒂·勃朗特在《简·爱》中写道："我渴望自己具有超越那极限的视力，以便使我的目光抵达繁华的世界，抵达那些我曾有所闻，却从未目睹过的生机勃勃的城镇和地区。

"我们的罪过将会随我们的身体一起消失，只留下精神的火花。这就是我从来不想报复，从来不认为生活不公平的原因。我平静生活，等待末日的降临。

"假如你避免不了，就得去忍受，不能忍受生活中注定要忍受的事情，就是软弱和愚蠢的表现。"

出发，就是发现旅途中的每一处孤岛，每一个自己。也许真正存在的东西，就是人的意识中赖以呼吸以至陶醉的东西，这就是自己的灵魂。

因为岁月雕琢的复杂感，魅力与永恒便一点点地堆积起来，沉潜下去，厚重与沧桑的分量就是这么来的。

"我把远方的远归还草原"，我也把远方的远归还给西藏，以及落基山脉。

相比于朝圣般的前往的过程，到达与否不再艰辛。

唯独众神呵护的远方，唯独我们向往的远方，不需要尘世平庸的加冕，只需要心念所系，前往，一而再地到达，前往。人类如此渺小、脆弱，而美如此伟大、不朽。唯独远方，永恒召唤。

没有成就的精彩是无意义的，但也许，对于一个向往者，没有精彩的经历则是无聊的。生活不只有烦杂琐碎，远方总是历久弥新的。

记忆帮助我重新抵达，重回那空旷的辽阔与澄澈的寂静里，那就是西藏，或者就是落基山脉，那是唯独寻觅知晓的远方。

再次到达的布达拉宫，终于到达的后藏的扎什伦布寺，10月的阳光依然燥烈，倾泻到我的身体内外，我在阳光下恍惚，我在强烈的光线下迷幻、发呆。

3. 所有的美好，都是恰逢其时

从广州出发，向远方逃亡。所有的时光都是被辜负被浪费后，才能从记忆里将某一段拎出，拍拍上面沉积的灰尘，感叹它是最好的时光。

也许人来到这个世界都有一种使命感，关于生命和情感都有自己的归宿，于是就一定会有放弃，即使不舍。生命只是一个过程，最大限度地遵从自己的内心也是一种活法。

每个时代都有一种隐痛。"我们像穿越雷区的孩子一样单纯而危险。在艺术与梦里，你应该狂放不羁地继续前行；在生命里，你应该公正而不为人知地活着。"

"你若咬定了人只活一次，便更没有随波逐流的理由。"帕蒂·史密斯的话铿锵有力，绝无退路。

如同我，知道总有一天会重来西藏，所以可以忍受不时病病歪歪的身体状态。城市的伤口，是光进入内心的地方，光的来源是遥远的他乡。我在寻找的远方，也许一直在等着我的到来，就像二十年前的等候。西藏天生就适合仰视，天生就适合选择放飞自我的灵魂。无论走远还是走近，都是我的希望。我来了，我来过，除了震撼，我比二十年前得到了更多。

人的内心原来是敞开着的，如同敞开着的土地、阳光、雨露及风雪，接受一切的降临，接受一切能抵达的事物，让它们渗透进来，如同那些经幡的祈祷，在风中传递的信念，如同那些与土地接触的叩拜，被土地无声地接纳。一切只需要经由内心而发散开去，总有什么地方，让这些东西找到归宿。

菲茨杰拉德说过，这世上有成千上万种爱，但从没有一种爱可以重来。世上没有任何美丽是不包含刺痛的，没有刺痛就不让人感觉它正在消逝。有些欲望的满足，连接着另一个更大的沟壑，要么麻木，要么堕落。而求知欲则不同，它永远都会吸引我，同时又使我久久地快乐。在自然身上，在有过永远难忘的地方，重新发现，然后歌颂它，然后安慰自己，毕竟还有这么好的去处，毕竟还有这样忘情的寄存。

一个人的乔木、荆棘、青草和花香，正视一切的柔弱，才有内心历练过的坚定，为了长成一棵大树，就得先把根深深地扎进土里，在黑暗里匍匐着探进、一点点地伸展。我只希望、祈祷，心不要再粗糙下去、荒芜下去，而是充盈着天地万物经历体验的领悟与感动。

哪里有捷径，可以抵达精神领域？用疼痛换取灵感，甚至是乞求这种灵感的来临。救赎是对自身能力的绝望，从而遁入虚妄。既是虚妄，又有何用？确实无用，但有意义，"意义"与"用"是不同的两种价值取向，"意义"是宗教层面的，宗教呈现"善"的方式，就是让"恶"抵达极致。只有使"恶"坐实，意义才呈现，救赎才启动。只有"恶"才能救赎。

我每一次呼吸都是一种挣扎。我再次收集美妙的诗句，让自己深呼吸——

现在，任何言辞都变得微不足道/任何伤害都不能让我再一次受伤/我需要更多的安眠和水草来放松/我无比悲凉的情绪。

我从来就没有设想过/一起到达彼岸的那个幸福的瞬间/我的眼睛，盈不下一粒爱情的泪水/所以，我得用金子锻造意志/——以一个女人和母亲的名义/学会生活和隐忍。

现在，你肯定不知道/你的出现，已经使我昼夜难眠/你说，你是候鸟，我就是时间/在时间里飞翔，一切发生过的/都难以冰释前嫌。

外在的风景，其实是你自己的心情。用一颗脱俗的心在平凡中氤氲出不平凡。有时候想，只要努力张望，或许就能看见过去。有时候，只是想俯下身，朝着幽暗深处的自己伸出手，拉自己的内心一把，拉自己的孤独一把，确切地说，就是拉自己一把。

是的，也许吧，正是残缺和遗憾才让断臂的维纳斯变得完美，而孤独才让自己的内心变得完整，从而就像是让自己的人生也由此变得完整。这就是所谓真正的绝望，这跟痛苦、悲伤等真实的伤痛也许没有直接的关系，而是一种暗疾，却让你意识到不能裸露出来，不能张扬开去，你得隐忍着。于是，任何绝望之外的收获，都是一种惊喜。

何况，又是西藏，又是重返拉萨，再走一次青藏路，再走一次尼洋河。命运是命运的屠夫，而机缘则是幸运的降临。

在大自然面前，在这个辽阔的藏地世界里，有多谦卑，就有多惊喜。也许爱不是热情，也不是怀念，而是岁月，年深月久成了生活的一部分。因为爱或者渴望，是孤独的人在请求温暖，是残缺在呼唤完整。有些东西会一直留着，却不一定会一直原封不变。

尼采说得多好，每一个不曾起舞的日子，都是对生命的辜负。对待生命你不妨大胆冒险一点，因为好歹你要失去它。如果这世界上真有奇迹，那只是努力的另一个名字。生命中最难的阶段不是没有人懂你，而是你不懂你自己。对我而言，冒险就是旅行，就是去远方。一切美好的事物都是曲折地接近自己的目标，一切笔直都是骗人的，所有真理都是弯曲的，时间本身就是一个圆圈。

我的灵魂与我之间的距离如此遥远，而我的存在却依赖这个世界。艺术的使命，不是向绝望屈服，而是找到一服解药来对抗存在的虚无。所以，我书写，忘不掉什么最好的方法，就是把它变成文字。但凡不能使自己放弃的，终会使你变得更加强大。

仓央嘉措就是这么感叹的，一个人需要隐藏多少秘密，才能巧妙地度过一生。什么都不要影响到生命的丰美。我们会否殊途同归，在佛的掌纹里找到自己的神话：生活的最高处，生命的最高处，精神的最高处，灵魂的最高处，需要耐心、渴望和希望，创造一个只倾听自己内心声音的深刻世界。要是你无法避免，那你的职责就是忍受。欠缺什么的时候，反而知道什么是渴望、什么是期待、什么是追求更美好的来充实灵魂。

因为对远方不了解，因为对自然不了解，当你面对目瞪口呆地向你敞开的天地时，会有电流袭击全身的感觉。如果只和幻觉有关，时刻都抱着无与伦比的幻想，或者是一头史前巨兽在没有灯光的夜晚抬头看着浩瀚的宇宙，然后对着小行星的方向陷入一场暧昧的狂想那样，让没完没了的"电流"在我们身体的南北极嚣张地对撞。

我们理解不了的世界总是神秘、美妙，充满了诱惑，而理解了的世界又索然无味。理解真的那么重要吗？但回过头来，你只是认清了自己。因此，抱着无比多的幻想，等待着那个世界，这个过程足以耗掉你的一百倍力气。

爱是如此简单，一份守候，一份等待。爱带来安稳和不尴尬的沉默。四顾苍茫，唯有目送。像一个人到晚年的拾穗者，把曾经琐碎到难以企及的生活细节，一个经纬，一个经纬，织成无限的温柔与深沉。失败和脆弱，失落和放手，缠绵不舍和决然的虚无，你一头栽下时，怎么治疗内心淌血的创痛，怎么获得心灵深层的平静；心像玻璃一样碎了一地时，怎么收拾？我们要回的"家"，不是空间，而是一段时光。不是渐行渐远，而是有一天终要重逢。

4. 道路就是生活

向草木借清香，向花月借深情，活在痴的世界里。

活得越来越简单，最后活到一份痴里。只做一支瘦笔，淡墨，阙处，总有痴心；霜白，暮晚，总有痴情。更是因为这一份痴，相同的人，终会寻着一个温暖的线索，去到一个精神上的地址。

颂·卡侬说得好，我无法定义"幸福"一词，但只要看到，我就能将它认出。是的，所谓幸福，就是你依然行走在疲惫、梦想、悲伤、眷恋等词语之中，而这些词，尚未被生命所放弃。美好对于世界，正如幻影，温润、迷离、清丽。最美的遇见，总在刹那。对于心灵，都是一次历练。有些人，注定是等待别人的；有些人，注定是被人等的。风景与山水同理，美与山水与缘分共情。

我们也许可以看到一生的长度。在时间与天地的共处里，什么时候相遇，什么时候重逢，等待变成了所有的意义。即便知道有些风景无法企及，我们还是会义无反顾。等待的诱惑力，不是因为它的强大和有把握；相反，而是因为它好脆弱。在和时间角力的过程里，那些专属于自己的恐惧和期待，成了等待的最佳出价。等待是需要勇气的。而等待好像可以让自己显得不那么悲哀，满心的"深情"无处发泄，就只好一直等待下去了。

加缪在《重返蒂巴萨》里说过这样一句话："在隆冬，我终于知道，我身上有一个不可战胜的夏天。"像在期待什么，又或者只是习惯了坚守在这场和时间没有尽头的械斗里。

"我希望/能在心爱的白纸上画画/画出笨拙的自由/画下一只永远不会/流泪的眼睛。"顾城的单纯的诗意，总能征服成人世界的世故，一如周梦蝶以诗意的烂漫征服生命的悲哀。一个人接纳了孤独，就懂得自律，那些诱惑、喧闹怎能撑起灵魂的桀骜不驯、天马行空。与其迎合，不如沉默，时光静好，不过是给孤独营造一片清澈世界。

通过凝视和谛听，所有的时辰我与它同行。生活中每一天每一刻，我企图把美付与事物，用它来交换它们给予我的欣悦。我生活着，信仰着，唱着纯朴的歌谣，从内心梦幻里听出神圣的呼唤。

每个人都有存在的理由并为之寻找，每个人都在发掘生命的源泉并饮之解渴。"我偷偷地把星星散布于自己个人的天空，在那里创造了我的无限。"爱是孤独的艺术，你不会抱怨，永不，你知道你终将走向何方，尽管只能蹩脚地走着，走向向往的王国，而且坚定不移。

真实的东西无法企及，我知道最真实的东西是恐惧和悲伤，我每前进一步就临近深渊，就会被现实的悲哀压垮。用神秘的心理学方式再现人的唯一真实东西，那就是痛苦、爱及绝望。对自己具有洞察力和独特见解的人，才是真正的创作者。心灵是个特别的地方，在那里可以把天堂变地狱，把地狱变天堂。学会以最简单的方式生活，不要让复杂的思想破坏生活本身的甜美。

时间很贪婪，有时候，它会吞噬所有细节。没有迹象表明某事已经结束，也没有什么教会我，你学会忘记。美好的东西从来不会寻求关注，不要在愤怒中回顾过去，也不要在恐惧中展望未来，而要在清醒的意识中体味现在。总会有人对你点点头，贯彻未来，数遍生命的公路牌。此刻你一定愿意的，必定是你所向往的，它能将你头顶的灰色天空变得绸缎般柔软舒展，如天蓝色水波一般；也会让那如瘴气似的，令肺部残喘的空气，化成百果香的清朗之风，徐徐指过你扬起嘴角的脸庞。

感谢世界上一切有灵性的东西，是你给了我们插上幻想的羽翼，让我们的生活因为你的存在而光彩。也许我们会感谢青春，感谢四季交换，感谢苦痛，人不经过彻夜的痛哭，是不能了解人生的，我们将这些苦痛当作一种功课来学习，直到有一日真正地感觉成长了时，甚而会感谢这种苦痛给我们的教导。

感谢每一颗星星。席慕蓉的抉择说得多义无反顾："假如我来世上一遭／只为与你相聚一次／只为了亿万光年里的那一刹那／一刹那里所有的甜蜜和悲凄／那么就让一切该发生的／都在瞬间出现／让我俯首感谢所有星球的相助／让我与你相遇与你别离／完成了上帝所作的一首诗／然后再缓缓地老去。"

或是感谢自己，感谢我们的自卑，它让我们越挫越勇，让我们永远觉得不如别人，让我们不敢信步，让我们在人生的路上，在他乡的路上，一路坚强，还要向深不可测的命运鞠躬致谢。把自己的亮光举过头顶，那光是天地赐给的。拯救的太阳在跟着我们升起，一直到我们脱下发霉的皮壳，记起你我的绿色的年代，那里升起了爱的火焰，浑浊中出现了灵的世界。

所有的春天都是种出来的，把所有的树种绿了，把所有的花种开了。

所有的夏天都是被虫吟鸟唱唤醒的，越来越躁动，越来越无法按捺，于是不断地升温升温，让江河流水充沛，让日子大汗淋漓。

所有的秋天都被树叶染成七彩，被树上的果实喧闹出丰收的喜庆。秋风用了魔法，吹到哪儿，便把心情带到哪儿。

所有的冬天都被雪花飘成童话的模样，被厚厚的雪盖住了季节的秘密，还有很多人世的人心的秘密。

这就是勇气的力量，也是时间的力量。

5. 允许一切如其所是

书房里，正对着书桌，有两幅我拍下了将近二十年的照片。一是彼得博罗，大多伦多区的一个小镇，有一所美丽的大学特伦特大学，一座气派的大桥跨过河岸。我在多伦多大学做博士后时，跟着老表从地下室爬上来，回到他就读的学校，有一种换了人间的感觉，跟着他进出过上课的几个课室。

数年后送儿子去另一个方向的滑铁卢大学，在他的教学大楼里进出，校区的风格不同，还有布莱斯奇的那座小城，那所大学，那个小地方竟然举办过冰壶世锦赛。

意想不到的兜兜转转，又回到了彼得博罗，继续看校区里的皮筏艇，以及那个有着一个百年时长的人工河道落差的水闸。

时间恍如凝固。在那条连接校区的桥上，看着河岸上的入校新生，耐得住九月初秋的凉意跳进水里，看着一叶小艇顺水而下，运动骄子的纵情挥洒。眼前的一切满目清爽，这里的时光多么美好。

还有一张就是落基山脉冰原的景观，当年路边拍下的美景，数年前重访，雪线已经后退到目所不能及的前方了。只有那几棵永远长不高的雪松还在。

允许事情如此开始、如此发展、如此结局。假如以为另有可能，另有答案，那么只会伤害自己，所以应该允许一切如其所是。

我是为了生命的当下体验而来。在每一个当下时刻，我唯一要做的，就是全然地允许、全然地经历。

佩索阿《惶然录》的感叹让我深以为是："我无法驾驭，是因为我不能超脱现实；我无法拒绝，是因为无论我怎样做梦，梦醒之后还是我确切无误地留在我之所在。"

我终其一生想知道自己是否深刻，这是佩索阿说的，我也一直在自我反省着，除了书写，最好的方式就是远走。

拒绝与否是自己定夺的，除了自己，谁都不能夺走，除非连自己都放弃自己了。人不可能不受束缚。人不受束缚是可能的吗？也许，在这里，在这个只需要审美和呼吸的地方，其他一切都是多余的，都是伪饰和添加的，只需要张大五官，呼吸及看见。

生活是无边无际的、浮满各种河流物的、变幻无常的、暴力的，但总是一片澄澈而湛蓝的海。时间是一条令人沉没的河流，而我就是漂流。经历痛苦并不会促进创造力，创造力只是为了减轻痛苦。切身以待自己的问题，在其中看到自己的命运、需要及最高的幸福。

看似不冒险的人其实在冒最大的险，那就是浪费自己的一生。一个人的自由自在，其实就是活得找到了自己，自然是为了反抗什么才成就自己的。为什么要归返自然，米兰·昆德拉说："在这个世界上，一切都预先被原谅了，一切皆可笑地被允许了。"

为什么勇气的问题总被误以为是时间的问题？而那些沉重的、抑郁的、不得已的，总是被叫作生活本身？近似于我们自己生活的样子，一种杂糅了欲望、压抑与妥协的混乱状态。

生活中唯一的英雄主义，只在于甘愿投入生活的精神的品质。在这样的年龄，生活还没有撞疼我们，责任感和悔恨也还都不敢损伤我们，那时我们还敢于看，敢于听，敢于笑，敢于惊讶，也敢于做梦，然而另一方面世界却还不会向我们提出什么要求，比如孤寡、疾病、疼痛、无助、衰竭等。生活老是千篇一律，漫长的时间似乎就会缩短成一团，令人不寒而栗。

有一种向往，被安放在深处相偎，能多久，就多久。有一种记忆，不在生活里，却在生命里；有一种陪伴，就在心间。打开时光这本书，里面的每一页都有一个命中注定的我或者我们，等着呼应召唤，等着上路，等着出发。

所收集起来的宝贵的记忆时光有多重要，可以回到自己视角中的独特世界，回到自己的速度、寂静，乃至光与热。我们有充沛的理由赞颂自己的生活——我觉得这就是给时光以生命。时间每时每刻都飞逝不息，而我们要给时光以生命，在思维王国中创造一个永恒王国，在流变中坚守某种不变，这就是任何时代都借此坚韧并强壮的人性光辉。这就是生命，也是记忆，而生命就是我们，是你，是我，是我们聚合、分离时的花开声。

翻开时光的生命之书，记忆就会在此刻脱胎换骨，或者我们的过去、经验，那些埋藏我们内心深处的炽烈而美妙的童话与梦境，都在你打开魔瓶时倏然重获新生。

释迦牟尼圆寂时，曾和弟子说："以己为灯，以己为靠。"凡事向自己而求，是立足之道。一切迷误，只因回避自己的内心。要以前人为灯，也要以自己为灯。念佛的人要以佛菩萨为皈依，也要做自己的皈依处。尘世道理万千，原来都是究明自己之道。

自己选择的路，跪着也要把它走完。无论我走到哪里，那儿都是我该去的地方，经历一些我该经历的事，遇见我该遇见的人。就算终有一散，也别辜负相遇。

从法自然，归原本心。以自己认同的方式取得成功的沧桑感、悲剧感之后，获得"破除不公，重建天地"的崇高与升华。不在残酷现实中割舍该守的情义，才有机会寻找一个可以安然存放的明天。对每个人而言，真正的职责只有一个：找到自我，然后在心中坚守其一生，全心全意，永不放弃。所有其他的逃避方式，是懦弱回归，是随波逐流，是对内心的恐惧。我孤独，但不为寂寞所苦，我别无所求，我乐于让阳光晒熟，我的眼光满足于所见事物，我学会了看，世界变美了。

当一个人能够如此单纯，如此觉醒，如此专注于当下，毫无疑虑地走过这个世界，生命真是一件赏心乐事。人只应服从自己内心的声音，不屈从于任何外力的驱使，并等待觉醒那一刻的到来，这才是善的和必要的行为，其他的一切均毫无意义。

接受存在的唯一手段就是承受，是爱。因此，美和现实是同一的。因此，快乐和现实感是同一的。纯洁的爱，就是接受距离，就是爱人与自然物事间的距离，这就是一个人的千里江山与寒江独钓。

我们走向自然，一如回望过去，也许是为了寻回自己，也许是为了解放自己。必然的是，直到挣脱大都市的脆弱包裹，久久回望那条把我们带到今天此处的崎岖长路之后，我们才可能理解自己。

答案在最需要的时候总是不肯出现，而很多时候唯一可能的答案却是，你必须耐心等待。人们常说，让时间解决一切，而我们经常忘记询问的是，是否还有足够的时间。必须以自己的痛苦为代价学会生活，而我此刻的重返，只是为了在场，或者为了一桩心愿，向过去的秋日告别，永不餍足。

告别林芝，告别巴松错、草甸、湖泊、湖心岛、林带、植被、村落，告别雅鲁藏布江大拐弯、南迦巴瓦峰雪顶，告别南伊沟的天边牧场、森林浴、南伊河这翡翠上的流淌，告别鲁朗林场的观景林栈道、色季拉山的森林。

道别前藏，永恒的布达拉宫——酥油刷的白墙、藏红花汁液油漆的屋檐与屋顶；告别羊卓雍措，雍容淡静的高原湖泊；告别雅鲁藏布江对面的桑耶寺、藏南山顶上的古老王宫雍布拉康。然后，造访久别再逢的后藏，向扎什伦布寺深深地躹上一躬。

6. 互证的孤寂：时间与勇气

互证需要勇气的时间，孤寂是时间的勇气，这话有点拗口，却是真相。

把快乐与他人分享，算是一种乐观的、大度的、合群的做派，而把难过展现于他人，则近乎冒险，也近乎是无端的打扰。能同欢乐，可是能同悲苦吗？这是天大的诘问，也是困惑啊。

无端的开心，源于一种碰撞，而无端的难过，则是内心幽暗的一次轮转，面对还是回避？用什么消解？都在问着精神的承受力，泪水咽回去比流出来更需要力量。

人需要感情，却不一定有人理解，甚或有人抚慰。孤独地来，可能也是孤独地承受着，孤独地去吧，世事本来如此，来世上或者离开，都是一个人的行旅，肯定没有谁一起做伴。即使昔日帝王那残忍的陪葬，恐怕灵魂也是不能相通的，只是更多了一些冤孽的追剿。

在路上，就是身体的归返与无名野花的盛放。际遇中的悲不是悲情，而是悲悯，近似于庄严，喜不是欢欣，而是随心，如此的悲喜之修简单而深邃，就是息情而端庄，坐莲而观缘。

日益相信，比之于浩荡向前的世界，一种被心的退隐所辨别过的生活，更为重要。人们总在回望里得以辨认，什么叫作时间。当一个人钟情于对寂静的偏爱、对哗声的失语，那些被忽略的美与宁静，将缓缓显现。就像落日和南山，互证着孤寂，就像年月和命运，互证着悲欣，就像知遇中互证的温暖与默契。

人内心超尘的真知在哪里？它调和明暗，融汇日夜，将性灵与感知揉在一起——无我、慈悲、智慧、自在。

做人如水，你高，我便退去，决不淹没你的优长；你低，我便涌来，决不暴露你的缺陷。你动，我便随行，决不撇下你的孤单；你静，我便长守，决不打扰你的安宁。你热，我便沸腾，决不妨碍你的热情；你冷，我便凝固，决不漠视你的寒冷。上善若水，从善如流，如水人生，随缘从运，这也正是人与自然的关系。

一个人至少拥有一个梦想，有一个理由去坚强。心若没有栖息的地方，到哪里都是在流浪。天下万物的来和去，都有它的时间。上升的路和下降的路是同一条路，由此，返回也是出发，至少是必要的休整。

看不到天地的边界，不知道往哪里去，眼神里就会有飘忽的无着。人生如棋，落子无悔，人生一事不为则太长，欲为一事则太短。一念既出，万山无阻。言出必行，令人敬畏。这就包括，该克制的，一生不越雷池；该了断的，不辞以性命相见。伟大和转机都是熬出来的。

生命里总要有点别的，恰恰是别的那一点什么，才是你。只有在智慧的滋养下，你的美才不会随着年龄凋敝、耗散，你的光彩才落到了实处。有时候这个智慧从历练而来，而大多数时候，需要另一个稍微伟大一点的头脑的涵养，比如一个人活到60岁的时候，理性的光辉仍然可以照耀未来的光阴。

很多人只在生命里的渡口，哪有什么大海的澎湃和汹涌，不过是在无穷的时间里，亘古不变地守望着永不能至的彼岸。念想的每个瞬间像飞驰而过的高铁，每个人的一生都是一次远行。然而生活还是不同，远方一直存在，仿佛天空延伸至万事万物。失去的都是人生，拥有的却不是侥幸，而是历练。

黑格尔这么说，无知者是不自由的，因为他要面对的是一个完全黑暗的世界。

木心这么表白：我已经算是不期然而然自拔于恩怨之上了，明白在情爱的范畴中是绝无韬略可施的，为王，为奴，都是虚空，都是捕风。明谋暗算来的幸福，都是污泥浊水，不入杯盏，曝光之下皆覆辙，月光之下皆旧梦。

万缘皆假，一性惟真。圣人借假以修真，愚夫丧真以逐假。如是，此次归来，林芝不再遥远，雅鲁藏布江不再凶险，拉萨虽是极地，却为更多的人敞开着。

而落基山脉的冰雪已被很多人的热望所抚摸，不再是畏途，也不再是猎奇，游人拥来，只是要来开眼界，要来休闲，把对时间的打发变得更加丰富一些，体面一些。

所有的这一切，不再承受一些追问及思考。游玩成了这些远处他乡的主题，交通的便捷，让人的联想全部萎谢。不过是挪了一个地方，去观光而已。

下一次重返的时间在哪个明天？我在设想着新的体验。我们是有限的，无限环绕着我们。

万锦的唐人生活

冥冥中的关联就这么产生了。

加拿大的多伦多万锦市，遥远他乡一座有故乡气息的城市，因为留学、读书，竟然跟我的二十多个春秋有关，竟然来来往往了十数次。

路牌赫然标记着，这个大多伦多区的城市，已经有三四十万人，在地广人稀统共只有三千多万人的加拿大，已经算是人烟稠密了。

而且，几乎都是华人。

先前香港人的翻译深得粤语的精妙：MARKHAM——万锦，言辞华美而喜庆，而非如今地图上所用的麦卡姆可以类比。

每年夏季到万锦，十六街总是把最美好的一面留给我这个匆匆的过客。从机场走401高速再转407高速，过一两个红绿灯位，静谧规整漂亮的街区就在眼前。

不期而至的机缘，注定我要在这里多次出入、往返。也似乎，注定我要与儿子一起，从这里出发，再走加拿大两个美好的地方：一处是落基山脉，一处则是这座美丽的被一个硕大的湖水和河流簇拥着的小城，我愿意称呼其音译为彼特博罗，湖岸风景的照片，在我书桌前方的相框里，已经摆放了一道年轮的轮回。

Tim得在这里重新完成他的蜕变，而我则把十多年前绕湖一周的脚步重新接续。

人与地方的缘分，人与一个物事的缘分，几近也是无由分说的。

所谓真正的乡愁，就是要在所去的地方，有在家的眷恋和感应。"吾侪何之？永向家园。"

1. 飘移他乡的乡情慰藉

三十多年前，T一大家子十来号人，在多伦多入境处排成一溜长队，每人旁边放着两个大的蛇皮袋，那是三十多年前的20世纪90年代初，他们成了率先移民北美的幸运者。

他们要带上零零碎碎的东西，所有跟移植一个家有关联的东西，他们要把自己连同家一起迁徙过去。也许这一去，就意味着连根拔起，永不回头了。

而这样的移民，需要一笔钱，需要一个特殊的机缘，需要充沛的精力，需要方方面面的帮手，处理一切，理清一切，甚至砍断一切，广州话的表达就是不留手尾，不留麻烦。

更需要的是就此埋葬许许多多的感情，需要扭转许多习惯，需要割断许多良好的关系，还有那些永远也无法剥离的饮食口味、年节风俗，以及血脉宗亲、旧家老宅，一切与生命年轮相关的牵系。

而移民、迁徙，或者说漂泊，意味着一切从零开始，从头再来。移民生活的压力迎面扑来。所有习惯的不再存在，依托也不再存在，生命的平衡从此失去，生命中的一部分精气神就散失在异国他乡了。

我在想象，有没有人在心里时常涌动的乡愁，从看不见的身体深处挤压过来，摇晃着内心，让人憋得难受，也无所适从得难受？

时间在改变着一切，也许有些东西却冥顽不变。比如乡音难改，所以才会有老马识途，再遥远再他乡，都知道回家的路，同声同气一下子就能把人心人情绾结在一起。因为乡音，可以留驻永远的故乡思维，可以留驻很多往事，留驻时间及记忆，那些过往，大多是以乡音为载体的。会讲粤语少了一份异乡的陌生感，多了一份随云流转的自适感，他乡亦有乡音的亲切。

多伦多所在的安大略省每年都举办大学辩论比赛，不少中文学校以粤语授课，很多在加拿大出生的华人，周末去这些学校补习中文，能说一口流利的粤语，且在华人圈里承继了完好的人情世故的情商，比如X姐家的德仔，一点也看不出没在中国生活过，比广州人还更广州。这就是一种柔韧的故乡情结。而在多伦多这么成熟的移民城市万锦里，文化早就多元并存，没什么非此即彼。

多伦多的唐人圈里，二十多年前多是讲香港式的粤语，近十年各式移民抵埠，多了很多讲普通话的内地人。据说光是几个大省人口总数已超百万，然而粤语依然风行，只要会讲广州话，英语不灵光或者其他国内省份的普通话听不顺，一点都没关系，照样可以在这个遥远的北美国度过得自自在在。在广州，在工作场合我几乎都是讲普通话，几近被人质疑是否广州人，乡音不怎么纯正。在路上，一出国门，我的英文才有表达的机会，才有锻炼口语的可能，然而一抵达多伦多，一进入万锦市地界，每时每刻几乎都在讲广州话，我的广州话甚至比在广州讲得还地道纯熟。闪念间，也许他乡也可权且当作故乡，或者不妨认作故乡。

粤语乡音，竟然能万水千山地在远处他乡落地开花，同声同气就有一种磁吸的效应，陌生与不适只在接答转身之间，就可以接纳和熟络起来，广州与多伦多之隔，只要心念之隔不存在，距离已经不是问题了。

都说语言是最奇妙的载体，是情性心态取向价值观的活化石，收纳了很多历史的真相、时势的密码，甚至社情的风向、人心的起落。而语言更是河流，承载着岁岁年年的日子顺流而下，语言亦是一苇之航，会给你的生活小船领航摆渡，甚至在潮汛来临与流踪不确定的时候，都会决定去向与泊岸的地方。看似不可思议，实质是，日常交往表达使用哪一种语言，就如同使用何种工具、施行哪种方式，不仅影响着思维习惯、情感模式，甚至左右着待人接物的方式方法、取向或者套路。这种天天如影随形、心心念念的东西，时时刻刻都在产生着润物无声潜移默化的作用。

在多伦多，在万锦，食肆里的乡音已经成了人情联系最好的纽带。海外华人的营生多半以家庭为主体，大多没有什么频繁丰富的社交生活，而食肆超市就是最好的聚会交流场所，新朋旧友见见面，十天半月地碰在一起聊聊家长里短，八卦一下彼此知晓的时闻，相约什么时候一齐回国一齐出行，酒楼饭店茶餐厅就成了最重要的俱乐部。就像家里的客厅，只要人在家里，就要时不时出现一下，在此露露脸报到一下。

所以万锦的茶市从早到晚热闹喧嚷，直让人惊疑有那么多的闲人闲时闲心闲情，把茶市饭局直落到恋恋不舍。

超市里的乡音是通行证，分成了唐人超市与西人超市。居住点里的乡音是远亲不如近邻的黏合剂。物以类聚，人以群分，慢慢这一区就成了华裔的天下，同声同气的都住在一起了，遥远他乡就不再孤单。

甚至在漫长的飞行里，乡音亦成了最好的依偎，是排解孤独无助最好的拐杖。有一次邻座是会讲广州话的越南人，又一次邻座是一个香港移民的男孩，似乎彼此间俨然有了些依靠，比如转机时的相互提醒，下机时通知接机亲友的电话求援之类。

甚至乡音亦成了在加拿大旅途中最能走在一起的温情。曾记得，十多年前，我一个人去国家森林公园亚岗群大峡谷看枫叶，坐的是老式的慢悠悠的观光火车。其时坐我旁边的是一个20世纪70年代从广州到香港再到加拿大的阿叔，滔滔不绝地怀旧，而分别叫萨宾莲娜和安吉娜的两位女士，一个来自香港，一个来自台湾，一路情同老友互相关照，这份邂逅的温情让人迷离。

"埋骨何须桑梓地，人生无处不青山。"这乡音与饮食，就是故乡图腾的标志，标志在哪儿，乡魂就在哪儿，兜兜转转始终在一起。

2. 传统认同的无法量化

一字排开十数间单独的治疗室，占了整层骨科的斗壁江山。拐进一边的走廊，候诊的人骤然多了起来，三五成群的人站在紧闭着的治疗室门口，不时从这间或那间治疗室发出嗨、嗨的声音。据说那是医师给患者施行治疗按摩发出的声音。第一次来看病时，我就被这阵势镇住了。用一句形象的话来说，靠"徒手肉搏"的按摩治疗，就能把漫长的时间里受损受压、继而弄坏的四肢腰颈调整恢复过来，而与此相关的核心词就是——传统中医，按其中一个医师的训导，就是不用开刀见血不用打针吃药，就能手到病除,割鸡还神都值啦。

我心怀忐忑地坐等着，三个小时过去后，我推开了治疗室的门。磁共振拍的图片挂在显影箱前。医生就是那个一脸严肃敦实的老者，威严地问我："怎么弄成这样？"力有数钧的手一按腰颈的部位，我就痛得弹跳一次。

一瞬间脑袋是空白的，痛感让人觉得身首有一瞬的分离，然后借助眼泪喷射出来，怎么都控制不住。那一刻我有点傻了，魂与神几乎无法合拢，疼痛几乎让人站立不稳。抢分夺秒的下一位患者已经替代了我的位置，我的脚步有点像在梦游。P姐走不利索也要担心地扶稳我，我有点悲戚地点点头："很痛！"

信有缘，尤其是信赖才有医缘。医缘还是信缘。西人重理性，国人重感性，西人讲究度量衡的量化，国人则倾向心领神会的意会，很多时候着重于心照就明，就实现认同与沟通。

相比国内，多伦多有的是这类挂牌或不挂牌的诊所。积臣的地下室按摩所，当年他也是中医院的中医，按摩与针灸疗法在异国他乡同样通行受用。

西医讲术讲理，其实中医一样，只是切入点不同，不是简单的量化，而是加入了很多的东西，能意会的、能感应的、能因势利导的，都混合在一起了。

有了信缘，就有了托付，很多的心心念念就都在救赎之途了。这就是为什么中医诊所在多伦多一样红火。

3. 乡情的血性烙印

一万多公里的距离，十多个小时的飞行，二十多个小时的在路上，我的生物钟像松掉了螺丝的钟摆，左右晃荡着。北美的暮色初现，正是广州的清晨，我头昏脑涨地坐进T的车里，往一个多小时车程外的多伦多万锦拉麻赌场开去。

很多的人，没有陌生的距离感，这可是多伦多万锦拉麻赌场五千人的现场演唱会。阶梯式上升的座位，扇形打开，簇拥着舞台，舞台下面的空间，临时摆满了折叠椅，这还是赌场专为持有白金卡的大客豪客专设的贵宾席。虽然没有常设座位那么舒服，但离舞台实在是太近了，表演者化妆过度的粉底亦看得一清二楚。前面几排的粉丝，一伸手就可以跟自己的偶像握在一起了。

很模糊的流行曲，20世纪90年代或是更早，很水皮的插科打诨，类似走穴，而环境设施却是一流的，比广州的大剧院还讲场规，比星海音乐厅还要坐得满满当当。

这是一次流行文化的乡情盛宴。香港艺人过埠登台频频有效应，所有的华人都一呼而应。在X姐的茶餐厅里吃饭，所有人都在议论这个演出，绝对的捧场。回想起粤剧团曲艺团旧同事出国演出回来的讲述，可以想象与眼前光景大同小异的盛况。在国外的华人圈里，故乡的本土文化乡情乡音被郑重其事、异常隆重地追捧着，这是在广州在国内没有的礼遇与盛况。

回想起几年前在同一个场地举办的那场中华艺术会演，其时观众的如痴如醉，竟然跟今天大同小异，岁月不减。多少年过去了，流行的口味篡改了几回，而海外的华人依然一往情深，只要有的听有的睇，不太在意内容，乡情流淌在血液里，兴趣嗜好大多盖上了烙印，多少年，又一代人的承接，竟是情怀不变。

在场的感染与打动、碰撞显然不一样。流行音乐就是现场的倾诉与表达，在这些共性的情绪面前，感应是即时的，不需要深刻，但有共鸣，不一定独到或者完美，但肯定有对应。不是跟自然或者宏大的主题对话，而是让人检索自身或曾有过的一些经历及体验。流行的东西汹涌而来，总能触动内心的一些闸门，就一刻的沉醉，就一时半点的忘我，顷刻回到那个现场，再度体验到那种情绪。就像烟花点燃，把夜空照亮出一些斑斓，哪怕瞬间又是沉默无光的。这些香港过埠走穴的艺人，通俗至情至性，最紧要开心，最紧要同欢共乐。

当廓大的停车场上的车走得差不多了，我还是晕乎乎的。站在门口，才被急速下滑的气温激醒过来。一路上，听她们不停地谈论着与演唱会相关的故事，我竟然有点沉重，我知道我实在没有资格插嘴。因为距离，故乡与广州，在他们眼里变得不再一样了。

4. 肠胃的家国情深

水便是故乡。水原本为一，如同人之经脉，你看不见，甚至感觉不到它，但它始终在你体内，当你在异乡，你摸到水，便摸到了故乡；你喝着水，便尝到了故乡的所有滋味。水会柔化鱼的身体和心脏，就像时光会柔化伤痛。

万锦的老火靓汤一样纯正，清蒸的鳜鱼新鲜嫩滑，各种粤菜品种，箸间快意，知晓时光涟漪又是一圈，对四时天命的朴素感知，都无关山长水远，味道的因缘际会来自土地的恩赐，血脉的记忆，虽说这里是遥远的他乡多伦多。

家乡菜、家乡汤水菜水，绝对是对生存打拼、工作忙碌的身心的抚慰，把记忆通过家乡的饮食带出来，把乡愁的感动带出来，把思念带出来，就是一种身心的触动，亦是满血复活的动力源泉。

远方的味蕾，舌尖上的故乡，肠胃的初衷不改，这种偏爱竟然是一往情深的，走出多远，你的肠胃的知觉与感觉依然如超远程导航，始终把你牵引回来，胎记一样，无法置换。

据说我们的肠胃，是造物特意安置的一个饭碗，什么样的滋味能跟你的情愫有共鸣有回应，都是有前世今生的特定安排的，换了一个碗，可能吃不出更多的感觉，然后就得万水千山地满世界寻觅。

在多伦多，我经常不知身置何方，我吃的依旧是老广州的家常粤菜，甚至比各种菜式都来扎营开盘的移民城市广州的新派粤菜还要地道，还能勾起旧时的记忆。

他乡变故乡，美食成乡愁。味觉既是味道也是知识，更是故事，甚至是一场气势宏大的穿越，并非从古至今的距离，而是饮食文化与本土节气交融的历史纵深。

循着移民的心态与对故乡的深情，顺着他们的巧手与感觉，就能吃到最淋漓尽致的乡恋风情。故乡不仅是乡间、邻里、街景等视觉印象，故乡亦存留在口腔的品味里，隐藏在味觉的记忆中。而铭刻在味蕾上的记忆，是对个体记忆与寄情的成全。

饮食习惯不是一朝一夕的速成教材，而是年深日久的专注与寄托，每一种菜肴后面都有一页历史，或是风花雪月，或是荡气回肠，或是精雕细琢的匠心独运，或是素面朝天的迎风行走。抽象的文化亦得还原为具体的味道，穿越过不同时段的生活经历，最后就会感悟凝聚成引为共识的乡愁。乡土、时令、风俗、聪明智慧及用心滋养出来的味道，是一日三餐的样板，亦是人文变迁的典故，更是感情心思的载体，甚至是一种挥之不去的乡愁，一种声名流播的故乡荣耀。

味觉既是生命记忆，亦是一种隽永的体验，不仅让人迷恋，甚至会倾其一生去相守，去苦恋。

由是，多伦多与广州之间，只隔着一碗汤的距离，那一万多公里的相隔跟肠胃无多大关系。

5. 北美的休闲与时尚

北美的时尚就是休闲，暗合了广州人的实在舒服随意的着衣传统。

跟欧洲的时尚很不一样，多伦多的衣品没有什么设计的元素，亦不以体形为焦点，胜在实在，胜在真材实料，胜在耐用，可用得上时间无敌、绝不欺客的口碑。

名店大卖场，名店云集的商场，也盛行这种消费迎合。穿着的舒服自在，不争不抢不矜贵不拒人千里，很亲和很闲适，喜欢与不喜欢并不意味着更多，生活的品位似乎不来自这里，更契合广州人的"叹"字，契合叹生活叹世界的生存取向。

再就是往家门开外随处可遇的湖水绿地去撒欢儿，在大自然消磨时光。于是，钓鱼、驾艇、考证，什么尺寸才可钓起来装桶，什么尺寸要放生，什么可烹什么不能，都有严格规定，学下来已是半个专家。操作时，真是潜心入定，在湖边坐看云起，心无旁骛，真正的放松身心，浑然忘我。

我曾经有过不远百里去看三文鱼洄游的经历，有一整天看友人垂钓的经历，有开车到郊外，在树林的木台木凳上，把餐布一铺的郊游的经历。那回在伊洛拉峡谷，邂逅德国啤酒与咸猪手，野餐就是去到一个开敞的公园，大家四散闲坐，把家里带来的食物分享，然后玩飞碟、追逐等无拘无束的游戏。

我还有过坐小火车仿佛回到旧时的体验，去亚岗群大峡谷，沿着南北铁路的活化石的旧铁路，慢悠悠晃荡好几个小时，去看枫叶。拍了很多好照片，此行的小火车与道轨，如同名为《金山》的那部电影，恍如置身在香港演员梁家辉做工头的场景，重温祖先淘金客的发财梦。我们这一代则是观光者，偶然的过客，这片土地不是我们的故乡，却依然有成千上万的人拥来。也许，这里有很好的山水很好的空间。

谁家的门前停满了车，连路边都占用了，十有八九是家里开派对。主食都是在唐人餐馆预订的，次要的自己动手。我充当大厨灼（焯）油菜。老表一面怀疑，以为我平时在广州阳春水不沾。我伸出手解嘲地笑，这可是做惯做熟的劳作的手，什么家务活都是一脚踢，整出一围酒席都没问题。我的麻利终于让她无事可干，到外面招呼客人了。

家庭聚会要么是卡拉OK，要么是开多远路途的车，也要去参加一个故乡的节庆纪念。研究生时邻系的广州妹，竟然在遥远的北美，保持着最柔韧又是最有力的神经，持续着年轻时的爱好，参加民俗舞舞蹈队，登上魁北克的华人春晚。

文化作为一个人的生存背景，总是对人构成程度不同的影响，而文化情结却是轻易解不开的。听着M的讲述，翻看着她们的照片，真有点瞠目结舌。这一切不可思议，这一切却都是真的。

蒙特利尔的法语区，民族舞，驱车一两小时去排练去相聚，排演荷花舞，排演《春江花月夜》，演出服从国内定做空运。我的同学是个洋博士，先前读研时就是双人舞的选手，把这爱好跳到国外，且维系了一伙人，把这团队的表演演进了魁北克省华人社团的春晚。她戏称一群小妖老妖，真是进入了化境，有寄托、有娱乐、有训练，这家国情怀的演绎真是无与伦比，且对身心又有着如此多的激活与回报。看照片上的笑靥，真的恍如时光凝固，一切都没变，情怀还在，趣味还在，时间算得了什么。

风雪无碍，放下学业，放下家务，放下生计，什么都不为，就为了爱好，就为了一个共同的趣味，一群老少女人就聚到了一起，就坚持了下去，哪怕在国内也难。

F在旁插嘴，她在高校任教，有女老师舞蹈队，也比不上这种痴迷。隔了距离，隔了时空，这些无用的情怀就变成了一种强大的精神驱动力，也许因此而找回了自己，找回了梦想。

6.美好的校园如同雨后初霁

我去过几个大多伦多区的校园，相遇过好几个国内的留学生，因为儿子是理工男，多少知道一些留学生的生活。多是一个人的烟火，学业是形而上的，而具体的一日三餐，却也无一例外地成了他们成长的功课。

很多人的选择走向不同，有自动选择做一个农民，或者园艺工，这是小老表的志向，一个人养活一大家子，三个蚕宝宝，还有养活很多家庭的庭院、车道、草坪。

有自动回归享受农家乐，摘果子，爬果树，去草莓的田园，去树边田头野餐。有自动爱花种花养花晒花，定时去花店采购。有自动做菜农，多伦多的老表，芝加哥的老表，会说家里的院子有很多苋菜收摘，谁先来谁得，或说院里的秋葵清蒸好吃，加酱油最原味，还刷大肠减三脂。

有的每逢周末，随便去往路边的一个湖，就是一场美景的盛宴，就待在那里发一天的呆，往哪个方向走，都是大自然美好的馈赠。有的等着加东游，因为郁金香节来了。有的往阿尔伯特大草原走，我也曾经走过的无边无际的草原，那里的城市卡佳里，也是儿子第一个实习的地方。

有的就留守市中心，就在我羁留过的多伦多大学，附近有儿子实习的宏利金融大楼，在热闹的街区里租住的公寓，出入的搬家的多是留学生，电梯间有父母或者亲友陪同。那条通衢大路边的唐人街，小老表说当年他在彼得伯勒读书时，是开两个多小时的车，几个同学带两个旅行箱，到市区入货，买足两周的中国口味的食物，回去租住的独立屋里开餐。那次来市中心，他驾轻就熟把车开入一个停车大楼，竟然不收费，左拐右拐就从一个充满尿臊味的楼梯里蹿回大街上了。一切竟然跟几年前没变，不要说弹指之类了，如今他即将是有三个孩子的爹了。我也依稀记得与他一道在一家韩国餐厅吃的午餐，在一家要等候的热闹的越南餐厅里吃越南粉，如同我在广州建设大马路吃过的滋味，只是这回是在另一个遥远的半球。越来越多的人来到这个国家，遥远已经不是障碍了，你的愿望朝向哪儿，哪里离家就不再是不可企及的远方了。

全世界都在下雨的那一年，是我第十次远赴多伦多，也是十二个年轮之间的十次握手。这回我有个机会升舱。狭长的飞机，不远的距离与等级，飞机的头等舱与经济舱，一如人生的落差。

一路的体验都有落差，比如广州还是夏季，而到了尼亚加拉大瀑布前，吃的却是凉彻心肺的雪糕，还要在温差的滑落中狂奔到观光梯前避寒。比如多伦多一整个春季都跟广州一个节令，都在下雨。儿子上学时带的雨伞，下课时雨后的阳光，快速升腾的气温。站在路边嫩绿树叶绽放的树木下，看着自家的红衣男孩走出视线，走向教学大楼。比如吃一种很广州的活虾，还有龙虾和莲藕，蒜蓉姜汁佐拌，却直接装进塑料袋里，放到电烤箱去烹制。任何的转换，一如这种烹饪法的简单直接和不由分说。

面对着这些不顾一切地走向另一片大陆，确切地说是放弃过往累积的一切，到一个陌生的国度重新开始铺排人生的，或老或少的亲戚朋友，我不知道他们对自身曾经拥有的，或者说是他乡的传统或风俗，究竟有多少切身的体悟或者感受。而每个人有限的一生，不过是去适应旧的或者新的一切，可能还来不及奢谈所谓的理解及了解。他们渴望融入的是眼前的生活，并不一定是去了解这种生活的前世今生。这也许就是那种局外人的思维状态。新大陆的一切，还没有像血色胎记那样，烙印在他乡的文化基因里。隔膜与匆忙中的漠视就成了一种惯性。

所以，安身立命是一种没有归途的选择，因为这样的他乡之路，对个人生存所带来的事无巨细的影响，这种对持续的不安所抗争的，也许就是所有力量的支撑。

人生也许有诗和远方。而远方的诗意，是在这种所谓重新铺开的生存打拼，或者休闲的模式里吗？谁也不知道答案，谁也说不出答案。

去到世界的尽头

1

时间有点恍惚。这是龙年的新春，偌大的广州留给了安闲，很多人回血脉中的老家了，远处的马路偶尔的动静，那是一辆车啸起的不大的声浪，推搡着密布着阳光针线的空气。我待在阳台上那用耐心和心愿购买的阳光下，刺目的光线能看到远处越秀山的山脉绿植，能看到白云山的远山剪影，能看到城央东塔西塔周边楼宇积木一般的形状。走神间，我一如愣在那无边的蔚蓝和浪花、那明晃晃的阳光和天空的他乡，那是不久前的经历。

南非，桌山，好望角，堰湖，国家动物公园，国家海洋公园，潟湖，非洲的帐篷酒店，非洲的黑与白，一切的一切，他乡的身临其境，他乡的见闻与触动。只是跨越了十几个小时的两个半球之间飞行。

母亲走后，大地失去了更远的地方吗？我握住了一个偶然的机会，这被喻为世界尽头的好望角在召唤我。也许，我走出焦虑和迷茫的办法，重启耳顺之年活力与激情的方法，就是去远方，就是在路上；也许，沧海与我未尽缘分，梦想与我尚有关联。

蒙田说得有理："旅行在我看来还是一种颇为有益的锻炼，心灵在旅行中不断地进行新的未知事物的活动。"那就在路上去获取和体验那智力及精神层面的再生长、再成熟吧。

就像我们所希望看到的那样，看到自己也是真实地存在于这个世界上，尤其是我们很想直接地看到自己的灵魂，它不一定是思想、价值观或者俯仰等东西可以体现的，这是一束照亮生命的光源。

一个人越是不能充分体验生活，越是会焦躁于时光的流逝，被虚度的岁月，被淹没的愿望，被蛀空的理想，都要求回应，等待救赎。

唯有不断地归返，唯有在理想与现实之间反复周旋，或许等到生命行将结束的时候，才会意识到，其实爱与恨一直互相补充，痛苦和欢乐也互相吸附，你的抵抗与你所抵抗的事物本身，都在互相拉锯，如同希望与行动在相互滋养。

生存的文化氛围带给我们的影响是无法准确测量的，它是对心智的锤炼，甚至是对美的热爱的锻造，是理智的抗争，是判断的辨伪，是心念的持守，是波折的平复，是翻江倒海，也是经文字雅，是行为举止的礼貌周到，也是波澜不惊的微妙情感。

很感触珍妮特·温特森在《给樱桃以性别》中所形容的："我们穿着盔甲行走在人世间，总能感到我们所爱的人，近在咫尺却又无法触及。"

由是，只能依靠自己，立定在命运的中心，把理想的光亮引向自己。

庸常生活里的英雄梦想：暗哑的激情、受挫的希望、被侮的自尊、厌倦和萎靡的锤打、孤独和疏离的郁闷、受挫与受伤的痛苦，这幽微难述的一切，它们压灭了一度活跃的精神之火，人所生存的环境，人的一生所遭受的折腾与压制，以至于无法容纳我们称之为有英雄气息的行为和情感。

一个缺乏勇气的人不大可能是个有尊严的人，而英雄特征的关键正在于尊严。尊严，无论如何，本身并非道德的特质——它是外表、风格和仪态的特质。

回想生活曾许诺却又拒绝给予的尊严，追忆应该得到却被夺走的敬意，不幸不仅不能把人自身的优势整合起来，反而会把它们东倒西歪拆散了。

一生中，总有一些时刻需要我们毫无保留地将一切托付给命运，跳下悬崖，坚信自己不会摔得头破血流。如果人能说出爱的是什么，比如艺术可以触及最深层的我们，那个语言存在的地方，就是诉说与支撑的支点。"如果爱死去，和它一起死/如果爱活着，和它一起活/在死与活之间，沉默，因为它不接受旁观者。"

对有些人来说，活着是光着脚踩玻璃；对有些人来说，活着是面对面看太阳。

人的一生大多被无形的东西掌控，虽极力抗拒，却无从挣脱，别无他法，我们的生命里有几个属于自己的瞬间？张枣的《星辰的时刻》给了一份安慰："甚至一杯映照的星辰/甚至左边少年般的拂晓/眺望的衣架纤弱地支撑/昨天潮湿的风向/我多么洁白啊，如/你出世之前的空气/你曾是更为真实的石榴花。"这样的诗，仿佛分享一种神示的刹那，可以摆脱时间的独裁。

我们在对爱的回应中，在对恨的反击中，在承担自己的责任中，一点点、一年年地成长为自我所期许的那种人。这也意味着我们与自然大化之间纯真联系的失落，那个神秘的无边无际的去处，我们从此难以轻易企及。

进入人类情感与伦理的世界，就不免爱恨交织，喜忧交集，患得患失，而无法再回到那曾经拥有的纯真自然里。人与自然之间最本真的联系，就此被人类所发明的种种概念、思想和立场所遮蔽。

这就是人之为人的宿命。正如伊甸园的神话所说，我们终将离开自己最初的家园，作为成长的男人和女人，作为生死之人而踏上漫长的不归路。

"重要的不是治愈，而是带着伤痛活下去。"加缪如是说。

很多时候我们只能接受，只能负重前行，因为为了所谓的目标。"你再也浪费不起多一秒的时间了，你浪费不起。"塞林格如是说。

"只管往前走，永远别回头，死亡就在前边——看吧，你是自由的。"凯尔泰斯让我明白，抵达自由，文学是一条可以无视羁绊的路。

如果天空是黑暗的，那就摸黑生存；如果发出声音是危险的，那就保持沉默；如果自觉无力发光的，那就蹲守在墙角。但不要习惯了黑暗就为黑暗辩护，不要为自己的苟且而得意，不要嘲讽那些比自己更勇敢热情的人。我们可以卑微如尘土，不可扭曲如蛆虫，曼德拉如是说。总是在严密和严格的叙述背后，他的表白，有着广大的哲学追问和终极价值的寻求。也许，被苦难打开的心灵可以容纳整个宇宙。

痛苦与悲伤就如同喜悦与安详一样，是存在于一个人心中的情绪，我们无法从别人心中轻易地把它们驱逐出去，而且这些感受是神圣的，是每个人在不同时期必须拥有的体验。

悲伤是无法轻易抹去的，而这种悲伤的情绪往往会随着时光的推移，发生本质的变化。悲痛绝望之后，我们会重生。当我们的心终于豁然开朗时，我们会更能理解别人的痛苦，对此拥有更加深刻的体验，对别人寄予更加深切的同情。

因为每个人都必须自己推开心底的那扇希望之门，这是我们成长的必经之路。爱的力量可以拯救一切。

人性里固有的那么一刻，都是从时间里提纯。没有什么比时间更具有说服力了，因为时间无须通知我们就可以改变一切。"活着"的力量不是来自喊叫，也不是来自进攻，而是忍受，去忍受生命赋予我们的责任，去忍受现实给予我们的挫折和苦难、无聊和平庸。或许总要彻彻底底地绝望一次，才能重新再活一次。

多好的一句话："雨水去过一切地方。"这是我的向往，也是我的动力。

去到一个人世界的尽头，那里什么都没有，只有一面蒙尘的镜子，我所做的事就是一点一点擦去上面的灰尘，然后终于看清了自己的样子。从此我再不用任何人告诉我我是谁，该往哪里去。

2

去到大自然的尽头，是因内心蛰伏的牵系，那就是与沧海未尽的缘分。

人无法走遍世界，如同无法阅尽天下的好书，如同地平线永远在远方，如同人类的知识财富无法穷尽。时不时，我就会听见自己曾经许下的承诺：有可能的话，就走得更远一些。

希望与失望交替，历史与现实共存，路上的风景，再度拉开超越时空的场景。

世界始终在那儿，大地与海洋也始终在那儿，等着我们重整旗鼓，重新出发。

每一次在路上，都是去面临可能的远方、可能的世界。

走那么远的路，其实都是为了和自己在一起，走进自己的内心，那都是我们最想要抵达的他乡，那都是我们萦绕心底的林地旷野和河流。梦想与愿望，如同四季更迭的雨和雪，早已先于我们的脚步抵达了，这个无限向往的过程充满着闪烁的诗意。我们在现实与梦想中穿越往返着，一切恍惚若即若离，既有俗世众生的起落，也有自己在人潮人海中的沉浮。

在我终于被一场预料中的积劳成疾迎面撞倒，也恰是在新冠疫情持续笼罩的时段，就像病痛在身体和情绪中留下了无法痊愈的痕迹，如同经历中那些无法忘却的记忆，这些就像是一场逆行的巡查，我们会在回头的检索中有所了悟，有所顿悟。

这些注定是无法清明和宽阔的，唯有从大自然才能汲取到勃发通透的感染，天地之大，海洋之无边无际，草木动物的浑然忘我，恰如雪莱的诗句所吟"保持着灵魂泉源的澄澈""怀着温柔的同情，又时时愤激地抗争"，以普罗米修斯式的坚贞，忠于生命，以音乐般的自然声响，安慰自己在世上的得失，以春天的响雷和雨滴，宣示新的生机再度来临。

这就是旅行的洗礼，也是在路上带来的蜕变。

去到世界的又一个地方，面对一种新的开敞，才有可能转身打捞自己一度荒芜、一度失火的城池，才有最大的清醒，了解自己有无足够的才华与能力，去完成自己心念的事情，追问大路是否通畅，人心是否变异。

把自己重新摆放在大自然，才会明白天人合一是最好的自救，有生长就有衰败，有放弃才有成全，生命的可能性会告知自己，缘何我来这世上走一趟。

心念的第一个想法，就是回到人类尚存初始的去处，走进非洲。

三十年前，凯伦·布里克森的《走出非洲》，一直牵动着我对那片大陆的向往和好奇。这片非洲大陆位于地中海以南红海以西、大西洋与印度洋交汇的所在，我曾经去过最北面的埃及，在去以色列的时候与红海相遇，也曾从撒哈拉沙漠擦身而过。

这次我从最南面的南非走进非洲。

这是蓝色星球下的旷野平畴，大自然给了这片土地很多的馈赠，为什么带给世人的印象却是如此潦倒？德国诗人塞巴尔德的诗诉说着我的困惑："理解大地风暴/是多么难啊/你坐在火车里/从这儿到那儿/而它无言地/看着你消失。"

大自然就在那里，通达的路有时荒芜，却从不消失。去到世界的尽头，这就是无数人从世界各地来到这里看一眼的好望角。

我从广州有点特别的冬天出发，来到了南非其实气温大同小异的初夏。这片大陆展示的面目，因为认知的长期遮蔽，而让身临其境的我有着强烈的震动。

造物之选原来从来没有忽略过南非啊。

坐着敞篷车蜿蜒行驶在国家动物公园的土路上，与每一种动物的迎面相遇，都让我们惊喜不已，时间把这些本来毗邻而生的动物隔绝在人类的另一个圈域里，这是一种进化，还是一种阻隔？人类偿付的代价仅仅是此刻惊讶的猎奇吗？

我在心里默默地向眼前的鸟类、斑马长颈鹿大象羚羊等动物问好，看着它们从眼前不受干扰地缓慢走过，那副至尊的样貌，谁才是这片土地的王者呢？

车子把我们带往国家海洋生态公园，一路都是稀罕的植物物种，在大海边生息的这些植物，有多少被人类移植到城里？有多少与我们无缘相遇？南非的海边竟然也有寒带的企鹅，在水天相接处，除了人类居住的地方，动物与植物一直在流动和交往吗？大自然的真相只被揭开冰山一角，这一切不由得不让人感慨万千。

我们的老祖宗早有天人合一的理念，到了今天，大自然会在人类的现代化中重启与人类和谐相处的生态吗？这显然又是一个不解之谜。

我被行走中的另一个奇观紧紧地吸引住，好望角——真是世界的尽头吗？两大洋的交汇处，听着山丘上的风声，脚下几十米的礁石下海浪拍打的波涛声，人的敬畏感油然而生。人类何等微渺啊，造物在预示着什么呢？谁才是这个星球的征服者？一切的所谓答案既虚妄又无聊，无与伦比的风景早就将我们征服。幸亏有此一行，幸亏此生能在这里看到真正的大海大洋。

大自然会重启吗？如同我们开始一段新的旅途，旅途会重启我们对远方的热情和对万事万物宽厚仁慈的爱与感动吗？

一如这些言辞火星四溅的诗句："这是疾病，是时间的/断裂，日复一日/时复一时，是锈，是火/是许多行星的盐/是昼的黑暗/或天空的诸光源。"

大自然更新的速度远超人类的记忆，而每一次更新都会完全抹去人类的痕迹，时间随之也变得更为虚无。善恶在日月中运行，在时间中出没，心灵能够抵达的最遥远的迷途，是他乡吗？人在职场被一层厚厚的无奈的硬壳包裹着，内在与外在的消耗，如同一件冬天里披上夏天里却脱不掉的外套，黑色的沉重与茫然增加着身体的负重。简单、快乐或者遥远的源点在哪儿，是在世界的尽头吗？也许无尽头才是奥秘。

在书桌前回忆外面辽阔的世界，在家门外用远游去体验他乡的生活，在文字里去检索一次次出发和归返后的收获。永远对远方有着善感好奇的童心，永远对学习有着探寻获得的热情，这就是生命活水的源泉，不断有着读书学习行走他乡的补给，这一生就不会枯萎或荒芜，也不会衰败和无趣。

但我们依然需要保留一些勇气和固执，以对抗时间的洪荒和面目模糊的人群，每一趟旅程，都可以是一次航海。一如在似水年华中感受生活，寻找自己独特的声音和存在。

那就跟随沃尔特·惠特曼所许诺的，做一个世界的水手，奔赴所有的码头。你只需要自身热情的冲腾和阳光的召唤，就能挺立地生长；你只有寻找大自然中的秘密和乐趣，才能向往和理解远方。

说到大海，说到世界的尽头，就不由得联想起南国的海上丝路。那条从广州的海岸线上铺展开去的远航之梦，那种代代传承的千秋之约，那是广州这座城市的史诗。

说到海，就浮起一幅百川争流的图景，纵横交错的江河的远方就是大海。

说到海，就会想起那些曲曲弯弯的曲涧溪河，紧赶慢赶地来集合在水天一处，一齐赶赴一个最隆重的邀约。

说到海，就会说到帆，就会跟一艘艘的大船相连，跟港口相通。

而说到南国的海，就必然跟一匹匹海浪一样的丝绸，跟茶叶、跟瓷器缩系在一起。这个海水里偎依、涌动的梦，一做就是千年，一守候就是几辈子几十代人的愿望。充当使者的，都是东方的出品，有着浓郁的南方姿彩，美人一样的姿质：丝绸，水浪一般的轻柔溜滑，风一样的飘逸，肌肤一般的细腻。瓷器，光洁盈润，冰清玉洁，幻变流彩。茶叶，齿颊留香，回味有甘，品嚼无穷。

一段古老的传说，源于南越国的配饰腰带。一个曼妙的传奇，通达着南海神庙的海不扬波。一次百年的归返，正是哥德堡号的身影。更有那一条千年的航线，怀圣光塔的导航。一次魂灵的还乡，先贤古墓的怀想。

如今大海中的广州，是"海上生明月，天涯共此时"，因海而生，因海而盛。也是"海内存知己，天涯若比邻"，丝路重启，港口龙头。还有很多的历史与记忆，走进我的视线，走入笔下的书写。

里尔克说过，此刻有谁在世上的某处走，无缘无故地在世上走，走向我。海子也说过，我们最终都要远行，最终都要跟稚嫩的自己告别。

时间的河流向所有人冲刷而来。它快到如同一股气旋,不可知觉,慢到悄然而至,与所有眼睛对视。

　　我竭力地想要看清楚什么,并且希望将看到的和感受到的,以最诚恳、最简洁的方式写下。是的,时间的流逝如此猝不及防,丢失与握手不过是在转身之间,幸运与不幸,似乎也在其中流淌着。

　　好彩的是,大自然的重启已在脚下,已在眼前。上路,出发,去到世界的尽头,去到唯独我们知晓的远方。

后记：写不完的广州之书

1. 经历

尼采说："当我想以另一个字来表达音乐时，我只找到了维也纳。"而当我想以另一个字来表达神秘时，我只想到了布拉格。

而此刻于我，或者说持续二三十年的书写对于我，只有广州之书，只有写不完的广州，为她的精气神魂，为她的声色韵味，为她的容颜和形态，为她的腾跃与婀娜，为她的淡定恒常的四季，为她留下的数不清的故事与传说，为她百年以降的风云激荡，为她丰富多彩的历史文化，为她带给我及其他有心人有缘人的种种记忆，还有很多。

如同这本文集的完成，如同这篇文章的书写，竟然也持续了好几个年头，不时地暂停，不时地重启，不时地欲断难断，似乎没完没了。

黑格尔说过："人要经历一个不幸的抑郁症的或自我崩溃阶段。在本质上，这是一个昏暗的收缩点。每一个文化创造者都要经历这个转折点，他要通过这一个关卡才能到达安全的境地，从而相信自己，确信一个更内在、更高贵的生活。"

回到自己天性的源头，回到自己做人做事的源头，才能在内心建立起一个屹立不倒的自己。唯天下之至诚，可以立天下之大本！

海明威用一个老人与海的故事，已经阐释过这种生存的要义："但凡不能杀死你的，最终都会使你更强大！"

"在强毅而能负载的精神里面，存在着尊严；在傲立着的尊严之中，存在着意志力；在意志力中存在着对最重的重负的内在渴求；在渴求之中，存在着欲望的爆发力。"

不随大流，要做好自己能胜任的绝活。潜心做自己喜爱的有承担的小事，就能抓住活出自我的脉搏。那么自我的文本风格的建构也是其中重要的一种吧，只要我还在书写，这样的自我要求，或者说是期许，是断然不可缺少的。

人必须在责任与压力中淬炼生命吗？前者是一种自我要求，后者才是一种常态。谁的人生都不容易，谁的日子都不无艰难，唯一的做法就是坦然并且淡定地面对，接纳人生给每个人的种种铺排，没必要失去信心，也没必要折损希望，毕竟这是立己的支柱，为人一趟，不过就是经历一场又一场的体验而已。这一切都源于你对生命的愿望，源于你对生活的期许。这是不辜负自己的动力之源。

这也应该成为信仰，一个人选择的信念，一个人持守的信仰——书写真善美，探寻真善美，身体力行真善美。一如毛姆说过的，阅读是一座随身携带的避难所，那么书写也许就是我的一种自我救赎，一种修行，也是面对俗世的毁损进行的一次次自我修复、自我调整，也是每一次从文字上才有多一个可能，重拾多一点的力量与信心，抬起头来，向文字延伸开去的远方眺望。或许那里藏着为自己所不知的宝贵财富，或者那里有自己内心向往的美景，往那诱人的腹地走过去，一直走下去，或许能抵达让自己惊诧的所在。

如同我曾经坐在这间我一度拥有的、坐落在一个小山丘山上的书房里，看出去的视线可以伸展到山下的房舍高楼及远处开阔绵延的山峦、工业园的简易建筑，有缘被种植在园子里的紫荆与紫薇树，鸡蛋花树与沿围墙而立的几排竹子。才三四年的时间，两棵树就从碗口粗长成几倍粗了，茂密的紫荆叶片落尽，花朵仍在春夏的交替里流连不走，而曾经长出围墙被我修剪过的紫薇，一年后一直心事满怀地萎靡着，也许是在委屈于主人的管束。可如今，它也新叶如盖地重新焕发起来，让我一直用目光在它的枝干和叶片上致歉，草木也有本心，也有心情啊。那些竹子更是相互较着劲野蛮生长，修剪就成了一件不可或缺的体力活。

清润的春风吹来，我坐在这张由餐桌变身的书桌旁边，心性清朗，突然有什么暗示让我心跳加速，也许，我会在此写得更好一些，探寻得更深入一些吗？电脑流淌出来的文字，该会让我的借书写而实践的修行更加踏实、更有力量吗？这一刻我的身心似乎盈满了信心。那些在脑海里涌动的文字，那些蓄养在山野里的精气神，想必会重塑一种力量，赐予我灵性，挥洒才情，激扬文字。

所谓养浩然之气，不也在山野处，不也在远离烦嚣扰攘的心静之所。必得有此等的摒弃，人才能越过时间的围困，一直生长，一直仰望天空与远方，去倾听与自然与内心、与书籍与智者的精神的对话。当我修订这篇后记时，几年过去了，物是人非，这些境况已经不复存在，我的小山顶上的书房也与我无缘地就此挥别。

2. 厚度

布罗茨基（俄裔美国诗人）说过："用来写作一本书——一部小说，一篇哲学论文，一本诗集，一部传记，或是一本惊险读物——的东西，最终仍只能是一个人的生命。"

他还说过："对俗套的抵抗，就是可以用来区分艺术和生活的东西。"而我的理解是，艺术是具有独立和优雅的无可比拟的力量的。

书写广州，似乎离不开现实与记忆的交替，有时是一种真实的现场感，有时是一种游离的记忆感。

如同一种记忆不会带你到任何地方，而是你带着记忆穿越回过去的生活，这生活有一部分与你的过去有关，还有一部分可能与你的将来有关。记忆把更深层的东西，植入了自己的大脑里，即使是缺陷，也是时间留下来的最不可替代的东西，这就是记忆的灵魂。

忘了是谁的诗句："这么久了，我一个人坐着，我并不想告诉你，我也曾放出过心中的马匹，并且欢腾着跑到了你的身边。……"此刻书写的对象不用虚拟，这就是广州。漫过脑海与指尖的文字，都会发出牵动情绪的声响。

似乎能听到心跳，听到大脑里涌动的思绪发出的声响。

窗外是戊戌年入冬，也就是那年广州特有的冬季节奏里最冷的一天，据说是10摄氏度以下吧，很多人迎着细雨在跑广马。我则对着我的文字，也在跑不知终点在哪儿的书写马拉松。

只有这种时候，心境安宁而放松，年纪越大，对外界的挤逼一旦有所敏感，就越容易焦虑和紧张。而此时的心态，舒展得犹如一场如水的大提琴乐音漫过，很想随便拿起马上出现在电脑屏幕上的文字，熨帖一下，表达我的真诚的谢意。

确实不需要多讲什么，我信任这些魔力无穷的汉字，它从落花流水的日子里打捞我，从茫然无措中向我伸出援手，甚至在我无望而又抑郁的伤痛里送给我一个温暖的怀抱，给我一种释放和缓解的拯救，让我回过精气神，继续相信愿望，相信明天会更好。

书写把我所有的精神历练，甚至身体遭遇的疼痛难受，全部收纳起来，淘洗一遍，或者像下了一场好雨那样，水洗无尘，雨过天晴，还我一种清爽、一种淡定从容。如今，这样的淡定从容，这样的执迷与放松，是多么美好的相遇啊。人到中老年，时光的这一头与那一头的等长开始倒置，来路与归途心中有数眼中有念，这是多么难得的相信，如同广州的文化所给予我的精神滋养。如同生活在这座城市，一年又一年有着不同的际遇，而心性与经验却没有停止生长。

书写广州，这是我个人的精神与职业托付，何尝不是广州对我的反哺。对一座城市的关注与热爱，看似付出，其实得到的了悟与收获，却是不可多得的福报。如斯的人生，实在感念这样的被成全。

于是，希望自己信守什么，期待自己成为什么，要求自己担当什么，就成了劳作与冀盼的日常中，在滚滚红尘里偷停下来的眺望，我相信我的目光能去达那里，这就是念念不忘，必有回响。

无由分说的广州情怀，除了跟出生地的血脉基因，还跟生长故园之间的情感密码有关。此外，还因为作为一个广州人，对广州有着血肉难离的归属感。我与城，彼此见证过曾有的困顿、迎来的变迁，喜怒哀乐，贫瘠富庶，个人史也是城市史，我们付出的汗水，我们遇到挫折辛酸无望痛楚的泪水，我们与广州一起经历着、分担着，然后收获的喜悦，留下的印记，都是一种命运所赐的烙印，是内心归属的标记。而这样的牵挂，这样的感同身受，都发生在不断流淌的日日夜夜里，刻骨铭心，挥之不去，这就是一个人与故乡的关联。

人在这样的念想里沉溺久了，这样的念想就会成为生命与时间的一部分，成为一个人情感与心性取向的一种指南，在此刻或者将来的某个片段里，不期然地唤醒你，或者让你彻悟，心之归向，身之归属。这就是家园啊。

如同我跟遥远的北美，那座有着美妙的汉译的城市万锦的关联，越过万水千山，那座城永远在我经历的行囊里，那些言说不清的梦想、艰难的抉择、无法释怀的光阴，从此就成了牵系的飞地，不期然就与自己的人生发生了交集。何况还有内敛的不太爱言语的儿子在那儿苦读纯数学理论的专业，从本硕到博士，在异国他乡寻觅撑持着他自己的日常，以及尚在展开的有待憧憬的人生。对儿子的牵挂与思念，就成了我与那座城的缘分和关联。

3. 记录

关于广州的书写，目前的社会氛围还没有成势成态，跟文化多元的融合共生还需要较长的时间有关，跟新老广州人对文化的关注和参与的热情有关，更跟对广州文化达成尊重与致敬的共识有关。在这个物质主义的时段里，也许苛求与无奈没有更多的意义，而持之以恒的坚守，恐怕是最砥砺心志的行动了。在时间的长度与空间的广度里，表达与书写无关乎更多的荣辱，它只是一种本质的存在，是记录城市记忆与留住情感乡愁的存在，是摆脱了庸常的或者是碎片化文字的一种存在，是一种具有哲学高度的尊严与纯粹的存在，这就是这种城市书写的生命力。

勘探是无光的，深入是艰难的，谁也不知道出路在哪儿。在地下的钻采里，有可能是暗无天日的劳作，就找到了有价值的矿产，而其中的种种承受，种种疼痛，欲罢不能，或者无法自拔，都无疑让这样的守望，承受了更多的磨砺和考验，不期然也承受了不得不添加上去的使命和责任。这样的写作肯定要刺痛自己，或许有望感染别人。或者，如同宗教的信仰，可以抑制恶，抵挡投机取巧，法规的制度可以限制恶与伪，而文学艺术从精神上可以扬善惩恶，即便只是一念的起落，也是无用之用吧。如此，我们继续往前奔跑，书写的马拉松，坚持前行的奔跑，像逆流中的一叶扁舟。

写作者的方向取决于他的选择。人是一个时段的产物，更是时代的影像，而蕴含在言行经历里的性格气质，是社会气质的镜子。任何一种形式的坍塌和重建，都是为了彰显这个世界的取向，不要简单地把这些当作配角，它们才是社会形态的精神化身和角色隐喻。所以，如同广州人的性情，与广州的城市气质就是息息相关的，广州的风貌，何尝不是这座城市往哪里去的风向标。

书写并不能改变更多，人们更多的是在书写的过程中澄清自己，摆脱迷惘，往文字深处、往思考的深处、往内心的深处去安顿自己的领悟。正是在这个过程里，哪怕这过程比较缓慢，书写的存在感才会慢慢出现。随着这种存在感的明显，伤感与忧虑会被欣慰和窃喜一点点取代，淡定与祥和就成为这种书写的基调，历练过的平静才是宠辱不惊，云淡风轻，挺住了，才是最舒展的风景线，而最终赢了时光。

尽可能不做无聊之事，不消遣有涯之生。让书写变得厚重，不一定很讨巧，然而无用方得从容。用音乐般流淌的文字来获得书写的汹涌与归栖。像水洗无尘般，像日常一丝不苟的保洁那样，尽量净化身边的一切，尽量净化自己，用简单的专注去接近高一点的提升。

豪情万丈的李白有诗为证："夫天地者，万物之逆旅也。光阴者，百代之过客也。"虽如是，一辈子或长或短，或热烈或平淡，在这无数的擦肩而过中，或许，也有不少的人与不少的事，甚至不少的远处他乡，都跟我们自己有关吧，也在用不同的传递方式，去温慰着成全着自己及冥冥中有关联的他人吧。

如是，关于广州的书写，竟然是难以穷尽的大业，竟然让我满怀敬畏而又如痴如执。

让书写立足于为广州的城市历史立传，为广州的城市精神立言。没有历史意识，就没有时间的纵深感。没有文化想象与本土特色，就没有空间的开阔感。光是关于广州的低调务实的价值观，光是关于广州活色生香的生活方式，要进入书写的方阵，恐怕就要耗尽毕生之力，也不一定能达成心愿。这就像是一个立体的里面与外面，有无数的折射，又有无数的光泽。比如饮食所蕴含的哲学态度，比如粤语所承载的生存方式，比如广东音乐所收纳的粤式情趣、天人合一俯仰自然的理念取向，这些不一而足，永难一一企及。

所谓的粤味，就是关于粤式审美、粤派哲学、粤人风骨，这包含三个内容，说及事，是生存的哲学；说及人，是风范与做派；说及趣，则是审美与情调。

广州之书，是身边纸，是远方笺，是随感录。有美好的梦想就有可能向更广阔的时空出发，有健康的身体就可以一直行走在接近梦想的路上，有一技特长就可以更加自信更加与众不同，让这种特长下的广州书写，充满温情与暖意，充满乡愁与归属。

4. 执迷

电脑上我的手指的舞动有点迟缓，不如向来的十指翻飞，是因此时心里还悬着一滴泪，眼眶里又贮满了一颗水珠，我把知遇之友 G. H. 的这段话一字一句地用心念给自己听。她说在梦中看见我了，看见面目模糊的人在我劳作的移动中对我发难了，她侠义衷肠，发声了。是的，她的言行的形象比我壮硕，她的真诚让我回血。她用纤弱之手，在我踉跄的晃动中，用力扶了我一把，让我定过神来。是的，我深呼吸了一口气，抬头的顷刻，我看见了天空的无垠，看见了云朵的诗意，我屈曲的双手舒展开来，只那么用力一拽，那个眼前虚张的魅影，连同那块戏耍的皮影幕，都给扯落飘飞了。

我转身拥了拥来自她的这种温暖的真诚。此时，恍惚置身在三十多年前，跟着小马倌，在没路的树木里，骑马走上空无一人的云南云杉坪，奔跑的小马带着我在玉龙雪山山脚苍翠的草坪上撒欢，这是我灵性放飞的空场，又如十多年前在落基山脉的云顶，坐在缆车上沿滑雪道缓缓而下，山脉连绵的雪线一路燃点，风声回鸣一阵阵把我唤醒。

多少人守候着这种苦熬之后的放松，这种困顿之后的开阔，我多幸运，得此回报，我就是其中的一个。

不是无缘无故的低调，也不是没来头的谦卑，诸如此类，是因我们见识过真正的高级与格局，见识过了不起的大度与磊落，就像一位真君子的最平静的所谓炫耀。不过是她拒绝过什么、摒弃过什么，在她所断然放弃的东西里，藏着她不轻易更变的风骨和凛然的血性，藏着她骄傲和沛然的襟怀与格局。一个特立独行的人，一个清爽洁净的人，并非可以苟且可以将就，可以随波逐流甚至敷衍搪塞，而是面对世俗芜杂而过滤成干净，面对烟火而转化成温暖，灵魂深处有净土，思想背后有衷肠，坚守良知和道义，有所为，有所不为。

如果一个人殚精竭虑地去做一件事，几十年初衷不改地想去做好一件事，究竟能做到什么程度？虚虚实实就是人生，答案对任何人而言都是一个复杂的难题，世道从来有着不公平、不公正、不可测、不受控。此时于我，文字就是沉思默想时能记录的东西，能表达情愫的智慧，能储存记忆中永不消失的真相。

我们如此活着，时日更迭中不想改变自己，也不太可能改变自己。生存既然是一场体验，得与失、赢与输，都不过是反复轮回的替换而已，其中大有禅意。也许在我们的有生之日，即使到了最后阶段，也或有重新开始的机会，比如怎样活好，怎样与有缘的人和事建立更好的联系，怎样让活着的自己做点有意思的实事，而并非为了苟延残喘而活着，怎样让微不足道的人生，也能偶遇几次闪电或雷雨，让那一瞬间，也可以认为自己曾顶天立地地活过。怎样让那些美好温暖的记忆，像广州人喜好的那碗甜品，让那温热甜稠的糖水，缓缓地滑过喉咙，漫过大脑和身体的各个有感应的器官？那微妙的知足和感动，会让脸上绽出笑容，也会让眼睛泛出泪光。这一切，都是每个人真实的生存体验啊。

不去追寻写作的意义，只要沉迷其中，只要有尊严而自信地确认着自己，就是一种最好的精神动力和滋养。

写作就是存在，跟是否红火，是否了不起无关，只跟这种救赎般的需要有关。

我们的个体可能性难以超越时代的命运，但想象力，或者说梦想，却可以让我们用内心的自由，骄傲而悲悯地注视着这世间百态、时势轮回。

"美妙的人生是持续的激情和对它的控制融在一起的燃烧。"

低谷时的磨砺，都是为了积蓄力量，裂缝里抽出的光，也要牢牢抓住，生出向阳的勇气。我们经由时光，经由经历，经由不同时段的生长，经由从这一站到下一站的走走停停，经由梦想和顿挫，经由一路的黑暗或是风景，这一切的人与事，都在雕琢着、锤炼着、塑造着自己，进而让自己蜕变成一个不断成熟的我。

知道了自己是谁，成为一个有方向感、有目标的赶路人，路上的遭遇就会坦然应对了。这种踏实与充实感，就会成为水分和阳光，让种下的种子许下的承诺，拱出泥土或是砖石，慢慢地抽枝长叶，这就是快乐和沉稳的幸福啊。

写作吧，听从内心的呼唤，唯有这样，才不会辜负那些疼痛的经历、苦思冥想的寻觅，让那些充沛的感应——情绪、经验、冲突、委屈、苦闷、顿挫、喜悦、收获等，一一转换成思想与观点、表达与描述。通过思考这沉淀的过滤和研磨，变成一种可以重塑个人内心与文字格局的催化剂，而驱遣其中的激情就是融合这一切的热血和情怀。

为此，一切都是感念，一切都是被成全。

这些反复纠缠的感慨，既是这本长达六七年后才出版的散文集的结语，也是即将开启的另一个时段人生的序章。命运在每个人的脚下，我只在乎踏实从容地走好脚下的每一步，无限的前方在等着我，无数的可能性在向我招手，那是来自大自然的自由的风和无边的风景的呼唤，我前所未有的开心放松的笑声，在身体的每个细胞里盛放。是的，等等我，我来啦。

2019年春至2024年春

补记：

我们庸庸碌碌地度过一生，却有可能对自己的一生一无所知。

如果这些风情风俗经历体验的感悟不被记录，也许就会随着一代又一代人的离开，消失在历史的尘埃里，或者被时间冷漠地覆盖。对于一个写作者，这是令人痛心而遗憾的事情。

所以我要尽心尽力地去捕捉，力所能及地去打捞，聆听那些不无遥远的呼唤，面对眼前稍纵即逝的光景。生活中习以为常的点点滴滴，原来都是一个个值得记录，却很容易就被忽略丢弃的永恒的故事，既是祖辈父辈的过往，也是我们身在其中的经历。

如同大自然四季转换的色泽，即使空气也有不同的味道，何况是活色生香的生存，千姿百态，眼花缭乱。书写是一个内心与日常博弈的对决，消失的能否按下暂停键，颇有深意的能否被挖掘，尤其在功利物质时段，面对没有对错只有利益交易的混沌世道，障碍与磨砺林林总总，关键是自己如何用对应的有效的办法一一化解击退，让被摧毁的人生重塑，让破损重新生长。所以，这就是底线和原则：黑暗不可以随意穿越、作用、打击我们的精气神魂，我们会不断构建一套水来土掩的应对体系，保持足够的心力和耐力，与纷纭世事交锋，与美好人事握手，世界之大，时间飞奔而去，演变扑面而来，都可以用广州人的淡定、硬净去从容处之，转换为叹世界、叹生活。

庆幸的是，年过花甲，我又重做文学，把生存的重心又向文学倾斜过来。

这本集子有作品发表在时隔二十多年再投稿的杂志里，也有被选入年度的选本中，对我都是再出发的激励与动力。

感谢我工作时间最长的单位广州市社科院，在我临退出职场的前夕，给了我出版该书最后的支持。更要感谢泽红主任，我这个念旧而单一的作者，跟她合作就长达一个年轮，目睹着她从曼妙女孩蜕变成一个资深成熟、干练周到的编辑，挑起业务的大梁，也再次印证希望是属于年青一代的，青出于蓝而胜于蓝，这就是世事进步与超越的必备条件。

一并感谢在写作与发表文章上帮助和推动过我的努力的相关友人，时刻记住，是他人的成全，我们才得以侥幸地可以成为自己。

再作补记。